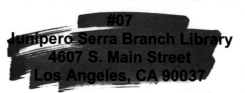

Colombian Psycho

Santiago Gamboa
Colombian Psycho

S

Penguin
Random House
Grupo Editorial

Primera edición: junio de 2022

© 2021, Santiago Gamboa
c/o Schavelzon Graham Agencia Literaria
www.schavelzongraham.com
© 2021, de la presente edición en castellano para todo el mundo:
Penguin Random House Grupo Editorial, SAS
Carrera 7 N.º 75-51, piso 7, Bogotá, D. C., Colombia
PBX (57-1) 7430700
© 2022, Penguin Random House Grupo Editorial, S.A.U.
Travessera de Gràcia, 47-49. 08021 Barcelona

© Diseño: Penguin Random House Grupo Editorial, inspirado en un diseño original de Enric Satué

Printed in Spain – Impreso en España

ISBN: 978-84-204-6138-0
Depósito legal: B-7623-2022

Impreso en Unigraf, Móstoles (Madrid)

AL61380

A Analía y Alejandro, en la aurora,
armados de una ardiente paciencia

—*¿Desde hace cuánto confiesa usted a la gente?*
—*Unos quince años.*
—*¿Y qué le ha enseñado la confesión del alma humana?*
—*[...] Lo primero es que la gente suele ser mucho más desdichada de lo que uno cree. Y luego, el verdadero fondo de todo, es que no hay grandes personas.*

ANDRÉ MALRAUX, *Antimemorias*

Parte I
Inquietantes hallazgos

1

Una solitaria mano emergiendo de la tierra, como si se hubiera cansado de reposar entre el cascajo y las hormigas y, de repente, quisiera mostrar algo. O simplemente decir: «Aquí estoy, ahora deben escucharme». Todo a causa de las fuertes lluvias. Un torrente de agua excavó un profundo surco e hizo salir hasta las piedras más lejanas, por fuera de su silencio y su secreto. De ahí surgió esa mano huesuda, ennegrecida, casi metálica, en los Cerros Orientales de Bogotá. Una oscura flor en medio de la hierba y la grava removida. Como esos cangrejos negros que, en la isla de Providencia, bajan a desovar al borde del mar y se detienen en la carretera, sorprendidos por la luz.

Una mano abandonada, con el puño cerrado.

Una tarántula inmóvil señalando algo.

2

La historia comienza en una suntuosa finca en la vía a La Calera, cerca del alto de Patios, zona exclusiva de los cerros de Bogotá, donde la familia Londoño Richter, propietaria del predio desde hace al menos tres generaciones, ofrecía una extraordinaria y tradicional fiesta de Halloween que, para los invitados, marcaba el camino directo al mes de diciembre, la llegada de las novenas de aguinaldo y la Navidad. La gente iba y venía por los salones y senderos del jardín con sus máscaras, al son de los primeros villancicos cantados por una orquesta de doce músicos. «Beben y beben los peces en el río», tarareaba un niño mientras jugaba en el celular Huawei P40 lite de su mamá. La empresa Londoño Richter era líder de alimentos en conserva y condimentos, con ramificaciones hacia otros sectores del comercio, finca raíz y la administración pública. Por eso sus fiestas eran famosas: allí se encontraban exportadores con abogados penalistas y médicos, actrices y jueces, comerciantes y líderes radiales. Incluso deportistas y escritores. Un abogado ilustre se servía ya su cuarto whisky y cantaba en voz baja, entre exhalaciones de vaho alcohólico, «por ver al Dios nacer, tarará». La mezcla entre disfraces y tempraneros temas navideños, el pistoletazo de salida de Santa Claus, era la clave del éxito de esta parranda anual que cada vez parecía sorprender aún más a los invitados.

Este año habían montado en los jardines aledaños a la terraza un sistema de carpas que protegía a los comensales de las intensas lluvias. Ahí, resguardado del agua, estaba el riquísimo bufet central, el muy visitado ángulo de los licores y, por supuesto, las mesas para los asistentes, cada una decorada en el centro con una increíble pirámide de langostinos («cuasi egipcia», dijo alguien), adornada con dados de pargo y bolas de bacalao frito. Una de esas Keops en cada mesa y todo cercado por cuatro enormes pinos navideños con bombas de colores, estrellas y luces. ¿Son naturales los árboles? Para quienes ya estaban sentados, los meseros iban y venían llevando en sus bandejas vino blanco, tinto, whisky Buchanan's en las rocas, agua con gas, naranjada y Coca-Cola Zero. Y recibían pedidos de cocteles. Muchas damas tenían puestos sus abrigos de piel. Otras, cerca de los braseros eléctricos, exhibían con blusas semitransparentes su joyería, escotes y mamoplastias. En el horizonte, ahí donde ya se vislumbraban las luces de la ciudad, había tres trineos móviles, cada uno con un Papá

Noel de tamaño natural, cuyos ojos echaban luces de colores. ¿Y los niños?, ¿dónde están los niños? Correteaban entre los invitados y las mesas apostando aguinaldos, haciendo trastabillar a los meseros.

A pesar de que la recepción era de sus padres, la joven Dorotea Londoño invitó a un grupito selecto de compañeros. Estudiaba Ciencias Políticas en la Universidad de los Andes y ya estaba en octavo semestre. Como les aburría el tono solemne de la fiesta central, los jóvenes decidieron encerrarse en el estudio de joyería de la madre de Dorotea, una cabaña separada de la casa, aunque, cómo no, iban y venían trayendo platos de pasabocas de polenta frita y mariscos, y sobre todo botellas de vino blanco, coñac y whisky. *Bye, bye daddy cool. Daddy, daddy cool.* Ahí, lejos de los adultos y su música sosa, podían darse gusto con sus playlist de Spotify, retro o vintage, electrónica, tecno, lo que fuera según el turno de cada uno, y saltar, poguear, sentirse libres, beber a la lata, meterse de todo, hacerse selfis y subir fotos a las redes.

Dorotea vivía un drama con su compañero Felipe Casas, al que le tenía puesto el ojo al menos desde quinto semestre. Le gustaba, le fascinaba. La ponía a mil por hora. Con sólo verlo temblaba cual lavadora en fase de secado. Esa noche estaba decidida. Se lo quería devorar de una vez por todas y la rumba era su oportunidad. «Me quiero desnalgar con él», le dijo a Valentina Durán, su mejor amiga. «Quiero ese glande bien glande y hasta que sangre», cantó, bareto en mano y muerta de risa ante su cuasi hermana. «Ay, qué amor tan glande». Valentina, en cambio, estaba muy relax. Apaciguada. Llevaba meses comiéndose a un profesor de Estadística de la universidad, un tipo casado. Un poco filipichín, *oh yes*, pero divertido y buen polvo. Esa misma tarde había estado con él en las residencias Altos de La Calera. «Me encanta devolvérselo a su doña descremado, oloroso a entrepierna estrato seis, herbal y fragancias. Y a jabón chiquito de motel». La pobre Dorotea, en cambio, estaba en sequía total. *Colombian drought*, marica. No pasa nada allá abajo, sólo señales de humo. Puro dactilocratos. «Mi solitaria zona V debe creer que ya estamos muertas y en el paraíso». Pero es que ella era súper exigente. Le gustaban sólo los muy hembros.

Por eso era ahora o nunca, aquí y ahora (¿*hic et nunc?*).

Se vistió súper erótica estilo hippie con clase, una Janis Joplin producida por Chanel y Dolce & Gabbana: jeans rasgados mostrando piernas lisas y bronceadas, una camisetica con efigie del dios Ganesh que le llegaba al borde del pantalón y que, en la práctica, dejaba ver todo el tiempo su barriga plana y su ombligo decorado. Zuecos tipo Frida Kahlo, collares ojos de mariposa de Dori Csengeri. La dinamita venía por dentro: calzones semicacheteros y semitanga de hilo color mercurio, La Perla, y un top de látex. Gatúbela criolla en versión remamacita. Y maquillaje: mucho lápiz oscuro alrededor de los ojos, mirada lejana, entre Padmé Amidala y ese piropo nicaragüense que dice: «Comparadas con tus ojos, las estrellas valen verga». Si no se beneficiaba a Pipe esa noche se pegaba un tiro (de bala).

La rumba transcurrió normal y, a eso de las diez, después de dar saltos y poguear con música de Queen para calentar la cintura y metabolizar el popper, Dorotea logró llevárselo a un rincón en penumbra.

Ahí se decidió.

¡Acción!

Le mordió los labios haciendo cara de desmayo, luego quiso besarlo metiéndole la lengua, pero Felipe la detuvo.

—Espera, espera... —le dijo al oído mientras ella, fecunda en lengüetazos, le chupaba el cuello y las orejas, succionaba en sus mejillas los poros pilosos, paladeaba el lóbulo de su oreja—. Baby, me encantas, el problema es que estoy en la mitad de un proceso muy íntimo, es un secreto, marica...

Ella seguía frotándose contra él. Le metió la mano por la cintura hacia abajo, dirección sur, zona bosques tropicales.

—Cuéntame cuál es ese proceso, cosota, a mí me lo puedes decir todo. ¡Es que me lo partes! —suspiró, murmuró, babeó Dorotea en su oído.

—Pero... ¿Me juras que no se lo vas a contar a nadie? Mira, lo que pasa es que todavía no he podido saber bien si soy gay, bi o crypto-straight, ¿ves?

Dorotea paró en seco los besos y se lo quedó mirando.

—¿Y eso qué putas importa ahora? —exclamó con cara de niña consentida.

Arremetió de nuevo frotándose, pegándole los senos.

Le agarró una mano, le chupó los dedos para ensalivarlos y se la metió por debajo de su jean: bosque de niebla, pantanos semivírgenes, páramos y humedad. Le dijo al oído:

—Déjate de maricadas y méteme dos de cinco, o sea, sólo dos...

—Te juro que me encantas, Doro, pero no sé, este proceso es con una psicoanalista repila, y me dijo que por ahora tratara de mantenerme...

Pensó en llevárselo a un cuarto, desnudarlo a la fuerza y hacerle «el triple sec», que incluía una caricia con su dedo en el ano y, en simultánea, mamada con apretón de pelotas. Pero la casa estaba llena. Tendría que intentar algo más tarde.

En esas vio venir a su amiga Valentina con cara de tragedia, haciéndole mil señas nerviosas de lejos, golpeándose los muslos con las manos y gesto de... ¡Tsunami! ¡Alerta Roja! *Houston, we have a...!*

Soltó un momento a Felipe para atenderla.

—¿Qué pasó?

—Marica —le dijo su amiga—, estamos en la IN-MUN-DA, se nos está acabando el perico y no es ni medianoche, ¿qué hacemos?, ¿tu hermano no tendrá? David es una güeva, le dije que trajera harto. ¡Es que somos un montón!

—Nooo, mi hermano no me da de su perico ni porque vayamos ambas a mamárselo. Espérate llamo a Norbey a ver si nos puede subir un poco, al menos hasta el peaje. Va a salir carísimo, pero qué güevo.

—Uy, sí, dale. Yo junto plata.

Milagrosamente logró hablar con el *dealer* y se le ocurrió una idea. Iría con Felipe hasta allá y, de regreso, pararía el carro en algún sendero. Culiandanga, te vi.

Y así hizo. Salió en la camioneta de su mamá, que era bien espaciosa. Un cuarto de motel con ruedas, una suite del Best Western con timón y freno de mano. En el peaje de Patios se encontró al *dealer*, le recibió el perico y le pasó la plata, y de regreso se metió por un senderito estrecho que llevaba a su finca y por el que nadie pasaba. Era perfecto. En mitad de una arboleda (Bogotá se veía al fondo, ajena a ellos y a lo que estaban a punto de hacer) paró el carro, armó cuatro rayas sobre la pantalla de su celular iPhone X Pro y se las aplicaron por turnos.

Luego empezó a besarlo.

—¿Qué sientes cuando te doy picos? Sé sincero, Pipe. ¿Te arrechas un poquito? Confiésalo, ¿no te gustaría comerte a una mamacita como yo? —le dijo.

—Claro que sí, baby, pero ya te expliqué... Necesito tiempo.

¿Tiempo? Ni por el putas. *Hic et nunc.* Dorotea le abrió la camisa y le besó las tetillas, luego el ombligo. Desabotonó el pantalón y encontró su pene, que, por mucho que él albergara ciertas dudas, parecía bastante enterado del asunto a juzgar por su erección, listo para el ataque cual división panzer. *Das vergononen.* Se lo metió a la boca y empezó a chupar haciendo un acolchado de tres niveles con la lengua, el primero al borde de los dientes. Una técnica sueca que había aprendido en un tutorial por internet.

Llevaba ya un rato ahí, pero las cosas no parecían desbordarse, así que se separó y lo miró hacia arriba:

—¿Sientes algo?

—No sé, no sé... ¡Estoy confundido!

Dorotea chupó con más fuerza, le echó saliva y se lo hincó garganta abajo.

—Bájate de ese video, óyeme —le dijo, comprensiva—. Si después te vas a rosquetear, por mí todo bien, pero esta noche no pienses en eso, *to flow*, déjate ir y ya, desconecta, ¿sí?

—Bueno, pero échame perico —dijo Felipe, con los ojos cerrados.

—*Fuck me*, cosota, que me duela...

Al fin se arrodilló de espaldas a él en el sillón del piloto, ofreciéndole su desnudo espinazo. Bajó el vidrio para sacar la cara y sentir la llovizna. Sus turbinas internas bullían, preparadas para recibir el ataque. Ahora sí la Marsellesa, el capítulo 7 de *Rayuela* y los Jardines Colgantes de Babilonia... Dorotea empujó con las nalgas hacia atrás y se agarró bien duro de la ventana para sentir cómo esa hinchada válvula la iba llenando, cómo se embutía en su orificio haciendo brincar las células, el epitelio y las membranas, cuya mucosa, además, absorbió los restos del clorhidrato.

Una deriva continental de placer la llevó a cerrar los ojos.

Pero antes vio algo allá afuera.

Algo que brillaba entre los goterones de lluvia.

¿Qué era eso?

Felipe logró el ritmo hesicástico, pero ahora Dorotea *necesitaba* saber qué era ese extraño destello. De repente el cielo quiso abrirse. Una nube se movió dándole paso a la luna, y Dorotea pudo ver esa mano saliendo de la tierra, los huesos ennegrecidos. Pensó en un guante o un muñeco, pero no.

La vio claramente: era una mano.

«¡Una hijueputa mano!».

Gritó con tanta fuerza que el pene de Felipe salió expelido de su cuerpo como el corcho de una fina botella de Veuve Clicquot.

Los jóvenes amantes sacaron sus celulares para dar la alarma, pero había poca señal. Entonces huyeron despavoridos. Mejor enviar a algún empleado de la casa para dar la alerta. No querían acabar la noche dando declaraciones en una comisaría y menos en posesión de sustancias ilegales. ¿Qué era eso tan feo en medio de un paisaje cuasialpino, tan cerca de la zona más protegida de la ciudad?

«Así es la vida», parecía decirles una lejana voz. «Así ha sido siempre, relájense y abran los ojos».

3

Cuando los agentes del CTI comenzaron el levantamiento se encontró que la mano asomada a la superficie —una mano izquierda— estaba unida al hueso del brazo, pero que este había sido segado a la altura del hombro. Lo vieron con sus linternas, a través de la lluvia, pues la noche se había vuelto a cerrar entre fogonazos y truenos. Una docena de funcionarios de traje impermeable blanco, gorros y guantes azules de látex, evolucionaba por el cerro.

Al lugar había llegado una camioneta de la policía y otra del Laboratorio Técnico de Criminalística. Las columnas de luz de sus faros mostraban las cuerdas de agua como lanzas en la noche, y de inmediato establecieron un perímetro acordonado al que nadie, sin equipo especializado, podía acceder. Tres agentes con espátulas excavaron en torno al hallazgo pero no encontraron más elementos. Sólo el brazo cortado, sin el cuerpo que por lo general lo sostiene.

Ampliaron el radio de búsqueda y peinaron con gran cuidado los alrededores. El resto no debía andar muy lejos. Arbustos, helechos, maleza. ¿Eran orquídeas y bromelias? Eucaliptos, pinos llenando el suelo de alfileres verdes. De acuerdo al principio de intercambio toda presencia humana deja y se lleva vestigios: ADN, huellas, manchas de sangre, saliva, restos capilares, uñas... Pero ¿hace cuánto? Otro misterio.

Sin hablarse, muy concentrados con sus linternas led en las gorras y las tubulares de mano, los agentes parecían de acuerdo en algo: la idiosincrasia criminal de este país no era muy sofisticada. Seguro que el resto estaría muy cerca. Todos querían acabar rápido y largarse.

Removieron la tierra húmeda con rastrillos de mano, clavaron largas agujas de acero; los perros olfateadores se desplegaron por el área y un rato después, tras una serie de giros, uno de ellos se detuvo al lado de un arbusto y comenzó a escarbar.

—¡Vengan! —gritó un agente.

Ahí sí que había algo.

Otra mano acabó por emerger. Una mano derecha, con la palma abierta, como si sostuviera una manzana o una bola de billar. Parecía ser compañera de la anterior, del mismo tamaño. Cavaron alrededor y encontraron lo mismo: el hueso del brazo segado a la altura del hombro. Un trabajo limpio.

Al sacarla los agentes se miraron. No puede decirse que ese tipo de hallazgos le hagan la vida feliz a alguien, pero las cosas empezaban a tener sentido. Las manos y los brazos eran de una misma persona.

Pusieron todo en empaques plásticos sellados procurando conservar la tierra que tenía alrededor. Ahí podría haber indicios. Luego continuaron cavando, pero igual. Nada más por debajo, sólo barro y piedras. Al abrir una de las repisas del furgón, el agente encargado de clasificar cada hallazgo se quedó mirando las bolsas donde estaban las manos. Le llamó la atención que los huesos de los dedos estuvieran, de algún modo, apaciguados. En reposo. Las manos que había desenterrado en su larga carrera tenían siempre los dedos crispados, en actitud de defensa, a veces quebrados. Estos se veían apacibles. Lo escribió en su libreta de apuntes y pensó que debía examinar la flexión de los demás huesos.

—¡Jefe!

Uno de los agentes agitaba una linterna desde más arriba, en la parte alta de la loma.

—Venga a ver esto.

El perro iba a enloquecer clavando las uñas en el fango. Al llegar ya se veían un pie completo, el tobillo y la rótula.

—Aquí está el resto del muñeco.

—Eso parece —dijo el director—, y ojalá sea del mismo. Si son diferentes acá amanecemos.

El que controlaba al perro asintió con la cabeza.

Cavaron alrededor y en profundidad hasta sacar toda la pierna. El hueso estaba segado a la altura del fémur. Nada por encima.

—Ay, Dios —dijo el jefe—. La cosa va de rompecabezas. Nos faltan un par de fichas.

—Lo peor es que toca seguir hasta dar con el resto, ¿no cierto? —dijo el del perro.

—No va a ser largo —lo tranquilizó el jefe—, por ahí debe estar lo que falta. Suelte a su consentido a ver qué más nos trae. Con esta humedad no es sano andar a la intemperie.

La llovizna aumentó hasta convertirse otra vez en aguacero. Los agentes sacaron los impermeables con el logo de la Fiscalía. Debían seguir hasta que el cadáver estuviera completo. Las hileras de luz de las linternas, cortadas por el agua, se entrelazaban en una extraña coreografía.

—Hijueputas asesinos —murmuró uno, agachado, removiendo el barro con un pequeño rastrillo—. A este país lo que le falta es mano dura.

—¿Mano qué...? —preguntó otro, de más rango.

—Nada, jefe, que Dios se apiade de este pobre desgraciado.

—Por eso no se preocupe, este ya debe estar sentenciado —opinó el otro—. Morir así, tasajeado como un pavo de Nochebuena, siempre es que habla muy mal de uno, ¿no?

El agente del rastrillo se dio vuelta.

—Habla es mal de los asesinos —dijo desde un arbusto—. Yo creo que a todos esos les deben tener lista la *paila mocha* del infierno.

—¿Y eso qué es? —preguntó otro más arriba.

—¿No conoce la *paila mocha*? Le dicen así porque no tiene agarraderas. No hay de dónde cogerla. Adentro hay agua hirviendo y piedras, está sobre un fogón.

—Y cuando se evapora el agua, ¿qué hacen? —preguntó otro, espátula en mano, mordisqueando un cigarrillo que no podía encender por estar en la escena del crimen.

—Pues le echan más, eso allá en el infierno lo que sobra es agua.

—Como aquí.

—Sólo que la de allá es salada, aunque no como la del mar —explicó—. Saladita apenas, como las lágrimas.

—Mejor —dijo el del perro—, más suave. Serán las lágrimas de los condenados. Entonces la sal se va quedando en la paila cuando el agua se evapora, ¿y luego qué hacen?

—Pues les toca apagar los fogones porque alguien tiene que meterse con un trapo y una esponjilla. Es que esa paila es enorme.

Las nubes negras hicieron aún más oscura la noche. Ya casi no se veía la ciudad.

—Caramba —respondió el de más rango—, lo veo muy informado en asuntos del infierno.

El agente miró desde debajo de la capucha. Protegía del agua su cigarrillo sin encender.

—De tanto sacar y sacar muertos uno va aprendiendo sus cositas, jefe. Y además se parece mucho a esto.

Otro colega, más arriba, los llamó.

—Vengan, acá hay más.

—La otra pierna —dijo el de más rango—. Le apuesto lo que quiera.

Efectivamente, y con el hueso segado. Nada por encima.

—Esto no es un cementerio clandestino ni una fosa —dijo el jefe—. Esta vaina es un solo cuerpo.

—Igual habrá que peinar bien el lote —dijo el del perro.

—Démosle hasta que aparezca el resto y luego vemos. Un premio al Rin Tin Tin que encuentre la cabeza.

Sacó su celular y llamó al del furgón.

—Traiga los termos de café y los pandebonos. Esta vaina va a durar toda la noche.

4

El fiscal de Investigaciones Especiales Edilson Jutsiñamuy supo del hallazgo muy tarde, aún en su oficina, sentado delante del televisor. Primero había visto a ratos un lánguido partido de fútbol entre el América de Cali y el Junior, muy promocionado por ser el último de la Copa (con victoria del América), y ahora estaba en el Noticiero CM&, del legendario periodista Yamid Amat. Jutsiñamuy no era muy televidente, pero ese noticiero era uno de los pocos que, por el horario, se adecuaba a sus hábitos de viudo solitario, obsesivo con el trabajo. Le gustaba sobre todo la sección de «secretos» porque, a veces (en realidad muy pocas), lograban sorprenderlo con algo que no sabía o hubiera imaginado.

Estaba justo en la sección de Deportes, la última del programa. Los análisis sobre la final del fútbol colombiano eran entusiastas, pero sin proporción entre lo sofisticado de los medios técnicos, con cámaras especiales y líneas infográficas que detenían la imagen, y la pobrísima realidad de ese fútbol misérrimo que, en muchos casos, se jugaba en canchas sin pasto y con tribunas vacías. Desde el punto de vista humano se alimentaba del raspado de la olla, con los jugadores que nadie quiso comprar fuera del país y no les quedó otro remedio que quedarse en Colombia. El fútbol nacional, para el fiscal Jutsiñamuy, era una liga de perdedores, de anónimos ilustres que parecían reunidos para darse empujones, patadas y codazos. Más que un espectáculo deportivo, ese fútbol criollo era la evidencia del desamparo, la brutalidad y la ignorancia del país; gente herida al nacer por la pobreza, la falta de educación y oportunidades. Raro era el partido donde no hubiera dos o tres penaltis y en el que al menos un jugador no saliera expulsado.

Fue justo ahí cuando sonó el teléfono.

—Aquí Laiseca, jefe, cambio y fuera —dijo uno de sus investigadores de más confianza, René Laiseca, en tono jocoso—, de antemano le pido disculpas por llamar tan tarde, ¿lo desperté?

—No, qué va —respondió el fiscal—. Me estaba peinando. Dígame de qué se trata. ¿Pasó algo?

—Aparecieron unos huesos en los cerros, cerca de Patios. En la vía a La Calera.

—¿Y de qué se trata?, ¿huesos humanos?

—Sí, humanos, jefe. Brazos y piernas. Parecen de la misma persona. Sin identificación todavía.

—¿Y el resto del cuerpo?

—Están en eso. Faltan el torso y la cabeza.

Jutsiñamuy marcó un breve silencio mientras se rascaba la barbilla.

—¿Le parece que pueda ser una fosa común? —preguntó.

—No, aparentemente es un solo cuerpo —explicó Laiseca—, pero apenas están empezando. Igual sería muy raro una fosa por esa zona.

—¿Y quién los encontró?, ¿cómo aparecieron?

—Una pareja. Estaban volviendo a una finca por un camino destapado. Vieron una mano saliendo de la tierra y entraron en pánico. Como a medio kilómetro de la vía.

—¿Y usted hace cuánto llegó allá? —preguntó Jutsiñamuy.

—Hace un ratico, jefe —dijo Laiseca—, apenas me acabo de enterar de la situación. Como dicen en los noticieros, esto es «una noticia en desarrollo». Hay un grupo grande dándole a la espátula, buscando entre la tierra. Los perros también trabajan. Pero sí le puedo contar un detallito: los brazos y piernas fueron cortados de un modo profesional, quirúrgico.

—Caramba, qué cosa más rara —dijo el fiscal—. ¿Y es seguro que los dos brazos y las dos piernas son de la misma persona?

—Bueno —dijo Laiseca—, lo único seguro es la muerte, pero los forenses dicen que puede ser en un 90% de posibilidades.

—Ayúdeles en lo que pueda. Que no paren de buscar hasta que aparezca el torso y, sobre todo, la cabeza. Si no, ¿cómo lo vamos a identificar?

—A través del ADN y...

—Ya sé, ya sé, agente —lo interrumpió el fiscal—. Era una pregunta retórica.

—Ah, disculpe, jefe. Siga.

—Me reporta cada hora. ¿Quién está encargado ahí?

—Alguien del CTI, creo que Múnera —dijo Laiseca—. Supongo que esta noche tarde o mañana temprano le llevarán el muñeco a su amigo Piedrahíta, a Medicina Legal.

—Ok, me va avisando. ¿Lleva paraguas?

—Sí, jefe. Tengo el de la Fiscalía.

—Pues abríguese bien, ¿qué tal el aguacero tan berraco?, ¿ah? Que nadie se me enferme hasta no saber qué fue lo que pasó.

Jutsiñamuy colgó y fue hasta la ventana.

El panorama de la ciudad era su Netflix privado.

Veía las luces de los cerros y podía imaginar lo que allí ocurría. Pensó en las lluvias torrenciales. «Es el agua perforando la tierra la que nos revela estas cosas». Los asesinos esconden y las lluvias devuelven a la superficie. ¿Dónde podía caber tanta barbarie? Asesinatos atroces, feminicidios y uxoricidios, crímenes pasionales. Para él no eran expresiones individuales de la maldad, sino la consecuencia de una sociedad perversa. Nadie hace eso por gusto ni está en su naturaleza. Hay gente adolorida, resentida, envidiosa, solitaria, frustrada o abandonada, que un buen día ya no puede más y comete un crimen. La psicología atenúa la culpa diciendo que fue una venganza anhelada y justa. Que se restableció la armonía. ¿Quiénes viven hoy en paz? En este país, se dijo, muy pocos: los que respiran satisfechos al controlar su saldo bancario. Los grandes capitalistas, los funcionarios vitalicios, los latifundistas. Recordó sus años de estudiante en la Nacional, la época de asambleas, marchas y debates políticos. Querían cambiar el mundo, pero la violencia y el sectarismo se tragaron el movimiento estudiantil y lo desprestigiaron.

Por ser de la etnia indígena huitoto, es decir un hombre de la selva, el fiscal sabía de los caseríos miserables a la vera de los ríos y del absoluto abandono del Estado. Era consciente de las dificultades de este desdichado país y de sus gentes. Lo que unos pocos llamaban «orden» no era otra cosa que la sumisión de los más pobres. La idea colonial de que el rico y propietario de tierras dispone de una ventaja moral seguía vigente. Por eso, en doscientos años, los cambios habían sido mínimos y a un costo muy alto. Aún hoy, quien hablara de injusticia y falta de oportunidades era sospechoso.

Por eso él, en la Fiscalía, había aprendido a callar.

Su silencio equivalía a la supervivencia, pues todos sabían que en el mundo de los guardianes del orden predominaban las ideas conservadoras. En el trabajo procuraba ser justo y comprender las razones de cada persona, no sólo desde el código civil.

Y ahí estaba una vez más, solo en su oficina, mirando la lluvia y las luces de la ciudad.

Echando pensamientos al aire.

Se preparó un té en la estufa y fue al computador a revisar el hilo de noticias. Aún no habían incorporado lo de La Calera. Se imaginó al grupo en ese cerro, a esa hora, y sintió que se le helaban los huesos. Sacó una ruana y se la echó en las piernas. Luego fue al sofá y se puso a leer una vieja revista de *Historia 16* sobre el conflicto de los cátaros en la Francia del siglo xiv, aunque mirando con frecuencia la hora en su celular y vigilando el teléfono fijo. La paciencia era uno de los secretos de este trabajo y la verdad es que a veces le fallaba. Por eso tenía sus trucos para controlar la ansiedad.

Eran ya las 00:37.

De pronto la pantalla del celular se iluminó proyectando un nombre de contacto: «Agente Laiseca». Respondió como si de eso dependiera su vida.

—Cuente a ver —le dijo—, ¿encontraron el resto?

—No, jefe —dijo Laiseca, en tono calmado—. Todavía no. Interrogamos a las personas de las propiedades cercanas pero nadie ha visto nada. Aquí al lado hay todavía una tremenda fiesta. Cuando fuimos nos invitaron a una copa de champaña.

—Que usted rechazó, supongo.

—Por supuesto que sí, jefe. Rechacé la primera y también la segunda. Nunca en horas de trabajo y menos con personas presuntamente informadas.

—Claro que si le dijeron que no sabían nada... ¿Qué tan cerca está el lugar de esa casa?

—Unos quinientos metros —dijo Laiseca—, es un camino muy estrecho de pasto y tierra. La pareja que descubrió los huesos venía de la carretera principal. La chica es hija de los dueños de la casa.

—Ah, ¿y estaban ahí haciendo lo que yo me imagino? —preguntó el fiscal.

—Supongo que sí, jefe. Conversando.

—Pues qué feo que lo interrumpa a uno una mano huesuda. ¿Mandaron el material a Medicina Legal?

—Sí, jefe. Hace un rato.

—Entonces váyase a descansar, Laiseca. Ya fue suficiente por esta noche.

5

A las siete de la mañana el fiscal abrió el ojo y comprobó, por el ligero dolor de cabeza, que había dormido poco y de forma intermitente. Seguía en el sofá de su oficina. Se sintió cansado, soñoliento y con hambre. El frío le abría el apetito. Pidió a la cafetería un desayuno continental con dos huevos fritos en cacerola, jugo de naranja doble y porción de fruta con limón. Café, arepa, pan y mantequilla. Pero cuando llegó el pedido algo hizo clic en su cabeza y, en un segundo, se olvidó del hambre. No sólo eso. Le pareció una monstruosidad semejante cantidad de comida y sintió asco del olor de los huevos. Cuando el joven de la cafetería se fue llamó a su secretario. Guardó el café y la fruta y le entregó el resto de la bandeja.

—Llévese eso, déselo a alguien. Ni lo toqué.

Agarró su gabardina, salió de carrera hacia el ascensor y bajó a los parqueaderos. Yepes, su chofer, ya estaba ahí. Dormitaba en el sillón de atrás de la camioneta blindada.

—Vamos. A Medicina Legal.

Cruzaron la ciudad en medio del tráfico.

El forense Piedrahíta lo recibió poniéndole las manos en los hombros.

—¿Se sabe algo? —preguntó Jutsiñamuy.

—Todavía no, mi estimado —dijo Piedrahíta—. El cadáver está incompleto y falta la parte más importante. Como un muñeco al que le arrancan los brazos y las piernas. Igual ya le sacamos el ADN. Tengo aquí a mi mejor biólogo genetista forense en esa tarea, venga se lo presento.

Pasaron a la oficina de al lado. Un joven de bata blanca, tímido, se levantó de un escritorio. Se acercó y le dio la mano.

—Ramiro Zipacón —dijo—, acá a sus órdenes.

—Fiscal Edilson Jutsiñamuy.

La oficina parecía un refrigerador a esa hora temprana. Por la claraboya se adivinaba el amenazante cerro de Monserrate, semioculto por una nube blanca que transcurría lenta, aún cargándose de humedad para el inevitable aguacero del mediodía. Sobre la estantería el fiscal volvió a ver (y se estremeció) esos botellones de formol en los que el forense guardaba serpientes, salamandras y la mano de un simio del mismo tamaño y contextura de una humana. Detrás, en un marco empolvado, colgaba su título universitario de la Nacional.

Los huesos del cerro de La Calera estaban extendidos en una bandeja metálica.

—Increíble que no logremos encontrar el resto —dijo Jutsiñamuy, conteniendo un estornudo—. Desde anoche hay quince agentes con perros y aparatos mecánicos peinando el área.

Una empleada de la cafetería entró con una bandeja. Tinto doble sin azúcar, agua de hierbas sin azúcar. Dos buñuelos pequeños.

—¿No me hará daño zamparme un buñuelo a esta hora? —preguntó el fiscal.

—No se preocupe —explicó Piedrahíta—, están hechos en la Bioceramic, con 0,5% de aceite y harina sin gluten. Mejor dicho: hace más daño un pastel de lechuga en salsa soja. Hágale tranquilo que aquí protegemos la salud.

El fiscal acercó la boca a la oreja del forense y susurró:

—Cuando me avisaron pensé que iba a ser otra fosa de *falsos positivos* y dije, ay, la que se nos va a armar.

A pesar de estar en su propia oficina, Piedrahíta miró arriba y abajo, vigilando que nadie los escuchara.

—Yo pensé lo mismo —dijo el forense en voz baja—, y lo peor es que todavía no se puede decir que no sea. Aquí nunca se puede cantar victoria.

—Sería raro el lugar, eso sí —dijo Jutsiñamuy—. ¡Los cerros de Bogotá! Sólo falta que encontremos fosas comunes en la Avenida El Dorado.

—O en el Jardín Botánico —agregó Piedrahíta—, qué problema con este terruño. Pero venga que hay otra cosa: así, a simple vista, no parece una persona joven.

Le señaló unas fisuras.

—Vea estas grietas en la rótula y estos sumidos aquí en la cabeza del peroné. Son huesos que han brincado monte, que han sido usados. Si fuera un carro diría que está por encima de los doscientos mil kilómetros.

—¿Y qué edad le pone? —preguntó Jutsiñamuy, entrecerrando los ojos.

—No es un joven ni un primer adulto. Es ya un hombre maduro, aunque no un anciano. Entre cuarenta y cincuenta.

Piedrahíta se acabó el resto del café de un sorbo.

—Otra cosa que llama la atención, así a primera vista, es la finura de los cortes. Esto no fue ni con motosierra ni machete ni hacha. No, esto es diferente. Mire...

Le señaló el borde del hueso en cada una de las extremidades.

—Es profesional, impecable. Un cirujano. Lo raro es... ¿cómo y para qué le cortan los brazos y las piernas de este modo? ¿Qué quisieron hacer? En cuarenta años he visto miles de mutilaciones, pero de estas, muy pocas. Una vez, pero hace tiempo, nos llegó un caso parecido. Un cuerpo en cinco pedazos finamente cortados. Parecían porciones de torta, perfecticos. Y claro, había sido un cirujano.

—¿Y por qué partió el cuerpo en cinco? —quiso saber Jutsiñamuy.

—Para sacarlo de la casa en maletines sin llamar la atención —explicó Piedrahíta—. La muerta era la mejor amiga de su hija, que era su amante, y la pelada le estaba pidiendo plata. El tipo entró en crisis y la mató. Vivía en un edificio y no sabía manejar. No tenía carro.

—Ah, carajo.

—Los asesinos sin carro hacen cosas increíbles para deshacerse de los cuerpos —agregó Piedrahíta—. Parecen más truculentos, pero es sólo un problema de movilidad. Y de estrato social. Me acuerdo de una señora que cocinó al marido y lo ofreció en bufet a los vecinos, no encontró otro modo de sacarlo de la casa. Luego fue a botar los huesos al caño. Es que un muerto pesa, ¿no? Bueno, otro día le cuento más historias.

—No antes del almuerzo, por favor —dijo el fiscal, acariciándose la barriga—. ¿Y usted cree que esto sea algo así?

—Tiene toda la pinta —confirmó Piedrahíta—, pero esperemos a que aparezca la testa. Ah, y otra cosa: un agente me señaló, con razón, que estos huesos no están en actitud defensiva ni quebrados, como los que mueren en balaceras o peleas.

—Claro, si está tan bien serruchado —dijo Jutsiñamuy—. Es obvio que no murió echando bala.

—Podrían haberlo cortado después —precisó Piedrahíta—, cuando los mueven antes de que se pongan tiesos las extremidades se relajan. A lo mejor el hombre se quedó dormido y ahí mismo le echaron segueta. O de pronto lo durmieron. Un trapo de éter en la cara y a los brazos de Morfeo. Y luego al quirófano. Todo es posible. Lo cierto es que a este lo operó uno que sabía y con el instrumental correcto. Lo raro es haber separado las partes para enterrarlas. ¿Para qué? ¿Les habrán mandado la cabeza a sus compinches?

—Bueno —dijo el fiscal—, estamos dando por hecho que se trata de un bandido, pero ¿qué tal que sea un ciudadano normal y corriente?, ¿o un alto ejecutivo asesinado por su chofer o por su esposa? Por esa zona vive sólo gente rica.

Piedrahíta lo miró y soltó una risotada.

—Podría ser —dijo Piedrahíta—. Los huesos llegaron sin declaración de renta. Le tocará convertirse en Sherlock Holmes, que es el especialista en crímenes de alto turmequé.

—No se engañe —dijo Jutsiñamuy—. Casi todos los crímenes de este país son de alto turmequé, lo que pasa es que no son ellos los que disparan. El estrato social es la distancia entre el que ordena el crimen y el que aprieta el gatillo.

Piedrahíta miró a Jutsiñamuy.

—Esta mañana amaneció sociólogo —le dijo—. Va a acabar en la tertulia de radio Caracol.

—Es que dormí mal —dijo el fiscal—. Con estos aguaceros no logro conciliar el sueño.

—Pero tiene razón —dijo Piedrahíta—, por esa zona vive sólo gente rica. Ya veremos qué nos dice el ADN. A ver si coincide con alguno de los que tenemos en nómina. Zipacón es el duro de esa vaina.

—Imposible que no —dijo Jutsiñamuy—, hay más de cien mil desaparecidos en este país. Alguno tendrá que ser.

El fiscal se levantó y fue a agarrar su chaqueta del perchero.

—Bueno —dijo—, ahí nos quedamos con esa incógnita. Me avisa cuando esté lista la necropsia.

Antes de volver a su oficina, Jutsiñamuy detuvo el carro en la Jiménez y se bajó a estirar las piernas. Su chofer daría un rodeo para recogerlo más adelante. Le gustaba esa hora, las diez de la mañana. La llovizna hacía brillar la avenida y la gente se movía despacio para no resbalar. Estudiantes, loteros, carteristas, empleados de corbata. Pasó frente a las vidrieras de la librería Lerner y suspiró de nostalgia. Antes entraba siempre a husmear los anaqueles. Pero eso era antes, siendo un joven estudiante con todo el tiempo del mundo. Uno empieza a hacerse viejo cuando el mapa de la memoria deja de coincidir con el de la ciudad del presente.

De ahí caminó hacia la plazoleta de El Rosario y se acordó de los billares Europa, en medio de palomas y lustrabotas. Vio algunos esmeralderos recostados contra los muros del claustro y el edificio Cabal. A esa hora temprana el Café Pasaje, con sus vidrieras, hervía de estudiantes entregados al sutil arte de tomar tinto y hablar paja. Todo frente a la moderna estación de Transmilenio. Más adelante el viejo edificio del periódico *El Tiempo* y la esquina de la Séptima. Paró a mirar la placa donde asesinaron a Jorge Eliécer Gaitán y se recogió un momento. Le habría gustado ser fiscal en esa época y llevar la investigación, ¡cuántos misterios! Los autores intelectuales de los grandes crímenes colombianos siguen impunes, pero ese no es un rasgo nacional. Tampoco se supo quién mató a Kennedy. Más adelante volvió a suspirar frente al edificio de la antigua librería Buchholz. La ciudad había perdido lo mejor que tenía o al menos eso le parecía a él. Un signo inequívoco del paso del tiempo.

De su tiempo.

Al llegar a la oficina se recostó en el sofá y levantó las piernas contra el muro. Puso su reloj de arena, siete minutos.

El cerebro, irrigado con más fuerza, pensaba mejor. Pero no tanto como para que las venas se hincharan, eso sería jugar con fuego. ¿Cómo puede alguien desmembrar a otra persona? Los crímenes progresan con la técnica pero sigue habiendo asesinos que matan como en la Edad de Piedra. La violencia es cultural y no progresa, se queda estática. Progresan las ideas que están a su alrededor y por eso nos impresiona el crimen. Es inconcebible que pasen ciertas cosas. El tiempo no corre siempre hacia adelante.

No para todos ni por igual.

El progreso tiende a ser aséptico, pero la muerte es la misma. La vieja y querida muerte que tanto nos duele cuando les llega a otros, a los que queremos. Pero, en verdad, ¿dolerá morir?, se preguntó, antes de incorporarse, y se respondió: «No podemos saberlo. Nadie que haya muerto lo puede confirmar».

6

Domingo, 9:37 a.m.

Al abrir el ojo y comprobar que estaba desnuda, Julieta se dio un golpe en la cabeza con el puño. «Otra vez, no puede ser». Vio su pantalón arrugado sobre la alfombra, el calzón hecho un ovillo y el brasier colgando de la lámpara. Empezaba a odiar el tiempo sin sus hijos y el tránsito babilónico del perverso sábado al domingo culposo. Siempre era igual: un inocente trago de vodka con jugo de naranja en su casa, sola —el vodka, a diferencia de la ginebra, no daba aliento—, mientras revisaba un texto o veía algún documental en Netflix, y luego otro trago y luego otro, y al final, ya muy ebria, sus defensas se iban a pique, el radar antiaéreo se apagaba en medio de la noche y, fatalmente, acababa llamando a alguno de sus «amigovios».

¿Cuál de ellos había sido esta vez?

La verdad, tampoco eran tantos.

Ni se acordaba, y por el momento prefirió no moverse o mirar del otro lado de la cama. «Ojalá que no sea...», pensó, pero un rayo le iluminó el cerebro. «Sí es él, mierda». Lo que no podía soportar es que se quedara a dormir. Nada más lobo que un mozo jugando al enamorado. Si el tipo fuera suspicaz tendría que haberse levantado con sigilo, llevar su ropa a la sala, vestirse y salir. Dejar una nota, como mucho.

Lo miró de reojo.

José María era asesor de un congresista del Partido de la U. Lo conoció escribiendo una crónica sobre las elecciones y la relación entre las mafias locales y la compra de votos. El tipo le había conseguido buenas fuentes para darles relieve a sus historias y contado algún que otro secreto. Los viejos zorros de la política le caían mal, pero este era un buen perrito faldero. Inofensivo y optimista. Un muchacho limpio de corazón, cosa rara en ese ecosistema tan contaminado. Era joven y además tenía novia «en serio», una pendeja de veintiocho años que hacía un doctorado en Milán y se pasaba el día tomándose selfis. José María la idolatraba y su proyecto era casarse cuando volviera. Cuando le hablaba de ella, Julieta no podía evitar mirarlo con cierta compasión y decirse para sus adentros: «Hasta ahora está conociendo a la persona que le va a dañar la vida para siempre, a la que va a odiar hasta el último día. Aún le faltan los hijos, las peleas, los cachos, las demandas legales. El oficio de vivir. Hay que vivir peligrosamente y el amor no es una escalera al cielo». José María, al menos, ya había empezado con lo de los cachos. Seguro que la boba esa debía tener allá en Milán a un bonito italiano comiéndole el panzerotto cada noche.

Cero culpas.

Al fin se levantó y, sin darse vuelta para no verlo, corrió al baño y cerró la puerta. Ahí se sintió mejor. Ya estaba en su hábitat. La mayoría de los malestares humanos se deben a no estar en el lugar indicado. En la repisa detrás del espejo había de todo: ibuprofeno, Bonfiest, Alka-Seltzer, Aspirina, Sal de Frutas, Advil, Dolex... Se sirvió un vaso de esa deliciosa agua bogotana recién bajada del páramo de Chingaza, fría y tenuemente vegetal, que va directo al centro de la culpa y disuelve como pocas el Alka-Seltzer...

Una pepa de ibuprofeno y las llaves bien abiertas de la tina.

El vapor del agua aún más visible por el frío. El aire a siete grados, y afuera todavía llueve. ¿Cuánto más puede llover? ¿De dónde sale tanta agua? Dicen que el cuerpo se compone de líquidos y que la Tierra contiene siete partes de agua por tres de terreno seco.

De ahí sale, sube y se precipita.

Y cae como agua bendita.

Julieta se dejó llevar por las palabras enloquecidas en su cabeza.

Cae el agua, cae, cae...

«La lluvia es democrática, nos moja a todos por igual», pensó, ¿de qué poema era eso? Se dio cuenta de que todavía estaba ebria («nueve partes líquidas de vodka por una de carne trémula», le había dicho alguien). Cerró los ojos dejándose llevar por el sueño y las ganas de que ese líquido amniótico la volviera a crear...

«Adiós Mnemósine, adiós».

Qué placer el ruido de la lluvia cuando uno está resguardado por otro tipo de agua, cálida y maternal.

Pero ¿allá afuera?

La lluvia empapa las melenas sucias del trabajo obrero, las calvas cubiertas por gorras de lana. Cae sobre las jovencitas que se asoman al balcón, angustiadas, contando los días de retraso. Cae el agua gélida untada de páramo sobre los transeúntes de estrato dos que van a trabajar a los barrios de estrato seis: aguaceros sociales, intemperie y supervivencia. Llueve contra las ventanas de los cuartos de amantes, escondidos en algún motel del norte, lejos de esposas y maridos. Cae la lluvia sobre el asesino que camina nervioso y siente el bulto de la pistola, y sobre la víctima, aún viva, que no sabe que este será su último aguacero.

Y ella, la cronista de historias humanas, estará por ahí, husmeando y tomando notas.

Oler la realidad, perseguirla, asediarla. Escribir sobre lo que hace la gente más desesperada era un modo de paliar sus propias crisis. No era feliz, pero aspiraba a momentos felices. Ser feliz sin interrupción, ¡qué bobería! «La democrática lluvia», repitió, tal vez ya entre sueños, con su corazón palpitando despacio, el vaso de Alka-Seltzer en la mano y ganas de encender un cigarrillo que, sin embargo, no encenderá, pues por más que anoche se haya fumado hasta las ramas de apio de la alacena no debe perder de vista que lo dejó hace más de diez años.

Se quedó dormida otra vez y ahora el agua estaba tibia; con el dedo del pie volvió a abrir la llave de la caliente y esperó la onda. Ya se sentía mejor, ¿cuánto había dormido? Poco más de una hora. Su celular, puesto sobre la repisa, titilaba en azul. Mensaje. Pero qué pereza pararse, y qué frío. Esperó a que el chorro volviera a llenar el aire de vapor y, cubriéndose con una toalla, alcanzó el teléfono. Mierda, mensaje de Johana, su asistente. ¿Qué habrá pasado?

«Jefa, pregunta el fiscal que si nos podemos ver un rato por la tarde, que tiene algo. ¿Le digo que sí? Hora. Por favor».

Lo pensó un momento, ¿qué habrá pasado?

«Dile que si puede a las cuatro. Mismo sitio de siempre. Gracias».

De pronto la boca se le hizo agua y su espíritu se expandió. Una imagen llegó a su mente por libre asociación: una botella de cerveza bien fría, una BBC de las que tenía en la nevera. Imaginó el sabor, el lingotazo de frescura. Se levantó y se miró en el espejo, desnuda. El depilado se mantendría aún tres días, puede que sólo dos. En una época, influenciada por la actriz Cameron Diaz, decidió dejarse libremente el vello púbico. No se veía mal, pero su trato con hombres jóvenes la obligaba a responder preguntas incómodas. Hasta que un día, también frente al espejo, llegó a la conclusión de que todo estaba muy bien, pero ella *no era* Cameron Diaz. Entonces agarró la Gillette y se esparció un manotazo de crema en las ingles.

Con la bata de toalla puesta fue hasta la puerta. ¿Seguirá ahí el bobo ese? Abrió y quedó sorprendida. No sólo no estaba, sino que había tendido la cama. «Caray, me apresuré a juzgarlo». Fue al comedor y vio que las copas y platos de la noche anterior estaban recogidos. Como si hubiera venido Elvia, su empleada. Lo mismo en la cocina. Tan bello José María, y tan malparido. Había dejado un libro abierto en una página. ¿Qué era? Vio una frase subrayada que decía:

«Tus cabellos, tus manos, tu sonrisa, recuerdan desde lejos a alguien que yo adoro. ¿Y a quién? A ti».

Qué maricada es esto, pensó. Dejar frasecitas culas en la cocina.

Leyendo el verso subrayado, Julieta se acordó de una de las primeras charlas que tuvieron después de una fantástica fornicada en su apartamento. En la cama, tomándose un sorbo de vodka y a la espera del segundo round, el tipo, que hasta ese momento había sido más bien duro, se dejó llevar por una racha de sentimentalismo.

—Me encanta acariciarte el cabello —le dijo.

El *cabello*.

Julieta saltó como si la hubiera mordido una culebra.

—Si quieres que esto funcione debes dejar de usar para siempre esa palabra, *cabello*. ¿Me explico? ¡Para siempre! Se dice *pelo*.

Todavía le quedaba tiempo, así que volvió al baño con el vaso de cerveza. Imaginó una pasta al pesto para más tarde. Música y algo de vino. Era lo poco que podía hacer contra el remordimiento. Y luego, por supuesto, el trabajo, y al anochecer llamar a sus hijos, los únicos que podían devolverle esa armonía que los excesos del fin de semana parecían empeñarse en destruir.

7

El joven biólogo forense Ramiro Zipacón miró por la ventana del laboratorio del Instituto de Medicina Legal y vio en lo alto, brillando en la oscuridad, la efigie del cerro de Guadalupe. Santísima Virgen, qué frío. ¿Qué hora era? Casi la una de la mañana. No eran horas para estar ahí, dándole a la tecla. No joda, su contrato laboral no decía eso. Se moría por salir a la terraza a fumarse un cigarrillo, por ir a su casa y acostarse al lado de la muy legal, pero Piedrahíta, el gran jefe pluma blanca, le había encargado trabajar a fondo en la identificación de esos putos restos óseos. Ni que fueran los del dios Bochica. Si lo pillaba distraído era capaz de ponerle una sanción disciplinaria. «Esto de ser clase media es la cagada», pensó Zipacón, «no tengo la berraquera para ir a decirle, mire, jefe, es ilegal que me haga quedar hasta estas horas». Le daba rabia pero se zurraba. El miedo clasemediero a verse en la calle. Su jefe estaba obsesionado por darle resultados al fiscal Jutsiñamuy, y era como si el prestigio histórico del instituto estuviera en juego. A la mierda con el prestigio histórico.

Hasta ahora había hecho un buen trabajo con su equipo, todo el camino en bajada. Fácil y rápido. Por fortuna dispusieron de huesos largos. Con los fémures y húmeros se hizo el raspado para obtener biomoléculas que les permitieron caracterizar las secuencias de ADN y establecer que todo provenía, efectivamente, de la misma persona.

Un cadáver al que, eso sí, todavía no le veían la cara ni el torso, pues los agentes no lograban encontrarlos. El material estaba en perfecto estado a pesar de la humedad. Es característico de los huesos: como la cantidad de agua y enzimas es baja, las moléculas quedan intactas. Las secuencias de ADN, para Zipacón, estaban más que claras, el problema era contrastarlas con las del banco de datos y lograr una identificación.

—¿Nada? —le preguntaba a cada rato Piedrahíta.

—Estamos en eso, jefe, nada por ahora.

Salió del instituto a las dos de la mañana y al otro día, a las siete y media, estaba otra vez ahí. Tres personas más, especializadas en identificación de secuencias, vinieron a trabajar con él y se quedarían de apoyo todo el día.

¿Quién era? ¿Por qué lo mataron y para qué lo enterraron así? Era un varón de más o menos cuarenta y cinco. Pero eso no quería decir nada.

Por la tarde el sol daba contra la oficina de Zipacón, y al anochecer se veían las luces alegres de San Victorino y el Parque Tercer Milenio, lleno de sopladores de bazuco. La vida estaba allá afuera y él, Ramiro Zipacón, debía quemarse las pestañas comparando secuencias de moléculas. Todo maldito hueso desenterrado tiene un dueño y ese dueño un nombre y ese nombre una historia.

Llovió, salió el arcoíris, hizo sol, volvió a lloviznar, anocheció y se puso a ventear y el aire llegó a tres grados en la madrugada y las gentes deambulaban por las calles como legión, muertas de frío y oscuras de alma. Y Zipacón entrando y saliendo del instituto, clavado en su mesa ante un archivo, comiendo una asquerosidad de sánduches de la cafetería, mixto de pollo con tomate, mixto de atún con tomate, jamón con queso y sígale dando, una Coca-Cola Zero y una Fanta, un café y otro café y otro café, se le iba a subir la tensión arterial, pero nada, en este país hay demasiados desaparecidos y demasiadas secuencias de moléculas sin nombre, demasiados huesos enterrados debajo de la bonita alfombra vegetal donde los asesinos esconden sus desechos.

Piedrahíta, en su oficina, trabajaba en otros casos y mantenía al día sus archivos de autopsias y necropsias, pero no dejaba de pensar ni un minuto en los huesos de La Calera.

Con todo, los resultados no llegaban.

—¿No será un extranjero? —le dijo una tarde Zipacón a Piedrahíta—. Acá matan gente de todas partes. En eso sí somos muy abiertos.

—Puede que sí, pero primero hay que agotar el recurso nacional —dijo Piedrahíta—. Yo creo que lo vamos a encontrar. Hay que ser optimista. Mañana nos mandan datos de Chocó y Nariño, que todavía no están centralizados.

—A uno le deberían marcar en el hueso el número de cédula —dijo Zipacón—, así se identificarían bien rápido los cadáveres.

Piedrahíta se rio y le dijo:

—Está buena esa propuesta, hay que llevarla al Congreso.

Zipacón volvió de mala gana a su oficina que era ya, para él, un pozo de torturas: como sentarse en un bloque de hielo o en una sartén hirviendo o en el tablón de puntillas filudas. Busque y busque algo tan sutil. Como perseguir una gotícula de saliva en el aire de una ciudad gritona y maldiciente. Se animó pensando que los grandes espíritus de la ciencia habían hecho eso: bucear y encontrar en el aire lo que nadie veía y luego hacérselo ver a los demás. Aquí tienen pa que aprendan, pendejos. Le entraba la euforia y sacaba pecho por el corredor, el ascensor, las escaleras del instituto. Cerraba los ojos y recitaba en la mente: «Galileo, Darwin, Newton, Zipacón», ¿cómo pronunciarían en Londres o Nueva York su apellido? ¿Algo así como *Sáipicon*? Pero después, ciclotímico, volvía a caerle el ánimo a los pies: los grandes espíritus de la ciencia no trabajaban en una oscura oficina adjunta al laboratorio de un oscuro Instituto de Medicina Legal, en la capital lluviosa y gris de un país oscuro como este, insignificante para la gran ciencia y para casi todo; aquí no había heroísmos, nadie se salvaba y sus esfuerzos no iban a ser vistos por nadie. Trabajaba en el tercer sótano (así veía a veces, depresivo, su oficinita del quinto piso), detrás de un muro. Nadaba por el centro de un río sin orillas. Ramiro Zipacón, biólogo, médico forense. La Z de su apellido parecía recordarle su lugar en la fila. ¡Orden, orden!

Pero él le seguía dando. Taca, taca. A través suyo luchaba el espíritu de la clase media. La idea de que lo mejor está siempre por venir y hay que salirle al encuentro. ¡Resiste y triunfarás! Conoce tus zonas erróneas, *Mr. Sáipicon.* ¡Es culpa tuya! Secuencias, secuencias, ADN, moléculas, reacción en cadena de la polimerasa, muertos antiguos, desaparecidos, crímenes eternos, tiros en la nuca, picados, enterrados vivos, cuerpos incinerados en hornos (el Tercer Reich criollo), cuerpos triturados por máquinas, cuerpos comidos por perros o cerdos, picados por culebras, explotados en bombazos. «A esto hay que meterle inteligencia emocional», se decía Zipacón, desesperado hacia el final de la tarde al ver lo que le faltaba. Como empujar calle arriba una camioneta en neutro y sin freno de mano. Sísifo criollo en el barrio Santa Fe. Se desestresaba multiplicando números negativos. En la pared, frente a su escritorio, había clavado con una chincheta dos frases de Og Mandino: «La tasa del éxito está en triplicar tu tasa de fracasos» y «Fracasar consiste en dejar de intentarlo». Sentado en su silla hacía un ejercicio: mover los músculos glúteos de forma rítmica. Un lado y el otro, cien veces cada uno. Lo aprendió en un manual sobre el cuidado de la salud en horas de oficina, *Tu cuerpo empresarial también es tuyo.*

Volvió a anochecer y a hacerse tarde. Y nada. Salió un momento a la terraza, se iba a enloquecer. Un sonido inconfundible llegó de la oscuridad y se llenó de luces intermitentes. ¿Cuántos aviones aterrizan cada día en El Dorado? Los que llegaban del sur y daban la vuelta sobre Monserrate para embocar la pista pasaban frente a su oficina. ¿Quién llegará ahí, tal vez a encontrarse con una media naranja? Qué envidia: abrazo y beso con lengua en Salidas Nacionales y motelazo con tequila en Amoblados El Paracaídas. ¿Quién más llega, quién más? ¿Quién por trabajo o para asistir a una defunción? A veces imagina el avión cayendo sobre la ciudad. Un edificio aplastando otro edificio. ¡Qué tragedia sería eso! Cuerpos quemados saliendo de los escombros, como en Hiroshima. El ADN quemado por la luz ultravioleta. Y ya estaba otra vez en su tema omnipresente: la muerte. Pero es que él, el doctor Zipacón, no fue el que se inventó la muerte ni la degradación de los tejidos por culpa de los microorganismos. «No fui yo, su señoría», se imaginó diciendo ante un juez. La noche le traía ideas. «¿Quieres bailar esta noche?». Zipacón empezó a mover la cabeza de lado a lado, siguiendo el ritmo de una vieja canción: «Vamos al Noa Noa, Noa Noa...». Oía la música y la voz de Juan Gabriel, le fascinaba ese cantante, «el Elton John de por aquí». Se ponía los audífonos del celular y buscaba su playlist de balada romántica.

Así se iba llenando la noche y Zipacón lograba una vez más las dos de la mañana. Ver que Piedrahíta seguía en su oficina le indicaba (al menos) que lo excepcional no era sólo para él. ¡Resiste y triunfarás! A veces, antes de salir, pasaba por el despacho del jefe a despedirse.

—Vaya con Dios, joven —le decía siempre Piedrahíta—, y no se le olvide hacer el bien sin mirar a quien.

Al otro día hubo cambio en el menú de la cafetería. Empanadas argentinas con chimichurri, empanadas criollas, empanadas de pipián y hojaldres de carne y pollo. Zipacón pasó la mañana pensando en qué comería, ¿cómo es que decidieron modernizarse así, de pronto? Llegó la globalización a ese instituto público. Secuencias, ácido desoxirribonucleico, biomoléculas, cristales de hidroxia-patita o fosfato de calcio, condiciones anaeróbicas, geno-ma nuclear... ¡Empanadas argentinas! Eso iba a almorzar. Pero habría que bajar temprano, como eran novedad se acabarían rápido.

En la fila de la cafetería se encontró a su amigota Nancy Marcela, microbióloga, compañera universitaria de la Tadeo y morenaza del Tolima. Se graduaron juntos, entraron el mismo año al instituto y hasta habían tenido una vez un mani-culi-teteo en una rumba institucional (baño de mujeres del tercer piso), ya casados ambos, después de la conga, el trencito del amor y bailar amacizados *El comején* con las neuronas buceando en un diluvio universal de Ron Viejo de Caldas.

—Uy, Ramirolandia —le dijo ella al verlo—, el jefe pluma blanca me lo tiene bien trinchado, ¿no? ¿Es por una identificación?

—Sí, Nancy, me tiene como papa en tenedor. Unos huesos que encontraron por La Calera. Llevo una semana saliendo a las dos.

—Ay, pobrecito. Mejor dicho. ¿Y hoy también?

—Hoy peor porque mañana se acaba el plazo que el jefe le dio al fiscal.

—Mejor dicho, va a ser su día Chocolate Sol.

—Toda la semana, o ya ni sé. ¿Y sumercé qué va a pedir de comer? ¿Vio que cambiaron el menú?

—Ay, sí, voy a pedir empanadas criollas y un hojaldre de carne —dijo la colega—. Esas argentinas me dan agrieras.

—¿En serio? No les eche chimichurri.

—No es por eso, son las aceitunas que traen. Se avinagran y me dan náuseas. ¿Usté sí las va a pedir?

—Pues ya me hizo dudar.

Se sentaron juntos.

—Oiga, Ramirolandia, ¿y por qué sólo tienen las extremidades? ¿Qué pasó con el resto? Está raro eso.

—Sí, rarísimo. No encontraron nada más, y eso que buscaron bien por toda la zona.

Acabaron de comer y Zipacón se sintió pesado.

—Ay, juemíchica —dijo—, ya se me retorció el estómago.

—¿Sí ve? Por terco. Camine a mi oficina y le doy bicarbonato.

Subieron al tercer piso. El cubículo de Nancy estaba muy decorado. En la pared tenía relieves de balcones de Boyacá hechos en cerámica de Ráquira, fotos de los hijos y un afiche que decía. «Dios, si no puedes lograr que adelgace, haz que mis amigas engorden». Zipacón se sentó y, distraído, miró el computador de Nancy mientras ella rebuscaba en los cajones.

—Sumercé está es con el material probatorio, ¿no? —le dijo.

—Sí, archivando series de casos ya juzgados.

Sin saber ni lo que hacía escribió en la ventana de ese archivo la secuencia ADN y la envió. Lo había hecho unas cinco mil veces en los últimos días y se sabía la serie de memoria.

—Aquí está el frasquito —dijo por fin Nancy, arrodillada, con el brazo metido en el último cajón.

Sacó tres pastillas grandes y se las dio. Zipacón se las echó al bolsillo de la camisa.

—Ahorita me las disuelvo con un té de hierbas y quedo al pelo, Nancicita. Mil y mil.

—Chao, bizcochuelo. Se me cuida y por la sombrita, ¿no?

Zipacón caminó hasta el corredor y ahí le volvió a dar el retorcijón de estómago. «Putas empanadas, las aceitunas estarían pasadas». Iba a entrar al baño cuando oyó la voz de su colega desde la puerta.

—Ey, Ramirolandia, ¿usté metió algo en mi computador?

La miró extrañado, se llevó la mano a la frente.

—Escribí la secuencia que ando buscando, qué pena. La costumbre.

—Venga rápido a ver esto —dijo ella.

8

Eran casi las cinco cuando Laiseca llegó a la oficina de Jutsiñamuy. Con una mano golpeó dos veces y con la otra abrió; tanto afán traía de la calle. El fiscal lo miró desde su escritorio, levantando el cuello por encima de la pantalla.

—Siga, agente Laiseca —le dijo al verlo irrumpir así—. Siga y siéntese. ¿Habló con Zipacón o con Piedrahíta?

—Sí, jefe. Hace un rato. Buenas noticias.

Jutsiñamuy, muy tranquilo, se alisó el bigote.

—¿Por qué se habrán demorado tanto en identificar el muñeco? —dijo el fiscal.

—Es que ahí está la cosa: cuando llamé a Piedrahíta me dijo que me fuera para el instituto en bombas, y allá llegué. Oiga, me lo mostraron en el computador, perfectamente identificado.

—¿Y entonces? —dijo Jutsiñamuy—. Suelte a ver que yo me lo conozco. ¿Quién era el tipo?

—¿Sabe por qué no lo encontraban, jefe? —dijo el agente, queriendo ponerle emoción al asunto.

—No sé, ¿mandaron destruir el dosier?

—Frío, frío. No lo encontraban porque estaban buscando mal. El hombre no aparecía entre los muertos ni entre los desaparecidos sencillamente porque no está ni muerto ni desaparecido. Está vivo, y agárrese: es un preso de la cárcel de La Picota, desde hace cuatro años. Se llama Marlon Jairo Mantilla.

Jutsiñamuy se puso la mano en la frente.

—No jodás.

—Aquí le tengo el fólder con la sentencia —dijo Laiseca, sacando un legajo—. Está en La Picota y tiene para rato. Lo estuve leyendo antes de venir. Lo sentenciaron a treinta y siete años por un feminicidio, tráfico de sustancias y otros delitos. Es una joyita el *cortado* ese. Un pervertido. Le quemó la cara con ácido a su última pareja y tenía otras denuncias por torturas severas. Un verdadero psicópata.

Vio la foto. Ahí estaban la cabeza y el torso que andaban buscando por los cerros.

—¿Y quién le hizo eso? —dijo Jutsiñamuy.

—No se sabe —dijo Laiseca—. Lo encontraron en un quirófano clandestino, recién operado. Un galpón agrícola cerca de Guasca. Alguien dio la alarma.

Jutsiñamuy tomó nota de todo y miró los documentos.

—Qué vaina tan rara, ¿y se leyó los pormenores? —le preguntó a Laiseca.

—Más o menos —dijo el agente—, no quería demorarme en venir a contarle. Pero en las declaraciones el hombre dijo que no sabía por qué le pasó eso. La amputación no se consideró en el juicio. Verifiqué si había investigación por lesiones o algo, pero no hay nada. Se ve que a nadie le quedó ánimo para indagar.

El fiscal miró por encima el documento y dijo:

—El tipo no debió inspirar mucha compasión, ¿no? Quemar a la mujer con ácido, qué raza.

—Exmujer —precisó Laiseca.

El fiscal siguió ojeando los folios del expediente, pasando el dedo por el centro de cada página y deteniéndose de vez en cuando.

—Y después paramilitarismo. Todos acaban metidos en eso. Acá dice que estuvo en varias masacres y que era famoso por sus interrogatorios con navaja y soplete. Le gustaba la tortura y siempre lograba sacar lo que quería.

—También dirigió un grupo distribuidor de esa droga rosada, el tusi, en el norte del Valle. Debió ser por eso que lo cortaron.

—Ah, carajo —dijo el fiscal, señalando uno de los folios con su índice—, ¿y vio esto? También le rebanaron el pene y los testículos. La cosa fue en serio.

Laiseca se inclinó sobre la hoja.

—Ay, juemadre —dijo—, no lo había visto. Le pegaron su buena capada.

Jutsiñamuy siguió embebido en el documento, moviendo los ojos con velocidad. De pronto levantó la cabeza, como dándose cuenta de algo.

—No le he ofrecido nada —le dijo al agente—. En la greca debe quedar café o si no vaya hasta el ascensor. La máquina funciona. Qué pena la descortesía.

—Gracias, jefe, pero mire —dijo Laiseca, mostrando el reloj—, estas ya no son horas de café. Sábado, casi las seis de la tarde.

Jutsiñamuy se alisó el bigote y levantó los brazos hacia los lados.

—Me gustaría invitarlo a un trago, pero creo que le va mal —dijo el fiscal.

—Cómo se le ocurre, jefe, no —exclamó Laiseca—. Eso está mal visto, aunque... ¡Sería muy bueno!

Jutsiñamuy, que era abstemio, le señaló una de las repisas.

—Por ahí debe haber una botella de sabajón, si es que le gusta esa porquería —dijo—, me lo trajeron de regalo unos fiscales de Duitama.

Siguió mirando el índice del documento. De pronto se levantó y caminó hasta la ventana, pero en lugar de abrirla limpió el vidrio empañado con la manga del suéter.

—Me imagino que este sujeto, Marlon Jairo, debía tener una buena cantidad de enemigos, rivales y competidores. La cosa no tiene mayor complejidad: lo secuestraron, le tasajearon las extremidades y la guasamandoca y lo dejaron vivo para que sufriera. No querían deshacerse de él, sino castigarlo y vengarse. A saber qué les habrá hecho en su turno.

Laiseca se recostó en el espaldar del sofá.

—¿Y entonces, jefe? ¿Qué hacemos?

Jutsiñamuy se rascó la mejilla y caminó alrededor de la mesa unos segundos.

—Pues al no haber muerto y estar el tipo en la cárcel, lo de los huesos se puede archivar —dijo—. Pero algo por dentro me hace runrún.

—Sería cosa de buscar al que le hizo los cortes —dijo Laiseca—, es lo único que veo ahí. Hacer lo que no se hizo hace cuatro años. Usted dirá, jefe.

—No creo que valga la pena empujar la rueda a ese molino hasta que no haya más cosas—dijo Jutsiñamuy—, pero sí podemos investigar por los lados. Parar oreja.

—¿Está pensando en su amiga periodista?

—Es una idea —dijo el fiscal—. Ella puede metérsele a esto y avanzarlo. Es un tema interesante para escribir: un psicópata feminicida castigado, amputado, castrado y en ruinas. La mujer que ese hombre mató ¿tenía hijos, hermanos, parientes? Los delitos por los que fue condenado. ¿Cómo vive hoy ese psicópata? El hecho de que lo hayan capado le pone picante. ¡Yo ya tengo ganas de leer la crónica! Y luego, si aparece algo pulposo, lo retomamos.

—Usted es un científico, jefe.

—Mañana por la mañana le mando un mensaje a Johanita.

9

El aguacero de la noche, para Johana, fue un concierto de gotas y goterones atravesando el cielorraso para caer, tras vuelo de tres metros, en olletas y jarras de diferentes tamaños, creando una especie de marimba pluvial. El problema es que una de esas olletas era la del café...

Y a esa hora moría de ganas de tomarse un café.

—Preparame un cafecito —le dijo a Yesid, su novio.

Yesid, sin camiseta y con el pantalón de una sudadera vieja, estaba recostado bocabajo en la cama, sumergido en el teléfono. Jugaba Tetris y ya iba como en nivel dos mil. A Johana la sacaba de quicio.

—No jodás, salite un momento de ese maldito celular —le dijo.

—Ya casi acabo. Estoy por cambiar de nivel.

—Siempre es eso... Cambio de nivel, cambio de nivel. Me entran es ganas de cambiar yo también de nivel pero con vos.

Yesid se dio la vuelta y la abrazó en la cama. Le dio varios besos en la boca y los cachetes. La miró a los ojos.

—No digás pendejadas, reinita. Si somos la pareja del año.

—Hmm, pero quién sabe de qué año —dijo ella—. Será del año de Upa. ¿Y qué hubo de mi café?

—Ya voy, cariño. ¿Qué quiere decir año de Upa?

—No sé, lo decía mi papá.

Yesid se levantó y fue hasta la cocina haciendo eses entre los hilos de agua que bajaban del techo. Al segundo asomó la cabeza:

—¿Y la olleta?

—Véala ahí —le dijo, mostrándosela con la boca.

—Ay, claro.

Fue a la cocina y trajo un plato sopero. Hizo el cambio, tiró por el lavaplatos el agua lluvia, le puso de la llave y encendió la estufa. Yesid era atento a pesar de haber sido educado en una especie de guarnición militar familiar. Su abuelo era patrullero y su papá llegó a dragoneante. Se retiró y con las cesantías abrió una miscelánea y una fábrica de pintura en el barrio Meissen. Pudo despegar bien, pero a mediados de los ochenta el Gobierno le puso control a la venta del éter, que es clave para fabricar pintura pero también clorhidrato de cocaína. No pudo pagar las licencias y quebró. El almacén del Meissen se volvió

51

oficina de construcción y su padre se convirtió en obrero. Trabajó años en eso hasta que un día, cuando Yesid tenía trece años, se resbaló instalando el sistema eléctrico de un ascensor y cayó por el hueco desde un sexto piso. El colegio de Yesid era en la otra cuadra y alguien fue a avisarle. Yesid llegó al sitio del accidente y se sentó al lado de su papá. Le salía un hilo de sangre por la boca. Los obreros se quedaron con el herido y el niño hasta que llegó la ambulancia, pero tarde. Fueron treinta y dos minutos que transformaron a Yesid para siempre. Solo y al lado de su padre moribundo, ante una galería de desconocidos que, también en silencio, se quitaron los cascos y lo miraron con lástima. El padre llegó vivo al hospital y aguantó quince días, pero al final murió ahogado por las heridas que las costillas rotas le hicieron en los pulmones. Ser huérfanos ambos —el de Johana, chofer, había muerto en un accidente de tráfico en Cali—, fue clave para que se entendieran. Los dos sintieron que el otro *también sabía*. ¿Dónde estaba el colador? Ah, ahí. Lo abrió y le echó tres cucharadas. Café Águila Roja.

—Reina, ¿lo querés con azúcar?

—Dos cucharadas.

Puso dos pocillos, echó el azúcar y esperó. Cuando hirvió el agua la fue pasando por el colador de tela, enganchado al borde de la olleta. Le gustaba eso. El olor, el goteo del café. Le recordaba las mañanas en Tenerife, cerca de Palmira, en esa zona a la que le dicen La Nevera. De allá era la mamá y allá se acabó de criar después de la tragedia. Casi tres mil metros, más alto que Bogotá. Qué frío tan hijueputa, pero bonito. Reses holstein y cebú. Papa y más papa. Y a cada rato, claro, la guerrilla, pero mejor no decirle eso a Johanita. Él se había vuelto campesino y por eso mismo, al cumplir los dieciocho, le tocó devolverse a Bogotá. La violencia. Prestó el servicio militar en Tolemaida. Le salió bien y ahora trabajaba de escolta. Ahí se conocieron. La tuvo que cuidar durante unos días por orden de un fiscal, gracias a una colaboración de ella con la justicia. Y le quedó tan bien cuidadita que ahora vivían juntos. Lo pusieron a cuidar a la mamacita, la exguerrillerita de las ex-Farc, tan de buenas, no fue sino cerrar la mano y ahora mírela, en piyama y al lado de él. Si se hubieran encontrado cinco años antes les habría tocado echarse bala. Ahora desayunaban y hacían pereza juntos. Eso era la paz. Ya planeaban salirse de ese apartamentico pobre, en Engativá, para uno más grande y cerca del centro.

Johana pegó un sorbo largo de café, bien caliente. Después de servirle, Yesid se devolvió a su juego de Tetris. En ese momento le vibró a ella el celular. Mensaje.

«Buen domingo, niña. ¿Será que podemos reunirnos hoy con su jefa? Tengo una cosita para comentarles. Fiscal J.».

—Ah, vea pues, mirala —dijo Yesid—, vos que tanto me criticás por andar con el celular.

—Pero esto es trabajo —dijo Johana—. El fiscal pregunta si podemos verlo hoy. Quién sabe en qué andará a esta hora la jefa Julieta. Anoche dijo que iba a quedarse trabajando en su casa, pero eso por lo general quiere decir traguitos y, si se le va la mano, llamada a algún amigo. O sea que a esta hora estará dormida o enguayabada.

—Los domingos por la mañana son del Señor —dijo él, riéndose.

—¿De cuál señor? —dijo Johana, atea, descreída, formada en teorías comunistas—. Pues andate a misa entonces.

Le tiró una almohada, se revolcaron un rato.

Afuera el aguacero tomaba forma.

—De almuerzo quiero una cacerolada bien gigante de huevos pericos con cebolla —dijo Yesid—, tomate y salchicha. Y le voy a echar queso por encima. Pero primero microfútbol.

—¿Va a ir ahorita por la mañana? Vea que está lloviendo.

—Vos sabés que eso es sagrado con los amigos, así llueva o truene. Una horita de microfútbol en el parque y listo. Apenas para volver con hambre.

Se levantó, buscó una camiseta limpia en el barullo del armario. Encontró una azul con un aviso casi borrado de letras blancas, «Colgate». Salió, cerró la puerta. Johana se lo quedó mirando. Lo quería, sí. Malparido. Habría dado la vida por quedarse con él toda la mañana, pero el man tenía que irse a jugar microfútbol.

¿Y si se va porque tiene otra?

Corrió a la ventana, lo vigiló caminando por el andén del frente. Al llegar a la esquina dobló a la izquierda y lo perdió de vista. Era la dirección del parque. Todo bien. Se imaginó saliendo detrás, llegando a la cancha de baloncesto y viendo que no estaba entre los jugadores. Se encendió de rabia y se le enrojecieron los cachetes. Ah, ¿para qué se imaginaba cosas que no estaban pasando? Irse a espiarlo, qué boleta. Y qué oso. Si va, tendría que ser a escondidas o con una disculpa. ¿Qué hay por allá? Todavía no conoce bien el barrio de Yesid. Una panadería, eso. Sin darse ni cuenta ya tenía puesto el bluyín y la camiseta, el suéter y la chaqueta impermeable. Al salir agarró la sombrilla. Las lluvias subían y bajaban de intensidad. Cruzó al frente y vio que a pesar del paraguas los zapatos se le mojaban. Nadie se ha inventado el paraguas perfecto.

Al llegar al parque vio de lejos al grupo jugando micro en la cancha de básquet, y ahí estaba Yesid, claro. ¿Por qué tenía esa maldita inseguridad? Se odió, se sintió ridícula. Le dieron ganas de esconderse. Panadería DeliPan. Cerró el paraguas y se metió. Había fila delante de la caja registradora. Sacó el celular y sólo en ese momento se acordó del mensaje del fiscal Jutsiñamuy. Entonces le escribió a su jefa Julieta. «Jefa, pregunta el fiscal que si nos podemos ver un rato por la tarde, que tiene algo. ¿Le digo que sí? Hora. Por favor». Que decidiera ella. Cuando le llegó el turno pidió un chocolate caliente y una almojábana. ¿Para llevar? No, para comer aquí. Se lo calentaron y una joven-cita se lo llevó a la mesa. Miraba y miraba la pantalla, su jefa no había leído el mensaje. ¿Por qué se obsesionaba tanto con el celular, con Yesid, con la vida en general? Le daba miedo estar bien, la atormentaba perder lo poquito que tenía, que en realidad no era poquito. Era muchito.

Se metió a su Facebook y a partir de ahí se fue per-diendo de una historia a otra, viendo un video, luego una página de política. La gente seguía haciendo denuncias sobre las marchas contra el Gobierno. Que el Esmad había detenido a una, que le habían quebrado los huesos de la mandíbula a otro, que hubo detenciones en la Avenida de las Américas, que se llevaron a tres muchachos en la Trein-ta, frente a la Universidad Nacional, en un carro sin insig-nias. Nunca pensó que ahora, en la vida civil, se fuera a ver metida en una lucha social tan berraca y valiente. Yesid no entendía bien, pero la acompañaba. Ella lo estaba educan-do.

«Mirá, yo te voy a enseñar a ser colombiano», le dijo un día, y él se rio y le contestó, «ay, mi guerrillerita, diga pues».

Lo bueno de salir con él es que se sentía segura. Ni los capuchos duros ni el Esmad le daban miedo, porque Yesid era un man imponente, alto, fuerte. Hasta con cara de hijueputa, visto de lejos. Y eso era bueno. Johana no se había perdido ni una marcha de protesta, desde la prime-ra, y ya había desfondado tres cacerolas de tanto darles. Estaban acabando con el Proceso de Paz. Con *su* Proceso de Paz. Había que salir a defenderlo así fuera a cacerola-zos. Al pensarlo se le erizaban los pelos de los brazos, le aparecían lágrimas. Los jóvenes de este país, qué berraque-ra. Qué chévere moverse y gritar al lado de ellos, sin uni-formes ni armas. Ella también era joven, pero con el alma arrugada. Estas marchas le devolvían la mística. Eso segu-ro. La sangre le corría con fuerza, sentía tensarse los músculos. Las pancartas, los gritos, las consignas, los tambores y las carreras cuando llegaba el Esmad a provocarlos o a dispersarlos echando gas lacrimógeno. Corría junto a esos muchachos tan bellos y se sentía viva.

De pronto levantó la vista y vio a Yesid.

—¿Y usté qué hace aquí, reinita? —dijo él.

Estaba con varios de sus amigos. Johana se sintió pillada con las manos en la masa (en la mesa), aunque tampoco era tan raro.

—Me dieron ganas de chocolate con almojábana —dijo—, ¿ya acabaron el partido?

—Sí, es que la lluvia está tenaz.

Todos venían empapados.

—¿Y quién ganó?

—Nosotros. Les metimos siete a tres.

Los amigos fueron a sentarse a otro lado, pero Yesid se quedó con ella. Johana sintió nervios de que siguiera preguntando por qué había salido, pero no, el hombre era de lo más natural, sin vueltas en la cabeza. Un man sano. Le dieron ganas de tirársele a los brazos y pedirle perdón, pero no iba a entender nada. Mejor quedarse callada. Qué vaina tan jodida su cabeza.

—¿Y qué tenés hoy? —le preguntó Yesid.

—Estoy esperando que la jefa conteste —dijo Johana—, de pronto me toca trabajar un rato por la tarde.

En esas estaba cuando su teléfono vibró. Era la jefa.

«Pregúntale que si puede a las cuatro. Mismo sitio de siempre. Gracias».

10

Cafetería Juan Valdez. Carrera Séptima, calle 53. Mesa exterior debajo del toldillo. Dieciocho clientes que habían pedido, en su mayoría, café campesino y palitos de queso. Hora 16:07. La periodista y su colaboradora llegaron unos minutos antes y ocuparon una mesa. A las cuatro en punto una camioneta negra de placas oficiales estacionó en el carril de buses de la Séptima. El fiscal Edilson Jutsiñamuy saltó al andén y corrió para guarecerse del agua.

—Si sigue lloviendo así este país se va a disolver como terrón de azúcar en el café —les dijo, a modo de saludo—, ¿cómo les parece esta vaina?

Se estrecharon la mano, volvieron a sentarse.

—Lo peor es el frío —dijo Julieta—, ya tuve que poner calentadores eléctricos. Este mes la cuenta de la luz me va a salir carísima.

—Uno no sabe si es el cambio climático o la vejez —dijo el fiscal—, pero cada vez hace más frío en esta hijuemíchica ciudad. Serán los primeros anuncios del fin del mundo.

Johana fue a pedir las bebidas calientes. Dos cafés y un té de hierbas. Mientras traía las cosas a la mesa vio la camioneta del fiscal sobre la 53. Por un reflejo de seguridad revisó arriba y abajo de la calle, pero no vio nada sospechoso. Las alcantarillas de la esquina se habían tapado y rebosaban agua. Para cruzarlas, la gente debía saltar un metro o mojarse los zapatos.

—Bueno, cuéntenos qué historia nos trae, fiscal —dijo Julieta—. Para llamar un domingo debe ser algo grande, me muero de curiosidad.

Jutsiñamuy le dio un sorbo largo a su té de cidrón, luego se secó el bigote con la servilleta y empezó con lo que él llamaba «dibujo de ejecución» del caso.

—Encontramos aquí arriba, por los cerros que van a La Calera, una vaina muy rara —dijo acariciándose las comisuras de la boca—: unos huesos enterrados hace ya varios años. Dos brazos completos, en buen estado, y dos piernas. Todo del mismo cuerpo. Pensamos en un cadáver desmembrado, pero no se logró dar con el resto. Trabajamos un área enorme. Ni rastro del torso y la cabeza. Le hicimos necropsia a los huesos, le sacamos el ADN y lo contrastamos con los archivos de personas desaparecidas. Y nada. Oiga, nos íbamos enloqueciendo con esos huesitos hasta que, por casualidad, un forense del Instituto de Medicina Legal dio con la vaina.

—¿Quién era el muerto? —dijo Johana.

—Ahí está la cosa. El muerto no estaba muerto.

—¿Cómo así?

Johana dejó escapar una risita. Se la tapó y dijo «perdón».

—¿Y entonces? —preguntó Julieta.

—El torso con cabeza al que le cortaron las extremidades está en el patio séptimo de La Picota. Todavía habla y come y responde.

—No entiendo, fiscal. ¿Los huesos que encontraron en el cerro son de un tipo que está vivo?

—Exactamente.

—¿Y quién es el tipo?, ¿qué le pasó?

—Ahí viene el cuento —dijo el fiscal, agarrando el palito de queso—. Resulta que el hombre es tremenda perita en dulce. Un verdadero psicópata. Está en la cárcel por feminicidio agravado, tráfico de drogas, tortura, extorsión y paramilitarismo.

—Uy, mejor dicho, no le quedó faltando nada —dijo Johana—. ¿Y quién le hizo eso?

El fiscal levantó los ojos al cielo.

—Ah, es lo que tenemos que averiguar. Quién y por qué, y qué relación hay con los crímenes que cometió. En fin, la pregunta de siempre: ¿qué fue lo que pasó? La policía lo encontró en un galpón agrícola cerca de Guasca, sedado y recién amputado. Esto fue hace cinco años. Le cortaron también el aparato reproductor completo.

—Ay, no. ¿Lo caparon? —exclamó Johana.

—Bueno, eso —dijo el fiscal.

—Fue una venganza —dijo Julieta—, y debió ser una mujer. Las mujeres capan a los violadores y psicópatas.

—Sobre eso no hay detalles —terció el fiscal—, en todo caso la asesinada era su mujer o exmujer, y me imagino que habrá otras víctimas antes, seguro, aunque no aparezcan. Aquí está el expediente. El caso es viejo y se cerró con la condena del hombre. A nadie le quedaron ganas de investigar quién le había hecho eso.

—¿Y dónde estaba antes de que lo llevaran a Guasca para amputarlo? —preguntó Julieta.

—Dice el hombre que no se acuerda, muy raro —dijo el fiscal—. Qué tal uno no acordarse después de una vaina así.

Julieta sacó una libreta y empezó a tomar notas.

—¿Y cómo se llama el tipo?

—Marlon Jairo Mantilla. Cincuenta y un años. Autodefensas de Yarumal. Caleño.

—¿Yarumal? —dijo Julieta—. Eso son los paracos de Los doce apóstoles, los del hermano de Uribe, ¿no?

—Bueno —dijo el fiscal—, es lo que se está investigando.

—¿Y el hombre está en La Picota?

—Sí, condenado a treinta y siete años de cárcel —dijo Jutsiñamuy—. Vive en una celda buena, con un ayudante pagado que lo asiste en todo. ¿Se imaginan uno sin brazos ni piernas? Parece que ya en la cárcel se metió a cristiano evangélico y eso como que lo tranquilizó.

Julieta no levantó la vista de su cuaderno.

—¿Y de dónde saca la plata para pagar esos servicios?

—Una hermana le manda —dijo el fiscal—. Es lo que aparece en el registro.

—Pues, fiscal, está interesante el personaje: feminicida, narco, paramilitar, psicópata y víctima. Un compatriota ejemplar. ¿Tiene un informe más detallado que yo pueda leer?

—Aquí le traje copia de todo: el caso, la sentencia, los anexos. Es un documento público.

—El tema es enigmático —dijo Julieta—. Podría ser una crónica sobre el entorno social que produce esos frutos tan venenosos.

—Desde mi punto de vista hay algunas salidas —dijo Jutsiñamuy—, pero tal como está hoy es difícil justificarlo en la Fiscalía.

—Le agradezco que me haya llamado —dijo Julieta, recogiendo sus cosas de la mesa y guardándolas en su bolso.

—Ya la conozco, amiga. Sé cuáles son los casos que le pitan en el radar. Apenas vi esto me dije: es para Julieta.

—¿Podría hablar con el tipo en la cárcel? —dijo ella.

—Supongo que puedo arreglarlo, pero ni una palabra de esto con nadie.

—No se preocupe, fiscal. Cuando esté preparada le aviso y ahí vamos viendo.

Al volver al estudio, las dos mujeres se sumergieron en los documentos. Johana empezó a buscar informes y referencias en los archivos de prensa con el nombre del «cortado» e hizo un fichero. Hacia las seis de la tarde pidió permiso para irse a su casa. Era domingo y Yesid la esperaba para la comida (desde el almuerzo tenían pendiente una cacerolada de huevos pericos con cebolla, tomate y salchicha). Quería estar con él y ver por televisión algún partido de fútbol.

Julieta miró el reloj y pegó un grito.

—Vete de una, qué pena —le dijo—. Tengo que ir por mis hijos yo también.

Salieron juntas, Julieta la dejó en la estación del SITP y siguió hacia la casa de su exmarido, en la 98 con 12.

Era lo que más odiaba de su existencia: tener que ir a los predios de ese hombre. Detestaba el modo en que respiraba y se vestía, su corte de pelo y sus manos manicureadas que, ay, Dios, tanto la tocaron y que, absurdamente, alguna vez amó. El problema es tener una sola vida en la que, en simultánea, hay que hacer el borrador y la copia en limpio. Con el agravante de la aguja del reloj y el paso del tiempo. Su destemplado tictac. Si existiera un dios, se dijo, un dios bueno y amigo, debería darnos la posibilidad de borrar y repetir. «Pero lo único que tenemos es esto y Dios no existe», se dijo golpeando el timón, antes de estacionar frente al edificio y enviar a sus hijos un mensaje que decía «Ya llegué, bajen», y que obviamente ninguno de los dos leyó, obligándola a caminar hasta la portería. La lluvia le heló la espalda. Esa sensación de abandono en las noches de domingo era prueba de que, en esta ciudad, algo importante estaba radicalmente mal. El único modo de sortear ese fastidio era ir a un cine o estar en la cama. O muy ebria. De cualquier otra forma, esos anocheceres en Bogotá eran algo insoportable.

Por esa época la vida de Julieta no tenía sobresaltos ni aspiraba a una estabilidad. «En términos de desdicha todavía estoy lejos», se decía, «me quedan armas y miles de cartuchos sin usar». Sus hijos eran cuasi adolescentes, cada vez más zombis, pues emulaban los valores absurdos y arribistas del padre, los que predominaban en la clase pudiente (o aspirante a serlo) de la ciudad. «¿Cuánto vale tu carro, mamá?», «¿Cuánto ganas?», «¿Nuestro apartamento es propio?». Culpa suya y del trabajo. Había sido una madre lejana y no logró inculcarles sus principios. La vida familiar fue un desastre pero ya no podía hacer nada para corregir el rumbo, del mismo modo que un barco no puede maniobrar contra una tempestad y al mismo tiempo reordenar sus velas.

—¿Por qué se demoraron tanto en bajar? —les dijo al verlos—. Acá hace frío. ¿Qué quieren comer?

—Ya comimos, mamá —dijo el mayor—. Papá nos pidió hamburguesas.

Su trabajo era su vida. Los reportajes para la revista dominical de un periódico mexicano y las versiones reducidas que enviaba a un par de revistas de Estados Unidos. De eso vivía. Tenía también un objetivo de más largo aliento, un libro de crónica, una *no ficción* de la que poco se atrevía a hablar con sus conocidos, pero en la que tenía apostadas las fichas de su futuro. Era su único gran proyecto. Lo demás consistía en saltar la siguiente ola y no perder pie al volver a caer.

Durante la semana trabajaron la información disponible del «Caso Marlon Jairo Mantilla» (en la primera página de sus apuntes Julieta escribió *Colombian psycho*). Johana encontró fotografías que ilustraban el paso del tipo por el paramilitarismo en el norte de Antioquia y las crónicas de su detención en Guasca. Ninguna mencionaba la amputación. En el archivo guardó imágenes de la mujer asesinada, Carmen Eulalia Cárdenas, de cuarenta y seis años en el momento del uxoricidio. Tenía una hija de veintisiete, Manuela Cárdenas. Residente fuera del país. El expediente incluía siete declaraciones de torturas, cinco en mujeres. Los muros de la oficina de Chapinero empezaron a llenarse de carteleras con fotos ampliadas, recortes de prensa, mapas indicando lugares —Cali, Yarumal, Frontino, Dabeiba—, fechas dentro de círculos.

Comenzaron a sentir la delicada tensión de una historia, el vibrato de algo que está por expresarse, como esas cavernas de las que emerge un eco pero aún no se conocen ni su profundidad ni los animales que las habitan. Varios días después, cuando Julieta sintió que tenía a mano la llave de inicio, le pidió al fiscal que la ayudara con las gestiones para entrar a la cárcel de La Picota y hablar con el personaje. Estaba preparada. Había llegado la hora de ponérsele de frente al (¿primer?) toro.

Parte II
Oscuro como la tumba
donde yace el recluso

1

Julieta y Johana cruzaron cinco patios antes de llegar a la celda. Con la ayuda del fiscal Jutsiñamuy, Julieta tramitó en el Inpec el permiso para entrevistarlo, pero también debió dirigirse a Marlon Jairo y pedir su autorización. Le tomó unos cuantos días que aceptara sin condiciones o exigencias. Para él, esa visita era sorpresiva e injustificada, pues Julieta y Jutsiñamuy acordaron que, por ahora, no le dirían nada sobre el hallazgo de los huesos (¡sus propios huesos!).

Y ahí estaban las dos, después de someterse a una incómoda requisa por parte de guardias mujeres. A pesar de la palabra de arriba debieron entrar a un cuarto opresivamente angosto y pasar un cacheo. Guardianas con guantes de látex desinfectados en alcohol y tapabocas les palparon con suavidad las partes íntimas, por encima de la ropa. No con violencia ni sospecha. Sólo para comprobar que no llevaban nada obvio. Luego las pasaron por los perros olfateadores. Como no era fin de semana no había otras mujeres. Estaban solas. De algún modo ese trato lento y sin gritos fue todo un privilegio.

Johana nunca había estado en La Picota y, al adentrarse, se sintió cohibida. Era un mundo agresivamente masculino, regido por las peores manifestaciones de ese universo con el que, claro, había convivido en los frentes en los que estuvo, pero con reglas que se respetaban y las protegían. En esos muros llenos de moho y humedad, con tufo a rancio, en esas miradas torvas de personas que pasan sus días en un hueco sórdido, el estómago se le llenó de hormigas. Olía a comida revenida, a orines, a ceniza vieja de cigarrillo, a basura quemada y sin quemar. A algo fuertemente estomacal que parecía pegado a las paredes. ¿Qué era ese olor? Una mezcla de sudor y caca. Esa humedad que les escurre por la raya de las nalgas a los hombres que se bañan mal, que hacen trabajos extenuantes y no usan calzoncillos o los lavan cada mucho, algo que ya conocía. En ese contexto le repugnó, pero en más de una ocasión, en el monte, ese olor de algún compañero, después de una misión peligrosa, le gustaba.

Caminar al lado de las celdas, entre un cañaveral de manos y brazos que sobresalían de los barrotes, fue otra durísima prueba. Dos mujeres en un reclusorio masculino que sólo recibía a sus esposas o novias una vez al mes. «Aquí estoy, corazón», gritó uno. «¿Quién pidió pollo?». «Llegaron mis nalguitas, pirobos». «¡Respeten a las visitantes!», ordenó el guardia, y agregó: «¡Cállense, ratas, que estoy tomando nota!». Julieta caminó con autoridad al lado del dragoneante. A Johana le pareció que todos notaban su miedo. Eso le produjo una rajadura en el estómago que, por algún camino perverso, le hizo doler los ovarios, como si la regla le estuviera por llegar (y no podía ser). Más cuando vio tirado en el suelo de una celda, en posición fetal, a un tipo cadavérico rascándose con un peine las venas del antebrazo, repletas de puntos rojos reventados, llagas supurantes y cicatrices.

—Es un morfinómano al que estamos curando —dijo el guardia, señalándolo con el bolillo—. Se la robaba en hospitales y centros de salud, el muy hijuemíchica.

—¿Y cuál es el método para curarlo? —preguntó Julieta.

—Ah, pues muy sencillo: que se aguante ahí encerrado hasta que se le pase. Ese es el método. Lo vamos a patentar.

El guardia echó una risa que ninguna de las dos secundó.

Continuaron avanzando por el corredor central, cada vez más, hacia el corazón de esa turbulenta cueva.

El frío y el desagradable aguacero pusieron a Johana en un pésimo estado de ánimo. Iba a entrevistar a un psicópata feminicida, pero también a un paramilitar, asesino de campesinos, torturador y defensor de los terratenientes. Que los paras le hubieran matado compañeros en el monte, todo bien. Era la guerra y eran sus enemigos y la guerra no se hace con almohadas. Los suyos también mataron paracos a la lata. Pero que les entraran a bala a los campesinos y hubieran hecho esas masacres tan ásperas era difícil de perdonar.

Lo mejor, por su situación, era no abrir la boca.

Esa sería su protección.

Al entrar al patio donde estaba Marlon Jairo alguien volvió a revisarlas, como si el control del Inpec no fuera suficiente. Y no lo era, claro. Ahí los paras tenían su propia gente asegurándose de que todo estuviera en orden. Nada de punzones ni vidrios, nada de micrófonos. Un tipo de gorra las encontró en una lista y las hizo seguir.

—Bien pueda, vengan conmigo —les dijo.

Las guio por un corredor. Julieta miró de reojo las celdas y vio a tipos recostados en los catres, la gran mayoría chateando o inmersos en pantallas de celulares o tabletas. ¿No estaba prohibido tener eso ahí adentro? La pregunta se quedó en su mente, ya se la haría al fiscal al salir. Un viejo veía una película porno a todo volumen, sin importarle que lo oyeran, y se acariciaba el bulto por encima de la sudadera.

Al final del corredor, en el tercer piso, el guía golpeó en la puerta y dijo.

—Llegó la visita, jefe.

—Que siga —se oyó una voz.

Entraron.

La primera imagen que tuvieron de él fue enigmática: parecía un santo de madera puesto en el nicho de una

67

iglesia, rodeado de cojines, escapularios y collares, sahumerios, estampas, crucifijos y flores de plástico.

—Me perdonarán que no les dé la mano —dijo haciendo una sonrisa.

Luego le habló a su servidor:

—Salúdelas usté por mí, pelao. Soy Marlon Jairo, mucho gusto y bienvenidas a esta humilde morada. Les presento a Josefina.

El ayudante era un muchacho joven. Le sostenía un celular delante de los ojos. ¿Josefina? El muchacho alargó la mano y le hizo a cada una un pellizco fofo en los dedos.

—Mucho gusto, Josefina.

La celda era triple. Salón, cocineta y dormitorio. Sobre una mesa había un televisor de al menos sesenta pulgadas y una antena de DirecTV. Debajo una neverita de hotel y un bafle Bose de alta gama. Vieron botellas de whisky sello rojo, aguardiente antioqueño y tequila. Todas vacías. Las fiestas debían ser buenas. Al lado del televisor, varios celulares ordenados en fila. La mirada de Julieta saltó de una cosa a otra sin reparar en que el hombre la observaba.

—Uno acá vive muy solo, necesita estas pendejadas para no ponerse triste, ¿no cierto?

Julieta asintió con la cabeza. Johana sonrió, impresionada por la voz aguda del tipo (¿será por estar capado?). El muchacho, Josefina, dejó salir una risita falsa.

—Ofrézcales algo de tomar, carajo. Acá podremos ser pobres pero educados. ¡Coja oficio, pues, Josefina!

—No queremos nada, gracias. Usted ya sabe quiénes somos y a qué venimos —dijo Julieta—. Conocemos muy bien todo su expediente y la sentencia. Por eso, si le parece, me gustaría empezar.

—Me dijeron que sólo debía contar lo que yo quisiera, señorita, que esto no es un interrogatorio, sino... Como una entrevista, ¿no? Y también que me podría ayudar a pasar mi caso a la JEP.

—Bueno, eso ya depende de los magistrados que lean lo que usted quiera contar. Eso sí, todo tiene que ser verdad.

—Ah, no se preocupe por eso que lo que yo cuento es la pura verdad —dijo, moviendo las cejas—. No tengo imaginación para inventarme nada y mi señor Jesús Cristo Redentor, mi Padrecito Celestial y Único, el Divino Parcero, me fulminaría con su dedo de fuego láser.

—Bueno —dijo ella—, entonces comencemos.

Johana sacó una grabadora de mano y la alistó.

—Empiezo a grabar ahora, ¿le parece?

Marlon Jairo miró al muchacho. Ambos dijeron sí con la cabeza.

—Lo primero que me gustaría, don Marlon, es saber algo de su historia. ¿Dónde nació y creció? ¿Cómo fue su infancia, su juventud, y cómo llegó a esto?

«Vea pues, yo nací en Roldanillo, Valle, hoy tengo cincuenta y un años. Soy hijo de una familia campesina liberal desplazada varias veces por la violencia, porque originalmente éramos de Sonsón. Mi papá era carpintero, tuvo seis hijos con mi mamá y otros once por ahí, con diferentes señoras. Él fue una persona muy ruda y sólo venía a la casa cuando estaba borracho. Venía a pegarle a mi mamá y a pedirle plata hasta que un día un hermano mayor, de dieciséis años, lo esperó detrás de la puerta, le saltó encima y le clavó un cuchillo en las tripas. El viejo no murió, lo alcanzaron a llevar al hospital y se salvó, pero le dio un derrame, perdió el habla y tampoco volvió a caminar. A mi hermano lo mandaron a la correccional pero salió rapidito. Todos testificamos a favor de él y la cosa se arregló como defensa propia. Pasó el tiempo y todo siguió como antes. De vez en cuando traían al viejo de visita a la casa, pero ahora sólo miraba en silencio. Había mucho odio en esos ojos, créame, un odio ni el berraco. A mí me daba más miedo así, parapléjico, que antes; como ya no podía trabajar vivía de las mujeres; todas le daban platica, a veces almuerzo o mercado, así cada mes. El viejito venía y se sentaba un rato en el corredor y nos miraba hasta que mi mamá le servía un plato de sopa o de arroz con fríjol. A ella le tocó levantar a sus pelaos lavando ropa y limpiando tiendas y a veces cocinando en un piqueteadero que daba a la carretera, La Montañuela, así se llamaba; la vieja reventaba callos para darnos de comer y que fuéramos a la escuela, la Escuela Rural donde aprendí a leer y matemáticas y otras pendejadas que todavía me sirven, la verdad. A uno le enseñan mucha cosa en esas escuelas pobres y yo era bueno, pero había que caminar más de una hora cada mañana para llegar y nos daba pereza, entonces con los hermanos nos quedábamos por ahí, echando piedra en el río, subidos a los árboles y comiendo fruta; nos daba jartera hacer las tareas y después del cuarto o quinto regaño de la profesora me dio fue disgusto seguir yendo, no, eso no era para mí. Mejor estar afuera con los demás y hablar de lo que hablan los pelaos pobres de los pueblos de este país, que es de ser ricos, lo bueno que sería ser rico para comprar carros y casas y para comer en restaurantes y tener buenas hembritas y comprarse tenis de marca y para irse a vivir a Cali o a Medellín, que ni conocíamos.

»Así me crie, queriendo ser rico.

»Fui un típico niño pobre colombiano.

»Los ricos nos parecían dioses, gente bonita, aseada y bien vestida, como de otra raza. Uno quería ser rico para que lo respetaran. Para hablarle recio a la gente sin bajar la cabeza. La pobreza es fea y triste, usté ni sabe de lo que le hablo.

»Empecé a trabajar en la estación de buses vendiendo mango cortado con sal, que era lo que podía coger yo mismo de los palos sin pedirle permiso a nadie. Así me hice mis primeros pesos y muy juiciosito se los llevé a mi mamá, que me los recibía primero y luego me daba chancla por no haber ido a la escuela. Decidí no darle más plata y uno de mis hermanos se vino a trabajar conmigo. Hacíamos ramitos con tajadas de mango y nos subíamos a los buses. Nos iba bien, pero al rato otros pelaos comenzaron a hacer lo mismo, unos vecinos de apellido Almanza. Nos tocó enfrentarlos. Los agarramos por el camino y les dijimos, el mango es nuestro negocio y llegamos primero, vendan otra cosa, pero nos sacaron cauchera y palo, así que nos dimos en la jeta. Ahí me di cuenta que yo era bueno para los puños. Les di durito, mi hermano apenas peleó. Les quitamos los mangos y se tuvieron que ir. A los pocos días volvieron vendiendo pedazos de piña y yo los dejé con la condición de que me dieran una cuarta parte de lo que vendieran. Eso fue creciendo y luego llegaron unos manes con el chontaduro y el mamoncillo. Esta vez tocó sacar navaja. Yo ya tenía dieciséis y movía rápido los brazos. Aprendí que los negocios hay que hacerlos a la fuerza porque la gente no respeta es nada.

»Pasó el tiempo y, un día, entendí que ese pueblo era un moridero, una aldea muy chiquita, y entonces me fui a Cartago. Allá estuve inspeccionando hasta que me encontré de frente con el mejor negocio de este país, el único que lo saca a uno de pobre, aunque a veces lo mate: la coca. Me pillé bien cómo era la vuelta en la plaza de mercado, la galería y alrededores. Unos manes venían en un Toyota y le despachaban a unos pelaos, pero se metían más droga ellos de la que vendían. Estuve tiempos por ahí, mirando, haciéndome el güevón, quedándome a dormir en el hotelito de una señora hasta que me familiaricé con la vaina. Un día me armé de valor y me les acerqué a los manes del Toyota, que estaban tomándose unos aguardientes en la plaza. Era por la tarde. Quiero trabajar con ustedes, les dije. Usté está todavía muy pelao, me dijeron, y yo, no señores, ya soy grande, voy a cumplir dieciocho en marzo, aunque era mentira. Les caí en gracia y me dijeron venga siéntese un momento con nosotros, pelao, a ver, tómese un guaro, y me sirvieron una copita, nunca había probado eso en mi vida y le tenía rabia por lo del viejo, pero ahí tocó, cerré los ojos y me lo mandé, sentí que me escurría aceite quemado por el guargüero, oiga, hice fuerza para que no se notara pero se me aguaron los ojos, me quedaron rojos y vidriosos, pero los manes, que estaban contentos, se lo tomaron bien y me dijeron, entonces qué, pelao, ¿qué querés hacer?, y yo les dije, pues lo que sea, trabajar para ustedes, sobre todo vender, les dije que era buen vendedor y me preguntaron que de dónde era. Les dije de Roldanillo, yo manejo la venta de fruta fresca en los buses que paran en la terminal, ahorita dejé a mi hermano a cargo, pero es que eso es muy pequeño, uno no puede crecer, y los tipos se rieron y me dijeron, ¿o sea que usté, pelao, es comerciante?, y yo les dije claro, allá tengo mi punto de venta, me lo gané a la fuerza, con mi hermano, y los tipos dijeron, bueno, vení mañana a la galería a las siete de la mañana y te hacemos una prueba, y yo dije, listo, ¿tan temprano?, y contestaron los manes, el vicio no tiene horario, eso empieza tempranito, mejor dicho, y es cada día, no respeta fiesta ni domingo, y entonces les dije, listo, vénganos en tu reino, a esa hora los espero, y así empecé con ellos, me daban la mercancía en paqueticos y yo la vendía suelta, perico y bazuco, y como yo no metía era puntual, ordenado con la plata. Los manes del Toyota me empezaron a coger confianza, eran los dueños de esa plaza, Cartago, y trabajaban con la gente del norte del Valle. Claro, era poquito lo que se vendía ahí porque la carga grande se iba para el exterior, a Panamá, a Estados Unidos y México, y bueno, esos manes eran paisas y no confiaban en los vallunos, pero yo les dije que yo también era paisa, de familia de Sonsón, sólo que había nacido en Roldanillo.

»Con esa gente me fue bien y pude salirme de lo otro. Lo de la terminal de Roldanillo se lo dejé a mi hermano. Los paisas me mandaron al Guaviare de raspachín y allá estuve tres años, luego a una cocina en un sitio del Cauca llamado El Encanto, por el cerro Napi, donde hacía un frío que usté ni se imagina, mejor dicho, y allá aprendí el proceso, trabajé con un man al que le decían Bocaellanta, un tipo del Vichada que había sido del ejército, y ahí, con otros cinco y un poco de guardaespaldas, cocinábamos unos siete kilos diarios. Luego pasaban a recogerla y la bajaban hasta las Bocas de Satinga, en el río Patía, y por entre los esteros la sacaban al Pacífico y se la llevaban en barcos camaroneros, la cosa funcionaba bien y los paisas pagaban buena plata. También nos trajeron armas y nos dieron entrenamiento, fue el primero que tuve, en esa época se usaban las mini Uzi, fusiles Galil del ejército y pistolas Llama, españolas.

»El mundo de las armas me fascinó, señorita, y por eso a veces, después de cocinar, me bajaba por la cañada y le hacía disparos a lo que viera. A iguanas o micos. A pájaros grandes. Me encantaba jalar el gatillo y sentir esa vaina temblando en la mano. Hoy que no tengo ya manos me sigo soñando ese cosquilleo. Echar bala, qué berraquera.

»Era lo mío.

»Estuve otros dos años y luego salí a Cali, siempre con los paisas pero ya con algunas inversiones, manejándoles la plata. Pusimos una venta de motos, que eso da buen billete. Cali es Cali, ¿me entendés? Rumba, alegría, belleza. Nenas bien salvajes y endiabladas. Qué ciudad, oiga. Me organicé con una hembrita bien candela que tenía una hija y estuve ahí como cuatro años, pero al final acabé emproblemado. Ustedes ya deben saber eso y quiero decirles que me arrepiento. Me dejé llevar por el trago y el perico, que es la perdición del alma. La rumba se lo lleva a uno. Es Satanás el que manda, el que pone a bailar a la gente para que se morbosee vestida y beba alcohol y meta vicio y luego se vaya a los moteles, con perdón, señoritas. Hay ciudades que están tomadas por el diablo y una es Cali. Vea el símbolo del equipo: La Mechita, un Lucifer con su buen tenedor. El Diablo tiene allá la plaza súper bien controlada y con personal sobre todo de Palmira, que son buenos para eso. Yo lo sé porque hoy mi amo es Jesús Cristo el Mega Bacán, el que me perdonó. Jesús Cristo el Parcero Mayor, el Ordene Pues Papá.

»Pero en esa época yo era carne podrida así que pailas, me tocó que irme, y menos mal que los paisas me tenían estima y se manejaban bien con las autodefensas, porque acabé por los lados de Yarumal, donde estaban armando una fuerza con gente de la zona para darle plomo a la guerrilla y proteger a los hacendados y a los dueños de fincas. Allá estuve un tiempo largo. Al fin llegué a las armas, el mundo de la disciplina. Eso era lo que me gustaba, señorita».

—Usted asesinó a su mujer, Marlon, y es sobre todo por eso que estará aquí encerrado muchísimos años, ¿qué fue lo que pasó realmente?

«Ya le dije y se lo repito: en esa época estaba poseído por el Luchífugo el Gran Malparido. El mismísimo Diablo. ¿Por qué iba yo a hacerle daño a una mujer buena que me quería y me cuidaba? El Diablo se me metió, se instaló en mis tripas y me tragó. Puede que no me crea, usté vive en otro mundo. El Diablo se le mete a la gente y les ordena hacer cosas malas. Me lo dijo el pastor Esperanzo que viene a vernos aquí a la cárcel. Él fue el que me explicó. El Diablo espera que uno abra la boca y zuas, se mete, primero debajo de la lengua y apenas uno traga algo o pasa saliva se baja al estómago y ahí se instala. Como esas lombrices de los niños, pero en Diablo. Ahí se queda el hijuetantas y desde ahí pide: licores, drogas, vicio. Le fascina el bazuco. Uno le tiene que ir dando. Él tiene allá adentro un mechero, como un bricket, ¿sí me entiende? Y con eso le enciende a uno la tripa. Si uno no le hace caso lo quema y le saca llagas y uno tiene que hospitalizarse y los médicos no le encuentran a uno nada, porque el Diablo no se ve, no sale en las radiografías ni en la endoscopia, el man es un putas para esconderse, y así uno se va convirtiendo en esclavo. Y eso pide y pide trago, aguardiente, y pide vicio, por la nariz y la garganta, dele al bazuco y péguele al perico, el Diablo es insaciable y no para y uno ahí todo el día, agachado en esa berraca papelina, metiéndole a ese man día y noche para que se calme, y dele a la pata de elefante de aguardiente, la de tres litros, porque como se acabe y el Diablo no esté conforme, tome su quemón, y así me tragó la mente, y esa pobre mujer, a la que todavía hoy le pido disculpas, esa pobre santa, le tuvo que dar la pelea al Diablo sola. Ella intentó que yo me estuviera calmado y volviéramos al principio, cuando la conocí en un restaurantico y empecé a llevarla a bailar. Peleó por eso, pero yo no era yo. Me iba de la casa el sábado y volvía el lunes a bañarme y desenguayabar, y a veces ella volvía del trabajo y yo seguía en la cama, sudado y roncando. Se empezó a desesperar y quiso irse y ahí fue cuando el Diablo empezó a decirme al oído: esa nena tiene otro man, papá, no te dejés, cuando vos estás dormido o de parranda la nena se va a otra casa a culear con un machito que tiene, yo lo sé todo, esa nena te está adornando la frente, parcero, ya tenés unos cachos más grandes que los míos, así me decía el Diablo cada vez que la veía llegar de trabajar, y entonces me encolerizaba y le decía ¿y dónde estuvo?, ¿y con quién habló?, ¿y dónde fue a almorzar?, ¿ah, sí?, entonces ella se ponía a llorar y se salía de la casa y yo me le iba detrás gritando, y la agarraba de los hombros y la devolvía a golpes, señorita, hoy siento vergüenza, esos puños se los daba el Diablo con mis manos, así hasta que ella se fue.

»Me puse a buscarla y la encontré donde una amiga. Hablé con ella por teléfono, le dije que había cambiado, que esta vez era de verdad y le rogué que volviera, pero no me creyó y con toda razón, ¿qué iba a creerme? Se volvió a perder. Dijo no y más me emberrionдé y me puse a rastrearla por donde vivía la hermana, de casa en casa y en el trabajo. Espié a otra de sus colegas y claro, ¡ahí estaba! Le monté guardia, pasé tres días vigilando hasta que un día salió y una llamarada se me encendió por dentro, como a los calentadores de gas, ¿me entendés? Entonces, desde su centro logístico al interior de mis tripas, el Diablo gritó, ¡es tuya!, ¡mátala, quémala! Preparé todo y una tarde me le fui detrás. Cuando estuve cerca saqué el frasco de ácido, la llamé con un golpe en el hombro y antes de que se diera cuenta se lo eché completo en la cara, y por la boca y la nariz. La oí gritar mientras me alejaba con el Diablo diciéndome por dentro bien hecho, papá, esa hijueputa te estaba humillando, bien hecho, así se hace, parcero, todo bien, ahora lárgate de la ciudad, vuelve donde los paisas y escóndete al menos un año hasta que las aguas se enfríen, y fue lo que hice. Con la plata que tenía en el bolsillo me fui al terminal de buses y pagué un pasaje hasta Cartago. De vuelta al monte».

—¿Y cómo fue la vida con las autodefensas?

«Es un mundo brusco, lleno de gente berrionda que si no fueran amigos de uno lo mejor sería tenerlos lejos. El imperativo es la lucha, tener el cuerpo y la mente bien templados. A uno no le debe temblar el pulso porque si le tiembla el muerto es uno. Lamento decirle esto, señorita, pero es así. Esa vaina es más peor que el ejército y que cualquier otra cosa. La disciplina, la convicción, la mística. Uno tiene que estar dispuesto a dispararle al compañero si es necesario. Se hace por el país. Lo único que hay que tener es un amor inmenso por la patria. Para no entregarle este país a la subversión comunista. Yo fui soldado de eso. Contra los comunistas, que son asesinos y violadores y nos quieren quitar todo y volver Colombia como Venezuela, y además son ateos, no creen en mi Santísimo Señor

Jesús Cristo el Mega Bacán. Allá nos repetían eso a toda hora para mantenernos derechitos. Mi comandante Alirio era un man duro, decía que hasta cuando estábamos cagando en el monte debíamos pensar que cagábamos por el país. Que esa cagarruta era la ofrenda que le hacíamos al país. Ese man sí que era un patriota. Yo lo vi echarles cuchillo a dos guerrilleros más jóvenes y quedarse quieto hasta que se desangraron. Otra vez mandó sacarles carne a unos muertos, la puso a asar y le dio orden a los nuevos reclutados de que se la comieran. Un asadito. Eso les va a dar berraquera a la hora de pelear, dijo, sonrían y muerdan con gusto, hijueputas, mastiquen, que yo también he comido muerto y por eso no me entran las balas. Los muchachos vomitaron a escondidas.

»Ese Alirio estaba un poco loco, pero su mística me gustaba. A veces me levantaba antes del alba y salía del cambuche a fumarme un cigarrillo y ahí lo veía haciendo flexiones, trotes rápidos, salticos, ¡el hijueputa parecía de caucho! Yo me fumaba mi cigarrillo a escondidas, porque si me llegaba a ver me ponía a correr con él, pero cuando uno estaba en el monte en medio de un combate, cuando la chumbimba le pasa a uno rozándole el cuello y hay que tirarse por cualquier hueco, ahí es que yo valoraba a ese man, porque los de más disciplina parecían lagartijas, trepaban y corrían, echaban bala, no los agarraba ni el putas, y cuando el combate era cuerpo a cuerpo sacaban cuchillo y le daban al otro así fuera a mordiscos. Buenos combatientes, gente recia. Yo era osado, pero no así. Algo por dentro hacía que me cuidara. Quiero la patria y me arriesgo por ella, pero el cuento de dar la vida es otra cosa, no sé si alguna vez estuve dispuesto. La patria era una vaina que yo ni sabía bien qué era. ¿Me salvó la patria cuando era niño?, ¿me ayudó a educarme? No. Fue mi mamá, sirvienta y trabajadora, la que se reventó para criarme. ¿La patria me protegió de un taita violento y borracho? No, fue mi hermano. ¿La patria nos dio educación? No, al revés, nos llevó al vicio. Cuando empecé a ganarme la vida y a ayudar a mi familia, cosa que la patria no hacía, resultó que todo era ilegal, y entonces la patria me echó a la policía y había que esconderse. Yo le digo una cosa, señorita, aquí entre nos: una parte de mí amaba la patria de la bandera y los bambucos y el sancocho, pero la otra decía, qué patria ni qué hijueputa, si a mí la patria nunca me ha dado es nada. Con los paracos lo pensé pero jamás lo dije, ni que fuera güevón. Si lo digo me fusilan. Eso era un matadero y yo no iba a ser el muerto. Me dediqué a cuidarme, a tener el arma lista, a disparar primero, mejor dicho, a ser el más hijueputa de todos, ¿me entendés?».

—¿Alguna vez estuvo en peligro de muerte?

«La montaña es cosa jodida, con perdón. Una vez, cerca de Mutatá, nos hicieron una emboscada por una carreterita pequeña y tuvimos que abandonar un camionazo lleno de víveres y parque. Éramos siete e íbamos tranquilos, se suponía que la carretera estaba limpia. Veníamos de la hacienda de un doctor antioqueño que era facilitador nuestro y estábamos popochos, bien cargaditos de comida, traguito, gallinas para hacer sancocho, munición, billete. ¡Tan contentos! Pero zuas, pasamos una curva y nos empezaron a dar fierro ventiado. Yo iba en el corral, tan de buenas. Vi por el vidrio trasero cómo le reventaron la cabeza al chofer de tres balazos. ¿Ya han visto una crisma cuando le entra plomo? El hombre parecía un frasco roto de salsa de tomate Fruco. ¡Los que se pisan! Levanté la carpa y me tiré al barranco, y mientras rodaba, porque eso era bien empinado, sentí los tiros pasándome al lado. Por lo menos una docena. Sólo uno se me metió en la pierna, pero nada grave. Al dejar de rodar vi una cañada con su buena arboleda y me escondí. La quebrada tenía hojas secas. Al mojarme sentí el quemón del balazo, pero no tocó el hueso. Podía apoyarme. Dolía como un berraco pero no era grave. En esas estaba, tratando de alejarme, cuando se me aparece una hijueputa culebra rabo de ají, ¿cómo le parece? Casi me da infarto, yo a esas culebras les tengo pánico y lo peor es que no le podía disparar porque me delataba. La berraca se enroscó, levantadita, y yo saqué un cuchillo por si acaso. Estaba sobre una piedra, como a tres metros. Lo único que pude hacer fue hundirme y pasarle al lado con la esperanza de que no se echara al agua, y así me le escapé, porque ese animal es bien resabiado, lo persigue a uno, pero se ve que había comido o andaba relajada porque al volver a sacar la cabeza la vi detrás, se quedó en su piedra. En ese momento volví a oír tiros. Un compañero venía rodando por la cuesta. Lo estaban rafagueando desde arriba. Con el estruendo la culebrita se voló y al rato vi caer al agua a uno que le decíamos Rómulo. El hombre venía mal, con varios tiros en el pecho y uno bien feo en el estómago. Traté de reanimarlo pero qué va, ese man ya había estirado la pata. Nada que hacer. Le saqué los cargadores, la billetera y el cuchillo. Le arranqué una cadena y un anillo y me fui. No sé si alguien lo encontró después o si esos huesos seguirán ahí, en esa cañada. Ese berraco día me salvé por un pelo».

—¿Y qué fue lo que le pasó en los brazos y en las piernas? ¿Cómo llegó a esta cárcel?

«Lo mío ya fue juzgado y estoy descontando pena, señorita. Menos mal que por ser minusválido y víctima logré obtener rebaja, pero poquito. Lo que me pasó debe estar por ahí, en algún archivo o gaveta, o en un sobre caído detrás de cualquier armario del tribunal. Yo estaba en una fiesta con otras personas del gremio en el que trabajaba, ¿sí me entiende? Una de esas rumbetas para consolidar alianzas. Qué me iba a imaginar que me estaban por hacer la vuelta. De lo poco que me acuerdo es de haberle seguido la cuerda a una nena muy preciosa y de pronto, cuando ya iba para un cuarto con ella, se armó la balacera. Oí gritar a la gente y yo menos mal me pude resguardar, pero ahí perdí conciencia y cuando me desperté estaba en un hospital de la policía. Supe que me habían hecho esto. Luego pasaron meses hasta que se hizo el juicio por lo otro y me sentenciaron. Cuando me recuperé me trasladaron acá. Y ya. Mejor dicho, fui por lana y salí más trasquilado que un p... Ya no me queda sino servir a mi Señor Jesús El Gran Bacán del Cielo».

—Pero ¿quién pudo haberle hecho eso?

«En los mundos en que crecí se hacen enemigos, se manejan odios y rencores. Uno se acostumbra a ver en cualquiera un sicario potencial que está esperando para clavar su punzón y largarse corriendo a cobrar. La lucha por la patria, por desgracia, tiene eso. Mucha muerte, mucho riesgo. La gente se vuelve mala, o ni siquiera mala: dañada. Le sale hongo. Uno herido reacciona como animal herido, se vuelve peligroso, ¿sí me entiende? Y el problema es que acá todo el mundo está herido.

»A mí me secuestraron en esa fiesta. Lo que he podido reconstruir es que me echaron algún somnífero, me llevaron a una clínica y me machetearon. El que lo hizo sabía medicina, eso se reconoce. Para hacer esta salvajada y que yo haya quedado vivo hay que tener experiencia. Cuando desperté en el hospital oí decir que la amputación había quedado bien hechecita.

»Hay algo más que no se ve, señorita, y perdone, a mí ya no me quedan modales, y es que también me echaron navaja en el órgano y los testículos. Así como de ñapa. No sé cómo no me les desangré. A la larga habría sido mejor. Luego la policía y los fiscales me investigaron y apareció todo lo que debía: lo de la mujer que le conté y otras cosas de la época de las autodefensas, en fin, ya le dije que yo era un enfermo, cuando uno tiene al Diablo en las tripas la cosa es bien jodida. Aunque hay algo que no es justo: yo también peleé por Colombia, puse mi vida al fiado, me tiré a la trinchera a recibir bala de la guerrilla, ¿y para qué? Nadie tomó en cuenta eso. Hay que ver cómo premiaron después a los guerrilleros y asesinos, todo al revés, ¿para qué vivir en un sitio tan desagradecido? Acá en la cárcel estamos los que fuimos a pelear y perdimos. Afuera los que le regalaron esto a los bandidos».

—Pero ¿quién fue? ¿No lo sabe? ¿No tiene ni siquiera una vaga idea?

«No lo logré saber, señorita, pudo venir de muchos lados. Esto fue una venganza pero hasta ahora nadie ha mandado un mensaje diciendo: le pasó por malparido, aquí le cobramos, en fin, lo lógico sería eso, ¿o si no para qué se pusieron en todo este cuento?».

—¿No tiene a nadie en mente?

«Hay ideas que me sopla o me soplaba el mismo Diablo, señorita. Cuando al fin me vaya al infierno voy a acabar sentado a su lado. Es mi única esperanza. Y cuando esté allá y pueda ver bien las cosas, al fin sabré quién fue. Pero por ahora, desde aquí, nada».

—¿Y qué es lo que le sopla el Diablo al oído?

«Ay, eso sí no se lo puedo contar, porque es como una pesadilla o una visión. No puedo, señorita, y créame que le he colaborado de buena fe. Es un tema que me hace subir la presión y soy hipertenso, con cualquier cosita se me sube al cielo y quedo al borde del infarto o la trombosis, ya he tenido que pasar semanas en la clínica. Si no fuera por mi Señor Jesús Cristo que es mi gran Parcero, mi Padre Tereso de Calcuta, yo ya no tendría alivio. Cuando dije que el Diablo me habla y me hace ver visiones, no era un ejemplo. Es de verdad, le veo los ojos. Me mira fijo el muy hijuepuerca».

—¿Y cómo son esos ojos?

«¿Sí ve cómo es de curiosa esta mujer, Josefina? Se nota que es buena periodista. Vea, le voy a contestar. ¿Cómo son esos ojos? Es lo más monstruoso que he visto, yo que vi cosas feas en la vida. Esos ojos están dentro de una mujer pelinegra, aunque parecen también ojos de niña. Las pupilas son dos lanzallamas. Y oigo voces que dicen: "Te vamos a partir en pedazos y te vamos a asar a fuego lento, como a una arepa". Esto lo vengo tratando con el pastor de la cárcel. Me dijo que podían ser varias cosas. Gritos de personas a las que dañé. Según él debo oírlas y enfrentarlas. Tengo que pedirles perdón a esas voces. Debo decir "perdón por mis pecados, perdón", pero ahí el Diablo, que a veces vuelve a joderme la paciencia, revira y contesta: "No seas güevón, ome Marlon, no pidás perdón, vos ya estás es pero listo, tan marica". Es una voz de acá, un diablo paisa, pero yo le hago caso al pastor y le devuelvo con la voz de mi Jesucristo Paisa y le digo "perdoname ya, parcero, qué es la güevonada conmigo, echemos es p'alante, papá, p'atrás ni pa coger impulso, shhh". El pastor me dijo que lo encarara y le hablara recio: el Diablo podrá ser un hijueputa, pero a cada hijueputa le llega su triple hijueputa».

—¿Cuál es su mayor alegría? ¿Cuál es su dolor más grande?

«Le respondo al revés, y perdone. Mi dolor más grande es que me hayan quitado el cuerpo, señorita, incluyendo la parte que un hombre más cuida. Lo poco que puedo hacer no se lo voy a contar, por respeto. ¡Algún recurso me queda! El pastor me hizo entender que la vida de antes, en la delincuencia, debió ser cortada de cuajo, y que, en ese corte, el Señor se llevó la mitad. La mitad mala. Es lo que él dice. ¿Y cómo seguir vivo? Pues con la otra mitad y tratando de entender, porque o si no, ¿para qué? El pastor y yo hemos trabajado estos temas y no ha sido fácil, siempre bajo la gracia de Cristo el Bacán Superior. Ya empiezo a estar más limpio, pero siento dolores. Estos cortes, por más que me haya salvado, tienen sus complicaciones: cada rato se inflaman o la sangre se atranca o algo se retuerce. Vivo todos los días con algún dolor y más en esta nevera de ciudad, que parece un ponqué desabrido y congelado. Soy de tierra caliente y que me tengan acá, con estos fríos y estos aguaceros y ventarrones, es como si ya estuviera muerto y en el infierno. Vea, ¿sabe lo que le digo? Cuando llegue al infierno me va a parecer hasta chévere, calientico, porque esto en vida no aguanta.

»¿Mi mayor alegría? A ver, a ver. Me gustan ciertas cosas. Ver fútbol, ¡y que ganemos! Adoro a James y a Falcao, son mis héroes. Dios me los bendiga y el que se meta con ellos se mete es conmigo. ¿Otro placer? La comida, pero me toca que cuidarme. Hay que comer pasto y hojas. Las hijuemíchicas ensaladas que odio, ¡eso no es comer! Y tomarme unos traguitos. Josefina me los va dando y ponemos música. La vida a palo seco es muy difícil, yo diría que imposible. Me imagino bailando. Antes de morir, si Dios me da un deseo, le diría: póngame las piernas un rato para bailar *Lindo Yambú*, de Cerón, y *Sonido bestial*, de Richie. Y ya después que me tiren al hueco».

Parte III
Teoría de los cuerpos devastados

1

Era jueves, cerca de las once de la mañana. Un cielo oscuro y cargado de presagios. Casi no se veían los cerros, difuminados por el aguacero. El sonido metálico de los truenos imitaba una estrepitosa fanfarria militar y seguramente alguien, atrincherado en una iglesia, pudo imaginar el sonido de las trompetas de Jericó. Cada relámpago parecía el anuncio definitivo del fin del mundo, y la llovizna, una especie de perdón.

Tres agentes de la policía atendieron el llamado de una vecina del conjunto cerrado La Esperanza, en el barrio Villa del Prado, al norte de Bogotá. La mujer aseguró haber notado algo extraño en el apartamento 906 de su unidad, donde vivía un señor extranjero. Un argentino.

—¿Y qué es lo extraño, señora? —preguntó el funcionario que recibió la llamada.

—No volvió a salir de su casa y que... Algo no está bien, lo sé. Lo puedo sentir. Soy médium y vivo en el apartamento que está justo debajo, el 806.

—¿Ya timbró en la puerta?

—Lo hice llamar varias veces de la portería y nada. Me da miedo subir, sé que pasó algo horrible. Apúrenle.

Cuando los uniformados llegaron, la señora los acompañó hasta el vestíbulo. Tocaron el timbre varias veces, pero nada.

—¿Está segura? —preguntó uno de los agentes—. ¿No se habrá ido de vacaciones?

Miró al portero, que había subido con ellos.

—¿Usted no lo vio salir?

—No señor, y los compañeros de los otros turnos dicen que no ha salido. La última vez que lo vimos fue hace más de una semana.

—¿Tienen cámaras?

—Las revisamos esta mañana —dijo el portero—. No salió después de la última entrada.

—¿Tenía carro? —insistió el agente.

—No. Andaba a pie. Taxis o Uber.

El agente de más rango miró a la vecina, que había cerrado los ojos y tocaba el muro.

—Lo veo, está caído en la alfombra del baño —dijo la médium.

—¿En cuál? —preguntó el portero—. Estos apartamentos tienen tres baños.

La mujer volvió a cerrar los ojos.

—El del cuarto auxiliar.

El de más rango miró a los otros y les hizo un sí con la frente. Tendrían que derribar la puerta.

—Vamos, a la cuenta de tres.

La puerta cedió fácil y, armas en mano, ingresaron. Un hedor terrible salió del interior. El portero y la médium se taparon la cara con el brazo y esperaron afuera.

Menos de un minuto después el agente de mayor rango salió corriendo al vestíbulo, transfigurado. Los otros dos salieron detrás, con las caras descompuestas. Al reponerse, el primero sacó un teléfono e hizo una llamada a la central. Se necesitaba un equipo de criminalística.

Urgente.

Llegaron a las dos horas.

—Usté sabe cómo son los trancones en la Autopista —le dijo el agente del cuerpo técnico al policía, luego indicó con el dedo la puerta—, y además las direcciones por esta zona son un enredo, ¿es ahí?

El uniformado asintió y le dijo:

—Prepárese.

—Hago esto hace más de veinte años. ¿Dónde está el muñeco?

—En el baño auxiliar.

El agente del CTI entró al apartamento; pasados treinta segundos regresó a la puerta.

—¡Qué mierda es eso! —gritó, tosiendo, con los ojos inyectados—. Está cortado en pedazos.

Fue hasta la ventana del corredor, encendió un cigarrillo y le dio una larga bocanada.

—Les pido un permisito, qué pena —dijo.

El portero y la médium seguían mirando a los agentes. Se pusieron capuchas y tapabocas y volvieron a entrar.

Uno de ellos interrogó a la mujer.

—¿Usted cómo supo que el señor estaba muerto?

—No sabía que estaba muerto, pero sí caído en el suelo y quieto —dijo la médium, arreglándose el peinado—. Vivo justo en el piso de abajo. Al concentrarme en el techo lo presentí, cerré los ojos y pude escucharlo. Pedía que lo encontráramos. Quería reunirse.

—¿Reunirse? —el agente la miró perplejo.

—Fue lo que oí —dijo ella—. Hace un momento, cuando el agente dijo que estaba cortado en varias partes, me acordé de la palabra. Reunir el cuerpo. A los muertos les gusta quedar en una posición en la que se sientan reconocidos. Es normal porque es su último retrato. Se ve que este hombre sufrió mucho. Casi puedo oírlo. Dejó por ahí voces, ruidos. Como si en el apartamento hubiera una multitud o una jauría, ¿me entiende? Reunir el cuerpo.

—No mucho, la verdad —dijo el agente.

—A todos nos habita una jauría organizada —siguió diciendo la mujer—, ¿sí? Organizada porque no estamos enfermos y eso quiere decir que cuando alguno va a hablar los demás hacen silencio y escuchan. Lo que uno oye de esa multitud es una voz ordenada. La gente enferma, la que no tiene control, no logra imponerles orden a esas voces. Todos gritan a la vez.

—Eso sí se lo entiendo —dijo el agente—, pero no sé qué relación puede tener con esto. ¿No será por lo que era argentino? A lo mejor allá es normal.

—No tiene nada que ver —dijo la mujer—. Usted es de los que no creen, ya me di cuenta. El mundo se divide así: los que creen y los que no.

—Depende —dijo el agente—, también entre ricos y pobres, entre uniformados y civiles, entre hinchas de Santa Fe y de Millonarios.

—Entre hombres y mujeres —lo interrumpió ella—, la más importante.

El agente se animó y dijo:

—Entre colombianos y extranjeros.

—No, esa sí no, agente, porque cuando uno sale de Colombia se vuelve extranjero.

—Oiga, pues sí... Aunque a mí me enseñaron que los extranjeros eran los que no son colombianos.

—Shhh —lo urgió la mujer—. Silencio, silencio, agente. Estoy oyendo algo, espérese, creo que es una voz...

Se quedaron quietos al lado de la puerta.

—¿Y qué le dice? —murmuró intrigado.

La mujer se puso un dedo en la mitad de los labios. Luego hizo una sonrisa pícara.

—Que me tengo que devolver para la casa ya... Dejé unas lentejas en la olla a presión. ¿Terminó su interrogatorio? Si no, le va a tocar bajar conmigo.

—Ya terminé, gracias —dijo el agente—, sólo déjeme sus datos. Usted es...

—Verónica Blas viuda de Quintero, médium profesional. Esta es mi tarjeta.

—Encantado, mi señora. La estaremos llamando si se necesita porque con este mierd..., perdón, con esta situación tan complicada, pues vamos a tener para rato.

—Esperaré su llamada, agente, porque, ¿sabe qué? —dijo la médium—: me necesitan por lo menos desde 1985. Sé lo que le digo.

Se disponía a bajar por la escalera cuando un equipo de un noticiero de televisión salió del ascensor. La mujer que llevaba el micrófono le dijo.

—¿Es usted la médium? ¿La que encontró el cuerpo?

Doña Verónica vio las cámaras, los cargadores, los técnicos de chaquetas oscuras con cables colgando de la cintura y diademas con audífonos. Una chispa de vanidad le encendió los ojos.

—Soy la vecina de abajo, sí —dijo—, y soy médium.

—¿Puedo hacerle unas pregunticas para el noticiero?

La mujer pasó saliva emocionada, confusa. Se tocó el pelo con los dedos.

—Claro que sí, pero ¿no puedo arreglarme un segundito? Vivo aquí abajo.

—No se preocupe por eso —le dijo la periodista.

Luego, dirigiéndose a uno de los hombres de chaqueta oscura con el logo del canal en el pecho, dijo:

—Llamen a Vanurris. Que venga en bombas.

Un segundo después llegó una mujer con una caja de maquillaje, espejos y esponjas.

—Hola mi Vanurris, ¿le pegas una arregladita a la señora? A ver si alcanzamos a entrar al directo de las tres.

Doña Verónica estiró la cara hacia delante. Le pasaron una esponja para secar el sudor y cubrir con base mate HD. Luego polvo traslúcido y un toque de lápiz en la pestaña inferior. La maquilladora le puso el espejo delante y la médium dijo que sí con la cabeza. La cablearon y empezó el directo. Esperaron un par de minutos hasta que les dieron paso. La periodista explicó el hallazgo macabro en el apartamento 906 y dio la información de rigor. Luego anunció:

—Estamos con la persona que dio la alarma, una médium: doña Verónica Blas Quintero.

La mujer sonrió a la cámara.

—Usted alertó a la policía, señora Verónica, cuéntenos por favor cómo hizo para saber lo que había pasado en el apartamento.

La mujer hizo una extraña sonrisa y habló:

—Soy médium desde hace más de veinte años, pero nunca he querido hacerlo de forma profesional. Sólo para ayudar cuando puedo. Desde hace unos días empecé a oír voces y a tener pesadillas macabras. La gente, cuando está muriendo, piensa cosas con fuerza y en los cerebros se reúnen multitudes que gritan. Yo conozco eso, lo he oído otras veces. Fue lo que pasó aquí desde hace días, unido a dolores y un vértigo muy fuerte. Cuando pude saber que todo eso me llegaba del apartamento de arriba, del vecino argentino, imaginé que algo terrible debía haber pasado. Y llamé a la policía.

—Y entre los gritos que oyó, ¿no había gritos de socorro?, ¿pudo identificar la voz? —preguntó la periodista.

—No identifiqué nada porque son voces muy diferentes a las que se oyen por la calle, es un enjambre de personas. Ahí dentro hay hombres, mujeres, niños, ancianos. Todos gritan, se asustan, sufren.

—¿Su vecino tenía un comportamiento normal? ¿Cómo era?

—Era argentino, señorita. Una persona educada y silenciosa.

—Muchas gracias a la médium Verónica Blas por su testimonio.

Cerraron la cámara, le quitaron los cables.

—¿Eso fue todo? —preguntó, algo decepcionada.

—Estuvo un montón al aire —dijo la periodista—, casi un minuto. Muchas gracias.

El equipo del noticiero siguió adelante. Se dirigió a uno de los agentes que hacía guardia en la puerta pasando junto a las cintas amarillas.

Al otro lado de la ciudad, frente a su televisor, Julieta veía el noticiero y se tomaba un vaso de yogur Finesse con sabor a melocotón.

Se quedó estupefacta al oír la noticia.

2

Las piezas separadas del cadáver del argentino se guardaron en bolsas, para el Instituto de Medicina Legal. Luego se hizo el análisis dactiloscópico del apartamento («El macabro 906», dijo la prensa) pero los hallazgos fueron nulos. Se trataba de asesinos profesionales. Que hubieran escrito con sangre en la pared usando de pincel uno de los brazos recordó un caso ocurrido en Guatemala. Una masacre en una hacienda ligada a los carteles de México y sus filiales centroamericanas. Allí los sicarios dejaron mensajes e hicieron dibujos con la pierna de una mujer.

¿Quién era exactamente el muerto?

De acuerdo a sus fichas de entrada al país, era un argentino llamado Carlos Melinger, pero luego, en una caja de seguridad, se encontraron tres pasaportes: uno boliviano con el nombre de Julio Ares Bellatín, otro español con el de Carlos Meseguer y un último alemán con Karl Athanasius Melinger. Los había usado todos, alternados, para sus entradas en los anteriores diez años. En la caja había tres pistolas Colt 38, dos granadas de mano, quince mil euros en efectivo y varios cuchillos de cacería. También siete frascos de spray de defensa con gas picante, tres celulares, una caja de drogas anestésicas y un maletín con material médico. Disimulado en uno de los armarios, un rifle de asalto AK-47 y ropa mimética para acciones nocturnas.

¿Quién diablos era este hombre?

La decapitación los hizo pensar en México. Los modos de matar son culturales, tienen que ver con antiguas formas heredadas. Para la Fiscalía, definitivamente, los carteles de droga de ese país estaban de primeros en la foto.

El cuerpo aparecía seccionado en varias partes: brazos, piernas, cabeza. Le habían cortado siete dedos de las manos y seis de los pies. Por la trazabilidad de las heridas determinaron que esos fueron los primeros cortes, probablemente como tortura; había otros indicios como uñas levantadas, ojos reventados por arma cortopunzante y un dato que los horrorizó: el pene y los testículos en la boca.

Los asesinos dejaron en las paredes del baño algunas frases escritas con sangre: «Sapo jueputa» o «Para que aprenda». También algunos dibujos: una bandera, dos cruces esvásticas, una cruz romana. Incluso un escudo del club Santa Fe.

La ropa era normal, tamaño XXL. Zapatos talla 45. Era un hombre grueso, de un metro noventa y 115 kilos. Curioso. A juzgar por la alacena su alimentación era austera, probablemente un vegetariano. Pan Bimbo y mostaza, tomates y pepinos. Naranjas, bananos, mandarinas. Ni huevos ni leche. Tampoco botellas de alcohol ni cigarrillos. Nada de drogas. En el botiquín del baño se halló una caja de Losartán de 100 mg, era hipertenso. Nada raro dados su peso y masa corpórea. Cajas de aspirina efervescente y en pastilla. ¿Qué dolores tendría? Tres confecciones de Tofranil de una farmacéutica alemana. ¿Paciente psiquiátrico? Esto se comprobaría más tarde. Buscaron cosas íntimas, pero nada. Ni condones (usados o sin usar) ni cremas lubricantes, menos aún juguetes de algún tipo. ¿Cuál sería su opción sexual? No se encontró nada relevante ni rastro de presencia femenina. No usaba perfumes ni jabones especiales, ni un champú particular. Un Elvive Anti Caída, banal. Lo venden en los minimercados. Tampoco nada que pareciera de otra persona. Un solo cepillo de dientes, una afeitadora. Todo lo hallado era suyo. No se encontraron celular (aparte de los de la caja fuerte) ni computador, pero sí cables sueltos por el piso. Se los llevaron. ¿Venían a quitarle eso y de paso a trinchárselo? Dato clave para establecer el móvil del crimen. En las estanterías encontraron dos libros en alemán que resultaron ser un manual médico de enfermedades tropicales y una historia sobre los pueblos indígenas de Colombia y Venezuela. También un tomo en español con la *Poesía completa* de Rubén Darío y un *Alturas de Macchu Picchu*, de Neruda. La televisión estaba en el canal alemán de la Deutsche Welle.

La prensa amarillista se dio un banquete con esta información. Alguien del CTI filtró algunas fotografías, con lo cual la noticia estremeció a todo el mundo. Al final permitieron a los noticieros entrar y hacer algunas tomas.

«Macabro hallazgo en Villa del Prado».

Así se presentó.

El apartamento no era propiedad de la víctima, sino un alquiler de Airbnb. Los pasaportes no eran falsos. El consulado de Alemania reportó a un ciudadano de nombre Karl Athanasius Melinger con el mismo número de libreta, pero nacido en Buenos Aires. Los nombres y los documentos eran originales, pero la pista era difícil de seguir. No había antecedentes. Parecía no haber estado inscrito en nada. No encontraron cuentas bancarias. Ningún perfil en redes sociales.

La investigación apenas comenzaba.

Días más tarde se supo, desde Alemania, que Melinger había estado recluido en un hospital psiquiátrico de Berlín en 1994, donde le diagnosticaron bipolaridad y esquizofrenia con brotes psicóticos. Debía tomar Tofranil de por vida. Las embajadas de España y Bolivia dieron un paso atrás, pues la última vez que Melinger entró a Colombia, procedente de Fráncfort y Madrid, utilizó el pasaporte alemán. La muerte de un extranjero en Bogotá podría pasar desapercibida, pero este caso tenía un perfil enigmático. ¿En qué podía usar (o usó) las armas que guardaba? ¿Contra quién pensaba usarlas?

Una especie de ángel de la muerte, pensó Julieta, leyendo las noticias por internet en su celular. Luego vio las imágenes del «macabro apartamento 906» en el noticiero de la noche y volvió a oír con atención las entrevistas al portero y a algunos vecinos. Le llamó la atención la señora Blas Quintero, «la médium» que había alertado a las autoridades. ¿Qué era esa historia de las voces? ¿Qué fue lo que oyó?

Tras el informativo, Julieta controló que sus hijos se acostaran y, sobre todo, que apagaran realmente la luz. Ya los había pillado jugando con sus aparatos debajo de las cobijas, así que el sistema, después del lavado de dientes y manos, consistía en confiscarles todo. «El régimen del terror», decía su hijo Jerónimo, obsesionado por las historias del Gulag de Stalin en History Channel. «Uy, qué terrorífico estar desconectado mientras duermes», le respondía Julieta, «entiendo que sea insoportable, pero te puedes soñar con los chats de tus amigos». Su hijo la miraba con cara de ... *WTF?* Samuel, el menor, era menos pelietas y medraba a la sombra.

Al concluir su batallita cotidiana, que en realidad nunca acababa de ganar, fue a su estudio a trabajar un poco. Un té de cidrón o yerbabuena era su compañía. Esa noche quiso seguir trabajando en la entrevista a Marlon Jairo.

Antes de transcribir las palabras del recluso *in extenso*, anotó sus propias impresiones:

> El psicópata tiene una mirada fría y lejana, pero con cierta tensión. Su voz es aguda, por momentos desagradable. Puede que las cirugías o la emasculación le hayan dañado las cuerdas vocales. Usa expresiones groseras. Mueve el cuello, pasea la cabeza de un hombro al otro. Es su única extremidad. Balancea el torso hacia adelante y atrás. ¿Podrá incorporarse sin ayuda? Debajo de su cama vi una colchoneta. Será para su ayudante Josefina. ¿Por

qué un nombre de mujer? Al referirse a la sexualidad dijo que le quedaba «algún recurso». ¿Cuál será? Lo único imaginable es el cunnilingus, alguna que se siente en su cara. También podría ser penetrado por el ano. A lo mejor es una de las funciones de Josefina. ¿Quién vendrá a sus fiestas? Ante la lista de detenidos, Marlon Jairo es insignificante. Los pequeños les hacen fiesta a los grandes.

Le gusta contar sus aventuras. Le brillan los ojos al hablar de sí mismo. Se quiere, se gusta, se mitifica, habla y se oye hablar. El dolor es egoísta. Esto se acentúa cuando hay poca educación, como es el caso de Marlon. A la gente le gusta interpretarse (y creer que es «interpretable»). Las conclusiones que saca provienen de su vida. Hace lo que hacen todos, sólo que desde un extremo. Mató a una mujer y la quemó con ácido. Es un feminicida perverso y sin escrúpulos. Lo del diablo en las tripas será una metáfora que le regaló el pastor para rebajarle la culpa. La idea de un dios y sus «designios incomprensibles» es una sustancia tan eficaz como las drogas o el alcohol. ¿Cómo era la mujer que se enamoró de él? («Johanita, hay que buscar sobre ella, quién es y si podemos dar con la hija»). Interesante esa época de su vida. Coincide con el momento en que está iniciando sus negocios en Cali. ¿Ella sabía eso? ¿Cómo se conocieron? ¿Cuánto duró la relación?

Sobre estas notas elaboró un proyecto de crónica, algo así como *Colombian psycho: perfil de un feminicida criollo*, a través del cual podría exponer algunos de los problemas del país. Al terminar la sinopsis se la envió a su editor mexicano, Daniel Zamarripa.

En esas estaba cuando su celular sonó.

Era su viejo amigo y examante Víctor Silanpa (lo de *ex*, pensó, era sólo porque hace rato no coincidían).

Le contestó:

—¿Qué es esta sorpresa? —dijo Julieta—. No me digas que estás abajo en la calle con una botella de champaña.

—Qué más quisiera —dijo Silanpa—. Estoy en el aeropuerto, saliendo para La Habana. En realidad, ya estoy dentro del avión. ¿Cómo está mi cronista de Indias preferida?

—Bueno, siempre armando proyectos con todas las vainas raras que pasan en este frenocomio.

Le contó lo de los huesos encontrados en el cerro de La Calera. Silanpa pegó un grito («¡No!») y casi se le cae el teléfono al saber que eran de alguien que estaba vivo y en la cárcel. Julieta le contó del feminicidio y que el tipo había sido narco y paramilitar.

—Una típica joya de este país —dijo Silanpa—. ¿Y ya fuiste a hablar con él?

—Sí, justo ahora estaba pasando la entrevista.

—¿Y cómo hace en la cárcel, tiene un enfermero?

—Sí —dijo ella—, una especie de esclavo llamado Josefina, aunque es un muchacho. Creo que le sirve de mozo.

Hubo un silencio, de pronto Silanpa le dijo:

—Oye, te estaba llamando para algo muy distinto. ¿Tienes algún contacto en La Habana que me pueda ayudar a hablar con el escritor Leonardo Padura? Leí el perfil que le hizo Jon Lee Anderson en el *New Yorker* y me encantaría entrevistarlo.

—Pucha, de pronto sí, pero tendría que buscar con calma en mis archivos —dijo Julieta—. Una vez, hace como tres años, participé con él en un panel sobre América Latina en la Feria del Libro. No hablamos mucho pero me dio sus datos. Es un tipo tímido, queridísimo. Le encanta Colombia. Te lo consigo y a cambio me traes un libro dedicado.

—Si lo logro, cuenta con eso.

—Qué delicia La Habana —dijo Julieta—. Trae ron Guayabita. Y por favor, ni se te ocurra ir al *Dos Gardenias*, está lleno de jineteras y gringos pedorros.

—¿Y entonces a dónde debo ir?

—Ve al *Yellow Submarine*, que por absurdo es más local. O al bar del Hotel Riviera.

De pronto Silanpa le dijo:

—Oye, espera una cosa: ¿me dijiste que el tipo amputado, el de los huesos, está vivo y en la cárcel?

—Sí, no me estabas parando bolas.

—Es que hay mucho ruido acá en el avión, perdona. ¿Y cómo se llama el tipo?

—Marlon Jairo Mantilla, ¿te suena?

—Me suena la historia, pero no el nombre —dijo Silanpa—. Creo que la cosa no es por el lado del periodismo sino de... ¿dónde leí una vaina así?

—¿La historia del tipo?, ¿sus delitos? —dijo ella.

—Un psicópata al que le amputan brazos y piernas y lo dejan vivo. Había matado a una mujer. Espera un momento, eso lo leí en una novela. Déjame mirar un segundo en Google, no me cuelgues.

Julieta oyó el bip del teclado y, al fondo, el sonido de los parlantes del avión.

La voz de Silanpa volvió:

—Ya lo encontré —le dijo—, es una novela del escritor Santiago Gamboa, espera, espera... Se llama *Volver al oscuro valle*. Se publicó hace unos años. Pégale una mirada a ver si te coincide.

—¿Una novela? No, pues eso sí que sería una casualidad —dijo Julieta—. ¿Y qué pasa en la novela?, ¿quién le corta los brazos al tipo?

—Una especie de agente secreto argentino —respondió Silanpa—, un tipo enigmático que vive en Alemania y acaba viajando a Colombia.

Esta vez fue Julieta la que pegó un grito.

—¡¿Qué?!

Su teléfono rodó por el suelo.

—¿Aló?, ¿aló? —dijo Silanpa.

Julieta se repuso.

—¿Estás seguro de lo que me acabas de decir? —dijo ella—. ¿Un argentino que vive en Alemania y viene a Colombia?

—Sí, un hombre extraño, una especie de profeta del apocalipsis. ¿Por qué?

—¿Viste las noticias hoy? —dijo Julieta.

—No. Estuve todo el día con lo del viaje, ¿qué pasó?

—Encontraron a un argentino asesinado en Villa del Prado. Desmembrado y con signos de tortura. No jodas, Víctor. ¿Qué me estás diciendo?

—Pues te va a tocar leer el libro. Y tengo que colgar, esto empezó a carretear...

—No me contaste qué vas a hacer a La Habana.

—Voy a ver si logro entrevistar a los del...

En ese punto la llamada se cortó.

Julieta, con el corazón a mil, entró a Google y buscó el libro de Gamboa. Ahí estaba, *Volver al oscuro valle*. La descripción preliminar coincidía con lo que había dicho Silanpa.

No podía ser.

¡No podía ser!

Compró la edición eBook para leer de inmediato. Se recostó en la cama con el texto en su pantalla y una libreta de notas. Tenía tal sobresalto que olvidó su té y fue al salón a servirse una ginebra. De la nevera sacó hielos y limón.

A las cuatro de la mañana seguía leyendo, acompañada del bramido del aguacero. Era increíble. ¡En esa novela estaba todo! La historia de Marlon Jairo como él mismo la contó y una versión de cómo y por qué fue mutilado. También la historia del gurú argentino. Los países en los que vivió, según la novela, coincidían con los pasaportes que le encontraron al asesinado.

Había muchas más cosas, claro.

¡No podía ser!

Escribió más de una docena de páginas sin notar que la noche transcurría. Cuando intentó dormir se dio cuenta de que en sólo dos horas sonaría su despertador.

Por la mañana estaba hecha pedazos, pero aún agitada por las revelaciones de la víspera. Muy temprano le escribió a Johana: «Hay que buscar a la médium, la vecina del argentino asesinado».

Luego llamó a Jutsiñamuy.

—Estimada amiga, ¿cómo me le fue con el *cortado*?

—Bien, fiscal, muy bien. Estoy elaborando lo que me dijo, pero creo que tendré que volver a hablar con él.

—No habrá inconveniente, me avisa y volvemos a hacer el trámite.

—Mil gracias, fiscal. Quería hablar con usted de otra cosa —dijo Julieta—. ¿Vio lo del argentino asesinado?

—Sí, una carnicería. Los agentes que fueron a levantarlo están en ayuda psiquiátrica.

—Necesito hablar con una vecina de ese argentino que dice ser médium, la que alertó a la policía. Salió en el noticiero aunque sólo un segundo. Una tal Verónica algo. ¿Me ayudaría a conseguir los datos para llamarla?

El fiscal se sorprendió.

—¿Y eso? —preguntó Jutsiñamuy—, ¿me va a dejar para después lo del *cortado*?

—No, fiscal. Tengo una corazonada, creo que podría ser la misma historia —le dijo—. Es largo de explicar, pero necesito hablar con esa mujer.

El fiscal dio tres golpecitos con los dedos en su escritorio. Tomó nota en su libreta y le dijo:

—De ser así, sería tremendo golpe. Si logra encontrar un nexo la nombro vicefiscal de investigaciones especiales.

Se rieron.

—Ya escribí el encargo, amiga. En un ratico le averiguo el dato y se lo mando.

—Gracias, mil gracias.

—Tiene la voz agitada, Julieta, ¿todo bien?

—Dormí poco —se disculpó ella—, esta historia apenas comienza y ya me tiene frenética.

—No se tome las cosas tan a pecho.

—Ay, y otra cosita... ¿Habrá una lista de lo que encontraron en el apartamento del argentino? Me refiero a armas, amuletos, cosas raras.

—Seguramente que sí, voy a ver qué consigo. Y no pregunto más porque me pone más trabajo y estoy ocupadísimo.

—Perdone, fiscal. Le aseguro que vale la pena.

Colgaron.

3

El conjunto residencial La Esperanza estaba en los perímetros de Villa del Prado, una zona que tuvo su esplendor al final de los setenta y ochenta, cuando una cierta clase media bogotana con impulso aspiracional aceptó irse a vivir al lejano norte sacrificando la cercanía de la ciudad por amplias zonas verdes y áreas comunes de juego, socialización y deporte. La novedosa idea de la residencia-club. Estos condominios, traídos a Bogotá por la constructora Mazuera, pusieron en circulación una especie de *american dream* local, importando el concepto de barrio prefabricado e hiperseguro, con una estricta vigilancia desplegada en muros exteriores, rejas, cámaras 24 horas, ronderos por las calles internas, casetas de entrada con guardias armados que anuncian a los visitantes, en suma, lo que se llamó un «conjunto cerrado», es decir separado de las vías públicas de la ciudad. Lo que por supuesto incluía la irresistible sensación del privilegio (excluyente, la idea del club) de «estar adentro», de *pertenecer*, y la tranquilidad de vivir socialmente entre iguales, una clase media que enciende con entusiasmo los motores y tiene la mira puesta en la siguiente casilla, pues hay condominios para clases altas en otras zonas. La movilidad social, como en el Monopoly, es también un desplazamiento físico sobre el tablero.

Por desgracia, con los años, el destino mostró tener otros planes no tan alegres para La Esperanza y Villa del Prado, y al volverse Bogotá un atosigante culo de botella por el tráfico, la zona perdió su estatus. Ir y venir a la ciudad teniendo como única salida la tenebrosa Autopista Norte y sus atascos, con esos dispensadores de monóxido de carbono que son los buses intermunicipales y camiones de carga, hizo que la gente sensata se fuera de ahí espantada, vendiendo a lo que fuera. Por eso hoy el barrio se ve viejo, percudido, devaluado. De la clase media aspiracional, con binóculos y remo, pasó a ser hogar de una cierta clase media baja de anhelos más modestos, aunque siempre con la idea de que su tránsito ascendente no ha concluido.

Al frente de la portería de ingreso al conjunto ya no había panaderías ni comercio familiar, como en otras épocas, sino un montallantas y tres talleres de buses del SITP. En la esquina funcionaba un minimercado que ponía en el andén mesas de madera con yuca, papa y plátano maduro, usando para el pesaje una báscula enganchada a lo que antes debió ser un perchero, hoy lleno de grasa y raspones. Al lado, sobre el andén y robando electricidad del poste de luz, estaba la fritanguería Donde Jimmy, que impregnaba el ambiente de olor a chorizo frito, rellena y bofe desde muy temprano, y que debía ser un severo golpe psicológico para aquellos vecinos que aún porfiaban en el progreso del barrio.

Julieta y Johana llegaron en un Uber hacia las tres de la tarde. Habían llamado antes al número que les dio el fiscal y Julieta pudo hablar con la señora, explicándole quién era y por qué quería verla.

—Me interesan estas historias —le dijo Julieta—, yo creo que personas como usted son las únicas que nos pueden alertar sobre los asuntos misteriosos e incomprensibles de la vida.

La mujer se miró al espejo y vio que tenía las mejillas sonrosadas. La periodista era amable y convincente.

—Venga después de almuerzo a cualquier hora —le dijo la señora Verónica—. Soy viuda y pensionada o sea que me muevo poco. La espero.

El portero del conjunto, cuya chaqueta de uniforme azul parecía sufrir la misma curva descendente del barrio (brillaba en el cuello, perdía hebras en las mangas y tenía los botones distintos), les tomó el nombre y las hizo esperar frente a la entrada de vehículos. Lo vieron levantar el citófono y anunciarlas. Luego se asomó a la rejilla y les dijo:

—Sigan, ¿conocen el camino?

—No —dijo Julieta.

—Vayan por ahí hasta el tercer bloque. A la derecha. Es el D. Apartamento 806.

Entraron.

La señora Verónica las esperaba en el corredor, frente al ascensor. Entraron y se acomodaron en la sala. Muebles modestos tapizados en polipiel gris, mesa de centro en vidrio con un jarrón oriental comprado en Cachivaches (Julieta vio la etiqueta raspada del precio), un juego de ajedrez de cristal, una bailarina de Lladró que parecía falsa, dos perros de porcelana. En una mesa auxiliar varias figuras sacras: el Cristo negro de Buga en diálogo con la Virgen de Guadalupe y la diosa Baal.

—¿Cafecito con almojábana? —les propuso.

—Uy, sí —aceptó Johana—, con este frío...

—Gracias —dijo Julieta—, se lo recibo sin la almojábana.

—Mire que están deliciosas —insistió la señora—, qué se va a poner a hacer dieta si está regia.

La señora trajo todo en una bandeja que ya tenía preparada. Les sirvió los cafés.

—¿Entonces son periodistas? —les dijo—, yo antes de casarme escribía poemas, pero lo dejé con el matrimonio, que es tan cansador y no deja tiempo para la literatura.

—¿Y su marido a qué se dedicaba? —preguntó Julieta.

—Contador público, oficina de catastro. Murió hace ya tres años de una enfermedad incurable. Siempre fue muy fumador y al final eso lo mató. Enfisema.

—Ay, caramba —dijo Julieta—, cómo lo siento. Le tengo pánico a eso.

—Es un sufrimiento enorme —dijo la señora—, se inhala y no se puede exhalar. A veces me viene a la mente esa mirada de miedo y dolor del pobre Néstor. Así se llamaba, Néstor Quintero.

—Mis condolencias, doña Verónica —dijo Julieta—. ¿Y cuándo empezó usted a tener visiones?

La señora agarró la jarra de café y sirvió un poco más en todas las tazas.

—Es un tema doloroso para mí, disculpen si me emociono y me sale alguna furtiva —dijo—. Fue cuando quedé embarazada de mi hijo. Todo iba bien hasta que en el quinto mes surgieron problemas. Teníamos un gato que mi marido adoraba, Maelo, y no se supo bien si fue por esa causa pero me diagnosticaron toxoplasmosis. A los pocos días me puse gravísima y el médico dijo que el niño, porque era un niño, podría tener lesiones cerebrales y nacer ciego. Me quedé sin alma. Había sido un hijo muy deseado y buscado. ¿Todo eso se iba a perder por un gato? Los médicos nos recomendaron el aborto terapéutico, pero yo me negué. Me hospitalizaron y entonces, sola por las noches, empecé a oír la voz de mi hijo. Una voz clarita que hablaba en un idioma que yo entendía pero que no era este mismo, y me decía, «no llore tanto, no llore, igual todos vamos a estar tristes», y así, siempre repetía que el tiempo de estar alegres se había ido, unas frases muy enigmáticas para ser tan niño, y todo eso resonaba dentro de mi cabeza. Me gustaba quedarme sola en el cuarto del hospital, cerrar los ojos y oírlo, hasta que una mañana entró el médico y dijo, señora Verónica, hay que tomar una decisión, también está en peligro su vida, le pido el favor de ser razonable, y agregó, Dios me está diciendo al oído que quiere a ese santico en su cielo, pero ya, ¿me entiende lo que le digo?

La señora Verónica se quitó una lágrima, pero los gestos de su cara configuraron una extraña sonrisa.

—Le dije al doctor que le entendía, tampoco era boba, pero le pedí que me dejara a solas y cerré los ojos, y entré en comunicación con el niño, que me dijo, «hágale caso, mamá, no vamos a ser felices, va a haber mucho dolor, hágale caso», y también dijo, «el tiempo del dolor es un camino sin llegadero, que va de ninguna parte a ninguna parte», así me dijo ese niño, tan raro, así que al final acepté y me hicieron la intervención. Poco después ya no lo tenía, lo habían sacado, pero al cerrar los ojos en el hospital él me seguía hablando. Dejó conmigo su voz y me dijo, «hizo bien, mami, gracias por liberarme, qué dolor tan fuerte el que sentía, gracias, mami, gracias, porque el dolor que teníamos por delante era más largo, sólo nos quedaba el alma del dolor y el espíritu profundo del dolor», y yo le entendí a mi hijo y lo solté, y al fin me relajé. Poco después salí del hospital, pasó el tiempo y esa voz se fue alejando. Intentamos tener otro hijo pero no hubo manera. En esa época no había tantas posibilidades.

Se retiró una lágrima diminuta, hizo una sonrisa de resignación y continuó hablando:

—Poco después el marido de una amiga sufrió una trombosis y quedó en coma. Fui a visitarlo al hospital y ahí volvieron las voces. Cerré los ojos y sentí que él me hablaba y me decía, «estoy bien pero ya quiero irme, dígale por favor a Chela que la quiero mucho, pero lo mejor es que yo me vaya». Le transmití el mensaje a la esposa, pero no me creyó. No sabía qué hacer, y cuando el marido enfermo volvió a hablarme le pedí que me diera una prueba para que ella creyera, y entonces dijo: «Indíquele a Chela que en el bolsillo interior de mi chaleco negro se quedó un cheque que hay que ingresar a la cuenta». Así se lo transmití a la esposa y, claro, apareció el cheque. Y me creyó. Tanto que unos días después ella me pidió el favor de hablarle otra vez al marido y pedirle la clave de la tarjeta débito, que la estaba necesitando, y se la conseguí, así que quedó muy agradecida y me juró que no le iba a contar a nadie de mis poderes. Así fue como empecé a tener comunicaciones extrañas hasta que yo misma fui aprendiendo a manejarlo y pude acercarme a moribundos o a personas recién muertas, y es que siempre es mucho lo que le falta a uno por decir cuando se muere, ¿no?

Julieta tomó notas rápidas en su cuaderno. Johana tenía en su mano la grabadora encendida.

—¿Y cómo fue lo del vecino de arriba?

—Bueno, algo muy inesperado —dijo la señora Victoria—. Yo apenas lo conocía, pero resulta que ese señor vivía preciso acá encima, en el 906. Era argentino, una persona correcta y tranquila, nunca le sentí ni los pasos. Alguna vez, recuerdo, me pareció oír que empujaba un mueble, pero nada más. Era como si no existiera. Hace unos días, hará una semana larguita, pasé una noche terrible con algo que no me dejaba dormir, y cuando al fin lo logré tuve unos sueños espantosos. Al otro día me levanté apaleada, con un dolor de cabeza horrible, y por más que tomé dos aspirinas efervescentes no me sentí bien. Yo no sé si ustedes crean en estas cosas, pero sentí la presencia del mal, una especie de nube negra y una temperatura muy rara. Pasó el día y no se me quitó, y por la noche, otra vez, tuve pesadillas y vi cosas feas. Eso seguía ahí. A los cinco días se volvió insoportable. Oí gritos, golpes, insultos. El aire seguía viciado, pero no de olores sino con esa especie de tela de araña que era invisible para los demás. Una mañana miré aquí arriba, hacia el techo, y entendí que toda esa porquería venía del apartamento 906; me atreví a subir, pero sólo hasta el corredor del ascensor. No me extrañó ver que debajo de la puerta hubiera una cantidad de publicidad sin recoger. Sabía que la persona de esa casa, el argentino que había visto un par de veces, estaba adentro y no andaba bien. No lograba oír algo concreto, pero sí destellos de una escena horripilante. Una inmensa gritería. Tan tenebroso que ni siquiera me atreví a acercarme a la puerta. Fue cuando llamé a la policía.

—¿Y les contó esto que me está contando?

—No con tanto detalle, obviamente —dijo la señora—, ellos son gente ignorante. Sólo les dije que me parecía raro que el vecino de arriba no hubiera vuelto a salir de su casa. Cuando vinieron, el portero les confirmó lo que había dicho. Fue ahí que me atreví a subir y apenas llegué al corredor y me acerqué al muro empecé a oír con más claridad. Pero ya no sólo la voz de una persona, no, dentro de ese cuerpo había una multitud, un gentío enorme; todos gritaban y trataban de sobreponerse a los demás, ser la primera voz, ¿y sabe?, lo que me extrañó es que las voces fueran tan increíblemente diferentes; de mujeres y de hombres, de ancianos, de niños, con acentos raros.

—¿Y qué decían?

La mujer se levantó y caminó hasta la ventana poniéndose dos dedos en medio de las cejas.

—Bueno, son frases sueltas, gritos aislados, «aquí estaremos siempre», por ejemplo, o «lo primero es la dignidad y lo segundo también es la dignidad», o «se están llevando los árboles y nos dejan el humo de los incendios», o «guardemos el humo», o «somos los seres del humo y el aire templado», o «nuestro mundo volverá a nacer del humo», cosas así, inconexas, yo creo que esa persona debió sufrir mucho en vida, aparte del horror de lo que le hicieron, y eso demuestra que estaba metido en quién sabe qué cosas. A la gente de bien no vienen a matarla a la casa.

—Bueno, aquí matan todos los días a gente que trabaja por la comunidad —dijo Julieta—. Van y los sacan de sus casas.

Johana escondió la cara, miró hacia la ventana.

—Sí, claro, cómo soy de bruta... Cuando puse ese ejemplo no pensaba en ese tipo de asesinatos, sino en los que se ven en el medio de las mafias, de los narcotraficantes. En fin, ya me entiende.

Julieta le puso una mano en el brazo.

—No estoy aquí para juzgarla —le dijo—, no se preocupe. Más bien dígame, ¿en las cosas que usted oyó se podía entender que al señor lo habían matado? ¿O de pronto algún indicio de quién podía haberle hecho eso?

—Fíjese que no puedo saberlo, porque cuando oigo mi mente está entregada y prácticamente no puedo procesar lo que digo. Soy una médium. Las cosas pasan a través de mí y otros deben analizarlas. Es lo que está en la cabeza de la persona que muere. Las voces de los que estuvieron con él a veces se quedan, pero oírlas es difícil. Son ecos y se llaman *hierofanías*. Puedo intentar recuperar algunas, es lo que estoy haciendo con usted ahora. Pero mientras pasa dentro de mí es una especie de chorro que atraviesa y sigue su camino. Es difícil, le repito. Yo no sé si usted lo sabe, señorita, seguramente que sí, pero las vidas de las personas se repiten y son aburridas. Por eso tenemos adentro una especie de protesta que sólo logra salir en el momento de la muerte. Cada persona vive su vidita como puede y la mayor parte de la gente ni se da cuenta de que no hacen más que repetir y repetir ese guion que ya está gastado y es malo. Una telenovela de las normales, con sus altos y bajos. A mí me da una tristeza enorme saber esto, preferiría no saberlo y vivir como vive el resto, ignorante, feliz.

—Bueno, usted es una persona privilegiada —dijo Julieta—. Poder entender eso le da una fuerza sobre los demás. Está por fuera del guion y eso ya es mucho.

—Y ustedes dos, niñas, ¿quiénes son?

—El guion de mi vida es uno de los peores —dijo Julieta—, de los que más se repiten y que ya nadie, ni en telenovelas bobas, quiere ver. La vida de Johanita es más interesante.

La mujer miró a la colaboradora, que había permanecido callada.

—Tú hablas poco pero piensas mucho —le dijo a Johana—, casi te puedo oír de tanto que piensas.

—Uy, no me asuste —dijo Johana, intentando sonreír.

—No hay que tener miedo. Lo que uno es está por dentro y viene a ser la suma de lo que nunca dice. Por eso los sabios hablan poco.

Johana se la quedó mirando, intrigada.

—Pero si los sabios no enseñan lo que saben —dijo Johana—, ¿qué utilidad tienen?, ¿para qué les sirve ser sabios?

La señora la miró levantando las cejas.

—Esa es la pregunta clave, niña, ¿de qué sirve saber? Yo creo que es una de las grandes preguntas de la vida. He leído manuales de filosofía y no soy experta, pero le aseguro que la cosa no está muy clara, ni siquiera para los grandes filósofos.

—¿Y qué dicen sus muertos? ¿Ellos sí saben más que nosotros? —preguntó Johana.

—Pues sabes que ni tanto —dijo doña Verónica cambiando de tono—. Para muchos, morir consiste en llevarse la misma confusión para otro lado.

—¿Y usted se puede comunicar con cualquier muerto? —quiso saber Johana, con cierto temor.

—Más o menos. Necesito acercarme. ¿Quién se te murió? Tienes a alguien atravesado en la garganta. Se te nota a leguas.

—Mi hermano —dijo Johana—. Se llama Duván Triviño. Desapareció hace un año en Buenaventura. No hemos podido saber nada.

—Ay, mi niña, un desaparecido... Esa es otra. ¿Tienes algo de él?

Johana se quitó una pulsera de cuero con chaquiras.

—Esto era de él.

Luego abrió la billetera y sacó una foto.

—Mírelo, hoy tendría treinta y cuatro.

La señora miró la foto de cerca, luego de lejos. Pidió a Johana autorización para hacer una copia con su celular y agrandarla. Johana le dijo que sí.

—Déjame esto unos días y yo trato de ver, ¿bueno? —le dijo, luego escribió algo en una libreta—. Ya anoté el nombre y la fecha aproximada. A ver si puedo ayudarte. Hablemos la próxima semana.

Se dieron un abrazo.

Luego miró a Julieta como diciendo, ¿puedo ayudarla en algo más?

—Le pido un favor —dijo Julieta—, el último. Piense en esas voces que oyó en el piso de arriba, intente concentrarse y si oye algo o recuerda algún detalle que pueda ser esclarecedor de lo que le pasó a ese pobre hombre, le ruego que me llame.

—Claro que sí, señorita. Con mucho gusto. ¿Pero ya se van tan rápido? ¿Qué les molestó?

—Usted fue muy amable —dijo Julieta—, no queremos ocuparle más tiempo y tenemos que seguir trabajando.

—Las dejo por lo del trabajo, porque si no acá se me quedan hasta la hora de la comida. Tengo en remojo unas lentejitas.

Se despidieron en la puerta y salieron. Antes de bajar intentaron subir al piso noveno por la escalera, pero un agente de policía las detuvo.

—Sólo pueden pasar los residentes.

—Somos periodistas —dijo Julieta, mostrando un viejo carnet de prensa de la revista *Cromos*—. ¿No podemos al menos mirar desde el corredor?

El agente, un tipo joven de frenillo que estaba inmerso en un chat cuando ellas llegaron, dijo que no con la cabeza.

—Yo no tengo ningún problema en que se acerquen, ¿sí? Pero después viene mi superior y vea... —se puso el índice en el cuello y lo movió de un lado al otro—. Llevo es del bulto. Y le digo algo: no hay nada que ver. La puerta está cerrada. El chiquero de adentro ya lo limpiaron, se llevaron todo. Haga de cuenta el mismo corredor de abajo. La puerta es blanca. Es lo único que se ve.

—Gracias, agente —le dijo Julieta—. ¿Y los dueños del apartamento no han venido?

—No podemos contestar preguntas sobre el caso, ¿no le digo? Pero venga, así pasito le puedo confirmar que no. Acá no ha venido es nadie.

—Una última cosa —dijo Julieta—: ¿no ha oído ruidos adentro? Los vecinos dicen que se oyen voces, como si hubiera un grupo de personas discutiendo.

—Uy, no, señorita, no me asuste. ¿Aparecidos? De eso no he oído nada. Esta mañana bien temprano sí hubo algo raro. Se lo puedo contar porque no creo que tenga importancia.

—¿Qué pasó?

—Oí sonar el teléfono. Varias veces.

—¿Qué hora era?

—Debían ser por ahí las siete y media, las ocho menos algo. Me pareció raro. Semejante matada tan berraca y que luego lo llamen a uno.

—Sí, muy raro. Gracias por el dato.

Al salir, Julieta llamó a Jutsiñamuy.

—Acabo de hablar con la vidente, fiscal —le dijo—, la vecina del asesinado argentino, ¿se acuerda? Hay algo interesante. Antes de irnos subí a mirar el apartamento y hablé con el guardia. Está precintado. Me dijo que esta mañana oyó sonar el teléfono a las siete y pico, ocho menos algo.

112

El fiscal Jutsiñamuy se quedó sorprendido.

—Eso suena muy raro. Pero ese caso lo está llevando un colega y no queda bien que yo me meta si no tiene alguna relación con lo del *cortado* y los huesos de La Calera.

—Sería interesante ver al menos quién llamó —dijo ella—. ¿No cree? Cuando los muertos reciben llamadas la cosa se pone buena.

—Está bien, voy a ver qué encuentro. Pero me tiene que contar toda la vaina, porque hasta ahora yo no le veo la relación.

Parte IV
El escritor y sus fantasmas

1

El novelista Santiago Gamboa ya estaba al borde. Su carrera literaria, que en alguna época fue calificada de «lúcida, prometedora e implacable», y que llegó a compararse con la de algunos autores clásicos (nacionales), hacía tiempo que estaba en velocidad baja. «La gente se aburre de uno, es normal», dijo en una de sus entrevistas recientes, «pero el escritor no tiene edad de retiro. Como ese personaje de *El desierto de los tártaros*, Giovanni Drogo, el escritor siempre cree (sueña, aspira) que lo mejor está aún por llegar y no logra acostumbrarse y menos aún aceptar los duros plazos de la vida». ¿Lo mejor está por venir? En otra entrevista, en un periódico de circulación nacional, el escritor dijo: «No logré vivir como quería de mis libros, y esto lo comprendí, en serio, al ver que nunca pude comprar un apartamento en París, ciudad en la que fui arrendatario por más de diez años. Casi podría afirmar que fui el rey de los arrendatarios de la Ciudad Luz. Sentí tristeza por mí y por el capitalismo de los emergentes, ese insistente capitalismo menesteroso que siempre estuvo sugiriéndome que debía ser un escritor pequeñoburgués y dejarme de pendejadas prosódicas, con temas pequeñoburgueses y formas de expresión pequeñoburguesas. Siempre creí que el éxito consistía en tener lectores exigentes, pero el hambriento capitalismo se echó al piso a reír y me volvió a hablar al oído. ¿Exigentes? Al principio no lo escuché porque aspiraba, como Rilke, a "ser sublime sin interrupción" y por eso creía en la novela río, en la novela *Maelström*, un modo de partir la noche en dos mitades y penetrar la oscuridad. ¿Cómo era eso de Kafka? Un hacha para quebrar el océano congelado al interior de uno. Pero se hizo tarde y aquí me tiene. Sin apartamento en París, viviendo en una casa de Chapinero. El capitalismo se olvidó de mí para ocuparse definitivamente de autores como Stephen King, Ken Follet, Rowling, de algo llamado Falcones (¿o era *Falcon's*, en inglés?) y unos pocos más. Luego pensé que, en el fondo, sublime o no sin interrupción, el verdadero escritor ha sido siempre un muerto de hambre. Es el lugar que esta sociedad libre y democrática le asignó: el del loco o el vagabundo o el bufón. Desde el rey Lear para acá. ¿Y sabe por qué? Porque la literatura le importa cada vez menos a la gente que tiene el poder de dirigir a las masas, y por eso las masas ven un libro y se alejan corriendo».

Julieta se comunicó con él por una página de Facebook y le pidió una cita, explicándole que quería hablar sobre *Volver al oscuro valle* y «la curiosa y contradictoria imagen que hay en ese texto del país, por momentos optimista o casi aterrador, y sobre la increíble intensidad de ciertos personajes, que más que ficción parecen sacados de la vida real». En ese primer intercambio el escritor aceptó de inmediato (aunque estaba fuera de Colombia) e incluso parecía entusiasmado con la propuesta, pero un par de días más tarde, ya de regreso, cuando quiso precisar el día y la hora, lo notó más bien esquivo. Fue Johana la que mantuvo esa correspondencia.

—No te preocupes, todos los artistas son un poco bipolares —le dijo a Johana—, esperemos y vas a ver cómo vuelve y cambia.

Al día siguiente el escritor volvía a estar de viaje, así que debieron aplazar de nuevo. «¿Y si viaja tanto a qué horas escribe?», pensó Julieta, reproduciendo una vieja idea sobre el oficio de escribir. Pero al regresar, dos días después, logró concretarlo. Jueves a las siete de la noche, en su casa. En el tiempo de espera Julieta se leyó otros tres libros suyos, así que, al ver la dirección, dejó escapar una sonrisa.

—Ese tipo está loco —dijo.

Johana la miró extrañada.

—¿Por qué?

—Tiene un libro sobre la casa en la que vive, es una de esas casonas antiguas de ladrillo, del parque de Portugal.

—Ni idea —dijo Johana—, ¿eso es en Chapinero?

—Sí —dijo Julieta, ojeando de nuevo los libros y buscando algunos episodios subrayados.

Luego se dedicó a leer cuanta entrevista encontró en la red sobre *Volver al oscuro valle* y, por ese camino, acabó viendo entrevistas recientes del autor en YouTube y otros portales, videos de sus presentaciones en ferias del libro o festivales literarios más o menos recientes.

Por esa época, Gamboa vivía obsesionado con el fin del mundo. En una ocasión, alguien le preguntó en un panel: «Si supieras que el fin del mundo es esta noche, ¿qué harías por la tarde?». Él se quedó pensando un rato y dijo. «Empezaría uno de esos libros que tengo sin leer y que he ido aplazando». Pero la pregunta le hizo mella, porque en una charla posterior confesó haber empezado un cuaderno que tenía por título «Cosas para hacer en la tarde, antes del fin del mundo». Llevaba más de cuatrocientas páginas y, según dijo, en la última había sólo una frase: «Volver para siempre al barrio de Jangpura, en Delhi». En otra parte escribió: «Caminar por el mercado indio de Singapur con una diplomática belga, lectora de Camus, bajo un estupendo aguacero. Quien no haya vivido esto no conoce el verdadero sentido de la amistad».

Lo que él quería decir, supuso, es que uno debe seguir viviendo como si no supiera que va a morir; vivir sin saber que el fin está cerca. Así lo expresó en una de sus intervenciones en un panel en la ciudad de Arequipa: «En el fondo es así como hemos vivido cada día. Cada nueva jornada de la vida puede acabar con todo y cada tarde puede ser la última. De hecho, todas las tardes anuncian el fin del mundo». Permaneció unos segundos en silencio y agregó: «Ahora que ya llegó el futuro, cualquier noche puede traer el fin». ¿Cómo así que ya llegó el futuro?, preguntó el moderador. Gamboa se quedó pensativo y dijo: «Para los de mi generación, el futuro era el mes de noviembre de 2019, y esa fecha ya pasó». A ver, viejo, te vas a tener que explicar mejor, insistió un autor peruano que parecía amigo suyo. «Es el mes en que transcurre la película *Blade Runner*. Noviembre de 2019. Ese era el futuro. Por eso ahora vivimos en el posfuturo. El futuro quedó atrás». ¿Tanto te influenció esa película? ¿No es un poco exagerado? «No», dijo Gamboa, «esa película contiene los secretos de la vida futura que ya pasó. Hoy somos todos *replicantes*. La pregunta por el fin del mundo es el tema obsesivo de un *replicante*. Como nosotros, ellos sólo quieren saber cuánto les queda por vivir. El tictac del reloj es la cuestión central. El único gran tema de la vida: el paso del tiempo sobre nosotros y nuestros afectos, sobre la memoria y el olvido, con todos los olvidos unidos, el de unos y otros, los olvidos ya olvidados y los que aún están en la memoria, los olvidos propios y ajenos e incluso el olvido que seremos, todos juntos en una enorme llamarada purificadora». ¿Y qué pasará después? «Ah, ese es un gran argumento. ¿Qué pasará el día después del fin del mundo? ¿Qué sonidos habrá en el universo? ¿Qué planetas se quedarán insomnes para siempre, como ojos, como círculos oscuros en las alas de una mariposa?».

«Ser poeta es como ser *replicante*. Es imaginar el silencio del día después; es ser capaz de quedarse hasta el final, hasta el último instante, sin cerrar los ojos», dijo, y agregó: «Podría ser un viaje de regreso. ¿Dónde estaba yo antes de nacer? Venimos de ninguna parte y vamos a ninguna parte. Los espacios en los que transcurre nuestra vida, el tiempo que se nos da, nos sumerge en algo enigmático y la poesía es probablemente el único modo de saber qué es todo esto. Llegaremos a la poesía en la aurora, armados de una ardiente paciencia. Eso tan extraño que significa estar vivo. ¿Lo entenderemos alguna vez? No saberlo nos salva. El conocimiento es insuficiente para saber quiénes somos y menos aún el porqué del breve paso por este planeta».

Pareciera entonces, dijo uno de los moderadores en otro coloquio, que el verdadero inconveniente de la vida es el hecho mismo de existir, a lo que el escritor, aclarando que no tenía formación filosófica sino literaria, dijo: «¿Cuál es la verdadera naturaleza de los problemas humanos? Tal vez la imposibilidad de cambiar, de existir de otro modo o incluso de desdoblarse. Estar condenados a ser nada más que uno mismo. Yo también querría espiar mi vida desde el balcón de la casa del frente o desde una ventana indiscreta. Si este fuera un país autoritario pondría micrófonos en mi propio dormitorio para espiarme y luego me entregaría con las manos en la nuca a la policía de la moral y a los jueces de la pertinencia histórica, como el padre K., patrono de los confusos, porque eso también supone quitarse un peso de encima. La libertad de la sumisión a una ley, cualquiera, por injusta que sea, aliviana el peso de la vida. A todos nos gusta bailar de vez en cuando con el Diablo, por peligroso que sea. ¿Por qué, en lugar de adoptar una felicidad razonable y humana, tanta gente prefiere salir clandestinamente en la noche y perderse en la oscuridad? ¿Por qué nos atrae tanto el abismo? Esa pregunta siempre estará ahí, sin respuesta, porque el destino esencial del hombre está en una zona a la que no se puede llegar con la razón».

Antes de terminar el panel, una representante de un colectivo anarquista Anti Global pidió disculpas por cambiar de tema y quiso saber la opinión del escritor sobre el *cunnilingus interracial*, a lo que Gamboa contestó: «Lo más atrevido que se ha dicho sobre ese tema está en la canción *Black Sugar*, de los Rolling Stones».

Black Sugar

Black Sugar...

Julieta se acostó pensando en esas últimas palabras, algo excitada, y fantaseó con una mano africana metiéndole muy despacio unas bolas anales lubricadas. Imaginó también su boca bajando por un sudoroso cuerpo masculino y se oyó decir: «Huele horrible, qué delicia».

Más tarde soñó con un planeta en el que ese extraño escritor vivía solo y en el que las casas eran palacios antiguos, repletas de secretos y de culpas, y todas estaban derruidas, con la maleza entrando por los huecos de ventanas desfondadas y los techos caídos. Todas las casas eran la casa Usher. Mansiones que alguien debió habitar en alguna época remota, pues en el planeta sólo vivía ese escritor, vestido como un mendigo y caminando por los escombros de una avenida. En su ensueño lo vio dirigirse hacia lo alto de una colina en la que había algo parecido a una iglesia, y al comprender esto vio que en realidad no estaba solo; tras él se arrastraba una legión de seres aún más andrajosos y sucios. Todos parecían dirigirse hacia una cruz allá en lo alto, jadeantes, pero antes de llegar, pocos metros antes, una espeluznante conflagración de disparos surge de la oscuridad y acaba con ellos, uno a uno, incluido el escritor.

Y entonces la noche definitiva cae sobre el mundo.

2

Al día siguiente, a las siete, Julieta y Johana cruzaron el parque de Portugal. La casa estaba del lado oriental, junto a una escalinata de cemento y piedra que llevaba a la carrera Quinta. Era de inspiración inglesa, una construcción de principios del siglo XX. No se veía en muy buen estado a pesar de sus poderosos muros de ladrillo rojo (ahora bastante opaco, tal vez por el esmog). La reja del jardín, sobre una terraza alta, debió de ser blanca en algún momento. Ahora estaba mordida por el óxido. Al timbrar pensaron que el escritor no estaba, pues no vieron luces encendidas. Casi al segundo oyeron su voz por el citófono.

—Adelante.

Una verja se abrió, subieron dos tramos de escalones de piedra y llegaron a la terraza, donde había algunas plantas algo crecidas y descuidadas. Julieta pensó que hacía falta la mano de un jardinero, y justo en ese momento el portón principal se abrió. El escritor les dio la bienvenida.

—Sigan, por favor. Mucho gusto.

Se veía más viejo que en las fotografías de solapa de sus libros y, sobre todo, más cansado; como si la persona que tenían delante, en ese preciso momento, fuera una de sus variantes menos felices, aunque tampoco de modo irreversible.

Las hizo pasar a una biblioteca al fondo del primer piso. Por eso no se veía luz desde la calle. ¿Vivía solo? Julieta prefirió no hacer esa pregunta, pero no vio a nadie en los oscuros corredores que salían del vestíbulo de entrada ni en los del segundo piso (que en realidad equivaldría al tercero). La habitación, bastante grande, estaba tapizada de libros y tenía un sofá con una lámpara de brazo. Había acuarelas y óleos, estatuillas de jade, soldados de porcelana, carros antiguos, fotografías de escritores en blanco y negro. Julieta reconoció en varias a Hemingway, a Marguerite Duras y a James Joyce; en otra, tomada en un templo de la India, se lo veía a él más joven junto a los novelistas Mario Mendoza y Héctor Abad. Había objetos orientales, cabezas de Buda en cobre, estatuas de Mao en porcelana blanca, cruces iluminadas de Frida Kahlo, máscaras del carnaval de Venecia, un busto en cerámica del Che Guevara, una reproducción del *Pensador* de Rodin, postales de hoteles de la India, vasos chinos decorados con caligrafía, cetros africanos, muñecas en madera de Indonesia, dos licoreras bohemias, un *shaker* en forma de zepelín, dos avionetas de metal, una colección de ceniceros de diferentes hoteles del mundo (Mandarin Oriental de Hong Kong, Raffles de Singapur, Ritz de Londres, etcétera), una vieja máquina de escribir Remington, casas típicas holandesas en cerámica con ginebra por dentro de la aerolínea KLM. Un pequeño museo de objetos inútiles y, probablemente, bellos. Julieta miró de reojo las estanterías y vio si los libros estaban en orden alfabético, pero no. «Al menos no es un psicorrígido», se dijo.

—¿Toman algo? —preguntó el escritor.

Se miraron. Ninguna de las dos se sentía cómoda.

—¿Qué hay? —dijo Johana.

—Todo tipo de licores, agua con gas, café y esas cosas.

Al ver que no lograban decidirse, el escritor alzó un vaso y les dijo:

—Estaba por servirme un vodka con jugo de naranja — hizo chocar los hielos—. A esta hora todos los manuales lo autorizan.

Se rieron.

—Si está en el manual, una ginebra con mucho hielo y una rodaja de limón —dijo Julieta.

—Yo una Fanta Naranja —dijo Johana.

Gamboa fue al bar (un mueble en madera empotrado en las estanterías repleto de botellas con fondo de espejo, vasos de diferentes formas y copas colgadas), sirvió los tragos y se sentó en su escritorio. Luego, al darse cuenta de que eso le daba un aire demasiado profesional, se acomodó en el sillón al lado del sofá.

Por unos pequeños bafles negros ubicados en las esquinas se oía el jazz suave de... ¿Chet Baker?

—Ahora sí —dijo—, ¿de qué quieren hablar?

Julieta le comentó sus impresiones al leer *Volver al oscuro valle*, donde varios personajes de diferentes horizontes se reúnen, cual náufragos en una isla, y de un modo misterioso deciden buscarle un sentido a la vida a través de una venganza, a la vez sangrienta y aséptica.

—Es bueno eso —dijo el escritor—: sangrienta y aséptica. Es lo que buscaba el personaje. Pero siga, no quiero interrumpirla.

Julieta continuó hablando del libro: tres hombres muy poco comunes, dos mujeres inquietantes, y allá, a lo lejos en el tiempo, un enloquecido poeta intentando darle sentido con sus versos y aventuras a la vida de todos. Entre medias un asesino perdido y al final encontrado, para que la venganza funcione.

—Así es, un buen resumen.

—¿Puedo hacerle una pregunta banal? —dijo Julieta—. Se la deben haber hecho miles de veces.

—Claro.

—Esos personajes y esas historias ¿salieron de su imaginación o son reales?

Gamboa se levantó y caminó hasta uno de los estantes llevando su vaso. Tomó un sorbo muy despacio y miró algo arriba. Más que pensando en responder la pregunta de Julieta, parecía buscar un libro.

—Lo que uno escribe, por real que sea, acaba por convertirse en ficción —dijo—. Entra al universo de lo inmaterial y sufre una extraña metamorfosis. Por eso escribir novelas es el gran enigma de mi vida. ¿Dónde estaban antes? ¿Nacen de la realidad? Yo sinceramente no lo sé. Tal vez escribir sea estar en el lugar indicado para atar ciertos cabos que andan sueltos. El que escribe los ve, les da un orden, un ritmo... Una prosodia. Lo que equivale a decir: los hace comprensibles. Los hace *visibles*. Quien lee los comprende y, sobre todo, los incorpora a su memoria. Podría ser. Es extraño, muy extraño. Si más tarde yo escribiera sobre la visita de ustedes, esto que estamos viviendo ahora, ¿lo considerarían verdadero?

—Sería su versión —dijo Julieta—, tal vez diferente de la mía. Pero sería real, algo que sucedió y con personajes que existen.

—¿Y si cambio sus nombres? —dijo el escritor.

—No es el nombre de una persona lo que hace real un hecho específico —opinó Julieta—. La literatura también se hace con nombres reales.

El escritor la miró y dijo: «Los nombres, los nombres».

—¿Qué personaje de ficción es real para ustedes? —preguntó Gamboa, repentinamente interesado en el tema.

—José Arcadio Buendía —dijo Johana.

El escritor fue a un costado de la biblioteca y agarró un libro de tapas naranja. Una edición reciente de *Cien años de soledad*. La puso sobre la mesa y Johana la ojeó. Le sorprendió ver que estaba dedicada: «Cien años de soledad y muchos más para SG». El escritor miró a Julieta.

—Hay bastantes personajes que me gustan —dijo ella—. Hoy diría que Justine, de *El cuarteto de Alejandría*. Cuando leí esa novela tenía veinte años. Me dieron ganas de estar casada sólo para ser infiel.

—¿Y usted cómo escoge los nombres de sus personajes? —preguntó Johana.

—¿Los nombres? —dijo él.

Julieta notó que tenía por costumbre repetir la pregunta que le hacían.

El escritor se dio vuelta y fue hasta otra esquina. A cada segundo parecía buscar un libro, como si la biblioteca fuera una extensión de su memoria y de las ideas que quería expresar.

—Por el sonido —dijo el escritor—. Evito que tengan acentos fuertes o diptongos. Uno de los peores nombres es Sofía. Todas las conjugaciones del pasado simple se vuelven cacofónicas: *Sofía tenía, Sofía sabía...* También el pasado compuesto: *Sofía había tenido...* Es terrible. No entiendo cómo tuvo tanto éxito la traducción española de *El mundo de Sofía*, de Gaarder. Bueno, tal vez porque no es una novela, sino un manual de filosofía para jóvenes. También está *La decisión de Sofía*, de Styron. Supongo que el traductor se fundió el cerebro tratando de resolverlo...

—¿Y qué tal los nuestros? —quiso saber Julieta, con cierta picardía—. ¿Sirven?

—*Julieta, Julieta* —repitió, mordiendo un hielo—. Es bueno, creo que no lo cambiaría. Tiene un ilustre antecedente trágico. El suyo también me gusta, ¿me dijo que se llamaba Johana?

—Sí —dijo Johana—. Johana Triviño.

—Es muy bueno. ¿Y cuál es su apellido? —preguntó, dirigiéndose a Julieta.

—Lezama.

—Podría usarlo ahora mismo —dijo Gamboa—. Tiene dos cosas que me gustan: es de origen vasco y el apellido de un escritor cubano.

Fue hasta una estantería y sacó un libro.

—*Paradiso*, José Lezama Lima. Primera edición, UNEAC, 1966.

—¿Entonces los protagonistas de *Volver al oscuro valle* son personas que usted conoció en la realidad, pero con otros nombres?

Volvió a servirse de una botella de Absolut. Tres hielos y un chorro de jugo de naranja fresco que tenía en una jarra refrigerada.

—No quiero que piense que evito responder sus preguntas, Julieta —dijo el escritor—, pero tengo por costumbre ser lo más preciso posible. Por eso le diría que sí y que no.

Al decir esto notó que el vaso de Julieta llevaba un rato vacío. Lo retiró de la mesa y volvió al mesón.

—¿Le sirvo otro?

—Por favor.

Johana aún tenía media de Fanta.

—Todo lo que escribo está referido a cosas que conozco, pero la relación con la realidad es cambiante. Algo curioso de ser escritor es la percepción que tienen los demás sobre lo que uno hace. Mil veces me han dicho: «Te voy a presentar a alguien que es un verdadero personaje de novela». Casi nunca funciona. Una vez, en una cena en India, en Goa, me sentaron al lado de un anciano español muy parlanchín. «Escúchalo con atención, tiene las historias más increíbles que te puedas encontrar». Me sentí perdido. Mi única salida era el vino, así que le pedí al mesero que volviera a llenar mi vaso cada vez que la parte vacía o de aire superara el 70%. Beber en silencio para evadirme de ahí, eso fue lo que pensé. El anciano comenzó a hablar de su padre, que, siendo teniente, fue enviado a dirigir un regimiento español en el Sahara. Esto fue a fines del siglo XIX. El día que su padre llegó a posesionarse a la guarnición iban a fusilar a un jefe rebelde saharaui. El padre detuvo la ejecución y quiso hablar con el condenado. Entender sus razones, ¿por qué luchaban contra el dominio español? Oyó los argumentos del hombre del desierto, luego le expuso su punto de vista y al final lo dejó libre. Fue su primera orden como director de guarnición. Varios meses después hubo una revuelta golpista en España y su padre se opuso, así que fue detenido y encarcelado por sus mismos hombres. La noche antes de que lo enviaran a Melilla a un seguro fusilamiento, los rebeldes saharauis atacaron el regimiento y lo liberaron. Al mando de los saharauis estaba el mismo jefe que él había perdonado.

Johana arrugó la frente y dijo:

—Qué historia tan buena, ¿y qué pasó después?

—Pensé lo mismo que usted, qué gran historia —dijo Gamboa—: lo que tenía pinta de ser un suplicio, esa noche, acabó siendo una de las cenas más interesantes de mi vida. Cuando el anciano acabó de hablar y lo llamaron para irse sentí que se iba uno de los mejores narradores que he conocido.

Julieta se sintió, de pronto, tremendamente cómoda en ese lugar.

—Voy a serle franca y muy directa —sentenció Julieta—. Yo no escribo sobre temas literarios a pesar de que es un mundo que me gusta. Yo me ocupo sobre todo de crónicas negras y sus implicaciones. Ahora bien, ¿por qué lo busqué? Hace un par de semanas desenterraron unos huesos por la zona de La Calera. Dos piernas y dos brazos completos. Los agentes de la Fiscalía se enloquecieron buscando el resto del cuerpo y la identidad de la víctima hasta que alguien, pasados unos días, se dio cuenta de que había sido una amputación y que la persona seguía viva y estaba en la cárcel. Un antiguo paramilitar llamado Marlon Jairo Mantilla. ¿Qué le pasó a ese hombre? Es lo que estoy tratando de saber. Hace cinco años lo encontraron en un quirófano clandestino a las afueras de una finca en Guasca. Hoy está en La Picota. Lo condenaron por feminicidio, pues mató a su mujer quemándole la cara con ácido. También por paramilitarismo y tráfico de drogas.

Hizo una pausa para tomarse un buen sorbo de su trago. El escritor la miró en silencio, consciente de que aún no había terminado.

—En resumen: un psicópata, exparamilitar, feminicida y traficante de drogas amputado clandestinamente y dejado vivo a las autoridades. Exactamente igual que uno de los personajes de *Volver al oscuro valle*, ¿no le parece una coincidencia increíble?

Pues sí, pareció decir el escritor con un gesto de sorpresa.

—Bueno —siguió Julieta—, reconozco que las cosas no son idénticas ni al pie de la letra. El de su novela tiene otro nombre y las cosas no pasan en Bogotá, pero, en fin, supongo que Bogotá es un nombre que no lo mortifica para su escritura.

—Bogotá fue mi primera ciudad, por eso mi escritura tiene la obligación de acostumbrarse a ella. Aquí vivo y aquí pasé mi adolescencia. Pero le voy a confesar algo: me aterran las ciudades de tres sílabas. Siento que me quedan grandes. Prefiero las de dos.

—¿Cómo cuáles? —dijo Julieta—: ¿París, Delhi, Roma?

—Veo que está bien informada —dijo Gamboa, y caminó hasta el fondo de la biblioteca.

Luego volvió a la conversación anterior.

—Me sorprende todo eso que dice: crímenes, venganzas, paramilitarismo, ¿de verdad pasó todo eso?

—No pasó, sigue pasando. Hay más.

—Cuénteme.

—Hace unos días encontraron otro cuerpo degollado y amputado —siguió diciendo Julieta—. Un argentino misterioso del que no se sabe nada. Fue por el norte, en un apartamento del barrio Villa del Prado. ¿Le suena?

—No he visto noticias últimamente.

—Es un argentino grande y musculoso, idéntico al que usted describe en la novela como autor de las amputaciones, ese loco xenófobo que hizo cursos de medicina y asegura o cree ser hijo del papa. Se llama Carlos Melinger.

—¿Cuándo lo encontraron? —preguntó Gamboa, algo tenso.

—Hace un par de días. Estaba descompuesto. Puede que en la necropsia se logre saber cuándo lo mataron.

Julieta miró al escritor a los ojos.

—¿Se da cuenta? Igual que en su novela.

Hubo un silencio incómodo. Gamboa no apartó la vista ni hizo el más mínimo gesto.

—¿Soy sospechoso de algo? —dijo.

Julieta se rio.

—No creo, no por ahora. Por eso quise hablar con usted, y por eso mi insistencia con los personajes. Si las cosas son como en su novela, lo más seguro es que el asesino del argentino sea Marlon Jairo, el psicópata amputado que está en la cárcel. Pero no hay ninguna prueba aparte de su libro.

—Ahora entiendo —dijo.

El escritor, con parsimonia, dio otras dos vueltas en torno a su mesa.

—Yo seguí con atención algunas cosas que pasaban a mi alrededor —dijo—, primero en París y luego en Bogotá, y con eso fui construyendo una trama. Hubo una serie de personajes y unos hechos específicos que dieron pie para imaginar otros, y a partir de ahí la rueda se puso en movimiento. Pero esto que me está contando me deja asombrado. ¿Puedo pedirle un par de días antes de seguir con esta charla? Los recuerdos son poco precisos, debo hacer consultas y revisar mis cuadernos de esos años. Le hago notar, desde ya, que de acuerdo a las fechas mi libro se habría publicado antes de que a ese hombre le pasara eso tan terrible. ¿Dijo que fue encontrado y sentenciado hace cinco años? Yo lo publiqué hace seis, lo que quiere decir que lo empecé a escribir hace siete u ocho. Por eso debo aclarar las ideas.

De un anaquel sacó una copia de *Volver al oscuro valle*. Lo abrió en la página legal y les mostró la fecha del copyright. Hacía seis años. Un año antes de la amputación de Marlon Jairo.

—No me había dado cuenta de eso —dijo ella—, pero tiene razón. Tal vez las personas a las que usted conoció ya hablaban de ese plan y usted se les adelantó en la ficción.

—Puede incluso ser anterior —dijo Gamboa—, pues el libro hace referencia a cosas que viví en París varios años antes. Por eso le pido que me deje consultar con algunas personas de esa época y, sobre todo, revisar mis papeles. Por lo general hago una carpeta con las cosas que utilizo en cada novela.

—Claro que sí —dijo Julieta—. Mi interés era contarle esto, preguntarle por *Volver al oscuro valle* y conocerlo. He leído cuatro libros suyos. Podemos hablar en cualquier otro momento.

El escritor la miró intrigado.

—¿Y le gustaron? —dijo—. Me refiero a los libros.

—Sí —respondió Julieta, levantándose.

Estaba claro que la reunión iba a terminar, aunque ella sintió que podía quedarse charlando todavía un buen rato.

—¿Y al final qué le pasó al teniente? —preguntó Johana.

—¿Teniente...? —Gamboa no comprendió de inmediato.

—La historia que le contaron en India.

—Ah, sí. El teniente español se salvó de que lo fusilaran y cuando acabó la rebelión lo volvieron a nombrar director en otro regimiento más al norte. Vivió dos años de absoluta tranquilidad. A pesar de que había permanentes revueltas y ataques a guarniciones, la suya siempre estuvo en calma. Un día llegó una delegación de saharauis, los hombres del desierto, con un mensaje para él. Los hizo seguir a su despacho. Traían un canasto y una carta. En el canasto estaba la cabeza degollada del hombre que él había salvado. La carta decía: «En caso de que muera en combate, he pedido a mis hombres que le lleven a usted mi cabeza, para que sepa que ya no podré seguir protegiéndolo».

Salieron del estudio, el escritor las acompañó hasta el portón de entrada. Antes de despedirse Julieta le dijo:

—El narrador que aparece en sus libros, en primera persona, ¿es usted?

El escritor la miró con una expresión aún más honda de confusión (¿o de cansancio?).

—Yo ya no recuerdo quién es quién en esa historia, Julieta. Déjeme organizar las ideas y la llamo, ¿bueno? El asunto me interesa, parece bastante grave y a la vez apasionante.

Intercambiaron números privados, se despidieron.

Luego las dos mujeres cruzaron el parque y bajaron a pie por la calle 59 hacia la carrera Séptima.

Lloviznaba apenas.

—¿Qué te pareció? —preguntó Julieta.

Johana arrugó los labios.

—Se ve buena persona, pero parece que vive en otro mundo. Esa casa tan grande y oscura. Esa biblioteca tan silenciosa. Debe uno enloquecerse ahí adentro, y por la noche estará llena de fantasmas. No dormiría ahí ni muerta.

—Vivirá metido en sus escritos y lecturas. Así deben ser todos los escritores.

—Sí —dijo Johana—. Qué vida tan triste.

En la Séptima esperaron un par de taxis.

Había humedad, pero la llovizna cesó de repente. El trancón de la avenida empezaba a ser un poco menos denso. Igual una larguísima serpiente de automóviles se extendía sobre el asfalto y progresaba hacia el norte con movimientos lentos.

Eran casi las nueve de la noche.

3

Por algún motivo nada claro, en esta ocasión pudieron entrar a La Picota sin pasar por la incómoda requisa íntima con guantes de látex. Eran las nueve de la mañana y la mayoría de los presos, después del desayuno, estaban en los patios haciendo ejercicio en corrillos o fumando, algunos recostados contra el muro escribiendo en hojas sueltas, otros oyendo radio con audífonos. Olía a comida, a frito, a huevo revenido. Un olor cercano al de la candidiasis que les repugnó. A la altura del segundo piso, sobre el patio, un trazado de cuerdas sostenía la ropa recién lavada. Los presos debían aprovechar cualquier minuto sin lluvia para secarla, así el aire estuviera húmedo. Estos eran los pobres, los delincuentes comunes, el lumpemproletariado de la clase reclusa (traficantes menores, apartamenteros, atracadores de minimercados, y así) que no tenía celulares ni tabletas para pasar el tiempo aliviados por la tecnología.

Al llegar al último patio, otro guardia de seguridad buscó sus nombres en una lista. Julieta, sintiéndose un poco más segura, se atrevió a preguntarle:

—¿Usted es guardia del Inpec?

El hombre, un afro de unos cincuenta años, con el párpado del ojo derecho caído, le respondió:

—No, señorita, soy seguridad privada. Yo las acompaño para que no me les pase nada. Quédese tranquila que aquí cuidamos nosotros.

Al oír ese «nosotros» Johana volvió a sentir una corriente fría en su estómago. Bajó los ojos, no quiso mirar a nadie a la cara. Durante el trayecto sólo vio manos manipulando cosas. No pudo evitar imaginarlas clavando cuchillos en cuerpos llenos de vida, disparando y golpeando. Las visitas a La Picota iban a acabar con sus nervios.

Al fin llegaron, Josefina las estaba esperando.

—Bienvenidas —les dijo—, regálennos un par de minuticos que el jefe estaba dormido hasta hace nada, pero ya se está despertando. Le acabo de dar las pastas de la mañana y está un poco sonso. Voy a ver, ya vuelvo.

Se quedaron ahí, en la puerta de la celda. Todo se veía muy ordenado y limpio. Josefina era una perfecta ayuda.

—Vengan, sigue en la cama porque hoy amaneció como con fiebrecita, ustedes lo sabrán perdonar.

Marlon Jairo, recostado en unos almohadones y cubierto hasta el pecho por una gruesa cobija, tenía puesta una camiseta Lacoste paraguaya color yema de huevo y estaba recién afeitado.

—Me perdonarán que las reciba aquí —dijo—, pero con estos fríos creo que me estoy agripando. Me tomé un paracetamol a ver si se me quita. Ay, preciso esta tarde teníamos visita conyugal.

Las dos mujeres se quedaron de piedra. ¿Visita conyugal? Pero ocultaron su sorpresa.

—Gracias por recibirnos —le dijo Julieta—. Quisiera precisar algunas cosas.

—Adelante, señorita. Josefina, ofrézcales tinto o agua aromática a las damas. Vea a ver si quedan chocolates.

Johana sacó la grabadora y la encendió. Julieta abrió su cuaderno de notas.

—¿Le suena el nombre de Carlos Melinger?

—No, señorita. ¿Quién es?

—Un argentino. Lo encontraron muerto en un apartamento de Villa del Prado. Salió en las noticias, fue un asesinato horrible. Lo abrieron en canal, le cortaron los brazos y las piernas, como a usted. Sólo que a él le fue peor, porque le cortaron la cabeza. También le arrancaron el pene y los testículos y se los metieron en la boca. El que hizo eso, el autor intelectual, quiso dejar muy claro su mensaje.

Marlon Jairo cerró los ojos y movió la cabeza hacia los lados, expresando confusión.

—Ay, lo que está contando es una asquerosidad —dijo—. A lo mejor fue el mismo que me hizo esto a mí, sólo que esta vez sí se decidió a matar a su víctima. Lo mío fue hace cuatro años, ya casi vamos para cinco. A lo mejor hubo más asesinados en este tiempo, ¿lo ha investigado? Acá mucha gente mata a otra, pero lo de mutilar las partes íntimas es más raro. ¿No habrán sido los mexicanos? Les gusta que a los muertos les duela y pegan unas matadas salvajes.

Se quedó pensativo, miró hacia arriba. Si tuviera manos se rascaría la barbilla.

—Nunca tuve trato ni rivalidad con mexicanos —siguió diciendo—. A menos que fuera a mis espaldas. Es cierto que a veces a uno le tira gente que ni conoce. Todavía queda más de uno que, si pudiera, me clavaría una puñaleta hasta el mango. Hay negocios que son así, no se puede uno quedar mucho tiempo porque se levanta el avispero. Hay que ganarse los pesos y salir rapidito. Si uno no tiene enemigos es porque le está yendo mal, ¿sí me entiende? Es lo contradictorio de esa profesión a la que me dediqué. A lo mejor en otros oficios también es así. No tengo idea de quién puede ser su asesino, señorita. Supongo que eso es lo que vino a preguntarme. O para saber si fui yo el que mandó matar a ese... ¿dijo que era argentino? No, de por Dios que no. Yo ya cerré con eso. Pero le ruego que si llega a saberlo venga y me cuente. Si es el mismo yo tendría mi cuentica con él. O a lo mejor, como dice el pastor Esperanzo, para perdonarlo. En eso está todo el país, ¿no?

Josefina trajo una bandeja con dos jarras y tazas. Una era de café y la otra de agua de hierbas.

Se sirvieron.

Julieta miró a Marlon a los ojos, muy seria, y le dijo:

—Cuénteme una cosa, Marlon. Si usted todavía tiene enemigos, ¿cómo es que no lo matan estando aquí? Parecería más vulnerable en esta celda.

—Muy buena pregunta, señorita, pero no, tiene una idea equivocada. Acá no es fácil matarlo a uno, al contrario, es casi imposible. Tendría que haber una berraca conspiración desde arriba. Uno tiene todavía sus amigos. Este sitio, a simple vista, parece un despelote, pero es más organizado que una escuela militar. Acá no se mueve una hoja sin que uno se entere.

—¿Lo protegen? —dijo Julieta.

—Me puedo cuidar solo.

—¿En este patio tiene seguridad?

Marlon Jairo la miró abriendo mucho los párpados.

—Este patio es uno de los sitios más seguros del país. Mire hacia allá.

Con los ojos le señaló la puerta. Ambas voltearon a mirar. Desde ahí vieron a tres hombres revisando celulares, recostados en una baranda.

—Toda esa gente está armada. Hay punzones, destornilladores, vidrios, cuchillos. Acá adentro han matado personas clavándoles un cepillo de dientes por una oreja. Un cepillo de dientes, ¿ah? Una vez los de las Farc quisieron hacerle la vuelta a uno. Están en otro patio y se trataron de meter por la noche. Le pagaron un billete a un guardia para que les dejara abierto y vinieron tres especialistas. Pero casi los despellejan. El guardia que les cobró por dejarlos pasar le vendió también la sapeada a los nuestros. A ese guardia, en un día de salida, los de las Farc se lo destriparon bien destripadito, por la calle, y a nosotros nos pareció bien, porque esa escoria es la que rompe las reglas. Este sistema tiene un equilibrio y si alguien llega a joder, de arriba o de abajo, todo se desbalancea y empiezan a rodar cadáveres. A caer cuerpitos al agua. Acá hay gente muy peligrosa. Incluso han mandado a traer personas de afuera para matarlos aquí. Traidores o soplones. Gonorreas. Acá los interrogan con especialistas en eso, gente bien áspera, y después los pican para botarlos por las cañerías o la basura orgánica.

Julieta miró otra vez hacia el patio y dijo:

—Pero hay algo que no entiendo, Marlon. Si ustedes tienen tanto poder acá, ¿por qué no se van?, ¿por qué sencillamente no salen de la cárcel y se regresan a vivir a sus casas o a esconderse por ahí? ¿No estarían más cómodos?

Marlon Jairo abrió mucho los ojos y, mirando a Josefina, soltó una suave risotada.

—No, señorita, eso no es tan fácil —dijo—. A lo mejor uno logra salir, pero ahí mismo le caen, y en una de esas se lo bajan. No hay nada más peligroso que una recaptura. Vea la cantidad de gente que murió por escaparse, como le pasó a ese del Cartel de Cali, Pacho Herrera, ¿y sabe por qué? Porque la policía ve la oportunidad de bajarse a la gente sin tener que dar explicaciones. Y les dan premios. Si uno se va inmediatamente se sabe, aparece en las noticias, al director del Inpec lo llaman a dar explicaciones y se investiga, la autoridad se tiene que movilizar y eso no gusta. Es remover el agua que estaba quietecita. Volarse es dar papaya. Mejor acá en la tranquilidad. Si uno se comporta bien y paga lo que hay que pagar, está bien y seguro.

—¿Y a quién le paga?

—Ay, señorita, hoy vino más curiosa que la otra vez. Yo le cuento, pero, ¿sabe?, esto sí prefiero que no me lo graben, y sobre todo que me asegure una cosa: si lo va a publicar, no ponga que se lo dije yo.

—Aceptado —dijo ella.

Johana levantó el celular y lo apagó. Lo puso delante de los ojos de Marlon para que comprobara.

—Está bien —dijo—. Lo que pasa, señorita, es que aquí todo hay que comprarlo, incluso las cosas que son de ley. Y así es mejor, pero hay que tener platica. ¡Imagínese que un colchón vale veinte millones de pesos! Si uno quiere dormir en las colchonetas pulgosas de la dotación se muere de neumonía y le traquean los huesos. Así es todo. A los duros, a los que tienen buena plata, se les consigue de todo. Sean de las autodefensas o de los narcotraficantes, o de los políticos corruptos, ¡es la misma vaina! O esos manes que le han robado a la gente a través de inversiones... Aquí llegan, ¿y ustedes creen que duermen como los demás? Claro que no. Hay un patio al que le decimos Dubái. Pero hay que tener moneda. Una comida de restaurante vale un millón de pesos, mínimo. Yo he pagado hasta veinte mil por un tomate. Y con el tema sexual ni se diga, con perdón. A las nalguitas que quieren meter les sacan tarjeta profesional y así entran cuando quieren. Mujeres costosas, nenas de alto consumo. Y eso es todos los días. ¿A quién le pagan? Pues a los guardias, a los directores de pabellón, al director general. Cuando uno entra ellos le hacen el estudio económico a ver cuánto le pueden sacar. ¿Y qué se puede hacer? Pues dejarse. Una botella de whisky Old Parr vale un millón de pesos. Acá el verdadero preso es el que no tiene con qué.

Miró hacia la puerta y entrecerró los ojos, queriendo poner un poco de misterio.

—Y les digo algo: estos que les acabo de nombrar no son los peores. Los peores son los que trafican con beneficios:

traslados, reducciones de pena, certificados de buena conducta. Alrededor de eso hay toda una mafia. Si usted quiere que lo metan a la JEP y tiene cómo pagarlo, se lo hacen. Pero esa vaina vale como tres millones de dólares porque toca engrasar a mucha gente.

—¿Y a usted no le interesaría? Si fue paramilitar.

—No, pues por paramilitar sí, pero por lo otro no. Acuérdese que a mí me clavaron por feminicidio y eso no tiene vuelta. Y no tengo tanta moneda.

Julieta agarró de nuevo su bolígrafo.

—Volvamos a eso un momento, Marlon, si me permite. La vez pasada me olvidé de preguntarle un poco más por esa mujer. ¿Cómo fue que la conoció?

—Ella trabajaba en un restaurante de comida típica por el barrio La Flora, en el norte de Cali. Se llamaba Carmen Eulalia Cárdenas. Yo vivía cerca y me la pasaba ahí a todas horas. Era como mi oficina cuando tuve el concesionario de motos y estaba empezando con el otro negocio. Hacían una pasta muy sabrosa y a mí siempre me gustó el espagueti con pollo. Ella me servía y empezamos a charlar. La invité a salir y fuimos a un rumbeadero clásico, la Maldita Primavera, por la zona de Menga. Esa misma noche nos fuimos de motel, con perdón. Eso fue rapidito. Yo al principio pensé que la cosa iba a ser eso, un plancito de fin de semana, rumba y motel, comidas, pero la nena me golpeó profundo, ¿me entendés? Quería verla más y más, y ella copiaba, y como a los tres meses me dijo que me fuera a vivir a su casa. Tenía una hija, una niña como enferma y trastornada, pobrecita. Al año de yo llegar dijo que quería ser monja y Carmen la matriculó en un internado de novicias. Ahí estuvo unos años hasta que nos enteramos de que estaba metida en cosas raras. La denunciaron por entrar drogas y trago y por organizar orgías con unos manes de otro colegio interno, así nos dijeron; no sólo la echaron, sino que la metieron a un correccional. La niña se dañó, pobrecita.

—¿Cuántos años tenía cuando usted empezó a vivir con la mamá?

—Estaba chiquita, como de doce, si mal no recuerdo. Tampoco me acuerdo cómo se llamaba.

—Y después del asesinato de su expareja, ¿volvió a saber algo de esa niña?

—No, señorita. Cuando la metieron al reformatorio la misma Carmen empezó a perder contacto con ella. Una vez fue a visitarla y la niña la mandó a la mierda y le gritó que no volviera. Decían que se le había metido el Diablo por dentro, y fíjese, yo ahora la entiendo. Pobrecita, quién sabe en dónde estará ahora.

Julieta lo miró con intensidad, pero prefirió no seguir preguntando. Según el libro de Gamboa, fue esa niña la que lo había hecho «cortar». Su venganza por haberla violado a los doce años y por matar a su mamá. Marlon no parecía, realmente, tener ni la más remota sospecha o idea de eso. O lo ocultaba bien. Que estuviera escrito en *Volver al oscuro valle* no quería decir que fuera cierto. Debía averiguar por su lado.

—Volvamos un momento al otro tema, Marlon —siguió diciendo Julieta—: ¿me decía que acá los duros pueden hacer lo que les da la gana y que incluso pueden resolver asuntos de afuera?

—Sí, señorita, esto es como un salón de fiestas en día sábado, todo el mundo está desocupado —dijo—. Nadie tiene nada que hacer más que buscar diversión y manejar sus asuntos.

—Le voy a ser sincera —dijo ella de pronto—: yo necesito su ayuda. La muerte de ese argentino por descuartizamiento y con esa sevicia tiene que tener un móvil. Johanita, muéstrele.

La asistente puso en su tableta los artículos de prensa sobre el asesinato. Le sostuvo el aparato delante de los ojos para que pudiera leerlo.

—Ay, un momento —dijo Marlon—. ¡Josefina! Póngame las gafas. Es que ya con los años no veo sin esos vidrios. A ver, reinita. Ahora sí.

Leyó un rato moviendo el cuello y estirando los labios hacia los lados en una mueca que podía llamarse «sonrisa de león». Por no tener cómo expresar lo que sentía, su cara era el único tablero de juego. A Johana le pareció sobreactuado.

—No jodás, qué horror —dijo Marlon al acabar de leer, y le dijo a Josefina—: Limpiame los ojos un momento.

El esfuerzo de la lectura le había hecho salir lágrimas.

—Le vuelvo a comentar lo primero que me viene a la mente, señorita —siguió diciendo Marlon—: los mexicanos. Esa gente es dura. ¿Y en qué cosas andaba metido el tipo? A la gente la matan por algo, hasta en los mundos más tenaces hay un orden. Sólo a los psicópatas les gusta matar sin motivo. ¿Ya consideró eso? Esa matada huele a psicópata, con toda esa sangre y efectos especiales.

Se rio y miró a Josefina, que de inmediato se rio también, pero de forma forzada. Entonces Julieta le dijo:

—¿Y no será que acá, con tanta gente dura, alguien sabe qué fue lo que pasó?

Marlon la miró a los ojos. Se le habían irritado, enrojecido. No tenía la costumbre de leer.

—A mí usté me pidió una entrevista, amiga, ¿y ahora me quiere reclutar de informante?

Julieta lo encaró sin pestañear.

—Usted dice que tuvo al diablo metido entre las tripas y que lo hizo hacer cosas horribles, vergonzosas, que preferiría no recordar. Se ha arrepentido. Ahora tiene a Cristo, gracias a su pastor, pero lo que yo hago es darle la oportunidad de ayudarle a la verdad. No soy la ley ni la represento. Soy periodista. Me gusta saber por qué pasan las cosas, qué hay detrás de los crímenes, por atroces o jodidos que sean, y luego explicárselo a la gente para que comprendan mejor el país en el que viven y la sociedad de la que son parte. Eso es lo que yo soy y por eso vengo a hablar con gente como usted en lugar de quedarme en mi apartamento viendo series de Netflix y esperando a que sea de noche para ir a un coctel del Círculo de Periodistas. Me interesé por su historia y estoy aquí porque quiero saber quién le hizo eso y veo una posible relación. Quiero saber qué está pasando en esta ciudad como para que un desconocido argentino aparezca con el pipí y las pelotas metidas en la garganta y cortado en cinco partes, sin que nadie diga por qué lo hizo. ¿Me entiende? Su caso y el de ese argentino pueden tener algo en común, pero para saberlo necesito ayuda. Puede incluso, si mi intuición es correcta, que al final logremos saber quién lo amputó y así podrá, como usted mismo dijo, «perdonarlo». Pero debe decirme de qué lado está.

Marlon no dejó de mirarla ni un solo segundo, aunque pestañeando. Cuando Julieta acabó de hablar le dijo:

—Estoy de su lado, claro que sí. ¡Josefina!

Le hizo un gesto con la boca a su ayudante y le dijo:

—Escríbame en un papel su correo electrónico. Voy a abrir bien el ojo y si sé de algo le aviso para que venga o, si se puede, la llamo y le cuento.

Recogieron sus cosas y se levantaron de los taburetes. Ya estaba lloviendo otra vez.

Antes de salir Johana miró a Marlon y le dijo:

—¿Le puedo hacer una pregunta incómoda?

Marlon la miró, como reconociéndola.

—¿Usté es de Cali? —exclamó—. Haber empezado por ahí. ¡Que viva Cali! Claro que me puede preguntar cualquier cosa.

—¿Cómo hace la visita conyugal?

Marlon cerró los ojos con fuerza, muy serio, hasta que la cara se le deshizo en una estruendosa sonrisa.

—Ay, la curiosidad... —dijo—. ¿Y sabe qué? La entiendo. A ver le voy a explicar, con todo respeto. Vienen las esposas o novias que están inscritas, así estén también en la cárcel, ¿eso sí lo sabían? A algunos compañeros les traen a las hembritas del Buen Pastor o de cárceles de mujeres de Valledupar o Girardot. Es lo que he visto. Eso sí, les pegan una requisada ni la tenaz porque por ahí entra droga como un berraco. Yo contrato una nena bien bonita, eso acá los guardias le pasan a uno listas con los precios y hay de dos y tres millones para arriba. Si uno quiere una nalguita de la televisión pueden ser veinte o treinta. La traen y hay dos modalidades. O viene hasta la celda, si pagamos otros cinco millones, o salimos a lo que se llama «el Motel» y vamos con Josefina, pero no al cuarto asqueroso del patio, con los demás, sino a unos de una vaina que se llama el Erón, donde hay veinte habitaciones más o menos buenas. Eso sí, toca llevar las sabanitas, almohadas y todo, ¿no? A veces Josefina va antes a limpiar y quitar el olor a orines, que es fuerte. Luego nos traen la nena y le hacemos.

Johana le mantuvo la mirada sin parpadear y le dijo:

—¿Y qué hacen?

Marlon miró a Julieta, avergonzado.

—¿De verdad quiere que le cuente? Estas caleñas cómo son de curiosas, ¿ah?

Las dos mujeres lo miraron sin decir nada.

—Está bien, está bien... —dijo, y miró a su asistente—. A mí lo único que me queda es la cara, así que a la nena yo le doy sus buenos besos y después Josefina la remata, como debe ser. Yo miro mientras él la atiende. ¿Sí me explico? Me hizo poner rojo, niña, ya no le cuento más.

—Gracias por la explicación —dijo Johana.

Salieron.

Marlon volvió a prometerles estar comunicado y pendiente de cualquier información. Cuando pasaron a la zona común de corredores, Julieta le dijo a su asistente:

—Caray, ¿qué bicho te picó? Pensé que nos iba a mandar a la mierda. Eso sí, agradezco que hayas tenido la berraquera de preguntarle. Buen dato para la crónica: el hombre la babosea y luego el secretario la enclocha y él mira. Trabajo en equipo.

—Qué seba —sentenció Johana.

4

Las dos mujeres hicieron el largo trayecto de regreso en silencio atravesando la populosa localidad de Usme (un grafiti sobre la avenida decía: «Bienvenido a Usme-kistán») y la troncal de TransMilenio, donde se guardan y se les hace mantenimiento a los buses articulados, los Volvo rojos del sistema de transporte. Vieron muchedumbres deambulando por andenes y calles, yendo de aquí para allá en la cotidiana tarea de ganarse la vida en un entorno de dificultad y gran empuje. Negocios informales, puestos de chucherías, la inagotable feria del Made in China y las falsificaciones de grandes marcas: tenis Adidas paraguayos, relojes Tissot paraguayos, Lacoste paraguayas con el cocodrilo torcido. Tiendas de desayuno con tamal y almorzaderos de «corrientazo» a ocho mil pesos: «lentejas de principio», «fríjoles de principio», y lo más importante: «¡No se negocian los principios!». Más adelante, sobre la Caracas, las poco dietéticas lechonas puestas en bandeja metálica, con las zampas por delante y el hocico redondo del marrano a la vista, un espectáculo que haría vomitar hasta el páncreas a un vegetariano o vegano, pero que a otros, oh diversidad humana, les hace agua la boca.

A pesar de los pitos, cerrones y aceleradas, el tráfico estuvo benévolo y a las dos de la tarde ya estaban de vuelta con la sensación de haber hecho un descenso a los infiernos, a esa otra ciudad que parece sumergida en la niebla y cuyo contacto con las demás zonas, sobre todo con la brillante del norte, es un reflejo a escala urbana de las tensas relaciones *inter* sociales.

—Las reuniones con ese man me dejan masacrada —le dijo Julieta a Johana—, necesito un trago para trapear, desinfectar el alma y volver a la realidad. ¿Tú quieres?

Johana, que nunca le aceptaba, dijo que sí.

—Se lo recibo, jefa. Esa cárcel me pone a sufrir. Pero algo no muy fuerte, ¿hay cerveza?

Le destapó una Club Colombia. Brindaron, se dejaron caer sobre el sofá.

—Usted ya no cree que él mandó matar al argentino, ¿verdad? —preguntó Johana.

—No, no fue él —respondió Julieta, cerrando los ojos con cada largo sorbo—, pero no sé muy bien por qué. Intuición. Todo es posible aún. El tipo es un psicópata, un asesino y una basura, de eso no hay duda. Pero algo me indica que está diciendo la verdad. Puede que se haya regenerado por el tema evangélico, o tal vez cree que si me colabora podría ayudarle. Alguna rebaja de pena o algo así.

—No, jefa, para eso no aplica —dijo Johana—, acuérdese que él mismo dijo que no tenía derecho a nada por lo del feminicidio. Conoce la ley.

—Es verdad.

—Pero entonces —volvió Johana—, si Marlon no mandó matar al argentino para vengarse, ¿cuál puede ser la relación entre ambos casos?

—El único nexo, por ahora, es la novela de Gamboa —dijo Julieta— y suponer que el asesinato de Melinger pudiera ser la venganza de Marlon. Yo siento que ambos casos están relacionados. Espera y te leo un pedazo del libro. Ahí las cosas aparecen cambiadas, también los nombres. Lo que le hacen al violador es un poco diferente. Escucha.

Abrió la novela, buscó unos subrayados y leyó en voz alta:

No podré matarlo, le dije a T, pero debe sufrir un horrible castigo. Mi odio volvió a subir y se sobrepuso al miedo, y entonces le dije a T, matarlo sería un regalo. Que tenga que vivir sufriendo y añore la muerte, y que quede marcado.

Entonces T dijo, esa idea me gusta, siempre fui favorable en lo conceptual a lo que llamo *retiros parciales*, y por lo mismo que vos decís, ¡hay allí una verdadera labor pedagógica! De todos modos quedate tranquila: este caballero o lo que quedará de él irá a la cárcel apenas lo encuentren; puede que no lo reconozcan a primera vista, de eso podés estar segura, y con los antecedentes que trae encima no creo que vuelva a pasar libre un solo día de su vida. Creerá que lo que vamos a hacerle proviene del clan enemigo. Él te vio, claro, pero cuando vuelva a abrir el ojo pensará que fue un sueño.

Luego T dijo, ahora pasemos a lo práctico, yo soy muy partidario de las amputaciones, ¿qué querés que le quitemos?

Sugirió hacer dos cortes grandes, un brazo completo y una pierna, de lados contrarios, y por ser violador la emasculación era casi obligatoria; si además quería hacer algo en nombre de mi madre se podía pensar en una aspersión controlada de ácido en los pómulos, lo suficiente para quemarle la piel y algunos cartílagos de modo que ni su puta madre lo reconozca, así dijo T, cónsul, qué pena repetirle estas cosas, y yo respondí que sí, me parecía bien, aunque odiaba sus dedos, sobre todo sus dedos violadores, y él dijo que en el brazo que le pensábamos dejar podría hacérsele otra amputación menor y dejarle sólo el pulgar.

—Es diferente —reconoció Johana—, pero tiene un aire familiar. Como usted dice: sería mucha casualidad. Y en la novela, ¿qué hacen con los restos amputados? ¿Los entierran?

—No —dijo Julieta—, los deshacen en un balde de ácido. Hay mil cosas que no coinciden. Acuérdate que el propio Gamboa nos mostró que la novela se publicó un año antes de lo de Marlon, o sea que no puede ser exacto. Pero hay algo, hay algo.

—Si en verdad los asesinos vienen por ese lado —dijo Johana—, lo complicado es que descubran el libro de Gamboa. Estará en un tremendo peligro. Lo van a relacionar con Melinger y van a creer que es cómplice o que algo sabía.

—Tienes razón —dijo Julieta—. Hay que hablar con él sobre esto y convencerlo de que se proteja o, mejor, que se vaya del país por un tiempo mientras se resuelve esta vaina. Sí, Johanita. Buen punto. Mañana lo llamo.

Julieta puso el libro encima de la mesa.

—Por cierto —dijo—, voy a hablar con el fiscal para contarle de la conversación con Marlon. Se la debo.

Edilson Jutsiñamuy estaba terminando un almuerzo en el Crepes & Waffles, frente al edificio de la Fiscalía. Al ver la llamada de Julieta se disculpó para levantarse y atender.

—Dígame, amiga, ¿qué novedades?

Julieta le contó con rapidez la reunión en La Picota. Insistió en decirle, a pesar de sus dudas, que el asunto de La Calera podía estar relacionado con el asesinato del argentino.

—La entiendo, la entiendo —dijo Jutsiñamuy—, pero ¿tenemos algo concreto que permita unir las dos vainas?

Julieta decidió no revelarle el asunto de la novela, que era su único argumento. Quería manejar eso con pinzas, pues era consciente del peligro que correría el escritor si la cosa llegara a saberse.

—Dos cuerpos partidos en pedazos y uno de ellos vivo —dijo—. Algo me dice que están relacionados, es sólo una intuición.

—Ahí está lo que hay que encontrar: esa relación y un por qué. Mientras no haya algo incontrovertible no podremos meter los dos casos en la misma carpeta. Acuérdese que hay procedimientos.

—Deme un poco más de tiempo, fiscal, déjeme analizar lo que tengo. ¿Y de la llamada a la casa de Melinger? ¿Hay noticias?

—Veámonos cerca de la Nacional, puede ser pasado mañana, y yo veo qué hay con eso.

Se despidieron.

5

Al otro día, Julieta llamó varias veces al escritor Gamboa, pero él no le respondió, así que, nerviosa, decidió tomar un taxi y llegarle a la casa directamente. La puerta que daba acceso a la terraza del segundo piso estaba abierta. Subió y fue hasta el portón. Un timbrazo largo, otros dos cortos. Esperó un rato. ¿Qué hora era? La tarde estaba oscura. Casi las seis. Un segundo timbrazo. «¿Dónde se habrá metido?». Ya había dado media vuelta para volver a bajar a la calle cuando oyó un ruido en la puerta.

—Un momento —era su voz—. Ya le abro.

Tenía puesta una ruana boyacense y, debajo, una camisa de rayas azules y blancas. Extraña pinta.

—Pensé que no estaba, lo he llamado un montón de veces —dijo Julieta, tal vez esperando una explicación.

Gamboa la invitó a entrar. En lugar de llevarla a la biblioteca le indicó el salón en el primer piso.

—Ah, soy pésimo para el teléfono. Siempre se me queda en silencio. ¿Un café?

Julieta dijo que sí con la cabeza. El escritor se perdió por el corredor hacia el fondo de la casa y ella se quedó mirando los muebles, y pensó: o son herencia o los compró en un anticuario. No eran valiosos, sólo un poco viejos. Pasados de moda. Sobre la mesa había un montón de objetos de diferentes países. Le pareció que eran de México, Turquía, Rusia, cosas traídas de Oriente. Tenía buenos cuadros, eso sí. Un Grau, un Guayasamín, un Portocarrero, un Saura, ¿ese del fondo era un Wifredo Lam? Lo vio venir y regresó al sofá.

—Tiene buenos cuadros —dijo Julieta.

—Herencias —dijo él, y se sentó del otro lado de la mesa.

Antes de que ella pudiera lanzar alguna pregunta, Gamboa le dijo:

—He estado pensando en lo que hablamos el primer día —soltó en tono de cálculo sin mirarla a los ojos, sino a algo indeterminado entre la alfombra y la mesa—. Creo que puedo decirle esto: en ese libro hay una mezcla de experiencias reales con escenas de ficción, tanto en los personajes como en los escenarios y, claro, en el argumento. A veces una ciudad reemplaza a otra o a un país entero. Usted es lectora, sabe cómo es eso. Lo que usted contó me dejó bastante espeluznado.

—¿Lo de Melinger?

El escritor levantó las dos manos a la altura de su cara y las movió en el aire.

—¡Todo!

Se hundió en el sofá, acariciándose la barbilla.

—Eso del hombre en la cárcel y los huesos también es terrorífico. ¿Cree que las dos cosas están conectadas?

Julieta abrió el bolso y sacó su copia de la novela.

—Aquí sí —dijo agitando el libro—. Si damos por cierto lo que usted cuenta, Melinger le hizo las amputaciones a Marlon para vengar la violación de una niña de doce años, hija de su novia, algo que no encontré en el expediente, tal vez porque no fue denunciado. Y luego el crimen principal, el asesinato de la mamá de la niña tirándole ácido, como pasa en la novela, antes de esconderse con los paramilitares. Es idéntico a la realidad. Y en cuanto a Melinger, le encontraron un maletín con instrumentos de cirugía. Todo coincide con lo que usted escribió. ¿Sí ve por qué le pregunto cuánto es real y cuánto ficción?

Gamboa pareció aún más confuso.

La empleada entró con una bandeja en la que había dos cafés y una canasta con almojábanas y pandebonos humeantes.

—Muchas gracias, se ve riquísimo —le dijo Julieta, sirviéndose una de las tazas.

Esperó a que la mujer se retirara.

—Vine hasta aquí a decirle algo sumamente sencillo —dijo Julieta—. Si lo de su novela es verdad, usted mismo sería cómplice de lo que le hicieron a Marlon y sólo por eso está corriendo un grave peligro. ¡Enorme! No sé quién está detrás de esto y no creo ni siquiera que sea Marlon, pero si encontraron a Melinger y lo masacraron, lo lógico es que sigan con usted. Debe salir del país. Váyase a Francia o a México, mañana mismo.

El escritor frunció el ceño.

—Ya le entiendo —dijo Gamboa—, pero lo que usted dice se basa en algo bastante improbable y es que los asesinos hayan leído mi novela. El libro se publicó hace seis años.

Julieta dejó la taza de café en el plato para poder mover las manos.

—Es improbable —dijo—, pero no imposible. Puede que la información les haya llegado a los asesinos por otra vía. Sea cual sea la hipótesis usted está en peligro.

El escritor tomó un sorbo de café. Se quedó mirando el humo que subía, sinuoso, desde la taza.

—En la novela hay cosas que son verdad, que sí ocurrieron. Otras me las contaron y otras las inventé.

—Eso ya lo sabemos —insistió Julieta—, pero si dan con el libro no se van a detener en sutilezas. ¿Le parece poco reconocible que a un exparamilitar lo secuestren en una fiesta y le amputen todo lo que se le puede cortar a un tipo, con excepción de la nariz, las orejas y la lengua? Eso es lo que van a reconocer. No pasa todos los días.

Julieta estaba nerviosa, pero intentaba dominarse.

—Ya hablé con Marlon en la cárcel —siguió diciendo ella—. Me dijo que no sabía nada de Melinger y, al menos por ahora, me pareció creíble. Por ese lado no veo problemas, pero lo cierto es que alguien mató a Melinger y ese asesino o esos asesinos andan por la calle, sueltos, y algo buscarán, algo querrán y estarán investigando. No me parece tan difícil que en alguna vuelta lleguen a dar con su libro.

Gamboa siguió callado. Julieta se le acercó.

—¿Usted conoció a Melinger? —le dijo—. Eso sí me lo puede contar.

El escritor se quedó pensativo unos segundos.

—Lo conocí en París, en los noventa.

—¿Y entonces? ¿Por qué no reacciona?

—Después de hablar con usted vi en la prensa lo que le hicieron. Me impresionaron las pocas fotos que encontré, aunque el nombre era distinto. No me acuerdo cómo se llamaba. No era Melinger, aunque eso ya no tiene importancia. Entiendo su preocupación y se la agradezco, pero no se me ocurre qué puedo hacer y, para serle sincero, no me siento en peligro.

—Yo le digo qué puede hacer —insistió Julieta—. Podría contarme todo lo que sabe para ayudar a que la investigación progrese, luego armar una maleta y salir de esta casa. Puede que estén afuera esperando a que sea de noche para venir a matarlo.

Gamboa se levantó y fue a la ventana.

—No para de llover...

—Estarán en un carro o debajo de un paraguas —dijo Julieta—, no se van a devolver porque esté lloviendo.

—No me refería a eso —dijo el escritor—. Hablaba sólo del mal tiempo. ¿A usted le gusta la lluvia?

—Depende —dijo Julieta.

—¿De qué?

—La odio cuando estoy nerviosa o trabajando. Me irrita manejar con lluvia.

—¿Nunca le gusta?

—Sólo cuando estoy tranquila, tomando algo rico y en buena compañía.

—¿Puedo invitarla a un trago?

Julieta lo miró extrañada.

—Por favor no lo interprete como hostigamiento o acoso —dijo el escritor—. Quisiera sinceramente tomar algo con usted y seguir hablando.

—Le acepto el trago —dijo ella—, pero no aquí. Vámonos a otra parte.

El escritor llamó un Uber y salieron a esperarlo a la calle. Julieta miró hacia los lados, intranquila. Había caído la noche y la cuadra era oscura. El parque de Portugal, con sus árboles frondosos, le pareció una tenebrosa selva poblada de demonios. Detrás de cualquier sombra podía acechar el peligro.

Llegó el Uber.

—¿A dónde vamos? —quiso saber ella.

—Hay un bar en la 70 abajo de la 11, el Red Room. Pegado a un restaurante portugués. ¿Lo conoce?

—No.

—Es un sitio discreto, y la cocina del restaurante es buenísima.

Julieta seguía nerviosa.

—No tengo hambre —dijo ella.

—Yo tampoco, pero dentro de un rato puede que sí. Hacen un bacalao exquisito.

—Lo último en lo que se me ocurriría pensar ahora es en comida, ¿sabe?

—Lo veo —dijo el escritor—, pero un buen plato calma los nervios. Los vinos son deliciosos.

—Usted dijo que un trago.

—No se preocupe, tomamos juntos un trago y luego se puede ir. Si hablo del restaurante es porque creo que me quedaré a comer. No está obligada a acompañarme, ni más faltaba.

Llegaron a The Red Room, contiguo a O Galo Português. Subieron la escalera y Julieta se sorprendió con el bar. Le pareció de otra ciudad. Cada mesa era diferente, entre vintage y moderno. Había poca gente y la penumbra le pareció agradable. Sonaba un jazz latino que pegaba bien con el aguacero y la idea de tomarse un trago.

Julieta pidió una ginebra con hielo. El escritor un whisky doble en las rocas.

—¿Aquí se siente mejor? —preguntó él.

—Sí. Este sitio no lo conoce nadie.

—No crea, tiene su clientela.

—No de la que a mí me asusta —dijo ella—, eso seguro. Retomemos la charla, estaba por hablarme de Melinger.

—Sí, le decía que lo conocí en París. Era muy excéntrico, uno de esos cerebros desbordados por las sinapsis neuronales y en permanente estado de tormenta. Vivía atosigado de opiniones y teorías que explicaba sin parar y en tono monocorde. Muchos argentinos son así, eso que los gringos llaman *opinionated*. Pero él era un caso fuera de lo común. De todo hacía una cuestión de principios, era muy dogmático.

—¿Cómo lo conoció?

—A través de una amiga.

—¿*Juana*, la de la novela?, ¿la amiga de Manuela?

El escritor la miró con un gesto irónico.

—Bueno, Julieta, no todo tiene que ser literal.

—Ya sé que usted es el «cónsul» del libro, pero no quiero meterme en sus secretos.

—No es un secreto, lo he dicho varias veces. Una especie de alter ego. Tampoco quiere decir que todo lo que le pasa a ese pobre hombre en las novelas me haya pasado antes a mí.

153

Se acabaron un plato de cacahuetes. El escritor le hizo seña al mesero para que trajera más y continuó diciendo:

—Comprendo que usted quiera desentrañar el caso del psicópata que está en la cárcel y del argentino descuartizado. Pero no se olvide de algo: esa historia que para usted es la clave de todo, para mí no deja de ser una novela, es decir, ficción, intervenciones, cambios, artificios. Hoy no sabría decirle cuánto de todo aquello puede ser considerado real. La memoria tiende a unificar y hace una amalgama. Hay decisiones narrativas que tienen que ver con cosas diferentes a la verdad.

—¿Como cuáles?

—La prosodia, la arquitectura del relato, incluso algo tan elemental como la verosimilitud.

—Bueno —dijo Julieta—, pues nada más verosímil que la propia verdad, ¿no?

—No crea —repuso el escritor—. A veces el texto rechaza lo que fue verdadero en la realidad. En una novela, lo verosímil es una convención, un artificio. Debe ser construido, creado, igual que si fuera ficción.

—¿Y por qué la escribió? —dijo Julieta de repente—. Quiero decir, entiéndame: ¿por qué ese tema y esa historia y no otra? Se lo pregunto porque, al parecer, no tiene una cercanía muy grande o muy intensa con esos hechos y esos personajes.

—Es una pregunta extraña pero válida —dijo Gamboa—: ¿por qué uno escribe lo que escribe y no otras cosas? Eso equivale a preguntarse por la relación entre el argumento y la obra. No olvide que el argumento de una novela no es la totalidad de la obra. Es apenas una de las herramientas de las que se sirve para existir. La cuestión es apasionante: ¿qué cosas escribiría si fuera un escritor diferente?, ¿si en lugar de ser yo fuera otro? Es también uno de los grandes temas de la cultura: mirarse desde los ojos del vecino, desde el balcón de la casa del frente. Ser otro. *Je est un autre*, le escribió Rimbaud a un amigo en lo que hoy llamamos la «carta del vidente». Supongo que los temas que uno elige están relacionados con la propia vida, el modo de leer y el metabolismo intelectual de cada uno. A mí me habría gustado escribir casi todos los libros de Marguerite Duras, por ejemplo, pero para hacerlo tendría que *haber sido* Marguerite Duras, ¿me explico?

—Sí, claro —dijo ella—. Sin embargo, en *Volver al oscuro valle*, las historias que forman la novela ya no parecen ser importantes para usted. De ahí mi curiosidad de saber por qué la escribió.

—El tema de ese libro es el regreso —dijo el escritor—, o más bien la pregunta por la posibilidad del regreso. ¿A dónde podemos realmente volver? Esto quiere decir varias cosas: en primer lugar, si existe un lugar al que podemos volver, y en segundo, si quien regresa es el mismo que se fue. Lo que lleva a un argumento clásico que es el paso del tiempo, el verdadero y único tema de toda la literatura.

Al decir esto el escritor agarró su vaso y bebió con avidez un sorbo largo de whisky.

—La novela es de hace apenas seis años —dijo ella.

—La publicación de la novela sí —dijo Gamboa—, pero como le dije, los hechos en los que se basa son muy anteriores. Por eso me extraña que Melinger haya aparecido en Bogotá. Si le soy sincero, me sorprende más eso que el hecho terrible de que lo hayan matado.

Unos músicos entraron al salón, sacaron sus instrumentos y se fueron organizando en una tarima.

—Ah, carajo —dijo Julieta—, se nos jodió la charla.

—No, no. Son buenos y discretos —reviró el escritor—, créame. Se puede hablar. Yo también detesto la enfermedad nacional de la música, pero este es un jazz muy suave.

—Ah, bueno —dijo ella agarrando su vaso, pero al agitarlo vio que era puro hielo—. Se me acabó esta vaina, ¿pedimos otro?

—Claro.

—Sígame diciendo, ¿por qué no le sorprende que hayan matado al argentino?

El escritor llamó la atención del barman. Con el dedo trazó un círculo sobre los vasos. Otra ronda, igual.

—Porque... se le veía en la cara que iba a acabar mal —dijo el escritor—, como si tuviera una pantalla en la frente en la que se proyectaban tormentas, naufragios, explosiones, abismos. Había pertenecido a grupos neonazis de varios países. Era violento y, por supuesto, había estado en la cárcel. También en hospitales psiquiátricos. Decía que oía voces. Una serie de filósofos del pasado se comunicaban con él y le pedían que pasara a la acción. No filósofos europeos, sino chamanes americanos. Su idea consistía en expulsar el mal de América Latina. Siempre decía que iba a regresar a Latinoamérica para liberarla.

—En su novela él cuenta que era hijo del papa, ¿eso es verdad?

—Él contaba sus historias y yo no las ponía en duda, me parecía un personaje folclórico. Al principio no le creí, pero me divertía oírlo. Luego pensé que si un 10% fuera cierto, sería un personaje fantástico. En esos años Bergoglio todavía no era papa. Eso vino después, pero lo adapté para la novela.

—¿Y lo de la medicina? ¿En verdad era médico?

—Hizo la carrera pero nunca se graduó. Estaba obsesionado con la cirugía. Conocía a la perfección el cuerpo humano. Recitaba uno por uno los huesos del pie o del brazo, sabía los nombres de los músculos y los decía en latín. Una vez un amigo tuvo una luxación en el brazo y él le volvió a acomodar el hueso de un tirón. Era un tipo fuerte. Había hecho rugby de joven y se le había quedado esa forma corporal abultada hacia arriba. Como el hongo de una bomba atómica. Hablaba sin parar y cuando alguien lo interrumpía hacía silencio, pero con la pupila fija. No le interesaba lo que decían los demás. Cuando la persona terminaba seguía exactamente en el punto donde lo habían interrumpido. Como una grabación puesta en pausa y de nuevo en play. Desaparecía por temporadas o al menos yo dejaba de verlo, pero siempre volvía a ver a mi amiga. Le traía regalos, le hacía favores. Era amable y dócil. Como una fiera nocturna a la luz del día, en el momento del reposo. Le gustaba cocinar. Se vestía de forma ridícula, a veces infantil. Sufría depresiones y se le notaban en la cara.

Julieta se sintió mecida por el jazz, que en verdad estaba bien. La historia del Melinger de carne y hueso habría sido otra excelente crónica.

Pidieron una nueva ronda y más cacahuetes.

—No me ha dicho por qué Melinger era tan amigo de su amiga —dijo Julieta.

—Ellos tenían esa típica complicidad de las personas que han vivido solas en otros países. Ahí se hacen amistades muy profundas por razones completamente diferentes. Cuando uno vive en su país, la amistad se da con más frecuencia entre gente de la misma clase social o con educación parecida. Pero al salir eso cambia y aparecen situaciones nuevas. Para los inmigrantes, en la Europa de los ochenta y noventa, el asunto de los documentos y permisos de trabajo era una pesadilla. Cuando viví allá, tener una tarjeta de residente con permiso de trabajo era un privilegio. La gente se ayudaba. Surgían amistades que sólo se explicaban por esa condición de inmigrantes. Claro que lo de Melinger era un caso atípico, pues para los argentinos ya no era tan fácil. En Francia habían abusado del derecho de asilo hasta casi acabar con él. Todo el que llegaba decía que había sido guerrillero y que estaba en peligro de muerte en su país, y al principio los franceses les creían. Les preguntaban la profesión y los dejaban ejercer sin control. Suponían que escapando de una dictadura nadie tenía tiempo de reunir papeles. Hubo casos buenos, honestos, pero también mucho fraude. Supe de enfermeros que dijeron «soy médico». Hubo un par de escándalos y las leyes se hicieron más duras. Empezó con los chilenos a principios de los setenta. Los de Pinochet. Luego los argentinos de Videla. Hacia 1982, con las amnistías y las primeras conversaciones de paz del Gobierno de Betancur, empezaron a llegar los colombianos. El suburbio de Gentilly, más allá de la Cité Universitaire de París, era como un barrio de Cali. *Cali-Sur-Seine*. Viví ahí varios años.

—Leí una novela suya sobre eso —dijo Julieta.

—Había una economía y una bolsa de empleos en negro para los inmigrantes y la gente se iba pasando los datos. Funcionaba el boca a boca. Había regionalismos, pero a la hora de las afinidades lo que más pesaba era la condición de inmigrante. Melinger llegó de Alemania y era diferente a los demás argentinos. A él sí le interesaba América Latina y quería ser latinoamericano. Criticaba a sus compatriotas, que preferían ser europeos, y era tajante. Decía algo gracioso: «Cuando una casa se está inundando hay dos tipos de personas: los que ayudan a sacar agua con baldes y los que se ponen el traje de baño». Para él, sus compatriotas eran los del vestido de baño.

—¿Y estaba indocumentado también? En la casa le encontraron varios pasaportes.

—Él tenía nacionalidad alemana, lo que, en el París de esos años, equivalía a viajar en primera clase. Venía a las reuniones de inmigrantes para oírles sus historias y difundir su idea de una América Latina racialmente pura. La gente lo oía sin pararle muchas bolas, pero lo aceptaban. Sabía hacer empanadas y era colaborador. Le decían «el argentino» o «el Che». Una vez se fue en carro con otros dos colombianos hasta la frontera con España para recoger a una señora que venía indocumentada. En esa época España no les pedía visa a los colombianos, así que muchos traían a sus parientes hasta San Sebastián y de ahí los pasaban escondidos. Melinger fue con dos caleños y entró a la mujer solo, asumiendo los riesgos. Los caleños se quedaron en Hendaya, del lado francés, y él fue hasta San Sebastián. Por ese tipo de cosas pagaban dos mil francos de la época, pero Melinger no quiso cobrar. Para él era una cuestión de solidaridad y principios. Esto era raro, pues poco antes andaba con grupos neonazis en Berlín dándoles palizas a inmigrantes africanos y vietnamitas. En ese ambiente conoció a mi amiga colombiana. Hacían trabajo social juntos. Mi amiga era otro bicho rarísimo.

Los músicos comenzaron a tocar una de Glenn Miller que a Julieta le pareció conocida, ¿cuál era? Ah, sí. *In the Mood*. Miró al escritor y le dijo:

—¿Sigue en pie lo de la comida? La verdad es que ahora sí me dio hambre.

—Claro —dijo—. Bajemos al comedor.

El mesero les trasladó la mesa, con los tragos incluidos. Les entregaron los menús, pero Julieta estaba perdida. El escritor, que conocía bien el restaurante, sugirió como entrada unas almejas al vino blanco. Luego Julieta pidió arroz de *Bacalhau na Cataplana* y Gamboa un *Bacalhau à Zé do Pipo*, al horno y con puré de papas, más un vino verdinho.

—¿De verdad usted cree que estoy en peligro? —quiso saber el escritor.

—Creo que lo de Malinger fue una venganza. Y si los asesinos dan con su novela van a saber lo que yo sé y van a creer que usted fue cómplice de lo que le pasó a Marlon. Se lo repito y se lo repetiré mil veces: váyase del país o al menos de Bogotá. ¿No tiene un pariente en otra ciudad? Todo el mundo tiene una prima en Armenia o Manizales. Hágame caso, sólo un par de semanas.

Gamboa la miró con curiosidad.

—Es posible —dijo—, podría irme a alguna parte, pero es periodo navideño. Los vuelos están llenos.

—Váyase en carro a una finca —insistió Julieta—. Yo le consigo una. Hágame caso.

—Sigo pensando lo mismo —dijo Gamboa—: ¿cuántas posibilidades reales hay de que gente así lea un libro?

Llegaron con el vino y les sirvieron una copa. Julieta lo probó y cerró los ojos. Qué cosa deliciosa.

—Discúlpeme si me puse nerviosa antes, en su casa —le dijo—, es un barrio un poco oscuro. ¿Por qué tiene esa casa tan grande? ¿No viviría más cómodo en un apartamento?

—Es posible —dijo Gamboa—, pero estoy muy ligado a ese parque. Ahí pasé mi infancia. ¿Usted vive en un apartamento?

—Sí, en la 67. Tengo alquilado un estudio —dijo ella—. Soy separada, vivo con mis dos hijos.

Julieta esperó a que le sirviera más vino y dijo:

—Es extraño el destino de un libro, ¿nunca pensó que todo eso pudiera convertirse en realidad?

—No creo, no —dijo él—. Sólo pensé en que fuera honesto, persuasivo, creíble.

—¿Y peligroso? —dijo Julieta.

—Me sentí valiente en ese momento. Tal vez ahora, como usted dice, lo mejor sea que nadie sepa que esos crímenes tienen relación con mi libro. ¿Se lo va a contar a la prensa?

—Por supuesto que no haré absolutamente nada que lo ponga en peligro.

—Gracias —dijo el escritor, justo cuando llegaban las almejas—. Es extraño. Supe desde Francia que él tenía esa idea macabra de una *vendetta*, pero durante años no volví a saber nada. Fue a mi regreso a Colombia, cuando comencé a escribir el libro, que su historia regresó con fuerza. Me puse a recordar lo que sabía de él. Nunca imaginé que fuera a hacer lo que decía que iba a hacer, si es que en realidad lo hizo. Por lo que usted cuenta, no es seguro que haya sido Melinger el que amputó al psicópata, ¿no?

—Es cierto, es sólo una suposición —dijo Julieta—. Lo que hay es un juego de espejos. Su libro se parece a la realidad y la explica, pero a la vez la realidad podría estar siendo modificada por la lectura de su libro. Hay otra hipótesis: ¿qué tal si Melinger lo leyó? Él lo conocía, sería perfectamente posible. Pudo incluso haberlo influido para llevar a cabo la venganza.

—Aun si fuera así —dijo el escritor—, no nos aclara del todo ninguno de los dos enigmas importantes: quién amputó al paramilitar hace cinco años y quién mató a Melinger hace unos días.

Julieta tuvo de pronto un extraño destello en los ojos. Dejó el tenedor sobre la mesa, se inclinó hacia él y dijo:

—¿Puedo hacerle una pregunta?

—Claro.

—¿Escribiría una historia usándome como protagonista?

—Supongo que sí —dijo él—. Su nombre me gusta. Pero voy a hacer algo todavía mejor: buscaré las notas y borradores que utilicé para escribir esa novela, a ver si encuentro algo nuevo que pueda servir.

—Lo ideal sería revisarlos yo misma —dijo ella—. Lo mejor siempre aparece donde uno *no* está buscando.

El escritor pareció dar un paso atrás.

—Son papeles muy personales, Julieta, téngame confianza.

—Claro que sí, perdone.

Hubo un pequeño silencio. Una especie de reposición de lugares.

—Yo se lo ofrecí —dijo el escritor—, trataré de encontrar algo que sirva. Confíe en mí.

—¿Se va a ir mañana a un lugar seguro? —insistió ella—. Me muero del susto de que le pase algo.

—No tengo una prima en Manizales, pero veré qué puedo hacer.

Era casi medianoche cuando salieron del restaurante. Todavía llovía. El escritor pidió un transporte y ofreció llevarla.

—¿Me lleva para saber dónde vivo? —dijo ella, algo achispada.

—No, claro que no —dijo él—. Hagamos algo: yo me bajo primero.

Llegaron al parque de Portugal tras cruzar la ciudad solitaria a esa hora. El escritor le dio instrucciones al chofer y se bajó del carro.

—Gracias por la compañía, Julieta.

—Gracias por la comida. Y tenga cuidado, sé que soy un poco histérica pero aquí todo es posible.

—Buenas noches —dijo Gamboa.

Julieta lo vio cruzar el andén y pensó en un film en blanco y negro en el que alguien se aleja bajo la lluvia. El lirismo de las calles nocturnas con lluvia. ¿Qué película era? Podría ser *Casablanca*.

Sintió ganas de otro trago.

Urgencia, necesidad imperiosa de otro trago.

Casi baja el vidrio del carro para gritarle que la invitara a su biblioteca, pero se contuvo.

Recordó las entrevistas y artículos e imaginó que, mientras subía las escaleras, el escritor pensaba en el declive del mundo y en su propio declive. Lo vio llegar a la terraza, bajo el agua, y pensó en esa silenciosa catástrofe personal que tarde o temprano llega a todos. Imaginó que caminaba con él por los corredores de un caserón de muros agrietados y húmedos, a punto de hundirse para siempre. Como en ese sueño de mansiones derruidas y avenidas profanadas. Qué hermoso dejar de nadar contra la corriente. Qué heroico no luchar por algo que está en ruinas, que el tiempo acabó por convertir en ceniza y polvo.

Estaba muy ebria, pero se sintió feliz.

Y preocupada.

6

La llamada al apartamento de Melinger provenía de la cárcel de mujeres El Buen Pastor. Una reclusa había dejado el siguiente mensaje: «Doctor Carlos, cuídese. Oí cosas. Váyase del país pero ya». Jutsiñamuy habló con la directora del presidio y, con la hora y fecha de la llamada, revisaron las cámaras de seguridad. Ahí estaba. La persona que había usado el teléfono público para marcar ese número preciso se llamaba Esthéphany Lorena Martínez, condenada a veintiséis años de prisión por asesinato múltiple. Jutsiñamuy le hizo una copia al dosier de la reclusa y lo llevó para entregárselo a Julieta.

Se encontraron en la carrera 30, diagonal a la Universidad Nacional, en la panadería El trébol de oro. El fiscal salía de tener una charla con alumnos de la Facultad de Derecho. Llovía a intervalos, pero el viento metía la humedad por los cuellos y las costuras de las chaquetas. A esa hora había pocos estudiantes en la calle, eran pasadas las diez de la mañana. Julieta y Johana tomaron cafés con leche y él un té de hierbas. Más un croissant relleno con jalea. Hacía frío. Johana tiritaba.

Jutsiñamuy abrió su maletín, sacó un fólder y se lo entregó a Julieta.

—Como siempre, amiga —le dijo el fiscal—, es de leer y luego destruir. Haga de cuenta *Misión imposible*. A ver si logramos relacionar los dos casos.

El fiscal miró el reloj. Esperaban al agente Laiseca para ir al apartamento del crimen de Carlos Melinger. Jutsiñamuy había hablado el día anterior con el encargado de ese caso, el fiscal Carlos Estupiñán. Le pasó el dato de Julieta, lo de la llamada telefónica *post mortem* al apartamento del argentino, y le explicó que en ese sitio (y en ese crimen) podía haber cosas relevantes para la otra investigación.

Mientras esperaban al agente Laiseca, el fiscal les preguntó por la vecina médium.

—¿Hablaron con ella? —quiso saber Jutsiñamuy.

—Es una historia rara —dijo Julieta— pero interesante. Ella oye cosas y conversa con muertos o personas que están en coma. Tiene experiencias ultrasensoriales. En realidad no nos contó nada útil o que explique lo que le pasó al argentino, pero es un personaje buenísimo para la crónica.

—¿Y qué dijo? —se interesó Jutsiñamuy.

—Oyó voces que gritaban y decían frases sin sentido, de hombres y mujeres —explicó Julieta—. Según ella no eran las de los asesinos, sino las que la víctima tenía en su cabeza. Hay un tema psiquiátrico ahí. Nos explicó que dentro de cada uno hay muchedumbres que vociferan y claman.

—Ah, carajo —dijo el fiscal—, debe ser por eso que yo duermo tan mal. ¿Y cómo supo que al argentino le había pasado algo?

—Dice que las energías negativas se fueron metiendo en su casa, que sintió la presencia del mal, un mal supremo. Hasta que un día entendió que todo eso venía del piso de arriba. Vive justo debajo del argentino.

El fiscal movió la cabeza hacia los lados.

—Usted sabe que de ese crimen no me ocupo yo, sino un colega muy eficiente. Yo sigo con lo de Marlon, pero le confieso que ese tema está a punto de morir por falta de avances. Al fin y al cabo los huesos son de una persona que está viva y ya condenada. Hay ciertas reticencias en volver a abrir ese dosier.

Hizo una pausa, se tomó un sorbo de té.

—Pero ahora sí cuénteme —siguió diciendo el fiscal—, ¿de dónde le viene a usted la idea de que los dos casos están relacionados?

—Tengo esa corazonada —dijo Julieta—. Leí que entre las cosas encontradas en el apartamento de Melinger había un maletín con instrumental quirúrgico. ¿Y sabe? Me informé un poco sobre el tipo. Resulta que es una persona con antecedentes violentos, que fue detenido varias veces en Alemania. Estaba obsesionado por la cirugía. Hizo estudios de medicina.

Johana sacó el computador, lo conectó con el internet de su celular y lo abrió.

—Mire, además, lo que encontramos.

El fiscal vio una página del diario alemán *Bild Allgemeiner*, un viejo artículo del 2006. No entendió el titular, pero vio en la foto a varias personas amputadas.

—Es de los mismos años en que Melinger vivía en esa ciudad y sufría de problemas psiquiátricos. No puede ser casual, mire, le pedí a un amigo que me tradujera el texto.

Le señala con el dedo:

—«La policía halló a un grupo de personas en un cobertizo, cerca de la autopista. Todos con amputaciones hechas de forma clandestina y gran rigor y precisión quirúrgica. Las víctimas tenían antecedentes por violencia callejera y pertenencían a grupos de ultraderecha».

Y un poco más adelante:

—«Los cortes fueron hechos con gran destreza, sin duda por un profesional. Una de las víctimas fue emasculada».

—Ay, la capada de rigor otra vez —dijo el fiscal—, eso sí que aumenta las sospechas. El asesino debe tener frustraciones sexuales, ¿se sabe qué clase de problemas psiquiátricos tenía el argentino?

—No hemos encontrado detalles, pero seguimos buscando. Por eso es importante revisar la casa de Melinger a la luz de esto.

Julieta no mencionó el libro de Gamboa. Ya habría tiempo cuando aparecieran indicios más claros.

Concentrado, Jutsiñamuy volvió a leer toda la traducción del artículo alemán, en silencio.

—Carajo, esto de allá suena macabro —dijo—. Claro que en ningún lugar mencionan las extremidades amputadas.

—A lo mejor no las han encontrado —opinó Johana.

—Allá no llueve tanto —dijo el fiscal.

Al fin llegó Laiseca, se disculpó por la demora. ¿Qué horas eran? Ya casi las once.

—Usted sabe, jefe, ese maldito tráfico. ¿Vamos?

Subieron a las camionetas y arrancaron por la carrera 30 a buscar la Autopista Norte.

Los policías que custodiaban el apartamento ya estaban al corriente de la visita, así que levantaron el precintado y abrieron la puerta. Julieta y Johana se hicieron detrás del fiscal, cohibidas por el lugar.

Y entraron.

La disposición era idéntica al de la señora Verónica Blas, la médium del 806. Un pequeño salón con muebles estándar y dos cuadros bastante *kitsch* de motivos típicos: una vendedora de fruta de Cartagena llevando su atado en la cabeza, con racimos de mamoncillos y bananos cayendo por los lados, y un marimbero tocando en medio de una plantación. Estaba bastante ordenado, no parecía haber nada agregado por el huésped (era un Airbnb). Dieron un vistazo a la cocina. Ahí empezaban las cosas interesantes. Las alacenas estaban abiertas y Julieta registró, sobre todo, cajas de espaguetis Barilla con diferentes tipos de pasta: spaghetti, linguine, tortellini, farfalle, penne... Al lado había dos torres de frascos de salsas precocinadas, también marca Barilla, con diferentes recetas: amatriciana, bolognese, pesto, Cacio e Pepe. Y por supuesto hierba mate. Le llamó la atención que no hubiera enlatados, cosas tipo atún, arvejas, salchichas. Vio restos ya descompuestos de tomates, pepinos, zucchinis, cebollas, ajo. Pidió que le abrieran la nevera, que estaba conectada y funcionaba, y se sorprendió del extremo orden, casi enfermizo: en la puerta derecha agua mineral con gas y sin gas, leche de soja, bebidas energizantes con aloe vera, otras a base de quinoa y feijoa. Nada de gaseosas o refrescos industriales, tampoco vinos ni alcoholes. Al lado izquierdo lácteos: quesos frescos, yogur sin azúcar, kumis. Frutas. El tipo se cuidaba, era sano. En el congelador encontraron filetes de carne y paquetes de chorizos. Muy argentino, pensó Julieta. Rabiosamente argentino: no come pescado y muy poco pollo, sólo carne. Bifes. Pensó en el personaje de la novela de Gamboa. Ahí se retrataba a una especie de místico, alguien embebido en su misión en la Tierra. Todo esto coincidía. Imaginó cómo sería el equivalente criollo: el apartamento de un mercenario colombiano, paisa o caleño o bogotano que vive solo. Estaría lleno de trago. Aguardiente y ron. Paquetes de papas fritas y maní y achiras y bolsas de De Todito. Litros de Coca-Cola y Fanta, ríos de cerveza. La nevera estaría llena de restos endurecidos de domicilios: pizzas, hamburguesas, pollo asado o frito. Tomó nota de los detalles, Johana hizo las fotos y volvieron a la sala.

A partir de ahí empezaba Cristo a padecer.

El corredor que iba hacia los dos cuartos tenía los avisos escritos con sangre, ya ennegrecidos. «Sapo jueputa», «Para que aprenda», y manchas por todas partes.

—Traten de no tocar nada —les dijo Laiseca—. Acá comienza lo bueno, así que amárrense bien el hígado.

La primera habitación era un estudio. Todo estaba tirado por el suelo, incluida la mesa. El contenido de dos estanterías parecía haber sido retirado violentamente con un brazo mecánico. Una de las sillas, caída y rota, tenía manchas ocres y sobre el tapete había pozos oscuros de sangre.

—Acá debieron sentarlo y torturarlo —dijo Laiseca—. Apuesto a que le preguntaron las claves secretas de sus archivos.

Se llevaron los computadores, aunque dejaron los cables. Eso permitió establecer que tenía uno de mesa y otro portátil. Ambos Mac. Por el suelo vieron cargadores y cables de transmisión de datos con entradas USB.

Julieta empezó a mirar los libros y revistas. Tomó nota de una colección de seis volúmenes sobre la naturaleza del continente, *Las altas cumbres de América*, de varios autores. El primer tomo tenía en la portada una fotografía de la Sierra Nevada de Santa Marta y un indígena kogui. Las revistas eran casi todas del mismo tema: fauna americana, flora, biodiversidad, especies de aves, las costas y mares, las islas. La serranía de Chiribiquete. Se acercó y pudo ver que en el artículo que quedó abierto, *Los usos ancestrales de la palma*, Melinger había hecho varios subrayados y notas.

—Tómale foto a eso —le dijo Julieta a Johana, señalando una especie de carta a mano. No sólo le interesaba lo que escribía, también la caligrafía.

—¿De verdad no podemos tocar ni siquiera un documento, fiscal? —preguntó Julieta—. Sería muy importante leer algo de lo que él escribió.

—No, Julieta. Estar aquí adentro es ya un milagro —dijo Jutsiñamuy—. Le repito que este caso no es mío y si llegamos a tocar algo o mover de sitio así sea un papel, me pueden acusar de alteración de pruebas y del escenario del crimen. Bollo monumental.

—Está bien, está bien. No tocamos nada. Sólo fotos y de lejos.

Una lástima, pues en esos libros debía haber láminas, anotaciones, teléfonos, apuntes. El espíritu del argentino que emergía de esas notas era diferente a la primera imagen que tuvo de él, enloquecido y entusiasta. Ahora le parecía una persona fría y calculadora. Esa letra chiquita y minuciosa, siempre del mismo tamaño, y esas líneas de escritura rectas, sin torcerse al avanzar hacia la derecha del papel, mostraban una personalidad estricta, ausente del tiempo, introvertida, que busca esconderse y dar un paso atrás y cuyo principal mecanismo de defensa es ser el hombre invisible. Alguien temeroso y frágil, propenso a proyectos clandestinos, dominado por el resentimiento. La estructura psicológica típica de ese grupo humano al que podríamos llamar «los que se creen olvidados y abandonados», tan parecidos a «los que creen que el mundo les debe algo», siempre primeros en levantar la mano para cualquier complot o actividad secreta, creyendo que a través de esta podrán obtener la ansiada y utópica reparación. En una época, Julieta leyó tratados grafológicos que hablaban de cómo esa escritura perfectamente medida, idéntica siempre, pretende erigir un muro de granito para ocultarse en el duro combate de la vida y, sobre todo, en las relaciones con ese misterioso y temible *otro*. Escribir revela y a la vez oculta, por eso esas letras trazadas por Melinger eran, de algún modo, su retrato íntimo. ¿Estará tomando esto en cuenta el otro fiscal, el encargado del caso?

Aparte de los relacionados con la naturaleza y la biodiversidad americana, vieron otro tipo de libros que a Julieta le daban más señales de su imagen de persona inestable. Una vieja edición de *Tus zonas erróneas*, de Wayne Dyer, a la que se le podían adivinar múltiples subrayados. También, en parecido estado, *La inteligencia emocional*, de Daniel Goleman; *Conócete a ti mismo tal como realmente eres* y *El arte de la felicidad*, del Dalái Lama; *Enamórate de ti*, de Walter Riso; *Las siete leyes espirituales del éxito*, de Deepak Chopra; *El don del orador, Misión: ¡éxito!* y *El vendedor más grande del mundo*, de Og Mandino; *Cómo ganar amigos e influir en las personas*, de Dale Carnegie. Una biblioteca con lo más clásico de la autoayuda, lo que no es de extrañar en alguien con un proyecto social e incluso político. Tal como aparecía en la novela de Gamboa.

Entraron al dormitorio.

Laiseca y el fiscal hicieron cara de «Siguiente parada: el Infierno»: pozos secos de sangre por el suelo, chisguetes en la pared y el techo, el colchón ennegrecido. Olor rancio. Tortura, dolor. Ahí estaba lo más terrorífico a lo que un ser humano puede asomarse. Julieta comprendió las palabras de la médium: «El mal, es el mal».

—A este pobre no lo amputó un médico, como al otro —dijo Laiseca, siguiendo por la pared una línea de sangre que había salpicado el otro muro y el techo—. Esto es de motosierra.

—Qué salvajada —dijo Julieta.

Al lado de la cama, en un estante, había unos libros desordenados. Fueron a verlos en detalle. Revisó títulos, leyó lomos hasta que encontró, detrás de otros más nuevos, lo que buscaba, el verdadero motivo por el que quiso ir a ese círculo infernal, que era comprobar si Melinger tenía algún libro de Gamboa. Y ahí lo vio: *El síndrome de Ulises*. El de las historias de París que ella había leído. Sin poder reprimirse lo sacó del estante y lo abrió. Se quedó sorprendida. ¡Estaba dedicado! Aunque no a él, pues decía: «A Elkin, que conoció estas historias. SG». Le hizo una foto a la dedicatoria y volvió a dejarlo donde estaba, con la esperanza de que eso no le trajera problemas. ¿Quedarían sus huellas impregnadas? ¿Las encontraría alguien alguna vez? Luego vio que el fiscal y Laiseca estaban absortos en algo cerca de la ventana y, cediendo a un segundo impulso, agarró el libro y lo metió en su bolso. Dejarlo ahí no serviría ni ayudaría a nada, pues nadie más intentaba seguir el hilo del modo en que ella lo hacía. Ni siquiera su amigo el fiscal. «Después de analizarlo bien», se dijo, «se lo devolveré a Gamboa». Pensó que, por estar dedicado, era lo correcto. El escritor le había dicho que no recordaba a Melinger con ese nombre.

Podría ser este. Elkin.

Acabaron de dar la vuelta por el apartamento, pero ya Julieta estaba satisfecha, así que muy pronto volvieron a las camionetas.

—Espero haberles ayudado —dijo Jutsiñamuy.

—Mucho, fiscal —dijo ella—. Esta tarde vamos a estudiar el dosier de la mujer que hizo la llamada desde El Buen Pastor y a echarle cabeza al asunto de Melinger, teniendo en cuenta todo lo de aquí. Hay datos muy buenos. Qué cosa tan salvaje y horrenda. Es increíble que en este país pasen estas vainas. Sigo teniendo mi pálpito, fiscal. Esos dos casos son uno solo.

Tras la eterna Autopista Norte subieron por la 100 a la Séptima, y luego por la 94 a los cerros. Jutsiñamuy las dejó en el estudio y siguió su camino hacia el centro.

—Cualquier cosa me cuenta, ¿bueno? —dijo Jutsiñamuy, al despedirse.

Subieron al estudio, abrieron cortinas y ventanas.

Aire, aire fresco. Aunque fuera húmedo de lluvia. Aire limpio de sangre y crimen. Prepararon café. Julieta llamó a sus hijos y habló un momento con ellos.

Luego se instalaron, cada una en su mesa de trabajo. Johana abrió un archivo para organizar las fotos de la «Casa del Horror». Julieta se concentró en el expediente de la reclusa.

Esthéphany Lorena Martínez
Edad actual: 34 años.
Natural de: Guaduas, Cundinamarca.
Sentencia: 26 años por el triple homicidio del señor Jesús Alirio Pacheco, marido, de 41 años en el momento del asesinato, originario de Corozal, Sucre; del señor Néstor Alí Pacheco, de 39 años, cuñado, también de Corozal, y de la mujer Ana Marcela Rubicón, 23 años, concuñada (en embarazo de 3 meses), de Soledad, Atlántico.

Los hechos: Encontrándose en una sala de fiestas de la ciudad de Honda, concretamente en el grill, restaurante y discoteca La Plusvalía, ubicada en el centro histórico, con motivo de celebrar el próximo matrimonio del señor cuñado Néstor Alí con la señora Ana Marcela, en estado interesante, surge una disputa, producto del alicoramiento, en la que el marido Jesús Alirio le recrimina a la acusada Esthéphany Lorena no haberle dado un hijo a pesar de tener ya más de tres años de casados. Una disputa que va subiendo de tono y a la que se unen el hermano Néstor Alí y la mujer Ana Marcela, los tres increpando a la mujer con el argumento de que «algo debe hacer para no quedar en estado», y subrayando que «una mujer que no le pare hijos al marido no merece ser respetada», motivo por el cual el señor marido la golpeó y, una vez en el suelo, la arrastró llevándola del pelo ante las risas e insultos de los compañeros de mesa.

Ante esta situación, Esthéphany Lorena Martínez se repuso y salió de la discoteca. Fue hasta la esquina, según ella, intentando calmarse e irse de ahí, hasta que, según su declaración, una voz muy potente dentro de su cabeza le dijo: «No te vayas, tienes que vengarte de esos hp..., se burlaron de ti y te humillaron». En su declaración, Esthéphany Lorena Martínez asegura que esa voz le dio instrucciones precisas de volver, cruzar por detrás de la barra y entrar a una oficina. Ahí debía abrir el tercer cajón de un escritorio y sacar una pistola que estaba debajo de una resma de hojas con publicidad. Acto seguido, la voz le indicó que saliera por una puerta lateral, que daba acceso a la terraza, prácticamente al lado de la mesa donde estaban su marido y su cuñado, y desde ahí vaciarles el cargador, con un tiro en la cabeza a cada uno, sin dudarlo. La acusada, entonces, siguió las instrucciones, sacó el revólver, un Colt 38, lo disimuló entre los pliegues de su falda y caminó por la terraza hasta la mesa. Al llegar, según declaración de los testigos, su marido le gritó «ya te devolviste a joder la paciencia, miserable perra, lárgate de una vez», frase que los acompañantes celebraron, y entonces Esthéphany Lorena Martínez levantó el arma y le hizo el primer disparo, que entró por el ojo del señor Jesús Alirio, luego un segundo tiro a la cabeza de Néstor Alí, que entró por la oreja derecha al cerebro, y un tercero a Ana Marcela, que le atravesó el cuello. Según los antecedentes, Esthéphany Lorena Martínez no tenía la más mínima formación militar, lo que extrañó un poco a los agentes por la precisión y contundencia de los tres tiros, aunque, claro, vale también mencionar la poca distancia a que estaba de las víctimas.

La acusada siempre dijo que no fue ella quien hizo esos disparos, pues no sería capaz, por el peso, de mantener el arma levantada y recta, y mucho menos dispararla, sino que fue esa misma voz en la cabeza la que le dio la fuerza. Que la habían poseído. El peritazgo clínico, sin embargo, no encontró ninguna molestia psíquica en Esthéphany Lorena Martínez, por lo que se pasó a la acusación de homicidio agravado con con el atenuante de haber sido antes humillada, agredida física y verbalmente en lugar público por una de las víctimas.

Esthéphany Lorena Martínez recurrió la sentencia, argumentando que su voluntad había sido dominada por un ser extraño, pero los jueces desestimaron su argumento. Llevaba ya cumplidos seis años de cárcel y siempre aseguró su inocencia. Su conducta en el tiempo de reclusión había sido buena, destacándose en el servicio de biblioteca de la penitenciaría. Aparte de lo anterior, cursaba en la actualidad la carrera de Psicología, y desde hacía un año había empezado, a distancia, Sociología, haciéndola beneficiaria del estatuto de reducción de penas.

Viendo estos antecedentes, Julieta empezó a trazar círculos.

El primero era el más evidente, vistos los hechos: ¿qué relación había entre Esthéphany Lorena Martínez y Carlos Melinger? Lo primero fue lo más obvio: ella le informaba de algo (¿de qué?) desde la cárcel y por eso supo de los movimientos contra él, lo que se podía derivar de su mensaje («Doctor Carlos, cuídese. Oí cosas. Váyase del país pero ya»). Esthéphany Lorena supo (se enteró) de que lo iban a matar, pero su llamada de alerta llegó tarde. ¿Por qué Esthéphany Lorena lo sabía? ¿Qué relación tenía con los asesinos como para estar informada? A partir del archivo que le entregó Jutsiñamuy, resumiendo su caso y las acusaciones por las que está condenada, no hay el menor indicio. No parece alguien con relaciones oscuras o vínculos con agentes violentos. Esto es extraño. Sus declaraciones sobre el propio crimen la muestran más como víctima de algo que parece ser todavía más enigmático: ¿una *posesión maléfica*? Es lo que ella sugiere. El dato de la pistola es muy relevante. Johana lo confirmó: para disparar una Colt 38 con precisión se necesita tener brazo y muñeca fuertes y haberse entrenado, pues el disparo da un tirón hacia atrás y hace subir el arma; para hacer varios seguidos y dar en el blanco hay que haber hecho polígono.

Una cosa es segura: si alguien puede saber quién o quiénes fueron los asesinos de Melinger, es ella.

Y otra cosa: ahora Esthéphany Lorena, en la cárcel, está en peligro de muerte. Es previsible que los asesinos se enteren de su llamada de alerta e incluso del contenido del mensaje. Esas cosas se filtran. ¿Estará protegida por la Fiscalía? Sería lo más lógico.

Debía llamar inmediatamente a Jutsiñamuy.

—Esa mujer está en peligro, fiscal —le dijo Julieta al teléfono—, ¿la estarán protegiendo?

Jutsiñamuy se acomodó bien en la silla de su oficina y, a pesar de estar solo, bajó la voz.

—Sí, claro que sí —dijo él, jugueteando con un bolígrafo sobre la mesa—. Mi colega Carlos Estupiñán pidió esta mañana que la pusieran en una celda aislada. Dentro de tres días la traen acá a la Fiscalía para interrogarla.

—Caray —dijo Julieta—, sería muy importante lograr hablar con esa mujer. ¿Podríamos hacer algo?

—Por ahora está muy protegida, Julieta, eso que me pide es realmente difícil.

Julieta insistió.

—La directora de la cárcel es una mujer, se llama Angelina Martínez, la he entrevistado ya dos veces para otras cosas y le he enviado los artículos. Me conoce y creo que me aprecia, sabe que hago periodismo investigativo.

—Déjeme ver si puedo hacer algo —dijo el fiscal.

Al colgar, Jutsiñamuy separó los labios haciendo un ruido que quería decir «complicación», «problemas». Sentía un leve desfallecimiento, así que decidió agarrar su reloj de arena. Se quitó los zapatos, se recostó en el sofá y subió los pies contra la pared. Su mejor terapia contra el estrés: siete minutos viendo pasar los granos hacia la parte baja del reloj.

Al terminar se incorporó y miró por la ventana. Sí, ya se sentía mejor. Entonces agarró el teléfono y llamó a su colega por el interno.

—Estimado Carlos—le dijo, tratando de usar un tono de colegas—, ¿cómo me lo tratan a sumercé en este día?

—Ah, caramba, querido fiscal y jefe de investigaciones especiales —respondió Estupiñán—, pues acá me tiene, entregado a mi sagrada tarea, viendo a ver cómo desenmascarar al bandido para exaltar al hombre de bien, y tratando de despercudir un poquito este hermoso país.

—Ah, esa es nuestra labor cotidiana.

—Sí señor, usté ya conoce mi lema, con ajuste de mi propia cosecha: «Hacer el bien sin mirar a quién y agarrar al malo por las pelotas, mejor cuando esté dormido». ¿Cómo le parece?

—Poético, poético... Y sobre todo realista.

—Bueno, mi querido jefe de investigaciones especiales, ¿para qué soy bueno? No creo que me esté llamando a esta hora para un intercambio de versos. ¿Sigue interesado en el tema del matambre argentino?

—Sí, sí. Es por la mujer de la cárcel del Buen Pastor. La de la llamada a su víctima.

—En dos días nos la traen para interrogarla —dijo Carlos—. Estamos estudiando el expediente a ver qué fue lo que pasó.

—Lo llamo a ponerle un pereque: necesito que me autorice a una persona para que vaya a hablar mañana con esa reclusa —dijo el fiscal, con cierta energía en la voz—. Es siempre en relación con el otro caso, el de los huesos de La Calera.

—Ah, carajo, pero claro —dijo Estupiñán—. ¿Y usted cree, querido colega, que puedan estar en relación?

—Es sólo una idea, pero como no quiero meterme en su proceso prefiero que alguien de afuera la interrogue por mí. Alguien de toda mi confianza, por supuesto. Por ahora es mejor no hacerle ruido.

—Lo entiendo, querido jefe de investigaciones. Hagamos la vaina más fácil. Llámese usted a la directora de la cárcel y le pide la autorización para que le hagan allá unas preguntas. Dígale que ya habló conmigo y que todo bien.

—Mil gracias, compañero. Sobra decir que esto es acá entre nos, ¿no?

—Tranquilo papá, hágale —cerró Estupiñán—. Lo único que le ruego es que no vaya a salir ni media sílaba en la prensa, porque ahí sí se nos daña esto.

—No, hombre, ¿cómo se le ocurre? Todo es interno. Colgaron.

De inmediato le pidió a su secretaria que lo comunicara con la directora del Buen Pastor. Mientras le exponía su petición, se concentró en los nubarrones que ocultaban el cerro de Guadalupe. La directora Martínez ya lo conocía, pero igual quiso saber algunos detalles. Jutsiñamuy le explicó que podía estar vinculado con otro caso, por eso quien se iba a ocupar era una colega investigadora que de todos modos no trabajaba para la prensa cotidiana. Le dio el nombre de Julieta.

—La conozco —dijo la directora Martínez—, claro que la conozco. Es una mujer muy pila. Dígale que me llame y cuadramos el encuentro.

Un rato después el fiscal llamó a Julieta.

—Listo, mi estimada —le dijo—. La directora Martínez está esperando su llamada para agendar la cita.

—Usted es un superhéroe, fiscal —dijo Julieta—. Mi superhéroe.

—Máxima reserva, amiga, y por favor que Johanita la espere afuera. No quise complicar la vaina diciendo que eran dos.

—Sin problema.

Parte V
El infierno tan temido

1

A las cinco menos trece minutos de la tarde, Julieta se bajó de un taxi en la entrada del centro penitenciario para mujeres El Buen Pastor, por la carrera 58. Luego el vehículo, con Johana adentro, dio media vuelta, se alejó y fue a parquearse al frente de una cafetería en la calle 80, ante el tráfico imposible de la tarde que se internaba hacia el occidente de Bogotá, en dirección al Centro Comercial Titán Plaza, Álamos Norte, el Puente de Guadua y el peaje de Siberia.

Johana entró a tomarse un café y, al pasar la puerta, le sorprendió descubrir un amplio salón repleto de mesas. No estaba muy lleno. Eligió la más cercana a la ventana, sacó su celular y se sentó a esperar a que su jefa la llamara.

No era la primera vez que Julieta venía a ese lugar frío e inhóspito. El portón de hierro azul, la garita intimidante. Los modales más bien fieros de los guardias del exterior. Presentó su cédula e ingresó viendo en el lateral la mole amarillosa y gris, húmeda, llena de grietas. Le recordó, en asociación libre, el antiguo edificio del aeropuerto El Dorado, pero no en su época de esplendor, sino cuando estaba a punto de ser derruido. Los únicos colores que tintaban ese hábitat triste eran los de la ropa colgada de las pequeñas ventanas con barrotes. Ropa que aspiraba a secarse algún día en medio de la lluvia y los vientos gélidos. Vio unos calzones deshilachados, tiesos por el frío. Sintió impresión al imaginar que muy pronto alguien se los pondría. Pobre la gente que vive ahí dentro, sin ninguna esperanza. Pasar un solo día entre esos muros debía ser un golpe. Sintió frío en el estómago. «Cuántas cosas conviven en el mismo espacio», pensó, caminando detrás de una dragoneante que la llevó por un laberinto de corredores y escaleras. No vio filas de gente esperando, no era horario de visitas.

—Directora, aquí está la señorita Lezama —dijo la uniformada tras dar un toquecito en una puerta y abrir.

—Mucho gusto de verla otra vez —se apresuró a decirle Julieta—, gracias por recibirme.

—El fiscal Jutsiñamuy me explicó que era algo especial, así que le voy a dar treinta minutos. Usted ya debe saber lo delicada que es la situación de la reclusa Esthéphany Lorena Martínez en este momento. La tenemos separada mientras va a la Fiscalía a que la interroguen como persona presuntamente informada en un caso de asesinato. Esto que vamos a concederle es realmente extraordinario y sólo por ser un pedido del fiscal Edilson Jutsiñamuy, ¿lo entiende?

—Se lo agradezco mucho, no tengo palabras —dijo Julieta.

Acompañó la frase con un gesto de gravedad y sumisión que, imaginó, debía congraciarla con la dura funcionaria.

—Venga —le dijo la directora—, venga conmigo. No perdamos tiempo.

En la cafetería, Johana se decidió por un chocolate caliente y un pandebono. El que hacían en Bogotá le parecía arrozudo, pero lo prefirió a la almojábana o al roscón. O a ese otro horror súper dulce que llamaban «mojicón». Vio que vendían también comidas. Una muchacha pasó a su lado llevando una bandeja con tres platos de ajiaco. ¿A esta hora? Hay gente para todo. Por la puerta abierta entraban los vahos helados de la tarde y los acelerones de las motos zigzagueando entre los carros. La señora que servía le trajo el pedido.

—¿Alguna pariente cercana allá adentro? —le preguntó la mujer.

—No —dijo Johana—. Estoy esperando a mi jefa. Tiene una reunión.

La señora sonrió, dejando ver una boca con pocos dientes. Tenía puesta una sudadera rosada bastante sucia y una ruana boyacense que se caía a jirones.

—No le dé pena, mamita —insistió la señora—. Yo le conozco la cara a los que tienen parientes en la cárcel. A la gente le da vergüenza, pero yo le digo: con toda esa cantidad de ladrones de corbata que están libres, ¡a uno no debería darle pena! Al revés, más bien orgullo de tener a alguien pagándole a la justicia como debe ser.

Johana la miró, le dio risa. La señora se sintió en confianza. A punto estuvo de sentarse en la otra silla.

—Es que yo le digo: si no fuera por los pobres, ¿a quién metían a las cárceles? Porque a los ricos no los meten nunca. Como mucho los guardan en el domiciliario o en las casas fiscales. ¿A cuántos pobres ha visto sumercé que les den casa por cárcel? Yo no he sabido todavía del primero. Eso tan bueno es sólo para los ricos.

Johana se pasó un sorbo largo de chocolate y le dijo:

—Eso sí es cierto. No es para los pobres.

—Cuénteme con confianza, niña, ¿tiene a la mami o una hermana? ¿Narcotráfico, secuestro, prostitución de menores, asesinato?

—No, yo trabajo con una periodista. Ella está ahora allá haciendo un reportaje.

—Ah, pero es que sumercé tiene la típica carita achantada de los que vienen a averiguar cosas o a dejar algo o a mandar mensajes para adentro.

Johana abrió mucho los ojos.

—¿Se mandan mensajes?

—Claro —dijo la señora—, sumercé ve esta tienda hoy medio vacía porque es día de semana, pero en sábado o domingo se llena. Parientes, hijos, maridos, hermanos, novios. La gente deja mensajes o cosas para entrar. Uno como conoce allá gente, guardias y personal, pues puede ayudar, ¿sí me entiende?

Al decir esto la señora arrugó un poco los ojos y acabó por sentarse al lado de Johana.

—Los pobres tenemos que ayudarnos. Es lo que yo digo. Si sumercé le quiere mandar una tarjeta sim a su pariente, o un cable nuevo para el cargador del celular, que se vive dañando, o pilas alcalinas para el radio, que son las que duran, o cremas para la piel o un champú o spray para los piojos, que eso allá se les pega de todo; también tengo dentífrico, elementos de aseo y almendras; a las reclusas, de cumpleaños, les fascina que les den almendras, o hasta algo de ropita o comida, cosas sencillas, aquí le podemos colaborar, ¿oyó? Usté me deja lo que sea o me dice y yo lo compro, me paga y máximo a los tres días su pariente lo recibe allá adentro.

—¿Lo que sea? —preguntó Johana.

—Bueno, no se equivoque conmigo, sumercé, yo no trabajo vicio ni armas ni cosas raras. De pronto hasta cigarrillos, lo único. Vea, usté que es nueva por acá, le voy a contar un secreto.

Por la ventana le señaló un negocio en la esquina. Diagonal a ellos. Una papelería y dulcería, rancho y licores.

—Esos de allá sí son unos dañados, ¿me entiende? Meten vicio y trago y de todo para adentro. Hasta cuchillos. Yo no veo la hora de que la policía venga a llevárselos, porque siempre me llenan el andén de ratas, gente mala. Mi negocio es decente. Yo le ayudo a los pobres a aguantar, porque es que... Ser pobre si es muy berraco, ¿no cierto?

Julieta esperó en un cubículo adjunto a la biblioteca del presidio hasta que una puerta lateral se abrió y vio a Esthéphany Lorena, esposada, con dos guardias que se quedaron a sus espaldas. Las miró, como preguntando si no podrían dejarlas hablar a solas, y una de ellas llamó a la directora por radio. Luego dijo:

—Es por su seguridad —explicó la uniformada—, pero si prefiere podemos esperar afuera.

—Por favor.

La reclusa estaba pálida. Un arco rojizo fosforecía alrededor de los ojos, inflamados. La poca luz del atardecer, la que se filtraba en medio de la lluvia, parecía molestarle. Según los cálculos del dosier tenía treinta y cuatro, pero parecía una mujer de cincuenta.

Antes de que Julieta hablara, Esthéphany Lorena le dijo:

—¿Nos están grabando?

—No sé —dijo Julieta—, se supone que no, pero no sé. Es la primera vez que vengo a esta sala.

—¿Y usté no me va a grabar?

—¿Prefiere que la grabe?

—Sí, grábeme. Por favor. Que quede mi voz ahí.

Julieta sacó una grabadora y la encendió.

—Ya conozco su expediente —le dijo— y sé por qué está aquí. Sé que usted siempre ha dicho que es inocente, también que está estudiando una segunda carrera y que, por buena conducta, la incluyeron en el programa de reducción de penas. Eso me alegra mucho.

—Sí, sí. Yo soy inocente —dijo Esthéphany Lorena—, inocente... ¿Usted es abogada o algo así?

—No, soy periodista y estoy investigando otro caso. El del asesinato del ciudadano argentino Carlos Melinger. Creo que usted me puede ayudar muchísimo.

La mujer la miró con curiosidad, sin dejar traslucir la más mínima expresión.

—¿Carlos qué...?

—Melinger, un argentino.

Apretó las mandíbulas y miró hacia abajo.

—No sé quién es, no le voy a poder ayudar.

Julieta usó su formato más dulce.

—No se preocupe, Esthéphany, que esta charla es completamente libre. Nadie está sospechando de usted. Sólo vengo a pedirle ayuda.

—Pero ¿cómo puedo ayudarle con alguien que no conozco?

—Usted puede haberlo conocido con otro nombre, eso sería normal. Déjeme le cuento bien quién era y qué fue lo que pasó.

La mujer abrió muchísimo los ojos, como un *goldfish* cerca de las luces de un acuario. Los aros de piel rojiza se expandieron. De un modo muy resumido, Julieta la puso al corriente de la historia del argentino. Prefirió no mencionar aún lo de la llamada.

—Me parece horrible lo que me cuenta —dijo la reclusa—, pobre tipo, pero... No, yo no sé nada. ¿Sí está grabando? Que quede bien claro, no sé nada.

Julieta hizo esfuerzos por no impacientarse.

—Estamos grabando, esto funciona perfectamente —dijo—. Le pido el favor de que se concentre: un hombre argentino de cuarenta y cinco años, robusto, que tal vez vino a visitar a alguien aquí a la cárcel. Usted pudo haberlo conocido.

La mujer volvió a decir no y movió la cabeza con fuerza. Casi logró tocar con la quijada cada hombro.

—No, no, no... No he visto nunca a nadie así. ¿Un argentino? Aquí no vienen argentinos, señorita.

—Bueno, un extranjero —insistió Julieta, a punto de rendirse—, alguien que habla diferente a nosotros.

—¿Diferente? ¿Cómo así?

Julieta imitó el acento argentino, luego el español. No le salió muy bien, pero Esthéphany se rio.

—Los he oído —dijo—, pero en televisión, no aquí en la cárcel. Acá no vienen.

La puerta se abrió y una de las guardias metió la cabeza.

—Le quedan cinco minutos.

Ambas continuaron mirándose.

—Yo la comprendo y quiero que confíe en mí —dijo Julieta—. Quiero ayudarla, pero usted debe ayudarme.

La mujer bajó los ojos.

—No sé nada, no sé qué podría decirle...

Al fin Julieta se decidió y le dijo:

—Hay un video en el que se la ve a usted llamando por teléfono a ese hombre argentino. Le deja un mensaje y le dice que se vaya del país porque lo van a matar. Su mensaje llegó tarde.

La miró a los ojos, expectante.

—No tengo la menor idea de lo que me está diciendo, señorita, perdóneme.

Las guardias entraron y agarraron a la reclusa de los brazos.

—Ya es hora, nos vamos —dijo una.

Antes de salir, la mujer se dio vuelta y buscó los ojos de Julieta. Tenían un extraño brillo. ¿Intentaba decirle algo? Luego miró al celular, con intensidad, y volvió a mirarla, justo en el momento en que su cara se perdió detrás de la puerta.

La señora de la cafetería no paraba de ofrecerle cosas a Johana.

—Aspirina, Dolorán, ungüento Vick VapoRub, y, ¿sabe qué? Toallas buenas y támpax. Las que les dan allá les hace salir candidiasis y esa infección es horrible, las pone a oler a diablos. Si les da, le tengo Canestén.

Al fin el celular de Johana se encendió.

—Es la jefa —le dijo a la señora—, tengo que irme a recogerla.

Ya había pagado, así que salió a la calle y despertó al chofer del taxi. Recogieron a Julieta frente al portón y volvieron a la calle 80 a enfrentar el tráfico. Eran las 18h03, ya empezaba a oscurecer.

—¿Cómo le fue? —preguntó Johana.

—Mal, pero quedó algo. Lo negó todo, incluso la llamada por teléfono. Es normal. Está asustada y no me conoce. Creerá que soy la enviada de alguien. Supongo que la familia del marido la tendrá entre ojos. Les mató a dos hombres. Le deben tener puesta ya la lápida.

Llegaron a la oficina pasadas las siete. Por el camino Johana le contó la historia de la tienda que provee a las reclusas. Al llegar a la puerta del edificio Johana preguntó:

—¿Me necesita ahora?

—Ay, la verdad es que no y ya es tarde, Johanita. Váyase en el mismo taxi que yo lo pago, y qué pena haberla hecho venir hasta acá.

2

Julieta subió a su apartamento y se recostó en el sofá. Sus hijos tenían unos días de receso y se habían ido con el papá. Como estaban aburridos de pasar siempre las vacaciones en Villa de Leyva, donde los abuelos, lo convencieron de que los llevara a San Andrés. Qué horror, pensó ella. Esa isla es bonita, sí, pero está llena de vendedores gritones y traquetos. Gente fea paseando su gordura en chanclas por los andenes. Y esos horribles almacenes sin impuestos que deben ser lavaderos de dólares de la mafia. ¿De dónde habrán sacado sus hijos la idea de ir allá? Agarró el celular a ver si la habían llamado, pero no. Pensó en marcarles a ver cómo iban.

Justo en ese momento se encendió la pantalla. «Fiscal Jutsi», decía.

—Cuénteme, Julieta. ¿Le fue bien?

—Más o menos —dijo ella—. Hablé con ella media hora. Es una mujer extraña, con un tremendo enredo en la cabeza.

—¿Dijo algo de Melinger?

—Por ahora no. Juró y rejuró que no lo conocía y lo negó todo, incluso que hubiera hecho esa llamada. Se lo dije y me miró sorprendida. Es raro.

—La cámara de seguridad muestra claramente que fue ella —aseveró el fiscal—. Incluso al acercarla se ve que habla justo el tiempo que dura la grabación del contestador. Habrá que entender por qué está mintiendo o a quién encubre.

—Es raro —dijo Julieta—. Parecía obsesionada con la grabación de su voz. Quiso que la grabara y todo el tiempo controló que mi celular estuviera encendido.

—Supongo que tampoco le habló del asunto de Marlon —concluyó el fiscal.

—No por ahora, pero estoy segura de que hay más. Cuando ya nos íbamos esa mujer me miró de un modo... No sé, como pidiendo ayuda o queriendo decir algo... No sé. Déjeme pensar. Mañana la interrogarán en la Fiscalía, a lo mejor tienen más suerte que yo. Cuénteme qué les dice.

—Pero claro, hasta los suspiros —dijo el fiscal.

Se despidieron.

Estaba exhausta, pero hizo un esfuerzo por sacar su libreta. Debía hacer el resumen de sus impresiones y sumarlas a esa especie de carrera de globos que eran sus anteriores notas, todas llenas de acertijos sin resolver.

Abrió los ojos y reconoció la oscuridad de su cuarto. Eso la reconfortó. Una idea proveniente del fondo de su cerebro la había despertado. Los ojos de esa mujer, sus aros rojizos. Había matado a tres personas con una pistola Colt. Recordó sus brazos pequeños. Johana tenía razón: ¿cuánto pesa exactamente una Colt? Debía estar segura. Agarró su celular y, sin levantarse, buscó en Google. Entre un 1.1 y 1.3 kilos, depende del modelo exacto y las balas. Una mujer de su estatura, sin entrenamiento, jamás habría podido alzar esa pistola y matar a tres de tres disparos. Esa precisión es prácticamente imposible. ¿Y entonces? De repente comprendió la idea que la había traído de vuelta del sueño: ¿qué tal si la mujer que hizo la llamada a Melinger es la misma que hizo los disparos en la discoteca de Honda? La de las voces, la del desdoblamiento. Esa extraña presencia que, según dijo en el juicio, se apoderó de ella.

Miró la hora en el teléfono. Las 3:05 a.m.

Imposible dormir. Se metió a internet a investigar sobre desdoblamientos, esquizofrenia y posesiones. ¿Hasta dónde esas psicopatías podían modificar a la gente? Leyó casos extremos, testimonios dolorosos que rayaban en lo inverosímil. Supo de un panadero de San Francisco, de origen italiano, que tenía tres personalidades radicalmente distintas. En la tercera era gay, adoraba el neorrealismo italiano y tenía una pareja en el barrio de Castro. En la segunda, un playboy mundano, heterosexual, homofóbico y de derecha, obsesionado por el béisbol y levemente ludópata. La personalidad de panadero italiano, casado y padre de dos hijos, era apenas la primera, y sólo en esta era hipertenso y diabético. Todas operaban en simultánea.

Hacia las cinco de la mañana, Julieta fue de nuevo a acostarse, pero otra idea le vino a la mente. Debía enviarle un mensaje a Esthéphany Lorena. Una sola frase. Con la última neurona agarró el celular y le escribió a Johana: «Cuando te despiertes me llamas. Vas a tener que volver a esa cafetería de la que me hablaste».

190

Al día siguiente, Johana la llamó antes de las ocho. La despertó.

—Johanita, qué pena, es que anoche me acosté tardísimo. Quería pedirle que vaya donde la señora que me dijo, la de la tienda, y le envíe un mensaje a Esthéphany Lorena. Urgente.

—Claro, jefa, yo lo escribo —dijo Johana—. ¿Qué debe decir el mensaje?

—Este texto: «Hola, soy Julieta Lezama, la periodista con la que habló el martes. Creo haber entendido que la que hizo esas llamadas fue la otra voz que vive dentro de usted. ¿Piensa que es así? ¿Podemos volver a hablar de esto? Gracias».

Johana copió el texto en una hoja de papel bond. Yesid la acompañó a una papelería a comprar un sobre y luego fueron en su viejo Toyota Célica, modelo 94, hasta la cafetería vecina de la cárcel.

—Ay, sumercé —le dijo la señora al verla—, yo sabía que iba a volver. ¿Le sirvo desayuno?

—Gracias, pues sí. Para dos, espérese un segundo.

Salió hasta el carro y le dijo a Yesid:

—Vea, parquéese allá y lo invito a desayuno. Vaya.

Volvieron juntos a la tienda.

—¿Desayuno criollo, tradicional, cundiboyacense?

—¿Cómo es el cundiboyacense?

—Huevos pericos o fritos, canasta de tostadas y pan con mantequilla, arepa de choclo y chocolate con queso. Opcional caldo de costilla.

—¿Y el criollo? —quiso saber Johana.

—Lleva changua, huevos pericos o fritos, canasta de pan y arepa de choclo. Opcional chorizo santafereño.

—Uy, señora, yo quiero ese —dijo Johana.

—¿Y el tradicional? —preguntó Yesid.

—Café con leche, canasta de pan y tostadas, huevos pericos con cebolla y tomate, calentado y arepa de choclo.

—Ese es el mío —dijo Yesid—, para este frío no hay como un buen calentado.

—Ya les traigo.

La señora se fue al fondo de la tienda y metió la cabeza por un cuadrado embaldosinado que comunicaba a la cocina. Pasó la orden y volvió a la mesa de Johana.

—Ya viene, pero ahora sí dígame, sumercé, qué es lo que necesita.

—Usted me dijo que podía llevar mensajes a la cárcel, ¿cierto? —preguntó Johana.

—Sí, cualquier cosita siempre que sea sana. Un mensaje o una carta, pues claro.

—Una cartica, mírela —sacó el sobre cerrado y se lo mostró. En el frente tenía el nombre de la reclusa.

La mujer miró el sobre, lo midió con los dedos y le dijo:

—Bueno, el sobre está grandecito, sumercé.

—Puedo volver a escribirlo en un papel más pequeño —dijo Johana—. Es un mensaje muy corto.

—No, déjelo así y ya vemos. Ustedes son buenos muchachos y les voy a cobrar la tarifa mínima.

—¿Y cuánto es? —preguntó Yesid.

La mujer miró hacia arriba con los ojos entrecerrados, como haciendo unas complicadas cuentas. Luego empezó a contar con los dedos, murmurando cosas.

—Bueno, todo incluido sale en cien mil pesitos, sumercé.

Yesid abrió los ojos.

—¡¿Cien mil?!

La señora golpeó con una mano el aire delante de su cara, como si estuviera espantando algo, y le dijo:

—Espere, es que eso incluye traer la respuesta de ella. Es como los pasajes de avión: ida y vuelta.

—Uy, pero es que cien barras, señora, ¡es un montón! —insistió Yesid.

Johana no decía nada. Sabía que podía pagarlo y su jefa se lo reembolsaba. Era importante, pero no quiso desautorizar a su novio, así que esperó.

—Pues es platica, sí, pero les recuerdo que su pariente no está ni en un hotel ni en un salón de belleza, sino en la cárcel, donde están prohibidas estas cosas. Ya se imaginará que esa plata no es para mí sola. Hay que mover la cadena. Usté dirá.

Johana le habló al oído a Yesid y le dijo: «No importa, se los pago».

—Está bien, pues —dijo Yesid—, pero me da un recibito.

—Sumercé, el problema es que aquí no tenemos recibos —dijo la señora—. Lo que hacemos es que la señorita toma una foto de la plata que me entrega, en mi mano. Eso vale como recibo.

—Bueno, hacemos la foto —le dijo Yesid.

Le alargó dos billetes de cincuenta que Johana puso en su mano. Con el celular le hizo la foto.

—¿Y lo del desayuno cuánto es? —preguntó Yesid.

—Mi rey, eso está incluido —dijo la señora sonriendo—. Acá no le cobramos a los clientes, y mucho menos a ustedes.

—¿Cuándo cree que tendrá la respuesta? —preguntó Johana.

—Bueno, sumercé, usté sabe que eso no depende de mí, sino de su ser querido. Si puede escribir rápido, si tiene con qué, si está de buen ánimo. Si la respuesta es inmediata no se demora más de tres días. Lo que hacemos es que usté me da un número donde yo pueda llamarla y apenas nos llegue yo la contacto.

—Pues muy bueno.

3

Llegó el día del interrogatorio a Esthéphany Lorena en la Fiscalía, diligencia prevista para las doce del mediodía. Hacia las diez, en su despacho, la curiosidad del fiscal Jutsiñamuy empezó a elevarse: caminó del escritorio al sofá, del sofá a la ventana, de la ventana a la puerta con extensión al corredor del ascensor y los ventanales que daban a los cerros. Y vuelta al inicio, a lo que venía a sumar: control de celular, mensajería, correo electrónico y, de último, meter la cabeza por la puerta del cubículo de Selmira, su secretaria, y preguntarle «¿algún mensaje?».

—No, doctor —contestó ella—, pero venga lo comunico con el doctor Carlos, porque usted se me va a herniar.

Por eso Selmira era, para él, la mejor secretaria del mundo.

—Mi querido jefe de investigaciones —dijo Carlos Estupiñán—, cuénteme, ¿cómo le fue ayer con nuestra reclusa?

—Pues le cuento que no se logró establecer nada importante. Parece que es una persona muy hermética y además insiste en negar que fue ella la que hizo esa llamada al apartamento del argentino. ¿Cómo le parece? Así, la vaina sí se pone complicada. Yo espero que a ustedes les vaya mejor con ella. Y a propósito, mi estimado, ahí quería pedirle otro catorce.

—Cuénteme, colega.

—Me gustaría acompañarlos hoy al interrogatorio —dijo Jutsiñamuy—. Es que esa historia ya me tiene es obsesionado.

—¡Pero por favor, su señoría! —exclamó Carlos—. Para eso no necesita mi autorización y es más que nada un placer. Usted es el jefe de investigaciones especiales y puede moverse donde quiera, esta es su casa.

—Podré ser jefe, estimado Carlos, pero ante todo soy una persona educada. Y este caso es suyo.

—Usted es una persona correcta y uno de los mejores funcionarios que han nacido en este país —dijo Estupiñán—. Lo espero antes en mi oficina para invitarlo a un cafecito. Me alegró la mañana.

—Allá le llego. ¿A las once y media?

—Sí.

Colgaron y el fiscal miró el reloj: las diez y treinta y nueve. Tiempo perfecto para ponerse un poco al día con los asuntos de última hora y otras pequeñas «carajadillas», como les decía. Hizo un par de llamadas (una al lavaseco para que le enviaran un vestido planchado a la oficina), luego revisó el cable de noticias interno (un líder social desaparecido hacía un par de días en la región del Catatumbo, algo con muy mala pinta), después entró al navegador de internet y, a las once y diecisiete, empezó a prepararse para caerle a su colega. Pero al hacer mentalmente el trayecto calculó que si salía en ese instante iba a llegar cinco minutos antes de la hora, así que fue hasta la ventana, miró los nubarrones del cielo y trató de ver formas en ellos: una cabeza de toro, una paloma gorda, un manatí de frente, una orquídea gigante...

A los cinco minutos salió al corredor.

A las 11h34 estaba anunciándose en la oficina de su colega Carlos, quien vino hasta la puerta y lo recibió con un abrazo y palmaditas en el hombro que a Jutsiñamuy le parecieron excesivas, algo fuera de lugar, aunque no dijo nada.

Tomaron café y té, respectivamente. Carlos y su equipo estaban terminando de revisar el archivo del caso. Lo poco que aún sabían.

—Fue una salvajada monumental, estimado colega. Este país no tiene remedio. Lo peor es que el argentino Melinger llevaba siete meses en el país y en los últimos cuatro años vino catorce veces. En ocasiones desde España, otras de Alemania y Argentina. Dos veces desde Estados Unidos, de Houston. Dentro de Colombia lo hemos rastreado en Cartagena, Medellín, Cali, Villavicencio, Cúcuta. En fin. El hombre no paraba de ir de aquí para allá y lo más berraco es que en cada alojamiento se identificó rotando las identidades de sus pasaportes. Y siempre solo, hermano, ¿no le parece raro? Con el personal femenino que hay en este país y la fama que tienen en el exterior de ser amables y mamacitas, y ese extranjero siempre solo... Rarísísimo.

—Pues sí, ¿pero era una especie de agente viajero o cosa por el estilo? —preguntó Jutsiñamuy.

—En realidad no sabemos. Ya le mandamos peticiones a varios países a ver qué nos dicen del hombre, pero por ahora nada. A ver qué le encuentran por allá, porque lo que es aquí... ¡Cero! Más limpio que calzón de monja...

El fiscal se rio.

—No diga esas cosas, colega, que se va a ir al infierno.

—Después de haber estado trabajando toda la vida en esta oficina —dijo Carlos—, el infierno me va a parecer como el Lagomar El Peñón.

Jutsiñamuy soltó una carcajada y se hundió en los cojines del sofá.

—Caray, ese condominio de El Peñón es un clubcito lobo y de medio pelo, lleno de traquetos y militares retirados. No me diga que le gusta.

Estupiñán dio un golpe en la mesa.

—No, hombre, cómo me va a gustar esa vaina. Lo puse de ejemplo. Fue lo primero que se me ocurrió.

—Y de la mujer de la cárcel, ¿tienen algo más? —preguntó el fiscal.

—Pues la verdad, sólo la llamada a Melinger. Estuvimos estudiando su caso y es una persona de conducta ejemplar. Trabaja en la biblioteca, estudia y va por la segunda carrera. No ha tenido problemas ni castigos, ni una sola vez.

—Me gustaría oír otra vez la grabación de esa llamada —pidió Jutsiñamuy.

El fiscal Estupiñán le hizo un gesto a uno de sus agentes y este puso a funcionar la grabadora. Todos se quedaron en silencio: «Doctor Carlos, cuídese. Oí cosas. Váyase del país pero ya».

—Sí, esto sí es incontrovertible —dijo Jutsiñamuy—. Sin duda esa mujer tiene que saber algo. Es persona informada.

—A ver qué nos dice hoy.

—Qué vaina tan rara ese argentino —dijo Jutsiñamuy—, ¿y a qué se dedicaba estando en Colombia?

—Tenemos sus registros de hotel —dijo Carlos— y en cada uno puso algo diferente. Usaba un montón de profesiones: periodista, agente de publicidad, diseñador de ropa interior femenina, abogado de sucesiones, empresario musical...

—¿En serio? —dijo Jutsiñamuy—. ¡Argentino tenía que ser! Bueno, tremenda imaginación.

—Exacto, eso sí.

Un agente entró y les avisó que la reclusa estaba lista y preparada para el interrogatorio. Agarraron sus carpetas y salieron al corredor.

—¿Y por dónde sería el nexo con el caso de los huesos, estimado jefe? —preguntó Carlos.

—Es una vaina pequeña, más una intuición que otra cosa —dijo Jutsiñamuy—. El argentino tenía en su casa un maletín con instrumentos de cirugía, lo vi en su informe. Podría haber sido el que amputó al personaje que tenemos en La Picota.

—De Melinger no sabemos mucho, pero es verdad que nadie anda por ahí con un maletín de instrumentos de cirugía.

En ese momento el fiscal Jutsiñamuy se puso un dedo en la frente.

—Usted tiene ese maletín, ¿verdad?

—Pero claro, mi jefe. Es material probatorio. Lo tenemos más guardado y custodiado que la Balsa Muisca en el Museo del Oro.

—Me gustaría que un especialista le echara un vistazo. Supongo que los instrumentos estarán lavados y esterilizados, pero quisiera ver si les encontramos algo.

—Buena idea, jefe. Le propongo que traiga a su especialista aquí a nuestro laboratorio. Usted sabe que sacar esas vainas es delicado.

—Listo, mi colega. El duro de eso es Piedrahíta, usted lo conoce.

—Ah, no, pero claro. Amiguísimos. Lo que hacemos después es irnos a echar un chico de billar, entonces.

Llegaron al cubículo.

Los fiscales se sentaron detrás del vidrio de seguridad. La mujer estaba del otro lado, tomando un café con leche. Jutsiñamuy le detalló los rasgos, la expresión. En realidad estaba sumamente serena. Las cejas en reposo, igual que las comisuras de los labios. Esperaba con santa paciencia a que alguien viniera, sin mirar siquiera a su alrededor. Cuando dos de los agentes entraron y se sentaron al frente, la mujer hizo una sonrisa que a Jutsiñamuy le pareció extremadamente agradable. Le dieron las explicaciones de rigor sobre el modo en que iba a desarrollarse la sesión y comenzaron con las preguntas. Lo normal. ¿Conoció usted alguna vez a una persona llamada Carlos Melinger? ¿Conoció usted alguna vez a algún extranjero estando en Colombia, de cualquier nacionalidad? La mujer fue contestando a todo que no pero de una forma muy suave, sin dar la impresión de estar diciendo todo el tiempo la misma respuesta. Cada «no» era expresado con entonación diferente, sugerido apenas o sobreentendido. Los agentes iban ya por la pregunta cuarenta y seis y parecían no darse cuenta. Estaban hipnotizados por la mujer y sus agradables palabras.

Jutsiñamuy, inquieto, le dijo al oído a Carlos.

—Hay que pedirles que le hagan oír la grabación del mensaje, a ver qué dice.

Carlos pulsó un botón y uno de los agentes vino con ellos.

—Pónganle la grabación, no podrá negarlo.

—Para allá íbamos, jefe. Estamos acabando el cuestionario de base.

Cuando le pusieron la grabación la mujer dijo que esa no era su voz, y al ver que los agentes se miraban les propuso que la grabaran diciendo esas mismas palabras. Así podrían comprobar que la voz no era la misma. Aceptaron y, al reproducirlas, los técnicos fueron los primeros en notar que, efectivamente, no era su voz.

—¿Y qué explicación puede darnos entonces, señora, si su propia llamada a ese número deja una grabación con una voz diferente?

—Por estar privada de mi libertad no conozco el alcance de los adelantos técnicos en materia de intervenciones telefónicas. Pero tal vez ustedes sí los sepan y puedan darme una explicación. Se los agradecería.

El interrogatorio continuó, pero ya con preguntas banales. El fiscal se dio cuenta de que no lograrían nada. Se inclinó hacia el oído de Carlos Estupiñán y le pidió que volviera a llamar al agente. Cuando entró a la oficina, Jutsiñamuy le dijo:

—Hágame un favor, pregúntele si conoce a una persona con este nombre, Marlon Jairo Mantilla, un preso de La Picota detenido por paramilitarismo y feminicidio.

El agente regresó a su puesto y le preguntó.

—¿Conoce usted a alguien llamado Marlon Jairo Mantilla?

El fiscal se acercó mucho al vidrio para escuchar su respuesta.

La mujer se quedó un momento en silencio y, por primera vez desde que llegó a ese salón, pareció desconcertada. Hizo ademán de hablar dos veces, pero no dijo nada.

Al final habló:

—Nunca he conocido a nadie con ese nombre. ¿Quién es?

—¿Ha tenido en el pasado o tiene hoy algún tipo de contacto con detenidos que hayan pertenecido a grupos paramilitares o a grupos alzados en armas de cualquier tipo?

—Nunca.

Los agentes insistieron:

—¿Ha visto de cerca o conocido alguna vez en persona a algún miembro activo o detenido de algún grupo colombiano paramilitar o alzado en armas?

—Nunca. Los he visto en la prensa.

El fiscal Jutsiñamuy se levantó y le dijo a Estupiñán:

—Bueno, colega, muchas gracias. Creo que esto no lleva a ninguna parte. De todos modos quedamos pendientes, y si llega a ver o encontrar algo raro me tiene informado, ¿no? De todas formas, por no dejar, le pienso pedir a un par de agentes que sigan buscando por ahí a ver si encuentran algo, ¿le parece?

—Pero claro, mi distinguido jefe de investigaciones especiales, no se diga más que así va a ser. Su intuición es oro.

—Gracias por el té —dijo Jutsiñamuy, ya de salida.

Volvió a su oficina cabizbajo. Esa mujer, en efecto, tenía algo extraño. La seguridad de sus respuestas. Pero al oír el nombre de Marlon algo cambió. Hubo una tensión en su mirada, duró poco. Fue el único momento en que perdió, por un instante, ese aire de absoluto dominio y tranquilidad. ¿Quería decir algo específico? Sí y no. La palabra «paramilitar» pone nervioso a cualquiera en un interrogatorio y eso podría explicarlo. Como todo en su profesión, en su trabajo diario, podría reducirse a esta sentencia filosófica: «Podría ser que sí, claro que sí. Podría ser que no, claro que no».

Marcó el número de Laiseca.

—Aquí Laiseca, jefe, cambio y fuera, ¿para qué soy bueno?

—Pues para poco, agente, pero ya que me lo pregunta...

—Soy todo oídos.

—¿Cancino está con usted?

—Aquí al lado, jefe, estamos almorzando. ¿Se lo paso?

—No, no. Les tengo una tareíta suplementaria, a ver, ¿tiene con qué escribir? Anote.

Le pasó todos los datos de la mujer, le dijo que el fiscal Estupiñán estaba al tanto y les daba vía libre.

—Quiero saber hasta la marca del primer triciclo de esa señora, ¿me oyó? Me la perfila bien perfilada.

—Claro que sí, jefe. Oído. Es mi especialidad.

—Se va a encontrar con una vaina un tanto extraña, agente, y poco frecuente en este país... Pero prefiero no darle más pistas para no influenciar su criterio.

—Noble gesto, jefe.

—Hágase el chistosito.

—Lo único importante es la verdad —opinó Laiseca—, como dijo Confucio...

Hubo un silencio en la línea. El fiscal miró su teléfono, sorprendido.

—¿Qué fue lo que dijo Confucio...? ¿Me lo repite? —dijo Jutsiñamuy.

—Pues lo de la verdad, jefe.

—Ah, ¿lo de que es importante?, ¿sólo eso? No, Laiseca, si me sigue citando filósofos para vainas tan simples, lo degrado.

—Como diga, jefe —repuso Laiseca—. Ya mismo me pongo en eso, cuando acabemos el almuercito que se me está enfriando.

—Listo, agente, esa es la actitud. Pida que le pasen el plato por el microondas, y si es necesario identifíquese.

—Gracias, jefe.

—¿Y de lo otro qué? —preguntó el fiscal.

—Bueno, precisamente de eso quería hablarle —dijo Laiseca—. Esta tarde tenemos cita con la sociedad dueña de la finca de Guasca donde encontraron al cortado hace cinco años. La idea es ver quién la alquiló y cómo pagaron la cabaña donde se acondicionó el quirófano y le hicieron las amputaciones. Es increíble que nada de eso se haya investigado antes.

—Pues ya ve —dijo Jutsiñamuy—, al condenarlo tan rápido lo dejaron por fuera. ¿Cómo le parece? Bien, bien. Vayan a lo de Guasca y me mantienen informado, por ahí puede haber sorpresas. Pero me le para bolas a lo otro, ¿no?

—Ya está anotado, jefe. Todo ok.

4

Laiseca y Cancino llegaron al piso 17 de la Torre BBVA, en la Avenida Chile con carrera Séptima, donde funcionaban las oficinas de la firma de abogados Casas & Urrutia, propietaria a su vez de la Sociedad El Portón, propietaria de la finca en Guasca en la que se encontró —cinco años atrás— el cuerpo amputado de Marlon Jairo. De acuerdo a los planos, esa propiedad de catorce hectáreas constaba de una vieja casaquinta construida en 1921, remodelada sucesivamente en 1972 y en 1998, más unos anexos agrícolas y unas zonas de bosques con tres quioscos para disfrutar del paisaje de pinos y vegetación nativa. Fue construida originalmente por la familia Santamaría Calderón, propietaria hasta 1965, y luego traspasada a la familia Casas Urrutia. En 1989, finalmente, se trasladó a la Sociedad El Portón, dirigida por los herederos Casas Urrutia, los cuales desarrollaron, a partir de 1999, una actividad turística semiprivada de cabañas campestres o *bungalows* (así los llamaban en los *dépliants* turísticos), en la que la construcción principal era una especie de hotel restaurante en la antigua casa de la hacienda. El objetivo principal era el turismo ligado al avistamiento de pájaros, de un lado, y del otro el de las experiencias gnósticas y de meditación en alta montaña.

Los agentes se identificaron en la recepción ante dos muchachos que, con una diadema en la cabeza, manejaban las comunicaciones de la oficina. Laiseca notó, con cierto espasmo burlesco, que uno de ellos lucía uñas pintadas color vino tinto y sombra oscura en los párpados. Al ver las placas de la Fiscalía hicieron gestos de sorpresa, aunque sabían (o debían saber) de su visita.

—Venimos a hablar con el doctor Cayetano Casas Urrutia —dijo Laiseca.

—Ya mismo los anuncio —dijo el muchacho de las uñas pintadas, y agregó, cerrando un poco el ojo derecho—: ¿De qué empresa nos visitan?

—Fiscalía General de la Nación —dijo Laiseca.

—Por favor siéntense un momento —dijo el joven—. ¿Gustan una agüita de algas esenciales?, ¿un té de Luna Otoñal?, ¿galleticas de quinoa con queso gorgonzola y miel de álamo?

—Eso —dijo Cancino—, miel de álamo. Una tía vivía en Álamos Norte.

—Yo prefiero un tinto —dijo Laiseca—, ¿tienen *colombian tinto*? Si no, cualquier gaseosa.

—Tenemos Té Hatsu. Por protocolos de salud no ofrecemos bebidas azucaradas.

—Mejor el tinto, si me hace el favor.

El joven de las uñas pintadas llamó por un auricular. «Julis, me regalas unas galletas y miel para unos... visitantes. Y dos *tintos*. Sí, así dijeron».

Un segundo después, una jovencita de uniforme les trajo las bebidas en una bandeja artesanal, madera y asas de werregue.

Laiseca probó el tinto y le dijo a Cancino:

—Para que vea a dónde lo traigo. Sitios finos. Saboree bien la miel de álamo, ¿oyó?

Cancino cerró los ojos y la probó.

—Sabe a miel de abejas —dijo.

—Es igual pero más cara —dijo Laiseca—. Voltee los ojos para arriba.

Dos mujeres estaban en la sala de espera, pero ninguna levantó su mirada (ni sus dedos) del celular. Soltaban risas al oír mensajes de voz y respondían grabando en susurros.

Finalmente los hicieron seguir.

La oficina del gerente, Cayetano Casas Urrutia, era un amplio espacio de paredes grises y luces indirectas. Aparte del despacho y una mesa de trabajo, tenía sobre un costado un salón con muebles en lona. Parecía ser aficionado a los péndulos. Uno de ellos dibujaba líneas sobre un cuadrado de arena.

—Queremos hablar con usted sobre los hechos ocurridos en su propiedad de Guasca —dijo Laiseca—, en diciembre de 2014. ¿Lo recuerda?

—Pero claro que sí, obvio, ese man operado, sedado y vivo. *Disgusting!* ¡No voy a olvidar esa vaina ni en cien años! ¿Y ahora qué pasó?

—Investigación de rutina —dijo Laiseca—. Aparecieron los huesos que le cortaron al hombre, véalos...

Expuso ante él una serie de fotos con su celular. Casas Urrutia retiró la vista.

—Ushhh —dijo—, ¡qué asquerosidad! ¿Y para qué quiere que yo vea eso?

—Porque pasó en su finca, estimado.

—Claro —dijo el joven Casas Urrutia—, si ya me tocó explicarle en esa época a la Fiscalía que esa puta finca se alquilaba, y las vainas que hacen los inquilinos, pues pailas, yo no soy responsable. Como en cualquier Hilton del mundo, señores. Como si usted llega ahí y mete a una nena menor de edad, pues el delito es del que la llevó.

Cancino lo miró con curiosidad.

—Sí —le dijo al doctor—, pero la recepción tiene que registrar a todo el que entra y sale, y para eso pedir un documento. Si una menor se registra con una tarjeta de identidad, el hotel debe denunciarlo y es responsable. ¿Ustedes en las fincas no piden documentos?

—Pues lo que yo les diga, ni idea, agentes —dijo Casas Urrutia—. Somos dueños de esa propiedad y de la actividad hotelera, pero la parte legal la maneja otro. Ya le llamo al tipo.

—¿Ustedes hacen sólo demandas contra el distrito? —se interesó Laiseca—, ya veo.

—Más o menos —dijo Casas Urrutia—, es que hay un resto de contratos sin estudio de riesgos ni nada.

—Eso puede valer un millón de dólares —dijo Laiseca—, ¿verdad? O incluso más, según el contrato. Pero si no lo hacen, ustedes ponen la demanda.

—Claro, así es —dijo Casas Urrutia—. Aunque hoy el negocio es hacer estudios de riesgo.

—A ustedes no les va mal.

—Nos iría mejor haciendo estudios —dijo Cayetano Casas—, de hecho lo estamos considerando.

—Pero eso los pondría a ustedes como juez y parte, ¿no? —dijo Cancino.

El gerente hizo una mueca algo infantil de disgusto.

—No es ilegal.

—Sólo inmoral —agregó Laiseca.

—La moral se la dejo a los curas y a las monjas. Acá estamos para producir riqueza y puestos de trabajo, que es lo que le falta a este país. Pagamos mucho en impuestos de donde, por cierto, salen sus sueldos, así que todo bien.

—Claro —dijo Laiseca—, y acá estamos trabajando. Comencemos por ver quién alquiló el bungalow en el que fue encontrado el señor Marlon Jairo Mantilla en diciembre de 2014.

Casas Urrutia les hizo con la mano ademán de esperar un segundo y levantó el teléfono.

—Martuchis, dile a Juan Adrián que venga con todo lo de Guasca. Que aquí están los de la Fiscalía.

Un segundo después entró un joven de unos veinticinco años, de traje elegante, azul oscuro muy *streight* y corbata rosada. Llevaba un iPad en la mano.

—Hola, Juan —dijo Casas Urrutia—, te presento a... ¿Cómo es que se llaman?

—Cancino y Laiseca —dijo Laiseca—, Fiscalía.

—Mucho gusto. Uy, qué chimba de nombres, como para una oficina de abogados: *Cancino y Laiseca, lawyers.* Suena bien. ¿Y cómo puedo ayudarlos hoy, señores?

—Queríamos ver sus archivos de alquiler de la Residencia Hotel de Guasca en diciembre de 2014.

—De una —dijo Juan Adrián.

Se sentó y prendió su iPad. Hizo tic tac sobre la pantalla y en dos segundos abrió un documento.

—Aquí está, vea —les mostró mientras leía en voz alta—. El bungalow en el que encontraron la cosa esa fue el 13 C, que tiene capacidad para seis personas. Fue alquilado un mes antes, el 9 de noviembre de 2014 por un privado de nombre Juan Jesús Terraza, residente en Orlando, Florida, EE. UU. Cédula colombiana número 80.409.179. Como motivación puso: «Avistamiento de pájaros y en particular la *Zenaida auriculata*». Pagó el 50% de la reserva por Western Union, 650 USD, y el resto en efectivo al recibir el bungalow. Las llaves le fueron entregadas el día 6 de diciembre de 2014. La policía encontró el cuerpo amputado el 30 de diciembre y constató que, en el bungalow, se había improvisado un quirófano de campaña. Las partes amputadas no fueron encontradas. Aquí hay otra nota que dice: «Hasta comprobar que el amputado pertenecía a las Autodefensas y era perseguido por feminicidio, las autoridades creyeron que podía tratarse de un hospital de campo de las Farc». Cancino miró su propio archivo con la información interna del «Caso Marlon Jairo», pero en lo relativo al lugar donde se encontró el cuerpo sólo había una mención: «Lugar especificado en fólder B, información no pertinente». En efecto, la investigación de quién le hizo eso y por qué pasó a segundo plano y luego se archivó sin más.

Pero hoy las cosas eran distintas.

—Aquí tengo el dosier con todo lo que me pide —dijo el joven Juan Adrián—. ¿Se lo mando a algún lado?

—Sí —dijo Laiseca, y le dio una tarjeta con un correo electrónico—. ¿Tienen ahí copia del pago de Western Union?

El joven pasó pantallazos con el dedo, abrió y cerró documentos.

—Aquí está —les mostró—, con los datos que ya les di.

—Mándeme eso también —dijo Laiseca.

—¿Es todo? —quiso saber Casas Urrutia, que mientras tanto simulaba trabajar concienzudamente en su computador, pero por un reflejo Cancino ya había visto que estaba jugando Bubble Shooter y, a la vez, chateando en Tinder.

—Es todo, caballeros... —dijo Laiseca.

Juan Adrián los acompañó a la puerta. Casas Urrutia no se levantó de su escritorio. Desde ahí los despidió.

Bajaron a la Séptima. El rumor de los carros y pitos, el trancón del semáforo de la 72, la cara ausente de un muchacho afro con un letrero de «Soy desplazado», dos familias de venezolanos con niños de brazos pidiendo, los vendedores de dulces y cigarrillos callejeros, el olor a monóxido de carbono... Todo eso los devolvió de golpe a la realidad de una nación en vías de desarrollo.

—Gomelos pendejos —dijo Cancino—. Si algún día hay una revolución francesa en este país, estos serán los primeros en pasar por la guillotina.

—Bueno, tampoco exagere —matizó Laiseca.

—Mejor diez años de trabajos forzados y luego sí la guillotina —insistió Cancino.

—¿Desde cuándo se me volvió castrochavista? —dijo Laiseca—. Acuérdese que aquí es un delito.

—Los castrochavistas son ellos —dijo Cancino—, que viven del Estado. Como esa escoria del Senado. ¿Vio las declaraciones de renta? Pagan cero pesos. Chupan de la teta del país y no aportan. Qué va, yo soy socialdemócrata.

—Pues lo felicito, compañero, y de paso le recuerdo que también es un funcionario.

—Pero yo estoy en la calle, con los pies en la tierra. En cualquier momento me pueden pegar un tiro en la nuca, eso marca una diferencia, ¿no?

—Depende de quién le pegue el tiro, papá. Bueno, ya no más debate. Como dicen en las peluquerías: «¡No polaricemos!».

Cancino echó una carcajada y dijo:

—Prefiero el proverbio chino de los conductores de taxi: «Los problemas son pasajeros».

Laiseca sacó el celular y llamó a Darcy, su secretaria; le envió los datos y le dijo:

—Averígüeme los antecedentes de este señor que le mandé, Juan Jesús Terraza. Quién es, qué hace y qué hizo y de dónde salió y cómo se divierte, si es que se divierte. Ahí va la cédula y otros datos. Llámeme apenas sepa algo. Quedo pendiente.

—Listo, jefe. Deme un ratico.

Las lluvias habían vuelto a arreciar. No eran ni las cinco de la tarde y ya parecía de noche. La luz de los semáforos se reflejaba sobre el asfalto.

—Bueno, tocó echar almojábana con chocolate mientras Darcy nos llama —dijo Laiseca.

—De una —dijo Cancino—, esa maldita miel de álamo me dejó rebotado. ¿Al Pan Fino de la 54?

—No, hombre —se rio Laiseca—. Esa vaina la cerraron hace por lo menos una década.

—No joda, no me diga eso... —se lamentó Cancino—. ¿En serio? Yo creo que allá sigue.

—Estoy casi seguro de que lo cerraron. No sé si ahora hay una iglesia evangélica o un almacén de celulares. Hoy toca es elegir entre Juan Valdez y Tostao. De acuerdo al presupuesto.

—Bueno, el que esté más cerca, porque con este berraco tráfico...

Al pasar por la 54 vieron el Pan Fino.

—¿No le dije? —se alegró Cancino—. Debí apostarle.

Entraron. Hubo suerte y una de las mesas de la ventana a la Séptima estaba libre.

Un rato después sonó el celular. Era Darcy.

—Vea mi señor, ese nombre es como si no existiera y el número de cédula corresponde a Arley Saúl Meneses, de treinta y siete años, afrocolombiano nacido en Sahagún, Córdoba, hoy patrullero en la ciudad de Cartagena.

—¿Patrullero? —dijo Laiseca, anotando todos los datos—. Entonces es un falso. Gracias, ¿y vio algo que le llamara la atención?

—Bueno, no mucho —dijo Darcy—. Acá veo que es del equipo de balonmano de la subestación. Dice su hoja de servicio que fue amonestado hace siete años por cantar un «reguetón soez» a gritos en horas de trabajo, molestando al personal. Eso sí que está bueno.

—Fíjese cómo ha cambiado este país, Darcy —le dijo Laiseca—. El «reguetón soez»... ¿Será lo que hoy llaman «reguetón cochino»?

Cancino dejó la taza en el plato.

—No joda, colega, ¿de qué está hablando con Darcy? Laiseca tapó la bocina y le dijo.

—Deje trabajar y coma callado, pelao.

Colgó con su secretaria. Le pegó el último mordisco a lo que quedaba de almojábana.

—Obviamente es una cédula falsa —dijo Laiseca—, el número es de un patrullero costeño que canta reguetón en horas de trabajo.

—Bueno, empezamos otra vez de cero.

—De cero coma ocho, porque ya algo sabemos —dijo Laiseca.

—¿Qué?

—Pues que usaron una cédula falsa y giraron plata desde Estados Unidos —precisó Laiseca, con la taza en la mano—, lo que quiere decir que es un grupo organizado y con recursos internacionales. Voy a llamar al jefe a informarle.

5

Al llegar a su oficina al día siguiente, el agente René Laiseca metió la dirección del apartamento de Villa del Prado en la página de Airbnb Bogotá y, para su sorpresa, ahí estaba. Lo ofrecían a una tarifa de 250 USD por semana, con la opción 900 USD por mes. Se ve que nadie les había notificado aún o que no habían tenido tiempo de retirar el aviso.

—¿Darcy? —llamó a su secretaria—. ¿Usted conoce esa vaina de Airbnb?

—Sí, claro, ¿a dónde va a viajar?

—No, es por el crimen del argentino. El apartamento donde vivía era un Airbnb, ¿lo vio?

—No, jefe, pero me imagino que ya habrán hablado con los dueños. Espérese yo averiguo qué información hay. Si me preguntan para qué quiero saber, ¿qué digo?

—Que es para el fiscal Jutsiñamuy —respondió Laiseca—, Estupiñán ya habló con él y sabe que estamos buscando nexos con los huesos de La Calera.

De repente el agente tuvo una idea y le dijo a Darcy:

—Si consigue algo llámeme a la oficina de Jutsiñamuy, voy para allá.

—Como ordene.

Cruzó el largo corredor hasta el ascensor, subió al piso 9 y fue directamente a la puerta del fiscal.

—Gusto de saludarlo, agente —dijo Jutsiñamuy—, ¿qué novedades tenemos?

—Pues muy poco, por ahora. Lo de la finca de Guasca lo hicieron con documentos falsos de un tipo que resultó ser un patrullero de Córdoba, y la cuenta la pagaron por Western Union desde Estados Unidos.

—Ah, así sí difícil.

El agente sacó su bolígrafo Bic y dio un golpecito sobre la mesa.

—Se me ocurrió que de pronto fuera la misma fachada del alquiler del apartamento del argentino —dijo—. Darcy me está averiguando sobre los dueños. Quiénes son. Eso podría vincular los casos.

—Pues podría ser.

Un segundo después sonó el teléfono. Era Darcy. Habló con el fiscal.

—Sí, Darcy, el gusto es mío —dijo el fiscal—, cuénteme, acá estoy con Laiseca. La pongo en altavoz.

—Quihubo, Darcy. Cuéntenos.

—Bueno —dijo ella—, lo que hay es una sociedad que se llama NNT Investments, una *offshore* con sede en Panamá. Son los dueños del apartamento.

—Perfecto, Darcy.

—Y otra cosita —dijo la funcionaria—, pero eso ya lo averigüé yo con los certificados de tradición: resulta que esa compañía le compró el apartamento a un señor Lobsang Gautama Neftalí, de cédula 81.389.670, hace apenas dos años, pero la suma que pagaron fue de más o menos la cuarta parte del valor catastral, sesenta millones de pesos.

—¿Sesenta millones? —exclamó el fiscal—, ¿y hace dos años? Hay algo raro. Muy bien Darcy. Ya tomé nota. Vamos a ver quién es ese señor de nombre raro.

—Sí, rarísimo —dijo Darcy—. En el registro de la cédula vi que es modificado. El anterior para ese número era Juan Luis Gómez.

—Pues con razón se lo cambió —dijo Laiseca—, este es más intrigante.

—¿Sabemos dónde vive ese señor Gautama? —preguntó el fiscal.

—Ya le digo, jefe. Deme un segundito... Mire, no me aparece registrada una residencia en propiedad, pero sí un almacén. ¿Copia la dirección o se la mando?

—A ver, díctemela.

—Carrera 15 # 98-18. Es una tienda de productos naturistas. Se llama El Maestro Amazónico.

Agarraron sus sacos y salieron al ascensor. Botón del tercer sótano. Le mandó un mensaje a Yepes. «Voy bajando. Salimos».

Se montaron al blindado.

—¿Para dónde, jefe? —preguntó Yepes.

—Carrera 15 con 98.

—Uy, doctor, usté siempre me manda de cabeza al trancón. Vea que ese sector, con la lluvia, se vive llenando de charcos.

—Pero ¿qué hacemos? Es para allá que vamos. Hágale, Yepes, que ahí vamos conversando.

La lluvia había bajado de intensidad. Un aguacerito menor. Al fondo del cielo se alcanzaba a ver un poco de azul.

—Hay esperanza, jefe —dijo Laiseca.

—Por sesenta millones no se compra ni un puesto de dulces en el Parque Nacional —dijo Jutsiñamuy—. Esos movimientos son típicos de autocompra. Le apuesto a que ese señor Gautama tiene que ver con la compañía de Panamá.

Yepes hizo milagros y logró una ruta incluso mejor que la indicada por Waze, que les marcaba 64 minutos hasta la 98 con carrera 15.

Al llegar frente a la tienda los dos hombres se bajaron. Laiseca, de un modo cortés, bajó primero y abrió el paraguas, sosteniéndolo encima de su jefe.

El Maestro Amazónico
Productos naturistas del país

Cruzaron el andén de la Quince mojándose los zapatos y las rodilleras. No bien puso un pie adentro del local, Jutsiñamuy sintió un instintivo rechazo. Olía a sahumerio dulzón y no había un solo centímetro cuadrado donde no hubiera algo: un pastorcito en tagua, una vaca de trapo, ranas con gafas en cerámica, lagartijas de madera y una pared llena de frascos con pócimas preparadas de acuerdo a los saberes indígenas. Echó un vistazo descreído y, a pesar de sus dudas, debió reconocer que tenían un buen surtido. Una joven de aspecto muy poco indígena estaba en el mostrador y les dio la bienvenida.

—Buscamos a don Juan Luis —dijo Jutsiñamuy—, queremos hablar con él.

—Ay, ¿el profesor Gautama?

—Sí, ese mismo.

—No, pues imagínese que no está, ¿quién lo busca?

Jutsiñamuy sacó su distintivo de la billetera. Laiseca hizo lo mismo. Se los pusieron delante y Laiseca agregó:

—Fiscalía General de la Nación.

—Ay, doctores, qué pena —dijo la mujer—, pero es que el profesor Gautama está fuera del país.

—¿Ah, sí? —exclamó el fiscal—, ¿y para dónde se fue?

—Está en Estados Unidos hace como veinte días. No me ha dicho cuándo vuelve. Él tiene allá conferencias y charlas en centros de cultura y universidades.

El fiscal se acercó a los frascos de pócimas.

—¿Y estos los preparan ustedes?

—Los hace para nosotros el cabildo indígena de Puerto Leguízamo.

Agarró uno de cúrcuma.

—Mire, tiene hasta el Invima de ellos, con su código de barras.

—Señorita, ¿y a qué parte de Estados Unidos se fue el... profesor Gautama? —preguntó Laiseca.

—Pues no sé bien, la verdad. Él no me dice nunca para dónde va exactamente, pero es que, como le dije, él viaja mucho y va siempre a diferentes ciudades.

—O sea que tampoco sabe cuándo vuelve —terció el fiscal.

—No, no señor.

—¿Y cómo se comunican?

—Por celular y por WhatsApp.

—¿Usted podría llamarlo ahora?

La mujer hizo un gesto de nerviosismo. Se sobrepuso y sacó su celular.

—Pues claro, aunque, para ser sincera, casi nunca lo llamo. Es más bien él.

—¿Podría darme su teléfono?

La mujer carraspeó y dijo:

—¿Hay algún problema con el profesor?

—Nada grave —dijo el fiscal—, sólo queremos hablarle sobre una antigua propiedad que aparece registrada a su nombre. Un apartamento.

—Este es el número, vea, puede copiarlo.

La mujer le entregó su celular a Laiseca abierto en *Contactos*. Laiseca lo grabó en el suyo e insistió:

—¿Cuándo fue la última vez que la llamó?

—Hace una semana —dijo ella, algo titubeante.

—Una cosita más, y disculpe la pregunta —intervino ahora Jutsiñamuy—: el profesor Gautama... ¿Tiene aquí familia? ¿Está casado? ¿Hay alguien que nos pueda dar más información?

—Pues es que él no es como los demás. Es una persona muy especial, con una forma de vida diferente.

—Pero bueno, señorita —dijo Laiseca—, por muy diferente que sea tendrá a alguien, ¿no? Quisiéramos hablar con alguna persona de su entorno familiar.

Las mejillas de la joven se encendieron de rojo y dijo:

—El profesor Gautama profesa el poliamor, señores, por eso decía que es una persona diferente.

El fiscal dejó el frasquito que tenía en la mano y miró a la mujer arrugando la nariz.

—Carajo, ¿y esa vaina qué es? —exclamó.

—Algo cada vez más frecuente —dijo ella—. Consiste en amar a varias personas al mismo tiempo.

Jutsiñamuy soltó el aire contenido, como si se desinflara.

—Ah, bueno... Eso es ponerle nombre técnico a una vaina que se lleva haciendo aquí toda la vida.

—Pues no señor, porque en el poliamor hay una situación oficial de facto y una relación entre todos los miembros.

—¿Y quiénes son las parejas del profesor Gautama?, si puede saberse —preguntó Laiseca.

La mujer se recogió un mechón de pelo hacia atrás, pero un segundo después volvió a caer frente a sus ojos.

—Bueno, somos bastantes.

—¿Usted es pareja de él? —dijo el fiscal—, caramba, haber empezado por ahí.

—El profesor Gautama y yo formamos parte de una relación de poliamor —explicó ella—, somos cuatro personas en Bogotá.

—¿Y todos se aman entre sí? —insistió Laiseca.

—Por supuesto.

El fiscal volvió a mirarla, cada vez más intrigado.

—¿Y son hombres y mujeres?

—En nuestra red somos dos hombres y dos mujeres, hemos querido que haya paridad.

—Bueno, eso está muy bien —dijo Laiseca—, pero ¿los hombres aman también a los hombres, y las mujeres a las mujeres?

—Sí, claro, porque nosotros creemos que la división de género no puede ser una barrera para el amor.

—De hecho no lo es —precisó Jutsiñamuy—, nunca lo ha sido. Pero cuénteme, dentro de esa red, ¿hay algunos que se quieren más que otros? ¿O todos son iguales? Le pregunto esto por curiosidad, pero sobre todo por saber si hay alguien que sea más cercano al profesor Gautama y pueda ayudarnos.

—Yo soy la más cercana —dijo ella—, pero no tengo más información de la que ya les di.

Laiseca agarró un arco en bambú y lo miró con curiosidad. Luego una cerbatana. La coronaba un adorno de plumas azules y un sonajero.

—Señorita —le dijo el fiscal—, sólo queremos información de algo que tiene que ver con un apartamento, nada más. El profesor no tiene con nosotros ningún problema.

—¿Y qué apartamento es?

—Uno en Villa del Prado.

—Ya sé cuál —dijo ella—, donde hubo ese crimen horrible, ¿es de eso que quieren hablar con él?

Jutsiñamuy y Laiseca se concentraron.

—Sí, es de eso —dijo el fiscal—. Ese apartamento fue del profesor Gautama hasta hace dos años...

La mujer los miró en silencio, sin mover un solo músculo de la cara.

—¿Sabe usted si el profesor conocía o tenía algún tipo de relación con la persona que fue asesinada en ese apartamento?, ¿el argentino? —preguntó Laiseca.

La mujer adoptó un gesto aún más seco.

—Esta conversación se está poniendo muy delicada, señores. Antes de responder quiero una prueba de que ustedes de verdad representan la ley... Y también quiero saber exactamente por qué están aquí.

—Podemos pedirle amablemente que nos acompañe a la Fiscalía —dijo Laiseca con tono amenazante, pero ella ni se inmutó.

—No puedo cerrar el almacén —dijo.

—Si la identificación no es suficiente, ¿cómo podemos demostrarle quiénes somos? —insistió Laiseca—. ¿Prefiere que volvamos con una orden?

—No —dijo la mujer—. Pero si son de la Fiscalía se supone que saben todo de los ciudadanos, ¿no?

—Lo que tienen registrado sí —dijo Jutsiñamuy—. El resto, el componente humano, no lo podemos saber más que saliendo a la calle a hablar con la gente. Por eso estamos acá.

La mujer entrecerró los ojos y les dijo:

—Les voy a poner una prueba: díganme a qué dirección corresponde este número de teléfono: 2563381.

Laiseca sacó su celular, llamó a Darcy y le pasó el número.

—Averígüeme la dirección de este número, en bombas...

Un segundo después, con el aparato en la oreja, le dijo a la mujer:

—Calle 85 # 7A-25, apartamento 403. A nombre de doña Elvira Suárez Portocaleda. ¿Quién es?

La mujer deshizo su gesto duro y sonrió.

—Es mi tía, muy bien, ahora sí díganme entonces qué es lo que quieren saber.

—El argentino —dijo Laiseca—, ¿el profesor lo conocía?

La mujer se demoró un poco en contestar. Antes de hacerlo miró la puerta de entrada, como si temiera la llegada súbita de alguien.

—Sí, lo conocíamos.

—¿Usted también? —dijo Jutsiñamuy, sorprendido—. Cuéntenos quién era, ¿por qué cree que lo mataron?

—Bueno, Carlos era una persona buena, con una idea profundísima de la vida y los valores. Él pensaba que América Latina debía unirse en un mismo destino y buscar una sociedad más pura y mejor, que marcara su diferencia con los demás pueblos del mundo. Para él, esa identidad era necesaria y se debía impulsar y proteger. Por eso creía en el chamanismo y eso fue lo que lo acercó al profesor Gautama. En las charlas compartían puntos de vista sobre la necesidad de proteger los territorios chamánicos. Ahora, Carlos era un luchador, un soldado, mientras que el profesor Gautama es un filósofo. Sus métodos se complementaban pero no eran iguales. No sé qué cosas hacía Carlos, pero si lo mataron fue porque estaba peleando contra algo muy fuerte y poderoso. «Virus malignos», decía él. No puedo imaginar quién lo mató de ese modo tan horrendo.

—¿Puede darnos algún ejemplo de esos «virus»? —dijo Laiseca—. ¿Cuál podría haber sido el autor del asesinato?

—No puedo mencionar alguno en particular, porque esas cosas ellos las manejaban con muchísimo secreto. Se quejaba de la violencia, la corrupción, el cinismo, la vulgaridad. No sé quiénes representaban eso para él porque nunca lo oí hablar en detalle de sus luchas, y, para serles sincera, yo pensaba que eran como las nuestras, más en el terreno de las ideas, queriendo convencer a la gente con argumentos y ejemplos. Este almacén forma parte de esa idea del profesor Gautama.

—Melinger luchaba usando la fuerza, ¿es eso? —preguntó el fiscal.

—Sí —dijo ella—, él creía que para erradicar ciertas violencias era necesaria la violencia. Citaba a filósofos que decían eso: la única violencia justificada es la que se usa para traer paz.

—En su apartamento encontraron armas de buen calibre, granadas de mano, cosas así —dijo Laiseca.

—Eso nos sorprendió —dijo ella—, pero esa era su lógica. Se ve que ya estaba muy comprometido en la lucha.

—¿Gautama se fue por eso? —quiso saber el fiscal—. ¿Por seguridad?

—Sí, él pensó que los asesinos podrían rastrear a los camaradas de Carlos, y aunque el profesor no formaba parte de esa línea de combate, lo mejor era ausentarse por un tiempo.

—Lo que nos está diciendo, señorita, es sumamente importante —dijo el fiscal—. Por cierto, no nos hemos presentado. Soy Edilson Jutsiñamuy.

—Amaranta Luna, mucho gusto.

El fiscal volvió a arrugar la nariz.

—¿Es un nombre artístico?

—Me cambié el anterior, el del bautizo, porque no representaba lo que soy. La mayoría de la gente no sabe cuál es su verdadero nombre.

Jutsiñamuy y Laiseca se miraron.

—Dígale al profesor que necesitamos hablar con él, con todas las garantías. Por ahora puede ser por teléfono —dijo el fiscal—. Queremos determinar algo referido al apartamento del crimen, el de Villa del Prado y que fue propiedad de él hasta que lo vendió a la sociedad NNT Investments, con sede en Panamá. ¿Él forma parte de esa sociedad? ¿Qué otros socios tiene NNT Investments y a qué se dedica?

La mujer hizo un gesto adolescente que debía querer decir: «¿Y yo qué tengo que ver con todo eso?». Pero no lo dijo.

—No sé nada.

—Y otra cosa —siguió diciendo Jutsiñamuy—: ¿le dice algo el nombre Marlon Jairo Mantilla?

—No, ese sí que no —dijo ella—. ¿Otro muerto?

—Más o menos —dijo el fiscal, preparándose para salir de la tienda—. Más o menos.

Caminaron hasta la puerta. Laiseca le dio una de sus tarjetas a Amaranta Luna.

—Si llega a ver algo extraño o necesita ayuda, lláme-me inmediatamente. O si se acuerda de algo. A veces a bocajarro la memoria se retrae, pero luego aparecen cosas.

Salieron. Desde la calle el fiscal se dio vuelta y le dijo a Amaranta:

—¿Por qué el nombre de Lobsang Gautama Neftalí? El único que me suena es el de Gautama.

La mujer dio dos pasos hacia ellos.

—Pues debería conocer los otros, señor fiscal —dijo ella—. Lobsang es por el filósofo Lobsang Rampa, gran chamán del Ocultismo. Gautama por Sidharta Gautama y Neftalí por Neftalí Ricardo Reyes.

—Ah —dijo el fiscal—, ¿y el último es otro chamán?

—No —se adelantó Laiseca con una sonrisa de victoria—, es el nombre original del poeta Pablo Neruda.

—¿En serio? —se sorprendió el fiscal—. No tenía ni idea de que Neruda fuera un segundo nombre.

Agregó, refiriéndose a Laiseca:

—Al final vamos a ser usted y yo los únicos pendejos que andamos con el nombre de bautizo.

—Uno de nuestros servicios —dijo ella— es ayudarle a la gente a encontrarse, así que a la orden.

—Gracias —dijo el fiscal, despidiéndose de nuevo y caminando hacia la calle, donde los esperaba Yepes.

—El verdadero nombre —murmuró para sí Jutsiñamuy—, el verdadero nombre... ¿De verdad será tan necesario?

—Bueno —dijo Laiseca—, llamemos al profesor Gautama y le preguntamos.

Hicieron varios intentos, pero nadie contestó.

Al llegar a la oficina, el fiscal llamó a la cafetería y pidió un agua de hierbas. Sacó su teléfono y llamó a Julieta.

—Estimado fiscal, estaba por llamarlo —dijo ella—, cuénteme cómo les fue interrogando a la reclusa.

—Más o menos, esa mujer es bien dura —dijo Jutsiñamuy—. Les hizo frente a las preguntas con absoluta serenidad y lo negó todo. Dijo que no conocía al argentino, pero hubo algo increíble que nos puso a prueba y casi a temblar. Cuando le pusimos la grabación de la llamada dijo que esa no era su voz.

—¿En serio? —dijo Julieta.

—La grabamos diciendo las mismas palabras en diferentes tonos, para hacer la prueba, y lo más increíble, óigame esto, es que los técnicos confirmaron que efectivamente no era ella: no coincidía el timbre, ¿no le parece una vaina rarísima?

Julieta marcó un silencio.

—Es que... —dijo—. Ahí hay algo que no estamos considerando, fiscal, y es el asunto del desdoblamiento. Suena irracional pero hay que tratar de entenderlo. Ya le mandé un mensaje a la cárcel pidiéndole volver a hablar sobre ese tema con más detalle. Apenas me conteste vuelvo a hacer el trámite con la directora.

—Eso está muy bien, Julieta, por ahí tiene que haber un camino que nos lleve directo a los asesinos —dijo el fiscal—. Pero venga le cuento otra historia: con Laiseca encontramos a una persona con la que usted debería hablar.

—A ver, cuénteme.

—Es una mujer, se llama Amaranta Luna.

—¿Cómo? —exclamó ella—. ¿Es una cantante o algo así?

—Espérese le echo todo el cuento.

Jutsiñamuy empezó por las investigaciones sobre los dueños de la propiedad de Guasca y los del apartamento donde asesinaron al argentino Melinger para verificar si había coincidencia en algún punto. El fiscal le explicó cómo dieron con el antiguo dueño del apartamento, un personaje llamado Lobsang Gautama Neftalí, propietario de un almacén de productos naturistas, El Maestro Amazónico, en la 15 con 98.

—Averiguamos que este señor Gautama Neftalí —dijo el fiscal—, que por cierto resultó ser un profesor, vendió el apartamento a una sociedad llamada NNT Investments, una *offshore* con sede en Panamá, por sesenta millones de pesos, ¿se imagina? Hace apenas dos años.

—Se lo regaló, más bien —dijo Julieta—, o a lo mejor se la transfirió a algún amigo con ese procedimiento, o a sí mismo, si es que resulta ser socio de esa *offshore*. Es lo que se hace para esconder patrimonio. Y además en Panamá.

—Estamos con Laiseca detrás de eso —dijo el fiscal—, pero lo que me gustaría pedirle es otra cosa. En el almacén de El Maestro Amazónico hay una mujer que atiende y con la que estuvimos hablando hace un rato. Es la que se llama Amaranta Luna. Ella nos contó la relación de Gautama con Melinger.

—¿Les confirmó que se conocían? —exclamó Julieta—. ¡Eso es importantísimo! ¿Y no se puede hablar directamente con el señor Gautama?

—Está fuera del país, en Estados Unidos —dijo Jutsiñamuy—, y aparentemente en paradero desconocido. El crimen de Melinger lo asustó y se fue, según dijo ella. Nos dio un número de WhatsApp y ya llamamos y escribimos, pero no parece siquiera haberlo recibido. El mensaje sigue con un chulito gris.

El fiscal le contó las ideas de Melinger sobre la limpieza de sangre y el combate a los «virus maléficos» en América Latina, lo que lo había llevado directo al chamanismo y, por ese camino, al profesor Gautama, representante de los saberes ancestrales indígenas. Julieta tomó nota.

De nuevo la información coincidía con el libro del escritor Gamboa.

—Esa mujer debe saber muchísimo más —siguió diciendo el fiscal—, pero claro, a mí sólo me contó lo básico. Lo bueno sería saber de otros socios o miembros de esa secta, o como se llame, para establecer quién es el enemigo que los está atacando. Yo estoy seguro de que si usted habla con ella podría sacarle mejor información, pues además es pareja del profesor Gautama en una vaina que, según dijo, se llama «poliamor», ¿usted había oído hablar de eso?

—Claro, fiscal. Está muy de moda.

—Carajo, yo soy el último en enterarme de estas cosas —dijo Jutsiñamuy.

—Curioso ese nombre —dijo Julieta—. ¿Amaranta Luna? Debe venir de Amaranta, la de *Cien años de soledad*, y de *Eva Luna*, de Isabel Allende. Extraña mezcla de peras con tomates.

—Ah, es que esa es la otra vaina —dijo Jutsiñamuy—, ahora resulta que sólo los pendejos nos seguimos llamando con el nombre de bautismo. El último grito es cambiárselo por alguna vaina poética, ¿cómo le parece?

—Bueno, fiscal, hay gente que no se reconoce con el que tiene —dijo ella—. ¿Usted cree que si voy ella me va a hablar con más libertad del asunto?

—Pero claro, usted no tiene una placa —dijo Jutsiñamuy— y además es mujer y más o menos de la misma edad, de entorno parecido.

—¿Entorno? —se extrañó Julieta—. ¿Cómo así?

—Digamos que ninguna de las dos es de la etnia huitoto —dijo el fiscal—. Como yo.

—Ah, ya le entiendo —dijo ella—. Páseme los datos y voy a ver cómo me le presento.

Le dio la dirección del almacén, luego colgaron.

6

El cielo había dado una pequeña tregua cuando Julieta y Johana entraron a El Maestro Amazónico. Durante un rato estuvieron mirando los anaqueles, sin decir nada. Johana, las mochilas de cabuya y fique, Julieta, las ocarinas e instrumentos musicales adornados con plumas de pájaros selváticos. Julieta analizó de reojo a la mujer, que, efectivamente, tenía más o menos su edad, cerca de los cuarenta años. Vio que llevaba tatuado en el cuello un mandala y que se cuidaba con esmero las uñas. Su pelo era teñido con henna, lo que le daba un aire mayor y, al mismo tiempo, interesante. Era juvenil. Tenía un cuerpo bonito y cuidado, una piel tersa. ¿Iba al gimnasio? Podía ser. Finalmente se le acercó.

—Hola.

La mujer se levantó de su silla y vino al mostrador.

—Hola, ¿en qué puedo servirle?

En la mirada, Julieta notó que ella también la estaba analizando.

—Soy periodista y me interesa el tema de la sanación con productos naturales —dijo Julieta—. He estado investigando un poco por internet y en varias páginas veo que nombran este almacén, así que quise venir a conocerlo. ¿Usted es la dueña?

—No, soy empleada. Cuénteme cómo le puedo ayudar.

El tono de voz y la respuesta mecánica le hicieron pensar que debía hacer algo distinto para que la puerta se abriera.

—Para serle sincera —dijo— no sé mucho de esto, pero me gustaría preguntarle si la gente joven viene a su almacén y en qué grado siguen sus recomendaciones.

La mujer no desvió su mirada un segundo de los ojos de Julieta, pero sin el menor atisbo de simpatía.

—O sea, ¿lo que quiere es una entrevista? —dijo.

Hubo un silencio pétreo. Johana, que estaba del otro lado del almacén, dijo desde el fondo:

—Una marimba, qué bacanería. No me olvido del tiempo que pasé en Nuquí. ¿La venden?

La mujer salió del mostrador y fue hacia ella.

—Claro que la vendemos —le dijo—, pero es un poco costosa. Hay más pequeñas, ven te muestro. ¿Eres de Cali?

—Sí —dijo Johana—, pero estuve un tiempo por esa zona.

La mujer la miró de arriba abajo.

—¿Eres desmovilizada?

Johana reaccionó con curiosidad.

—¿Tanto se me nota? —dijo—. Yo prefiero no decirlo porque a mucha gente no le gusta y este es un país cruel.

—A mí sí me gusta —dijo la mujer—, ustedes le apostaron a la paz y eso es muy chévere. Estuve en resguardos indígenas y vi a mucha gente de la guerrilla. Para mí es algo familiar. ¿En qué frente estuviste?

—En el Manuel Cepeda...

Luego se volteó hacia Julieta.

—¿Y ustedes son amigas?

—Trabajamos juntas —dijo Julieta—. Mucho gusto, soy Julieta Lezama.

—Amaranta Luna, el gusto es mío... ¿Y tú? —le dio la mano a Johana.

—Johana Triviño. Encantada.

La mujer volvió al otro lado del mostrador. Su semblante se había suavizado.

—Este almacén representa unas ideas y una forma de vivir en el mundo —dijo Amaranta Luna— que choca con el modo que hoy predomina, y por desgracia son los jóvenes de ciudad los que más apego le tienen a esos esquemas de hiperconsumo y gasto conspicuo...

—¿Gasto...? —repitió Johana.

—El gasto que se ve —explicó la mujer—, el que se hace para mostrar que tengo plata y, sobre todo, que me sobra la plata: ropa, carros, relojes, celulares... ¿Por qué la gente no invierte en cultura? Porque no se ve.

Luego miró a Julieta.

—Usted me pregunta si los jóvenes aprecian estas ideas —dijo—, pues vea, unos pocos sí, hay un capital semilla. Nuestro anhelo es que vaya retoñando despacio y, de repente, cuando esos muchachos sean los hombres del mañana, decidan hacer un cambio o al menos apoyarlo.

—¿Y cuáles son exactamente esos principios? —preguntó Julieta.

—Lo más básico es que, en América Latina, debemos escuchar a los ancestros y respetar la Naturaleza. No estamos en contra de la modernidad. Nos oponemos a la mercantilización de los espacios naturales, de los ríos, los lagos y los mares. Nos oponemos a los que están dispuestos a envenenar el aire con tal de producir riqueza. Esa es la base de todo. La imagen de la Amazonía es muy poderosa, chamánica. Allá está la fuerza original de estas tierras. Lo que los hinduistas llaman el *dharma*, ¿conocen esas categorías?

Julieta y Johana se miraron, intrigadas.

—Es la idea natural del origen de la fuerza, ligado a una responsabilidad. A un deber. El *dharma* es eso: aquello para lo que fuimos creados. Habitar el mundo y mantenerlo. Para los hinduistas, si uno nace en la casta de los zapateros, debe hacer zapatos. Es su obligación, y en la medida en que uno se aleje de su *dharma* se aleja de su fuerza. En el hinduismo la gente que hace eso pierde escalones en su propio *karma*, que es como el camino para llegar al paraíso, al Nirvana. Nosotros no creemos en esas categorías, pero sí en la idea de que el ser humano está en el mundo por algo.

—Qué interesante —dijo Julieta—, me gusta mucho el modo en que usted lo explica.

De repente Amaranta Luna miró el reloj y dijo:

—Caray, ya son casi las siete. Tengo que cerrar, pero si tienen tiempo podemos tomar algo por ahí y seguir charlando.

—Claro que sí —dijo Johana—. Vamos.

Caminaron por la Quince hacia el sur. Aún llovía. El tráfico era denso y los chorros de agua parecían surgir desde las luces amarillentas de los carros.

—Qué frío tan berraco —dijo Amaranta Luna—, no dan ganas de estar en la calle, ¿por qué no mejor vamos a mi casa? Las invito a un té. Vivo aquí al lado.

Johana y Julieta se miraron. Estaba bien.

Era uno de esos edificios de ladrillo de los años ochenta, con balcones bajitos y enormes maceteros para plantas. Sexto piso con vista diagonal a un parque. Mientras subían Julieta trató de imaginar cómo sería la casa de alguien así. Se acordó del asunto del poliamor. ¿Viviría ahí con otras personas? Finalmente llegaron. Amaranta Luna sacó un inmenso llavero con tejido de werregue y abrió la puerta.

Como era de esperarse, olía a sahumerios y a sándalo. Las hizo pasar a la sala y al encender la luz se activó un parlante con sonido de pájaros y un torrente de agua. Música relajante.

—¿Les hago café, té o prefieren un traguito?

Julieta dijo que sí al traguito. Johana preguntó si tenía alguna gaseosa.

—Nunca tomo bebidas carbonatadas, pero hay jugo de arasá fresco. Seguro que ya lo has probado.

Le llevó un vaso. A Julieta no le preguntó qué quería, sino que trajo dos copitas y puso en el centro de la mesa una botella de aguardiente del Putumayo.

—Me lo trajo un indígena ayer, directo del Valle de Sibundoy.

Los muebles eran viejos, cubiertos con telas que parecían batiks. Los únicos cuadros eran fotografías enmarcadas de árboles y pájaros.

—¿A ustedes les molesta si me fumo un bareto? —dijo Amaranta Luna, sirviendo los aguardientes.

—No, qué tal —dijo Julieta—, está en su casa. ¿Vive sola aquí?

—Sí, es mi casa de soltera —dijo, sacando de una faltriquera de cuero un cigarrillo de marihuana ya armado. Al encenderlo el ambiente se llenó de ese olor dulzón que tanto calmaba a Julieta.

—Les decía que el ser humano está en el mundo por algo, y cada región, además, tiene sus ancestros, su mística, sus orígenes míticos. El nuestro es chamánico, ¿han visto las fotos de Chiribiquete? Es el centro del chamanismo americano. Ahí, en esos setenta y cuatro mil dibujos, está nuestro origen, y estar cerca de eso y protegerlo es una de nuestras misiones.

La mujer hizo tres largas aspiraciones y le pasó el bareto a Johana, que prefirió no fumar.

—Gracias, pero es que después tengo como una hora de TransMilenio y si me trabo me voy a enloquecer.

Julieta le pegó dos buenos tirones; guardó el humo unos segundos en el pecho antes de volver a exhalar.

—Aquí, como en África, la Naturaleza primigenia está viva. Hay zonas de la Amazonía en donde el hombre todavía no ha podido llegar, y ahí hay animales, fauna y flora, vida, agua. Es el paraíso. El hombre fue expulsado del paraíso, según el cristianismo, pero quiere volver a él de forma abrupta y agresiva, deforestarlo. Convertir la Amazonía en un centro comercial con jardín botánico. El paraíso son todos esos pequeños lugares selváticos en los que, en este momento, hay una rana croando y una serpiente a punto de atraparla y un cangrejo, desde el fondo de un pozo, mirando la escena.

Pegó otras dos caladas poderosas e hizo salir el humo por las fosas nasales.

—Yo pienso en eso y me lleno de orgullo, de sentido. Ahí está mi identidad profunda. Soy esa rana y esa serpiente.

—En lo poco que pude averiguar antes de ir a su almacén —le dijo Julieta—, vi el nombre de un profesor llamado Gautama Neftalí. ¿Es uno de los filósofos?

La mujer volvió a adoptar por un momento el gesto duro del principio, pero luego lo deshizo.

—Disculpen, es que ese tema me tiene nerviosa —dijo—. Esta mañana vinieron dos detectives o policías, no sé, tipos de la Fiscalía, a preguntarme por él. He estado inquieta todo el día. Perdón, ¿me preguntaba por el profesor Gautama?

—Sí —dijo Julieta.

—Es uno de los más grandes estudiosos del chamanismo en este país. Un poeta y un hombre profundamente latinoamericano. Su nombre completo es Lobsang Gautama Neftalí.

—¿Y cómo llegó usted a ese mundo? —preguntó Julieta.

Amaranta Luna rellenó las copas de aguardiente y se bebió la suya de un golpe.

—Soy de una familia rica y bastante cula de Bogotá —dijo—, pero apenas tuve conciencia supe que tenía que armar mi propia vida, ser independiente. Estudié Antropología y Sociología en los Andes, y más o menos en cuarto semestre fui a conocer la selva e hice mi primer viaje de ayahuasca. Ahí comencé a sentir la presencia de ese otro mundo. Lo vi como una vaina palpitante, que se manifestaba de mil maneras.

Agarró la faltriquera de cuero y sacó otro bareto. Johana aprovechó la pausa para excusarse. Debía volver a su casa. Yesid la esperaba abajo. Se despidieron. Johana quedó de llegar al estudio al día siguiente a media mañana.

—A partir de eso me dediqué a estudiar las sociedades de la selva. Los indígenas tikunas, los yagua, los arawak, los huitoto y los tupí. Estudié el modo horrible con el que fueron considerados por los historiadores de este país, con un desprecio y un racismo asquerosos, y cada vez me fui sintiendo más cerca de ellos que de mi vida de blanca de clase alta en Bogotá. Hasta que me decidí y, después de una serie de permisos y exámenes del cabildo, me fui a vivir con una comunidad tikuna cerca de Puerto Nariño. Allá estuve tres años estudiando sus costumbres desde adentro, y sobre todo entendiendo el chamanismo. Fue como volver a nacer.

Al volver a servirse aguardiente, Amaranta Luna sacó una bolsita de la cartera.

—¿Te molesta si me meto un pase? La bareta era sólo para relajarme del trabajo y el estrés del día, pero el perico es el que de verdad me despeja.

—No, dale.

Armó varias rayas sobre un platico que parecía de porcelana china y se las inhaló, una en cada fosa.

—¿Vas a meter? —le dijo a Julieta, ofreciéndole.

Julieta lo pensó y estuvo tentada, pero le dio un poco de miedo.

—No, a mí es al revés, esa vaina me pone a mil —le dijo—, me entra la paranoia y me da taquicardia.

—Bueno, fresca que acá está la bareta y tengo otras dos botellas de aguardiente.

Julieta sirvió las copas.

—Oye, perdona, empecé a tutearte sin darme cuenta —le dijo Amaranta Luna.

—Está bien —dijo Julieta.

—Si esto es una entrevista, no vayas a escribir que meto, ¿bueno? ¿Para qué periódico escribes?

—No es para Colombia —dijo Julieta—. Hago reportajes y crónicas para una revista mexicana.

—Ah, bueno, mejor. Si mi mamá llega a saber que meto le da un infarto. Es muy sobreprotectora.

—¿Y cómo es tu relación con tu familia?

—Mala, pésima. Mi papá es un tipo autoritario y patriarcal que mantiene la casa como si fuera un club campestre, hiperconsumista. Nos educó en un clasismo y un arribismo vomitivos. Para él sólo valen las relaciones sociales con gente de plata. La cultura vale güevo. La historia vale güevo. La gente vale lo que valen sus negocios, sean de lo que sea. Nadie, si es rico, es inmoral. Esa es la gente decente del país. Por supuesto es súper de derecha, uribista, enemigo del proceso de paz, le vale güevo que maten líderes sociales mientras la renta petrolera no baje, cree que los pobres deben existir para limpiarle los zapatos a él y a los suyos, para nada más, y si dependiera de él les quitaría el voto a las mujeres, a los indígenas, incluso a los pobres, excepto a los pobres de derecha, claro, y está a favor de la pena de muerte, en fin, ¿ves el retrato?

—Perfectamente.

—Mi mamá es una vieja pasiva, encubridora. Papá tiene otras mujeres. Es de esos manes que tienen bar en la oficina y se comen a la secretaria, guácala. Mi mamá sabe pero se queda callada. Es la típica mujer *vintage* de mitad de siglo. Él es el jefe y punto, el proveedor, y ella debe mantener el orden y la armonía en la casa, sobre todo porque él la desordena. La típica familia en donde el problema no es que el papá se coma a otras viejas, sino que la esposa se lo recrimine. Mamá sabe qué es lo que esta sociedad cula le exige: pacto de silencio, creerle cuando dice que volvió tarde por trabajo o que se tuvo que ir a una reunión a Medellín cuando sabe que va es para Aruba. En fin. Como soy la mayor, mi vieja tiene conmigo una doble vida. Cuando yo estaba en la universidad, a finales de los noventa, me decía que la acompañara y nos íbamos al bar del hotel Tequendama. La primera vez me pareció rarísimo y ahí me contó todo, las frustraciones, el resentimiento, las rabias que nunca podía expresar. Nos pusimos hasta las orejas de whisky y un día me confesó que metía perico para poder aguantar. Me lo mostró y me ofreció probarlo, pero también me hizo jurar que nunca me volvería periquera, como ella. Se lo juré. El perico le liberaba la lengua, que era lo que más amarrado tenía. Me volví su confidente y luego, cuando salí de la casa y me fui a hacer mi vida, mantuvimos el contacto. Siempre me ayudó con plata. Una vez me acompañó a la clínica a hacerme un aborto. Otra vez me sirvió de fiadora. Este apartamento, para serte sincera, lo paga ella, y cuando ya no puede más y está a punto de morirse del asco se viene para acá y nos tomamos unos tragos.

Al decir esto agarró otra vez la bolsita y se armó otro par de rayas. Al meterse la segunda echó con fuerza la cabeza hacia atrás y tensó el cuello.

—¿Y tienes hermanos? —quiso saber Julieta.

—Sí, tengo dos, uno que me sigue y una menor, de 35 y 32. Unos gomelos inmamables, idénticos a mi papá. Ambos casados con gente culísima. La verdad es que yo no los veo nunca. Voy un rato a los cumpleaños de mamá y a veces en Navidad, pero nada más. No tenemos cosas en común. Eso refleja el conflicto entre papá y mamá, sólo que entre nosotros sí es abiertamente agresivo. Por lo general yo me paro y me largo cuando empiezan a preguntarme en qué negocio ando o en qué trabaja mi novio o qué carro tengo. Además se volvieron cristianos evangélicos, con lo cual no sólo son de extrema derecha, sino que además tienen esa puta miradita del que se cree superior y no ve la hora de salvarte. Los detesto. Ambos padecen eso que en psicología se llama Síndrome de Superioridad Ilusoria.

Julieta se rio y, al ver que la cosa se volvía carcajada, comprendió que la marihuana ya había llegado donde debía llegar.

—¿Y cómo es tu vida sentimental, tienes pareja? —le preguntó.

—Bueno, para allá iba: cuando estaba en Puerto Nariño conocí al profesor Lobsang Gautama Neftalí. Él venía a las comunidades con una idea muy diferente de la mía. No a estudiarlos, sino a aprender de ellos. Y además a traerles cosas. Esa actitud me pareció muy bella y me acerqué mucho a él. En ese momento el profesor tenía cuarenta años y era un adulto vigoroso, hiperculto e imaginativo, que ya había elaborado toda una doctrina sobre el diálogo con los ancestros y la búsqueda de la identidad. Con eso quedé matada y a la primera oportunidad me metí a la cama con él. Yo soy de las que se enamoran por la oreja. Sin admiración, cero pasión y cero *panosha*. Y claro, para él yo era la gomela bogotana, medio mamacita. Por más de que fuera un filósofo seguía siendo un macho colombiano y no perdió la oportunidad de pasarse por las armas a la nena rica, y todo bien, pero a partir de ahí lo que se creó entre nosotros fue un lazo de camaradería intelectual y sexual que duró años. Después de mi experiencia en la Amazonía fui a hacer una especialización a Madrid y me seguí preparando. Me pasé horas en el Museo de América viendo el Tesoro de los Quimbayas, me dediqué a leer poesía, porque los poetas son los que más profundo llegaron en el tema de la identidad, y así me leí y releí cientos de veces al Neruda que le escribe a América Latina. *Alturas de Macchu Picchu* se volvió mi himno, y la fundación mítica de nuestro continente en *Cien años de soledad*, yo caminaba por Madrid, por Fuencarral y Hortaleza, por el barrio Malasaña que me encantaba, y me sentía pletórica, orgullosa de mis orígenes remotos, pero también de mi herencia española, que fue la que destruyó muchas de las cosas antiguas, pero en esa destrucción estaban actuando como lo que eran, seres humanos libres y que respondían a los retos de su tiempo. Yo no puedo cancelar esa aventura sanguinaria y desalmada, y si quiero comprender lo que pasó en esta tierra debo verla en mí, reflejada. Y eso me pasó en Madrid. Me di cuenta de que yo tenía por dentro no sólo a los ángeles, sino también a los demonios. Todos agazapados en alguna zona de mi espíritu: la brutalidad católica y la pasividad indígena. Entendí que yo era una persona múltiple porque mi cultura era una síntesis de las aventuras humanas que vinieron a este continente, incluidos los negros esclavos, que no «vinieron», sino que los trajeron a la fuerza.

Hizo una pausa y se bebió de un trago el aguardiente. Encendió un cigarrillo, esta vez un Pielroja. Volvió a llenar las copas.

—Esa época en Madrid fue muy chévere. Conocí gente increíble, latinoamericanos y españoles bizarros, personas locas, poetas. Me hice amiga de uno que después se suicidó, Miguel Ángel Velasco. Estuve con él en una finca cerca de Madrid. Hacía experimentos con ácidos y LSD, y una vez caí allá, en uno de esos grupos que él guiaba. Un tipo formidable, hiperseguro de sí mismo. Leía su poesía con una voz tan eléctrica que, después, al leerla uno en su mente, algo le faltaba. Por ahí tengo sus libros: *Las berlinas del sueño*, *Pericoloso sporgersi*, otros.

—¿Tú escribes? —preguntó Julieta.

—Poca cosa, empecé haciendo ensayos con la supervisión del profesor Gautama, pero me fui dando cuenta de que para escribir hay que tener algo que yo no tengo, y es perseverancia. Yo pienso algo y todo se me agolpa en la cabeza, pero al cabo de unos días el *momentum* pasa y llega otra idea. Es mi problema. Soy una gran lectora. Me apasionan los libros de historia, las biografías. Me gusta mucho leer sobre zen. Mi preferido es Pirsig. ¿Lo has leído?

—No —dijo Julieta—, ni idea.

—Te recomiendo *Zen y el arte del mantenimiento de la motocicleta*. El otro lado de la realidad me atrae.

Cuando fue a servir más aguardiente se dio cuenta de que la botella estaba vacía.

—Mierda —dijo—, ya nos bajamos la primera. Espera voy por otra. El tipo me trajo tres.

Fue a una repisa. Volvió desenroscando la tapa.

—Ah —dijo Julieta—, pero me estabas contando de tu relación con el profesor Gautama.

—Bueno —dijo Amaranta Luna—, cuando él venía a España yo dejaba todo y me iba con él. Fui una especie de amante y ayudante. Me encantaba estar ahí para sus cosas prácticas. Por lo general lo invitaban las universidades. Una vez la Complutense de Madrid y otra la de Sevilla, que yo recuerde. Daba conferencias brillantes y yo estaba siempre en primera fila, bebiendo sus palabras. No sólo estaba enamorada, lo idolatraba. Mi amor era una tontería al lado de la admiración. Él se reunía con gente del mundo académico, claro, y de otros mundos también. Fue ahí que conoció a un argentino llamado Carlos Melinger y eso le dio un pequeño vuelco a su vida.

Una alarma sonó en la mente de Julieta. Ya estaban llegando al punto.

—Una noche volvió al hotel y me dijo que había estado con una persona muy especial, que tenía un proyecto drástico y descabellado, pero interesante, para purificar el hábitat de América Latina y que el continente pudiera proyectarse mejor hacia el futuro. Dijo que le había pedido cooperación, pues el mundo chamánico y las culturas indígenas, a través de esa «purificación», tendrían una nueva oportunidad. Al profesor Gautama esto le gustó. Era una especie de revolución. Se vieron muchas veces en Madrid.

—Oye, una curiosidad: mientras estabas allá en Madrid, ¿nunca conociste a un escritor llamado Santiago Gamboa?

Amaranta Luna la miró con sus ojos enrojecidos por la marihuana.

—Sé quién es pero nunca lo conocí —dijo—. He leído alguno de sus libros.

De repente Amaranta se detuvo, se mordió una uña y dijo:

—Oye, ¿tú me preguntaste por el argentino Melinger?

—No, tú lo mencionaste —dijo Julieta.

—Ay, es verdad —dijo—. Los que me preguntaron por él fueron los agentes de esta mañana.

—Te pregunté por el escritor —dijo Julieta—, pues vivió en Madrid en esa época. A Gamboa sí lo conozco y me ha contado historias.

—¿En serio lo conoces? —dijo Amaranta, como si hubiera olvidado su propia alarma—. ¿Y cómo es?

—Un tipo extraño. Todavía no sé si es buena persona, un neurótico o un asesino en potencia.

Se rieron.

—Bueno, eso habla bien de él —dijo Amaranta, preparándose otra raya—, yo creo que los escritores deben ser un poco asesinos en serie, escurridizos y retorcidos como los personajes que están obligados a crear para escribir sus cosas y reflejar este mierdero de mundo en que vivimos. Me encantaría conocerlo.

—Otro día te lo presento —dijo Julieta—, pero sígueme contando del profesor Gautama y del argentino.

—Estuve embarazada de él dos veces y ambas aborté, pues la vida que yo quería, a su lado, no daba espacio para hijos. El profesor es un hombre que está a la vanguardia de la humanidad y ya no cree en las relaciones tradicionales. La segunda vez que quedé embarazada supe que tenía una relación con una estudiante de Medellín, y cuando le pregunté me dijo que sí, que tenían un sexo muy sabroso, que la quería y que la próxima vez que viniera me la iba a presentar. Lloré y me llené de rabia. Mientras yo me angustiaba por un segundo aborto, ¿él estaba comiéndose a una alumna de la universidad? Pero Lobsang me hizo entender que sentirse dueño de alguien a través del amor era un sentimiento ligado al capitalismo, y que debíamos combatirlo. Cuando vino su amiga la conocí, era una de esas paisas remamacitas. Pasamos un fin de semana en Villa de Leyva los tres e incluso tiramos. Se llama Caty. Ella me acompañó a todo lo del aborto y nos seguimos viendo. Fue un amor compartido y hemos ido sumando otras personas. Ahora somos cuatro y tenemos una casa en La Soledad.

—¿Cuatro amores del profesor Gautama?

—Bueno, también nos amamos entre nosotros, es el poliamor, ¿has oído hablar de eso?

—Sí, pero sólo como algo teórico.

—Bueno, yo vivo así.

—Pero tu casa es esta, ¿no? —preguntó Julieta.

—Sí, soy feliz con ellos pero me gusta la privacidad. Y te confieso que el profesor Gautama a veces se viene conmigo y pasamos tiempo solos. No hay problema, somos muy libres.

—¿Y hay hombres, aparte del profesor, o son todas mujeres?

—Hay un muchacho, estudiante también.

Julieta se sirvió un trago más. Se sentía muy ebria, pero Amaranta Luna le caía bien.

—¿Puedo hacerte una pregunta indiscreta? —dijo Julieta.

—Claro, pero espera...

Se metió otras dos rayas, se bebió la copita de un tirón.

—Ya, dale...

—¿Tú tienes relaciones con todos los demás o sólo con el profesor?

—Somos libres—dijo Amaranta—. A veces nos metemos todos a la cama y hacemos cosas. Pero claro, cuatro personas no pueden tener una sola relación, así que vamos rotando. Es muy rico, una sensación absoluta de libertad.

—Pero el profesor y ese muchacho que mencionas ¿se comen?

—No mucho, aunque es un poliamor bisexual. Yo también lo hago con las otras mujeres.

Julieta comprendió que Amaranta Luna, entre el perico y el aguardiente, estaba entrando en un remolino. Ahora se metía un pase con cada trago. Pensó que debía apurarse y volvió al tema.

—Y a ese argentino Melinger ¿lo vieron en Bogotá?

—Pero claro —dijo Amaranta—, por eso vinieron los detectives esta mañana. Parece que lo mataron horrible. Salió en los noticieros.

—¿Ah, sí?, no jodas —dijo Julieta—. Vi algo, pero no había captado que era el mismo.

—El profesor y Melinger hacían proyectos juntos, pero cuando el argentino apareció muerto en ese apartamento al profesor le tocó escaparse a Estados Unidos. Y allá sigue. Me comunico con él por Skype. Creemos que si vuelve lo pueden matar.

—¿Y por qué crees que alguien querría matarlo? —quiso saber Julieta.

Amaranta Luna la miró sorprendida.

—Pues, normal, estaban metiéndose contra gente muy dura, peligrosa y con mucho poder.

—¿Qué tipo de gente?

—Mira, te voy a contar un secreto —dijo Amaranta—. En esta misma casa, pero hace como diez años, Melinger y el profesor Gautama, junto con otras dos personas, decidieron que era el momento de pasar a la acción. Debían comenzar con la limpieza de este país, y esa limpieza, según les oí, iba a empezar por una capa intermedia. Lo discutieron mucho. Melinger decía que debían acabar con los halcones, los más altos, y luego seguir hacia abajo. Pero el profesor, que no era militarista aunque comprendía que algo de sangre debía correr, argumentó que no, que para debilitar a una estructura organizada lo más efectivo era golpear al medio. Me dio risa el modo en que los convenció. ¡Usó un ejemplo del fútbol!

—¿Y qué les dijo?

—Que según la estrategia, cuando un combate iba a ser largo lo mejor era anular a los mediocampistas y centrales, de modo que el rival quedara partido en dos.

Julieta sirvió otra vez las dos copitas. Amaranta agarró la bolsa, pero se había terminado. La vio manotear. Se quedó un momento en silencio.

—Ah, mierda —dijo Amaranta—, odio cuando se acaba el perico.

La vio raspar los bordes del plato para agarrar los restos y organizarlos. Con eso volvió a hacer una tremenda inhalación.

—Me caes bien —le dijo a Julieta—, ¿te importa si llamo y pido un poco más?

—Haz lo que quieras, por mí no hay problema.

Sacó el celular y marcó un número.

—Norbey, ¿me traes tres sobrecitos? ¡Pero corre que esta es una rumba grandísima!

Se sentó y agarró la copa de aguardiente. Ya no se la tomó de un tiro, sino que pareció saborearla. Julieta pensó que Amaranta estaba en un lugar lejano en el que se sentía protegida y fuerte.

—¿Sabes una cosa? —le dijo Julieta—. Tú también me caes muy bien.

Brindaron. La segunda botella entraba en su último tercio.

—La buena onda entre las personas se da por energías —dijo Amaranta Luna—. Tú estás súper cargada, te siento.

—Una curiosidad —dijo Julieta—. ¿Y quiénes eran los enemigos, según Melinger y el profesor?

—Los corruptos, los mafiosos, los asesinos —dijo Amaranta Luna—. La escoria. Los que se tienen que ir del país o de la región y a veces de la vida. Esa fue la conclusión.

—¿Y ellos empezaron a atacar a este tipo de personas?

—Sí, claro.

—¿Y tú supiste cuál fue el criterio para determinar que alguien era enemigo?

Amaranta hizo un gesto de sorpresa.

—Bueno, amiga, este platanal está hasta el tope de personas corruptas, y el primer foco es por supuesto el poder político: el Congreso, el Gobierno central, y a partir de ahí, de una forma que podríamos considerar concéntrica, el poder regional y local, y luego, a medida que vamos ampliando el radio, centenares de mandos intermedios y bajos.

—¿Y cuál era la idea? —preguntó Julieta—, ¿denunciarlos?, ¿acabar con ellos?

—La parte operativa no la conocí, para eso hacían reuniones secretas.

—¿Nunca les oíste mencionar a un paramilitar llamado Marlon Jairo?

Amaranta Luna miró el cielorraso. Luego se tocó la nariz con la punta del dedo y, lentamente, fue diciendo no con la cabeza.

—No me suena —dijo—, pero es que la parte operativa, como te dije, era algo bien secreto, y nunca usaban nombres reales. Decían cosas como «el objetivo» o «la carga». Yo ni les paraba bolas, pues sabía que igual no iban a decirme nada a no ser que necesitaran algo de mí.

—¿Y alguna vez te metieron en una misión?

—No a mí, a otra chica que trabajaba con ellos. Pero es que ella sí tenía buena formación.

En ese momento sonó el citófono y Amaranta Luna pegó un salto.

—Sí —dijo al portero—, que suba.

Julieta miró la hora. Las diez y media de la noche. Se sentía ebria y con la cabeza girando por la marihuana. Pero aún podía aguantar y la información estaba fluyendo.

Amaranta hizo seguir al *dealer*, un tipo increíblemente bien vestido y de buenos modales. Lo presentó a Julieta.

—Mucho gusto, reina —dijo—, soy Norbey.

Sacó de su bolsillo una cartera de cuero parecida a las que se usan para los utensilios de baño en los viajes. La desdobló sobre la mesa. Julieta vio un orden riguroso de bolsitas con diferentes productos.

—¿Querés perico, mami? Hoy sí te noto bien prendida, qué chimba gozar de la vida, esa es la actitud —le dijo a Amaranta Luna—. Mirá, acá lo tenés. Agarra las bolsitas que te sirvan. ¿Algo más, mi preciosa?

Luego, dirigiéndose a Julieta, dijo:

—¿Y tú no quieres probar algo bien rico? Tengo unas cosas buenísimas, reinita. La vida es para gozarla, ¿sí o no, Amaranta? Esto a palo seco no aguanta.

—No, mil gracias —dijo Julieta.

—Ella sólo mete bareta, pero de eso tú no vendes —le dijo Amaranta Luna—. ¿A cómo tienes el tusi?

—A ti te lo puedo dejar en 165.000 pesitos, por ser amiga y en precio de día entre semana y sin IVA. Es un regalo. Ya sabes que ese sí es el Rolls-Royce.

—Pucha, no tengo tanto. Déjame unas pepitas de éxtasis, ¿siguen a 25.000?

—Bueno, subieron, pero te las dejo a eso.

Amaranta Luna pagó en efectivo. Antes de irse, el jíbaro le dejó a Julieta una de sus tarjetas personales.

—Por si alguna vez cambiás de opinión, princesa, y querés un toque a la neurona, yo aseguro la mejor calidad.

Miró la tarjeta. Tenía una foto de él, sobre fondo negro, y un lema que decía:

Si eres drogadict@
yo puedo ayudarte.
Better call Norbey.
Servicio 24 horas.

Amaranta se armó inmediatamente un par de rayas y se las esnifó con tal fuerza que sobre el plato no quedó ni una partícula.

—Siempre he tenido una curiosidad —dijo Julieta—, ¿por qué cada vez se meten dos rayas?

Amaranta Luna la miró con una enigmática sonrisa. Se tocó las fosas nasales.

—Mira —le dijo—, mi nariz tiene dos putos huecos, será por eso, ¿no?

Se rieron.

—Me encantaría conocer al profesor Gautama —dijo Julieta—, después de lo que me has contado.

—Y a mí que lo conozcas —dijo Amaranta Luna—. Pero por ahora está en Estados Unidos.

—¿En qué parte? —quiso saber Julieta—, de pronto viajo la semana entrante a San Francisco.

—Él no está fijo en un sitio. Va un poco de ciudad en ciudad, moviéndose rápido. Si te soy sincera, yo misma no sé bien en qué lugares ha estado. Cuando llama ni siquiera le pregunto, por seguridad. Si llego a saber algo te cuento, ¿cuándo viajas?

—La semana entrante, pero aún no sé la fecha exacta.

—¿Y qué vas a hacer?

—Reunirme con el comité editorial de un grupo de revistas que publica mis artículos traducidos. Un encuentro anual de colaboradores.

—Ah, qué chévere eso que haces —dijo Amaranta Luna—. Pocos periodistas aquí en Colombia logran algo así. Lo raro es que no seas más famosa, yo no te conocía.

—No es raro, Amaranta —dijo Julieta—, es normal.

Julieta se levantó para ir al baño. Al entrar se miró al espejo y casi pega un grito: los ojos hinchados y rojos, la piel blanca, un aro sanguíneo alrededor de los párpados. Estaba completamente borracha. Se echó agua en la cara y trató de retocarse con delineador. Espió un poco el baño de Amaranta Luna: cremas faciales, henna, pachulí, quitaesmalte, alcohol. Un pomo de lubricante íntimo KY por la mitad. Pomada Tigre. Abrió el cajón debajo del lavamanos y vio algunos juguetes sexuales: un enorme dildo de caucho con lomo de dinosaurio, anillos corrugados, bolas chinas con paticas, un vibrador prensil con extensión para el ano, en fin. De la llave de la ducha colgaba una bonita tanga azul.

Al volver a la sala, Amaranta Luna estaba completamente dormida, con la cabeza hacia atrás, respirando con tal densidad que parecía dormir desde hacía horas.

Debía irse, pero antes quiso ver el dormitorio. Estar sola en la casa de un extraño era algo cuasi policial y no quería perdérselo. Cruzó el salón y entró. Había poca luz. Sobre la cama había una tela indonesia a modo de cubrelecho. Las paredes estaban recubiertas de imágenes. Unas de la selva y otras de la India. Reconoció al elefante Ganesh y a Sai Baba. Y una bellísima foto de un río amazónico serpenteando entre los árboles. Estaba en esas, mirando en la penumbra, cuando la luz se encendió.

Era Amaranta Luna. Se desabrochó el jean, dio sendas patadas al aire hasta que logró quitárselo. Julieta estaba ahí, pero la mujer estaba tan ebria y drogada que no la vio. Se quitó la camisa y el brasier. Tenía aún buen cuerpo, fuerte y sin estrías. Las mujeres que no han tenido hijos son así. No han padecido la guerra mundial que implica un embarazo. Cola firme y tanga hundida entre las nalgas.

Julieta no se atrevió ni a respirar. Esperó a que Amaranta Luna se diera vuelta y la viera, pero no sucedió. Sacó una camiseta larga de debajo de la almohada, se dejó caer en la cama y apagó la luz con un interruptor al lado de la lámpara. Entonces Julieta, a tientas, fue hasta la puerta, cruzó el salón y salió al corredor donde estaba el ascensor.

7

Al bajar a la portería del edificio, le pidió al celador llamar un taxi. Se sentó a esperar. Estaba muy ebria, pero no quería que se le pasara. No todavía. Miró el celular con ganas de algo que no acababa de verbalizar. ¿Qué horas eran? No muy tarde, apenas pasadas las once de la noche. La fiestichola con Amaranta había comenzado a las siete y pico. Siguió mirando su pantalla de WhatsApp, haciendo subir y bajar sus contactos. Pensó en tomarse otro trago, ¿sola? No, mejor con alguien. ¿Y con quién?

¿Con quién?

¿Con quién?

Imaginó su apartamento. Pensó en llegar y servirse una ginebra con hielo. Tomar notas de la charla con Amaranta Luna e ir sumando a ese dosier, ya grande, la información de la noche. Un trago, música, escribir. Es lo que Julieta prefiere por encima de cualquier otra cosa, aunque médicos y psicólogos lo desaconsejan. ¿Qué puede importar? Es una dicha hundirse en las propias aguas profundas, como Nemo en su Nautilus.

Sí, su casa. Su cuaderno de notas.

Definitivamente ese era su Nautilus.

¿Por encima de cualquier otra cosa? Bueno, depende.

Llegó el taxi. Agradeció al portero y salió a la calle. Al subirse vio que la pantalla de su celular se encendía.

Un mensaje de WhatsApp.

«Encontré cosas sobre el argentino asesinado. Cuando tenga ganas de charlar avíseme. S. Gamboa».

Como si el escritor hubiera leído su mente. Se imaginó la biblioteca, la música de jazz, el bar infinito. Quiso estar ahí.

Sus dedos, casi solos, escribieron: «Podría ahora mismo, estoy saliendo de una cena».

Se quedó mirando con intensidad la pantalla. El chofer del taxi preguntó ¿a dónde vamos?

—Espere un momentico, por favor —le dijo.

Vio los dos signos ponerse azules. Había leído. Luego la señal «S. Gamboa escribiendo...».

Los segundos le parecieron infinitos y, de repente, sintió que jamás en la vida había deseado algo con tanta fuerza.

Vibración. Mensaje.

«Acá la espero. ¿Hendrick's o Bombay?».

Contestó de inmediato:

«Hendrick's. Llego en 10».

Parte VI
Viaje al fin de la noche

1

—Lo bueno de ser escritor es que uno puede elegir sus horarios, algo envidiable —le dijo Julieta.

Gamboa le recibió la chaqueta y la colgó en el perchero de la entrada. La hizo seguir a la biblioteca, de donde provenía una agradable música. Julieta pensó: ¿Coltrane? ¿Chet Baker? De inmediato le alcanzó su trago.

—Hendrick's en las rocas, dos gajos de limón —dijo Gamboa—. Recién preparado.

—Está perfecto —juzgó ella—, usted tiene buen gusto.

—Sobre todo buena memoria —dijo él.

—El gusto es una extensión de la memoria —sentenció Julieta—, sin adjetivos.

La llevó hasta su computador

—Estuve revisando mis notas y encontré algunas cosas que pueden servirle —dijo él.

Julieta, vaso en mano, se sentó en uno de los taburetes de bar, al lado de la mesa.

—Este, por ejemplo —señaló un documento y lo abrió—. Acá veo que, efectivamente, Melinger estuvo en Colombia preparando un ataque. Esto respondía a la historia de una colombiana que vivía en París por esos años. Sé que en mi novela la acción parte desde Madrid, pero los hechos que yo recuerdo, los hechos reales, son todos de París. Y mire, también era una venganza, como en el libro. A Melinger le interesó por ser una historia terrorífica y por las características del victimario: violador de una menor de edad, psicópata, narcotraficante, feminicida, paramilitar. Organizó todo para venir a Colombia y ejecutar esa venganza, precisamente con las amputaciones, que eran su especialidad. Mire este párrafo:

«Que la persona muriera sin sentir dolor ni arrepentimiento, no significaba ningún castigo. Todo lo contrario. Por eso no creía en la muerte, sino en la amputación. Una forma de llevar el castigo y la expiación en el propio cuerpo, y además, algo muy importante para él, la seguridad de que no se podrá reincidir, pues las partes del cuerpo no se reproducen. No son extremidades caudales, como las de los lagartos. Sólo podemos cometer el delito una vez antes del castigo, pues una vez cortado, ¿qué más se nos puede amputar? ¿La lengua? ¿Las orejas? Es poco. Es acercarse despacio a la guillotina, sólo que al revés: porque la cabeza es la última extremidad de la cual disponemos».

Julieta afirmó con la cabeza, luego volvió al computador.

—En su novela es una joven poeta —dijo ella—, ¿cree que eso es real?

—No, de eso sí me acuerdo. Es una colombiana que vive allá y trabaja en una cadena hotelera. La convertí en poeta para escribir algo que para mí es importante. El origen de la vocación y el modo en que la literatura, y sobre todo la poesía, pueden salvar una vida.

—Eso pasa en las novelas —dijo Julieta—, ¿en la realidad también?

—Pasa en las novelas porque pasa en la realidad —dijo Gamboa.

—¿Hay más cosas ahí? —dijo ella, señalando el computador.

—Sí, mire. Otro texto sobre los enemigos de lo que él consideraba la República de la Pureza:

«Odiaba a todas las personas que estuvieran relacionadas, en cualquier punto, con la cadena del tráfico de drogas. Desde los cultivadores hasta los raspachines, desde los recolectores hasta quienes la compraban al peso y luego la distribuían y se la llevaban a lomo de mula hasta las costas del Pacífico, para embarcarla, vía México, hacia EE. UU. Odiaba también a los que los protegían por plata. Fueran estos políticos, gobernadores, alcaldes, militares, funcionarios del Gobierno, empleados públicos, empresarios, curas, banqueros, agricultores, ganaderos, personas de la farándula. Todos los que estaban obteniendo algún beneficio de ese negocio, eran objetivos militares para él y su organización».

—El siguiente punto habla precisamente de eso —dijo Gamboa—, de «su organización», que en realidad no era suya. Más bien él hacía parte de algo más grande. Consistía en una serie de contactos que había ido haciendo con el tiempo, personas que pensaban como él y estaban de acuerdo en usar métodos violentos con tal de limpiar y purificar la región. Una especie de secta de misioneros de ultraderecha que querían instituir algo a lo que llamaban «el bien». Escuche esto, tengo unos apuntes más viejos, tomados, seguramente, después de haberlo oído hablar sobre el tema.

«Hay contactos en varios países. México, Ecuador, Colombia, Panamá, Argentina. Personas de todo tipo: empresarios, gente de familias tradicionales, gente rica; los que quieren volver a vivir en un Estado sano y creen que América Latina no sólo lo merece, sino que lo debe buscar a como dé lugar. Latinoamérica debe proteger su suelo y su mayor patrimonio, que es su gente. Por eso serán expulsados los que, con su comportamiento, sean contaminantes. Esto debe verse en términos de pandemia moral. Los contaminantes serán "retirados", y ese retiro puede ser de varias formas: si es un político o un empresario o un funcionario corrupto, será denunciado para que su prestigio ruede por el suelo y vaya a pagar a la cárcel, ojalá acompañado de una soberbia multa que lo paralice en términos económicos, que lo despoje del patrimonio producto del robo y la abyección. Porque ese patrimonio no sólo no es de él, sino que mientras esté en sus manos le permitirá defenderse infectando a terceros y pagando a esos abogados (agentes sépticos del virus) que se especializan en la defensa de mafiosos. Su patrimonio es un foco patógeno que se debe suprimir. Una vez que ese político sea despojado y puesto en la cárcel, se le da una gracia. La caída salva el honor».

Gamboa avanzó la página y siguió leyendo un apartado en el que se refería a cada país en particular. Fue al referido a Colombia:

«Es el país con más focos de infección abiertos de forma simultánea. Un cuerpo cuyas células están casi completamente invadidas por el virus (a veces lo llama *Yersinia colombianis*, relacionándolo con la peste negra). Tiene narcotraficantes, guerrilla, paramilitarismo, mafias de esmeralderos, mafias de minería ilegal, contrabandistas, funcionarios corruptos que roban al Estado y una clase política transformada en bacilo conector y propagador de la enfermedad. Cada uno de estos brotes tiene sus círculos concéntricos: congresistas corrompidos por la mafia, por la guerrilla, por los paramilitares y demás agentes, y también miembros del Ejecutivo, en una onda que, por momentos, engloba a todas las capas sociales, lo que quiere decir que sólo los ciudadanos de a pie son inocentes, sólo las personas comunes y corrientes, que pagan religiosamente sus impuestos y se levantan temprano a trabajar, están sanos. Y son las víctimas. Los cuerpos que mueren infestados por la enfermedad son los suyos. A ellos vienen a sumarse las poblaciones nativas, los indígenas, que son los verdaderos guardianes de un sistema de valores diferente que debemos recuperar, pues el origen de todos los males proviene de un esquema de convivencia basado en la obsesión por la riqueza. En el mundo indígena y en la pureza de sus tradiciones puede estar el secreto de la vacuna antiviral».

«Se propone iniciar la ola de desinfección en Colombia, donde los focos pestilenciales son mayores. Desde su punto de vista, el magma viral colombiano ya se expandió a México, con un brote local muy avanzado, pero también hacia los países vecinos: Ecuador, Perú, Venezuela, y no digamos Panamá, con un sistema bancario que por momentos parece aliado de la enfermedad en la medida en que encubre, disimula y protege los dineros de todos estos vectores de corrupción, que al tener su tesoro a salvo son aún más peligrosos».

Al escuchar esto, Julieta le contó de Amaranta Luna, del profesor Lobsang Gautama Neftalí y el almacén El Maestro Amazónico. Le explicó que el profesor Gautama formaba parte de la red de apoyo de Melinger y probablemente era uno de sus proveedores filosóficos en temas de chamanismo y cultura indígena. Aún no se sabía en qué medida estaba involucrado con las tesis generales de ese grupo.

—Antes de venir aquí estuve con Amaranta —dijo Julieta—, que, por cierto, casi me mata con un par de botellas de aguardiente y varios cachos de bareta.

—Ah, carajo —dijo el escritor—, si se siente mal le puedo preparar un Alka-Seltzer.

—No se preocupe, le pedí al taxi que parara en un puesto y me tomé un Red Bull, que por ahora me mantiene a flote.

—Acá no hay drogas —le dijo el escritor—, pero si quiere puedo tratar de conseguir algo.

—No, gracias —dijo Julieta—, ya Amaranta se metió como diez metros de perico delante mío y me ofreció, pero no me gusta. Así estoy bien.

Le siguió contando del profesor Gautama, de su relación con Amaranta Luna e incluso del poliamor. De pronto recordó que tenía en la mochila el libro que había robado de la casa de Melinger, la copia dedicada de *El síndrome de Ulises*. Lo sacó y se lo entregó.

—¿Tenía esto Melinger? —dijo el escritor, sorprendido—. Para serle sincero no recuerdo esta dedicatoria. La novela se publicó en el 2005, mucho después de que yo lo conociera en París. ¿Quién será este Elkin? En París había un Elkin. Elkin Grimaldo, exguerrillero del ELN, escritor, muy buen tipo. Me ayudó muchísimo en mis años difíciles. Luego supe que era primo hermano de Mario Mendoza.

—Podría ser ese Elkin —dijo Julieta—. Podría haber sido también amigo de Melinger.

Gamboa leyó en voz alta la dedicatoria: «A Elkin, que conoció estas historias. SG».

—Podría ser, sí, qué casualidad —dijo.

—Esto demuestra que Melinger sí se acordaba de usted —dijo Julieta—, que seguía sus libros.

—Sí, es bastante probable.

Antes de servir una nueva ronda, Gamboa fue un momento a la cocina a traer limones frescos.

Al volver encontró a Julieta dormida en el sofá.

Un hilo de saliva le colgaba del labio.

Reunió varios cojines y, con suavidad, le quitó los zapatos, le desabrochó el cinturón del jean para que no le apretara y la tendió a lo largo. La tapó con una ruana y apagó las luces. Luego sirvió un vaso con agua, sacó un sobre de aspirina efervescente y lo dejó al lado de ella, sobre la mesita. Hecho esto se sentó en el sillón, con una luz directa, y siguió leyendo un enorme libro: *El conde de Montecristo*, de Alejandro Dumas.

Abrió el ojo a eso de las nueve de la mañana y, al principio, no reconoció el lugar. ¿Dónde diablos estaba? Odiaba esa maldita sensación casi tanto como el sabor pegachento en la boca o el taladro del guayabo en la nuca; como si una placa de cemento fría le golpeara el cerebelo y el nervio parasimpático.

Miró y miró. Su conciencia venía remando desde muy atrás. ¿Qué eran esos ceniceros de hoteles, esas máscaras africanas, esas cabezas de Buda que acababan en forma de aguja? ¿Y todos esos libros? Fue la clave para recordar. Se había quedado dormida en la casa del escritor. De inmediato hizo una exploración mental y corporal para saber si había pasado algo, pero no sintió nada comprometedor.

En ese momento lo vio entrar al salón con una enorme bandeja.

—Buenos días, Julieta —dijo el escritor—. ¿Un café? ¿Jugo de naranja? Recién exprimido.

—Qué pena, me quedé profunda —dijo Julieta—, es que estaba muy ebria, no debí buscarlo anoche.

—No se preocupe, Julieta. A esta casa le vienen bien las visitas.

Puso la bandeja al lado de ella.

—Si quiere pasar al baño y refrescarse, venga —la llevó al vestíbulo—. Suba la escalera y luego la primera puerta a la derecha. Es el cuarto de huéspedes. En la repisa del baño hay otros analgésicos.

Julieta agradeció, era justo lo que necesitaba. Hacer pipí y echarse agua en la cara. Con el vaso y la aspirina en la mano subió las escaleras. El cuarto de invitados parecía una habitación de hotel: cama doble, salón pequeño, televisor. La única diferencia es que tenía estanterías repletas de libros. El baño era muy sabroso. Con tina. Le daba pena meterse, pero qué ganas... Abrió la repisa y casi pega un grito de felicidad: ¡Había ibuprofeno, Bonfiest, Advil, Alka-Seltzer verde! Disolvió la aspirina mezclada con Alka-Seltzer y reforzó con un ibuprofeno. Se lo bogó de un trago. Al quitarse la ropa notó que tenía desabrochado el cinturón. Abrió las llaves de la ducha. Qué delicia el agua, carajo. El agua de Bogotá y su magia. El guayabo estaba ahí, vivo, pero no se sentía culpable. Qué tipo tan querido. ¿A todas las que vienen las tratará así? Debe tener un montón de nenas, seguro. No es famosísimo pero le va bien y eso en lectoras debe notarse. Se echó champú (tenía justo el que ella usaba, un Head & Shoulders de almendra), se enjabonó axilas, cola y entrepierna. Se lavó detrás de las orejas y ya, apagó el agua y salió. Qué delicia de toalla, parecía angora. Se secó y empezó a sentir la oleada de bienestar de su coctel analgésico.

Se vistió a mil y bajó corriendo.

—Qué casa tan bonita, ¿hace mucho vive aquí?

—Desde que volví de Europa —dijo Gamboa—. Hará unos cinco años, un poco más.

El café le supo a gloria, los croissants sabían a croissant. La casa, que las otras veces le había parecido apagada y tenebrosa, una especie de casa Usher, ahora, con la luz de la mañana, le pareció un lugar acogedor.

Estaba de buen genio.

Se sintió muy contenta.

—Espero no haber hecho ninguna pendejada anoche —dijo Julieta.

—No, todo en orden —dijo él—. Se comportó muy bien.

—Vi que al acostarme me desabrochó el cinturón —dijo ella, mirándolo a los ojos.

—Sí, para que no le apretara. Da pesadillas.

—¿Y no le dieron ganas de quitarme toda la ropa?

Lo miró con intensidad, hubo un silencio.

—Pues sí, pero estaba muy borracha —dijo el escritor.

—Ahora ya no estoy borracha. Puede besarme si quiere.

Se miraron un momento, desconcertados.

Julieta saltó sobre él con una furia de siglos, como se lanzaría un sediento animal a beber de un pozo largamente esperado. Mientras le mordía los labios y la lengua se quitó la camisa, el brasier; lo desnudó y comenzó a morderle las tetillas, el pecho y el cuello. Él, a su vez, encontró el modo de hundir la mano entre sus nalgas hasta tocar los labios, húmedos e inflamados.

—¿Me va a comer? —le dijo al oído, muy excitada—, ¿le gustaría comerme?

No hay nada más sexual que la aparente indiferencia hacia el sexo.

—Sí, es lo que quiero ahora...

Resbaló hacia su cintura, hasta el pantalón de la piyama (el escritor había dormido en piyama). Luego la cabeza de ella empezó a subir y bajar, rítmicamente. Con una mano se sostuvo el pelo y con la otra le acarició los testículos. Julieta sabía muy bien lo que hacía. Luego se separó, se bajó los pantalones, levantó las rodillas y lo atrajo. Hundió su cara y la chupó intensamente. Julieta se estremeció al sentirlo. «Qué rico, hijueputa, qué delicia». Quería esto hacía tiempo. Quería sentir exactamente eso que estaba sintiendo, así que agarró la cabeza, el pelo del escritor y lo empujó con fuerza hacia ella.

—Cómasela toda, toda...

Cuando estaba a punto de venirse lo alejó y se acostó en la alfombra. Abrió las piernas.

—Métamelo.

Tiraron delicioso hasta el mediodía. Luego subieron al baño de él, en el segundo piso. Tenía un pequeño sauna y un jacuzzi. Todavía se acariciaron un poco más entre el agua turbulenta y caliente.

—Muy aburguesado, señor escritor —le dijo ella, sentada en su cintura.

—Compré esta casa con la plata de un premio —dijo—. Es mejor vivir bien, aunque haya que sentirse culpable.

—Bueno, tampoco exagere —dijo Julieta—. ¿Y vienen muchas lectoras a este jacuzzi?

—No.

—Mentiroso.

Al vestirse y bajar a la biblioteca, Julieta no sintió ninguna gana de volver a su casa, pero le pareció invasivo quedarse, así que le pidió llamar un taxi.

Mientras lo esperaban volvieron a revisar el material de los archivos. Gamboa prometió enviarle copia por correo electrónico de las páginas que habían leído la víspera.

Se despidieron en la terraza.

Julieta, algo confundida, lo besó en la boca.

—Usted es un bonito —le dijo.

—Gracias por venir —dijo el escritor.

Justo en el momento en que subió al taxi cayó la primera gota. Ya empezaba otra vez a llover en Bogotá.

2

El fiscal, en su oficina, revisó por milésima vez el informe de Laiseca y Cancino sobre la Sociedad El Portón, dándole vueltas al asunto del cortado Marlon Jairo: ¿cómo podía saber quién fue la persona que alquiló el bungalow de Guasca para convertirlo en quirófano? Esto era clave para disipar la duda central: saber si el argentino descuartizado fue (o pudo ser) el que hizo la amputación a Marlon con su identidad de cirujano macabro.

Sólo así podría comprender qué le pasó realmente a Marlon Jairo y establecer el vínculo entre los dos casos.

Releyó el informe de Laiseca y Cancino e intentó verlo con ojos diferentes. A veces la comprensión era un problema de luz: un simple cambio de posición, otro ángulo sobre un documento revelaba factores nuevos, componentes ocultos. Él, que no creía en casi nada, tenía esa extraña superstición, de ahí que le gustara hacer cosas que, vistas por sus superiores, habrían supuesto un control psiquiátrico.

Pero antes, y para estar fresco, hizo su calistenia cotidiana: piernas arriba, pies contra el muro, siete minutos. Vio correr su reloj de arena hasta que sintió la mente renovada, lista para un nuevo combate. Se fue con el informe a la ventana, apagó los bombillos de la oficina, se ajustó las gafas y lo volvió a leer a la luz pálida de la tarde. Cuando iba por la mitad algo se encendió en su cabeza. Una pregunta. ¿Quién le propuso a la *organización* alquilar precisamente ese bungalow y no otro? Fue una idea sencilla, que cayó sobre él como una hoja seca.

Alguien debió aconsejárselo al amputador. Alguien debió decirle «conozco un sitio ideal», «conozco el lugar perfecto». Había que buscar a ese «alguien» entre los que fueron antes, entre los huéspedes de los meses anteriores. Debía ser un huésped, tal vez algún asiduo.

La luz. La luz.

Más luz.

—¿Laiseca? —dijo el fiscal al teléfono—, pídale a sus amigos de Guasca el listado de personas que alquilaron sus bungalows en los dos años anteriores. Y venga con él, lo espero en mi oficina.

Miró el reloj. Eran las 5:37 p.m.

Se sentó a esperar, convencido de que por ahí se abría un probable camino. Investigar era eso: abrir trocha, construir un sendero. A veces en el aire y sostenido por el olfato.

Laiseca llegó a las 6:23 p.m.

—Acá los tengo —le dijo al fiscal, blandiendo en su mano el iPad—, suerte que el encargado estaba todavía en la oficina.

—En esos despachos modernos la gente llega tarde y sale tarde —sentenció Jutsiñamuy—. Buen trabajo, agente.

Miraron el elenco. Había 3.068 clientes registrados en los veinticuatro meses anteriores a diciembre del 2014.

—Carajo —dijo el fiscal—, ¿tanta gente para eso?

—Sí —confirmó Laiseca—. Le propongo que busquemos primero los que fueron varias veces. Los asiduos. Mejor dicho, déjeme yo le trabajo un poco usando diferentes criterios y cuando lo tenga organizado lo miramos juntos.

Laiseca regresó a su oficina.

El fiscal se quedó mirando el Excel con la lista. Se sirvió una taza de té con agua de la greca. Empezó a pasar nombres: Campuzano, Seth, Aristizábal, Tacuarebó S.A., Franzen, Knapp, Coste, Theroux, Arrington... ¿Qué esperaba encontrar?, pensó. No lo sabía. Echandía, Villamizar, Díaz, Quintana, Segura, Ferreira, Sánchez... Entre ese remolino de nombres, algunos extranjeros y otros locales, debía estar la o las personas que decidieron escoger Guasca como lugar ideal para el atentado. ¿Cómo encontrarlo? Laiseca y Cancino contaban con colaboradores que podían establecer, por teoría de conjuntos y algoritmos, algunos candidatos. Ya se vería.

Mientras tanto él quería ver si algún nombre le decía algo, por intuición.

Lemus, Donlevy, Gómez, Sanalejo S. C., Conte, Castaño, Dávila, Vengoechea, Fajardo, Vargas, Jacobs, Cristo, Chiellini...

Nombres y más nombres. Pero ninguno se iluminaba ante sus ojos ni daba un paso al frente. Se animó diciéndose en voz alta: «Vamos, tigrillo, busca, olfatea, vamos». Pero no. Nombres opacos. Letras sordas. Ninguna emitía una señal de calor, como las siluetas humanas en las cámaras de vigilancia térmica. De pronto vio algo que le llamó la atención: Londoño. Dos veces seguidas. Lo escribió en su libreta. Londoño.

—Ah, mucho pendejo —rezongó, tachando el nombre.

Comprendió que le sonaba por el líder de las FARC, Rodrigo Londoño. Pensó que en ese apellido se contenía el nombre inglés de la ciudad de Londres.

«A ver, ciudades», se dijo mirando la lista.

Vio aparecer Medina, luego vio Marsal y pensó en Marsella. Vio el apellido Santamaría y pensó en Santa María del Darién. Vio Escobar y pensó en Escocia y un bar. «Serán los bares de Escocia que no conozco», dijo en voz alta.

Jugó un rato con las palabras, ¿qué hora era? Casi las ocho. Empezaba a sentir hambre. Castellanos, fácil: Castilla y los Llanos. Neira le evocó Pereira. Se debatía entre un sánduche de vegetales con jamón, de la cafetería, o pedir un Rappi a su oficina. Podría también decirles a Laiseca y a Cancino que bajaran a comer por ahí cerca. Era saludable tener un rato de dispersión entre colegas.

—¿Laiseca?

—Dígame, jefe.

—¿Cómo va la vaina?

—Bien, acá estoy con un grupito dándole. Hay de todo.

—¿Cancino está con usted?

—Sí, claro, ¿quiere que se lo pase?

—No, está bien. Tómense un descanso y vámonos a comer. Dígale a Cancino. Aquí al Crepes & Waffles. Los espero abajo.

Allá se encontraron.

Jutsiñamuy pidió una ensalada griega, los dos agentes crepes de ternera y un par de cervezas.

—Bueno, ya estamos fuera de horario de oficina —dijo el fiscal—, les autorizo a tomarse la pola.

Laiseca sacó el bolígrafo y le hizo al fiscal una serie de círculos sobre el individual, explicándole el modo en que estaban agrupando los nombres: extranjeros, sociedades, nombres repetidos, sexo; también por la duración de la estadía, pues algunos pasaron el fin de semana mientras que otros fueron más tiempo o alquilaron para vacaciones o fiestas especiales. Tenían la categoría de familias, personas solas o parejas, incluso grupos de amigos. Todo eso está reflejado en el Excel, que informa para cuántas personas es cada reserva. Y algo muy importante, como en cualquier hotel: la profesión del que ingresa.

—¿Y cuántos cirujanos ha visto? —preguntó el fiscal.

—Pues hay algunos médicos —dijo Cancino—. Pero habría que ver la especialidad de cada uno, ¿verdad?

—Ese puede ser un buen criterio —opinó el fiscal.

—Por supuesto, pero hay muchos otros —precisó Laiseca—, cuando acabemos de organizarlos empieza el baile.

—Son muchos —se lamentó Jutsiñamuy.

—Sí, jefe, pero entre más tengamos, más posibilidades hay de establecer relaciones. Usted sabe que estas cosas toman tiempo.

—Se me acaba de ocurrir otro parámetro —dijo el fiscal—: clientes asiduos que después de diciembre de 2014 ya no volvieron nunca más.

—Ese también está bueno —dijo Laiseca, y mirando a su compañero Cancino dijo—: anote, los que no volvieron. Hay que pedirle a los gomelos la lista de los años siguientes.

Llegaron los platos. En el hilo musical sonó una versión sin letra de la canción *Óleo de mujer con sombrero*, de Silvio Rodríguez. Cancino siguió los compases con el dedo, como buscando reconocerla. Un segundo después hizo una mueca de desagrado.

—¿Y esa cara? —preguntó el fiscal—. ¿No le gusta la trova cubana?

—Las letras son un poco enredadas —dijo Cancino—, son poéticas, llenas de comparaciones. Prefiero la música romántica. Los boleros.

—A usted no le gusta la trova por motivos políticos —puntualizó Laiseca—. Confiéselo, Cancino.

—Qué va, jefe, al revés —se defendió el agente mirando al fiscal—. Si yo en música he sido siempre marxista, línea Yaco Monti.

Comieron hablando de los consabidos temas criollos: el fútbol y la política. Más el fútbol. Hacía poco había terminado el campeonato.

—Les dimos la ventaja de estar cinco años en la B y no aprovecharon para ganar más copas —ironizó Cancino, hincha del América de Cali.

Laiseca era de Millonarios.

—De todos modos les llevamos una: catorce contra quince. A ver si se avispan este semestre, chinos. Los vi.

—La Mechita es un tote —dijo Cancino—, este año nos vamos a llevar los dos trofeos y vea, van a quedar regados los paisas del Nacional que se creen la vaca lechera.

—Bueno, agente —dijo el fiscal—, no hable así de los paisas. Vea que su compañero Laiseca es de origen antioqueño.

—Este es paisa pero asintomático —dijo Cancino—. No tiene problema.

Se rieron.

—Ver fútbol colombiano es una perdedera de tiempo —sentenció el fiscal—, aunque a veces, por aburrición, se justifica. ¿Pero ser hincha? Eso sí ya es la tapa. Si uno es hincha de esta vaina que juegan acá es que no sabe lo que es el fútbol.

Laiseca protestó.

—No, jefe, tampoco —dijo, agarrando un bocado con el tenedor—. Acá no hay billete y por eso el fútbol es baratongo, de calidad popular. Pero no crea, yo también soy del Barça en España, del Liverpool en Inglaterra y de la Juventus en Italia.

—Y yo del Real Madrid en España y del Chelsea en Inglaterra —precisó Cancino.

—No, pues, tan cosmopolitas —se rio el fiscal—, ¿y en la China de qué equipo son?

—Es la globalización —se justificó Laiseca.

—Pues los veo muy globalizados.

El fiscal ensartó el último pedazo de queso feta de su ensalada. Lo estaba dejando para el final, como premio, con un pedazo de cocombro y una aceituna. Al metérselo a la boca cerró los ojos. El sabor exquisito lo llenó de paz y los agentes, al verlo en ese estado, dejaron por un momento la discusión.

De pronto Jutsiñamuy abrió intempestivamente los ojos y le dijo a Laiseca:

—¿Tiene ahí su iPad con la lista de nombres?

—No, jefe. Lo dejé en la oficina.

—Vámonos ya. Yo pago.

Se levantó y, a la carrera, entregó su tarjeta. Canceló la cuenta y corrió hasta la entrada del edificio público. Luego se precipitó al ascensor. Los agentes corrieron detrás. Cuando estaban subiendo, Laiseca se atrevió a hablarle.

—¿Qué pasó, jefe?

—Un nombre, quiero revisar un nombre.

—¿Uno de los 3.068?

—Sí.

—¿Cuál?

—En la oficina se lo digo, no me desconcentre.

Llegaron a su piso, el fiscal corrió y se abalanzó sobre el listado de Excel. Fue revisando uno por uno, tratando de seguir la lógica que, hace un rato, lo había llevado a ciertos nombres.

De repente llegó a un grupo de apellidos: Lemus, Donlevy, Gómez, Sanalejo S. C., Conte, Castaño, Dávila, Vengoechea, Fajardo, Vargas, Jacobs, Cristo, Chiellini...

—¡Este! Lo señaló con el dedo...

Gómez.

Laiseca se quedó en silencio, algo asombrado ante la emoción del fiscal.

—¿Gómez? —dijo Cancino.

—Sí, Gómez... ¿Cuál es el nombre completo?

—A ver.

Cancino agarró el iPad y miró en las demás casillas.

—Se llama Juan Luis Gómez.

—¡Ese es!

Al decir esto el fiscal se agarró la barbilla con las manos, dio un respiro y llevó los ojos hacia el techo. Los dos agentes se miraron en silencio, esperando una explicación.

—¿Ese? —murmuró el agente Laiseca.

—Sí, Juan Luis Gómez —dijo Jutsiñamuy.

Tomó aire y, antes de hablar, los miró entrecerrando los ojos.

—Ahora se llama Lobsang Gautama Neftalí.

La revelación los dejó secos. Eran casi las diez de la noche. Ya no se oían ruidos en los aledaños del edificio.

—No me acordaba, jefe —dijo Laiseca—, usted sí tiene una memoria ni la berraca.

—Es el borrador en carboncillo de un nexo entre los dos casos —dijo el fiscal—, ahora hay que reteñirlo. El profesor que vendió el apartamento donde fue asesinado el argentino Melinger a la empresa NNT Investments por sesenta millones, y que además fue su amigo y socio, estuvo en las cabañas de Guasca donde fue amputado Marlon Jairo Mantilla. Ahí les dejo dicho, mis chinos. Es todo suyo. Averigüen cuántas veces fue allá y cuándo por última vez. Y si volvió.

Jutsiñamuy caminó hasta la ventana y movió su dedo índice hacia adelante, como si estuviera recriminando a alguien.

—Ah, y vaya preparando el pasaporte, Laiseca. Ahora sí nos tocó irnos para Panamá.

—Pero claro, ¿y eso cuándo? —preguntó el agente.

—Apenas autoricen investigar a la sociedad *offshore* —dijo el fiscal—, a ver quién carajo está detrás.

—Usted es el jefe. Cuando mande.

3

Julieta regresó al Buen Pastor el martes siguiente. Tres días después de haberle enviado el mensaje con Johana, la señora de la tienda de la calle 80 llamó a decir que había llegado la respuesta. La reclusa contestó diciendo: «Creo que usted tiene razón, venga y charlamos».

Hizo las gestiones y volvió.

Esthéphany Lorena Martínez la esperaba en un salón de visitas especial, vestida con su uniforme de trabajadora de la biblioteca. Se saludaron.

La mujer hizo una leve sonrisa y dijo:

—¿Me va a grabar?

—Eso depende de usted —dijo Julieta—, ¿quiere que la grabe?

—Sí, por favor —dijo moviendo la cabeza de arriba abajo—, quiero que quede constancia.

Julieta sacó su grabadora de mano y la puso sobre la mesa, a una distancia cercana.

—Cuénteme —dijo Julieta—, ¿cuándo empezó usted a oír esas voces?

—Pues mire, todo comenzó en la adolescencia. A medida que me fueron creciendo los senos y el cuerpo se me volvió de mujer, empecé a notar la mirada de los hombres. Ya no era la misma. Mi mamá nunca me habló de esos cambios, eso en mi casa era un tema prohibido. Tampoco mi hermana mayor, que estaba enferma de la glándula tiroides y tenía el crecimiento retardado. A mí todo me crecía como un volcán. Fue ahí que comencé a oír la voz de una mujer, un poco mayor, que me daba consejos: tápate aquí, muestra allá, si quieres gustar levanta un poco esa falda, baja el escote, y una vez que un muchacho me propuso acompañarme hasta la casa, la voz me dijo, pilas, ese man lo que quiere es culearte a la brava, no salgas del pueblo con él, que no te agarre donde no haya nadie, y así hice, y de pronto el tipo se desinteresó y comenzó a perseguir a otra, una tal Jenny, hasta que un día supimos que la habían violado y golpeado, la dejaron moribunda al lado de una quebrada y por supuesto fue ese tipo, así que le agradecí a la voz que me alertó; y seguí recibiendo esa clase de consejos durante el colegio, la

Concentración Escolar José María Samper, de Guaduas. Gracias a eso fui una de las pocas que no quedó embarazada antes de graduarse de bachillerato, casi un segundo diploma; después entré a la universidad en Bogotá, pasé en la Distrital y ahí la voz desapareció, o al menos no tengo recuerdos, porque mis relaciones con esa voz de mujer han ido cambiando a lo largo de la vida: a veces era muy cercana y yo podía saberlo todo, y otras veces era un completo misterio. El caso es que empecé a estudiar Psicología e hice seis semestres, becada, y estando allá conocí a Jesús Alirio, un costeño simpático, primo de una compañera. Él trabajaba de conductor para una empresa, tenía una camioneta muy buena. Nos enamoramos. Ese hombre me robó la voluntad. Me recogía al final de las clases para llevarme a comer o a cine, y a veces pasaba temprano por mí y me llevaba a la universidad. Me pareció un caballero. Al poco tiempo nos casamos en Corozal, Sucre, la tierra de la familia de Jesús Alirio. Ahí conocí a su familia. El matrimonio fue muy lindo, una parranda que duró tres días. Esas cosas que hacen en la Costa, tan exageradas para los que no somos de allá. Pasamos la luna de miel en el hotel Perla de la Sabana, el mejor de Corozal. Pero ahí, ya en el matrimonio, me empecé a dar cuenta de algo que no me gustó y es que Jesús Alirio, que tenía un montón de hermanos y medio hermanos, era íntimo de Néstor Alí, el siguiente a él, al que le llevaba apenas un año y tres meses. Eran tan unidos que en la borrachera del matrimonio Jesús Alirio empezó a contarle detalles de nuestras relaciones. Estaban tan borrachos que ni se dieron cuenta de que yo los oía por un corredor trasero, al lado de una ventana por la que hablaban, casi a gritos, ahogados en whisky de contrabando hasta las orejas. «A ella le encanta que la ponga en cuatro y ahí le doy mondá ventiá, pero no he logrado todavía hacerle el jopo, no joda, no se deja». Cuando oí eso pensé que hablaba de otra mujer, de una amante. Caí del zarzo cuando entendí que hablaba de mí. ¡Nos acabábamos de casar! Y el hermano lo interrumpía para decirle, «no, yo a Marcelita sí ya le tengo bien calibrado ese jopito rosado, y ya le gusta». Hablaba de Ana Marcela, su novia con la que después se iba a casar, pero claro, ella era de allá y estaba acostumbrada a que los hombres fueran así, una inmundicia. Lo peor fue que a los seis meses a Jesús Alirio le ofrecieron la gerencia de un hotel en Honda, El Arroyo, y él decidió que nos debíamos ir a vivir allá. Tuve que dejar la universidad. Al principio me metí a un programa para seguir los estudios a distancia, pero qué va, eso es difícil, y además a Jesús ya no le gustaba que yo estudiara. Me vivía diciendo «oye tú, princesita cachaca, ven acá, a ver si ayudas a ganar lo de la comida haciendo algo en lugar de andar metida en esos cuadernos». A la siguiente pelea me dio una golpiza que tuve que ir al hospital a que me cosieran una ceja. El tipo, ya de marido, mostró su verdadera cara. Mi apodo quedó así: la princesita cachaca. Cada rato me decía «¿qué se cree esta princesita cachaca, ajá?». Debo reconocer que era trabajador, pero apenas llegaba el viernes agarraba la botella de aguardiente y no paraba hasta el domingo, porque allá también encontró su grupito. Las peleas se hicieron cada vez más frecuentes. Cuando llegaba a la casa me despertaba porque quería sexo y... ¿Le puedo contar con sinceridad? ¿No le importa?

Julieta le pidió que hablara con confianza.

—El tipo llegaba con tragos, me despertaba pero no le funcionaba el amigo, por más que él se moría de ganas y que yo le hiciera de todo, nada. Esa vaina remojada en aguardiente no había quién la levantara y entonces le daba la histeria, decía que era culpa mía, que yo lo miraba raro, que no le decía lo que le gustaba oír, y como para él eso era gravísimo, se levantaba de la cama y seguía bebiendo, y si yo decía algo me agarraba a trompadas, que era lo único que lo aliviaba. Entonces la voz volvió y bien fuerte. Me decía: no te dejes tratar así de ese monstruo, es una basura, una porquería. Tú te mereces más. A veces, cuando estaba haciendo la comida, me decía: échale veneno para ratas en la sopa, él no se va a dar cuenta. Así no lo matas pero lo debilitas, lo enfermas. Pero yo era boba y pensaba que ese hombre seguía siendo mi marido. El problema de nosotras es que siempre creemos que las cosas van a mejorar hasta el día en que el marido nos mata. Eso fue lo que me pasó y por eso la voz se metía con más fuerza y hacía conmigo lo que quería. Me daba órdenes.

Julieta sacó un cuaderno de notas y miró sus apuntes.

—¿Usted iba a esa discoteca con frecuencia? Me refiero al sitio donde se cometió el crimen.

—Sí. Éramos muy amigos del dueño, un santandereano muy amable —dijo Esthéphany Lorena—, y cuando teníamos visitas siempre íbamos a La Plusvalía, un restaurante grill.

La mujer tomó aire y abrió los ojos, como anunciando que estaba por llegar la parte oscura.

—Por esa época venía mucho al hotel un tipo llamado Fabio Méndez. Vivía en Guaduas. Era un man joven, de mucho billete. Se hizo amigo de Jesús Alirio y siempre estaba con mujeres diferentes. Todas jovencitas y bonitas. Hasta menores de edad. Yo me daba cuenta porque les pedía las cédulas para ingresarlas, pero Fabio me decía no, Lorenita, para qué, déjalas así que vienen conmigo. Por las noches llegaba temprano, comía y se quedaba en el bar tomándose unos tragos con Jesús Alirio. Tenían ideas parecidas. Varias veces los acompañé. Fabio contaba que por la zona de Guaduas ya no había guerrilla gracias a un paramilitar al que le decían El Pájaro, que los había sacado. Que la carretera era segura y estaban haciendo limpieza de guerrilleros y amigos de la guerrilla. A muchos vecinos les había tocado irse. Hasta dueños de fincas. Le dijo a Jesús que era buen momento para comprar tierra por allá.

—¿Y él qué hacía?, ¿por qué iba a Honda? —preguntó Julieta—. Quiero decir, Fabio.

—Era de ahí y tenía familia, creo que la mamá, pero siempre se quedaba en nuestro hotel. Supongo que para que no lo vieran con esas mujeres, no sé. Era un comerciante, venía por negocios. Una vez le oí decir que era socio de tres restaurantes de pescado. Un rebuscador al que le había ido bien. Y ahí viene lo otro. En esa época empecé a sentir un trastorno diferente: como si ya no fuera sólo la voz, sino una mujer la que se me metía adentro. A veces ella me dominaba pero yo seguía ahí adentro, observándola actuar con mi cuerpo y con mi vida. Se me metía y se quedaba ahí, al principio por ratos cortos pero al final eran días enteros. No busqué ayuda porque no sabía ni siquiera cómo explicarlo. ¿Quién me iba a creer? Dirían que estaba loca, me mandarían a un manicomio. Me daba miedo. A esa mujer, un día, le puse nombre: Delia. Y me acostumbré a pensar algo: no fui yo, fue Delia. Ella era más fuerte y tenía más personalidad. Se me metía y yo era otra. Me acuerdo una vez que la tenía adentro y llegó Jesús borracho. Se acercó a la cama y me pidió que me quitara la ropa. Que me inclinara sobre él. Me dio pánico, pero me quedé muda, maniatada. De pronto vi cómo Delia se levantaba y le decía: tú quédate ahí, no te muevas de la cama y no jodas, te voy a preparar una aspirina para el dolor de cabeza o si no mañana te vas a morir. Y el tipo, increíblemente, se quedó tranquilo, y luego, cuando llegué con el vaso de aspirina, ya estaba roncando como una lavadora vieja. Delia se fue apoderando de mí hasta que empecé a sentir que me remplazaba, me hacía desaparecer y se quedaba sola con mi cuerpo. Sin vigilancia mía, sin el menor control. A veces me despertaba, abría el ojo y notaba que Delia había hecho cosas. Lo notaba en mi cuerpo, si es que todavía era mío. Lo peor es que no siempre lograba saber qué era lo que hacía. Cosas que me aterraban. Creo, por ejemplo, que ella se acostó alguna vez con Fabio. No estoy cien por ciento segura, pero creo que sí. Debió ser en un fin de semana en que Jesús Alirio fue a Corozal al entierro de un pariente. Me dejó a cargo del hotel y yo recibí a los clientes y manejé la caja. Ese fin de semana vino Fabio solo. Recuerdo que después de comer volvió temprano y se sentó en la terraza del restaurante que da al río Gualí, donde por la noche hay una brisa muy sabrosa, y me pidió varios aguardientes, diciendo que lo acompañara. Perdí la conciencia y no la recuperé hasta el día siguiente, bien entrada la mañana. Algo había pasado, lo noté en mi cuerpo. Y eso se repitió varias veces, incluso a veces perdía la conciencia por varios días. Yo creo que Delia se acabó enamorando de Fabio, esa es mi hipótesis. Menos mal que Jesús Alirio nunca se dio cuenta, pues quién sabe qué habría podido pasar. Al final se supo que Fabio era paramilitar con el alias de Tarzán y que era el terror allá, el coco de la gente. Dizque había matado a un montón de campesinos y extorsionaba a dueños de fincas y a comerciantes del pueblo. También a los que trabajaban por la carretera del Alto del Trigo hasta Villeta. Yo me enteré cuando se regó la noticia de que lo habían matado. Jesús Alirio vino a decirme: mira esa vaina, mataron a Fabio, carajo. Luego salió por televisión y fue ahí que supe lo del alias y de las cosas que hacía. Le pregunté a Jesús Alirio si sabía que él era paramilitar y me contestó, pues claro, mami, ni que yo fuera bobo, ¿de dónde crees tú que sacaba tanta plata?

—¿O sea que es posible que usted, a través de su otra personalidad, haya tenido contacto con los paramilitares de esa región?

—Supongo que sí, porque además mi marido comulgaba con eso. A lo mejor él también era paraco, vaya uno a saber. Yo no tenía idea de esas cosas. A veces, cuando venía el hermano, los oía hablar del paramilitarismo y ambos estaban de acuerdo, admiraban a los Castaño y a Mancuso y decían muy orgullosos que los habían conocido. Idolatraban al presidente Uribe. Quién sabe. Lo cierto es que Delia odiaba a Jesús Alirio, pues a lo mejor alguna vez le pasó algo jodido con él. Y cuando le entró la obsesión por que yo quedara embarazada, todo empeoró. Allá en la tierra de él, el hombre que no preña a la esposa es la mitad de un hombre. Él se sentía juzgado en su hombría, pero qué podíamos hacer. Lo convencí de que fuéramos al hospital. Me hablaron de una médica que era buena para aconsejar a las parejas. Ella hizo exámenes de óvulos y esperma y dictaminó que el problema lo tenía él. Se me vino el mundo encima. Cuando le mostré el resultado del análisis me pegó una paliza tremenda y me prohibió volver donde esa doctora, «la puta esa» que lo había puesto en duda. Y me decía: pero mírame, no joda, ¿es que me ves algo raro o qué? Esa vaina es un invento de esa puta envidiosa, pa jodernos. Así decía, sin parar. Para él era solo culpa mía. Culpa de la princesita cachaca que se cree quién sabe qué. Un día le propuse que, en el periodo de ovulación, nos fuéramos un fin de semana los dos solos a un lugar tranquilo y bonito, y allá, sin trago, buscáramos el bebé, pero qué va, me pegó una cachetada y me dijo que él no necesitaba que lo trataran como a un enfermo, que no estaba enfermo y que era culpa mía porque no se lo daba cuando él quería. Pasaron como tres años hasta que pasó lo que usted ya sabe, en La Plusvalía. Pero la que lo mató fue Delia. Yo no habría podido alzar esa pistola y nunca lo habría hecho, entre otras cosas porque estaba planeando escaparme de Honda y volver a Bogotá. Así salieron las cosas, tuve mala suerte. Casi siempre he tenido mala suerte. No sé exactamente por qué, pero la verdad es que Delia odiaba a Jesús Alirio. Yo tengo una teoría pero no puedo comprobarla, y es que ella estaba muy enamorada de Fabio y de algún modo creyó que Jesús Alirio tenía algo que ver con el asesinato de él. Es raro que me haya utilizado para matarlos. Ese día ella no se apoderó por completo de mí, sólo se quedó en la cabeza diciéndome, con su voz autoritaria: ve y haz esto, mátalos, dispara ahora... Después de tantos años no soy capaz de contradecirla, no sé por qué.

Julieta la miró con aprecio y le dijo:

—Y acá en la cárcel, ¿también viene Delia?

—Sí, claro. Fue ella la que hizo esa llamada. Delia tiene su vida propia, su grupo que es diferente del mío.

—Y la gente que está alrededor suyo, ¿se da cuenta?

—No sé, no puedo saberlo.

—Ahora mismo, la que me habla, ¿cómo sé yo que no es Delia?

La mujer soltó una leve sonrisa.

—Por mi voz, es diferente. Por eso le pido siempre que me grabe, para que sepa que soy yo y quede constancia. Delia tiene una voz distinta. Ella grabó ese mensaje en el contestador del argentino, pero no tengo idea de cómo ni por qué sabía eso.

—Usted ya oyó el mensaje, ¿confirma que es la voz de Delia?

De pronto Esthéphany miró a Julieta con un extraño gesto, como comprendiendo algo.

—Ahora me doy cuenta. Usted habló con los de la Fiscalía. Por eso sabe que oí la grabación.

—Sabía que la habían citado para dar su versión —dijo Julieta— y me imaginé que la hicieron oír eso. Pero créame: no trabajo para la Fiscalía ni para la Policía.

—Sí, sí, está bien —dijo bajando la cabeza—. La grabación es de Delia, pero yo no les dije nada de esto que le estoy contando a usted.

—¿Y por qué no? —dijo Julieta—. Podría ayudarla en sus aspiraciones legales.

—Yo sé que nadie me va a creer. Siempre es lo mismo: al principio dicen que estoy loca y después de hacerme análisis dicen que no, que soy una delincuente queriendo sacar provecho de una situación.

Julieta la miró fijamente a los ojos.

—Hay algo que quiero saber —le dijo, despacio, como para que no se perdiera ni una sola de sus palabras—: ¿ve usted posible, de algún modo, que yo pueda hablar con Delia?

Esthéphany Lorena se quedó unos segundos en silencio.

—No digo que no, pero tampoco sabría cómo hacerlo. Ella viene cuando ella quiere, no cuando yo la llamo. De hecho, yo nunca la llamo.

—¿No ha notado algún posible método para que venga? ¿Algo que podamos hacer aquí, en la biblioteca? Sería muy importante hacerle algunas preguntas.

—Recuerde que Delia tiene un carácter fuerte y hace sólo lo que le conviene —repuso Esthéphany Lorena—. Yo he notado, por ejemplo, que cuando me tomo unos tragos ella se acerca, le gusta el trago.

—Caray —dijo Julieta—, eso sería difícil de armar aquí, porque obviamente les tienen prohibido el alcohol.

Esthéphany Lorena se rio.

—Estará prohibido, pero eso no quiere decir nada. Acá adentro se consigue de todo.

—Dígame cómo hacemos —le pidió Julieta.

—Mándeme por la vía de la tienda de la señora Abigaíl una botella de aguardiente Antioqueño. Ese es el que más le gusta a Delia. Y procure que la siguiente reunión conmigo se la den por la tarde, a última hora, de modo que yo alcance a tomarme unos tragos antes de venir a hablar con usted. Y vemos si Delia cae en la trampa.

—Parece una buena idea —dijo Julieta—, y otra cosa: ¿Delia tiene amigas acá?

—Supongo que sí. Yo procuro no meterme con la vida de ella, pero si usted se compromete a ayudarme con mi caso me pongo a averiguar qué contactos tiene y todo eso, ¿le parece?

—Es perfecto —dijo Julieta—, me comprometo a ayudarla, el suyo es un caso realmente extraño. Si logramos llegar a la verdad podría cambiar todo para usted.

—Vamos a hacer así —dijo Esthéphany Lorena—. Cuando a usted le den otra vez cita para hablar conmigo, me manda el aguardiente y, sobre todo, un mensaje con la hora y la fecha. Porque a mí no me avisan desde antes si alguien viene a verme.

—Yo le aviso y le mando eso. Muchísimas gracias por su colaboración.

—Gracias a usted.

—Espero caerle bien a Delia.

Esthéphany Lorena se rio.

—Ella es dura y jodida, pero tiene sentimientos. Creo que la va a respetar.

—Y el aguardiente, ¿le gustará más del normal o sin azúcar?

—Nooo, del normal —dijo Esthéphany Lorena—, ella en eso es tenaz. Dice que el otro no emborracha porque no sabe a nada, pero esa es una frase de Fabio. Es que de verdad esa mujer estaba perdida por ese tipejo tan maluco.

Se despidieron. Julieta se quedó mirándola al alejarse por el corredor, detrás del vidrio de seguridad.

4

Después de una noche intranquila, el fiscal Jutsiñamuy se levantó al filo de un amanecer aún verdoso y repleto de niebla, y se apresuró a regresar a su oficina antes de que las calles se atiborraran de vehículos. Así cruzó la ciudad, que a esa hora aún parecía una acuarela melancólica de Turner, y al llegar al edificio central del ente acusador encendió las luces del corredor y abrió las ventanas de la oficina para hacer circular el aire. Hecho esto puso el radio para seguir con las noticias de la mañana (que venía oyendo en el carro); esas voces activas le indicaban que no era el único gato eremita que a esa hora imposible estaba ya vestido, afeitado y peinado, listo para encarar las obligaciones del día. Se tomó un primer té verde oyendo las ocurrencias de los comentaristas de su emisora favorita, con esa sensación permanente que hay en Colombia de que acaba de ocurrir algo inverosímil, ahora sí definitivo y final... Esa sensación de vivir al borde del abismo.

Fue a su escritorio a revisar el hilo de noticias y el correo interno de la institución para estar al tanto del segundo termómetro de la jornada. Estuvo un rato leyendo esas terribles cifras, la cuenta de asesinatos de líderes sociales, feminicidios, crímenes contra desmovilizados de la guerrilla, asesinatos cometidos por las disidencias y el ELN, por las bacrim, pero también las estafas y robos de sus compatriotas, los actos de corrupción denunciados e investigados que, según se dice, no deben ser ni el 10% de los que corren por ahí, en la realidad, más las cifras del narcotráfico en todo su menú, decomisos, crímenes entre bandas, y por último lo que más tristeza le daba, los «crímenes del desespero», los de esos muchachos y muchachas criados a las patadas y que apenas llegan a la adolescencia agarran una pistola y se meten a una banda, o aún peor, los de esas familias que, debido a la pobreza y la ignorancia, se han vuelto recelosos, resentidos, violentos, y acaban asesinándose en salones en sus propias casas.

La gente desesperada le tiene rabia a la vida, eso lo sabía el fiscal. Hay grosería, riñas, violencia. Una vez oyó cómo unos vecinos de Ciudad Bolívar se insultaban de una casa a otra. En lugar de ayudarse entre iguales se acusaban de cosas horribles: que la hija de unos era puta y se subía a carros por diez mil, que el hijo de los otros era sicario y atracador, que el marido de aquella mantenía a otra tres cuadras más abajo, que la esposa de aquel le pone los cachos con el celador del colegio y le cobra en libras de café, que se lo mama al carnicero por mollejas y le pone el rabo al panadero por roscones con guayaba y pan tajado.

Que su hijo menor es marica y tiene de novio al mecánico de la terminal y lo da por plata a los patrulleros de la comunidad del anillo. Insultos entre vecinos hasta que en alguna fiesta de calle se encuentran con tragos en la cabeza y corren ríos de sangre.

Eran los «crímenes del desespero». Tan diferentes a los que podría llamar «crímenes de la ambición» o «de la codicia», los de las personas que sí habrían podido elegir. Los que no estaban arrinconados por la vida. «Sólo el que puede elegir es verdaderamente culpable», siempre había pensado.

Luego repasó los elementos relacionados con la investigación y los puso en orden. Debía preparar un buen discurso que hiciera visible a sus superiores el nexo entre los dos casos: el asesinato de Melinger y los huesos de Marlon Jairo. Después podría solicitar la comisión a Panamá, para él y para Laiseca. En su mente todo estaba claro, pero debía poder exponerlo con elocuencia. Dos siglos de historia republicana corrían a su favor, pues Colombia era un país en el que siempre se había valorado la oratoria. Recordó un famoso dicho, «Colombiano que se respete no perdona barranco», sobre la propensión nacional a echar discursos en cualquier ocasión y sobre cualquier cosa. Los de Gaitán eran los mejores. También se comentaban los de Laureano Gómez, incendiarios, y los de Carlos Lleras. Él no aspiraba a tanto, sólo a ser persuasivo. Su modo de ser se adecuaba a la perfección a su método: corrección y claridad, austeridad de medios.

Odiaba la retórica greco-caldense.

Trabajó hasta las diez de la mañana usando su viejo método expositivo, ya algo anticuado, que consistía en grabarse en un aparato de pilas y casetes para luego oírse. Le desagradaba su voz, pero siempre detectaba el lado débil de su ponencia y podía reforzarla con tiempo. Cuando trabajaba en esto, Jutsiñamuy le pedía a la secretaria que no le pasara llamadas ni, por supuesto, dejara entrar a nadie. Sus métodos apolillados podrían causarle burlas entre los colegas. Era consciente. Muchos se reían de sus métodos pero no de sus resultados.

Cuando sintió que su argumentación era correcta llamó a Julieta. Quería citarse con ellas para estar al día y ver qué cosas nuevas podía usar en su discurso de Panamá.

Y así lo hizo.

Se encontraron en el sitio de siempre: la cafetería Juan Valdez de la 53 con Séptima.

—Ya tenemos el dibujo del nexo entre los dos casos —dijo el fiscal, bebiendo su té de menta—, pero ahora hay que completarlo. Anoche descubrimos que el profesor Gautama estuvo de huésped seis veces en las mismas cabañas de Guasca en las que amputaron a Marlon Jairo, ¿cómo les queda el ojo?

—Qué bien, fiscal —le dijo Julieta—, eso ya es mucho más que una mera hipótesis.

—Faltan algunas cosas —dijo Jutsiñamuy—, ahí vamos.

—¿Y el viaje a Panamá es por lo de NNT Investments? —preguntó Julieta.

—Sí, debo comprobar quiénes son los titulares y saber si ahí están Gautama y Melinger, para reforzar esto, y sobre todo por ver quién más está metido en la vaina. Ahí estará la lista de socios. Para esos archivos necesito autorización de la firma de abogados que gerencia la sociedad. Es la clave para confirmar todo.

—Sí —dijo Julieta—. Hablé con Amaranta Luna y me confirmó la relación de su adorado profesor Gautama con Melinger, pero claro, ella no tiene idea de lo de Marlon Jairo.

—Ese es el problema hasta ahora —dijo Johana—, que lo de Marlon sigue quedando de lado.

—Ya estamos llegando, ya casi —dijo Jutsiñamuy—. ¿Y tienen algo más por ahí?

Julieta miró a Johana con cierto nerviosismo. Abrió su bolso y sacó un libro. *Volver al oscuro valle*, novela de Santiago Gamboa. Se lo entregó a Jutsiñamuy.

—Hay algo que no le había contado, fiscal, porque hasta ahora no tenía una base real —dijo Julieta—, y es que en esta novela hay una historia idéntica a la de Marlon y Melinger. Los nombres y algunas ciudades están cambiados, pero es lo mismo. Según este libro, el argentino Melinger amputó a Marlon Jairo por cumplirle la venganza a una caleña que vivía en Europa. La descripción de Marlon Jairo, aunque con otro nombre, corresponde punto por punto. Y el argentino más o menos lo mismo.

El fiscal abrió los ojos interesado. Agarró el libro en la mano, pasó las hojas. Vio que Julieta tenía algunos subrayados. Se detuvo a leer alguno.

—¿Y ya habló con el autor?

—Sí, lo he visto un par de veces —dijo ella—. Dice que el tema surgió de unos personajes que él conoció en París hace más de diez años, entre ellos Melinger y la historia de la venganza.

—O sea que... —interrumpió el fiscal, agitando el libro en la mano— ¿en este libro está la historia de Melinger y Marlon Jairo?

—Más o menos, fiscal —dijo Julieta—, es una novela.

—Me interesa, me la llevo para leerla —dijo Jutsiñamuy—. ¿Y tengo que ir a interrogar al autor como persona informada?

—Lo mejor sería que no —dijo ella—, es un tipo solitario, vive en otro mundo. Por ahora, sólo por ahora, le pediría que mantuviéramos esto en reserva. Si llega a saberse, el escritor estaría en peligro. Usémoslo sólo como referencia, por ahora.

—Si hace libros así será alguien experimentado en peligros, ¿no?

—Yo lo aprecio mucho —dijo Julieta—, no me gustaría que le pasara nada. Se lo pido como un favor personal.

—Bueno, lo voy a leer —dijo Jutsiñamuy, agarrando el libro y palpándolo en la mano—. Me gustan las novelas largas, ¿se lee rápido?

—Rapidísimo —dijo Julieta—, igual señalé en tinta roja los pasajes que tienen que ver con el argentino Melinger. Hay cosas cambiadas y personajes ficticios.

—No me dé más pistas —dijo Jutsiñamuy— que me daña la lectura.

—Es sólo para agilizar —dijo Julieta.

—Cuando algo me gusta soy lector voraz —dijo el fiscal, mirándola con buen humor—. Esto qué tendrá, ¿unas quinientas páginas? Uuuy, me lo despacho en tres días. Espere y lo verá.

—No sabía que le gustaba leer —dijo Johana.

—Me leí la Biblia a los trece años. Esto me lo mando en dos patadas.

Se despidieron.

Quedaron de hablar al regreso de Panamá.

Ninguno de los tres (ni siquiera la silenciosa y atenta Johana) notó que alguien, desde un carro parqueado al otro lado de la avenida, observaba la escena. El fiscal se levantó y fue a subirse a su camioneta, que lo esperaba al lado del andén. Las dos mujeres se quedaron a terminar el café. Luego, el desconocido las vio cruzar la Séptima y buscar un taxi en la esquina de la 53.

5

El Aeropuerto Internacional de Tocumen de Ciudad Panamá, que alguna vez se llamó «Omar Torrijos», estaba recién remodelado. Reluciente. Ya no era ese húmedo galpón atiborrado de comercios de ropa, electrodomésticos y tiendas de licores de otra época. Ahora tenía una disposición moderna de corredores, vidrieras, salas de espera para el tránsito y largas cintas transportadoras de pasajeros hacia los satélites y terminales.

El fiscal Jutsiñamuy y Laiseca salieron de Bogotá en un vuelo Copa que despegó a las 8:00 a.m. y llegó a Panamá a las 9:27 a.m. Habían pedido la colaboración de la Fiscalía del Istmo y un funcionario de alto rango los esperaba para llevarlos a hacer la investigación sobre la empresa NNT Investments.

Laiseca tenía puesta una chaqueta azul con el nombre y el logo de la Fiscalía (una ficha de rompecabezas), y debajo una camisa blanca de lino tipo guayabera. Jutsiñamuy estaba de corbata, vestido oscuro y camisa de rayas azules, mancornas y mocasines negros.

Al verlo en El Dorado, Laiseca le dijo:

—Jefe, qué elegancia. Pero se va a morir de calor. Acuérdese que allá hacen 30 grados a la sombra.

—El calor es psicológico —le dijo el fiscal—. Por lo que represento, no puedo presentarme a los colegas panameños como si fuera de vacaciones. No señor.

—Allá en el trabajo se visten con guayabera, jefe, yo averigüé. Por eso me traje la mía.

Jutsiñamuy lo examinó de arriba abajo.

—Vea, Laiseca, ¿usted sabe por qué en la selva todo el mundo le tiene miedo al león y lo aceptan como rey?

—Pues porque es el más feroz.

—No señor, error —dijo el fiscal—. Es porque no pueden dejar de mirarle la melena. Lo mismo le pasa al tigre de Bengala.

Laiseca se quedó un momento en silencio.

—Espérese interpreto, jefe. O sea que usted, que siempre ha defendido los valores del humanismo, me está diciendo que la pinta es lo que importa.

—Así es —confirmó Jutsiñamuy—. La pinta no cambia a las personas y el que es un bandido es un bandido, así se ponga zapatos de príncipe. Pero en este viaje de trabajo yo no soy yo, Edilson Jutsiñamuy, sino un fiscal colombiano, un funcionario público que representa la ley y eso no sólo se debe saber. Tiene que verse.

—Bueno —dijo Laiseca—, yo por eso me traje la chaqueta de la Fiscalía.

—Y se va a morir de calor.

Antes de ir a la puerta de embarque, Jutsiñamuy le dijo al agente:

—Ah, casi se me olvida. Acompáñeme a la librería. Le tengo un encarguito.

Fueron a la sección de libros de la Hudson. Jutsiñamuy miró un poco las novedades, luego fue hacia el anaquel central.

—¿Cómo le podemos ayudar hoy, señor? —dijo una jovencita con una camisa estampada con el logo de la librería.

Al oírla, Laiseca pensó que la cadena norteamericana Hudson, especializada en librerías de aeropuerto, debía de traducir en Google las frases de bienvenida del inglés para que sus empleados recibieran a los clientes.

—Estoy buscando una novela de Santiago Gamboa —dijo el fiscal—, se llama *Volver al oscuro valle*.

—Espere un momento —dijo la chica, y fue a hablar con un joven que organizaba una torre de libros.

El muchacho asintió con la cabeza y fue a buscar en la última estantería. Los libros llegaban hasta la mitad y en el resto se exhibían productos de farmacia. Extrajo algo del fondo y volvió hacia los agentes.

Lo entregó a Jutsiñamuy y le dijo:

—¿Alguna otra cosita más en que podamos ayudarle?

El fiscal miró el libro. Era de otro color y grosor. En la portada se veía a un hombre torsidesnudo exhibiendo sus músculos. ¿Qué era eso? El título: *Domar los valles oscuros*, y un subtítulo: «El orgasmo masculino adulto: ese desconocido».

—Caramba, jefe —dijo Laiseca—, ¿y qué misión me va a asignar?

Jutsiñamuy se agarró la cabeza y fue hacia el empleado.

—Oiga, por favor. Este no es. Anote bien: *Volver al oscuro valle*.

—Ah, espere...

Puso el nombre en el computador, luego pegó un salto hasta una especie de góndola lateral y volvió al segundo.

—Este sí, disculpe.

Se lo entregó a Laiseca.

—Péguele una leída bien atenta —dijo el fiscal—. La historia tiene que ver con nuestro cortadito y con el argentino del apartamento.

—¿En serio? —dijo Laiseca—, caramba. Me lo leo de una. Me lo empiezo ahora en el avión. ¿Usted ya lo leyó?

El fiscal sacó del maletín la copia de Julieta y le mostró el separador.

—Vea, voy por la mitad.

En el vestíbulo de llegadas vieron a un funcionario que sostenía un cartel con sus nombres. Se identificaron. Luego vinieron otras tres personas. El comité de recepción.

—¿Fiscal Yutsiñarú? —dijo el que parecía de más alta graduación—, soy el fiscal Aborigen Cooper, del Ministerio Público de Panamá. Bienvenido a nuestra ciudad. Es un honor tenerlo con nosotros.

El hombre llevaba puesta una guayabera rosada (rosado bebé) de manga corta, con la insignia del ministerio a modo de pin sujeta al bolsillo superior derecho. Era alto y grueso. Se le notaban los esfuerzos por no engordar.

El fiscal le dio la mano con absoluta solemnidad.

—Es un gusto saludarlo —dijo Jutsiñamuy— y el honor es todo mío.

Hizo avanzar un paso a su compañero.

—Este es el investigador de investigaciones especiales René Nicolás Laiseca, uno de mis hombres de confianza.

Se saludaron. Aborigen Cooper presentó a dos de sus hombres y hubo un nuevo intercambio de formalidades. Caminaron hacia la salida. Al pasar las puertas de vidrio los envolvió una ola de calor y humedad. Laiseca se bajó la cremallera de la chaqueta y, tres segundos después, comenzó a transpirar. El fiscal lo miró burlón. Él, en cambio, era indiferente al calor.

Dos Suburban de color negro y placas oficiales los esperaban. Al subirse, la temperatura bajó 12 grados. Laiseca volvió a ajustar su chaqueta.

—¿Cómo está la situación por acá? —preguntó Jutsiñamuy al fiscal panameño.

—Ah, esto a simple vista parece muy calmado —dijo Aborigen Cooper—, a veces podría creerse que demasiado, pero no sé si sepa, querido colega, que el año pasado tuvimos 472 homicidios, ¡en un año! Eso quiere decir, de acuerdo a la matemática, más de un asesinato por día. Incluso podría decirle, precisando, que equivale a 1.29 crímenes diarios. ¿Ah? Y la vaina es complicada porque sigue creciendo. Tenemos pandillas, sicariato y narcos. Acá traen drogas y plata, y donde hay de eso hay disparos y gente perforada cayendo al suelo. No quiero exagerar, querido colega, pero así es esta vaina.

Aborigen Cooper puso el dedo en la ventana mostrando el perfil de la ciudad, cuyas torres parecían tostarse bajo un sol abrasador.

—Esta capital bancaria, centro económico de la región, tiene esa terrible verdad escondida. Hoy todavía no ha llegado el muerto cotidiano porque me lo habrían reportado. En este momento hay un asesino que está desayunando en alguna casa y que más tarde irá a vaciar el cargador de su pistola en la humanidad de otro ciudadano... ¿Ah? Y el otro lado de la moneda: la víctima está ahorita mismo con su familia, sin saber que esta noche va a dormir en sala de velación. ¿Me copia, querido colega?

Jutsiñamuy lo miró, simulando interés, lo que pareció darle al fiscal un impulso suplementario.

—Usted dirá que nadie sabe a ciencia cierta, desde por la mañana, dónde va a estar en la noche —filosofó el fiscal Cooper—, eso se lo concedo dada nuestra condición efímera, pero es angustiante pensar que el asesinado de hoy, sus hijos y su esposa van de cabeza al dolor y a la tragedia, estimado colega Joseyamú, ¡y yo y mis agentes no podemos hacer nada! Aun si hay un control grande de la delincuencia se deben respetar las libertades individuales, ¿me explico? Eso impide entrar a sitios, reprimir y vigilar todo lo que se tendría que vigilar. Si pudiera agarrar a ese carajito asesino y sicario a esta hora, cuando todavía no ha cometido el crimen, yo salvaría tres vidas: la del asesinado, que seguiría vivo, y la del mismo asesino, pues tarde o temprano a ese pendejo lo va a encontrar una bala.

El agente Laiseca, que hasta ahora no había hablado, se atrevió a preguntar.

—¿Y cuál es la tercera? —dijo.

—¿La tercera qué, mi estimado colega? —quiso saber Aborigen Cooper.

—La tercera vida que se salva —puntualizó Laiseca—, usted dijo que se salvarían tres vidas.

Cooper se quedó un momento en silencio y movió la cabeza de un lado a otro, como hacen a veces los gatos. De pronto recuperó la conversación y volvió a decir, levantando su dedo hasta el techo de la camioneta.

—Pues la santa vida de Nuestro Señor Jesús Cristo —dijo, persignándose—: cada vez que un humano mata a otro, está matando a Cristo. Eso se puede leer en... en la Epístola a los Romanos, creo, o en la de los Corintios, no me acuerdo bien en cuál... Pero la idea es esa: el que asesina a un hombre asesina a Cristo. Así que ese jovencito que ahora se está levantando y que le pedirá a su madre el desayuno, va a cometer un triple crimen. ¡Si yo pudiera detenerlo!

Jutsiñamuy miró a Laiseca con severidad, como diciéndole, «¡no vuelva a pedir explicaciones de nada, carajo!».

Entraron a la ciudad y, tras bordear el mar, las camionetas se detuvieron frente al hotel Hilton.

—Mi estimado fiscal Joseyavú —dijo Cooper—, caray, disculpe mi pronunciación de su apellido, en fin, mi estimado colega, pensé que así no tengan planeado quedarse en Panamá esta noche, conviene tener como apoyo una habitación y me tomé la libertad de sacarles una.

Y agregó:

—Esta cadena hotelera tiene acuerdo con la Fiscalía, así que no se preocupen... Suban a refrescarse y los espero acá abajo para desayunar. ¿Veinte minutos?

El fiscal se quedó perplejo, ¿desayunar a las diez de la mañana? No quiso contradecir a su colega ni ser descortés, pero habría preferido ir directamente a la sede legal de NNT Investments y zanjar el asunto antes del mediodía. La situación era un poco extraña. A los demás fiscales que habían venido a Panamá, que él supiera, no los recibían con tantas atenciones. ¿Por qué a él sí?

Subió a la habitación con Laiseca. En el ascensor le dijo:

—No vamos a quedarnos mucho tiempo, acuérdese. Una vez logremos saber lo que se necesita volvemos al aeropuerto.

—Claro que sí, jefe —dijo Laiseca—, pero qué tipo tan conversador este fiscal Cooper. Y tan amable. La próxima vez que venga a Bogotá nos va a tocar lucirnos.

—Sí, pero no olvide que vinimos fue a trabajar. Hay que tenerlo presente.

Jutsiñamuy fue al baño a refrescarse la cara. Laiseca se acercó a la ventana y vio el malecón, la curva de la playa, los rascacielos a los lados erguidos como lápices.

—Esta ciudad no parece latinoamericana —analizó—. Yo me siento en gringolandia.

Jutsiñamuy salió del baño secándose la cara con una toalla. Se volvió a poner la chaqueta y dijo:

—Vamos ya, bajemos, a ver si el amigo Aborigen nos libera rápido.

Pero el fiscal panameño y sus agentes no tenían ningún afán y se habían sentado a una mesa cerca del ventanal del lobby, con vista a la avenida y el malecón.

—¿Cómo le gustan los huevos, estimado colega? —preguntó Aborigen.

—No quiero parecer descortés —respondió Jutsiñamuy—, pero tengo problemas de colesterol, así que prefiero el müsli con yogur light y una taza de té. Soy muy frugal por las mañanas.

El fiscal Aborigen Cooper miró a sus agentes y dijo:

—No, estimado colega Joseñamuá, no me diga eso... Mire que ya le pedí el chorizo parrillero y los patacones, que es la base del desayuno típico panameño.

—Qué amable, amigo, menos mal que acá está el agente Laiseca —dijo Jutsiñamuy—, que tiene un hambre feroz y es joven.

Aborigen Cooper insistió:

—Su colega Carlos Estupiñán me llamó ayer para decirme que le diera trato especial. Me contó algunas de sus hazañas en la Fiscalía.

Jutsiñamuy se puso rojo y bajó la mirada. Sentía vergüenza y sufría bloqueos ante los halagos.

—A ver yo pruebo esos chorizos —dijo de pronto Laiseca, viendo en aprietos a su jefe—, se ven deliciosos. Y los patacones son mi enfermedad, ¡me encantan! ¿No hay guacamole?

—Claro que sí, pedimos —dijo el fiscal Cooper.

Una hora después lograron levantarse de la mesa.

—Ahora sí, estimado colega —dijo Aborigen Cooper—, los carros nos están esperando afuera. Vamos a esa oficina.

Jutsiñamuy no estaba familiarizado con la ciudad, pero comprendió que se dirigían hacia la zona bancaria. Lo que Laiseca había podido averiguar es que la sede de NNT Investments estaba en el edificio Península Investments Group.

De camino hacia allá, en una esquina, el fiscal Cooper pidió al chofer detenerse un momento.

—Caballeros, regálenme sólo un minuto —dijo—, tengo que entrar a darle un saludo a Cristo.

Jutsiñamuy y Laiseca se quedaron en silencio. ¿Un saludo a Cristo en ese momento? Era martes por la mañana, día laboral. Lo vieron caminar por el andén y entrar a un local de aspecto rococó: columnas rosadas de estuco y venas azules, verdes y amarillas; un techo como de porcelana y un portón de madera maciza tan brillante que parecía plastificado.

¿Qué era ese adefesio?

Al mirar hacia arriba vieron un aviso luminoso:

«Mansión de la Roca – Iglesia Cristiana».

—Debí imaginar esta vaina —le dijo el fiscal a Laiseca, bajando la voz—, por eso el tipo habla tanto. A lo mejor es pastor.

—Nos toca seguirle la cuerda, jefe.

Un par de minutos después vieron abrirse la puerta. El fiscal Cooper salió de nuevo con trotecito de poni, recostado de lado.

—Listo, señores míos, con el estómago lleno y el alma en funciones ya podemos seguir —dijo Cooper—, ¿ustedes no son devotos de ninguna iglesia en Bogotá? Allá hay unas buenísimas.

—No, señor —le dijo Jutsiñamuy—, no soy creyente a pesar de estar bautizado.

—Yo tampoco —agregó Laiseca—, aunque mi familia es muy devota del papa Francisco.

—Ay, hombre, no me diga eso, con perdón. Este papa no es como los anteriores. Un argentino comunista peor que el Che Guevara —dijo Cooper, sin deshacer la sonrisa—. Acuérdense que cuando fue a Bogotá estuvo a favor de regalarle el país a la guerrilla. Hay que tener cuidado con esos profeticas.

Hubo un silencio incómodo. Laiseca se concentró en mirar por la ventana.

—¿Y acá en Panamá hace este mismo calor todo el año? —preguntó el fiscal Jutsiñamuy.

—Excepto cuando llueve —dijo el fiscal Cooper—, que es cuando hace más calor. Las temperaturas son siempre alticas.

Siguieron en silencio hasta llegar a un imponente edificio. Se bajaron. Jutsiñamuy pidió al fiscal Cooper si sería posible hacer la diligencia solo.

—Permítame acompañarlos —dijo Cooper—, para que en esa oficina, donde ya los esperan, todo quede registrado dentro de las normas legales. Y ya después los dejo hacer su trabajo de forma privada. ¡Faltaba más, admirado colega!

Subieron, Cooper pulsó el botón 39. El elevador de vidrio se izó con fuerza mostrándoles el panorama de la ciudad y los otros *buildings* del sector.

Laiseca, que sufría de vértigo, se agarró del manillar y cerró los ojos. El fiscal Jutsiñamuy lo notó y le dijo.

—Vértigo, vértigo. Eso es por falta de calcio durante la infancia.

Laiseca quiso responder, pero prefirió seguir con los ojos cerrados. El estómago estaba a punto de salírsele por la boca. Al fin llegaron. La representación de NNT Investments la tenía el bufete de abogados consultores de empresas Firmino & Cándido.

Era justo eso lo que decía el aviso en letras doradas en la Puerta 3967:

Firmino & Cándido
Corporate Service Provider

Entraron.

Una jovencita de pantalón oscuro y camisa transparente los dirigió a la sala de espera, frente a un enorme ventanal desde el que se veía el lejano horizonte del Pacífico. Laiseca volvió a cerrar los ojos, mareado. Buscó alivio concentrándose en un cuadro algo kitsch, sobre el muro lateral, en el que una ciudad con rascacielos de vidrio emergía del interior de una sandía, que a su vez estaba en la cabeza de una mujer afro panameña.

Un ejecutivo joven, de traje y corbata, vino hasta ellos.

—¿Los señores de la Fiscalía? —dijo, uniendo las manos delante.

Aborigen Cooper se levantó, se identificó y le explicó quiénes eran sus dos colegas colombianos.

—Están en una investigación criminal importante allá en Bogotá —dijo—, y necesitan una información que está en poder de ustedes. Los dejo para que conversen.

El fiscal Jutsiñamuy y Laiseca se levantaron, hicieron los saludos de rigor. El joven los invitó a pasar a una de las oficinas para hablar con un abogado responsable de las compañías *offshore*. Cooper y su asistente se quedaron en la sala de espera.

Llegaron a un lugar aún más suntuoso. Una voz de mujer, a la que no veían, hablaba por teléfono detrás de un biombo.

—Doctora, acá están los señores de la Fiscalía de Colombia.

—Sigan, acomódense —dijo la voz—, en un minuto estoy con ustedes.

El fiscal Jutsiñamuy se inclinó hasta el oído de Laiseca.

—Aprenda de estrategias que este es un buen ejemplo: siempre parecer ocupado cuando alguien llega a pedir algo.

Medio minuto después apareció ante ellos la abogada Ivonne Kardonski.

—Bienvenidos a Firmino & Cándido, señores —dijo, señalándoles las sillas—, ¿ya les ofrecieron café o refresco?

Se levantaron y le dieron la mano. Ninguno de los dos pudo evitar darse cuenta de que era una mujer madura con un asombroso atractivo. Tras darles la mano, la doctora Kardonski levantó el teléfono y llamó a su asistente. Pidió que trajera una bandeja con refrigerio y surtido de bebidas.

—Me encanta Colombia —dijo la mujer, invitándolos a un salón lateral—. Yo soy venezolana, aunque de origen ruso. Siempre he creído que Venezuela, Colombia y Panamá son un solo país. Desgraciadamente nunca se pusieron de acuerdo. Bolívar tenía razón.

—Yo creo lo mismo —dijo Jutsiñamuy—. Ojalá cuando se acaben los problemas políticos podamos levantar esa absurda frontera. Así tal vez le resultemos atractivos a Panamá.

—No crea —se rio la doctora Kardonski—, el Istmo está lleno de venezolanos y colombianos. Esa idea es más que posible, se lo digo en serio. Pero bueno, cuéntenme cómo los puedo ayudar.

Jutsiñamuy abrió su maletín y sacó unos documentos.

—La Fiscalía General de la Nación, en Colombia —dijo el fiscal adoptando un tono profesional—, está investigando un asesinato ocurrido hace tres semanas. Un ciudadano argentino torturado y luego desmembrado en un apartamento en el noroccidente de Bogotá. Los asesinos dejaron un par de escritos en las paredes hechos con la sangre de la víctima.

A medida que lo escuchaba, la doctora Kardonski fue arrugando la frente.

—¿Con sangre de la víctima? —repitió la doctora—. ¿Y qué decían esos escritos?

—Sugieren una venganza, es lo que estamos investigando —dijo el fiscal—, pero el tema que nos trae aquí es que ese apartamento donde fue asesinado le pertenece a una sociedad *offshore* con sede en Panamá y, según me ayudó a saber mi querido colega de la Fiscalía de aquí, es una de sus representaciones. Se llama NNT Investments. Lo que necesitamos saber es quiénes son los titulares de esa sociedad, no para inculparlos, pues ser dueño de un predio en el que se comete un crimen no es un delito, sino para tener una visión completa de los elementos que entran en juego. Y es que fíjese: el occiso no tiene antecedentes y cuando les pedimos informes a otros países, pues el argentino tenía otros tres pasaportes, nos dicen que no encuentran nada. Eso nos obliga a reconstruir el entramado y una de las preguntas clave es por qué la víctima estaba en esa casa, si había un nexo con algún propietario o si fue simplemente una casualidad.

Jutsiñamuy le alcanzó un par de hojas con el resumen de lo que acababa de exponerle. La doctora cambió de postura, recostándose en el sofá para leer.

—Usted sabe que nosotros debemos respetar el secreto profesional que es debido en la relación entre abogados y mandantes, o clientes, y que nos obliga a la protección de la confidencialidad. Ahora bien, en los casos dictados por la ley, de buena fe y por recomendación de la Fiscalía de Panamá, podemos estudiar la posibilidad de una colaboración limitada.

—Es lo que quiero pedirle —dijo el fiscal—. Una sencilla relación, escueta, con los nombres de las personas que conforman esa sociedad y su fecha de creación. Nada de cifras ni de gastos o inversiones. Nada de esas cosas que sí podrían interesarle, por ejemplo, a nuestra oficina nacional de impuestos. Yo sólo quiero los nombres, de modo que podamos cruzar datos y ver su relevancia para continuar con la investigación.

La doctora siguió cada palabra del fiscal con extrema atención. Se diría que no sólo las escuchaba sino que las medía, las pesaba y palpaba.

—Tenga la absoluta seguridad de que vamos a hacer lo posible por ayudarlo —dijo la doctora—, pero lo que sí no puedo es darle esos datos ahora mismo. A pesar de que somos una firma de abogados y cada uno tiene bastante autonomía, debo elevar la petición a nuestra junta rectora. Sólo ella puede decidir si hacemos una excepción al código y qué procedimiento es el más conveniente.

—Cualquiera que sea la forma, estimada doctora —le dijo Jutsiñamuy—, lo importante es que esa información nos llegue lo antes posible. Fue un crimen terrible, cometido por alguien que anda suelto o por una organización que en este preciso momento podría tener otros planes delincuenciales. Ese es nuestro enemigo. La premura con la que podamos disponer de esos datos puede ser esencial para salvar vidas y restablecer el orden. Desde el punto de vista de la protección de la comunidad tenemos una labor conjunta, no sólo porque nuestros países son hermanos, hijos de la misma Historia, sino en virtud de acuerdos de cooperación judicial que son muy precisos.

Jutsiñamuy dio una media vuelta en torno a la silla y continuó:

—También como profesionales de la ley. Claro, desde trincheras diferentes, pero siempre honrando esa vieja idea de que la ley es la salvaguarda del individuo y de la sociedad, el único modo de que la justicia siga siendo un bien público que permita el desarrollo y el ejercicio de la libertad.

La doctora Kardonski se quedó mirando fijamente al fiscal, y Laiseca, que no le perdía detalle, habría podido jurar que vio brillar algo en sus ojos.

—Usted tiene una característica poco común en el medio de la justicia —le dijo la Kardonski—, y es clase. Pasión, elocuencia, mística, *finesse*. Sus palabras me conmueven. Quiero decirle, señor fiscal, que estoy asombrada. ¿Me esperaría aquí un segundo?

Laiseca la vio levantarse y, sin poder evitarlo, admiró sus larguísimas piernas. Vio que tenía dos anillos iguales en el anular. ¿Viuda? Calculó unos cuarenta y cinco abriles bien trotados. No detectó cirugías estéticas, al menos evidentes. Severa mujer, atractivísima. Cualquier venezolana de origen ruso, pensó el agente, tenía un porcentaje alto de cumplir con los cánones de belleza criolla de por aquí.

Un joven atlético, de uniforme celeste y acento también venezolano, les acercó una bandeja de platos dulceros con porciones de torta de chocolate, brownies, torta de banano, zanahoria con naranja, milhojas, chocolates After Eight, lenguas de gato en chocolate, alfajores de arequipe (lo que en las latitudes sur llaman de un modo banal «dulce de leche»), y un surtido de tazas de café, té e infusiones.

—Caramba —le dijo Jutsiñamuy en voz baja a su compañero—, en la oficina estamos en la Edad de Piedra en cuanto al catering. ¡Vea esta vaina! Nos va a tocar hacer un memorando a la Dirección de Recursos.

—Bueno, acuérdese que esta es una oficina privada —dijo Laiseca—. Ni le cuento lo que nos dieron los abogados de Bogotá.

—Ahí viene —dijo Jutsiñamuy—, a ver qué nos dice.

—¿Ya me los atendieron? Vale, qué bueno —dijo la doctora—. Les recomiendo los alfajores, son una delicia.

Agarró una taza de infusión, se bebió un sorbo y dijo:

—Disculpe la pregunta, señor fiscal. ¿Ustedes hasta cuándo se quedan en Panamá?

Jutsiñamuy la miró a los ojos. Sintió un rayo entrando a su cerebro y desvió la mirada.

—Vinimos sólo para esto, doctora. Si se resuelve hoy, esta misma noche volvemos a Bogotá. Es un viaje de servicio.

—Es que quiero decirle algo —repuso la doctora—. Estoy intentando acelerar el proceso y acabo de pedirle a la junta una reunión de urgencia. Les dije que un valiente fiscal de Colombia tenía detenida una investigación a la espera y que depende de nosotros. En unos minutos me dicen si podremos reunirnos hoy a las seis de la tarde. ¿Le parece buena hora? Es lo más rápido que logré.

—Le agradezco muchísimo, doctora —dijo Jutsiñamuy—. No se imagina cuánto. Nosotros podríamos volver a Bogotá y, cuando hayan tomado su decisión, comunicarnos por teléfono o a través del fiscal Cooper.

La doctora volvió a mirarlo a los ojos.

—No sé si eso sea lo más conveniente, fiscal —dijo—. Estaba por sugerirle que le hiciera a la junta una presentación de su investigación y de la pertinencia de esos documentos. La cosa se podría resolver prácticamente de inmediato. ¿Qué opina? Le dará un poco más de tiempo para conocer nuestra ciudad.

Las últimas palabras las dijo con una especial entonación y movimiento de labios, sobre todo al pronunciar la «u» de «ciudad». Jutsiñamuy miró a Laiseca.

—Agente, averigüe a qué hora sale el último vuelo a Bogotá. Lo que nos propone la doctora tiene mucho sentido.

—Hágame caso y no se arrepentirá —insistió ella—, y cuál último avión de hoy, debería irse mañana, así podrá disfrutar del Panamá by Night.

Dijo esto e hizo una sonrisa leve, apenas un poco más marcada que la de Lisa (la Mona). Jutsiñamuy se sonrojó.

—Lo vamos a considerar, doctora —logró decir el fiscal—, es usted muy amable.

En ese momento, justo cuando uno de sus colaboradores entraba al salón de su oficina, la doctora Kardonski se levantó y les tendió la mano de forma muy profesional.

—Lo espero aquí a las seis en punto, señor fiscal, ¿le parece una buena hora? Yo mientras tanto iré preparando la reunión. Aquí tiene mi tarjeta con los números directos y este de acá es mi celular privado con WhatsApp.

Jutsiñamuy se apresuró a sacar una suya.

—Perfecto, doctora —dijo—. Aquí tiene la mía con mi celular directo por si hay algún cambio o comunicación importante.

—Le agradezco la confianza —volvió a decir ella—, gracias por acudir a nosotros y hasta más tarde.

Dicho esto, se dio media vuelta y volvió a perderse detrás del biombo.

Al volver a la sala de espera notó que el fiscal Cooper estaba impaciente.

—¿Todo en orden, mi colega? —preguntó Cooper.

—Vamos por buen camino, estimado, y gracias a su apoyo. Voy a tener que exponer el caso a las seis de la tarde en la junta rectora de la oficina, una formalidad, según me pareció entender. Con eso podré tener hoy mismo la información que necesito.

—Ah, pero esa es una gran noticia, colega —dijo Cooper—, entonces nos podemos ir a almorzar.

Jutsiñamuy habría preferido reposar en el hotel y quedarse solo un rato, tomando notas, pero le pareció descortés negarse.

Bajaron a la calle.

Al salir sintieron de nuevo la humedad y el calor abrasador. La cercanía del mar. Y de nuevo, al subir a la camioneta, el frío polar del AC.

—Antes del almuerzo, si me lo permite, quisiera invitarlo un momento a mi oficina —dijo el fiscal Cooper—. Para presentarle a algunos colegas.

Llegaron al edificio de la Fiscalía —que allá se llama Ministerio Público—. Un caserón histórico de paredes blancas y toldos azules para proteger las ventanas del sol. Edificio Porras, leyó Laiseca, subiendo las escaleras de entrada.

—El señor Fiscal General no está en este momento —les dijo Cooper—, pero vengan.

Entraron a un salón. Varios funcionarios leían documentos en sus escritorios o hablaban por teléfono. Los dirigieron a una oficina en cuya puerta podía leerse: Aborigen Cooper, Fiscal Superior.

Un par de minutos después llegaron varios hombres.

—Señores, les presento a un querido colega de Bogotá, fiscal Edilson Yussiñamuá —dijo, señalando a Jutsiñamuy—, y al agente especial René Laiseca. Estamos trabajando en un caso de colaboración internacional.

Fueron pasando y dándoles la mano. Eran fiscales regionales de Veraguas, San Miguelito y Coclé. Estaban de paso.

—Los señores y yo tendremos el gusto de ofrecerles el almuerzo —dijo Cooper—, será nuestro honor.

—El honor es todo mío —dijo Jutsiñamuy, por tercera o cuarta vez en el día—. Mejor dicho, nuestro —y señaló a Laiseca, quien asintió con la cabeza.

Por cierto que Laiseca, con su guayabera comprada en el almacén Arturo Calle del Centro Comercial Salitre Plaza, se sentía en perfecta sintonía con los panameños. Era Jutsiñamuy, con su aspecto de legislador cachaco, el que desentonaba.

Al volver a la calle una tercera camioneta vino a unirse a la caravana para llevarlos a todos. Carretearon por zonas de comercio de lujo hasta llegar a un barrio colonial parecido a La Candelaria, de Bogotá, pero con todas las casas pintadas, como nuevas y muy arregladas. Ahí estaba el restaurante: *Sabor a mí*.

La dueña los esperaba en la puerta y saludó efusivamente al fiscal Cooper. Este presentó a los invitados y fueron entrando a una casa efectivamente colonial, con un enorme patio desde el que se veía el mar. La mesa para doce personas estaba justo en uno de los terrazones. Aborigen Cooper organizó a los comensales haciendo sentar a Jutsiñamuy y a Laiseca al lado, hacia el centro. Él y su asistente al frente, y en los costados los fiscales regionales en tradicional *dégradée* jerárquico. Por ser un sitio semiabierto se libraron del aire acondicionado. Tres silenciosos ventiladores botaban aire fresco desde los laterales, así que el calor del mediodía no logró sofocarlos.

Jutsiñamuy se mantuvo en silencio sin llegar a ser descortés. Pero cuando la dueña vino con unas bebidas frías comenzó el karma del fiscal, que ya tenía presupuestado que le propondrían uno de esos platos típicos que son bomba para el estómago.

—Queridos colegas —dijo Cooper—, no es por nada pero acá el sancocho panameño está para chuparse los dedos, o el arroz con fríjoles y la carne «ropavieja», como la de Cuba, pero que aquí es más sabrosa porque es en libertad y en democracia. ¿Nos hacen el honor de probar una copita de ron Abuelo de aperitivo?

El fiscal hizo un gesto que no quería decir ni sí ni no, y dejó que se lo sirvieran. Se mojó los labios después de un brindis amigable pronunciado por Cooper, y volvió a poner la copita delante de su plato. Laiseca se la mandó de fondo blanco y cuando pasaron para la segunda ronda, rellenando copas vacías, volvió a hacer lo propio. A su lado estaba un fiscal regional de Veraguas, con quien entró en animada charla.

—Tiene que venir a conocer mi región —le dijo el fiscal—, tenemos parques naturales, mar, islas, serranía, y una tradición de educadores, gente que luego ha sido importante aquí en Panamá.

Laiseca se dejó tentar por el sancocho, sabiendo que su jornada de trabajo, más o menos, había terminado. Cuando fue a recibir la tercera copa de ron, Jutsiñamuy se recostó y le habló al oído.

—Cuidadito con rascarse, agente —le dijo—, que usted va a tener que asistirme en la presentación de esta tarde.

—No se preocupe por mí, jefe —respondió Laiseca—, un café a la salida, siesta de gato en el carro y quedo listo.

—Bueno —dijo Jutsiñamuy—. Le autorizo media rasca, pero no rasca completa.

El fiscal se vio en aprietos para esquivar los platos típicos. De milagro logró pedir una ensalada de camarón y jaiba, diciéndole al mesero en secreto, «con poquito camarón, poca jaiba y mucha verdura», lo que el pobre joven, estupefacto, casi no logra entender.

Cooper explicó que esa zona era el Casco Viejo, barrio colonial y tradicional de la ciudad, joya del patrimonio urbano. Era un sitio muy bello. Al lado había una escuela católica y una bonita iglesia restaurada. Cocoteros. Edificios de estuco amarillo y ventanas de madera, techos de teja. Jutsiñamuy escuchaba, pero su mente estaba lejos de esa mesa. Intentaba recordar, ¿a qué actriz se parecía la doctora Kardonski? Mujer madura, entre los cuarenta y los cincuenta, mona, puede que ayudada con algún tinte, ojos claros, claritos, tal vez verdes, figura estilizada... No le venía a la mente, pero seguía focalizando a la abogada. ¿Tendría hijos? ¿Estaría casada? No se le escapó el detalle de los anillos, signo de la cofradía de los viudos.

De pronto Jutsiñamuy, que por estar ausente no lograba proponer un solo tema de conversación, recibió una luz.

Y dijo:

—¿Cuál es el barrio de Rubén Blades?

Al pronunciar ese nombre los fiscales sonrieron, se alegraron. Blades era el panameño universal, el artista más querido y famoso del país. Envalentonado por su buen criterio, Jutsiñamuy se atrevió a ir más lejos y propuso un brindis por Blades. Todos alzaron las copas y él volvió a mojarse los labios. Al terminar no supo cómo darle continuidad a ese entusiasmo, así que volvió a sumirse en el silencio.

Laiseca, queriendo subirse al bus de los elogios al hermano país, levantó su copa y dijo:

—Y un brindis por *Despacito*.

Se rieron, levantaron copas, aplaudieron. Alguno se mostró perplejo, ¿qué tenía que ver con Panamá? De repente Laiseca se dio cuenta del error.

—Perdón, pensé que Fonsi era panameño —dijo, derrotado.

—No importa, es un hermano del Caribe —dijo Cooper, lanzándole una cuerda.

Luego, dos de los fiscales hicieron dueto:

—¡Des-pa-ci...!

El fiscal Cooper los cortó diciendo:

—Qué canción tan pegajosa, no joda. Hasta en China la cantan.

Una hora más tarde, finalmente, se llegó al café. Al terminar fueron de nuevo a las camionetas.

—Si quiere ir a su hotel, lo llevo con gusto —dijo el fiscal Cooper—, pero si prefiere ir a algún lado especial, no más diga. ¿Le gustaría ir a la embajada de Colombia?

—No, muchas gracias. Al hotel, por favor. Así podremos descansar un rato. Ya se hace largo el día.

—Claro, claro.

Los llevaron. Cooper quedó de pasar de nuevo por ellos a las 5:30 p.m. para ir a las oficinas de Firmino & Cándido.

Antes de salir de la habitación, Jutsiñamuy sacó del maletín una camisa limpia, armó la mesa de labor y conectó la plancha. En dos minutos estaba tan lisa como un lienzo. Camisa blanca impoluta, corbata *azul noche*, mancornas plateadas. Ya que estaba en esas, se quitó el pantalón y le dio un par de pasadas para reforzar la línea. Y la chaqueta, que se había arrugado levemente en las axilas y la espalda. Cuando se plantó frente a la recepción parecía que le hubieran dado el último planchado en el ascensor.

Ahí lo esperaba Laiseca, que también había repasado su guayabera. Poco después llegó Aborigen Cooper.

Durante el trayecto, el fiscal panameño le preguntó:

—Querido colega, ¿después de esta cita vamos al aeropuerto?

Jutsiñamuy no supo qué responder y miró a Laiseca, que, a su vez, hizo un gesto de respeto que quería decir «lo que usted ordene, jefe».

—En principio sí, amigo querido —dijo Jutsiñamuy—, pero no sabemos cuánto tiempo nos va a tomar esta reunión. Depende de eso. Habrá que improvisar.

—Por el hotel no hay problema —dijo Cooper— porque al ser día de semana no están llenos. Voy a llamar para que les reserven dos habitaciones sencillas. Sólo por si acaso.

—Muchas gracias por sus atenciones, colega —dijo Jutsiñamuy—, cuando vaya a Bogotá será un gusto corresponderle.

Cooper le ofreció el puño. Jutsiñamuy le dio un golpecito con el suyo. Luego Cooper se lo puso en el corazón.

—Somos *brothers* —dijo.

La delegación de fiscales debió esperar un momento en la misma sala de las oficinas de Firmino & Cándido, donde fueron de nuevo atendidos. Por ser pasadas las seis de la tarde la bandeja incluía oferta de licores (cerveza, ron, whisky, vino blanco y tinto). Jutsiñamuy agarró un vaso de agua mineral con gas y un chocolate After Eight.

Hacia las 18:30 los invitaron a pasar a la sala de juntas.

Al entrar, el fiscal Jutsiñamuy se llevó una increíble sorpresa. No era un solemne óvalo en madera con puestos para todos, ni un pequeño hemiciclo, sino una especie de sala VIP de aeropuerto, con bar, catering y mullidos sofás dispuestos en forma cuadrada. Contó nueve personas, bastante más distendidas de lo que imaginó.

Ahí estaba la doctora Kardonski, quien se levantó y vino a darle un apretón de manos.

—Qué gusto volverlo a ver, fiscal.

—El gusto es todo mío —dijo, haciendo un esfuerzo por mantenerle la mirada.

La doctora había cambiado su atuendo: tenía un pantalón negro ceñido, camisa blanca y chaqueta ligeramente varonil. Un aspecto fresco, como si en lugar de las seis de la tarde fueran las ocho de la mañana. El fiscal se alegró de haber planchado el pantalón y tener una camisa reluciente.

La doctora Kardonski hizo la presentación. El fiscal Cooper, en calidad de autoridad local, dijo unas breves frases introductorias sobre la cooperación judicial de los dos países. Luego le dieron la palabra al fiscal Jutsiñamuy, quien se levantó del sofá, se apuntó el botón central de la chaqueta y comenzó a hablar deambulando alrededor de la sala.

Laiseca no había visto nunca a su jefe en una tarea de este tipo. Por eso le impresionó el manejo que tenía de la atención, los cambios de ritmo, el modo en que mezclaba oportunamente un lenguaje operativo y profesional con uno más expresivo, cálido y, por momentos, dramático. A los diez minutos el agente supo que el fiscal había agotado sus argumentos, pero habló un poco más, para asegurarse de que nadie le hiciera preguntas. Pasaron otros cinco minutos y Jutsiñamuy seguía hablando, explicando asuntos laterales y haciendo comparaciones en un lenguaje hipnótico, con énfasis y uso de todos los clichés del *buen hablar* capitalino. Como un patinador olímpico que, tras acabar su prueba con la máxima nota, siguiera haciendo trapecios y medialunas sobre la pista.

¿Qué pasaba?

Jutsiñamuy no hablaba para convencer a la junta, que a juzgar por su lenguaje corporal ya estaba plenamente convencida, sino para deslumbrar a la doctora Kardonski. Quería lucirse, hacer un par de verónicas, lanzar fuegos artificiales al aire. Y lo estaba logrando, pues la doctora lo miraba sin pestañear, con pupila fija. Estaba realmente obnubilada. Cuando el fiscal terminó, ella no pudo contener un aplauso que de inmediato todos siguieron.

Jutsiñamuy, con las mejillas enrojecidas, hizo una ligera venia a su público.

Hecho esto, les pidieron a las autoridades que volvieran a la sala de espera mientras los miembros de la junta tomaban su decisión, lo que no duró ni dos minutos. Luego la propia doctora Kardonski le entregó a Jutsiñamuy un archivo impreso con toda la información sobre NNT Investments Offshore. El fiscal lo abrió, posó sus ojos sobre el encabezado y, al ver que correspondía, volvió a cerrarlo. Se lo agradeció con una leve sonrisa.

—Después de esa deslumbrante presentación, a la vez profesional y emotiva —dijo ella—, cualquiera le habría dado hasta la clave de su tarjeta Visa.

Se rieron.

Un segundo después se le acercó un hombre mayor, de traje elegante. La doctora los presentó.

—Es el abogado Salvador Cándido, fundador de esta sociedad.

Jutsiñamuy le estrechó la mano.

—Quiero felicitarlo, señor fiscal —dijo el hombre—. Cuénteme, ¿es usted abogado?

—Sí, señor. De la Universidad Nacional de Colombia —dijo sacando pecho, como siempre que podía mencionar su *alma mater*.

—Pues me quedo con la mejor de las impresiones, caramba. Si alguna vez le pasa por la cabeza dejar la Fiscalía y pasar al sector privado, por favor piense en nosotros. Reconozco a un buen litigante a kilómetros.

—Muchas gracias, doctor —respondió Jutsiñamuy, con humildad.

Luego el abogado Cándido le dijo a la doctora Kardonski:

—Por favor, no perdamos de vista a este hombre.

Cuando se quedaron solos, la Kardonski le dijo:

—Espero que ahora más tarde me acepte un aperitivo en un lugar muy especial de la ciudad. Me gustaría saber un poco más de su trabajo en la Fiscalía.

Jutsiñamuy sintió un golpe en la glotis y creyó que no podría articular respuesta. En ese preciso momento, Laiseca llegó hasta él y le dijo.

—¿Qué decidió, jefe? Hay un vuelo a Bogotá a las nueve y media de la noche. Tendríamos que irnos ya.

La doctora no le quitó los ojos de encima.

—No, Laiseca, no podemos salir corriendo así —dijo el fiscal—. Llame al hotel y confirme las reservas. Salimos mañana por la mañana.

La doctora Kardonski sonrió.

Laiseca fue donde Cooper y le informó de los nuevos planes. Luego sacó el celular y empezó a hacer llamadas.

Media hora más tarde llegaron al hotel en la camioneta. Aborigen Cooper bajó con ellos.

—Fiscal, le repito que sería un honor si decide venir a cenar a mi casa.

—Querido colega —dijo Jutsiñamuy—, usted ya ha sido sobradamente amable, pero yo tengo que estudiar sin falta estos archivos, comunicarme con mi oficina y seguir adelante con la investigación. Todo eso, me temo, va a tomarnos gran parte de la noche.

Se despidieron.

El fiscal Cooper vendría a recogerlos la mañana siguiente a las 8:15 a.m. para llevarlos al aeropuerto.

Al quedarse solos, Jutsiñamuy sacó el archivo y lo mostró a Laiseca.

—Vea, agente, no sólo nos dan los nombres —dijo—, también hay depósitos e inversiones.

Laiseca pasó el dedo sobre la lista de titulares.

—¡Véalos! —dijo, eufórico—. Aquí están.

Es lo que esperaba confirmar: Juan Luis Gómez, alias Lobsang Gautama Neftalí, y Carlos Melinger. Ambos estaban ahí. Los dos eran accionistas de NNT Investments Offshore. Había otros tres nombres que debían estudiar.

—Desde mañana me pongo a ver quiénes son los otros —dijo Laiseca.

—Ahora sí tenemos bien sólido el puente con lo de Marlon Jairo en las cabañas de Guasca. Aquí en el archivo hay informes contables. Habrá que ver qué bancos colombianos usa NNT y reconfirmar sus estados de cuenta.

—Buena esa, jefe —dijo Laiseca, entusiasmado—. Esto sí amerita un brindis, ¿vamos al bar?

Jutsiñamuy, con la tarjeta de su habitación en la mano, le dijo:

—Le comunico, mi estimado agente, que tengo mis propios planes para esta noche, así que, con su permisito, subo a prepararme. La buena noticia para usted es que queda libre.

Dicho esto, le hizo adiós con la mano. Se metió al ascensor y dejó al agente en el lobby.

Laiseca se sentó en el bar, en un mesón pegado al ventanal que daba a la avenida. Pidió un ron Abuelo con dos rodajas de limón y se quedó absorto, mirando en el televisor la repetición de un partido de fútbol del Atlético de Madrid contra el Liverpool en la Champions League. A pesar de saber el resultado no quitó el ojo hasta que, a lo lejos, vio aparecer al fiscal en el lobby, dar una vuelta mirando su celular y luego caminar hacia la calle. Un enorme campero Toyota de color negro se detuvo al frente y le abrió la puerta. Subió y el auto salió de la medialuna de entrada en sentido contrario a la avenida. Al pasar delante de la vidriera, justo en el momento en que, en el televisor, Llorente metía un riflazo y hacía su primer gol al Liverpool en Anfield, Laiseca vio brillar, detrás del vidrio frontal, el dorado pelo de la abogada Kardonski.

Pensó que terminaría su ron y subiría al cuarto a seguir leyendo la novela de los asesinados. No le disgustaba estar solo. Aprovecharía para pedir al *room service* un buen sánduche de pollo y una Coca-Cola Light.

Parte VII
La muerte una vez más

1

Fue la empleada del servicio la que dio la alarma en un restaurante vecino. Serían las nueve de la mañana, hora en que empezaba su trabajo en la casa del escritor. Era tal su estado de histeria y pánico que casi no logra contar lo que había visto ahí adentro. Sus ojos estaban anormalmente abiertos, las pupilas dilatadas. No sólo expresaba miedo, sino que parecía haber perdido la cordura. De su boca salían gemidos de dolor. ¿Qué le ocurría a esa humilde señora? ¿Qué cosa tenebrosa habrá podido ver para estar sumida en ese estado? Debieron darle un calmante para que pudiera articular palabras comprensibles, y lo primero que se le entendió fue: «¡El horror, el horror!». Luego, haciendo un gran esfuerzo, agregó: «¡Picaron a don Santiago!».

Del restaurante alguien llamó a la policía y, al llegar, cuatro agentes entraron a la casa. Los vecinos comenzaron a aglomerarse. Uno de los uniformados volvió a salir descompuesto y vomitó en el jardín, sosteniéndose la gorra. Sus espasmos resonaron en esa mañana lluviosa. Luego el agente se apretó la cara con las dos manos, como si quisiera quitarse la imagen de lo que había visto.

Entonces sucedió algo asombroso.

Un perro callejero subió las escaleras y entró a la casa, sin que nada ni nadie se lo impidiera. Se escucharon ladridos y un minuto después volvió a salir, expulsado por un agente. Tenía el hocico enrojecido de sangre.

Jutsiñamuy y Laiseca llegaron a eso de las diez. Por el camino comentaron algo asombroso: era la primera vez que debían atender el asesinato de un escritor al que ambos estaban leyendo. Luego se preguntaron: ¿en verdad era asombroso o tenía una lógica extraña?

—En el libro está todo —puntualizó el fiscal—, tal como dijo Julieta. Lo que nos toca es ver realmente qué papel tenía el escritor en ese grupito. Si fue apenas un acompañante o si estuvo metido en más vainas.

—El nombre de Gamboa no aparece en la lista de socios de NNT Investments, ¿cierto? —dijo Laiseca.

—No, lo revisé por las dudas antes de salir y no —dijo—. Si estuviera ahí nos habría saltado al ojo desde Panamá.

—Ya sé, jefe. Ya sé —dijo Laiseca—. Es que... no acabo de digerir esto.

—Si seguimos la lógica de la novela —dijo Jutsiñamuy—, el determinador del crimen de Melinger y este del escritor tendría que ser Marlon Jairo. Una venganza. O mejor dicho: otra venganza.

—La venganza de la venganza —sentenció Laiseca.

—Aunque Julieta dice que no, que Marlon Jairo no tuvo nada que ver. Ella le cree. Ya veremos.

—Julieta tiene buen olfato —dijo Laiseca—, pero es que todavía nos falta saber muchas cosas.

Subieron a la terraza y entraron a la casa. Les llamó la atención el portal oscuro, como de otra época; un salón con muebles confortables y un ventanal al parque.

Los agentes le indicaron una puerta doble, la de la biblioteca.

Ahí estaba el cuerpo.

Lo que quedaba de él.

Al igual que el de Melinger, había sido desmembrado y distribuido por los anaqueles de la biblioteca. La abundante sangre se metió entre los libros y abrió surcos, cayendo de un estante a otro. Jutsiñamuy se tapó la boca con un pañuelo y caminó con absoluta entereza, mirando cada pedazo de cuerpo. Uno de los brazos fue puesto sobre una colección de volúmenes de lomo blanco que ahora estaban muy manchados. El fiscal registró el detalle de que se trataba de obras en italiano, una colección llamada *Supercoralli Einaudi*. Otras partes del cuerpo sobresalían de estantes inferiores con libros más grandes, algunos de ellos de arte, según pudo ver. Una mano con el dedo índice alargado yacía sobre un título que, aunque en francés, le pareció emblemático: *Las voces del silencio*, de Malraux. Así fue viendo, de trozo en trozo, esa perdida humanidad. Se acercó a cada pedazo con respeto y trató de memorizar algún detalle, relevante o casual.

No podía aún saberlo.

Hasta llegar a lo más atroz: la cabeza del escritor ensartada sobre un bronce del rostro de Buda que terminaba en un afilado penacho, haciendo un macabro «doble yo». Ahí los asesinos se habían esmerado en provocar una imagen perversa e imborrable. Les pareció reconocer cierta búsqueda expresiva.

Al verlo, Laiseca hizo un *no* con la cabeza y, temblando, se persignó.

—Es lo más asqueroso que he visto en toda mi vida —le dijo al fiscal—. Este es un país de bárbaros, de animales.

—Hay odio y venganza —respondió Jutsiñamuy—, pero haga el favor de no echarle la culpa a toda una nación.

—País de mierda —volvió a la carga Laiseca, verde del asco y de la rabia.

—Eso ya lo dijo un locutor deportivo —reviró Jutsiñamuy—. Hay que respetar el silencio, carajo.

Al ver sangre en los objetos de colección, el fiscal comprendió que había sido torturado con ellos: garrotes africanos, pequeñas lanzas, bastones de mando, hachas de obsidiana, estatuillas en jade. ¡Cuántas cosas, aparentemente mansas, guardaba ese escritor en su estudio! Como dato excéntrico registró que había sido golpeado incluso con la placa de un premio literario.

—¿Qué tenemos? —preguntó el fiscal a uno de los investigadores del CTI.

—Los vecinos no oyeron nada. Los de la casa de al lado no están y la propiedad es grande: y por la parte trasera da a la Quinta y por el lado a una escalinata. Hay una cámara en el extremo del parque, otra en la escalera y otra más en el restaurante de aquí al lado. Estamos reuniendo el material a ver qué encontramos. El asesinato fue durante la noche, hacia las dos o tres de la mañana. Tenemos huellas de al menos cuatro personas, pero no es seguro. Lo extraño es que no forzaron la puerta.

—¿Y el registro de llamadas del escritor?

—Estamos en eso. Apenas tenga algo se lo informo, jefe.

—Gracias.

Volvió a salir y pensó que debía alertar a Julieta.

La llamó.

Julieta acababa de hablar con Angelina Martínez, la directora de la cárcel de mujeres, para pedirle la nueva cita con Esthéphany Lorena. A pesar de tener cierta reticencia, la funcionaria aceptó darle media hora tres días después, a las cinco de la tarde. Era perfecto. Ahora debía enviarle el mensaje a Esthéphany con el aguardiente, para continuar el plan de cacería de Delia. La emboscada.

Se sorprendió al oír la voz del fiscal en el teléfono. No podía imaginarse. Claro que no. Se quedó muda unos segundos.

¿Santiago Gamboa asesinado?

Oyó los detalles del crimen como si estuviera sumergida en el agua. Colgó y caminó hacia la ventana. Tuvo un espasmo y sintió una ráfaga de dolor que muy pronto se hizo insoportable. La esperanza, cuando ya no sirve de nada ni existe, es un cuchillo afilado. Lanzó un manotazo al muro y dijo en voz baja: «Por favor, que no sea cierto». Se dejó caer en la alfombra con un desconsuelo que no sentía desde niña. Lloró y se ahogó en sollozos. Se apretó la cara con las manos, puso los diez dedos contra los ojos a manera de cerco y lloró y lloró con la respiración cortada y el corazón queriendo irse, avergonzado y oscuro. ¿Por qué?

No sabía por qué.

Sí sabía por qué.

—Jefe —dijo el mismo agente del CTI—, tengo el registro del celular. El escritor llamó a las 2:06 a la tienda de licores El Rancho, que tiene servicio 24 horas, y pidió un litro de vodka Absolut. A las 2:26 le enviaron un mensaje alertándole que el pedido estaba en su puerta.

—Interesante —dijo Jutsiñamuy—, siga, agente.

—Una probabilidad es que los asesinos estuvieran ya escondidos en su terraza. Cuando el escritor bajó a la calle a recibir el domicilio los tipos se metieron a la casa o lo esperaron para intimidarlo y entrar con él.

De repente Jutsiñamuy tuvo una idea.

—El computador del escritor, ¿estará encendido?

No habían llegado a eso, así que volvieron a entrar.

Era un viejo iMac. Jutsiñamuy, con sus guantes puestos, tocó una tecla. La pantalla se encendió sobre un texto de Word. El fiscal vio en la parte superior el título, *Eternidad*, y leyó la página en la que estaba trabajando:

Lo que no sabía al principio, cuando empecé a escribir esta deshilachada memoria, es que ya estaba por fuera del tiempo de quienes aún amo (y amé); muy lejos y para siempre de esa cuenta aterradora de minutos y siglos. Este es el verdadero tema de la vida. También el de la poesía: el vertiginoso paso del tiempo. Amar es cruzar de la mano ese huracán, recorrer ese anhelo hecho de nubes o de viento, el cual nos conduce hacia un final.

El futuro es ese abismo en el que volvemos a estar solos.

«Lento es el paso del mulo hacia el abismo».

El único futuro que me queda, el único anhelo del que aún dispongo, es el callejón sin retorno de la eternidad.

Jutsiñamuy le dijo al agente:

—¿Usted conoce bien este programa de Word?

—Más o menos, pero espere que Ruiz es técnico informático.

Llamó a uno de los colegas que recolectaba huellas sobre un segundo escritorio. Ambos vinieron ante el fiscal.

—¿Es posible saber a qué hora se trabajó por última vez este texto?

—Claro, jefe —dijo el hombre—, deme un minuto.

Se sentó y, con los guantes, agarró el mouse y fue al sistema. Abrió un par de ventanas y, en la última, leyó un registro.

—Vea, jefe, aquí dice que la última vez que el sistema salvó, o mejor dicho, que grabó el contenido de forma automática, fue a las 2:30 de hoy.

—O sea, cuatro minutos después de que le enviaran la alerta por el pedido.

—Sí, justico a esa hora, jefe. El sistema tiene una protección automática que graba cada cinco minutos después de que se hacen cambios. Lo que esto muestra es que a partir de las 2:30 a.m. ya no le hizo más cambios al texto.

—El vodka —dijo Jutsiñamuy—, ¿encontraron una botella de Absolut?

—Hay una en la cocina, jefe. Está abierta.

—Muéstremela —dijo el fiscal.

Se la trajeron. Le faltaban unos cincuenta centilitros.

—Alcanzó a servirse el último trago —dijo Jutsiñamuy—, menos mal. ¿Hay por ahí un vaso con restos de vodka?

Encontraron, entre los escombros del suelo, restos quebrados de un vaso y dos rodajas de limón.

—Ya está —dijo Jutsiñamuy—: el escritor volvió a entrar con la botella a la casa, fue a la cocina a prepararse un trago y regresó a su estudio a seguir escribiendo. Ahí se abalanzaron sobre él y empezó el baile. Entraron mientras él salía por la botella. Es de suponer que le tenían chuzado el celular, porque, si no, ¿cómo supieron que debían actuar en ese preciso instante?

—¿Casualidad? —opinó Laiseca—. A lo mejor estaban vigilándolo hacía rato.

—La casualidad existe —dijo Jutsiñamuy—, pero no es una variable seria. Nadie es asesino por casualidad.

Al decir esto el fiscal marcó un silencio.

—Bueno, casi nadie —dijo.

Luego continuó:

—Si lo estuvieran vigilando desde un carro no habrían tenido tiempo para entrar antes que él. Gamboa los habría visto y el enfrentamiento habría sido afuera. Si logró servirse el último trago fue porque no sabía que los asesinos estaban dentro de la casa.

—Pues sí, jefe —dijo Laiseca—, eso es incontestable. ¿Puedo leer? Está bueno este texto.

—Nos llevamos el computador —dijo Jutsiñamuy—, para protegerlo y analizar su contenido. ¿No se llevaron nada? Luego se lo devolveremos a los herederos. ¿Tiene familia este pobre hombre?

—No en Colombia —dijo Laiseca, que estaba trabajando en eso—. Una mujer y un hijo. No hemos logrado comunicarnos. Viven en Italia.

Uno de los técnicos mostró un cable suelto que salía del espaldar del computador.

—Acá podría haber conectada una memoria. A lo mejor se la llevaron.

Los restos del escritor estaban dispuestos en varias bolsas selladas, incluida la cabeza, que decidieron transportar con el bronce de Buda. Jutsiñamuy pensó que iba a ser difícil (y probablemente insustancial) establecer qué le provocó la muerte en primera instancia. Supuso que Piedrahíta sabría hacerlo.

Al mediodía la noticia estaba en todos los titulares: «Escritor asesinado brutalmente en su propia casa». Todos manifestaron su repudio y dieron las condolencias a la familia.

Julieta seguía sobre la alfombra, abrazada a un puf de cuero y negándose a afrontar la realidad. Cerró los ojos e imaginó una escena absurda: la voz de Jutsiñamuy en el teléfono diciéndole que había sido un malentendido. En realidad el muerto era otro, un vecino.

Ah, la maldita esperanza.

La que hace todo más difícil.

Recordó la casa: los muebles de anticuario, la biblioteca que se extendía por las paredes, los cuadros originales de artistas. El bar empotrado entre los libros, las botellas reflejadas en un espejo, la mesa extraíble, los vasos y copas en la parte alta y, en la baja, los espacios en X para acomodar las botellas de vino. Visualizó el cuarto de huéspedes. Repasó una y mil veces lo que sintió, las caricias. ¿Cómo era posible que esa persona ya no existiera? Se llenó de rabia, se sintió culpable y le dieron náuseas.

De repente tuvo un impulso. Agarró el teléfono y llamó al fiscal.

—Dígame, amiga —respondió Jutsiñamuy.

—¿Siguen en la casa de Gamboa? —dijo ella—. Quiero verlo.

—Se lo llevaron hace un par de minutos. Acaban de terminar la diligencia.

—Quiero verlo, fiscal. Se lo pido como algo personal.

Jutsiñamuy hizo una leve tos.

—Julieta, óigame bien esto —dijo—. Si usted tiene un recuerdo de él, una imagen de él, consérvela y manténgalo así. El cuerpo está muy maltratado. Se lo suplico, no me pida ese favor.

El fiscal se dio cuenta de que Julieta lloraba.

—Estas cosas son dolorosas, yo la entiendo —le dijo—, a mí me afecta mucho. Lo único que podemos hacer es seguir adelante. No hay otra posibilidad y ni usted ni yo queremos otra posibilidad. Dejemos un tiempito y hablamos, ¿bueno? Ya estoy terminando el libro.

Julieta no dijo nada más.

—Hay dos cosas que curan todos los males, amiga. Usted ya sabe cuáles son.

Johana llegó al estudio muy alterada. Acababa de oír la noticia por radio, pero lo que más la impresionó fue ver a su jefa en ese estado. Al verla, Julieta se echó en sus brazos y la abrazó.

Lloró en su hombro un rato largo.

—Jefa, hay algo que no me está diciendo —dijo Johana—. ¿Usted lo vio más veces?

Julieta se limpió las lágrimas con el brazo.

Se sentaron, procurando calmarse.

—La noche que salí de la casa de Amaranta Luna, con mil tragos en la cabeza, fui donde él. Me entregó un montón de cosas. Están en el último correo.

Johana abrió el gmail, copió los documentos y los puso en la carpeta de la investigación. Julieta fue a servirse un trago doble.

Al verla, Johana le dijo:

—Jefa, deje ese vaso. No son ni las once de la mañana.

Julieta se limpió las lágrimas.

—Hoy es un día excepcional, Johanita. Perdónemelo.

Fue al otro salón y se recostó en el sofá. Johana se quedó leyendo los documentos, tomando notas. Se puso los audífonos y oyó noticias. En el radio se hablaba del asesinato del escritor y los probables indicios.

De pronto, Johana se levantó y miró con precaución hacia la calle.

«Alguien debe estar vigilando a la jefa», se dijo.

Vio varios carros parqueados, nada aparentemente extraño. Salió a la cocina y, desde allí, subió por una escalera manual a un patio de ropas. Volvió a mirar la calle. Sacó el celular y grabó en video la perspectiva completa, de un lado al otro. También los techos vecinos. Volvió al computador y comenzó a indagar sobre el escritor y su muerte. Vio que era columnista de opinión. Había sido acusado de injuria y calumnia por un exministro y atacado en redes sociales, pero no recientemente.

Revisó las viejas notas de su jefa basadas en el libro de Gamboa. Hasta ese momento era la única clave que unía el caso Melinger con los huesos de La Calera. «Hipótesis: Melinger amputó a Marlon. Posible consecuencia 1: Marlon conoció el libro y, a partir de él, fue a asesinar a Melinger». Y algo más: «Probable consecuencia 2: que Marlon mande matar a Gamboa, creyendo que el personaje de la novela que acompaña al argentino y el autor son la misma persona. Gravísimo. No hay que hacer público el nexo entre la novela y el crimen de Melinger. Usar el libro con precaución».

Johana se levantó y fue al otro cuarto. Julieta seguía recostada, con el vaso y la botella sobre la mesa. Se acercó a verla, pero estaba dormida. Volvió al estudio y miró otra vez hacia la calle. Algo la intranquilizaba. Comparó lo que veía con el video de su celular. Algunos carros se habían ido, otros llegaron. Tres eran los mismos, se habían quedado ahí. Un Renault Duster gris platinado, un todoterreno Kia oscuro y una camioneta Chevrolet gris. Por la lluvia no se distinguían bien los colores. Sería difícil ir hasta allá a comprobar si alguien vigilaba dentro de los carros.

«La vigilan porque la vieron entrar y salir de la casa de Gamboa hace tres días», pensó, «seguro que seguían al escritor antes de hacerle el atentado».

Miró el teléfono celular de su jefa. ¿Tendrían chuzado al escritor? ¿Quiénes serán? ¿La habrán chuzado también a ella? Prefirió no despertar a Julieta, pero quiso saber en qué terreno se movían.

Llamó a Yesid.

—¿Qué hubo, reinita? —dijo él—, ¿a qué le debo este supremo honor de que me llame tan temprano?

—¿Usted por dónde está? —le preguntó.

—En la 45 con Caracas. Vine a hacer unas compras para los patronos. ¿Por?, ¿quiere que la recoja?

—Es que... —de pronto se quedó muda.

Pasaron uno, dos, tres segundos...

—¿Aló? —dijo Yesid—, ¿pasa algo?

—Es que... puede que me estén chuzando.

—¿Chuzando? ¿Y eso quién?

—Ay, pues... ¡tan bobo! Como si uno supiera quién lo chuza cuando lo están chuzando.

—Espere le marco desde Signal, que es seguro.

—Si contesto con el mío, ¿no nos oyen?

—No, ya le marco, mamita. Y sumercé me contesta en Signal.

—Yo no sé eso...

—Yo le instalé la aplicación hace un tiempo, usted sólo me contesta.

La llamó y ella, viendo ese ícono por primera vez, le dio a la señal de responder.

—¿Y cuándo se metió a mi celular a instalarme eso? —dijo Johana, brava.

—Esa vez que me dijo que le pusiera el IG, ¿no se acuerda? Pensé que podía ser útil, y vea.

—Ah, bueno... es que pasaron un montón de cosas —dijo Johana—. Mataron a un amigo de la jefa, un escritor. Parece que le pegaron una matada ni la berraca. A lo mejor tiene que ver con lo que estamos investigando y el problema es que ella estuvo con él hace tres noches. Lo que creo es que a nosotras ya nos están vigilando también.

—Sí oí en las noticias que habían matado a un escritor —dijo Yesid—. ¿Y ya inspeccionó bien la calle?

—Le estoy haciendo vigilancia y hay tres carros que no se mueven desde hace un rato. No puedo salir a mirar.

—Dígame qué carros son y yo paso por ahí en un rato. Escríbame un mensaje.

—Bueno, Yesid. Pero ¿tiene cosas lejos?, ¿por dónde va a estar el resto del día?

Había miedo en la voz de Johana.

—No, tranquila reinita que yo paso bien rápido y miro esos carros. ¿Están sobre la carrera?

—Sí, pero igual péguele una revisada a toda la manzana, ya que viene.

—Claro que sí, ya le aviso entonces —dijo Yesid—. Quédese tranquila.

Volvió a la ventana y vio que los carros seguían ahí. En el otro cuarto, Julieta dormía respirando fuerte y con una baba saliéndole de la boca. No había almorzado. La botella estaba por la mitad. Empezaba la tarde, pero por los nubarrones ya parecía de noche.

«Le dio durísimo la matada de ese man», se dijo Johana, «nunca la había visto así, tan llevada, ¿se habrá enamorado?».

No logró quitarse el ansia. La sensación de estar en peligro.

Fue a la puerta de entrada y echó doble llave. Miró por la ventana de la cocina, pero era imposible entrar por ahí. Tampoco por el frente. Desde la cocina llamó a la portería.

—Quihubo Édgar, soy Johana, del 609, vea, una pregunta, ¿nadie ha preguntado por la señora Julieta o por mí?

—No, señorita, las habría llamado. Yo sé que están en la casa.

—Y... ¿no ha visto pasar a nadie así como raro?

—No, señorita, ¿y eso por qué?

—No, es que la señora Julieta está preocupada de que la estuvieran buscando y no la encontraran. No le entendí bien.

—Tranquila, niña Johana, que yo estoy pendiente y cualquier cosa les aviso, ¿oyó?

—Gracias, Édgar.

Volvió a la ventana y miró de nuevo. Ahí estaban los tres carros. Podían ser de gente que trabajaba por ahí. ¿Dónde se había metido Yesid? No quería llamarlo para no azarar, pero era su esperanza.

Como si la hubiera oído, le sonó el celular por Signal.

—¿Quihubo? —dijo ella, ansiosa.

—Le di vuelta a toda la manzana y pasé despacio por los carros. En el Duster hay dos manes como esperando a alguien. Parecen choferes y el carro tiene placa oficial. En el Kia hay otro man también. El Chevrolet sí está vacío. Les tomé las placas a los tres.

—¿O sea que... todo bien? —preguntó Johana.

—No se ve nada raro, pero uno nunca sabe, reinita. La gente mala no anda con un letrero. ¿Quiere que pase a recogerlas para ver si alguno se mueve? Tengo que llevar unas cosas a la casa de los patrones y en una hora quedo libre.

—Sí, buena idea, pero me toca despertar a la jefa. Se emborrachó desde temprano y está profunda. Mándeme las placas, por si acaso. Hágale y me avisa cuando esté por llegar.

Antes de ir donde Julieta, Johana marcó al celular del fiscal.

—Dígame, mi niña.

—Doctor, ¿me puede marcar de una línea segura?

—Claro, Johanita. Ya mismo.

Un segundo después entró la llamada.

—Dígame, ¿hay algún problema? —dijo el fiscal, preocupado.

—Estuve pensando y creo que el asesinato del escritor puede poner en peligro a la señora Julieta, y también a mí. ¿No ve que ella estuvo en esa casa hace apenas tres noches? Seguro que la rastrearon. No sabemos quién mató a ese escritor, pero yo también estuve en esa casa y le puedo asegurar que es un tipo, mejor dicho, que era un tipo solitario, que no le hacía mal a nadie. Si lo mataron es porque alguien creyó que sabía algo. Lo mismo que nosotras.

—¿Ha visto algo raro? —dijo el fiscal—. ¿Y Julieta?

—Ella está indispuesta —dijo—, es que quedó muy mal con lo del asesinato. En la calle del frente hay tres carros que no se mueven y en dos hay personas adentro. Puede ser casualidad, pero me da miedo. Tengo las placas.

—Démelas —dijo Jutsiñamuy—, a ver si hay algo raro.

Se las pasó, junto con las marcas de los carros. El fiscal llamó a Laiseca por el interno y le dijo:

—Averígüeme estos carros a ver qué son —y le dio los números.

—Ya la llamo, Johanita. No se vaya a mover de ahí.

—No, fiscal. Aquí estaré.

Entró la tarde. Johana fue a ver a Julieta y decidió despertarla. Al abrir el ojo puso cara de sorpresa.

—¿Qué pasa? —dijo—. ¿Qué horas son?

—Las cuatro y pico, jefa. Va a ser mejor que se prepare para salir, Yesid viene a recogernos.

—Pero ¿qué pasa?

Johana le explicó. No pasaba nada, pero era mejor tomar precauciones. Había hablado con el fiscal y estaba por devolver la llamada. Fueron a la ventana a mirar los carros. Ninguno se había movido. Johana le mostró el video de hacía algunas horas.

—Pues sí, es raro —dijo Julieta—, y la verdad es que si mataron a Santiago lo más seguro es que lo estuvieran vigilando desde antes. Mierda, ¡este dolor de cabeza!

Fue al baño, se tomó un ibuprofeno y se echó agua fría en la cara. De pronto sonó el celular de Johana. Era Yesid.

—Ya estoy llegando, reinita, ¿bajan y esperan en la portería? No salgan a la calle hasta que yo llegue.

Le avisó a Julieta. Sacó el bolso, una chaqueta y fueron al ascensor. Al salir al corredor, Johana estuvo muy precavida, pero no había nadie. Abajo el portero ya no era Édgar, sino el de por la tarde.

—Señora Julieta, buenas.

—Buenas —dijo ella.

Se hicieron a un lado del vestíbulo, lejos de la puerta de vidrio. Un segundo después Johana vio el carro de Yesid. Salieron y él les abrió muy rápido. Subieron y arrancó.

—Quihubo, Yesid —dijo Julieta—, mil gracias por esto, qué pena. Demos una vuelta a ver qué pasa.

El carro, blindado, era de la compañía de seguridad para la que trabajaba.

—Ahí se movió el Duster —dijo Yesid, mirando por el espejo retrovisor.

—Mierda. Es el que tiene placas oficiales —dijo Julieta—, ¿no cierto?

—Sí señora —dijo él—. Espérese demos una vuelta a ver qué hacen. Había dos personas adentro.

Avanzaron por la carrera Quinta hacia el sur. Por ese sube y baja de calles que serpentean entre el barrio residencial de Chapinero alto y los cerros. El Duster los seguía a distancia, dejándose pasar por otros carros.

—Sí parece que nos hace seguimiento —dijo Yesid—, porque no se nos acerca. A ver les hacemos una prueba.

Al llegar a la calle 62, Yesid dobló hacia la Séptima en lugar de tomar la cuesta que sigue por la Quinta y paró más adelante, frente a los jardines de La Salle. El Duster apareció atrás, dudó un momento y tampoco tomó la cuesta. Vino hacia ellos despacio. Yesid, nervioso, bajó la mano y acarició el arma que llevaba debajo de la silla.

En ese momento sonó el celular de Johana.

Era el fiscal Jutsiñamuy.

—Johanita, ¿qué novedades hay? —dijo—. Le cuento que no vemos nada raro en las placas. Incluso las que son oficiales, las del Duster, son de unos escoltas de la UNP.

—Le paso a la jefa, fiscal —dijo Johana.

Julieta saludó a Jutsiñamuy. Le dijo lo de las placas.

—Pues es precisamente ese carro, el Duster, el que parece que nos está siguiendo —dijo Julieta.

En ese momento el Duster pasó frente a ellos. No se veía hacia adentro, pues tenía vidrios polarizados, pero pudieron distinguir dos bultos en los puestos delanteros. Avanzó un poco más, a baja velocidad, y en un cierto punto aceleró y bajó a la Séptima.

—Se acaba de ir —le dijo Julieta a Jutsiñamuy—. ¿Y son escoltas de quién?

—La hija de un senador, según veo acá —dijo Jutsiñamuy—. Es confidencial. Pero esto nos pone en alerta, Julieta. Me gustaría ponerle vigilancia, al menos por unos días. Mientras aclaramos esto. A ver qué fue lo que pasó.

—Está bien, fiscal —dijo ella—. Yo ahora vuelvo a la casa, mande a alguien allá.

—No se preocupe, dígale a Johanita que la deje en su casa tranquila. Le mando a Yepes, que es mi chofer. Dígale al portero que lo deje entrar al garaje.

—Gracias, fiscal. Hasta mañana.

Yesid enfiló de nuevo hacia el norte, por la Circunvalar, y dejó a Julieta en su estudio.

—Gracias, Yesid. Váyanse con cuidado, directo a la casa.

—No se preocupe, jefa, que aquí el hombre es un Robocop. Mañana le caigo tipo nueve.

—Acá la espero.

Julieta entró y le dijo al portero que iba a venir un chofer escolta, que lo dejara parquear en el espacio de visitantes. Desde ahí tenía control sobre la gente que entraba al edificio y los que subían en el ascensor.

Entró a la casa y, sólo en ese momento, sintió que la cabeza le iba a explotar. La solución de la aspirina le pareció aburrida así que optó por la segunda ley terapéutica del bebedor, que es apagar el fuego con gasolina. Agarró la botella de ginebra de la mañana, se sirvió lo que quedaba en un vaso (hasta la mitad), lo bebió de un sorbo largo y la tiró a la caneca. El ruido del vidrio contra la lata la hizo inquietarse. Luego sacó una de Tanqueray que tenía de repuesto, llenó una hielera, agarró unos limones en rodajas y se fue con todo eso al baño. El agua caliente, el vapor y la soledad eran su terapia. Lo que no podía solucionarse ahí era irremediable. ¿De verdad la estarían vigilando? ¿Y para qué? ¿Por qué mataron a Santiago Gamboa? Debía pensar en todo eso y muy en serio. La historia tenía tres globos y en cada uno un nombre: Melinger, Marlon, Gamboa.

¿Cuál era la relación entre esos crímenes?

El baño tenía las paredes húmedas, con la pintura soplada y hongos oscuros a manera de arandelas. Las llaves eran de aluminio viejo y la silicona de los bordes se había ennegrecido. Ese baño pedía a gritos una remodelación, pero por ahora no tenía un peso. Mejor así. Luego, con el agua en la barbilla, se dio cuenta de que su dolor provenía de algo más profundo y es que, de algún modo, se sentía culpable. Algo irracional le indicaba que su hallazgo, sugerido por su amigo Silanpa —la equivalencia entre el argumento de la novela y los hechos en torno a Marlon—, habían causado el crimen del escritor.

Le pegó un sorbo largo a su vaso y, echando agua por todos lados, salió del baño y fue al escritorio. Se moría de frío. Podrían verla de los apartamentos vecinos, pero quería leer algo de Santiago. Agarró una bolsa de la Librería Nacional y la llevó al baño. Ahí tenía, sin abrir, nueve libros de él que había comprado el día anterior.

Miró las carátulas, eligió uno al azar.

El complejo de Telémaco. Le llamó la atención este título, tal vez por sus inicios de estudiante de Psicología.

Mordió el plástico protector con los dientes, lo abrió y comenzó a leer, pegándose otro buen trago. El ruido de la llave del agua se confundió con el de la lluvia. Leyó un rato y le volvió a dar sueño. Antes de cerrar los ojos se dijo que si en lugar de hace tres noches hubiera ido ayer a la casa de él, ahora estaría tasajeada. Picada. Su cuerpo en bolsas sobre una cubeta en Medicina Legal. Pensó en sus hijos. Debía llamar al imbécil de su exmarido a decirle que se quedara con ellos el mayor tiempo posible.

Y bien lejos de Bogotá.

No se sintió con fuerzas para hacer la llamada. Dejó correr los pensamientos. Recordó una frase de una canción de Serrat, «y me pregunto, por qué muere la gente». Le dio un beso al libro intentando no mojarlo. Lo abrió en la foto de la solapa del autor y lo puso frente a ella. Bebió dos tragos largos mirando esa cara que ahora añoraba. ¿Por qué se demoró tanto en conocerlo? La vida está mal construida. Imaginó, fantaseó, proyectó imágenes y deseos.

Se vio con él caminando por la zona industrial de París, entre chimeneas de vapor e inmigrantes clandestinos, hasta llegar al Marché aux Puces de la Porte de Clignancourt para buscar ceniceros de hoteles o antiguas marcas de aperitivos, como Cinzano, Ricard o Martini; se vio en la habitación 809 del Hotel Nikko de Polanco, en Ciudad de México, abriéndole la puerta a un *room service* con una camisa suya puesta a la carrera y *My Funny Valentine*, de Gerry Mulligan, de fondo; se imaginó caminando con él por la Cuesta de Moyano, en Madrid, comprando viejas ediciones de Barral Editores y luego leyendo en una terraza del estanque de El Retiro, con un buen tinto de verano; se imaginó que estaban en Bamako y luego en Brazzaville, y que ambos escribían sobre robustos mesones de madera con sendas tazas de café en una terraza alta, frente a un río de aguas marrones. Lo imaginó en todas las ciudades que conocía y no conocía y armó diálogos complejísimos. Se imaginó esperándolo en el aeropuerto de Nairobi, donde vivían, pues regresaba de algún viaje en plena noche, y se vio enviándole el borrador de una crónica. Sintió con él nostalgia de África, donde nunca había estado. Lo vislumbró al amanecer, desnudo, con la cara hundida en su entrepierna, y a ella jadeando, hundiéndole los dedos en el pelo, y luego él encima, ella murmurando en su oído «más duro, más duro». Estaba entusada, putamente entusada, ¿pero de qué y sobre la base de qué? Entusada de él y de la muerte y de esa vida que no pudo ser porque sólo quedaba ella, de este lado, para vivirla.

Enamorarse ahora, valiente gracia.

Enamorarse de una sombra o de una nube.

El fiscal tenía razón: la única esperanza era seguir adelante, no buscar cosas perdidas por los rincones. Esto equivalía a decir: no llenarse de recuerdos inventados para que no se vuelvan reales. Su vida volvía a estar en ceros, debía comenzar de nuevo. Trató de alejarse de esos pensamientos. ¿La estarían siguiendo a ella también? ¿Estaba en peligro? El dolor o la culpa la hicieron sentirse valiente. Sus células y neuronas resbalaban, inconscientes, anhelando que un arroyo de alcohol las llevara flotando hacia altamar. Es que la realidad a palo seco es imposible, incluso cuando tiene algo de sentido.

Seguir, qué remedio. Lloró un poco más: vida desabrida. Como esas calles anochecidas y húmedas de allá afuera. Esa ciudad inhóspita y cruel en la que ningún corazón, distinto del suyo, se retorcía por una muerte absurda.

Por favor, un bolero.

Recordó que le debía mandar a Johana un mensaje. Que fuera a la cafetería vecina del Buen Pastor bien temprano a arreglar la nueva cita con la reclusa. No olvidar: con el mensaje había que mandar una botella de aguardiente Antioqueño.

Seguir adelante, no hay otro camino posible. Su libre albedrío estaba maniatado. Le vino a la mente un verso, ¿de quién era? «Todo aquello era insoportable / pero fue soportado».

Al fin pudo dormir.

2

Johana y Yesid llegaron a la tienda de la señora Abigaíl pasadas las ocho de la mañana. Ya a esa hora la música de mercado popular sonaba estruendosamente y casi todas las mesas estaban ocupadas. Apenas entraron, la dueña los reconoció y vino a atenderlos.

—¿Cómo les fue con el encarguito anterior? —les dijo, invitándolos a sentarse.

—Muy bien, muy bien —dijo Johana—. Todo funcionó perfecto, muchas gracias.

—Ah, qué les dije. ¿Van a desayunar? —dijo la señora Abigaíl—. El caldito de costilla está de rechupete.

—Bueno —dijo Yesid—, tráiganos dos desayunos completos.

—¿Con café o chocolate?

—Chocolate ambos —dijo Johana mirando a Yesid. Él confirmó con la cabeza.

—¿Huevos pericos o fritos?

—Pericos. Con cebolla y tomate —dijo Johana.

—Ya les traigo.

Fue detrás del mostrador, pidió la orden por el ventanuco que da a la cocina y luego, en una estufa de dos fogones, empezó a batir el chocolate en su olleta. Armó la canasta con las tostadas, agregó mantequilla y un platico de mermelada. Cuando unas manos alcanzaron los dos caldos y los huevos, puso todo en una bandeja y lo trajo a la mesa.

—¿Van a querer algún otro servicio?

—Sí —dijo Yesid—, a eso vinimos. Se necesita que lleve otro mensaje a la misma reclusa. Ya tenemos aquí el sobre.

—¿Ida y vuelta? —preguntó la señora.

—No —dijo Johana—, sólo ida. Pero con algo más.

—Dígame.

—Una botella de aguardiente Antioqueño.

—Ah, eso sí me gusta —dijo la señora Abigaíl—, pero usté sabe, mijita, que es un poquito más caro. Entrar trago a la cárcel es problemático. Al que lo pesquen se lo llevan es p'adentro.

—¿Y en cuánto sale todo?

—250 pesitos nada más, sumercé.

Johana miró a Yesid. Yesid dijo:

—Uuuy, no, mi señora, nos está tirando línea alta... Vea que es sólo de ida, ¿y cuánto vale la botella de guaro?

—Pues aquí en la tienda vale 45 pesitos, pero entonces tendrían que traer a la señora de la cárcel para que se la tome aquí, ¿sí me entiende el problema, mijito?

—Pero no, madre, espere... —insistió Yesid—, quiere decir que si el mensaje sólo de ida vale 50 y el guaro 45, vamos en 95, ¿y el resto?

—Pues es que traer a la señora acá valdría más —volvió a decir la dueña.

—Es que me tiró a la yugular... —insistió Yesid—. ¿No lo deja en 150 pesitos?

—Noooo, sumercé, yo ya tomé tinto hoy... Si quiere nos vamos con 230.

—No me mire así que me lapida, señora. 165 y dejamos la cosa lista.

—Bueno, mijito, para cerrarlo que se le está enfriando el caldo... ¡210 y ya!

Yesid le apretó la pierna a Johana por debajo de la mesa.

—¿Sabe lo que le digo, madre? Usted es una genia para negociar... yo nunca pensé ofrecerle 170.

La mujer hizo un gesto de cansancio y miró el reloj.

—Hoy porque me cogió de afán y con trabajo, jovencito. Vea, le recibo 185 pesitos...

—Pero va con los desayunos...

La señora retiró un segundo la mano. Luego la volvió a extender y dijo.

—Está bien. Pero ligerito, ligerito, que si sigo negociando me acaba comprando la tienda.

Yesid le pasó la plata. Tomaron la foto de la entrega, incluida la botella de aguardiente.

—¿O sea que la señora es paisa, sumercé? —preguntó doña Abigaíl.

—No, pero es el aguardiente que le gusta.

—Mañana por la tarde lo recibe, reinita. Cuente con eso.

Empezaba a caer la tarde cuando Julieta llegó a la puerta del Buen Pastor. Yesid y Johana la dejaron y dieron vuelta hasta la Avenida 80, como la otra vez. Les dio pereza tener que hablar con la señora Abigaíl, así que se fueron a esperar a un McDonald's.

Dos combos Big Mac con Pepsi Light y papas fritas.

Julieta entró al pabellón de las reclusas y, de nuevo, fue recibida por la directora. La llevaron hacia una de las salas especiales.

Ahí estaba Esthéphany, con su vestido azul. No más verla notó algo raro. Movía la cabeza hacia un lado y la devolvía al centro. Paseaba los ojos.

—¡Tiene treinta minutos! —dijo la dragoneante.

—Hola —dijo Julieta, sentándose en la mesa y poniendo el celular encima—. Si no le importa grabamos la conversación, como siempre.

La mujer marcó con los labios una inquietante sonrisa. Como si la boca y sus ojos no estuvieran comunicados. Julieta pensó, absurdamente, en un cuadro de Chagall.

De inmediato sintió que esa mujer no era Esthéphany. Era Delia.

—Hola —le dijo.

—Hola.

—He oído hablar mucho de usted —agregó Julieta, reponiéndose de la sorpresa y de un vago nerviosismo. Esthéphany tenía razón: la voz era diferente. Delia era ronca, como si el sonido tuviera que pasar por un túnel metálico y sobreponerse a ciertos ecos.

—¿De verdad? No me diga que ya soy famosa.

—Pues para mí, sí, no sé para el resto. Quería charlar con usted, conocerla.

—Me imagino por qué vino, pero a ver, sorpréndame —dijo Delia.

Se veía más fiera y fuerte que Esthéphany. Hablaba desde una posición retadora y de poder.

—Tengo muchas preguntas —dijo Julieta—, pero me gustaría empezar por el final, con algo sencillo: ¿Por qué llamó a Carlos Melinger a decirle que estaba en peligro?

La mujer no se inmutó. Más bien frunció los labios y se acarició la barbilla en un gesto de suficiencia.

—Pues porque estaba en peligro —dijo Delia—, pero dígame algo, ¿qué gano yo con contestarle sus preguntas?

—Ayudar a que se sepa la verdad —dijo Julieta—, y eso le puede convenir.

—¿Me van a dar un premio? ¿Una medalla? ¿Voy a salir más rápido de aquí?

—Su caso es complicado y usted lo conoce mejor que yo —dijo Julieta, sabiendo que se metía en terreno fangoso—, pero si colabora podría obtener algún favor. En este país, por estos días, la verdad se valora.

—Eso es sólo para los guerrilleros, no para la gente decente como yo —dijo la mujer, haciendo un giro con la cabeza—. No me compare con esos asesinos.

—Usted era amiga de los paramilitares de Guaduas, ¿verdad?

Esta vez sí se sorprendió.

—Veo que está bien informada —dijo—. Sí, tuve alguna relación con ellos.

—Fabio Méndez —agregó Julieta—, alias Tarzán.

Delia deslizó un sí con la boca, sin mover otro músculo de la cara.

—Fabio Andrés... —murmuró.

Se quedó en silencio, mirando con nostalgia hacia el suelo de cemento.

—Fabio Andrés Méndez... —volvió a decir—. Una época de mi vida. A lo mejor fue la única feliz. Eso todavía no lo sé.

—Hábleme de él.

—Lo conocí en Honda, en el hotel que regentaba Jesús Alirio, el marido, que también era paraco, sólo que sin el compromiso ni la mística de Fabio Andrés. En esos años, y puede que ahora también, aunque de otro modo, si uno vivía en municipios o en el campo le quedaban dos opciones: o estaba con la guerrilla o estaba con los paracos, no había medias tintas. El que le diga algo distinto es porque no conoció o no supo. Así era y punto. A mí Fabio Andrés me pareció un hombre valiente, que estaba dando la pelea por limpiar este país.

Al ver que Julieta hacía sí con la cabeza, le dijo:

—¿Ya sabía esto? Me imagino quién le contó... Pero esa versión es simple. La que se sabe las cosas tal como pasaron soy yo. Yo, yo. ¿Me entiende? Si usted ha oído a otras... —al decir esto marcó un silencio y miró a Julieta a los ojos, haciendo que, por primera vez, sintiera una pizca de miedo—, pues debe saber que esas otras no tienen ni puta idea de lo que pasó realmente, ¿me comprende? Soy yo, sólo yo.

—Claro que sí, no se preocupe —dijo Julieta—. Siga... Cuénteme su historia.

—Siempre que Jesús Alirio se iba para la Costa, Fabio Andrés venía a verme a Honda. Nos tomábamos unos traguitos en el bar del hotel y luego yo me iba con él. Esto duró como dos años, prácticamente hasta que lo mataron.

Bajó un segundo los ojos.

—Muchas veces vino con amigos y salimos a fincas vecinas a sancochos, a pasar tardes de rumba y piscina. La gente del hotel sabía, pero le tenían miedo a Fabio. Si algo llegaban a sapearle a Jesús Alirio, todos debían asumir. En eso él era temible. Una vez encaró a una sirvienta que se atrevió a decirme delante de él que si Jesús Alirio llamaba qué había que decirle, y él le dijo, a ver, amiguita, usté misma conteste a esa pregunta, pues, para que la oigan acá todos, ¿qué es lo que le tiene que decir?, a ver si hay alguien acá que no haya entendido, y al decir esto sacó un pistolón y lo puso sobre la mesa y miró a los empleados del bar, y todos se hicieron pipí en los pantalones del susto, y yo no me hice pipí sino que me mojé, me excité al ver la autoridad de un hombre, así era Fabio Andrés, y en esos paseos a fincas conocí a algunos de sus socios y amigos, pasamos muy bueno, entendí cómo era que funcionaba el asunto en Guaduas, ¿y sabe? Sé que Fabio Andrés hizo cosas injustas, secuestros y de pronto hasta algún crimen, pero es que él venía de abajo, del fondo del pozo, mejor dicho, y eso se nota, la vida de los ricos, tan fácil, y sobre todo los ricos de Bogotá o las ciudades capitales, no saben ni sabrán nunca lo que a uno le toca cuando nace en el pozo y hay que empezar a trepar a mano, piedra por piedra, para llegar a la superficie, para estar apenas a la misma altura... A uno se le va la vida para llegar al punto donde otros comienzan, ¿sí me entiende? A usted se le nota la buena cuna, señorita

Julieta, se ve que viene de una familia que le pagó educación y viajes; se ve que ningún tío la manoseó de niña y que su papá nunca le pegó una cachetada en la cara dejándole el ojo colombino, eso se nota, la gente que no sufrió de niña ni de adolescente cree que la vida vale lo mismo para todos, y no es así, entonces a la hora de juzgar, fíjese usted, al que viene del pozo se le pide más; al rico le gusta que el pobre se quede pobre y que agradezca, pero a veces, para salir de la pobreza, hay que quebrar huevos, así es en la vida real, los huevos se quiebran y las cosas cambian. Y hay personas como Fabio Andrés que tienen la berraquera de salir y llevarse a algunos con él, y bueno, que dure lo que dure...

Hizo una pausa, levantó la vista y clavó las pupilas en los ojos de Julieta.

—Después, cuando lo mataron, seguí en contacto con sus amigos. Luego me detuvieron por el asesinato de Jesús Alirio y ellos trataron de ayudarme. Pero aquí estoy. Si alguna vez salgo libre de esta perrera quiero irme del país para siempre. Ya sé cómo hacerlo, lo tengo planeado.

—¿Y a qué país piensa viajar cuando salga? —quiso saber Julieta.

La mujer hizo como que se lo decía un par de veces, pero no lo dijo.

—Es un secreto —susurró, mirándola con ojos aún más extraños y desorbitados—. No se lo voy a decir a nadie y mucho menos cómo pienso llegar hasta allá. Porque, usted comprenderá, nuestra amiga común no puede saberlo.

Otra vez echó fuego por los ojos.

—Esos amigos que la ayudan acá en la cárcel —continuó Julieta—, ¿le dieron el dato de que iban a matar a Melinger?, ¿cómo lo supo?, ¿cómo consiguió el teléfono?, ¿quiénes eran?

La mujer dio un respiro largo y, como si borrara todo lo anterior, volvió a su actitud del principio.

—A mí me dijeron que usted no era de la policía, ¿no es verdad?

—Soy periodista, estoy investigando este caso.

—O sea que si yo le cuento algo, usted no me puede ayudar, ¿o sí?

—Pues depende; si lo que me cuenta sirve para esclarecer la verdad, se lo puedo transmitir a la justicia. Y eso le conviene. Tengo amigos muy arriba.

La mujer pareció interesarse.

—¿Y esos amigos saben que usted está acá hablando conmigo?

—Sí, claro que saben.

—Mire, el asunto es mucho menos complicado de lo que usted se imagina. En realidad es bastante sencillo.

—Cuénteme, pues.

—Melinger había contactado a un amigo de Fabio Andrés que está preso en La Picota, un man chévere que trabajó como diez años en las autodefensas de esa región. Él sabía una cantidad de secretos y le había pasado información a Melinger de apoyos políticos a favor de amigos de la lucha, unos paracos que al principio fueron muy cercanos pero que luego, cuando mataron a Fabio Andrés y mi amigo cayó preso, se olvidaron y lo dejaron ahí, sin ayudarle a arreglar nada. Por eso él aceptó colaborarle al argentino, para vengarse de esos corrompidos que lo habían traicionado. Yo supe porque la novia de ese amigo está acá reclusa. Pero algo se supo y a mi amigo lo mandaron a otra ciudad y lo último que le dijo a su novia fue que llamara al señor Melinger a decirle que pilas, que se fuera. Que lo iban a matar. Ella me pidió el favor a mí de que hiciera la llamada porque tenía miedo de que la estuvieran vigilando. Por eso llamé yo, pero tarde.

La mujer se interrumpió con una asombrosa risotada que estremeció a Julieta, pues no tenía relación con lo que estaba contando.

—¡Y lo más chistoso es que me acabaron grabando a mí! Es por eso que usted vino hoy, ¿verdad?

—Su voz quedó en un contestador, usted dejó un mensaje —dijo Julieta—. Fue al día siguiente de que mataran a Melinger. Obviamente la policía encontró el mensaje.

—Pero usted me dijo que no era de la policía.

—Eso lo supo todo el mundo —dijo Julieta—. Ahora lo que le voy a pedir es lo más importante.

—¿Y qué será? —la mujer volvió a ese extraño tono de adolescente caprichosa.

—Los nombres de las personas que usted mencionó —dijo Julieta—. Los amigos de su amigo de La Picota. ¿Quiénes eran?

La mujer volvió a reírse.

—Ay, usted ya me está empezando a caer bien —le dijo—. ¿O sea que quiere que yo le diga los nombres de esos manes?

Otra risotada ahogó sus últimas palabras. Se dobló hacia adelante y golpeteó con la mano su rodilla varias veces.

—Los nombres...

—Sí —dijo Julieta—, para poder saber quién es quién en todo este lío, y qué fue lo que pasó.

—No, claro, eso yo lo entiendo —dijo Delia, sobreponiéndose al ataque de risa con un gesto desafiante y calculador—, pero... ¿Y yo cómo voy ahí? ¿Qué es lo que me ofrece a cambio? Todavía no le he dicho a qué país me quiero ir cuando salga de acá, pero que salgo, salgo, y esta información es parte del pasaje, yuuuuuu, volando hacia la libertad...

—Puedo intentar conseguirle algo —dijo Julieta.

—Al pan pan, al vino vino. Usted me consigue un beneficio y yo le ayudo con lo que sé.

—Tiene que entender, de todos modos —dijo Julieta—, que no la van a sacar de aquí así como así. Puede que le reduzcan la pena o le den mejores condiciones. Pero primero debe dar un testimonio que sea válido y verificable.

—No me diga eso ahora, amiguita, que yo sí tengo derecho a soñar. Tráigame una propuesta buena y yo le canto la tabla de nombres, con los detalles y todo. Y hasta les sirvo de testigo. Pero tengo que quedar muy muy contenta con lo que me van a ofrecer.

—Voy a ver qué consigo, ¿y cuándo puedo volver a verla?

—Pues cuando tenga listo el regalito —dijo Delia—. Me avisa por la misma vía. Y me manda más de ese traguito tan rico que me mandó. Ahí guardé un poco por si me pongo triste. ¿Le parece bien quedar así?

—Sí, voy a ver qué consigo.

Como si lo hubieran calculado: sobre estas palabras una dragoneante entró al salón y anunció que ya habían pasado treinta minutos. Delia se levantó y, con docilidad, se acercó a la guardia. Se despidieron.

Al verla de lejos le hizo un gesto de victoria.

3

Johana y Yesid la recogieron en el portón de la cárcel, dieron la vuelta y regresaron hacia la Avenida 80.

—Esa mujer es una loca peligrosa —dijo Julieta—, pero tiene una versión que cambia las cosas.

Y agregó:

—Hay que hablar con el fiscal, ¿es muy tarde?

—No, doña Julieta —dijo Yesid—, son apenas las seis y pico.

Marcó el celular de Jutsiñamuy.

—¿Fiscal? —dijo Julieta—. ¿Lo molesto?

—No —dijo Jutsiñamuy—, me estaba preguntando por usted. ¿Ya se siente mejor? Cuénteme.

—Estoy saliendo de la cárcel de mujeres —dijo ella—, acabo de hablar otra vez con la reclusa.

—Ah, claro, Esthéphany Lorena, ¿le dijo algo nuevo?

—Es mejor que hablemos en persona —propuso Julieta—. Cada vez desconfío más de estos bichos.

—Ya le mando un mensaje diciéndole dónde la espero. Nos vemos en un rato.

El mensaje decía: «Crepes & Waffles, al lado de la Fiscalía». Ahí las llevó Yesid. Se encontraron un poco antes de las ocho.

—Me da gusto verla repuesta de tristezas, Julieta —dijo el fiscal—, ¿quieren comer algo?

Johana dijo que no, su novio la estaba esperando en el carro y comería con él más tarde. Sólo una Fanta Limón. Julieta pidió una cerveza. El fiscal una ensalada griega y agua mineral con gas.

—La historia de esta mujer es complicada —empezó a decir Julieta—. Sufre de algo que se llama Trastorno de Identidad Disociativa. Suena raro, pero explica que tenga una segunda personalidad tan definida. Ella dijo en el juicio que fue la *otra* la que mató a su marido y a las demás personas esa noche en la discoteca de Honda, pero los jueces no tomaron en cuenta su posible trastorno. Como nunca se lo había tratado y no tenía historial médico, no lo consideraron. Pero ahí está y es verdad. Por eso la voz del teléfono y la de ella no coinciden. Fue la otra, fiscal, la que hizo la llamada. Tiene el tono un poco más ronco y habla más rápido. Sé que es difícil de creer, pero es así. Son dos personas completamente diferentes. Y se odian.

Jutsiñamuy se sorprendió con eso.

—Pero ¿usted la vio transformarse?

—Sí, fiscal —dijo Julieta—. No vi el momento preciso de la transformación, pero hoy, hace un rato, estuve con la otra. Se llama Delia.

—Ah, carajo —dijo Jutsiñamuy—. ¿Y qué dijo?

—Es una historia larga. Yo ya sabía por Esthéphany que Delia había tenido un romance con un paramilitar de la zona de Guaduas, un tal Fabio Andrés Méndez, alias Tarzán...

—Uy, claro, me acuerdo de ese tipo, era una bestia —dijo el fiscal—. Tenía boleteado a todo el mundo y cobraba peaje por la carretera del Alto del Trigo. Era socio de otro paramilitar alias Jonás y trabajaban para el Pájaro, jefe de las Autodefensas del Magdalena Medio. Se desmovilizaron en el 2006 y luego a los dos, a Jonás y a Tarzán, les dieron plomo y los tendieron el mismo día. Me acuerdo perfecto.

—Eso —siguió diciendo Julieta—. Pues resulta que el marido de Esthéphany, un costeño llamado Jesús Alirio, regentaba un hotel en Honda y allá iba Tarzán a cada rato. Se quedaba en el hotel y hacía fiestas, traía viejas, en fin, era como su casa y se llevaba bien con el marido de Esthéphany, que, por lo demás, también era medio paraco allá en Sucre. Lo cierto es que cuando Esthéphany se transformaba en Delia y veía a Tarzán le coqueteaba y acabó teniendo un romance con él. Esthéphany ya me había contado eso, pero Delia no sólo me lo confirmó, sino que me echó el cuento completo: estaba enamoradísima de Tarzán, se veían cada vez que su marido iba a Corozal a atender negocios y ver a la familia. La relación fue tan fuerte que Delia se hizo amiga de otros paracos de la zona que trabajaban con Tarzán. Esto, con ese detalle, Esthéphany no lo sabe.

Jutsiñamuy se agarró la cabeza con las manos.

—Pero ¿cómo puede...? —dijo moviendo la cara a los lados—, cómo puede ser amante del tipo y que la otra no sepa, ¿si son la misma persona?, ¿el mismo cuerpo?

—Ahí está el detalle de esa enfermedad psiquiátrica, fiscal —dijo Julieta—. Parece que no es el mismo cuerpo. Son dos distintos.

—¿Cómo es que se llama?

—Trastorno de Identidad Disociativa. Estuve mirando y antes le decían Trastorno de Identidad Múltiple. Es lo mismo.

—Yo no voy a poder entender esa vaina hasta no verla con mis propios ojos.

Julieta se acabó la cerveza e instintivamente pidió otra.

—Pero espérese, fiscal —le dijo—, que eso apenas es el preámbulo. Un tiempo después, no sé cuánto, Tarzán se desmoviliza y deja de boletear. Se dedica a sus negocios y sigue la vida hasta que lo matan. Por lo visto algunos de sus amigos, obviamente exparacos, siguieron haciendo jugadas raras de narcotráfico y algunos acaban presos.

En ese momento llegó la cerveza. Julieta le pegó un sorbo largo. Estaba helada, deliciosa.

—Y ahí viene el cuento. Resulta que uno de esos tipos recluido en La Picota, pero no sé el nombre, le estaba pasando información a Melinger sobre las ayudas de los paracos de esa región a algunas personas. No lo dijo explícitamente, pero supongo que sería a políticos. Era información sensible, y fue ese mismo tipo, desde La Picota, el que dio la alarma de que iban a matar al argentino y el que le pidió a su novia, que está detenida en El Buen Pastor, que le avisara a Melinger. Esa mujer fue la que le pidió a Delia que hiciera la llamada.

—Pero entonces, ¿no le dio ni un solo nombre? —preguntó Jutsiñamuy.

—Dijo que me los daría a cambio de beneficios. Sueña con salir de la cárcel e irse del país. ¿Cómo lo ve?

—Es una historia enredada —dijo el fiscal—, pero tan fuera de lo común que no me extrañaría que fuera cierta. ¿En qué quedó con ella?

—Le dije que iba a intentar conseguirle algo con las autoridades, sin darle detalles, y que luego negociábamos. Ella estaría dispuesta incluso a testificar.

Jutsiñamuy se acabó el último bocado de su ensalada, llamó a la mesera y pidió un té de frutos rojos.

—Podría ser —dijo el fiscal—. Hoy tenemos un montón de casos de paramilitares que negocian testimonios contra políticos, comerciantes, funcionarios. Podría ser. Uf, esto va a estar más complicado de lo que imaginé.

—¿Por qué? —quiso saber Julieta.

—Porque si toca a algún nombre importante será un caso mediático y tomar decisiones va a ser difícil. Incluso dentro de la misma institución, Julieta. Usted sabe eso. No todo se maneja igual.

—Yo lo sé, fiscal. Hay gente que tiene tratamiento VIP.

Jutsiñamuy se rio.

—Yo no dije eso, ni lo afirmo ni lo niego. Mejor dicho: no oí nada.

Julieta y Johana se rieron.

—Voy a ver qué podemos ofrecerle a esa pobre señora y le cuento. Lo hablaré con el colega que lleva el caso. Voy a investigar quién podrá ser el paraco informante de Melinger, aunque no tendríamos nada sin el testimonio de ella.

—Claro que no, fiscal. Seguiré entonces por esa vía.

Hubo un silencio. Julieta bajó los ojos y Johana, al verle una cierta angustia, adivinó lo que pasaba por su mente.

—¿Se ha sabido algo del asesinato del escritor?

El fiscal la miró con afecto.

—Nada por ahora, Julieta. Estamos acabando de hacer el análisis de los elementos encontrados en la casa. Lo primero es saber qué fue exactamente lo que pasó esa noche. Tenemos indicios: una llamada a una licorera, un domicilio que llega, pero todo son elucubraciones. Me cuesta trabajo pensar que lo hayan matado por lo que dice en el libro.

—¿Se leyó las partes que le señalé?

—Me lo leí todo, Julieta. Ya le dije que me gustan las novelas largas. No tengo ni la más mínima duda de que el argentino es Melinger y el cortado nuestro Marlon Jairo. Es la misma historia, no puede ser casualidad. Lo que estoy pensando, pero es sólo una idea en borrador, es que el escritor podía ser parte del grupo clandestino de Melinger y el profesor Gautama. No aparece como titular de la NNT Investments, pero eso tampoco quiere decir que no pudiera ser un aliado.

Julieta reaccionó de inmediato.

—Por ahí no es, fiscal. Gamboa no sabía nada de Melinger ni de Marlon Jairo —dijo—. De eso estoy absolutamente segura. Yo lo puse al corriente de todo y él fue el primer sorprendido al ver que la historia de su libro se parecía a la realidad.

—Es una hipótesis, nada más —dijo Jutsiñamuy a la defensiva.

—De ser así —siguió Julieta—, Amaranta Luna lo habría conocido, tendría que haberlo visto. No podemos suponer que todos encubren y mienten.

—Entiendo el punto, Julieta —dijo el fiscal—, pero no olvide que el alma humana tiene vericuetos y razones inesperadas. Todo hay que tenerlo en cuenta, por absurdo que parezca.

—Pues este es uno de esos casos en que la hipótesis no sólo parece, sino que es absurda.

Se levantaron para salir. De pronto Julieta se dio vuelta y le dijo a Jutsiñamuy.

—Usted dijo que sería clave saber qué pasó exactamente la noche del asesinato. ¿Por qué no llevamos a la médium a la casa de Gamboa? De pronto nos da alguna pista.

—¿Doña Verónica Blas Quintero —dijo Jutsiñamuy, haciendo un redondel con los labios—, la que oye las palabras que se quedan en las casas de los muertos? Podría ser.

—No perdemos nada —dijo ella.

—Bueno, si no nos ayuda a resolverlo —sentenció Jutsiñamuy—, al menos hacemos un cursito en ciencias ocultas. Está bien, hagámoslo.

Llegaron a la puerta.

—¿Y qué le pareció el libro de Gamboa?

El fiscal la miró a los ojos, otra vez con afecto.

—Me gustó, me gustó. Aprendí mucha vaina que no sabía. El tipo era un berraco escritor.

Se despidieron. Antes de que Julieta se montara al carro, Jutsiñamuy volvió a decirle:

—Allá en su edificio le tengo a la misma gente de anoche, ¿oyó? Se me va derechito para allá.

4

Jutsiñamuy subió a su oficina. Eran algo más de las diez de la noche y por nada del mundo se iría a su solitaria y desabrida casa. Quería hacer con calma una llamada. Mientras subía las escalinatas de la Fiscalía canturreó una canción de Willie Colón, *Panameña, panameña, vamo'a bailar...*

Tenía un mensaje de Laiseca pegado a la puerta en un post-it amarillo: «Llámeme cuando llegue, jefe».

Lo llamó.

—Cuénteme, qué pasó...

—Voy para su oficina, encontré cosas —dijo Laiseca.

—Hágale.

Al llegar, el agente desplegó varios folios sobre la mesa. Ahí estaba el listado de llamadas y mensajes del celular de Santiago Gamboa en las últimas tres semanas. Incluía mensajes de texto y WhatsApp.

—Lo que quiero que vea es esta de acá —Laiseca señaló una llamada hecha cuatro días antes—. Es un número de París con el nombre «Juanita R.» La llamó por el WhatsApp y habló setenta y seis minutos.

—¿Juanita R.? —murmuró Jutsiñamuy.

—Fíjese que coincide con un personaje de la novela, el de la colombiana amiga del argentino Melinger.

—Es verdad —se sorprendió Jutsiñamuy—. Pero espérese. Antes de seguir con esto, cuénteme, ¿ya se la acabó de leer?

—Claro, jefe. La terminé hoy por la mañana.

—¿Y le gustó?

—Pues creo que sí —dijo Laiseca, moviendo la cara hacia los lados—, aunque le confieso que no me llevo bien con todo ese rollo de la autoficción. Prefiero la crónica, usted me conoce.

—Qué autoficción ni qué pendejadas, hombre —dijo Jutsiñamuy—, es una novela de la que podemos sacar indicios, nada más. Haga de cuenta que fuera *El principito*, sólo que con paracos y violadores borrachos.

—Uuuuy, jefe, *El principito* —dijo Laiseca—. Ahí también se podría rastrear la autoficción, pero le valgo el punto.

Laiseca se acomodó en su silla. Jutsiñamuy se concentró de nuevo en los papeles.

—Bueno, sigamos con esto.

—Procediendo por hipótesis —dijo Laiseca—, podemos suponer, teniendo en cuenta el libro, que esa Juanita R. del teléfono es la amiga parisina de Melinger.

—Sí —dijo Jutsiñamuy.

—Ahora bien, Julieta se reunió un par de veces con él y le preguntó si los hechos de la novela eran reales, y le explicó las coincidencias entre el libro y el caso Melinger. Ella dice que él no sabía nada y que fue el primer sorprendido, perfecto. Pero es de imaginar que ante tamaña revelación, Gamboa se haya quedado con curiosidad, y entonces, ¿qué hace? Llamar a su amiga Juanita R. de París y contarle lo que pasó. También preguntarle si no tiene algún indicio o cualquier otro dato que pueda ayudar a determinar quién mató al argentino.

—Ok —dijo Jutsiñamuy, muy concentrado en las palabras de su agente—, siga, siga. Tiene lógica.

—Entonces ella le dice que cree que sí, que no se acuerda bien. Que debe pensarlo un poco y mirar viejas agendas. Luego hablan de cosas personales, que, siempre según el libro, deberían de ser muchas y profundas, y al final se despiden.

Laiseca sacó a un lado otra de las páginas del documento.

—Ahora miremos los mensajes —siguió—. Mire este: apenas dos minutos después de que colgaron, ella le envía esto: «Me gustó oír tu voz, aunque la noticia me impresionó. Voy a buscar a ver qué encuentro. Cuídate. Besos». Y un par de corazones rojos.

Laiseca volvió al listado para decir:

—Ahí paran las llamadas a Juanita, vea, ya no vuelve a comunicarse con ella, pero al otro día ella le escribe esto: «Encontré algo. Un abogado. Una vez él me pidió llevarle a Bogotá una encomienda. Octavio Garzón. 3173864497».

—¿Y quién es el tipo? —preguntó el fiscal.

—El teléfono sigue estando a su nombre —continuó Laiseca—. Es un abogado de causas civiles, activista y líder social. Vive en el Park Way.

Laiseca marcó una pausa y arremetió:

—Ahora, jefe, sigamos con la lista de llamadas de Gamboa. Acá vemos que diez minutos después de recibir ese mensaje de Juanita de París, él marcó el número del abogado. Hay una primera llamada de tres segundos, o sea que no contestó. Un poco más tarde una segunda, pero nada. Eso fue a las 10:22 de la mañana de hace seis días. Pero mire: a las 12:46 le entró una llamada del abogado Garzón y la charla duró 26 minutos, tiempo suficiente para que Gamboa le contara quién era y para qué lo llamaba. Esa misma noche es cuando el escritor se encuentra con nuestra amiga Julieta. Acá están los mensajes. Ella le escribe a las 23h17, él le dice que la espera en su casa. Ella contesta: «Hendrick's. Llego en 10». Julieta se fue al otro día. El escritor pidió un taxi a nombre de ella a las 11h37.

—Bueno —dijo Jutsiñamuy—, eso es vida privada. No nos metamos. Siga.

—Lo único —dijo Laiseca— sería preguntarle a Julieta si Gamboa le contó algo de su conversación con Juanita R. de París.

—Ella no me ha dicho nada —dijo el fiscal—. Se lo preguntaremos cuando sea oportuno. Siga.

Laiseca pasó las páginas.

—Después de que Julieta se va, Gamboa llama otra vez al abogado Garzón y concuerdan una cita para esa misma tarde. Mire. Garzón le manda una dirección y una hora. Estuve revisando y es la oficina de él, ahí mismo en el Park Way. Y ya, dos días después matan a Gamboa.

Jutsiñamuy se levantó en silencio, caminó hasta la ventana. Se dio vuelta y dijo:

—Impresionante relato, Laiseca. Muy bien. Su reconstrucción es una hipótesis muy sólida. Veo que está afinando cada vez más el instrumento.

—Gracias, jefe. Ahora lo que toca es hablar con el jurista Octavio Garzón. Si le parece vamos mañana a primera hora.

—Sí —dijo el fiscal—, pero antes me gustaría tener un perfil bien preciso de ese abogado, ¿a quiénes representa?, ¿qué títulos tiene y de qué universidades?, ¿tiene algún antecedente judicial?, ¿cómo es su vida?, ¿es un hombre de clase media, media alta, media y tres cuartos?, o para el otro lado, ¿media menos cuarto, clase baja alta?

Laiseca, cual mago prestidigitador, sacó de la chaqueta otro documento y lo lanzó sobre la mesa. En la primera página decía: «Informe Abogado Octavio Garzón».

—Anticipar al adversario —dijo el agente—, eso lo aprendí de James Rodríguez... Ahí tiene lo que me está pidiendo.

El fiscal lo miró.

—Gracias por revelarme sus fuentes, agente —le dijo—, pero le recuerdo que yo no soy su adversario. Soy su superior.

—Era en sentido metafórico, jefe.

—No le meta metáforas a esta vaina que ya está tardísimo, ¿qué horas son? —miró el reloj—. Uuuy, casi medianoche. Su esposa me debe estar madreando.

—No se preocupe por eso que ella me madrea es a mí —dijo Laiseca—. Péguele un vistazo al informe. Se ve que es un tipo normal, más bien gris. Ni siquiera lo han amenazado. ¿Vamos mañana a verlo?

—Sí, desayunamos y vamos —dijo Laiseca—. Caigámosle sin avisar a ver qué pasa.

—Listo, hasta mañana.

El agente agarró su chaqueta y salió.

Jutsiñamuy se recostó en el sofá y le marcó a su chofer. «Bajo en siete minutos», le dijo.

5

Hacia las nueve de la mañana, Johana llegó al estudio y juntas empezaron a organizar el material de la investigación. Las entrevistas a la médium, vecina del argentino asesinado; las conversaciones con el escritor Gamboa, también asesinado; las dos entrevistas a Marlon Jairo en La Picota, propietario original de los huesos de La Calera; las conversaciones con la reclusa Esthéphany Lorena y su misteriosa doble Delia. Tenían mucho material pero, increíblemente, aún no lograban comprender hacia dónde se dirigía todo esto.

Johana se acomodó en el computador con los audífonos y comenzó a «desgrabar» la charla de Julieta con la reclusa Esthéphany Lorena en su versión *Delia*. Julieta agarró el teléfono y llamó a la directora de la cárcel de mujeres para pedir una cuarta cita con el pretexto de que había necesitado indagar una serie de cosas en Honda, lugar del crimen de la reclusa, antes de poder seguir la charla.

Después de una larguísima espera, por fin logró que se la pasaran.

—Señora directora, soy Julieta Lezama. Qué vergüenza llamarla tanto —dijo con su voz más profesional—, pero es que voy a tener que molestarla para el mismo favor. La investigación va muy bien pero tengo que hablar otra vez con la reclusa Esthéphany...

La directora la interrumpió con sequedad.

—Eso ya no va a ser posible —le dijo.

—Pero... —Julieta quedó desconcertada—, si hay algún problema puedo gestionar otro permiso con la Fiscalía, es muy importante que...

La directora la interrumpió.

—No se va a poder ni con permiso del mismísimo señor Jesucristo. La acuchillaron esta mañana en las duchas. Murió antes de llegar a la enfermería.

Julieta dejó caer la taza de té que tenía en la mano. Johana se quitó los audífonos y la miró.

Tenía la cara lívida.

—Pero... —murmuró apenas—. ¿Cómo fue?

—En las cárceles la vida es dura, señorita. Esa podría ser la conclusión final de su artículo. Todas estas historias arrancan mal y por eso son efímeras. En este momento le están haciendo la autopsia, pero igual no hay mucho que buscar ni entender. Le pegaron veintiséis puñaladas con un destornillador afilado, tiene destrozados los pulmones y el corazón.

Hubo un silencio en la línea.

—¿Puedo colaborarle en algo más? —preguntó la directora.

—No por ahora, gracias —dijo Julieta—. Me comunicaré más tarde, gracias y lo lamento mucho.

—No lo lamente, amiga. En este país hay demasiada vida.

Colgó el teléfono y fue a la ventana.

—La mataron, Johana. Le pegaron veintiséis puñaladas.

—No puede ser...

—Voy a llamar al fiscal.

Le marcó al celular. Jutsiñamuy respondió al segundo timbre.

—Cuénteme, Julieta, ¿qué novedades hay? Tengo diez minutos.

—Mataron a la reclusa esta mañana, fiscal. La acuchillaron en las duchas.

—Pero, a ver, ¿qué me está diciendo?

—Acabo de hablar con la directora de la cárcel. Le están haciendo la autopsia ahorita mismo.

—¿Y usted cree que tenga que ver con todo esto...?

—No sé, fiscal, pero es la segunda persona a la que matan después de hablar conmigo.

—Es verdad, caramba. Yo iba a salir a hacer otra cosa con el agente Laiseca, pero me parece que hay cambio de planes. Encontrémonos en El Buen Pastor. Voy a llamar a Cancino para que la lleve y allá nos vemos.

Minutos después sonó el timbre de la puerta.

Era Cancino.

—Señorita, el jefe me dijo que la llevara a la cárcel de mujeres.

—Sí, vamos.

Miró a Johana y le dijo:

—Tú mejor quédate aquí, por si sólo dejan entrar a una. Te llamo después.

—Listo, quedo pendiente y sigo con esto.

Fue con Cancino hasta el ascensor. Bajaron al parqueadero y subieron a la camioneta blindada. Cuando el chofer la encendió ya Jutsiñamuy estaba llamando.

—Aquí está conmigo, jefe. Vamos para allá.

Al salir a la calle, Julieta miró hacia los lados. Empezaba a tomarse en serio lo de su seguridad. En el asiento trasero de la camioneta, a su lado, había un agente de vestido oscuro. Cancino iba en el puesto del copiloto y un chofer, de corbata amarilla y vestido brillante, arrancó dando acelerones y frenazos. Escuela de conducción de escoltas. Supuso que todos llevaban armas, pero eso no la hizo sentirse más segura. Todo lo contrario. De repente le pareció clarísimo que la estaban siguiendo a ella, que sabían de sus investigaciones.

No era la primera vez que una investigación la ponía en peligro, pero le inquietaba no saber. Como caminar en la oscuridad, con enemigos que acechan. Su angustia más grande. Llegaron a la autopista y vio la marea de carros. ¿Se acercarían a hacerle daño? Sus hijos. La culpa de no pensar lo suficiente en ellos.

Le marcó al mayor, pero nada. Luego al menor y tampoco. Al estar con el papá no le contestaban, entre otras cosas para obligarla a hablar con él. Extraño reflejo, pero al parecer normal. Igual hizo el intento, no le costaba nada, y luego, viendo que el trancón de la Autopista y la 80 le daban tiempo, marcó el odiado número.

—Hola, linda, ¿cómo estás?

—Hola. Quiero hablar con Daniel, ¿está por ahí?

—Yo estoy bien, baby, gracias por preguntar —dijo su ex, con un tono que la hizo enfurecer—. Espera a ver si lo veo, andaba por aquí...

Pasó un minuto, quizá dos.

—No, linda, no lo veo, pero espera... Voy al segundo piso, al cuarto de ellos.

Se sintió humillada.

—Baby, hay un problema —dijo—, les acabo de preguntar quién quería hablar de primero contigo y ninguno de los dos levantó la cabeza de la pantalla. ¿Me dices qué hago?

—Les pegas un puto grito diciendo que la mamá está al teléfono. Quiero oírlo.

Y en efecto oyó: «Chicos, la mami está al teléfono, corran para hablar con ella».

No vinieron.

—Están metidos en sus rollos, ya sabes cómo son los muchachos de hoy. ¿Tú estás bien?

—Mira, por una vez en la vida te pido algo de cordura. Estoy en una investigación un poco jodida y con cierto peligro. Si llegas a ver la más mínima cosa rara, los empacas de una y sales corriendo a otra parte, ¿entendido?

—¿En peligro? Uff, baby, te entiendo más o menos. Si la cosa está tan áspera vas a tener que explicarme un poco más, ¿y a dónde me tendría que ir?

—A donde se te ocurra que puedan estar seguros, ¿ok? Si entendiste lo que acabo de decir y crees poder hacerlo, es suficiente. Sé que es un esfuerzo para tu cabeza.

—Oye, no te pases.

—Cómo se nota que andas viendo los mismos videos de ellos —dijo Julieta—, ya hablas como un *influencer* españolete. Tan güevón. Cuídalos y cualquier cosa me llamas. Tengo contactos en la policía.

Colgó, enfurecida. ¿Por qué tenía que ser él, precisamente, el papá de sus hijos? Culpa de ella, obvio.

El fiscal y el agente Laiseca ya habían llegado. Estacionaron en el área de funcionarios de la cárcel.

La directora los recibió en su oficina.

—¿Qué fue lo que pasó?, explíquenos con todos los detalles —le dijo Jutsiñamuy.

Se habían sentado en un salón con muebles de cuerina. Les sirvieron café.

—La información que tengo, según las declaraciones de los guardias y los testigos, es la siguiente —dijo la mujer—: la interna Esthéphany Lorena Martínez se levantó a las 4h00 de la mañana. Estaba en el patio 5º, así que fue al baño del segundo piso, que es el más pequeño y tiene sólo dos duchas. A esa hora no hay mucha gente, no hay fila afuera. Por eso a algunas les gusta bañarse temprano a pesar del frío. Esthéphany Lorena entró con su toalla y su jabón. Una dragoneante que estaba cerca dice que le pareció que el baño estaba vacío, que no había visto entrar a nadie, pero tampoco está segura. No oyó ningún ruido y de hecho no se dio cuenta de que a Esthéphany le hubiera pasado nada hasta mucho después. A esa hora todavía está oscuro y preciso ahí, a la entrada de ese baño, los focos del corredor son más débiles. Otras dos dragoneantes pasaron y no vieron nada. Oyeron el ruido del agua y pensaron que alguien se estaba bañando, normal. A las 4h31 otra interna, Yolima Díaz, llegó a bañarse y pegó un grito. Las guardias corrieron a ver y encontraron el cuerpo desangrado. Parte se fue por el sifón, pero como la interna cayó de lado acabó por tapar una parte con el brazo y el aguasangre desbordó la ducha e inundó el resto del baño. Nos impresionó la cantidad de heridas que tenía, ¡veintiséis! Claro que tiene algunas superficiales y lo extraño es que no parece que se haya defendido. Como si del primer golpe la hubieran dejado seca. Digo «hubieran», fiscal, pero entiéndame, no sé ni cuántas fueron las que la atacaron ni nada. A lo mejor fue sólo una persona, apenas estamos investigando. Lo cierto es que Esthéphany Lorena no alcanzó ni a gritar, aunque sí estiró las manos. Tiene cortes en los dedos. Ahora le están terminando de hacer una autopsia, pero lo primero que me dijo el forense, acá en la enfermería, es que las heridas se las hicieron con un punzón, un destornillador afilado. La mujer quedó desbaratada por dentro, pobrecita.

—¿Cuántas internas tienen acceso a ese baño? —preguntó el fiscal.

—Unas trescientas, calculo —dijo la directora—. Esto lo precisamos con la guardia.

—¿Podemos ir a mirar? —preguntó Jutsiñamuy.

—Claro, claro, fiscal —dijo la directora—. Somos Inpec, pero sobre todo tenemos que colaborar. Lo único es que mejor vamos en un grupito pequeño. Espérese un segundo doy la orden de que me liberen los corredores.

Cancino y los dos agentes se quedaron en la oficina. Laiseca, el fiscal y Julieta siguieron a la directora, acompañados de algunas mujeres de la guardia.

Julieta intentó retener cada detalle: los muros amarillos, los uniformes color café claro con una franja naranja en los hombros; la dragoneante que iba a su lado le fue diciendo:

—Este es el patio 4, acá le dicen la Guardería, porque es el de las internas que tienen bebés. Hay veintinueve niños.

Vieron los pabellones con ropa colgando de las ventanas: camisetas, jeans, medias, sábanas, camisones, sudaderas. Parecía increíble en ese contexto tan agrio pensar en la higiene, se dijo Julieta, pero tal vez en eso residía el secreto de la supervivencia. Unos metros más adelante, llegando a una especie de panadería y a algo llamado Oficina de Tratamiento Penitenciario, entraron al patio de las presas del paramilitarismo. Le dicen el Patio de Justicia y Paz.

—Hay una docena de reclusas, no más —dijo la mujer guardia—. Toca vigilarlas cuando salen al patio común.

Más adelante, Julieta vio (y registró para su crónica) una Oficina de Derechos Humanos, un salón de belleza, una iglesia y la puerta del rancho y los comedores. Por los barrotes se oían los gritos de las internas. Olía a cañería, a agua podrida, a comida. Luego pasaron por el patio 6, el de las guerrilleras: farianas y del ELN. Unas cuarenta y cinco.

Finalmente el baño del patio 5º.

Al ver la sangre seca entre las rendijas de las baldosas, Julieta sintió náuseas. El olor a cañería era insoportable.

Intentó memorizar el lugar. Un espacio rectangular con tres inodoros al fondo y dos duchas hacia la mitad. Tres lavamanos que parecían estar ahí hace al menos un siglo.

La directora señaló el lugar donde habían encontrado a Esthéphany Lorena.

—Desde la ducha tenía visual completa de los dos lados —observó el fiscal—, no la pudieron sorprender.

—Conocía a la asesina —sentenció Laiseca.

—Acá todo el mundo se conoce —dijo la directora—. Lo raro es que hubiera alguien desconocido.

—¿Alguna sospechosa en particular? —quiso saber Jutsiñamuy.

La directora retrocedió hasta la puerta. Tres uniformadas estaban de pie custodiando la escena del crimen.

—No creo —dijo la directora—. Pero si uno ve el expediente de Esthéphany y su condena por triple homicidio... No nos engañemos, fiscal. No es raro que la hayan matado.

La mujer habló en voz baja:

—Entiéndanme bien lo que voy a decir. No estoy acusando a nadie, pero ella mató al marido, al cuñado y a la concuñada, todos de una misma familia de Corozal, departamento de Sucre. Una cachaca matando a tres costeños de una familia que, según el expediente, tenía negocios con gente peligrosa. ¿Cuánta vida le puede quedar a alguien que hace eso?

La directora miró a Julieta, poniéndose un dedo en los labios.

—No me citen en la prensa, yo no he dicho nada. Pero ¿a ustedes no les parece que esta vaina está más clara que el agua?

Julieta miró a los ojos a la directora.

—¿Descarta cualquier otro motivo?

—No, claro que no —dijo la funcionaria—, uno nunca sabe lo que se esconde detrás de un cuchillo, pero es que Esthéphany Lorena no era conflictiva, nunca se peleó con nadie ni tenía enemigas. La apreciaban. Es lo raro, pero bueno. Ya estamos haciendo la investigación.

—¿Quién fue la última que la vio? —quiso saber Jutsiñamuy.

—La compañera de celda.

—¿Podríamos hablar con ella?

—Claro, vamos a la oficina.

Algunos minutos después trajeron a la interna. Su nombre era Yorlady Tascón Ahumada, treinta y un años, nacionalidad venezolana. Residente en Colombia desde el 2011. Condenada a siete años por tráfico de estupefacientes con reincidencia.

La saludaron y el fiscal entró en materia.

—Cuénteme qué fue lo que pasó esta mañana, señorita.

—Oiga, gracias por lo de señorita, pero soy señora y muy señora —contestó Yorlady, burlona, con un extraño humor que no correspondía a la situación—, tengo cuatro hijos, ¿quiere ver mi cicatriz de cesárea? Parece una autopista de seis carriles. Bueno, esta mañana ella se levantó a las cuatro, como todos los días. A Esthéphany le gustaba madrugar para no tener que hacer fila en las duchas, así que yo la vi salir, hasta le dije buenos días y ella me contestó. Se fue y no volvió, algo que al principio me pareció raro. Lo que me imaginé fue que se había quedado por ahí conversando o que había ido a rezar, no sé, a uno lo último que se le ocurre es que a alguien le metieron puñalada en la ducha, ¿no le parece?

—Sí, claro —dijo Laiseca—, pero dígame una cosa, ¿alguna vez mencionó que estuviera en peligro?

—Pues es que... —la interna miró alrededor, un poco a todos, como si desconfiara—, no sé si ustedes me van a creer lo que les voy a decir, pero es que ella no era sólo ella, Esthéphany, sino que tenía por dentro a otra persona, a otra mujer que era muy diferente y que sí tenía relaciones raras, ¿vale? No quiero que ustedes vayan a pensar que yo estoy loca, pero esa era la verdad. Yo era muy amiga de Esthéphany, hablábamos mucho, pero cuando se le metía la otra yo me acostaba en mi colchoneta y me daba vuelta contra el muro para no tener siquiera que verla, se volvía una persona mala. ¿Qué pienso? Haya sido la que haya sido, a la que mataron fue a esa otra, no a Esthéphany, que era buena persona.

—¿Habla de Delia? —preguntó Julieta.

—Ay, no me diga que la conoció... —dijo Yorlady—. ¿No es verdad que era una persona mala?

—La conocí y hablé con ella. ¿Usted sabe de alguien que quisiera matar a Delia? —insistió Julieta.

—Bueno, yo diría que muchas —dijo.

La directora de la cárcel se llevó las dos manos a la cabeza y exclamó:

—Un momento, por favor. Paren esta charla que no estoy entendiendo nada. ¿Quién es Delia? ¿De quién están hablando?

—Esthéphany Lorena era paciente psiquiátrica, sufría de Trastorno de Identidad Disociativa, directora —explicó Julieta—. En su segunda personalidad se llamaba Delia, que era la asesina de la discoteca La Plusvalía de Honda. Bueno, según ella. Acá en la cárcel, Delia era amiga de mujeres condenadas por paramilitarismo. La que llamó a la casa del argentino Melinger fue Delia, no Esthéphany. Por eso la voz era diferente.

—¿Voz diferente? —la directora comenzó a exasperarse—, ¿no fue Esthéphany Lorena la que hizo la llamada? ¡Está registrada en los videos! Entiendo lo de la identidad múltiple, pero no está en su ficha médica.

—Pues era así, señora directora —dijo Julieta—. Ayer cuando vine hablé con Delia. Había quedado de conseguirme una información.

—¿Qué tipo de información?

—Es una historia larga, directora. Algo en lo que estamos trabajando con el señor fiscal.

La directora miró a Jutsiñamuy y él asintió con la cabeza.

—¿Puedo saber de qué se trata? —dijo la directora—. A lo mejor puedo ayudarles.

Julieta hizo un rápido resumen: ¿recordaba la historia del argentino y la llamada por teléfono? La directora dijo sí, claro que se acordaba. La pregunta siguiente era: ¿por qué Esthéphany llamó a la casa del argentino? Eso quedó en el aire y en la investigación, tanto de la Fiscalía como de Julieta, se llegó a establecer que la señora Esthéphany, dominada por su segunda personalidad, se relacionó con paramilitares de la zona de Guaduas, Cundinamarca, motivo por el cual seguía manteniendo amistad con paras detenidos en La Picota. Uno de ellos era novio de una interna del Buen Pastor.

—¿Cuál interna? —preguntó la directora.

—Es lo que no sabemos y queremos determinar para entender si algo de eso puede tener relación con el asesinato, ¿me comprende?

La directora movió la cabeza hacia los lados, algo perpleja.

—Ya veo... Pero insisto en que la posibilidad de que la familia del marido la haya mandado matar es bastante fuerte. Eso es una vaina que pasa con frecuencia. Ustedes lo saben.

—Pero por supuesto —dijo el fiscal—, es lo primero que vamos a investigar. Pero quisiera hacerle otras preguntas a la señorita Yorlady.

—Claro —dijo la directora—. Guardia, traiga otra vez a la interna.

La joven volvió a entrar.

—Usted sugirió que muchas reclusas podrían querer matar a Delia —dijo Jutsiñamuy—, ¿podría decirnos quiénes?

La mujer miró con nerviosismo a la guardia.

—Me da miedo contestar esa pregunta, doctor.

355

La directora lo entendió y le pidió a las dragoneantes que salieran. Se quedaron sólo los de la Fiscalía, Julieta y ella.

—Ya nadie la oye —dijo Julieta—, cuéntenos quién la había amenazado.

—Las mujeres del patio 6 la miraban con ganas porque Delia era frentera y orgullosa de su amistad con los paracos. Odiaba a la guerrilla y cada vez que podía se metía con ellos. Y esa gente es brava.

—Pero ¿no había amenazas concretas? —preguntó el fiscal.

—No que yo sepa.

—¿La notó nerviosa, o asustada, o con algún cambio en su comportamiento en estos días? —insistió Laiseca.

—La vi como muy jodona, eso sí, pero es que estaba por venirle la regla... Eso la cambiaba un montón.

—Como a todas las mujeres —dijo Julieta.

—A ella más, le entraba una depresión inmensa. A mí me contó que al sangrar le venía esa angustia que tuvo durante años de no estar embarazada. Yo nunca le entendí eso, yo que estuve embarazada como cinco años de mi vida, semejante vaina tan incómoda...

—Y en el pabellón, ¿quién más sabía que Esthéphany tenía ese desdoblamiento? —preguntó la directora.

—Yo me imagino que todo el mundo, más vale, ¿no? Es que se le notaba a la legua que eran dos personas distintas.

La directora hizo entrar a una de las guardias del patio 5º.

—Dragoneante Suárez —le dijo la directora—, ¿usted sabía que la interna Esthéphany Lorena tenía doble personalidad.

La agente la miró con cara de no entender.

—¿Cómo así, directora? —le dijo.

—Que tenía metida otra por dentro —explicó Yorlady.

—Ah, sí, claro que sí, directora. Se le metía la otra y hablaba raro.

—Gracias, agente, espere afuera —le dijo y la uniformada salió—. Caray, pues parece que la única que no lo sabía era yo.

—No se preocupe, doña directora —dijo Yorlady—, que eso acá hay de todo, hasta perros azules.

Se rio, pero al segundo se contuvo.

—O sea que usted no tiene idea de qué fue lo que le pasó a Esthéphany Lorena —volvió a decir el fiscal.

—Pues no, y es que eso fue hace apenas unas horas. Oí que la chuzaron con un punzón, ¿no? ¿Y ya lo encontraron? Digo yo, para saber quién fue la que la clavó.

El fiscal y la directora se miraron. La directora dijo:

—En el baño no había nada. Tenemos a todas las internas del pabellón formadas en el patio y se les están revisando las celdas. También las registramos a ellas, pero no se ha encontrado nada.

—¿Los sifones? ¿Las cañerías? —dijo Laiseca—. ¿Las cisternas de los sanitarios? ¿O lo habrán enterrado, o puesto en algún hueco del muro, detrás de un ladrillo?

—Si ese punzón está aquí adentro —dijo la directora—, lo vamos a encontrar.

Se oyeron unos golpes en la puerta. La directora ordenó seguir y entró la secretaria con una mujer uniformada. La sargento Carmenza Maldonado. Le dio la orden de que se llevara a la interna al patio común, con las demás del pabellón.

—Cuál es el informe, sargento —dijo la directora.

—Pues para notificarle, señora directora, que tras haber hecho control y rastrilleo de las celdas del pabellón 5º —dijo, leyendo de un bloc de notas— se encontraron 17 gramos de clorhidrato de cocaína, 23 de marihuana, 4 celulares de gama alta, 7 consoladores de caucho, 9 botellas de aguardiente Antioqueño y 6 de ron Viejo de Caldas. Pero ningún objeto cortopunzante.

—¿Eso es todo?

—Es todo, señora directora.

—Por favor revíseme bien las alcantarillas, los sifones y desagües...

Miró a Laiseca, quien agregó:

—También las cisternas de todos los sanitarios y buscar ladrillos sueltos en los muros o remociones recientes de tierra en los patios... ¿Miraron bien dentro de los colchones?

—Sí señor, se palparon manualmente y se les pasó detector de metal, pero nada.

—¿No pudo haber sido una interna de otro pabellón? —preguntó Laiseca.

—Es poco probable —dijo la directora—, pero no imposible. Sargento Maldonado, revíseme a las del 6 y del 3.

—Sí, mi señora, con permiso entonces.

—Siga.

La uniformada salió de la oficina.

—Tenemos las dos opciones —dijo Julieta—: o fue asesinada por la familia del marido o la mataron por algo relacionado con la investigación del argentino.

Bajaron de nuevo al garaje. Era ya pasado el mediodía y todos, a pesar de las noticias sombrías, se sintieron un poco eufóricos al contacto con el aire libre.

Salir de una cárcel, aunque uno no esté recluido, siempre es un gran alivio. Jutsiñamuy agarró del brazo a Julieta y le dijo:

—El agente Laiseca y yo íbamos a hablar con un abogado para el tema del escritor Gamboa, de pronto le interesa. Sé que no es muy ortodoxo lo que le voy a proponer, pero ¿le gustaría acompañarnos?

—¿Un abogado? ¿Amigo de Gamboa? —dijo Julieta, súbitamente alterada—. ¿Quién es?

—Venga con nosotros, amiga. Estuvimos estudiando las últimas llamadas del escritor y dimos con él. Venga y por el camino le voy contando.

6

La Avenida 80 era un reverbero de motores detenidos y monóxido de carbono encapsulado en el aire. La gente, enjaulada en sus carros y echando maldiciones, parecía empeñada en elevar de forma voluntaria el calentamiento global: mal genio, puñetazos en los timones, radios a mil, redes sociales colapsadas, chats frenéticos, mensajes de voz, conversaciones a gritos y por autoparlante, vulgaridad a tutiplén. La inmensa chabacanería de una sociedad en plena expansión tecnológica, pero sin el equivalente en educación y respeto a los demás. No llovía, las nubes concedieron una tregua, tal vez cargando fuerzas para el aguacero seguro de la media tarde.

Julieta oyó la narración de Laiseca sobre las llamadas de Gamboa a Juanita R., la amiga de París, y al abogado Octavio Garzón, al que iban a ver en ese momento.

—Me queda una duda —le dijo Laiseca a Julieta—, y perdone, pero ¿Gamboa le comentó algo de esas llamadas?

—No, nada —dijo ella—, pero es que yo esa noche llegué a la casa de él tardísimo y, la verdad, en pésimo estado. Venía de una larga reunión con Amaranta Luna. Sólo me acuerdo de algunas cosas. Quería mostrarme algunas notas extraídas de los cuadernos de apuntes de la novela, pero al poco tiempo caí fundida. Me quedé frita en el sofá hasta el otro día.

—¿Y al otro día no le dijo nada? —preguntó Laiseca.

—No hubo como mucho tiempo —precisó Julieta—, entre el desayuno y otras cosas que duraron hasta el mediodía. Y luego me fui.

—Qué pena yo preguntarle por eso... —dijo Laiseca.

—Carajo, agente —refunfuñó el fiscal—, le dije que no se metiera en la vida privada.

—¿Y ya llamaron a esa amiga de París? —preguntó Julieta—. Ella podrá decirles de qué habló con Santiago.

—Todavía no —dijo Laiseca.

—Anótelo en su cuaderno, hay que hablar con esa mujer —dijo Jutsiñamuy.

—Claro, jefe.

La oficina del abogado Octavio Garzón estaba en un edificio de cinco pisos, años cincuenta, que ya había vivido su mejor época. Una calle arbolada con urapanes frondosos en este barrio que, de un tiempo para acá, se había puesto de moda entre profesores universitarios de humanidades y trabajadores del sector cultura. Era el «parque lineal» o Park Way de La Soledad, con sus tradicionales panaderías y tiendas. Sus buenos cafés. También alguna librería, como Bookery o Babel Libros, y el famoso Casa Ensamble, traguitos y teatro, la mejor combinación. Julieta recordaba un par de amanecidas con amigos intelectuales en este barrio hablando de poesía o de política y oyendo rock de los setenta.

Vieron la placa. Octavio Garzón. Abogado penalista. 302.

La puerta estaba abierta, así que pasaron al vestíbulo. Un portero llegó en ese momento del garaje.

—¿El abogado Octavio Garzón? —preguntó Laiseca.

—Tercer piso —dijo el vigilante, sentándose otra vez en su silla Rímax, detrás de un escritorio en el que había un citófono de colección y unas carpetas de correo.

Subieron por la escalera.

—Muy buena la seguridad —dijo Laiseca—, como para que viniéramos a matarlo.

—Ni diga esas cosas, hombre —lo reprendió el fiscal—. ¿Usted sabe lo que gana un portero de edificio? Antes nos contestó el saludo.

—Tiene razón, jefe.

Llegaron al 302. El timbre estaba dañado.

Laiseca tocó con los nudillos.

Oyeron un ruido adentro, alguien los miró por el ojo de seguridad de la puerta.

—¿A la orden?

—Somos de la Fiscalía —respondió Laiseca, poniendo su insignia en la mirilla—. Queremos hablarle un momento.

—¿Fiscalía? ¿Y cómo sé que es verdad?

Jutsiñamuy dio un paso hacia la puerta.

—Soy el fiscal Edilson Jutsiñamuy, de investigaciones especiales. Queremos hablar con usted sobre algo muy concreto: sus conversaciones con el escritor Santiago Gamboa.

Oyeron un ruido de fallebas y la puerta se abrió.

El abogado era un hombre curtido, no muy mayor. ¿Cincuenta y cinco años? Fue el cálculo de Julieta. Tenía puesto un buzo con cuello de tortuga y saco encima. Pantalones de pana arrugados color tabaco. Mocasines. Típico uniforme de profesor de la Universidad Nacional modelo años noventa.

Los hizo seguir a un despacho, pero se veía claramente que era su casa. Julieta vio las *Obras completas* de Neruda, Galeano, Frei Betto, Ernesto Cardenal, y dos libros de Mario Benedetti.

—Lo supongo enterado del asesinato del escritor Santiago Gamboa —dijo Jutsiñamuy.

—Sí, qué vaina tan horrenda —dijo el abogado—. Este país va de mal en peor.

—Estamos investigando, abogado —siguió diciendo el fiscal—, y encontramos que usted se citó con él dos días antes del crimen.

El abogado miró con desconfianza.

—¿Estoy incriminado de algo? ¿Soy sospechoso?

Jutsiñamuy levantó las manos y dijo:

—No, nada de eso, se lo aseguro. La señora Julieta, periodista, era muy amiga de él y también lo vio antes de ser asesinado. Lo que pasa, abogado, es que ese asesinato forma parte de una investigación más grande. Sólo quiero corroborar con usted algunas cosas.

Octavio Garzón pareció relajarse. Al cruzar la pierna, Laiseca creyó ver que tenía disimulada una pistola en la cintura.

—Dígame.

—Lo primero que quiero preguntarle —dijo el fiscal— es si le suena el nombre de Carlos Melinger.

—Sí —dijo el abogado, secamente.

—¿Sabe que también fue asesinado?

—Sí.

—¿Habló con Gamboa de ese asunto?

—Sí.

—¿La reunión que tuvo con él fue para tratar de ese tema?

—Sí.

—¿Trataron algún otro tema?

—Sí.

Julieta se levantó y lo miró a los ojos.

—¿No confía en nosotros? —le dijo al abogado—. Supongo que conocerá otras palabras, además de «sí».

—Sí —dijo, aunque esta vez se rio—. Pero sea comprensiva conmigo, señorita. Tenga en cuenta que, siguiendo esa línea de crímenes, el siguiente al que van a despedazar es a mí. Si no lo han intentado todavía es porque tengo un escolta en los días de semana y además estoy armado. Los asesinos deben haberlo calculado.

—Por eso hay que saber qué pasa y quién está detrás de todo esto —insistió Julieta.

El abogado se recostó en el espaldar. Las varillas de su sillón chirriaron.

—¿Cuántos líderes sociales asesinados van ya? —dijo Garzón—. ¿400? ¿500? No me digan que las autoridades no saben quiénes son los asesinos, que publican las amenazas de muerte cada semana. ¿Y eso cambia algo?

Jutsiñamuy se puso recto y levantó la barbilla.

—En este país hay injusticias y crímenes que se quedan impunes, y corrupción en los mandos policiales. Pero también hay gente honesta. Le pido el favor de que me crea bajo palabra. Estamos aquí para resolver un caso hasta las últimas consecuencias. ¿Qué otros temas trató con usted el escritor?

—Amigos comunes —dijo el abogado—. Uno de ellos era Melinger.

—¿Y qué otros? —siguió Jutsiñamuy.

—Una amiga que vive en París. Juanita Restrepo. Ella le dio mis datos a Gamboa para que me contactara. Estaba preocupado por lo que le había pasado a Melinger y por eso me llamó.

—¿Y usted qué le dijo?

—Le conté lo que sabía.

—Cuéntenos, por favor —insistió el fiscal—. Confíe en mí.

El abogado volvió a mirarlos. Abrió uno de los cajones y sacó un paquete de cigarrillos Pielroja. Los cató, como pidiendo permiso, encendió uno y sacó un cenicero.

—Discúlpenme por esto —dijo—. Debería haber dejado esta vaina hace rato y créanme que lo intento. Lo que pasa es que esta vida no lo deja a uno tranquilo.

Echó una primera ceniza y prosiguió:

—A ver por dónde empiezo... Melinger era un tipo excéntrico. Yo no estaba de acuerdo ni con sus ideas extremas ni con sus objetivos y mucho menos con sus métodos, pero digamos que las personas que él pretendía derribar eran las correctas. Teníamos al mismo enemigo por razones diferentes.

—¿Y quién era ese enemigo, abogado? —se impacientó Jutsiñamuy.

—Espere, calma, para allá voy... Melinger tenía su teoría de una República sana y universal, y de cómo había que sacar a patadas a los que no fueran de aquí, a los que habían venido a aprovecharse y a robar las riquezas de este suelo, refiriéndose a toda América Latina, al continente, una locura bastante romántica y un poco fascista pero que lo llevó a atacar de frente a políticos corruptos, asesinos y ladrones. Y tenga, lo masacraron.

—¿Usted cómo lo conoció?

—Hace diez años, o incluso más. En uno de sus primeros viajes a Colombia. Él venía a hablar con gente que investigaba la corrupción política y funcionarial y yo era parte de una asociación de abogados progresistas que se encargaba de denunciar ese tipo de vainas. Es lo que he hecho siempre. Así lo conocí. Me contó sus ideas y objetivos. Siempre le dejé claro que no compartía su carreta, pero sí me interesaba sanear la vida pública del país. Me acuerdo que una tarde me dijo «¿vos no serás comunista?», le dije que no, que no creía en eso pero sí en la justicia social, y él dijo «ah, bueno, me cortaste el aire por un momento, dejate de joder», y siguió hablando, era un tipo muy hablador, muy argentino en eso, le gustaba oírse... Lo raro es que le gustara tanto Colombia, sinceramente, decía que este país era la contradicción más grande del planeta, «con todos los recursos que tienen y la guita que hay aquí, ¿cómo es que son un país pobre?», y él mismo se contestaba, «porque esa guita que es de ustedes está en el bolsillo de otros, de muy pocos», y se enfurecía, siempre dijo que la gran revolución del continente había que empezarla en Colombia, que estaba en el centro, que era el ombligo de Latinoamérica. Yo me fui acostumbrando a ese argentino loco que de vez en cuando, una vez al año más o menos, se aparecía por acá, pedía información sobre alguien, o antecedentes. Pagaba bien. Nunca me dijo qué estaba haciendo en concreto, era muy celoso de sus cosas. Para mí, su vida era un completo enigma. Nunca supe dónde vivía ni dónde se quedaba cuando venía a Bogotá. Una especie de agente secreto o de Unabomber medio facho. Todo misterios. ¿Con quién se relacionaba, qué planes tenía? Ni idea. No se salía un milímetro del tema de conversación que le interesaba y que, repito, por lo general tenía que ver con empresarios y políticos, a veces de la Costa o de

Antioquia, o con tal gobernador del Valle o un hacendado equis que se relacionaba con las Farc o con los paracos.

El abogado detuvo su charla, se agachó y sacó de debajo del escritorio una botella de Coca-Cola Light de 2.5 litros que iba más o menos por el último cuarto. Se sirvió en un vaso que tenía sobre el aparador y siguió diciendo:

—Ahora sí vamos al presente. La última vez que lo vi fue hace cuatro meses. Vino a preguntar por unos militares. Un comandante, un coronel y un teniente. Los tipos estaban enredados con la justicia por falsos positivos en Santander, el Meta y La Guajira. ¿A ver?

Sacó de un cajón un cuaderno de apuntes, pasó varias páginas. Luego otro y un tercero, pero no encontró lo que buscaba.

—Por aquí tenía yo eso —dijo cerrando otra vez la libreta—, eran tipos relacionados con Mapiripán y un caso en Urumita, después le doy los nombres. Estaban tratando de pasar sus casos a la JEP, la Justicia Especial para la Paz, lo que tenía mal a las familias de los muchachos asesinados porque consideraban que esos crímenes no eran parte del conflicto. Precisamente el crimen era ese: que no eran parte del conflicto y por eso los llaman «falsos positivos». Yo representé a algunas de esas familias.

Jutsiñamuy se levantó y caminó alrededor de la oficina.

—¿Y usted de qué manera le ayudó a Melinger? —le dijo.

—Es lo que estoy buscando —dijo el abogado—. Le conseguí las declaraciones a la JEP de algunos soldados que habían cometido crímenes. Ellos mismos reconocían los asesinatos para quedar libres, pedían disculpas y juraban la no repetición. Él quería hacerse una idea de eso que siempre consideró injusto con los familiares de los asesinados. Yo le expliqué la lógica de ese tribunal. Sí era injusto, pero para seguir adelante con el Proceso de Paz había que hacer sacrificios y perdonar a los asesinos. Si no al país se lo iba a comer el resentimiento, pero él decía, «no, loco, lo que crea resentimiento es que no haya justicia, esperá y vos vas a ver», y yo le insistía, no, la violencia sólo crea más violencia, y así nos estábamos un rato hasta que se volvía a ir, agradeciéndome, y luego él hacía un aporte bueno a nuestra asociación de abogados, no cifras millonarias pero sí buenas. Esa era la relación con él.

—Sería útil tener los nombres de esos militares y, si los conserva, copia de sus declaraciones a la JEP. A ver qué encontramos...

Jutsiñamuy caminó en círculos y se detuvo al llegar a la ventana. Movió con cuidado la cortina hacia uno de los lados y, sin dar explicación a quienes estaban con él, sacó el celular y llamó al agente Cancino, que estaba abajo.

—Cancino, pilas —le dijo el fiscal—. Sin que se note me hace el favor y me consigue las placas de la camioneta Kia que está estacionada por la carrera, al frente de un portón verde.

Laiseca se dirigió hacia la ventana.

—¿Qué pasa, jefe?

—Por ahora nada —dijo Jutsiñamuy—, pero vi esa camioneta Kia y me acordé de Johanita. Vea, Julieta, ¿se acuerda de esa noche?

—Sí, fiscal. Déjeme ver.

Vio la camioneta, parqueada a una distancia prudencial.

El abogado también quiso revisarla.

—No la he visto nunca por acá, pero eso no quiere decir nada. A este barrio viene mucha gente.

—Ya mandé a Cancino a ver las placas. Acá tengo las del Kia que estaba estacionado frente al estudio de ustedes. Johanita me las mandó. Véalas. AF8009 de Soacha.

—Por acá debo tener unos binóculos —dijo el abogado, abriendo y cerrando cajones—. A ver si los encuentro. Es que en este desorden...

—Más bien búsquese los nombres de los militares y los expedientes de los soldados, abogado, eso nos será de muchísima ayuda.

El celular de Jutsiñamuy se encendió.

—Jefe, acá Cancino. Las placas son AF8009 de Soacha.

—Ah, es el mismo. Inmovilícelo. Ya salimos.

Justo en ese instante, como si los estuviera oyendo, el Kia arrancó a gran velocidad y se perdió por la calle 40, luego tomó la 24 hasta desaparecer. Cancino arrancó detrás pero al salir casi choca con un microbús que venía en sentido contrario. Le hizo perder algunos segundos.

—Mierda —dijo Laiseca—, se nos voló por ahora.

Llamó a su oficina y dio los datos para que alertaran a la policía sobre la localización del sospechoso.

—Ya le cogimos el caminado —dijo Jutsiñamuy—, vamos a ver si los de la técnica nos salen con algo.

Luego, dirigiéndose al abogado, el fiscal dijo:

—Usted no va a poder quedarse solo acá. Ese Kia trae mala suerte. Me va a tocar dejarle algunos agentes mientras resolvemos esto.

—No se preocupe, fiscal, que yo me sé cuidar solo —dijo Garzón tocándose el bulto en la cintura.

—Esta gente es cosa seria, abogado. La otra opción es que se venga con nosotros a alojarse en una casa segura. ¿Tiene familia?

—Mi esposa y mis hijos viven en Puerto Rico desde hace un año. Ya estoy amenazado de antes.

—¿Y usted sí tiene salvoconducto para esa vaina? —dijo Jutsiñamuy, señalándole el bulto de la pistola.

El abogado abrió el cajón y sacó una hoja con un extraño membrete.

—Vea, fiscal —dijo, mostrándole una hoja impresa—. Este es mi salvoconducto.

«Al abogado gonorrea don Octavio Garzón, defensor de terroristas, que él y su familia descansen en la paz del Señor». Firmado: Águilas Negras.

—Pues para estar amenazado lo veo como muy tranquilo —dijo Laiseca—. Nosotros pudimos entrar derechito hasta su puerta.

—Esto es de hace un año —dijo el abogado Garzón—. He podido bajar la guardia estos días, pero siempre tengo un tipo armado conmigo. Hoy se tuvo que ir a preparar una novena. A pesar de lo de Gamboa le di el permiso. Estoy armado.

—Pues toca volver a estar pilas —dijo Jutsiñamuy—. Dejaré una persona en la portería y otras dos acá arriba, con usted.

—Gracias, fiscal —murmuró Garzón—. Pero le confieso algo: a mí los guardaespaldas me dan más miedo que los asesinos.

—No diga eso, abogado —le dijo Jutsiñamuy—. Las personas que le dejo son mis guardaespaldas. Los míos. Confíe en mí.

Por fin detrás de una hilera de libros, en un cajón bajo, el abogado encontró una libreta.

—Acá está, carajo —dijo.

Pasó unas hojas y dijo:

—Coronel Danilo Meneses Arroyave, comandante Melquisedec Molina Panchá, teniente Hamilton Patarroyo Tinjacá. Aquí tiene, fiscal. Antecedentes, copias de la sentencia en justicia ordinaria, copia de las declaraciones ante la JEP. Y aquí hay copia de otros testimonios ante la JEP, de víctimas y de victimarios. ¿Le meto todo en un sobre?

Julieta se puso a mirarlos.

—¿Puedo? —le preguntó al fiscal.

—No es del todo legal, pero hágale. Nadie la está mirando.

Julieta agarró su celular y le tomó foto a cada página de la información. Ahí mismo la puso en un correo electrónico y le mandó a Johana con una nota: «Ve investigando a estos militares».

—Abogado Garzón —dijo Jutsiñamuy—, usted no me conoce, pero le ruego que crea en mi palabra. Le pido que se quede aquí en su casa. Si va a salir, deje que me lo acompañen. Necesito su testimonio.

—Hasta ahora he sabido defenderme, fiscal.

—El problema es que para demostrarle que tengo razón tendrían que matarlo a usted, ¿sí ve? No saco nada con ganarle la apuesta a un muerto. Hay algo que no le he dicho todavía: estoy convencido de que a Gamboa lo mataron por haber hablado con usted. Y ese carro allá afuera... Acá le dejo mi tarjeta con los teléfonos privados. Si se aburre llámeme. De todos modos los agentes se quedan.

—Está bien, fiscal. Una semana.

Ya estaban todos de pie, yendo hacia la puerta, cuando Jutsiñamuy volvió a hablar.

—Una última cosita, ¿también conoció al profesor Lobsang Gautama Neftalí?

—Sí, era amigo del argentino, lo vi unas tres veces. Otro loco, si me permite. Él sí estaba metido en ese cuento por el tema indigenista. Gautama era clave para conseguir socios con plata que querían meterle candela al asunto. Le confieso que toda esa vaina me sonaba a cuentos chinos, más bien retardatarios de lo verdaderamente importante, pero en fin. A corto plazo, al menos, eran aliados.

Fueron hasta la puerta. Volvieron a mirar por la ventana la situación de las calles aledañas.

Luego Jutsiñamuy le dijo a Julieta:

—Usted también se me va para su estudio y se me queda bien guardada, ¿me oyó? Cancino la lleva. Todos quieticos y encerrados. Cada uno en su casa y Dios en la de todos, ¿estamos? Hagan de cuenta que nos llegó la peste y hay que confinarse.

De vuelta en la Central, Laiseca llamó a la Sección Técnica.

369

—Quihubo Obdulio —dijo al teléfono—, ¿tiene ahí los videos de calle del asesinato de Gamboa?

Laiseca y Jutsiñamuy los habían visto ya, pero sin encontrar nada especialmente raro. El ángulo de las cámaras no alcanzaba a mostrar la parte frontal de la casa y los del circuito de calle estaban muy borrosos o tapados por árboles.

—Dígame una cosa, Obdulio. En los minutos antes del asesinato, ¿se ve algún carro parqueado por ahí?

—A ver, un segundito abro... Ya lo retrocedo, sí. Sí. Hay uno. Espere lo agrando a ver qué es. Una camioneta, 4x4. Parece una Kia.

¡Una Kia!

—¿Alcanza a verle la placa?

—A ver, a ver... Lo del principio parece una A, después puede ser una P o una F... Luego ya no se ve. La veo salir de cámara, entrar a la segunda que tengo más abajo y volver a salir. El carrito se guardó.

—¿A qué hora?

—A las 2h25 de la madrugada.

—Gracias, Obdulio. Hágame copia de esos fotogramas que ya voy por ellos.

El fiscal se quedó mirando al agente.

—¿Sí era?

—Sí, el puto Kia. Mierda —dijo Laiseca, golpeando la mesa con el puño—. Lo tuvimos al lado. Hay que dar orden de que lo busquen. Aunque no lo vamos a encontrar, pues sabe que lo vimos. Lo deben estar desarmando en algún desgüezadero de Fontibón.

—Agradezca más bien que alcanzamos a llegar —dijo Jutsiñamuy—. Una hora más tarde y encontramos al abogado en pedazos.

Se concentraron en los documentos de Garzón.

Ya en su estudio, con unos minutos de diferencia, Julieta y Johana abrían los documentos y empezaban a hacer la misma labor.

7

Documentos Abogado Octavio Garzón.

Laiseca puso en el escritorio el sobre con la información de los jefes militares.

—Bueno, jefe —dijo el agente—, vamos a ver quiénes son estas joyitas.

El fiscal se preparó un té con el agua caliente de la greca del corredor. Se quitó la chaqueta y la dobló con cuidado sobre una de las sillas. A Laiseca le sorprendió ese inesperado gesto de orden.

—A ver, veamos —dijo el fiscal.

Pusieron delante los expedientes. Coronel Danilo Meneses Arroyave, comandante Melquisedec Molina Panchá, teniente Hamilton Patarroyo Tinjacá.

—Vamos a empezar por el de mayor rango, con método —dijo Jutsiñamuy, y señaló uno de los documentos—. Este: coronel Danilo Meneses Arroyave. Batallón de Infantería Nº 15 GR. Francisco de Paula Santander sede Ocaña.

Laiseca se puso frente al computador y el fiscal comenzó a leer. El documento era un resumen de los hechos que provenía de una nota de Colprensa fechada el 4 de abril de 2017.

Frase estrella del coronel Danilo Meneses Arroyave:

«Acá lo que toca es dar bajas y si toca sicariar, pues sicariamos».

El juzgado primero especializado de Cundinamarca condenó a 46 años de prisión al coronel en retiro Danilo Meneses Arroyave por la ejecución extrajudicial o «falso positivo» de cinco jóvenes del municipio de Soacha (Cundinamarca) en agosto de 2008.

Otros 20 militares fueron condenados a penas de 52, 51, 49, 48 y 37 años de prisión por los mismos casos y a todos los procesados se les negó la casa por cárcel. El coronel Meneses Arroyave era oficial de operaciones de la Brigada Móvil 15 del batallón Contraguerrillas 96 en Norte de Santander y fue hallado responsable de los delitos de concierto para delinquir, desaparición forzada y homicidio agravado.

En el caso de Juan Casimiro Martínez Vargas y Jhon Kevin Suárez Bermejo, se acreditó que los jóvenes eran conocidos del barrio San Nicolás de Soacha, periferia de Bogotá, y que fueron reclutados por Alirio Gómez y Arístides Carretero para recoger una plata en Ocaña, para donde se fueron, por tierra, en enero de 2008 y con pasajes pagados.

Se comprobó que los jóvenes llegaron el 27 de enero en la madrugada a Ocaña, que estuvieron incomunicados y encerrados todo el día y por la noche fueron llevados en moto hasta un falso retén en donde fueron entregados a militares que, dos días después, los presentaron como muertos en combate. Para esta verificación se usaron los testimonios de Gómez y Carretero, quienes confirmaron que les pagaron un millón de pesos por sus labores de reclutadores.

No sólo se comprobó la comisión del delito de desaparición forzada, sino también de homicidio, puesto que las necropsias señalan que a los jóvenes les dispararon en múltiples ocasiones en tórax y piernas como en una ejecución extrajudicial y no en combate. Así lo indicaron los militares, añadiendo que las víctimas no pertenecían a ningún grupo ilegal.

Plan para matar inocentes
Igualmente, el despacho encontró la responsabilidad de los implicados en el delito de concierto para delinquir por tratarse de una empresa criminal que tenía como plan el homicidio de jóvenes, «en un actuar desmedido», para obtener las recompensas que ofrecía el Gobierno de turno. Esto sucedió entre 2007 y 2008 según acreditó el despacho tras múltiples testimonios que evidencian el mismo modus operandi, en una alianza criminal «para desaparecer personas humildes». Esto, dijo la juez, «sin misericordia».

En el dosier estaba toda la historia judicial del coronel Danilo Meneses Arroyave: los antecedentes, copias de la sentencia en justicia militar y la copia de los testimonios ante el Tribunal de Traslado a la JEP, recurso que el coronel veía como única opción para quedar libre pero que no pudo prosperar por tratarse de delitos de «lesa humanidad».

—Uf —suspiró Laiseca—, qué raza esta, ¿no?

—No es la raza, hombre, es el tipo en cuestión —le contradijo Jutsiñamuy—. Gente mala, calculadora, cortoplacista, marginal, maleducada, cínica, violenta... Sólo un gran resentimiento puede llevar a un funcionario a matar por un permiso o por plata.

El fiscal enrojeció. Ese tipo de crímenes lo ponían de pésimo genio.

—Muy bien, vamos al siguiente —dijo.

8

Julieta y Johana tenían las fotos ampliadas de los documentos de los militares en sus pantallas. A medida que iba leyendo, Johana buscaba las referencias en Google.

—Bueno —dijo Julieta—, al menos Meneses Arroyave no podrá salir libre, ni por la vía de la JEP ni por la de la justicia penal militar.

—Exactamente, jefa —dijo Johana—. Con las condenas y la edad saldría a los 146 años. Si se conserva bien y hace ejercicio...

—Pasemos al siguiente —dijo Julieta—. Comandante Melquisedec Molina Panchá. Condenado a cuarenta y tres años y siete meses.

El documento resumen estaba hecho a partir de una nota aparecida en el periódico *El Colombiano*, firmada por el periodista Ricardo Monsalve Gaviria, el 7 de febrero de 2016.

La reciente condena de Melquisedec Molina Panchá, comandante del Ejército, quien deberá pagar 43 años de prisión por estar involucrado en uno de los llamados «falsos positivos», revivió la temporada de terror en la que el batallón de ingenieros Pedro Nel Ospina de la IV Brigada se convirtió, con 86 muertes de supuestos delincuentes en 2006, en la unidad militar con más «resultados» del país. Pero la mayoría de esos resultados, al parecer, se trataron de homicidios en persona protegida.

La lectura de la sentencia del sargento Ochoa por parte del juez Cuarto Penal del Circuito Especializado de Antioquia fue contundente: «declarar al procesado Melquisedec Molina Panchá, coautor penalmente responsable de los delitos de homicidio en persona protegida, concierto para delinquir agravado y falsedad ideológica en documento público. Como consecuencia de lo anterior, se le condena a pagar las penas principales de 43 años de prisión.

El comandante Melquisedec Molina Panchá hizo parte de lo que se podría llamar un «escuadrón de la muerte», que contaba con personas dedicadas a reclutar víctimas, otros se encargaban de conseguir las armas, y sujetos como el ahora sentenciado eran quienes «maquillaban» la escena del crimen para que luciera como un operativo «legal».

Los hechos por los que se dio esta condena ocurrieron el 18 de abril de 2006 en la vereda La Frontera del municipio de Carrizosa, Oriente antioqueño, donde, como dice el fallo, «tropas del Ejército pertenecientes a la escuadra Halcón 1 del batallón Pedro Nel Ospina, dieron muerte a los señores *Venancio Manuel Castro Ángel* y *Juan José Sevilla Parra* en un aparente combate».

Según el relato de otros militares, que estuvieron y participaron de esos hechos, y quienes ya responden ante la justicia, las dos víctimas, una de ellas menor de edad en ese entonces, fueron llevadas por medio de engaños hasta una casa abandonada donde los uniformados los asesinaron y los presentaron como «bajas en combate».

En una de las indagatorias del proceso (19/06/2013), otro sargento, identificado como *Ferney Cuantas Flórez*, dio detalles de lo sucedido esa noche, en la que se comprobó un nuevo caso de «falso positivo» por parte de unidades adscritas al batallón Pedro Nel Ospina.

«El comandante Melquisedec Molina Panchá me había manifestado que los muchachos (soldados) venían voluntariamente, ya que les habían dicho que se iban a ganar una plata por descargar una mula. Arrancamos para arriba en los carros y cuando llegamos a la vereda La Frontera, nos bajamos.

Mi teniente dice que él los mata, que él hace la vuelta. Caminamos con los muchachos (víctimas) diciéndoles que íbamos para la base a pedirles antecedentes», narró el sargento Cuantas Flórez al juzgado. En el caso que se está narrando participó un taxista, ya condenado, y quien era el encargado de reclutar, movilizar a las víctimas y entregárselas a la unidad militar, cuyos integrantes se encargaban del resto; el premio, según se conoció en el expediente judicial, era dinero de recompensas ofrecidas por resultados, descansos, viajes y hasta menciones de honor.

La confesión de Cuantas Flórez dio más detalles a las autoridades para conocer cómo ocurrió la muerte de esos dos civiles, a quienes antes de ser ultimados «les ofrecieron un cigarrillo con el fin de establecer si eran zurdos o derechos. Yo me retiro del sitio y cuando bajamos a mirar si ya los habían matado el teniente me manifiesta que hay un muchacho que todavía está vivo, a lo cual le digo que le dispare bien. Yo cojo mi fusil y le hago un disparo pero el muchacho continúa vivo y el teniente le vuelve a disparar en varias ocasiones, ya estando los muchachos muertos».

Julieta y Johana tomaron nota de estos documentos sin hacer mayores comentarios. Sentían la presencia de algo siniestro. Como si el viejo concepto del «mal radical» —que Julieta estudió en la universidad y Johana vivió en carne propia con la muerte de su padre y con la desaparición de su hermano— pululara en los entresijos de estas historias.

Es el mismo *mal*, pensó Johana. El mismo.

Julieta sintió ganas de llamar a sus hijos, y se alegró de que estuvieran lejos. Luego pensó que era mejor no llamarlos por si la estaban chuzando.

Se acercaba el final de la tarde, hora en que uno es más frágil y las cosas duelen más. Sobre todo en Bogotá. El cambio de temperatura tiene consecuencias morales y viene el desamparo: ese pavoroso sentimiento de orfandad.

Para Julieta, el momento de servirse un trago.

—¿Quieres algo para el frío? —le preguntó a Johana.

—De pronto un café, jefa, pero yo me lo preparo.

—Estaba pensando en algo calórico, pero desde el punto de vista del alcohol —dijo Julieta.

—Me lo imaginé, jefa, pero no, usted sabe que yo soy bien zanahoria para eso.

La compañía de Johana, que debía quedarse a dormir (por consejo del fiscal y de Yesid), la hizo sentirse protegida de su propio descontrol. De ese animal que bufaba en su interior. También estaba Cancino en la portería. Si se pasaba de tragos no podría hacer ninguna de sus habituales inmersiones en ese Nautilus ciego hacia el fondo de la noche.

—Bueno —le dijo a Johana—, veamos al último de estos hijueputas.

Era el teniente Hamilton Patarroyo Tinjacá, de la VII Brigada del Ejército en el Meta. En este dosier, la carpeta traía declaraciones de algunos de sus subalternos y de una víctima de otra región, presentados a la JEP.

Declaración del soldado Hermes Buitrago Malagón, VII Brigada del Ejército en el Meta, ante la JEP

Salimos con mi teniente Patarroyo a las seis de la tarde del día jueves 25 de octubre 2007. Éramos doce unidades y nos montamos en dos furgones. La estación de Mapiripán estaba tranquila y ya nos habían pasado el dato de siete desechables de la zona. Fuimos por el primero muy tempranito, un muchacho de 19 años que, según dijeron, andaba metido en drogas y ya se les había escapado cinco veces. El pelao estaba siempre por los lados de la estación de buses, y dimos con él fácil. Fuimos a detenerlo y se puso agresivo, pero yo le dije, tranquilo, parce, lo vamos a llevar a la brigada para tomarle los datos y que se aliste, ¿no le gustaría servirle a la patria en lugar de andar metiendo vicio? El pelao me miró rayado. Dijo que ya dos veces lo habían rechazado en el ejército. Le aseguré que esta vez lo iban a recibir, que se necesitaba gente para la lucha contra la insurgencia. El pelao dijo bueno, que venía, y se subió al furgón. Yo le informé al teniente por radio que ya lo llevábamos y nos dio la orden de cambiar la ruta. Que no fuéramos a la brigada sino a un bajío del río en la parte norte. Allá había una tropa esperándonos. Al ver eso el pelao preguntó qué era ese sitio, pero le dije que fresco, que estábamos reuniendo a un grupo. Había que esperar. Me creyó y se sentó en el suelo, pero le dijeron que se parara. Dos soldados lo agarraron de los brazos y le dijeron, vení con nosotros, te vamos a registrar. Ahí el teniente Patarroyo les hizo un gesto, como diciéndoles, vayan y le hacen la vuelta. Lo llevaron detrás de unas piedras y sonó la ráfaga. Se lo bajaron de una, yo no pude decir nada.

El teniente dijo que fuéramos por otro y nos dio el nombre. Ese era más complicado, a lo mejor había que traerlo a la fuerza. Pero yo le dije, teniente, confíe en mí. Todo bien. Era un man que había estado ya en el ejército o sea que no podíamos decirle lo mismo que al pelao. No importa. Vamos. Yo me arreglo. Estaba en la heladería Payilandia, un sitio donde yo me parchaba. Me le acerqué despacio y le dije, entonces qué, bacán, ¿ya se enemistó con el ejército? No, me dijo, lo que pasa es que estoy en otra, tengo ambiciones, voy para arriba, ¿sí me entiende? Claro que le entiendo, bacán, le dije, pero en esta zona no veo nada que esté más arriba que el Ejército Nacional, ¿no? Y así seguí hablando con el hombre un rato. Él quería que nos sentáramos en la terraza, contra la calle, pero no convenía que nos vieran, así que le dije, no, hermano, ¿cómo se le ocurre?, yo no puedo tomar aguardiente en uniforme a la vista de todo el mundo, y entonces nos hicimos en un cuartico del segundo piso; yo sabía que el hombre andaba con los raspachines, metido en la coca, así que le barajé despacio la charla, lo dejé tomar y cuando se acabó la media pedí otra y luego media más hasta que el hombre se rascó. Ahí le dije, venga lo llevo a su casa, la camioneta de la brigada está cerca, y lo saqué tambaleándose. Lo entregamos y pum, en menos de dos minutos el man ya tenía su plomo en la cabeza.

Ese día nos tocó agarrar a siete. Lo que supe con el cuarto o el quinto, no me acuerdo, es que no les disparaban en la nuca. Lo que hacían era ponerlos a caminar y cuando estaban a unos metros los rafagueaban, para que fuera más natural y la metralleta les rompiera la cabeza y fuera difícil identificarlos. A las once de la noche ya teníamos a los siete en bolsas y en el platón de una camioneta. El teniente nos felicitó, dijo que nos iban a dar unos premios, días de permiso y primas en plata. Se celebró el éxito del día. Estábamos ganando la guerra. Incluso sonó el himno nacional. A las cuatro de la mañana el teniente me despertó y salimos en dos camionetas hacia el caño El Caballo. En un punto el teniente dijo: aquí, abran un hueco. Le dimos pala un rato, acercaron en reversa la camioneta y desde ahí los echaron. Luego se volvió a llenar de tierra y hojas secas. Eso quedó como si no hubiera pasado nada.

Declaración del soldado Yanes David Surero, VII Brigada del Ejército en el Meta, bajo el

mando del teniente Hamilton Patarroyo Tinjacá, ante la Sala de Traslado de casos de la JEP

Permiso para dirigirme a las víctimas: quiero pedirles perdón por el daño que causé a sus familias, por el dolor y por la imposibilidad de devolver la vida a sus seres queridos, lo que, soy consciente, causó un daño irremediable. Si ofrendando la mía pudiera hacerlos revivir, quiero jurar aquí, honorables magistrados, que estaría dispuesto a darla. También quiero pedir perdón, en primer lugar, a Jesucristo mi Señor, y pedirle perdón a mi esposa y a mis hijos, que se van a quedar para siempre con esta mancha en la memoria.

Quiero agregar a esta declaración que las víctimas por las cuales se me pide comparecer ante esta sala no eran ni combatientes ni delincuentes de ningún tipo, ni personas que le hacían mal a la sociedad. Eran ciudadanos normales y corrientes, que no merecían el final que tuvieron, y convencido de eso es que quiero decir, señores magistrados, que mi retribución inmaterial a los familiares de las víctimas, con la verdad de los hechos, será plena y absoluta.

Es mi deseo manifestar, en cuanto a la no repetición, que juro nunca más volver a incurrir en comportamientos de ese tipo, nuestro señor Jesucristo me fulmine, lo cual puede también certificarse por el hecho de que ya no porto arma reglamentaria ni de ningún tipo por haber sido dado de baja en el servicio, al cual, por ley, no podría volver a incorporarme.

Por último, señores magistrados, quiero informar que actualmente me encuentro detenido en la cárcel de Bogotá, sentenciado a una pena de 27 años.

—Voy a organizar notas y a redactar un poco —le dijo a Johana—. Tú, si quieres descansar o ver televisión, vete a mi cuarto.

Empezaba a anochecer.

9

Al terminar el estudio de los tres militares, Laiseca se quedó preocupado. Comprendió el alcance y sobre todo el abismo de lo que tenían por delante. Jutsiñamuy se rascó el pelo justo encima de la oreja izquierda.

—Esta gente es bien peligrosa, jefe.

—Sí —dijo el fiscal—, y no nos va a quedar más remedio que ir a hablar con ellos. Allá sí no podemos mandar a Julieta y a Johanita, es demasiado peligroso.

—Pues sí —dijo el agente—, el problema es que no tenemos ningún vínculo real ni con el caso de la reclusa de esta mañana ni con el argentino, y mucho menos con lo del escritor Gamboa.

—Por eso mismo habrá que ir a interrogarlos —opinó el fiscal—. Voy a ver cómo se puede organizar eso. Por más que estén condenados, son militares.

—Difícil que digan algo —opinó Laiseca—, pero por lo que veo acá, a este último sí le puede funcionar lo de la JEP.

—Claro —dijo Jutsiñamuy, mirando un documento—, parece que todavía no hay una decisión definitiva en el Tribunal de Traslado. Los defensores la están peleando con el argumento de que los crímenes fueron de subalternos y no bajo su mando.

—Es lo que dicen ahora todos —ironizó Laiseca—. Mismo argumento de Montoya y de Uscátegui, si no me equivoco.

—Sí, pero bueno —dijo Jutsiñamuy—, igual mientras le definen la situación, el teniente Patarroyo sigue detenido en un batallón militar de acuerdo a su condena anterior.

Laiseca levantó la mano al aire y echó una risotada irónica.

—Imagínese eso, jefe, preso y vigilado por sus compañeros y de pronto hasta por sus cómplices. ¡Qué cárcel va a ser!

—No crea, agente, que la justicia algo hace —dijo el fiscal mientras buscaba un expediente entre un morro de documentos, hasta por fin dar con uno, cuyas páginas fue pasando—. Mire, aquí esta: tutela del 2013, magistrado Alberto Poveda Perdomo, y preciso sobre el temita de los falsos positivos y la reclusión. El militar acusado pedía que lo mantuvieran en un batallón militar y se lo negaron. Improcedente. Vea lo que dice en el parágrafo 18...

Laiseca agarró el documento y leyó en voz alta:

18. Atendiendo la naturaleza y severidad de las sanciones decretadas así como las condiciones de ejecución de las mismas, en algunos procesos, se ha exhortado al Gobierno Nacional para que el cumplimiento de las penas de prisión impuestas a militares se efectúe de un modo que no ofenda el dolor de las víctimas y de la comunidad a la que ellas pertenecían, porque ciertamente en las condiciones en que han operado los centros de reclusión militar no se puede afirmar con plena certeza que allí se estén ejecutando las condenas privativas de libertad irrogadas a los responsables de tan graves delitos.

—Pues a pesar de esto —dijo Laiseca—, el teniente Patarroyo Tinjacá sigue recluido en el Batallón de Policía Militar # 13, General Tomás Cipriano de Mosquera, aquí en Puente Aranda.

—Así es la legalidad de este país —sentenció Jutsiñamuy—. Para cambiar las cosas habría que meterlo entero a la lavadora y salir corriendo.

—Uy, jefe, no me hable de lavadoras que me da hambre. ¿Qué horas son ya? Prácticamente no hemos almorzado.

El fiscal miró el reloj e hizo cara de disgusto.

—Se me está haciendo tarde —dijo.

Eran casi las seis.

—¿Tiene un compromiso? Eso sí sería una novedad.

Jutsiñamuy llamó por su celular al chofer. «Esté listo, ya bajo, tenemos que volar». Agarró un frasco de colonia y se echó en las solapas.

—Para dónde va tan de afán, si puede saberse... —insistió Laiseca—. ¿Tiene novena esta noche?

—Voy al aeropuerto.

—Ah, ¿y para dónde viaja?

—Bueno, aquí el que hace las preguntas soy yo —dijo el fiscal—. Hablamos mañana por la tarde a ver cómo bailamos este trompo.

—¿No me va a decir a dónde va?

Jutsiñamuy agarró de debajo del escritorio un maletín. Miró a Laiseca y guardó silencio. Fueron hasta la puerta, pero antes de salir se llevó la mano a la frente. Había olvidado algo. Volvió sobre sus pasos y abrió nerviosamente un cajón, dos cajones, un tercero. Comenzaba a desesperarse cuando, en una caja de madera en la repisa, encontró lo que buscaba: ¡el pasaporte!

—Caramba, jefe, ¿salimos del país? —siguió diciendo Laiseca—. A ver, déjeme adivinar...

Caminaron por el corredor hasta el ascensor. Jutsiñamuy tenía las mejillas coloradas.

—Jefe, a mí me puede contar —dijo Laiseca—. Si yo ya estoy en el secreto.

—¿Cuál secreto?

—El que tiene ahí y no quiere decir.

Entraron al ascensor. Jutsiñamuy, con mano temblorosa, le dio al botón del sótano 3.

—La vida privada de un funcionario público es propiedad privada, agente, ¿no sabía eso?

—Depende, depende —dijo Laiseca.

—¿Depende de qué?

—Le digo si me cuenta para dónde va.

—No, eso no es negocio —dijo Jutsiñamuy.

—Yo tengo olfato para estas cosas, jefe, no se crea —dijo Laiseca—. Le apuesto a que se lo adivino de primerazo.

—Mejor no adivine nada. Hablamos mañana.

—Llévele de regalo una copia de *Volver al oscuro valle*, seguro le va a gustar. Regalar un libro siempre queda bien.

Jutsiñamuy movió la cara hacia los lados, pero no dijo nada. Salieron del ascensor.

Ya caminaba hacia su camioneta cuando se detuvo y miró al agente.

—Llevarle... ¿a quién?, si puede saberse —preguntó el fiscal.

—A la persona que lo espera en Panamá, y que por supuesto no es el colega Aborigen Cooper.

Jutsiñamuy dejó escapar una risita.

—Está bien, se lo acepto...

—Pura intuición —dijo Laiseca—, y por el agua de colonia Old Spice.

El fiscal abrió la puerta de su camioneta. Volvió a dirigirse al agente:

—Al menos dígame si voy bien así.

—Va perfecto. Hágame caso y llévele ese libro.

Ya estaba por arrancar la camioneta cuando el fiscal bajó el vidrio.

—Una última cosita, Laiseca. Esto se queda entre usted y yo, ¿no cierto?

—Entre usted y yo, secreto de sumario.

—¿Y yo qué? —se oyó la voz del chofer.

—Ah, carajo, Yepes —dijo el fiscal—, ¡siga parándole bolas a lo que hablo y verá cómo acaba! Lo mando al Catatumbo.

—No se preocupe por mí, jefe. ¿Y sí está de buen ver esa doctora?

—¡Arranque ya!

Laiseca los vio avanzar hasta la rampa y perderse por la curva ascendente hacia la salida.

10

«Señorita Julieta, le pido el favor de que me conteste el teléfono cuando la llame porque va a ser de una línea desconocida, o de pronto de guasap. Tengo que hablar urgentemente con sumercé. Hay cosas peligrosas que están por pasar».

Julieta abrió el ojo a las seis de la mañana y, como un autómata, fue hasta la cocina a prepararse un café. Cuando ya tenía en la mano la caja de cereales Kellogg's se acordó de que sus hijos no estaban, y la volvió a dejar en la alacena. Tenía la costumbre de levantarse a esa hora, aunque sus neuronas aún estuvieran en provincias freudianas. El café era fundamental. Y no haber bebido la noche anterior. Eso se lo debía a Johana.

¿Se habrá despertado ya? Fue a mirar y la vio en el sofá del salón.

—Buenos días, jefa —le dijo, restregándose los ojos.

—Buenos días, Johanita —dijo Julieta—. Ya casi está listo el café.

Johana saltó y se puso en pie. En un segundo y medio dobló las cobijas y la almohada y las organizó a un lado.

—Qué pena —dijo Johana—, ya voy a la cocina.

—Tranquila, organícese que ahora traigo todo para que tomemos aquí el café.

Por seguridad era mejor quedarse juntas. Johana lo aceptó a regañadientes, pues le gustaba estarse con Yesid los sábados, pero él mismo le aconsejó que lo mejor era quedarse ahí. «Así le hace compañía a la señora Julieta, no le vaya a dar por hacer alguna locura», y agregó «acuérdese que sumercé misma me ha contado que cuando sube la tensión a ella se le corre el champú».

Julieta llegó con las cosas y las puso sobre la mesa. Vio que Johana estaba lívida frente al computador. Le señaló algo en la pantalla.

—Un mensaje de Marlon, jefa.

Julieta lo leyó varias veces.

«... Hay cosas peligrosas que están por pasar».

Agarró su taza y se sentó delante.

—¿Y ahora qué hacemos? —preguntó Johana.

—Pues esperar, esperar a que llame.

Johana fue a mirar por las ventanas, pero no vio nada sospechoso. Ni carros parqueados ni gente detenida por ahí. Miró desde la cocina. Fue al citófono y llamó al portero.

—Quihubo Luis, los señores que me trajeron anoche, ¿están ahí?

—Ahí siguen, doctora, ¿les digo algo?

—Páseme a uno que se llama Cancino.

Oyó unos ruidos eléctricos.

—¿Doña Julieta? Buenos días.

—Quihubo, agente, buenos días, qué pena tenerlo en estas.

—No se preocupe que para eso estamos.

—¿Quiere subir a desayunar? ¿Le preparo un termo con café?

—Muchas gracias —dijo Cancino—, pero no se preocupe, ya pedimos aquí a Tostao y nos trajeron tremendos desayunos.

—¿Y qué hay por allá abajo? —dijo Julieta—, ¿todo tranquilo?

—Lo normal. Usted siga su vida como si no pasara nada. Si hay algún cambio o novedad yo le aviso.

—Anote mi teléfono —dijo Julieta—, y cualquier cosa me marca.

—Listo.

Colgó y oyó sonar su celular. Corrió a contestar. Vio una extraña imagen en la pantalla.

Era Marlon.

—A ver, mi estimada periodista. Acá llamándola con la colaboración de mi fiel Josefina, y esperando que usté se encuentre bien...

—Muy bien, gracias —dijo Julieta—, intrigada por su mensaje.

—Es que, señorita, la cosa no está fácil. ¿Se acuerda que yo quedé de averiguarle cosas? ¿De parar bien la oreja? Pues fue lo que hice y le cuento que lo que oí me dejó inquieto. La gente acaba diciendo cosas por ahí, sin importarles quién los oiga. No le puedo decir nombres, pero hay un grupito de personas muy preocupadas por las investigaciones en las que usté está metida. Ahí le dejo dicho. Acá se supo lo de esa niña del Buen Pastor, porque eso salió de aquí. Imagínese, hasta se supo que esa pobre mujer había estado hablando con usté. Yo me quedé aculillado porque ¡yo también hablé con usté, y dos veces! Le dije a Josefina, oiga, ahora sólo falta que nos vengan a joder a nosotros. Lo que quiero es prevenirla, amiga. Que no me le vaya a pasar nada, ¿me entendió? Tiene que cuidarse e incluso, si puede, lo mejor sería salir del país o irse de la ciudad por un tiempo.

—Entiendo que no pueda decirme nombres —dijo Julieta—, pero al menos cuénteme qué es lo que pasa. ¿Por qué esa gente está nerviosa? ¿Qué hay detrás?

—Ay, vamos despacio, amiga, que se nos quema el bizcochuelo. Despacio, despacito. Así es mejor. Allá afuera se nota mucho cuando a alguien le pegan su buena matada, pero si eso pasa acá, dentro de la cárcel, ¿a quién le importa? Imagínese que por ese lío ya han salido tres personas de aquí. ¿Y sabe por dónde salieron? ¡Por las cañerías! Cortados en pedazos, mi señora. Picaditos. Es un modo rápido de salir de la cárcel. Hay dos grupos de dos patios distintos que andan muy bravos, para qué le cuento. Y la cosa lleva ya tiempo. Yo siempre en lo mío, que es honrar a nuestro Señor, y a las charlas con mi pastor, mi guía. Ese era mi mundo, amiga, pero desde que usté vino me quedé incómodo, como si algo por dentro hubiera decidido quitarse un trapo de los ojos y ver las cosas de frente, y en eso está lo que me hicieron, y por eso ahora me interesa saber quién es el que anda haciendo esas cochinadas por la calle, esas matadas tan ásperas, y ver si no será el mismo que me perjudicó a mí. Después de su visita quedé con ese zancudito dándome vueltas, y lo hablé con el pastor, y él, que es un santo, me dijo Marlon, dejá las cosas así, el Señor es el que hace justicia, vos con el perdón de él ya estás fuera de peligro acá en la Tierra, estás en esta cárcel mugrosa, pero eso vale poco comparado con el cielo, que ya lo tenés listo para cuando te toque subir, ¿me entendés? Y yo con mi cuarto asegurado allá arriba, ¿qué más quiero? Así me decía mi pastor. Pero mi cabeza, por las noches, trabaja sola, y empecé a pedirle a Josefina que me sacara al patio grande y me llevara a dar vueltas entre la gente, allá a todos les caigo bien, esos manes están curtidos y a mí me tienen lástima, me ven como un pedazo de carne, como si ya estuviera en el cajón listo para irme a dormir al hueco, y debe ser por eso que hablan delante mío como si yo no estuviera, y dicen cosas, y como me sé hacer el loco no comento, sino que miro y a veces hasta les sonrío, ellos deben pensar que estoy loco, que se me corrió el champú, eso creen o eso creerán, pero lo que no saben es que por dentro está la voz de nuestro Señor Jesucristo, que es más fuerte que todas esas groserías que ellos andan diciendo porque tienen al Diablo entre las tripas, e incluso más, en la vesícula y en el intestino, por ahí es por donde le gusta andar al Diablo, lo sé yo porque lo tuve mucho tiempo, amiga, usté me conoce y conoce mi historia, y entonces, le decía, porque me desvié del tema, le decía que Josefina me pone cerca de ellos y esos manes siguen hablando, y les he oído decir que la Fiscalía está investigando y que hay que estar pilas porque hay una periodista haciendo preguntas, hay que estar pilas, dicen, porque esa mujer está relacionada con un fiscal, eso saben, y por eso la andan siguiendo, y de pronto hasta le oyen las conversaciones, no esta entre nosotros, claro, que es segura porque es por el guasap, al que no han podido entrarle, y por eso la llamo, amiga, para que se cuide, y le repito: mejor si puede irse de Bogotá, esos manes son peligrosos y la están vigilando, o, quién sabe, a lo mejor ya le están buscando el ángulo.

—¿Qué otras muertes de las de afuera de la cárcel están relacionadas con esto? —preguntó Julieta.

—Usté ya sabe la del argentino, porque vino a preguntarme por él.

—Y usted me dijo que no sabía nada.

—No sabía, se lo juro por el primer aliento de mi madre y por mi Jesucristo el Más Bacano y Rey del Parche. Supe después, cuando usté me metió la curiosidad.

Hizo un silencio, Julieta escuchó detrás una voz dando órdenes de ponerse en fila.

—Oí también de la niña del Buen Pastor —siguió diciendo Marlon—. Le pegaron una matada bien tesa en el baño, qué horror.

Julieta esperó, pero Marlon hizo un silencio.

—¿Y no oyó de más asesinatos?

—No, amiga. Realmente no.

—¿No dijeron nada de un escritor?

—Un escri... No, señorita, no oí mencionar nada de eso. ¿Por qué? ¿Mataron a otro?

—Hubo otro asesinato parecido, pero no se ha confirmado bien.

—Voy a parar oreja a ver —dijo Marlon.

—Lo importante es el por qué. Qué es lo que quieren encubrir con esas muertes —insistió ella.

—Lo único que sé de seguro es que a usté la vigilan.

—¿Y cómo supieron de mí?

—Pues por haber ido a hablar con la niña del Buen Pastor. Es lo que entiendo.

—¿Y no saben que fui a hablar primero con usted allá a su celda? —dijo Julieta.

—Es lo que yo le digo a Josefina, un misterio, ¿por qué no nos vienen a preguntar nada a nosotros? A lo mejor cuando usté vino todavía no andaban con la mosca detrás de la oreja. Yo creo que es por eso y mejor no pregunto.

—¿Y quién les contó a ellos que yo estuve en El Buen Pastor?

—Ay, amiga, ¿cómo no iban a saber si la orden de darle tuki tuki salió de acá? Acuérdese que este es el país del Sagrado Corazón: la mano izquierda siempre sabe lo que hace la derecha.

—Pues si no me puede dar nombres, Marlon, lo que toca saber —dijo Julieta— es por qué están matando a toda esa gente, cuál es el miedo que tienen y para quién trabajan.

—Ah, bueno, está facilito el encargo —Marlon soltó una risa—. Le voy a averiguar, si puedo, pero eso sí le pido una cosita, amiga, y me lo va a tener que jurar...

—Dígame.

—Que esto que estamos hablando no se lo cuenta a su amigo fiscal ni a nadie, ¿quedamos?

—Se lo prometo. Pero consígame ese dato. Sería un buen regalo de Navidad.

—Uy, sí, verdad que se nos vino encima la Nochebuena. Voy a ver qué oigo por ahí, amiga. Pero se me cuida, ¿no?

Colgó. Julieta se quedó con el celular en la mano, mirando hacia el techo.

—¿No le dio ningún nombre? —preguntó Johana.

—No, se quiere cuidar. Lo entiendo. Pero me dijo que ya saben de mí y mencionó que estuve hablando con Esthéphany Lorena.

—A lo mejor fue Delia la que les pasó la información —dijo Johana.

—Podría ser. Me dijo que no sabía nada del asesinato de Santiago.

—Jefa, ¿y no podríamos intentar saber, con el fiscal, quiénes son las personas con las que habla Marlon allá adentro? No sé, mirarlo en las cámaras de seguridad a ver a quién se acerca cuando sale a los patios, algo así.

—Difícil, Johanita. Acuérdate que allá hay centenares de tipos de esos y en sus patios son ellos los que tienen el control. Y como uno no sabe, se vuelve peligroso preguntar. Sólo falta que uno de estos días Marlon aparezca muerto.

—Eso sí les quedaría muy fácil, si es entre ellos mismos.

—Pues ojalá que no —dijo Julieta—, porque es el único que nos puede contar cosas desde adentro.

Parte VIII
Memorias de ultratumba

1

Lunes, 8:17 a.m. Las Jotas (Julieta y Johana, así empezó a pensar en ellas el fiscal) llegaron en el carro de Cancino con los otros dos agentes de seguridad. Jutsiñamuy y Laiseca ya estaban ahí. La cita era a las 8h en el parque de Portugal, frente a la casa del escritor Santiago Gamboa.

—Qué pena llegarle tarde, jefe —le dijo Cancino a Jutsiñamuy—, pero es que preciso nos agarró una volqueta varada en la Circunvalar. ¡Qué cosa tan berraca! No se sabe cómo esos vejestorios pasan cada año el control mecánico.

—Pues si quiere Laiseca le explica con un dibujo —dijo el fiscal—. ¿Sí o no agente? Tranquilo, Cancino, que esto es Bogotá. Si viviéramos en Oslo le pondría una sanción, pero aquí no. Estuvo de buenas.

Jutsiñamuy y su grupo venían en dos carros. Del segundo se bajó una mujer que todos reconocieron. Era Verónica Blas Quintero, la médium del barrio de la Villa del Prado. Tenía puesta una túnica de varios colores y una pañoleta cubriéndole el pelo, aspecto ligeramente asiático que, en Bogotá y a esa hora temprana y lluviosa, parecía algo estridente.

La noche anterior, a su regreso de Panamá, Jutsiñamuy había llamado a Julieta.

—¿Alguna novedad, Julieta, todo en orden?

—Aquí bien, fiscal.

Lo pensó mucho y al fin decidió cumplirle la promesa a Marlon de no decirle nada al fiscal. Ya habría tiempo más adelante.

—¿El abogado Garzón sigue protegido? —preguntó Julieta.

—Sí, claro. Los agentes me hacen un reporte cada dos horas. El hombre está quieto en casita. De todos modos quedó un carro afuera y eso ahuyenta. No lo estamos usando de carnada. No quiero que se le rompa una uña a ese señor, ¿se imagina el lío? Es líder sindical y defensor de derechos humanos. Dios me libre. Si me dan nervios de pensar lo que le pudo haber pasado el otro día si no llegamos.

—Fue un milagro. Porque se la tenían montada y él estaba solo. Por más que tuviera un arma no se habría podido defender.

—¿Le echó un vistazo a los documentos de los soldados? —preguntó Jutsiñamuy.

—Uf, sí —dijo Julieta—. Gente bien peligrosa. Estuvimos con Johanita estudiándolos a fondo a esos tipos. No me gustaría encontrármelos por la calle.

—No, ni se le ocurra —dijo el fiscal—. Voy a cuadrar con Laiseca esta semana a ver si podemos hablar con uno de ellos. Si Melinger le pidió al abogado Garzón información sobre esa gente, por algo sería.

—Eso sin duda —dijo Julieta—. Acá el que dirige esta investigación es ese pobre argentino asesinado.

—Lo de Gamboa es muy extraño —dijo Jutsiñamuy—. El Kia y la cita con el abogado y con usted lo meten de lleno en el baile, pero, no sé. Me gustaría poder encontrar algún otro indicio.

—Podemos llevar a la médium a la casa de Gamboa, a ver si oye algo, ¿se acuerda que lo habíamos pensado?

—Es verdad que esa señora tiene esos superpoderes —dijo el fiscal—. Dígame una cosa, ¿usted sí cree en esa vaina?

—Con el argentino le funcionó. A lo mejor reconoce algo parecido a lo de Melinger. Un indicio.

—Pues sí, puede no ser mala idea —dijo Jutsiñamuy—. Hagamos eso mañana a primera hora.

—Perfecto —dijo Julieta—, ¿y la señora Blas Quintero? ¿Voy por ella yo?

—No. Usted entre menos se me mueva, mejor. Yo mando bien temprano por ella. Páseme el teléfono para que Laiseca la llame.

Y ahí estaban, listos para entrar a esa casa que, a esa hora y con la oscuridad de una mañana lluviosa, parecía repleta de voces y secretos.

La médium, con un bolso colgando del brazo, avanzó hacia los escalones que llevaban a la terraza. Los guardias que custodiaban la casa les dieron la entrada y el grupo subió hasta la puerta.

—Bueno, yo quiero pedirles algo —dijo doña Verónica Blas—. Ya el señor fiscal me explicó de qué se trata y me dio los antecedentes del personaje. Algo leí en la prensa, de todos modos, o sea que estoy enterada. Lo que necesito, y ustedes me disculpan, es que me dejen estar sola en el lugar en el que ocurrió el crimen y, sobre todo, en el que el señor escritor pasaba más tiempo.

El fiscal se adelantó hacia la puerta con ella.

—Por supuesto, mi señora —le dijo—, venga conmigo. Entonces que los demás esperen afuera.

—Bueno, tampoco afuera con este frío y esta llovizna —dijo la médium—. Sólo que no estén en el salón en el que voy a trabajar.

Entraron.

Julieta sintió un nudo en el estómago al ver de nuevo el vestíbulo, las escaleras de madera, el pequeño salón anterior a las puertas de la biblioteca. Sintió unas ganas enormes de subir al cuarto de huéspedes, de mirar la casa vacía. Pero se contuvo. Fue a sentarse al salón con Cancino y Laiseca.

Jutsiñamuy y la señora Verónica entraron a la biblioteca y cerraron la puerta.

2

—¿Fue aquí donde...? —preguntó la médium.

—Sí, aquí lo mataron —dijo Jutsiñamuy.

—¿En qué parte exactamente?

—Bueno, señora, es que fue una cosa horrible. Encontramos el cuerpo desmembrado y repartido por toda la biblioteca.

—¿Dónde estaba la cabeza?

El fiscal la recordó clavada en el bronce de Buda.

—Ahí —le señaló una mesa en el rincón.

—Discúlpeme un momento —dijo la médium, acercándose a ese sitio—. Ya empecé a ubicarme. Sería más cómodo si usted espera afuera con los demás.

—Ni más faltaba, señora, pero claro —dijo Jutsiñamuy, y salió.

Vio el corredor que iba hacia el fondo y dio dos pasos hasta un jardín interior muy arreglado y con una fuente de agua. Se atrevió a ir hasta la cocina y admiró la cantidad de sartenes y ollas que parecían de hierro prensado, pesadas como un tanque de guerra. ¿Dónde había visto cocinas así? En el ejército. De la cocina pasó a un patio que daba a otra habitación. La del servicio. El fiscal subió dos escalones y metió la cabeza. Buen cuarto, doble. En uno el dormitorio y en otro un salón con un pequeño sofá y un televisor. Volvió a lo que parecía un patio de ropas tradicional y que se continuaba en el garaje. Una camioneta Jeep Renegade 2007, azul cobalto.

Regresó hacia la entrada por el corredor, mirando los cuadros. Al llegar al vestíbulo vio a los agentes y a Julieta en silencio, cada uno con el celular en la mano.

—¿Lo sacaron también a usted, jefe? —dijo Cancino.

—Es mejor que esté sola para que pueda concentrarse y trabajar —dijo el fiscal.

Se acercó a la ventana y miró desde ahí el parque, la escalinata que llevaba a la carrera Quinta y la vieja casona donde antes funcionaba esa logia llamada Tradición, Familia y Propiedad. Sin darse cuenta comenzó a silbar muy bajito una melodía. Pasó unos segundos y de pronto se encontró de frente con los ojos tristes de Julieta.

—La melodía que está silbando es de Willie Colón, ¿verdad? —le dijo—. *Panameña, panameña, vamo'a bailar...* Es una canción alegre.

Laiseca, para no tener que intervenir, se levantó y salió al corredor.

—Estoy expectante y ni sé lo que hago —dijo el fiscal—. ¿Usted cómo se siente?

—Me da una mezcla de pánico y rabia. Y sobre todo de tristeza. Es contradictorio. Tengo ganas de escapar de esta maldita ciudad, y también de quedarme a guerrear para que deje de ser un pantano asqueroso.

Julieta se acercó un poco a él, no quería que sus palabras resonaran.

—Me jode particularmente que hayan matado a Gamboa, era una persona buena.

Jutsiñamuy le puso la mano en el hombro. Ella se movió hacia él y lo abrazó con fuerza. Lloró y el fiscal, algo rígido, intentó darle alivio. Ese insólito abrazo fue, por unos instantes, lo único memorable que ocurrió en esas calles lluviosas a esa hora.

Luego se sentaron, cada uno en un extremo del sofá.

Laiseca regresó de su paseo por los corredores. El fiscal se dirigió a él:

—¿Alguna novedad?

—Nada, no hay sonidos ni gruñidos, jefe. No sé qué diablos puede estar pasando en esa biblioteca. Esperemos a ver.

Permanecieron en el salón, sin saber qué decirse.

—Ni que estuviéramos esperando la lectura de un testamento —dijo Laiseca.

Afuera el aguacero arreció de un modo tan brutal que el golpe del agua contra las tejas se convirtió en un picoteo ensordecedor. Luego vinieron los truenos, esos recordatorios del juicio final que en Bogotá son tan frecuentes: la lluvia bajando por las calles y antejardines, el batallar del agua rompiéndose contra el suelo, el asfalto y los muros. Una prosodia que acompañó muchos sueños y noches de amor. Julieta recordó, por alguna extraña asociación, un lejano verso de un poeta chileno, Jorge Teillier, sobre la nieve: «Nieva, y todos en la ciudad / quisieran cambiar de nombre». A veces ella también querría cambiar el suyo, ser otra, dejarlo todo y correr. Se sentía frágil, pero la cercanía del fiscal le daba seguridad. ¿Cuánto tiempo más iba a demorar esta médium?

—¿Puedo ir un momento al segundo piso? —preguntó Julieta.

El fiscal miró a uno de los guardianes de la casa y alzó los brazos.

—Supongo que no habrá problema —dijo—, pero intente no tocar nada.

Julieta subió la escalera y fue a la habitación de huéspedes. El lugar estaba intacto, tal como lo había visto días antes. Revisó los libros organizados en las estanterías laterales, sobre todo crónicas de viajes y, según pudo ver, poesía. Su conocimiento se limitaba a pocos autores y, además, cuando algo le gustaba, lo acababa prestando o regalando. Había un aparador de madera con las puertas cerradas. A pesar de la promesa de no tocar, no pudo evitar abrirlo. Ahí guardaba las ediciones de sus propios libros en diferentes idiomas y unos pocos trofeos. Vio una edición de *Terra Nostra*, y al abrirla encontró que estaba dedicada por Carlos Fuentes. Al lado encontró otros libros dedicados: Octavio Paz, Paul Bowles, Juan Goytisolo, Salman Rushdie. Había un ejemplar de un libro de Gamboa puesto delante; pensó que tal vez él mismo lo había sacado. Era *El síndrome de Ulises*. La misma edición que Melinger tenía en su biblioteca. Pasó las páginas y, de pronto, sintió un golpe en el pecho: el libro tenía una dedicatoria para ella.

«A Julieta, este libro poblado de enigmas. Con cariño, SG». Se le aguaron los ojos y sin dudarlo un instante lo guardó en su bolso. Era suyo. Seguramente lo había preparado y pensaba entregárselo la siguiente vez que se vieran. Un pequeño regalo póstumo. Cerró las puertas del aparador y volvió a la escalera. Ya había encontrado lo que buscaba: una huella de su paso por esa casa.

Antes de bajar quiso mirar de nuevo la firma y, al abrirlo, un pequeño sobre se deslizó desde el interior. Tenía escrito su nombre, «Julieta». ¿Un mensaje? Lo iba a leer pero alcanzó a ver el brazo del fiscal sobre el balaustre disponiéndose a subir. Guardó todo como un rayo en su bolso cuando lo oyó decir:

—Julieta, la médium terminó.

—Ya bajo —dijo ella, pensando en el sobre.

La señora Verónica Blas estaba recostada en uno de los sofás del vestíbulo. Tenía los ojos cerrados y parecía agotada, con un resto de sudor en la frente que le hizo correr el maquillaje.

Abrió los ojos y dijo:

—Ese hombre sufrió muchísimo, sufrió de un modo... ¿Cómo decirlo? Más allá de lo humano. Casi pude sentir su ahogo. Oí gritos en todos los rincones, de dolor y de pánico. Pero también oí risas. Risas y alaridos. Algo horrible, señores. Percibo que lo golpearon y que él, antes de perder el conocimiento, se empeñó en llegar a ciertos libros, como si en ellos tuviera escondida un arma o algo que pudiera ayudarle. En estos casos no hay nombres ni cosas concretas que puedan ayudar a una investigación. Los asesinos eran al menos tres, y hay algo raro: al final, creí notar en él una sensación de paz. Incluso un pequeño gesto de satisfacción, casi inaudible. Como si hubiera logrado algo.

Julieta dio dos pasos hacia Jutsiñamuy.

—La biblioteca ¿está tal y como quedó en el momento del asesinato?

—Sí. Se llevaron el cuerpo y se tomaron muestras de las diferentes manchas de sangre. Todas son de él. Quiero decir, no hubo lucha. No hirió a ninguno de sus agresores.

—¿Podemos entrar? —dijo Julieta.

El fiscal hizo un sí con la cabeza y las acompañó. Antes de cruzar bajo la puerta les dijo:

—Respiren profundo y prepárense, es muy feo lo que le hicieron.

Entraron.

Julieta se tapó la boca con la mano y se le agolparon las lágrimas. Johana fue más fuerte y avanzó junto a las estanterías de libros hacia los lugares exactos donde había manchas, ahora ennegrecidas.

Fue de un pozo a otro y dijo:

—Pareciera que empezaron a golpearlo aquí —dijo Johana, señalando el sillón y una mesa—. Apenas hay sangre. Luego él debió zafarse y venir aquí, donde las manchas están todavía a su altura. Le sangraban las manos, lo atacaron con cuchillos. No hubo disparos, seguramente para no hacer ruido. De aquí saltó hacia allá, ya muy herido. Hay mucha sangre en el tapete y en esa estantería.

Jutsiñamuy fue siguiendo el razonamiento de Johana.

—Luego trató de escapárseles por allá, ahí se ve el hilo.

Se detuvo un momento, se llevó un dedo a los labios.

—Pero la puerta está para el otro lado. No tiene lógica que haya venido a esta esquina. ¿Qué pretendió? A lo mejor buscaba algo, como dijo doña Verónica. ¿A ver?

Se acercaron al ángulo de las bibliotecas.

—¿Habrá por ahí escondida un arma o un botón de pánico? —dijo Laiseca, siguiendo la interpretación de Johana.

Muchos de los libros estaban caídos, doblados y ensangrentados, lo que quería decir que se apoyó en ellos. Pero las paredes estaban lisas. Le dieron varias vueltas sin encontrar nada.

Julieta se quedó a distancia.

Johana siguió buscando y revisó los libros caídos. De repente encontró uno al que se le había arrancado la carátula. Acercó la vista, era un libro en francés. Avanzó por el borde, siguiendo el recorrido de la sangre hasta el lugar en el que, seguramente, el escritor ya fue rematado, muy cerca de la mesa de trabajo. No había libros en el suelo, pero vio algo debajo de un pequeño mueble en el que estaba la impresora.

—Hay algo ahí, ¿puedo ver qué es? —preguntó Johana.

—Sí —dijo Jutsiñamuy.

Johana se agachó, metió la mano y sacó una pequeña cartulina arrugada y ensangrentada. Era la carátula del libro francés.

Quatre soldats, de Hubert Mingarelli.

—Tenía esto en la mano antes de que lo remataran —dijo Johana.

Volvió a la esquina y recogió el libro.

—Esto fue lo que buscó —dijo, desplegando la carátula.

Julieta se quedó sorprendida.

—Es un mensaje —explicó Johana.

—¿Qué mensaje? —preguntó Laiseca.

—Este —subrayó con el dedo el título en francés: *Quatre soldats*—. No sé el idioma pero lo entiendo. Aquí nos está diciendo que fueron cuatro soldados los que lo mataron.

La carátula tenía un pegote de sangre seca.

El escritor se arrastró hasta el libro, arrancó la carátula y la tiró debajo de su mesa de trabajo.

Un mensaje.

—Soldados —dijo Laiseca.

—No creo en médiums —dijo Jutsiñamuy—, pero esto que dice Johanita tiene lógica. Soldados. Cuatro.

—¿Serán los militares que nos pasó el abogado Garzón? —preguntó Laiseca.

—Puede ser, puede ser —dijo el fiscal—. Soldados asesinos. Creyeron que Gamboa sabía algo.

Al volver al vestíbulo, la señora Verónica Blas empezaba a recuperarse.

—Espero que les haya sido de utilidad lo que pude decirles —dijo—. Les aseguro que esta vez las voces casi me matan. Pobre hombre.

—Si yo le dijera que los asesinos eran cuatro —le dijo Jutsiñamuy—, ¿le parecería raro?

—No señor, para nada —respondió la médium—. Ya le dije que en esa habitación había muchas personas.

—¿Y decía usted que al final el escritor hizo un gesto de alivio?

—Es lo que me pareció. Un gesto bajo, casi un murmullo. Como si, a pesar de los sufrimientos, muriera habiendo logrado desahogarse. No sé esto qué quiera decir.

—Muchísimas gracias, señora. Voy a dar orden de que la lleven a su casa. Quiero decirle algo: hoy usted le dio una muy valiosa colaboración a la Fiscalía General de la Nación. Muchas gracias.

—Siempre que requiera de mis servicios, fiscal, ahí me tiene a la orden —dijo la señora Verónica Blas, con un gesto de satisfacción—. Acuérdese que también soy buena para casos de secuestro y personas desaparecidas o perdidos por otras causas. Una vez ayudé a encontrar una avioneta que se había caído en la cordillera Occidental. También objetos de valor, pruebas materiales o prendas y esas cosas, ¿bueno? Yo feliz de poner este don al servicio de la justicia.

Antes de salir, la señora fue donde Johana y le dijo:

—No olvido lo de su hermano.

—Gracias, señora.

El fiscal la acompañó hasta la puerta. Les hizo señas a dos de los guardias.

—La vamos a tener muy en cuenta, señora —le dijo Jutsiñamuy.

En la biblioteca, Johana tomaba fotografías con su celular. También al libro y a la carátula arrugada.

—Buena esa, Johanita —le dijo Jutsiñamuy—. Pero quíteme una curiosidad, ¿a usted se le ocurrió eso por lo que dijo la médium?

—No, fiscal, yo no creo en esas vainas —le contestó Johana—. Me pareció raro que el escritor se moviera hacia allá antes de que lo remataran y traté de entender por qué. Y apareció eso. Una casualidad. Yo estuve acá con él y con la jefa, lo vi moverse en su biblioteca. Al hablar iba siempre de un lado a otro y sacaba libros, aunque no los mencionara.

—Lo de hoy estuvo muy bien —dijo el fiscal—, me impresionó.

—Gracias.

—Si alguna vez Julieta la deja, me la traigo a trabajar al departamento de investigaciones.

3

A pesar de ser las once de la mañana, el día estaba tan gris como si fuera ya de tarde. La neblina tapaba los edificios de la otra manzana y las navideñas luces de colores de los balcones, aunque apagadas, brillaban con intensidad, provocando una extraña sensación atemporal. Una Navidad extraña para Julieta: sin sus hijos y con tres guardias en la puerta.

Al llegar a su estudio, dejó a Johana instalada en el computador y se fue al dormitorio con el libro y el sobre de Santiago. Quería demorarse, ver despacio cada pequeño centímetro de ese papel. Fantaseó con una clave que le diera alegría y la hiciera sentirse plena. Sacó también el libro: la tapa dura, la textura del papel, la imagen de la portada, una mujer recostada en un sofá. ¿Por qué no lo conoció antes? Volvió a leer la dedicatoria, pasó los dedos sobre las letras: «A Julieta, este libro poblado de enigmas. Con cariño, SG». Se le aguaron los ojos. ¿Cuándo pensaba entregárselo? Y se preguntó: «¿Por qué no me llamó esa otra noche? A lo mejor conmigo ahí no lo habrían matado. ¿Cuántas veces le dije que me daba miedo lo que pudiera pasar? Escritor terco».

Por fin se decidió a abrir el sobre.

La nota decía: «Te dejo algunos datos, por si acaso. Hablé con Juanita Restrepo, la amiga de Melinger en París. No sabía nada de su muerte (le impresionó mucho), pero me habló de un abogado, Octavio Garzón, aquí en Bogotá. Este es su número. 3173864497. Llámalo. Él conoció a Melinger. Si necesitas hablar con Juanita, en París, su número es +33622824153. Me alegra saber que cuando leas esto ya te habré visto otra vez. Besos».

Leyó y releyó la nota. Se quitó varias lágrimas. Pues no, querido escritor, pensó. Leí esto y no nos vimos otra vez. Te falló el cálculo. ¿Podemos tutearnos? Ojalá pudieras explicarme por qué no evitaste que yo me fuera esa mañana. ¿Por qué querías llamar a Juanita a París? Sí, eso fue lo que hiciste. Ahora tendré que llamarla a darle la noticia. ¿Se habrá enterado? Los periódicos dieron la noticia, es obvio que ya lo sabe. Ay, escritor, mala cosa haberse dejado llevar tan rápido.

Muy mala cosa la muerte.

Se miró al espejo, tenía los pómulos hinchados. «Estoy inmunda». Su cuerpo estaba al límite. Las estrías de los embarazos la mortificaban, y la celulitis, pero ¿qué podía hacer? Casi no tenía cintura. El gran mito y la bobada de tantas mujeres, como ella, consistía en negar que eso era importante y, al mismo tiempo, desvivirse por estar en forma. La belleza es como la plata o la salud: sólo le es indiferente al que la tiene. Hombre o mujer. Lo suyo alcanzaría para tipos divorciados, que han convivido ya con barrigas flácidas. Hombres, a su vez, feos y barrigones. El

80% de la gente es así. El amor pasados los cuarenta es una confederación universal de feos: carnes sueltas, pelo seco y repintado, celulitis, arrugas y olores agrios. Y lo peor: histerias, necedad, frustraciones, paranoias, delirios. *C'est la vie.* Un joven saldría corriendo, espantado. Aspirar a la juventud, en el fondo, es aspirar a la belleza y a la sanidad mental. ¿Por qué pensaba esas pendejadas? ¡Ya tenía un amante joven! Pero ¿la habrá mirado en detalle? Allá él. Cerró los ojos.

Pensó que se merecía un puto descanso.

Al volver, Johana seguía organizando las fotos de la biblioteca de Santiago Gamboa.

De repente sonó el celular. Número desconocido. ¿Sería de nuevo Marlon? Respondió muy rápido, con temor de que la llamada se perdiera.

—¿Periodista Julieta?

Era una voz de mujer que no reconoció.

—Sí, dígame.

—Le habla Angelina Martínez, ¿se acuerda de mí? La directora del Buen Pastor.

—Pero claro, doctora, ¿cómo le va?

—Bien, señorita. Bueno, más o menos. Quisiera hablar con usted de algo importante, ¿podría verla hoy?

—Por supuesto —dijo Julieta—, ¿quiere que vaya a su oficina?

—No, no. Prefiero que hablemos en otro sitio. Hoy voy a salir temprano de aquí, tengo que hacer unas vueltas en el centro. ¿Qué tal a las cuatro en el Pan Fino de la 54 con Séptima?

—Claro, directora —dijo Julieta—. Pero, sólo una cosa, ¿está segura de que sigue abierto?

—Sí, a no ser que lo hayan cerrado esta semana.

—Es que no me suena haberlo visto últimamente —dijo Julieta—. Pero bueno, ahí nos vemos entonces.

No se encontraba lejos, pero al estar obligada a tomar tantas precauciones, Julieta decidió que debían salir a las tres de la tarde. Entre el tráfico navideño y los cambios aleatorios de ruta por su esquema de seguridad, llegaría con el tiempo justo. Pero como pasa a veces en Bogotá, una magia lo lleva a uno por un tubo de aire evitando atascos y semáforos, y a las 3h25 ya estaban en el Pan Fino, sentadas al lado de una ventana, con sendos cafés y pandebonos.

—Qué sorpresa que esto todavía exista —dijo Julieta—, habría jurado que lo habían cerrado. Está idéntico.

Johana, en cambio, no lo conocía.

—Acá venía a hacer trabajos cuando estaba en la universidad, a intercambiar apuntes, a echar carreta con los compañeros —dijo Julieta—. Está igual.

Era una de esas viejas casas inglesas de Chapinero, de ladrillo oscuro y techo a dos aguas, con los marcos de las ventanas en amarillo y muros café oscuro y blanco, como si fueran dos lados de una misma fachada. El carril sur-norte de la Séptima pasaba justo debajo de sus ventanales. Adentro un salón espacioso, una docena de mesas con sillas blancas y negras, de patas de aluminio. Los mostradores de pan y bizcochos. El intenso olor a hogaza y a harina recién horneada. También a café.

Se sentaron a ventanear. Cancino y los otros dos agentes se quedaron afuera, estacionados en la calle y cerca de la puerta, para controlar el acceso. Fueron los primeros en reconocer a la directora Angelina Martínez. La mujer entró a la panadería como si fuera suya y saludó de nombre a las empleadas. Su taconeo ruidoso llamó la atención de Julieta y Johana, que se levantaron a saludar.

—Directora, buenas tardes —dijo Julieta.

—Buenas tardes.

Luego miró a Johana.

—Es mi colaboradora, Johana Triviño.

—Mucho gusto, doctora —dijo Johana, extendiéndole la mano.

La directora la miró con frialdad.

—Mucho gusto —dijo, y agregó mirando a Julieta—. Pensé que íbamos a estar solas.

—Ella es mi otro yo, de toda confianza.

—Y los agentes afuera, ¿están ahí por usted? —dijo.

—He tenido problemas de seguridad —respondió Julieta.

—Pues estamos igual, chóquelas —dijo la directora.

De pronto la mujer se dio vuelta y elevó la voz, dirigiéndose al mostrador.

—Esperanza, tráigame un tintico doble.

—Sí, doctora, ya se lo llevo —respondió una de las empleadas desde el mesón.

—Bueno, voy al grano —dijo—. Después de que mataran a la interna seguimos investigando. Hablé otra vez con Yorlady, la venezolana compañera de celda con la que ustedes hablaron, y me contó otros detalles de la vida de esa mujer. Me volví a leer su caso, incluida la sentencia, y entendí un poco más la cosa. Usted se imaginará que no me conozco de memoria la vida de las quinientas y pico reclusas que tenemos.

—Por supuesto que no —dijo Julieta.

La mujer siguió hablando, como si Julieta no hubiera dicho nada.

—Después de la autopsia se confirmó el asesinato por arma blanca, lo que era más que obvio, y se abrió investigación. Seguimos buscando el punzón y hasta el momento no hemos logrado dar con él. Pero hoy pasó algo increíble, y es que Yorlady pidió verme. La recibí en la biblioteca esta mañana, y cuando le pregunté qué pasaba me fue soltando algo inesperado, que yo no sé cómo entender.

—¿Qué le dijo? —preguntó Julieta, impaciente por la historia.

—Según Yorlady, la propia Esthéphany Lorena fue a hablar al pabellón de las reclusas paramilitares para decirles que Delia, «la que se le mete por dentro», estaba hablando con usted y pensaba delatar a los autores de unos crímenes. Según ella, por eso la mataron.

Julieta se agarró la cabeza con las dos manos.

—¿Qué? No puede ser.

—Fue lo que dijo Yorlady. Ese día se había levantado sintiéndose mal y le había dicho: estoy mamada de Delia, ya no me la aguanto. Y salió diciendo que iba a contarle todo a las de Justicia y Paz. No podía más con sus componendas.

—O sea que, según eso —dijo Julieta—, a Esthéphany la mataron las paras.

—Según la versión de Yorlady, sí —dijo la directora—. Por eso necesito que me cuente lo que usted negoció con ella.

Julieta se tomó de un sorbo lo que le quedaba de café y le hizo seña a la mesera para que le trajera otro.

—Le prometí a Delia ser discreta —dijo—, pero supongo que ahora ya no importa. Me habló de unas mujeres conectadas con paramilitares de La Picota. ¿Se acuerda de lo del crimen del argentino?, ¿el asunto de la llamada?

—Sí, claro —dijo la directora.

—Cuando hablé con Delia prometió darme los nombres de las personas que tenían que ver con ese crimen. Los que le pidieron que avisara a Melinger, pero también los que estaban detrás para matarlo. Según ella todo salía de La Picota.

—¿Y usted qué le prometió?

—Ayudarla con el fiscal para que le bajaran la condena. El sueño de ella era salir para irse lejos de Colombia.

La directora se quedó mirando su taza de café, a medio acabar.

—O sea que el cuento del reportaje suyo ¿era carreta?, ¿sólo para que la autorizara a hablar con la interna?

Julieta se puso a la defensiva.

—Estoy escribiendo una crónica. No es carreta. Mi investigación le sirve al fiscal.

—Si me hubiera contado las cosas como eran, realmente, yo habría podido ayudarla —dijo la directora con voz tensa—, y tal vez hoy Esthéphany estaría viva. La habríamos protegido.

—No creo ni una cosa ni la otra —dijo Julieta, mirándola a los ojos—. La ayuda que necesito para mis reportajes es difícil de dar y por eso pocas veces la pido. Delia tenía pintada una cruz en la cara desde hacía rato. El enfrentamiento con Esthéphany y su personalidad agresiva no le habrían permitido vivir mucho más.

—Habla como si la conociera de toda la vida.

—Las conocí a las dos y les creí lo que me contaron —dijo Julieta—. Por eso confiaron en mí.

—Yo en cambio no sé si volvería a confiar en usted —dijo la directora, mirándola.

—Está en su derecho, pero no me juzgue sólo por eso. Mi objetivo y el suyo son el mismo: encontrar la verdad.

—La verdad sí, pero ¿a cualquier costo?

—La verdad es costosa —dijo Julieta—, y cuesta porque es la de otros. Son las vidas ajenas. No nos pertenecen. Esas son las más caras.

—Usted habla como si no le importaran los demás.

—Tendría que leer lo que escribo para saber hasta qué punto me importan. Le mandaré algunos de mis trabajos.

La directora hizo ademán de pararse, apoyando las dos manos sobre la mesa. Pero las retiró y se quedó sentada.

—Usted me cae mal —le dijo la directora—, berracamente mal, pero le voy a seguir ayudando. Supongo que todavía le interesará saber quién fue la reclusa asesina y qué vínculos tiene con los de La Picota, ¿no?

—Claro que sí.

—Pues trabajo en eso —dijo la mujer—, y le cuento que estoy bien cerca de saber cuál es todo este enredo.

Apenas encuentre el punzón y sepa quién fue la criminal, podré saber el resto. Tengo mis métodos. Le juro que la llamaré al segundo siguiente.

—Gracias —dijo Julieta.

Dicho esto, la directora se levantó de la mesa, les dio la espalda y se dirigió a una de las empleadas de la cafetería:

—Ponga todo eso en mi cuenta.

Antes de salir se dio la vuelta y se despidió, pero Julieta la alcanzó en la puerta y le dijo:

—¿Sabe una cosa? Usted también me cae mal, pero le prometo que si logro resolver esto, va a ser la primera a la que llame.

La directora soltó una risita y dijo:

—Eso lo veremos.

Salió a la calle con paso fuerte y se subió a la primera de un grupo de tres camionetas blindadas.

Apenas la perdieron de vista, Julieta miró a Johana.

—Vieja hijueputa —dijo—. Rola cula que se cree Cleopatra porque anda en carro blindado y con guardaespaldas. Pobre güevona.

Salieron.

Antes de poner un pie en el andén, Julieta volvió a mirar la sala del Pan Fino. Le pareció un sitio exclusivo en el único sentido de la palabra en que no significa «costoso». Eso le dejó la charla con la directora.

Y ganas de moverse con rapidez.

Cancino les abrió la puerta de la camioneta, subieron y tomaron la ruta hacia el norte.

Antes de llegar a la circunvalar, ya Julieta le había enviado un mensaje de WhatsApp a Marlon: «Necesito agilizar la vaina, ¿algún dato?».

—Si Esthéphany Lorena fue la que delató a Delia —supuso Johana—, tal vez no pensó que fueran a matarla. Tendría que estar muy loca o muy desesperada.

—Yo diría que lo segundo, Johanita —dijo Julieta—. Desesperada.

Llegaron al estudio a las cinco y media de la tarde.

Yesid estaba abajo, esperando en el carro. Al verlas se bajó y fue a la portería. Como debían estar protegidas y por lo tanto juntas, Julieta invitó a Yesid a su estudio. Le caía bien, era un tipo sano. Los dejó charlar tranquilos y se fue al salón. La reunión con Angelina Martínez le seguía dando vueltas en la cabeza y todavía se le ocurrían frases contundentes y sarcásticas para tirárselas a la cara. Vieja malparida. Abrió el aparador y sacó una botella nueva de Bombay Sapphire. Llenó un vaso con hielo hasta la mitad y cortó dos tiras largas de cáscara de limón. En la nevera estaban las tónicas. Demasiado dulce para su gusto, pero era la única que se encontraba en Bogotá. Al echarla en la ginebra se midió: un chorrito pequeño, para que no le escondiera el sabor. Volvió a poner la botella en su sitio al lado de otra de Gordon's, que le gustaba en el martini, y una de Beefeater, que era más fuerte. Al fondo tenía la Hendrick's para beber sin mezclar, y una sin destapar (y sin probar) de Gilbey's, que Silanpa le había regalado una vez diciendo que era la ginebra de un escritor norteamericano. ¿Era Cheever o Hemingway? Tendría que volver a preguntarle.

Se sentó a tomarse el trago y pensó en Esthéphany Lorena. Mamada de las presiones y locuras de Delia decidió delatarla. Eso demuestra que todos sabían de su trastorno de identidad y la trataban como si fuera algo normal. Tal vez Johanita tenga razón y Esthéphany la haya delatado para que la frenaran. Lo que no calculó es que había algo más grande y gente peligrosa.

Ningún mensaje, así que decidió encender el televisor. ¿Qué hora era? Casi las seis. Ningún noticiero, sólo propagandas de regalos, una infinita serie en la que, siempre, el tema central era esa propuesta de familia estándar, simétrica: dos varones, un hombre y un niño, versus dos hembras, una mayor y una niña. Alegría, sonrisas, sorpresa, un mundo feliz. ¿Quién vivía así?, se preguntó. Ella no, y tampoco quería vivir así. Le parecía no sólo falso e hipnótico, sino, sencillamente, repugnante. Odiaba esa alegría programada y obligatoria de la Navidad, el impulso por estar disponible y *ser* de los otros.

Pensó en llamar a sus hijos y agarró el celular.

Marcó el número.

Su ex siempre se las ingeniaba para deslizar alguna palabra de reproche, cobrarle la separación y hacerla sentir aún más culpable. Se tomó lo que quedaba en el vaso de un trago mientras sonaba el primer timbre. Pero los muchachos no le contestaron.

Eso la obligaba a marcarle al papá. Habría preferido que le sacaran tres muelas sin anestesia antes que saludarlo. Agarró el aparato y miró la pantalla. Mejor otro trago antes. Fue al aparador, destapó la botella de Bombay y repitió la dosis. Volvió a su sillón, se metió un buen trago y se dio ánimos: bueno, vamos, ahora sí.

Iba a darle al botón de marcar cuando la pantalla se iluminó de pronto. Llamada de WhatsApp. Número desconocido.

—¿Aló?

—Amig..., acá Marlon ... sde el correcci... sur de L... ... cota. Resp... ndo a su m... nsaje.

Se oía mal, la voz llegaba entrecortada.

—Marlon, cuénteme, ¿qué cosas ha podido saber?

—Se ve que pusieron la antena anti wifi... p... rque ... ... ndo ... quí...

—¿Marlon? ¿Marlon? No le oigo nada...

—... tá jodi... la v... na, ... ga... ¿M... oye?

—Muy mal, ¿quiere que lo llame yo?

—No, n... esto está un p... co pel... groso, pilas, ... dese much..., y párele b... las a un pol... tico del Sen... do que s... lla... J... cinto Ciriaco Ba... el. P... las con es... man, échele un v... staz... T... ngo q... c... lgar.

—¿Me puede repetir el nombre por mensaje?

—Cl... ro, chao.

Un segundo después el celular pitó:

«Jacinto Ciriaco Basel, Partido Carismático Cielos y Patria. Échele un vistazo a ese man y borre esto ya».

El corazón se le puso a mil. Abrió el computador.

Jacinto Ciriaco Basel.

Partido Carismático Cielos y Patria.

Leyó una sinopsis de su vida. Nacido en Sincelejo, Sucre, cincuenta y siete años, administrador de empresas de la Universidad de Sucre y un largo listado de cargos públicos menores. Elegido a la Cámara de Representantes en 2010 por el Partido de la U. En 2014 por el Centro Democrático. En 2018 por el Partido Carismático Cielos y Patria.

No quiso molestar a Johana, que veía una serie con Yesid en el estudio. Se puso ella a investigar antecedentes sueltos del tipo y vio que había sido suplente en 2006 del senador Uriel Useche Quintas, condenado por parapolítica, y que participó en calidad de observador en la entrega de los paramilitares al programa de Justicia y Paz en 2008. No había más antecedentes. Tenía el perfil de esos políticos menores que existen para alzar la mano y darle al timbre de voto según las necesidades de los jefes. Pasó y pasó fotos del tipo en celebraciones, eventos políticos. Nunca en primer plano, siempre detrás de los jefes influyentes: Álvaro Uribe, Germán Vargas Lleras, Óscar Iván Zuluaga, miembros de la familia Char de Barranquilla. La cabecita de Jacinto Ciriaco Basel aparecía siempre en la esquina y al fondo, nunca en primer plano.

¿Quién era ese tipo? Si Marlon le pidió investigarlo es porque tiene relación con esto. De pronto una luz se encendió en su mente: José María Recabarren, el noviecito joven, su Gerard Piqué personal, tinieblo del Congreso de la república. Él debía saber los secretos de este Jacinto Ciriaco. Pero ¿cómo hacer para hablar con él? Si lo llamaba era para que el muchacho viniera en plan gigoló. Por lo general salía de donde estaba, se pegaba una ducha, se cambiaba de calzoncillos y venía a complacerla. Ahora no podría decirle que viniera. Le daba pena con Johana y Yesid. Entonces le envió un mensaje de WhatsApp en el que decía: «Llámame con urgencia de una línea segura».

Menos de diez minutos después su teléfono sonaba. Número privado. Contestó.

—Hola, nena —dijo el joven asesor—, ¿estás sola? Estoy acabando una reunión y salgo para allá.

—Mira, José, hoy no puedo, pero necesito que me ayudes con una vaina. Te llamo para otra cosa.

—Cuéntame.

—Necesito información de un senador, se llama Jacinto Ciriaco Basel. ¿Lo conoces?

—Uy, ¿y por qué quieres saber algo de ese man? Es una asquerosidad.

—Quiero saber en qué vainas anda metido para un reportaje ultrasecreto. No le vayas a contar a nadie que es peligroso.

—Ese man ha estado en todas. Oye, ¿y por qué me pides que te llame de una línea segura? ¿Te están chuzando o qué?

—Tengo un poco de paranoia por lo que estoy haciendo —le dijo Julieta—. ¿Me harías un listadito de vainas del tipo y nos vemos mañana? Ahí te explico todo.

—Listo, nena, me pongo en eso —dijo el asesor—. ¿Llevo de todos modos un champagne bien fresquito?

—Lo que quieras. Mañana cuadramos la hora.

Al decir esto, con dificultad, comprendió que no tenía nada de ganas de tirar con José María ni con nadie. El último huésped, el escritor, estaba todavía ahí. Igual lo dejaría venir. Su ayuda era clave.

4

Al otro día, hacia las seis de la tarde, Johana salió con Yesid, y entonces Julieta, esperando a su joven amigo, decidió pegarse una ducha. Debió también avisarle a Cancino que iba a tener visita para que no hubiera problemas en la portería. Bajo el chorro hirviente pensó en estos últimos días y le extrañó la indiferencia con la que se tomaba el hecho de estar vigilada y amenazada. «Uno nunca puede medir los niveles de peligro de lo que hace», pensó. El asesinato de Gamboa, el de Esthéphany y Delia. Haber estado cerca de ellos y ver que ambos se habían convertido en ceniza. Luego Esthéphany y Delia. Sólo ellas dos, las dos caras ocultas de una misma luna. Esa historia daba para un estupendo perfil y es justamente lo que pensaba hacer. Aparte de la crónica de los asesinatos vendería esa otra crónica con todos los detalles. Un Trastorno de Identidad Disociativa que llegó a enfrentar a dos mujeres, con visiones contrarias del mundo, en medio de la política y el amor. Todo en un mismo cuerpo. Podría dar para una serie de ficción. *Las reclusas*. En cada episodio, una aventura que llevara al extremo esas diferencias entre las dos mujeres, enemigas mortales, condenadas a compartirse.

La verdad es que era genial, se dijo, putamente bueno.

Ella siempre les pedía a las personas que contaran sus vidas. Ahí está la verdad de lo que creen ser, y a veces, sólo a veces, de lo que pasó realmente. Creyó que su método intuitivo tenía un sentido: en ocasiones, siguiendo una historia, aparecía un filón muy rico que podía superar al original.

Se secó pensando en abrir un fichero nuevo con ese nombre, *Las reclusas*. Salió en bolas del baño, con la piel todavía echando vapor por el agua caliente, y se sentó en su mesa. Abrió una página nueva y puso el título. Letra Garamond, tamaño 24. Lo miró un rato. Agregó debajo: «Por Julieta Lezama». Ese sería su siguiente trabajo. ¿Se atrevería con una obra de ficción basada en lo real? Pensó en Gamboa. Le habría gustado poderle comentar esto, tomarse un trago y hablar sobre la idea. Mezclar la crónica con las herramientas de la ficción. Se entusiasmó.

Estaba concentrada en la pantalla cuando una ventanita le anunció la llegada de un correo. Alerta de Gmail.

Lo abrió:

> Con profunda tristeza la familia Lezama Rodríguez lamenta informar la muerte de su querida hija Julieta de 41 años ocurrida en Bogotá en trágicas circunstancias. Por tal motivo sus hijos Daniel y Gonzalo invitan a familiares y amigos a las ebsequias (sic) de su adorada madre, Julieta Lezama, en la Funeraria El Hueco Más Inmundo y Merecido Para Sapos Hijueputas.

Su respiración empezó a agitarse y, de un manotazo, cerró el computador. ¿Una esquela mortuoria? Hijueputa. No alcanzó a ver la fecha ni el remitente, y ahora no se atrevía a abrir la computadora. Pensó que la espiaban y corrió a revisar las cortinas. Estaban cerradas. ¡Las ventanas del salón! También cerradas. Fue a la cocina a ver que todo estuviera bien. El chirrido del citófono la hizo dar un brinco. ¡Carajo!

—¿Quién es?

—El señor José María Recabarren.

—Que siga.

Logró hablar a pesar de tener el pecho batiente como el radiador de un viejo tractor. Caminó despacio hasta la puerta y estuvo a punto de caer. Al poner la mano en la cerradura se dio cuenta de algo absurdo, y es que no se había vestido. No tenía fuerzas para volver. Esperó a que José María tocara el timbre y abrió despacio. Cuando él entró lo abrazó con fuerza y empezó a llorar.

El joven se quedó estupefacto. ¿Qué estaba pasando? El mundo que traía en su cabeza no podía ser más lejano a todo eso. En una mano llevaba un ramo de flores y en la otra una botella de champagne rose. En su bolsillo dormitaba una caja de Durex con seis condones sabor frambuesa.

—¿Qué está pasando? —preguntó, desconcertado.

Julieta no lo soltó, temblando y llorando en silencio. Unos pocos segundos después logró decirle al oído.

—Perdona...

—¿Qué pasa?

—Algo horrible, espérate me calmo...

—¿Por qué estás en pelota, nena?

—Es que...

Intentó hablar, pero la respiración era como una ola que se metía por su boca.

—Ven, mira lo que me llegó...

Lo llevó hasta su mesa.

—Abre el computador, lee...

José María dejó las cosas sobre la mesa, abrió el portátil y, al leer, se quedó de piedra.

—¡Pero esto es gravísimo! ¿Cuándo lo recibiste?

—Un segundo antes de que llegaras —dijo Julieta, sobreponiéndose—. Me duché, iba a vestirme y vine al computador a otra cosa, cuando me encontré esto.

—Hay que llamar a la policía —dijo él.

—No, no, espera... Dame un minuto.

Se fue al baño, donde tenía la ropa que había previsto ponerse. Se vistió rápido y se miró otra vez al espejo. Alrededor de los ojos, un halo violeta. Párpados hinchados. ¿Valía la pena maquillarse? La cara estaba deshecha. Lo que necesitaba era tomarse un trago.

Salió directo al aparador.

—¿Te sirvo algo? —le dijo desde el corredor.

José María no respondió. Sacó la botella de Beefeater, llenó un vaso con hielo y sirvió hasta el borde.

—José María, ¿un trago?

Silencio.

—¡José María...!

Fue hasta el estudio y lo vio tendido hacia delante, sobre su mesa. Como si se hubiera quedado dormido encima del teclado.

—¡Ay!

El vaso se le cayó de la mano. Por un milagro no se rompió, sólo se regó la mitad de su contenido.

Se le acercó despacio, lo miró de arriba abajo. Revisó de un vistazo el cuarto, pero no había nadie. Se atrevió a ponerle un dedo en el hombro, luego dos.

—¿José María...? ¿Estás bien?

Pasó un segundo, dos, y de repente el joven se levantó como un resorte. La miró extrañado, como si la viera desde el fondo de un pozo de agua.

—¿Te dormiste? —dijo Julieta.

—Perdona, nena, es que... Tú no sabes, pero sufro de narcolepsia y se me viene cuando estoy tenso o nervioso. Esa esquela que te mandaron, ¡es horrible! ¿Quién pudo mandarte una vaina así?

Al verlo en ese estado Julieta se recuperó.

—Siéntate, déjame servirte un trago y te cuento algunas cosas.

Fue por un whisky, le puso cuatro hielos. Llevó la botella de champaña a la nevera.

—Gracias por las flores —le dijo.

—Por favor explícame qué es todo este mierdero, nena, no entiendo nada.

—Tómate un trago y respira profundo, a ver, salud —le dijo ella—. Ya te cuento todo.

—Oye —dijo José María—, ¿de verdad tienes cuarenta y un años?

—Sí.

—Pues no los representas.

—Bobo, a ver te cuento.

Le contó, en desorden, mil cosas. Los nervios, el agite. Es difícil seguir una línea argumental cuando acabas de recibir una esquela fúnebre. Julieta saltó de una cosa a otra. Logró dibujar la historia hacia el tercer whisky de José María y su cuarta ginebra. El joven, al oírla, movía la cabeza hacia los lados, como diciendo «¡no puede ser!». O la interrumpía para decir...

—¡Es increíble!

Y seguía.

Tableteaba con la pierna todo el rato. Julieta nunca lo había visto así y le dieron ganas de abrazarlo. Cosita. Ahora se sentía un poco relajada. Entre el Beefeater y la posibilidad de contarle eso a alguien, su terapia funcionaba. Él, en cambio, necesitaba más que eso.

Sirvió lo que quedaba de una botella de Chivas y abrió otra de Jameson. Llenó el vaso hasta la mitad y se lo llevó. Lo vio recostado en el sillón. Se había quitado la corbata y la chaqueta.

—Ahora sí, cuéntame quién es ese pisco —dijo Julieta.

José María se levantó, con el vaso en la mano, y empezó a caminar en círculos.

—A ver por dónde empiezo —dijo él—. Jacinto Ciriaco Basel es el rey del eslalon de la justicia corrupta. Tiene seis investigaciones por parapolítica entre 2004 y 2009, y en todas logró sobreaguar: por testigos inducidos que, sospechosamente, cambiaron su testimonio a última hora, o por vencimiento de términos. Entre 2010 y 2018 fue investigado por cohecho y concierto para delinquir, desfalco de hospitales públicos del departamento de Sucre y también por casos en Córdoba, aliado con caciques de esas gobernaciones. ¡Una joyita ese man! Y ahí está, con su partido Cielos y Patria, en el Senado. Tiene votos cristianos y compra votos a la lata. En las elecciones pasadas sacó 22.750. Si los hubiera comprado a cien mil pesos, le habrían costado dos mil y pico millones, y eso no es nada para los negocios que hace con las remesas y los contratos de Sucre. Y como apoyó al Gobierno tiene aún más poder. Claro que a veces ni los del Centro Democrático le piden apoyo, ¡cómo será! Les da pena. Una escoria típica de este país. Pero dime, ¿por qué ese man de la cárcel te habla de él?, ¿qué relación puede tener con los asesinatos? No entiendo.

—Todo son hipótesis —dijo Julieta—, mi informante me soltó esto con cuentagotas. Lo mencionó pero sin decirme cuál era su relación directa con el resto.

Se levantó y fue a servir otra ronda. Tiró el whisky aguado del vaso de José María y puso hielo bien seco, casi humeante. Echó el líquido amarillo que se metió por sus grietas y empezó a subir el nivel, hasta el medio. Perfecto. Para ella un vaso con hielo y cáscara fresca de limón. Y el chorro de Beefeater. Un platico de maní con pasas y regresó con todo al estudio.

Al verla venir, José María se levantó del sillón con ánimo de decirle algo.

En ese momento oyeron el ruido.

Un silbido largo, el sonido bajo de un vidrio roto, el golpe seco en la pared.

Una vez, dos, tres veces.

José María la empujó al suelo. Los vasos rodaron.

—Mierda, ¡nos están disparando! —gritó Julieta.

Desde el piso miró la ventana del estudio. La cortina se movía, tenía perforaciones. Levantó el brazo hasta el interruptor y apagó la luz. Luego fueron reptando hasta el corredor, ahí podrían estar a salvo. ¿Desde dónde disparaban?

Se tocaron.

—¿Me ves algo? —dijo Julieta.

—No, no te dieron. A mí tampoco —dijo José María—. Un milagro. Vamos a llamar a la policía.

—Tengo guardaespaldas abajo. Espera.

Fue hasta la cocina y levantó el citófono.

—Páseme al señor de seguridad —le dijo al portero.

—Dígame, Julieta, ¿qué pasó? —dijo Cancino. Al oírle la voz se sintió a salvo.

—Nos acaban de disparar por la ventana que da a la calle del frente.

—Quédese en el suelo y no se mueva. ¿Puede abrirme la puerta?

—Creo que sí.

En ese momento oyó otros tres tiros. Tres latigazos. Siempre del mismo lado.

—Siguen disparando —dijo Julieta por el citófono.

—Ya vamos. Deje abierta la puerta y cúbrase.

Reptó desde la cocina hasta la entrada y movió la cerradura. José María llegó hasta la cocina. Lo vio y pegó un grito.

—¡Te dieron!

Le salía sangre de algún sitio entre el brazo y el hombro. No era mucha. El joven se miró sorprendido, se tocó y vio que tenía la camisa rota. El hombro.

—Me devolví al cuarto por mi chaqueta cuando volvieron a disparar —dijo—. Hijueputa, me dieron. Con el susto ni me había dado cuenta.

Oyeron la puerta. Cancino y los dos agentes entraron como trombas. Ella les dijo:

—Disparan desde allá, tengan cuidado.

Se organizaron con armas detrás de las paredes, apagaron las demás luces. Pero ya no hubo más disparos.

—Tranquila, Julieta, ya viene el fiscal con más agentes. La policía está abajo y van a acordonar la zona.

Un rato después llegó Jutsiñamuy.

—Amiga —dijo él—, me va a tocar llevarla a un sitio seguro. ¿Quién es este caballero?

Le extendió la mano al joven asesor.

—José María Recabarren. Trabajo en el Senado.

—Me está ayudando con una información, fiscal. Estaba conmigo cuando nos dispararon.

—Habrá que llevarlo al hospital, joven —dijo Jutsiña-muy—, tiene pinta de herida leve pero tienen que desin-fectarlo. Julieta, prepare un maletín con sus cosas. Nos tenemos que ir. Usted, joven, viene con nosotros.

El asesor se puso nervioso.

—O sea, ¿no puedo irme a mi casa?

—No, al menos por esta noche —dijo Jutsiñamuy—. Si lo esperan en algún lado llame y diga una disculpa. Ten-go que llevarlo a que le hagan la curación y luego a un sitio seguro. ¿Tiene familia? ¿Está casado?

—No —dijo el asesor—. Vivo con mis papás.

—Dígales que se fue para la finca de su mejor amigo. Explíqueles que fue algo improvisado.

—Mañana tengo una novena súper clave —dijo José María—, así que por favor, que esto sea breve.

—Ya veremos qué pasa mañana, joven. Lo importante es estar vivo, eso sí que es súper clave.

Julieta puso en un maletín ropa interior, jeans, cami-setas y suéteres. Luego fue al estudio y agarró sus apuntes y el computador. Ya salían cuando Jutsiñamuy le dijo:

—¿Se acordó de traer el cargador de su celular? Vea que después se queda incomunicada.

Se devolvió a la carrera. Al agacharse a desconectarlo, debajo de la mesa, vio una de las balas. La agarró en la mano y volvió a la puerta. Todavía estaba caliente.

—¿Johanita estará segura? —preguntó Jutsiñamuy.

—Supongo que sí, fiscal —dijo Julieta—. Se fue con Yesid desde por la tarde.

—A ver, llámela, por favor. Hay que ir por ella.

Bajaron en el ascensor hasta el parqueadero. Ahí esta-ban las tres camionetas blindadas de la Fiscalía.

La llamada le entró a buzón, una segunda también y una tercera. Julieta pensó: «Johana, por favor, contesta, ¿dónde putas estás?».

Volvió a intentarlo, pero nada.

Salieron del edificio y bajaron a la Séptima.

Barrio de Suba. Una vivienda popular de un conjunto subsidiado por el Estado en alguna campaña política de los años noventa para favorecer a los desplazados del conflicto. El pesebre estaba en el rincón de la sala, justo debajo de la ventana que daba al cerro. Habían hecho el agua con algodón y tenía esas ovejas plásticas de color blanco, huecas, que hace años vendían en el Tía y que nunca se lograban sostener paradas. Se caían de lado. El establo era una lata de galletas Saltinas con recortes y una mano de pintura café. Los árboles, ramas de arbustos. Los tres Reyes Magos estaban ahí, una sola pieza el personaje y el camello, pero también se caían de lado. Había que sostenerlos con piedritas y la labor de algún niño de la casa era revisar que esos muñecos estuvieran de pie a la hora de la novena. Doña Zenobia era la reina de los buñuelos y las natillas. La Navidad, para ella, transcurría sobre todo en los fogones.

Al terminar el rezo, Yesid le dio un abrazo a su mamá y se abalanzó hacia la mesa por el primer buñuelo de la noche. Johana, de forma refleja, miró la pantalla de su celular.

Y se quedó de piedra.

Nueve llamadas de su jefa.

—Tengo que devolver una llamada —le dijo a Yesid, mostrándole el teléfono.

Él le hizo cara de «bueno, pero no se demore».

Marcó el número. Le contestó al primer timbre.

—Johana, ¿dónde estás? —le dijo Julieta casi gritando.

—En la casa de mi suegra, jefa. Estábamos rezando la novena, por eso no contesté.

—Johanita, me trataron de matar, me dispararon en la casa.

—¿Qué?

425

—Estoy bien, el fiscal me está llevando a un lugar protegido, pero tiene que venirse conmigo. Usted también está en peligro.

—Estoy con Yesid.

—El fiscal quiere que venga, se lo paso.

Le dio el celular a Jutsiñamuy.

—Johanita, dígame dónde está y mando por usted. Esto es muy peligroso.

—Estoy en una novena familiar, fiscal. En la casa de mi suegra, en Suba. Ya le mando la ubicación por WhatsApp.

—¿Suba? Tengo unos agentes cerca en una misión, les voy a decir que vayan por usted ya mismo.

—Deme cinco minutos, fiscal, para explicar algo acá.

—No les diga nada, es mejor que nadie sepa. Páseme a Yesid y yo le explico.

Metió la cabeza por la puerta de la sala. Lo vio al fondo tomándose un aguardiente con el primo. Lo llamó. «¡Venga!». Le alargó el celular.

—Es el fiscal Jutsiñamuy, quiere hablar con usted.

Yesid agarró el aparato y se puso firmes.

—Dígame, doctor... Sí, sí, claro que sí, doctor, no se preocupe. Sí, la tengo en el carro porque aquí estoy con mi familia. Bueno, que marquen al número de Johanita cuando estén afuera y manden las placas.

Colgó, algo pálido.

—Ay, reinita, ¿y ahora qué le vamos a decir a mi mamá?

—Lo importante es que no le vaya a pasar nada a nadie acá, y menos a su familia. Hay que vigilar la calle. ¿Tiene su pistola?

—Sí —dijo Yesid—. En el carro, voy por ella.

—¿Y no hay más fierros?

—No sé, de pronto mi primo. Pero si le pregunto se arma el boroló.

—Hay que esperar a que lleguen los agentes —dijo Johana—, es sólo por si vienen antes.

Dicho esto fue al segundo piso de la casa y entró al baño, que tenía una ventana. Entre la puerta y la calle había una reja. No se veía nada, pero por experiencia sabía que eso no quería decir mucho. El corazón le golpeaba en el pecho. Volvió a bajar donde Yesid.

—No se ve nada, al frente no hay carros. ¿Usté conoce a todos los vecinos?

—Más o menos, ¿por qué?

—¿No hay ninguno que sea policía o guardia de seguridad?

—No sé, déjame pensar... Creo que no.

—Lo mejor, entonces, es que salgás afuera con tu primo Gabriel, que es grandote. Párense en la verja. Que crean que ambos están armados.

—¿Y qué le digo a Gabriel?

—No le vayás a decir lo que está pasando. Decile que le querés contar un problema personal, alguna pendejada así. Lo importante es que se pare al frente con vos. Yo me quedo arriba vigilando desde la ventana del baño. Los agentes del fiscal se van a demorar como media hora, no es mucho.

Yesid, con el fierro metido en la cintura, volvió al salón y buscó a su primo. Menos mal que había un montón de gente, así la mamá no se podía dar cuenta.

—Ey, Gabriel, camine un momento afuera que tengo que decirle una cosa.

—Cuénteme pues acá que afuera está haciendo frío —dijo él.

—No, venga y nos fumamos un cigarrillo. Póngase la chaqueta.

Lo convenció y salieron.

Johana, sin encender la luz, se apostó en la ventana del baño y se concentró en cada lucecita que veía moverse. Había tres casas al frente y un potrero descampado. Luego unos eucaliptus y una especie de parque a medio construir. Yesid y Gabriel hablaban abajo, al lado de la verja.

427

Vio subir un carro por la pequeña cuesta que venía de la carretera principal. Sus músculos se tensaron y, para no gritar, le marcó a Yesid. Le contestó al segundo.

—¿Qué pasa, reina?

—Creo que ya vienen. Quedate tranquilo, hagan como si tuvieran armas debajo de la chaqueta. Que vean que hay protección.

Colgaron.

Johana tragó saliva y vio subir el carro, era una camioneta. Venía despacio, como buscando algo. No era de la Fiscalía porque las placas eran de las normales. Vio que Yesid le decía algo a Gabriel y se rieron. ¿Qué habrá sido? Cuando la camioneta llegó a la altura de la casa, a muy baja velocidad, ambos se quedaron mirándola con las manos en los bolsillos y empujando hacia delante, como si, efectivamente, tuvieran ahí guardadas metralletas o quién sabe qué. Los del carro aminoraron la marcha, no se veía bien hacia el interior por los vidrios polarizados, pero a Johana le pareció ver brillar algo, un reflejo de la luz del poste, claro, un relumbrón que podría ser el caño de una Ingram, por ejemplo; y esos segundos, los que tardó la camioneta en pasar por el frente de la casa a velocidad lenta, mientras ella miraba desde la ventana del baño de arriba, con la luz apagada, viendo a esos dos hombres inermes ante cualquier fuego, jugando el peligroso reto de ser lo que no eran; esos segundos, decía, fueron los más largos de su vida reciente; habría dado la vida por tener su fusil otra vez, ahí, para abrir fuego en cuanto esa camioneta hiciera algo raro.

Pero no.

Siguió muy despacio hacia arriba, rechinando un poco, y se perdió por la loma, sin que pasara nada. Johana abrió el grifo del agua y se echó dos manotadas en la cara. Esa agua helada de Suba, a esa hora, es casi un hielo. Quedó muy despierta y bajó rápido por la escalera.

Se vio de frente con Gabriel, que ya entraba.

—¿Entonces qué, bacán? —le dijo.

—Ese Yesid sí es la cagada —le dijo—, dizque jugáramos a los gánsteres, a esta edad. Los de esa camioneta debieron creer que esto era el velorio de un traqueto.

Johana le dio una palmada en el hombro.

—Ah, vos sabés que cuando Yesid se toma un aguardiente se le ocurren cualquier cantidad de güevonadas. Así se divierte. Chévere, bacán.

Salió al garaje. Yesid estaba ahí, fumando un cigarrillo. Al acercársele vio que de una pitada casi se metió medio tabaquito.

—Qué susto tan hijueputa —le dijo—, casi no creo que se largaron. No sé si eran o no, pero qué susto.

El celular de Johana tembló.

«Soy el agente Navas, de la Fiscalía. Me mandó Jutsiñamuy. Estoy llegando en una camioneta negra Chevrolet de placas BDJ 452. Esté lista».

Contestó a ese número.

«Lista, a la espera».

Entraron de carrera y Yesid sirvió un aguardiente que, en cualquier tienda, habría tenido que pagar como triple. Se lo mandó de un trago. Johana agarró un plato de plástico y puso tres buñuelos, dos pedazos de natilla, dos almojábanas, dos arepas de choclo. Le puso una servilleta encima y se lo metió al bolsillo de la chaqueta.

—Mejor no me despido de nadie —le dijo a Yesid—, va a ser un poco raro.

—Tranquila, reina, váyase que yo le explico después a la vieja.

Salió al garaje. La camioneta ya estaba ahí. Abrió la puerta de la verja y se montó de un salto.

5

La casa de seguridad era un apartahotel de las Residencias Tequendama, sobre el Centro Internacional. Bajaron a los garajes y al final, el agente Navas y otros dos hombres la escoltaron hasta el ascensor. Piso 17. Un largo paseo por corredores hasta una puerta en la que ya había otros tres guardias.

Entraron.

Al verla llegar, Julieta se levantó de un salto y vino a darle un fuerte abrazo. Se sostuvieron las dos así, por un rato.

—Jefa, ¿cómo se siente?

—No me pasó nada, Johanita, pero esos hijueputas me hicieron como cinco tiros.

El fiscal Jutsiñamuy, los agentes Cancino y Laiseca se hicieron a un lado.

Julieta le contó en detalle lo que había pasado. Le habló de José María, que en ese momento debía estar en un centro médico, recibiendo puntos de sutura. Le describió cada uno de los disparos.

De repente Julieta miró hacia la ventana y chasqueó los dedos, como si hubiera recordado algo. Se levantó, fue a la puerta. Ahí estaban el perchero y su chaqueta. Metió la mano al bolsillo. Sacó la bala que había encontrado en el piso de su estudio.

Se la entregó a Johana. Ella la miró bajo la luz del bombillo y dijo sin dudarlo:

—Es un calibre 7,62. Les dispararon con una Remington M24. Son francotiradores del ejército.

El fiscal miró el proyectil y lo acarició entre los dedos, como si de ese modo pudiera comprobar lo que decía la joven exguerrillera. Se lo pasó a Laiseca.

—Lo mandamos a la oficina a que lo confirmen —dijo Laiseca—, a ver qué nos dicen. ¿El ejército? Carajo.

—Sí —dijo Jutsiñamuy—, esto se está poniendo cuchi cuchi.

—¿Serán los «cuatro soldados»? —dijo Julieta.

—Esa munición la usan los francotiradores del ejército —dijo Johana—. La conozco bien. Lo raro es que hayan fallado, porque esos manes son tenaces. Aunque disparar en ciudad es más complicado. A lo mejor sólo querían pegarle un susto.

—Pues si era eso lo que querían —dijo Julieta—, misión cumplida. Qué susto tan hijueputa.

La policía no encontró nada en los edificios aledaños, lo que quería decir que los disparos vinieron desde más lejos.

—Ese rifle puede disparar a más de un kilómetro de distancia —dijo Johana—, o sea que no vale la pena ponerse a buscar ahí cerca. Pudo ser desde mil sitios.

El lugar, con esa multitud de agentes, parecía siniestro. Pero al rato de llegar Johana, Jutsiñamuy pidió que los dejaran solos.

—Ya van a traer unas pizzas, Johanita —dijo el fiscal—, ¿tiene hambre?

—No mucha, gracias, me comeré un pedacito.

—La pizza a domicilio es el alimento natural del testigo protegido —dijo Laiseca, desde la puerta—. Si me necesita para algo, jefe, estaré aquí afuera.

El apartahotel tenía dos cuartos pequeños, un salón con cocina americana (o «integrada») y un baño bastante amplio. Johana abrió varios cajones de la cocineta hasta que encontró los platos. Sacó uno y puso ahí los buñuelos, las natillas, las almojábanas y las arepas de choclo. Los llevó a la mesa del salón.

—Llegó la Navidad —dijo Julieta al verla venir.

—Son de mi suegra. No sé qué habrá tenido que decirle el pobre Yesid.

—¿Y cuánto tiempo nos vamos a quedar aquí? —preguntó Julieta de un modo retórico, pues sabía que no había una respuesta.

—Hasta que resolvamos este lío —dijo el fiscal—, pero bueno, ya estamos cerca. ¡Les estamos pisando las botas! Mañana voy con Laiseca a hablar con el comandante de la lista del abogado.

Y agregó:

—Julieta, Johanita, no le digan a nadie dónde están, ¿ok? Va a haber mucha seguridad, pero nunca se sabe. Mañana las llamo por la mañana.

Antes de salir, el fiscal se volvió hacia ellas.

—Ay, Johanita, présteme la bala. Casi se me olvida. Porque esa sí es la prueba reina.

—La prueba reina —dijo Julieta.

Se despidieron.

Al quedarse solas, Julieta le contó a su colaboradora lo que había pasado en el estudio, segundo a segundo.

—Y el man que estaba con usted, ¿sabe que estamos aquí? —preguntó Johana.

—No, a José María se lo llevaron a un centro médico a cogerle unos puntos y desinfectarlo. Pero no supo hacia dónde veníamos. Me pareció entender que a él lo iban a proteger también, pero no sé dónde. Ese pobre es más bueno que el pan. Debe estar aterrorizado. Le conté el caso por encima, sin mucho detalle, para que me hablara del senador Jacinto Ciriaco Basel.

—¿Y qué dijo?

—Lo que me esperaba, una joyita típica: procesos por parapolítica, cohecho, corrupción, pero siempre librándose de todo por la vía del vencimiento de términos.

—¿Y estará relacionado con los militares del abogado Garzón? —dijo Johana.

—Es lo que me imagino, pero no hay pruebas. Sólo conjeturas y suposiciones. Tenemos tres islotes sin poderlos relacionar: en uno están los soldados que mataron a Santiago y, supongo, a Melinger, y que me dispararon esta noche. En otro los mandos militares del abogado Garzón. En un tercero está Jacinto Ciriaco Basel. Está también Marlon y está Esthéphany. Si aparece el puente que une todo esto, resolvemos el asunto.

—Ya veo —dijo Johana—. Va a tocar analizar muy bien este bollo. Hay alguien que les está contando lo que hacemos.

—Pues sí —dijo Julieta—, siempre se nos anticipan.

Se acomodaron en las dos habitaciones. Julieta conectó su computador, lo puso en la mesa de la sala y abrió la mensajería. Nada importante. Agarró su teléfono y buscó el número desde el que Marlon se comunicaba.

Y le escribió:

«Hoy intentaron matarme, necesito su ayuda. Pero ya».

Se quedó mirando la ventana con la frase de su mensaje: apareció un chulo, dos chulos. Esperó a ver si se ponían azules.

—¿Tendrán *room service* en este sitio? —dijo Julieta.

Levantó el teléfono y marcó el 9, pero nada. Luego el 0, y nada. Fue a la puerta. Uno de los agentes estaba sentado en una silla Rímax, el otro caminaba. Al fondo, frente al ascensor, vio a Cancino.

—¿Habrá manera de pedir algo al restaurante?

—Ya debe estar por llegar la pizza, señorita.

—Quiero pedir un trago.

—Ah, pero entonces espere.

Cancino llamó a uno de sus agentes.

—Doble cuatro, acá siete uno, ¿me copia?

Repitió un par de veces el llamado hasta que le contestaron.

—¿Me confirma si el minimercado del corredor del frente sigue abierto? Ahí pasando la escalera, a la derecha. Siete uno cambio.

Le hizo a Julieta un gesto. Un segundito. Finalmente le contestaron. Le dijo a Julieta:

—¿Y qué quiere tomar?

—Ginebra. De cualquier marca.

Alzó el fono.

433

—Ginebra, doble cero, de cualquier marca. Una botellita. Pregunte. Siete uno cambio.

Un silencio... Luego se dirigió a Julieta.

—Que sí tienen, Gordon, ochenta y siete mil.

—Listo, ¿bajo por ella?

—No, señorita. Deme la plata y yo se la traigo.

Sacó dos billetes de 50. Dos Gabos.

—Si hay limones, bien, y si no, jugo de limón —dijo Julieta—. En el peor de los casos, Sprite. Y hielo.

—Ese lo pido en el restaurante —dijo Cancino—. Ya le traigo todo, sumercé.

Un cuarto de hora después golpearon a la puerta. Cancino traía todo en dos bandejas, incluidas la pizza y dos Coca-Colas Zero. Julieta adoró la hielera, clásica. Un recipiente de plata y una pinza tijera. Aún les quedaban algunas cosas de la época de oro.

Se sirvió un trago y respiró profundo.

—¿Será que acá sí estamos seguras? —le dijo a Johana—. Me gustaría mirar por la ventana.

—Yo creo que sí. Nadie, aparte de ellos, sabe dónde estamos.

Se asomó por un lado de la cortina y vio la ciudad oscura y a la vez repleta de luces. Por ahí, en algún lugar, andaba alguien con un rifle buscándola. Eso quería decir, en términos profesionales, que iba por buen camino.

6

El fiscal llamó bien temprano a Emeterio Sánchez, su colega fiscal penal militar, para decirle que tenía que hablar con un teniente preso en el batallón de Puente Aranda.

—¿Y quién será? —respondió el fiscal Sánchez, antiguo compañero de facultad de Jutsiñamuy en la Universidad

434

Nacional—. No le vería yo el problema, siempre y cuando no se trate de un nuevo proceso para ese detenido.

—Es el teniente Hamilton Patarroyo Tinjacá, Emeterio —dijo Jutsiñamuy—. Nada que ver con él, pero podría darme luces en otro caso que estoy investigando.

—¿Falsos? —preguntó el fiscal penal militar, obviando la palabra «positivos».

—No, esto es de otro tipo. Unos asesinatos —dijo Jutsiñamuy, con mucho tacto—. Podrían estar involucrados algunos soldados. Usted me va a perdonar, querido excondiscípulo, pero por ahora no puedo darle más detalles. Y eso que le estoy pidiendo un favor...

—Admirado Edilson Jutsiñamuy, lumbrera del derecho penal y la justicia, ¿cómo no voy a confiar en sumercé, ciegamente? Ya mismo llamo al director del batallón para que lo reciban con almojábana y tinto y me lo dejen hablar con ese teniente.

—Gracias, Emeterio —respondió el fiscal—, el tigre de los Fueros Militares y del microfútbol.

Se rieron, se despidieron con la promesa de un cafecito para ponerse al día en chismes de viejos compañeros.

Recogió a Laiseca en el cruce de la Trece con 50, a la altura de la Clínica Marly, y siguieron hacia Puente Aranda conducidos por el fiel Yepes. Eran pasadas las ocho de la mañana.

—¿Arreglada la entrada al batallón, jefe?

—Pero claro, ya hablé con alguien —dijo Jutsiñamuy.

—Usted siempre tiene el contacto preciso, de verdad, ¿y cuándo es que se va a lanzar a la presidencia? —le dijo Laiseca, de buen humor.

—No, hombre, si yo lo que quiero es dedicarme a sembrar hortalizas y flores, y a mirar pájaros. Cuál presidencia ni qué nada. Se le cae a uno el pelo y al final todos lo odian, ¿cuál será la gracia de eso?

—Pero es que con esa agenda tan berraca que tiene —insistió Laiseca.

—Son las ventajas de haber ido a universidad pública —sentenció Jutsiñamuy, mirando el reloj—. Está temprano, todavía podemos echar caldo, ¿no?

—O un cafecito.

—Yepes, nos para ahí en Romanotti.

—¿Y esa vaina dónde queda, jefe? —dijo Yepes, volteando la cabeza.

—Sobre la 28, pasando la Registraduría Auxiliar... Y mire para adelante.

—Ah, ya, la pastelería esa de la esquina.

—Eso.

—Es que como dijo «echar caldo» me despisté —dijo Yepes—. Ahí es buena la almojábana y la arepa de choclo.

Antes de las nueve estaban ya en el batallón. El comandante Uriel Bonilla los recibió en su oficina.

—Un gusto tenerlos por acá, ¿gustan un cafecito?

—Acabamos de tomar tinto —dijo Jutsiñamuy—. Lo que queremos es salir de esta diligencia rápido.

—Vamos pues, vamos —dijo el comandante—, ya el detenido está esperando.

Era un hombre delgado, óseo, de baja estatura. Estaba sentado en una silla plástica de color azul, con la pierna cruzada. Tenía puesto un uniforme entre verde y gris, parecido al que usa la marina. Sin insignias ni el nombre cosido en el pecho. Un joven guardia lo custodiaba, pero nada en el entorno haría pensar que ese muchacho de uniforme tuviera ni una pizca de autoridad sobre el detenido. El fiscal lo saludó estrechándole la mano.

—Me dijo el coronel que esto era una visita informal —dijo Patarroyo Tinjacá—, sin relación con mi expediente.

—Así es, teniente —dijo el fiscal—. Así es.

Laiseca también saludo y todos tomaron asiento. Sólo en ese momento el comandante Bonilla dijo:

—Bueno, los dejo solos para que puedan hablar con tranquilidad.

—Gracias, mi comandante —dijo Patarroyo Tinjacá.

De pronto, al fiscal Jutsiñamuy le pareció que su visita era injustificable: ¿le hablaría de la médium y del mensaje casi de ultratumba dejado por el escritor?, ¿debía preguntarle por el asesinato de Carlos Melinger, de frente, o de la interna Esthéphany Lorena Martínez? Levantó los ojos hacia el teniente y encontró que este lo miraba con intensidad. Se diría que lo esperaba ansioso, como si le hubiera tendido una emboscada.

—Ha habido una serie de asesinatos en Bogotá estos últimos días —dijo el fiscal, del modo más pausado y neutro posible— y creemos que algunos soldados están involucrados.

—Lo escucho —dijo el teniente, sin inmutarse.

—El primer muerto es un argentino llamado Carlos Melinger, un tipo extraño y del que sabemos poco. ¿Se enteró de esa noticia?

—No, señor fiscal, para nada. Yo acá encerrado no me entero de nada.

—Después asesinaron a un escritor, en su casa —continuó diciendo Jutsiñamuy—, en circunstancias muy parecidas. Y por último una interna de la cárcel del Buen Pastor. Supongo que tampoco se enteró.

—Ni idea, no tenía ni idea.

Hubo un silencio incómodo.

Laiseca decidió intervenir, y dijo:

—Teniente, ¿cuántos de los soldados que fueron juzgados con usted fueron ya liberados por el tribunal de la Justicia Especial para la Paz?

El hombre hizo un extraño gesto tensando el cuello, como si sintiera asco, antes de hablar.

—No tengo la cifra exacta, pero podrían ser unos veinte.

—Ellos sí fueron aceptados casi inmediatamente —prosiguió Laiseca— en la JEP, por considerarse que cumplían órdenes, ¿verdad? Mientras que su caso es más complicado por ser la autoridad superior en la línea de mando.

—Es lo que estamos tratando de explicar con mi abogado, porque yo también tenía superiores —dijo el teniente, pero luego se quedó pensando—. ¿Y qué relación hay entre esto que me pregunta y esos asesinatos de los que hablan? ¿Creen que mis soldados están involucrados?

Jutsiñamuy y Laiseca se miraron durante medio segundo, casi con la visión periférica.

—Es una de las hipótesis de la investigación, teniente —dijo el fiscal—. No se lo puedo ocultar. Por eso estamos acá.

—En Colombia hay más de doscientos cincuenta mil soldados en activo —dijo el teniente, de nuevo irritado—, ¿por qué sospechan de estos y no de otros?

Jutsiñamuy se agarró la chaqueta y le mostró el símbolo de su institución, la ficha de rompecabezas.

—Somos la Fiscalía de la nación, teniente, tenemos nuestros recursos. No se preocupe por eso. Dígame algo, en su grupo de soldados, en Mapiripán, ¿había francotiradores?

—Claro —dijo el teniente—. Teníamos un comando élite antiguerrilla. Se llaman TAP, tiradores de alta precisión. El ejército tiene muchos y bien entrenados.

—¿Alguno fue condenado con usted?

Patarroyo Tinjacá se quedó pensativo, pero no parecía buscar algún dato en el recuerdo. Más bien calculaba qué debía o qué le convenía responder.

—Eso no necesita preguntármelo —dijo—, lo puede ver en los documentos del tribunal.

—Claro que sí, pero se lo estoy preguntando a usted —dijo Jutsiñamuy, frío, con sus ojos de felino—. ¿Alguno de los suyos fue condenado?

El hombre volvió a hacer su extraño gesto y miró hacia los lados.

—Vea, fiscal. Esta charla ya no me está gustando. A mí me dijeron que no era necesario que estuviera mi abogado.

—¿Necesita abogado para contestar eso?

—Puede que sí, no sé. No entiendo qué relación puede haber entre mis soldados y esos asesinatos. Yo no sé nada de lo que me está hablando.

Cuando acabó de hablar, el fiscal sacó la bala encontrada por Julieta y la puso encima de la mesa.

—¿Reconoce esto?

El teniente acercó los ojos.

—Es una bala —dijo.

—¿De qué tipo? —insistió Jutsiñamuy.

—Un 7.62.

—¿Y usted sabe quiénes usan ese calibre?

El teniente la siguió mirando.

—Puede ser un fusil M24 Remington o el USR. Los usan los TAP.

—Gracias, teniente.

—¿Está involucrado alguno de los míos? —preguntó de nuevo Patarroyo Tinjacá, ya con menos seguridad.

—Estamos investigando —dijo Jutsiñamuy, con toda calma.

Luego el fiscal se levantó y le hizo señas al agente Laiseca de que ya podían irse. La entrevista había terminado, pero el teniente parecía inquieto.

—¿Dónde encontró esa bala? —quiso saber.

—Eso, como tantas cosas, es información confidencial.

—Usted me hizo preguntas, pero por lo que veo ya conocía las respuestas.

—Es lo que debemos hacer los investigadores —dijo Jutsiñamuy, con cierto orgullo—. Hacer la pregunta de la respuesta que tenemos. Le quiero reiterar que nada de lo que se dijo acá va a tener consecuencias para sus procesos.

Caminaron hasta la salida.

Se estrecharon otra vez la mano. El guardia abrió la puerta y abandonaron el lugar.

—Tipo sórdido, ¿no, jefe? —dijo Laiseca.

—Ahora vamos a tener que vigilarlo nosotros también —dijo el fiscal—. Creo que se quedó nervioso. La idea es que, si tiene rabo de paja, cometa algún error.

—Sí, y muy bueno lo de la bala —dijo Laiseca—. Ahí sí me sorprendió, jefe. ¡Esa vaina lo dejó turulato!

—Hay que averiguar por todos los soldados que fueron condenados con él, qué suerte legal tuvieron, cuántos salieron con la JEP y sobre todo cuál es el francotirador y dónde está. A ver, anote. Ese francotirador puede ser clave.

—Listo, jefe. Lo tengo.

—¿Alguna noticia de Julieta y Johanita?

—No, Cancino no se ha reportado. Allá deben estar, supongo que bien y bajo control. ¿Quiere que pasemos a verlas?

—No, hombre. Tampoco podemos tratarlas como si estuvieran enjauladas. Hay que darles privacidad.

7

Las dos mujeres, desde su ventana, vieron amanecer y anochecer sin dejar de estar a la espera.

Al otro día Julieta llamó a Jutsiñamuy.

—Buenos días, fiscal. ¿Cómo le fue con la visita al militar?

—Interesante —dijo—. Lo mejor fue la bala del francotirador, fíjese. Gracias a eso pudimos determinar una serie de cosas y creo que nos estamos acercando. Pero usted descanse que ya hablaremos.

Julieta no preguntó más.

Un día, dos días.

Vieron cada mañana cómo las nubes se iban congregando para tapar los cerros, luego la Séptima y la Décima. La cortina de lluvia es un espectáculo desde las alturas. Cocinaron, se hicieron traer cosas del minimercado. Recordaron la frase de Laiseca: «La pizza a domicilio es el alimento natural del testigo protegido». Bueno, compite con la hamburguesa El Corral en combo, con aros de cebolla fritos y el sánduche QBano. Descubrieron también ahí, en el Centro Internacional, un restaurante caleño, Fulanitos, barato y con domicilios, así que en un almuerzo pidieron sancocho valluno. Los días de encierro se van sucediendo y el tiempo, al no tener senderos ni vericuetos de escape, se estanca. Son los hechos excepcionales los que lo destraban y echan a andar de nuevo la maquinaria.

Julieta se animó a llamar a Juanita Restrepo, la amiga parisina de Santiago. Le marcó una vez, dos veces, pero nada.

Vieron y oyeron noticias, obsesivamente, a la espera de alguna señal o, al menos, de reconocer algo, y vigilaron sus celulares.

El fiscal llamaba cada tanto y les decía «paciencia, paciencia».

8

Miércoles, 8h17.

Cuando Julieta abrió el ojo, Johana ya había preparado un café (ahora frío) y estaba bañada y vestida, delante del computador. Su primer reflejo matutino fue manotear sobre la mesa de noche hasta encontrar las gafas de leer, ponérselas y revisar en el celular los correos nuevos. Y encender el radio.

Miró con avidez, pero no había mensaje de Marlon. Quien le escribía era Amaranta Luna.

Qué sorpresa.

«Amiga, qué locura y qué pasada esa otra noche, pero qué charla tan bacana. ¿En qué está? ¿Nos vemos o qué? Supe del asesinato de S. Gamboa y me quedé espantada. País de HPs. Por acá hay novedades chéveres. Aparezca».

Julieta siguió leyendo la prensa y fue a calentar el café. Sacó unas tostadas y un frasco de mermelada de cáscara amarga de naranja. No se sabe por qué extraño milagro el minimercado de abajo tenía la marca francesa Confiture Bonne Maman, que para ella era como la quintaesencia de la mermelada. Y café italiano Illy, carísimo pero delicioso. Qué güevo, había momentos en que exagerar —salirse del límite— era la única manera de vivir. Vivir peligrosamente o vivir agotando el infinito. Cabalgar al galope antes de caer. «Si nos vamos a morir, vayámonos enfermando», decía su abuelo. Por extraña asociación de ideas recordó al novio de la universidad, ese artista bohemio y periquero de familia divinamente de Bogotá. Gente de bien. Cuando iban a su finca en el Neusa a pasar el fin de semana con el grupito de bacanes de Los Andes amanecía con las fosas nasales en carne viva y una diarrea monumental: el guayabo la hacía expulsar chorros de aguardiente Néctar. Qué horror de época. Pero siempre había Bonne Maman de naranja.

Con la segunda tostada acabó la taza de café y fue a servirse más de la jarra. «Mierda», pensó, «me estoy engordando bastísimo». El encierro. El sedentarismo (dicen los dietólogos) agravado por la ginebra y la mermelada de naranja amarga. ¿Por qué no se puede ser plenamente feliz? Sabía de cosas alegres, pero ninguna estaba a su alcance. Notó algo: esa mañana la imagen de Santiago no fue lo primero que llegó a su mente. Fue como lo... ¿tercero? Seguía entusiada por su muerte, pero menos. No le disgustaba estar en ese habitáculo. Era como vivir en un aeropuerto. Le gustaba la idea del *no lugar*. Podría salir si hubiera algo que valiera la pena, pero decidió tomarse esos días como un postoperatorio. Ni siquiera había llamado a José María. El pobre debía estar muerto del susto.

Hacia las diez se acordó de Amaranta Luna y la llamó. Contestó al segundo timbre.

—Quihubo, ¿cómo andas? —dijo Amaranta Luna—. Qué chévere que me llames. Oye, qué oso contigo esa noche, no joda, nos mandamos dos botellas de aguardiente y yo casi acabo raspando las paredes. ¡Qué garra nos dimos!

—Charlamos delicioso —dijo Julieta—, ¿cómo estás?

—Pues achantadísima, en serio, lo de Santiago Gamboa me dejó vuelta mierda. Me acordé que tú eras súper amiga de él. Estaba por llamarte hace días. ¿Tienes un ratico hoy para que nos veamos? Quiero contarte algo.

Julieta sopesó la situación. Sería peligroso para Amaranta Luna, para ambas. Pero tal vez pudiera hacerse de forma segura. Valía la pena. Se imaginó que tendría noticias del profesor Gautama Neftalí.

—¿Puedes venir al Centro Internacional? Hay un Juan Valdez en el parque central. ¿Tipo tres de la tarde?

—Uy, ¿en el centro?

—Es que estoy por acá.

—Bueno, listo, ahí nos vemos —dijo Amaranta Luna. Colgaron.

Luego llamó a Jutsiñamuy.

—Me acaba de llamar Amaranta Luna —le dijo.

—Ay, carambas. A ese profesor Gautama le hemos hecho el rastreo a fondo, pero nada. Laiseca le ha marcado un millón de veces. Le mandamos mensajes, le investigamos la línea hasta donde se pudo, pero imposible porque es un operador gringo. Me imagino que con todo lo que ha pasado acá en Bogotá el hombre debe estar enterrado detrás del lavamanos de algún hotel de carretera, a las afueras de quién sabe qué ciudad.

—Pues sí, por eso pensé que sería bueno hablar con ella. Dijo que tenía «noticias chéveres».

—¿Noticias? —dijo Jutsiñamuy—. Buenísimo, a ver si damos con ese hombre. Pero acuérdese, Julieta, que la seguridad está delicada.

—Eso le quería preguntar, fiscal. Le puse una cita en el Juan Valdez de aquí abajo a las tres de la tarde, pero puedo decirle que vaya a otro lado. ¿O que suba acá? ¿Qué me aconseja?

Jutsiñamuy se quedó pensando un momento y le dijo:

—Mire, haga así: a las tres mande a Johanita al Juan Valdez a esperarla y usted se va a la cafetería de las Residencias Tequendama, que queda en el piso 7. Yo le digo a Cancino que le ubique un lugar protegido y que se desplieguen alrededor, sin que nadie se dé cuenta. Que luego Johana la traiga ahí y ya conversan tranquilas. Es lo más seguro. Y por nada del mundo le vaya a contar que usted se está quedando en las residencias, ¿oyó?

—No, eso ni de vainas.

—Que Johanita se la traiga y cuadramos lo otro.

—Me parece bien, fiscal —dijo Julieta—. Voy a hacer así. Y otra cosa: mi amigo José María Recabarren, ¿ya está en su casa o lo tienen también protegido?

—Ah, no se preocupe por él —dijo Jutsiñamuy—. Estuvo en el Hospital Militar. Siempre le tuvieron que coger unos puntos y luego decidieron que se quedara unos días. Salió esta mañana como a las siete y se fue a su casa. Le mantuve dos escoltas, por si acaso.

—Bien, fiscal —dijo ella—. Más tarde lo llamo si hay algo especial. Gracias por todo.

A las tres menos diez Johana bajó hasta el vestíbulo de entrada y salió al corredor del Centro Internacional. La lluvia no era muy fuerte, pero caía esa llovizna vergaja que acaba mojando a los transeúntes. La vio por las puertas de vidrio. Buscando la salida se encontró un Jeno's Pizza, un almacén de Artesanías de Colombia, una Galería Cano,

444

una farmacia con servicio de fotocopias y una tienda de ropa para caballero con dos maniquíes churrísimos en la vitrina. También una tiendecita pequeña que vendía estuches para celular traídos de China con efectos estrafalarios (luces intermitentes, fotos en 3D), más cables y cargadores. Se entretuvo mirándolos, no tenía afán. La chica que atendía el almacén tenía las uñas de mil colores, el pelo punketo en tres tonos de mechas y un peinado estilo Electric Godzilla. Todavía faltaban cinco para las tres.

Detrás de ella deambulaba un agente de civil haciéndose el comprador, mirando vitrinas y hablando por celular, pero vigilando cada movimiento alrededor de la joven.

La vio acercarse entre las mesas, con Johana. Tenía la misma pinta de la otra noche.

—Quihubo, nena —le dijo Amaranta Luna, dándole un beso en la mejilla—, ¿y qué es todo este rollo tan secreto?, ¿qué haces aquí?

—Es largo de contar, siéntate —le dijo Julieta.

Pidieron cafés, unos bizcochos.

—Este sitio debe ser carísimo, ¿qué haces acá? Me tienes intrigada.

—Tú sabes de la investigación que he estado haciendo —dijo Julieta—. Han pasado un poco de cosas tenaces, incluido el asesinato de Santiago, y la policía consideró que era mejor si nos movíamos en sitios protegidos por ellos.

—¿Y a este sitio lo protege la policía?

—Sí, por eso te puse la cita aquí.

—Ay, jueputa.

Amaranta Luna se giró y miró alrededor. En las otras mesas había algunas personas y, por supuesto, los agentes.

—¿O sea que estos son policías encubiertos? —dijo—. Nunca había visto una vaina así.

—No les pares bolas, más bien cuéntame.

Llegó una mesera con un charol. Puso en la mesa una gran cafetera, leche caliente y un plato de bizcochos dulces.

—¿Cuáles son tus noticias? Eso sí que me tiene intrigada —dijo Julieta.

—Pues vengan les cuento, pero ni una palabra a nadie. Resulta que Lobsang volvió a Bogotá, ¡por sorpresa! Casi me muero. Hace dos noches sonó el timbre como a las diez y era él. Fue doble sorpresa porque el portero siempre anuncia quién viene, pero claro, a él lo conocen y lo dejaron seguir.

—¿Y cómo es que no te avisó antes? —dijo Julieta.

—Él es muy cusumbosolo con sus cosas y en este caso, además, estaba nervioso por lo que le pasó a Melinger. Prefirió no decirme nada. De hecho no pensaba ni venir a Colombia, pero se le vencía el permiso de estadía de tres meses en Estados Unidos y le tocó. Va a quedarse en súper bajo perfil y, tan pronto pueda, se devuelve. Dice que los enemigos acechan y no está el palo pa cucharas.

—¿Y está en tu casa o volvió a la casa del poliamor?

Amaranta Luna la miró con sorna.

—No, obviamente en mi casa, pero esto sí que es un secreto, porque si los demás se enteran nos crucifican. He tenido que ir a traerle cosas medio a escondidas.

—Oye, una pregunta que te podrá parecer boba, pero ¿le contaste de mí? ¿Crees que pueda hablar con él en algún momento?

—Sí le conté, claro. Nuestra conversación que acabó en rumbeta y lo que hablamos fue una leyenda. Él sabe todo porque, eso sí, entre los dos no hay secretos.

—Sobre todo de ti hacia él, ¿no? —dijo Julieta.

—Lo que pasa es que yo pregunto poco, nena, es una forma de vivir tranquila en este mierdero de país. Las cosas medio raras de los demás, esos miquitos que nos saltan dentro de la cabeza y nos enloquecen, yo prefiero que cada uno se los maneje como pueda. Soy muy sensible, putamente sensible, y si alguien me cuenta algún rollo acabo con eso en la mente, ¿me entiendes? Como los hipocondriacos con las enfermedades. Si me cuentan algo, me lo aplico. Es la cagada. Por eso, por ahora, prefiero verlo sólo como al man que quiero y ya.

Amaranta Luna agarró la taza de café y, sin llegar a tomarse un sorbo, entró en un soliloquio.

—Yo lo acepté porque él era así, ¿me explico? Pero lo que yo quería era vivir con él y la verdad no me importaban las demás personas. Sé que a otros sí les funciona porque en estos años conocimos varias familias poliamorosas que eran felices, pero debo ser sincera, nena, y reconocer que me metí ahí sólo por él. A mí ese rollo del poliamor, en el fondo, me vale verga, y la prueba es que nunca tiré con Horacio, que es el otro man de la casa, nada de nada; mi *panosha* era sólo de Lobsang y a veces, pocas, me metía en jugueteos con las otras dos chicas, pero de amor ni una gota, y la verdad, siempre me pareció raro. Lo que te quería contar es que gracias a esta separación y a su retorno sorpresa como que se me abrieron los ojos. No joda, zuas, entendí todo y fue clarísimo, yo lo que quiero es vivir con él y además, por eso quería hablarte, quiero también tener un hijo suyo. Es la primera vez en la vida que siento esa vaina. Ayer, después de una culeada mañanera, me vino la idea. Fue muy loco: sentí que algo de lo que el man me echó por dentro agarraba un camino y se metía por allá y preñaba un óvulo, me imaginé eso, ¿ah?, bueno, nos habíamos metido unas pepas, unos bareticos también, nada muy fuerte, el caso es que me pareció sentir en mis trompas de Falopio que el espermatozoide de él estaba delante de mi óvulo y le decía, entonces qué, ¿nos la jugamos?, y mi óvulo le contestaba, pa'lante, parcero, hágale, y se abrazaron y se comieron entre ellos o no sé qué es lo que hacen, y a mí me pareció verlo, sentirlo dentro de mí, y todo el día estuve pensando en esa gotica suya que tengo guardada, yo ya he estado preñada de él dos veces, cuando no quería, y por eso los aborté, pero esta vez sentí alegría al pensar que de pronto hubiera otro embarazo, yo a ese man lo amo, esa es la verdad, y mira que siempre estuve en contra del rollo de los hijos, pero esta vez lo que me llegó fue del propio cuerpo, como si desde las trompas de Falopio me hubieran mandado un mensaje al cerebro y al sistema nervioso, una especie de WhatsApp interno, ey, pilas allá arriba, ¿cuándo se abre la fábrica de juguetes?, una vaina así, se los juro, y como no tengo a nadie cercano con hijos, por eso quería preguntarte a ti que sí tienes, ¿cómo lo viviste tú?, ¿te vino también de las trompas o cómo fue?

A Julieta no le gustaba rememorar esas épocas, pero dada la situación hizo un recorderis de su agitada búsqueda sentimental a partir de la segunda mitad de sus años veinte, con novios desastrosos y tóxicos (según las nuevas nomenclaturas), llegando hasta lo más estrafalario de la caverna humana, hasta que, necesitada de un nuevo aterrizaje, conectó con su exmarido, se casó en volandas y de inmediato se puso en la faena de embarazarse, pues estaba ridículamente enamorada y, sobre todo, con necesidad de un ancla sólida a la realidad.

—Es la peor época para buscar pareja —dijo Julieta—. Ahí uno baja la guardia y apaga los radares. Por cierto, pilas, Johana.

Su colaboradora, hasta ahora tímida y callada en su esquina de la mesa, se sonrió.

—Una se enamora como una güeva y entrega todo —siguió diciendo Julieta—, sin saber que está dándole al tipo el cuchillo con el que después te va a rebanar.

Amaranta Luna soltó una risotada y se dobló sobre la mesa. Luego se levantó y preguntó dónde quedaba el baño. Los agentes la siguieron con la vista. Un minuto después volvió a la mesa. Julieta le vio tres puntitos blancos sobre el labio y le dijo:

—Te quedó algo aquí —le señaló—, límpiate que todos estos manes son policías.

Amaranta Luna volvió a reírse.

—Uy, qué pillada tan áspera —dijo—. Es que me lo metí muy rápido. Sígueme contando, está muy chévere tu historia.

Julieta resumió sus cuatro años de matrimonio: el primer embarazo y la felicidad, hasta que se dio cuenta de que el tipo pretendía que ella siguiera siendo la novia de antes con un recién nacido en brazos, y vinieron las peleas, y él se empezó a buscar la vida por fuera, las crisis y las reconciliaciones, las promesas de que ahora sí entendían lo que estaba pasando y, por parte de ella, el imperioso llamado de quedar de nuevo embarazada, un segundo hijo con el mismo hombre, tal vez con la idea de que, ante la inminente ruptura, lo razonable era quedar con dos niños del mismo papá y un solo problema, y así fue, llegó su segundo embarazo, celebrado como «el de la reconciliación», pero ya ella sabía que no era así y apenas se restableció puso al tipo en la calle, y hoy, en resumidas cuentas, prefería abrir una lata de atún con los dientes y la lengua antes que verlo, un odio que era como el universo, con nuevos y amplísimos horizontes de expansión.

Amaranta Luna se acabó el café y volvió a servirse, aunque el de la cafetera ya estuviera frío.

—Qué historia tan increíble —le dijo—. Es distinta a la mía, obvio, pero me encanta oír que a ti también te subieron las ganas del propio útero, como si esas trompas de Falopio y esa *panosha* se encendieran al rojo. Es así.

—¿Y entonces te vas a poner a buscar bebé? —dijo Julieta—. ¿Qué opina él? ¿Ya hablaron de esto?

—Todavía no le he dicho nada, pero estoy segura de que se va a poner súper feliz. Ya te dije que él es sensible y chévere. Le fascina la vida, y un hijo conmigo será para él lo más natural.

Julieta volvió a la carga.

—Pues de verdad me encantaría conocerlo. ¿Por qué no le dices que venga?

Amaranta Luna miró la hora, luego le dijo a Julieta:

—No creo que se anime. De pronto, si te vienes conmigo, le caemos por sorpresa. ¿Podrías tú salir de aquí? Si lo llamo y le pregunto va a decir que no. Tiene que ser algo súper improvisado.

—De una. Espérate arreglo con estos tipos.

Julieta cuadró a las carreras para que Johana se quedara en la residencia mientras ella se iba con Cancino y dos agentes más. Hicieron las llamadas de rigor y se determinó que sí, que era un desplazamiento seguro.

9

Por el camino le siguió oyendo los cuentos a Amaranta Luna, pero vigilando la ciudad con aprensión. Subieron por la 26 para conectar la Circunvalar hacia el norte. Julieta imaginó que detrás de cada curva podía haber un grupo de tiradores y que cada carro (todos le parecieron sospechosos) podría atravesarse en la calle, cerrar el paso y agarrarlos a tiros. La paranoia de las amenazas tiene una lógica muy jodida: para saber si el temor es cierto tienen que matarlo a uno. Esto se lo había oído decir al fiscal. Pero lo mejor, siempre, es estar vivo.

A la altura de la Universidad Javeriana sintió un hueco en el estómago. Una camioneta que iba delante frenó un poco y ella se imaginó y hasta la pareció ver las metralletas y la bazuca e incluso la ojiva nuclear que les iban a tirar, pero al final la vio retirarse apaciblemente hacia la derecha. Mejor no mirar, se iba a morir de los nervios. Además el conductor debía creer que estaba en el circuito de Monza, pues aceleraba y frenaba horrible. Odiaba a esos fitipaldis criollos, taxistas o conductores de Uber.

Tal vez sea costumbre de choferes escolta, se dijo, eso de ir tan rápido. Al ser la calle peligrosa conviene estar poco tiempo en ella. El frenazo y el acelerón la pusieron de mal genio.

—¿No podría manejar más relajado? —le dijo a Cancino al oído, en un murmullo—. Con esta velocidad me estoy mareando.

—Vea, Aristizábal, bájele un poco a la chancla que las señoritas van nerviosas.

—Ay, qué pena —dijo el chofer—. Me hubieran dicho antes.

Por fin llegaron al edificio.

Amaranta Luna parlamentó con el portero para que los dejaran entrar al garaje. Su apartamento tenía un puesto de parqueo.

Los guardias quedaron abajo y ellas subieron al apartamento.

Amaranta propuso entrar con sigilo para darle la sorpresa al profesor Gautama, así que avanzaron despacio por el pasillo. Julieta le oyó la voz hablando por teléfono y dos pasos después lo vio a lo lejos. Tenía puesta una camiseta arrugada y sudada, calzoncillos y medias. No estaba tan segura de que la idea de darle una sorpresa fuera lo mejor, pero en fin... Tenía una barbita estilo Jesucristo.

—¡Hola, mi amor!

Amaranta le saltó encima. El hombre, de unos cincuenta y pico, colgó el celular haciendo cara de desagrado, lo dejó en la mesa y trató de contenerla. No alcanzó a decir nada cuando ella ya lo estaba besando en la boca. Mientras lo hacía, miró a Julieta con un extraño gesto. Amaranta Luna se dio cuenta y dijo:

—Te presento a Julieta Lezama, la periodista berraca de la que te hablé. Ella es la que está investigando lo de Melinger.

—Mucho gusto —dijo el hombre haciendo una sonrisa forzada y, sobre todo, opuesta al gesto de desagrado que Julieta alcanzó a ver—. Profesor Lobsang Gautama Neftalí.

Se estrecharon la mano.

—Julieta Lezama.

Tras saludarla, Gautama cogió otra vez su teléfono.

—Qué pena esta pinta —dijo—, pero no tenía ni idea de que iban a venir. Me cambio y vuelvo.

Julieta lo siguió con los ojos. Antes de que cerrara la puerta del cuarto lo vio buscando un número en su celular. Entonces Amaranta se abalanzó sobre ella.

—¿Qué tal?, ¿no te parece churrísimo? —le dijo.

—Uy, sí. Mucho —dijo no muy convencida.

—Y a pesar de la edad, vieras el polvazo. Todo le funciona al pelo y es tremenda tranca. Sin viagras ni venenos, súper natural. ¡Amantazo! Esta mañana hicimos el «dos sin sacar». Me tiene reconsentida mi *panosha*.

Gautama Neftalí volvió a salir con una apariencia que, a Julieta, le pareció excesivamente calculada: camisa de lino con cuello perkins color hueso, pantalones amplios de algodón, sandalias de cuero sin medias. No acababa de tragarse al tipo. Si alguien lo hubiera visto desde la altura de un helicóptero podría decir con toda seguridad: ahí va un defensor del mundo indígena, los ancestros de la selva y la ecología.

10

Al otro lado de la ciudad, en la oficina de la División de Investigaciones, el fiscal Jutsiñamuy y el agente Laiseca seguían buscando posibles involucrados. Los «cuatro soldados» del libro que arrugó la mano sangrante del escritor. La clave inicial, obviamente, era el teniente Patarroyo Tinjacá con el que habían hablado en Puente Aranda, y por eso desde hacía un par de días analizaban la información de los soldados acusados con él. ¿Cuántos eran francotiradores? Dos horas antes, Laiseca había llamado a Jutsiñamuy.

—Hay uno solo, jefe, se llama Agapito Suárez Buendía. Fue francotirador, TAP; en la división del teniente Patarroyo por más de dos años. Lo condenaron a treinta y siete por falsos positivos, pero ahora está libre, salió por la JEP y vive en Bogotá con la mamá y dos hermanas en el barrio Timiza. Trabaja en una panadería familiar, El Trigo de Oro. Ya lo puse en vigilancia múltiple.

—¿Teléfono, correos, mensajes, salidas y entradas? —preguntó Jutsiñamuy.

—Todo. Estamos estudiando el material de su celular.

—Mejor dicho: voy para su oficina que esto se está poniendo bueno —dijo Jutsiñamuy.

El fiscal bajó a pie por las escaleras hasta el quinto piso para activar la circulación. Luego caminó hasta el otro edificio cruzando por un largo corredor, desde el que alcanzó a ver el trancón de la carrera 30. Al llegar encontró gran actividad en la División de Investigaciones. Laiseca estaba eufórico, en mangas de camisa, con una taza de café frío colgando del dedo. Todos los agentes estaban trabajando en eso, y él, en medio, cruzaba información y daba instrucciones.

—Caray, Laiseca —le dijo Jutsiñamuy—, lo veo en plena forma. Así me gusta. Ni que estuviera dirigiendo el desembarco en Normandía.

—Pues ríase, jefe —dijo el agente especial—, pero hay un exsoldado que vive en el barrio Normandía y puede ser otro de los nuestros. Hay comunicaciones escuetas con el TAP preciso en los días clave: el del asesinato de Melinger y la noche del crimen de Gamboa.

—¿Y ese quién es? —preguntó Jutsiñamuy.

—Alirio Arregocés Clavijo, soldado de primera. Condenado a treinta y siete años también por falsos positivos en Mapiripán, libre por la JEP. Vive con una tía. Es de Soledad, Atlántico.

—Muy bien, ya sólo nos faltan dos para completar el póker —dijo Jutsiñamuy—, los famosos cuatro soldados, si es que el mensaje del escritor fue exacto.

—Yo le tengo fe a eso —dijo Laiseca—, tanto esfuerzo y tanto sufrimiento para dejarlo dicho, debe ser cierto.

—Me gustó esa hipótesis de Johanita —dijo el fiscal—, pero no se le olvide que es sólo una hipótesis.

—No creo, jefe. Cuando una vaina es tan sofisticada y bien hecha, en medio de semejante drama, sólo puede ser cierta. Yo le tengo fe y para allá voy, y vea, no estamos mal encaminados. Ya estamos trabajando las comunicaciones de los números a los que marcó o mensajeó el TAP Agapito en esos días.

—Agente, ¿de verdad se dice «mensajeó»?

—Mi hijo adolescente usa esa expresión, o sea que debe ser correcta. Mientras nos entendamos todo vale, ¿o no?

El fiscal contempló la enorme oficina, con más de una docena de pequeños cubículos bajos. Pensó que el esfuerzo de tanto ingenio lanzado en la misma dirección debería dar resultados.

—Invíteme a un té, agente —le dijo a Laiseca—. Me gusta estar en medio de este torbellino.

Laiseca le pidió a un joven pasante que fuera hasta la greca y trajera un café y una infusión. El joven, de alguna facultad privada de Derecho, le dijo:

—¿Un café?, ¡qué le pasa! Yo aquí no soy la señora de los tintos. Estoy es haciendo una pasantía.

—No hay señora de los tintos ni señor de los tintos, muchachito —le dijo Jutsiñamuy—. Sólo se le pedía una cortesía hacia las personas mayores. Pero no se preocupe, vamos nosotros. ¿Quiere tomarse un café?

—O sea, ¿me está tomando el pelo o qué? —dijo el estudiante.

—No, le estoy ofreciendo un café —dijo el fiscal.

—¿Y usted quién es?

—Soy el jefe de Investigaciones Especiales, fiscal Edilson Jutsiñamuy. Mucho gusto.

El estudiante se levantó de un salto.

—Uy, qué pena. Felipe Castaño Vengoechea, mucho gusto. Venga se los traigo, ¿lo quieren con azúcar o estevia?

—Quédese ahí, joven —dijo el fiscal—. Investigue y aprenda que sus papás pagan muy caro sus estudios. Yo le traigo el café.

Fueron hasta el corredor, volvieron. Jutsiñamuy le entregó el humeante vaso de icopor.

—Mil gracias, fiscal. Oiga, en serio qué pena, de verdad, ¡es que no tenía ni idea de quién era usted! Mejor dicho: hice el oso más berraco.

—No tengo puesta la escarapela —dijo Jutsiñamuy—, pero no se preocupe.

El estudiante dio un largo respiro.

—Señor fiscal, venga le muestro algo, encontré una vaina curiosa en dos de los números que me dieron para investigar.

Abrió una ventana de su iPad, luego dividió la pantalla con el elenco de las llamadas de otros dos soldados.

—A los celulares de esos manes entraron unas llamadas del mismo sitio con diferencia de tres minutos, vea: a las 2:12 y a las 2:15 de la mañana. Me pillé que el número es de una licorera 24 horas, El Rancho, que es en Chapinero, lejísimos de donde viven.

—¿Y qué tiene eso de raro? —dijo Laiseca—, podrían estar visitando a alguien por esa zona.

—Es la misma fecha y horario del asesinato del escritor Gamboa en Chapinero. Coincide con la hora en que el escritor hizo un pedido a la misma licorera El Rancho.

El fiscal y el agente se acercaron a la pantalla. Ahí estaban los nombres: Yeison Guarnizo Otálora, Héctor Buitrago. Y las direcciones. Uno en Suba y el otro en Pablo VI.

—Buena esa, chino. Estos son los otros dos que faltaban —dijo el fiscal—. Laiseca, mándele tres agentes a cada uno hasta que acabemos de armar el pastel y consigamos orden para interrogarlos. Ya tenemos a los cuatro de la carátula.

—Al menos son firmes candidatos —dijo Laiseca.

—No sea aguafiestas, agente. ¡Esos son!

Jutsiñamuy miró hacia el techo, marcó un silencio de cinco segundos y dijo:

—Laiseca, le digo más: que los agentes que vayan a vigilar a esos soldados me hagan un reporte cada media hora. Quiero saber si los tipos hablan por teléfono, si ven televisión, si se quedaron dormidos o están tomándose una cerveza o se comieron un buñuelo. Todo. No quiero perderlos ni un solo segundo.

Volvió hacia la mesa del agente.

—¿Me recuerda los barrios en donde está cada uno de los soldados?

—Claro, jefe —dijo Laiseca—: Agapito Suárez Buendía, el francotirador, está en Timiza. Alirio Arregocés Clavijo, el costeño, en Normandía. Yeison Guarnizo Otálora en Suba y Héctor Buitrago en Pablo VI.

El fiscal miró la hora. Las seis de la tarde.

—¿Ya habrán llegado a vigilarlos?

Laiseca le hizo seña a un subalterno para que averiguara por dónde iban.

—¿Y de Julieta?, ¿hay algún reporte?

—No señor, Cancino no ha llamado. Están en el apartamento de Amaranta Luna y de ahí no se han movido. Quedó de avisar movimientos.

—¿Estará hablando con el profesor Gautama? —se preguntó Jutsiñamuy, retóricamente—. Seguro que sí. Si no fuera por el respeto que nos merece su colaboración y su trabajo le caeríamos allá para conocer al fin a ese escurridizo profesor, y para que nos conteste unas preguntícas. Pero seguro que Julieta le saca todo lo que sabe.

El subalterno le hizo una señal a Laiseca, levantando el pulgar.

—Ya llegaron los agentes a la vigilancia, jefe —dijo Laiseca.

—Le recomiendo: si se asoman a la ventana, si reciben alguna visita o si salen a la calle, que se les peguen.

Laiseca miró al fiscal con intensidad.

—¿Está teniendo una de sus famosas intuiciones?

—Más o menos. Pero lo que quiero es que no se cumpla.

Se levantó y caminó en dirección a la puerta. Antes de llegar se devolvió hacia el joven pasante.

—Muy bien, muchacho, así es la vaina. Siga por ese camino. Y cuando se aburra, venga a hacerme visita.

11

Antes de sentarse con ellas en la sala, el profesor Gautama les preguntó qué querían beber. Había traído un buen whisky del Duty Free del aeropuerto y alzó la botella: Talisker catorce años.

—A Lobsang le priva el whisky de malta —dijo Amaranta Luna, reflejando una extraña felicidad que, al menos a Julieta, le pareció que no correspondía con la situación.

Ambas aceptaron el whisky.

—Me contó Amaranta que usted escribe para una revista mexicana —dijo el profesor—, qué bien, ¿y sólo hace investigaciones policiales o puede tratar otros temas?

Julieta levantó su vaso, brindaron.

Luego dijo:

—Sobre todo policiales, que abarcan o resumen todo lo que pasa en un país como este, y que involucran a muchos tipos de personas diferentes en educación y clase social. Cualquiera, haga lo que haga, puede convertirse en asesino. Nadie se prepara para eso, no es una vocación, pero existen muchas clases de psicópatas. Puede haber asesinos por ignorancia, por interés, incluso por compasión. Hay asesinos iletrados que a duras penas logran leer un cartel publicitario, y otros con doctorados en universidades de prestigio. En eso el crimen es democrático, está al alcance de cualquiera.

—Visto así, suena romántico —dijo el profesor Gautama—, pero el crimen es un drama y merece un castigo ejemplar. Hasta en las tribus más fieras es una anomalía que se debe pagar. En algunos sitios la vida se paga con la vida. Mire en Estados Unidos. Es sólo un ejemplo. En ciertas tribus indígenas el castigo es la expulsión. Quedarse por fuera de la tribu es una muerte simbólica. Un alma que vaga solitaria. Peor que estar muerto.

—Cuéntale lo del perdón también, que es tan chévere —dijo Amaranta Luna.

—¿Lo del perdón? —el profesor arrugó la cara.

—Sí, lo de las leyes indígenas —insistió ella.

—¿Y por qué no se lo cuentas tú? —dijo Gautama, sirviendo más whisky—. Mientras tanto voy por hielo.

El hombre se levantó y fue a la cocina. Amaranta Luna se acercó a Julieta y le dijo:

—Esto es típico de él, ponerse antipático conmigo cuando hay otra persona. Luego se le pasa.

Volvió con una hielera, puso una roca en cada vaso y prosiguió:

—Lo que me da curiosidad —dijo Lobsang Gautama— es si el resultado de las investigaciones que usted hace para sus crónicas alguna vez ha movido a la justicia. ¿La leen los investigadores de la policía y los fiscales?

—No mucho, para serle sincera —dijo Julieta—. Ellos tienen un modo diferente de plantearse los casos y resolverlos. Necesitan que la ley triunfe. A mí me basta con saber la verdad. Ahora, casi siempre las cosas acaban por caer. Es difícil establecer una norma.

—Pero ¿algún caso investigado por usted y que fue a la vez resuelto por usted le sirvió a la policía? —insistió.

—Sí, claro que sí, pero de otro modo. Ellos necesitan un sistema de pruebas y ciertos métodos que yo puedo saltarme. Yo no imparto justicia, sólo cuento una historia.

—Pero si sus artículos no acaban en sanciones para los asesinos y corruptos, ¿qué sentido tiene escribirlos?

—Si no acaban en sanciones no es por causa mía —se defendió Julieta—. Yo me limito a contar la verdad. No soy ni policía ni juez. Soy periodista. La sanción para los políticos corruptos, por ejemplo, llegará con los votantes que lean mis artículos.

—Interesante, interesante... —dijo Lobsang—. ¿Y usted cree que sería capaz de matar a alguien?

Al oírlo, Amaranta Luna fue hasta su bolso y sacó una bolsita. Se metió un ruidoso pase en el mesón de la cocina y volvió moviendo los ojos arriba y abajo.

—Todos somos capaces, hasta los niños —dijo Julieta—. Si yo tengo una pistola y alguien intenta matar a uno de mis hijos, disparía primero.

—Lo entiendo —dijo el profesor Gautama—. Porque es un obstáculo para la vida de su hijo.

—No es un obstáculo —dijo Julieta—, es un peligro. No es lo mismo.

—Comprendo, comprendo —dijo Lobsang—. Y ahora usted se interesó por el asesinato de Carlos Melinger.

—Sí, mucho —dijo Julieta, sintiendo que llegaba al punto—. Un asesinato que, sin entender bien qué pasó, fue horriblemente sangriento. Me dijo Amaranta que usted lo conoció y que compartieron una serie de proyectos.

—Sí, eso es verdad —dijo el profesor—, pero desde mi punto de vista eran más bien objetivos filosóficos y, por decirlo así, teóricos, no otra cosa. Así que imagínese la situación en la que estoy ahora.

—¿Usted no compartía los métodos de Melinger?

—No, para nada. Él vivía en un extrañísimo ecosistema mental que sólo él lograba entender. A mí me gustaban sus elucubraciones, su idea de comunicarse con los maestros antiguos de la Tierra, los viejos chamanes y el secreto de la verdad profunda de estos territorios latinoamericanos, en donde, yo creo y él también creía, está el centro del mundo y tal vez la entrada al paraíso. Compartí con él la idea de que estas regiones benditas debían protegerse de la acción depredadora del hombre. En todo eso estábamos de acuerdo.

Julieta se fue animando. El whisky abría el camino y le daba una cierta euforia.

—¿Usted supo de una acción contra un tipo llamado Marlon Jairo Mantilla?

El profesor Gautama se acarició el mentón.

—Pues claro que supe —dijo—. Y le cuento que no estuve de acuerdo con semejante salvajada, por más de que fuera un asesino y una basura. Ahí fue cuando empecé a marcar distancias.

—Usted le ayudó a conseguir el bungalow en Guasca para hacer la operación.

Gautama la miró con cierta sorpresa, pero se sobrepuso y continuó:

—Cuando conseguimos ese lugar nadie sabía lo que Carlos quería hacerle al tipo. Eso no estaba previsto. Fue un plan que él traía y que no compartió con nadie. Lo hizo solo.

—¿Y entonces para qué era ese bungalow? —insistió Julieta.

—Para tenerlo encerrado y hacerle una especie de juicio simbólico por sus crímenes, antes de entregárselo a la policía. Años atrás había asesinado a una mujer usando ácido. La hija de esa víctima quería entregarlo, pero antes quiso enfrentarlo, cara a cara. Por eso la cabaña y hasta ahí, bien. Pero una noche Carlos se quedó solo con él e hizo esa salvajada. Cuando supe me abrí del lugar. No volví a contactarlo ni a verlo por un tiempo.

—¿Usted sabía que esa historia, casi idéntica, estaba contada en una novela de Santiago Gamboa?

—Para serle sincero, no. Nunca había leído a ese autor ni sabía de su existencia hasta que Amaranta Luna me contó lo que había pasado. Me dio curiosidad y quise leerlo. Yo estaba en Estados Unidos, pero logré conseguirlo. Me impresionó ese argumento, tan parecido a la realidad. Al menos a la parte que yo conocía. Me extrañó no haberlo oído mencionar, si es que era tan cercano a Carlos como dice el libro. En fin, fíjese cómo está todo tan peligroso por acá. Amaranta le habrá dicho que me devuelvo. Vine a arreglar un par de cosas administrativas.

—De pronto nos vamos juntos, ¿verdad, amor?

—Es una idea, pero no ahora —dijo el profesor, arrugando la frente—. Hasta que no pase el peligro no podemos hacer planes de ese tipo.

—¿Y quién es el que los está matando? —preguntó Julieta.

El profesor Gautama levantó los brazos, movió las manos. Miró a Amaranta y luego a Julieta.

—Ah, si yo lo supiera sería más sencillo. Lo que está muy claro es que Carlos, con su obsesión por la pureza humana, tocó a alguien peligroso y con poco sentido del orden planetario. Un guerrero de la luz negra, que son los que se mueven entre las nubes de sombras y llevan la muerte. Vinieron por Melinger y por el escritor, que seguramente estaba con él. Y se los llevaron.

—Santiago no estaba asociado a nada —le dijo Julieta, molesta por esa enunciación pseudopoética de los crímenes—, lo sé porque lo conocí y estuve con él poco antes de que lo masacraran. Ni siquiera sabía que habían matado a Melinger. Supo de él y lo conoció en París años antes, y escribió esa historia siguiendo los hilos de una amiga suya y de otros personajes, pero no estaba involucrado en nada de lo que Melinger hacía. Ni siquiera sabía que estaba en Colombia.

—Pues aún peor —dijo el profesor Gautama—. Tuvo muy mala suerte, entonces, pero es que con cierto tipo de asesinos cualquier coincidencia, así sea pequeñita, supone la diferencia entre la vida y la muerte.

—¿A quién estaba investigando Melinger recientemente?

—Eso no lo sé, señorita. Ya le dije que no compartía sus métodos y desde el episodio de la cabaña de Guasca preferí evitar saber qué cosas hacía o no hacía.

—Pero ¿cuándo fue la última vez que lo vio?

El profesor la miró con cierta frialdad.

—Amiga Julieta, esto se está pareciendo demasiado a un interrogatorio, ¿no te parece, linda? —dijo el profesor mirando a Amaranta Luna.

—Quiero sólo entender —dijo Julieta—. Usted y él no eran dos personas lejanas. Amaranta me contó que estuvo en esta casa.

Gautama volvió a arrugar la frente. Miró a la mujer con severidad y se tomó otro trago.

—A ver, a ver —dijo—. Claro que lo vi y que estuvo en esta casa, hace siglos. Después de lo de Guasca la cosa se enfrió, pero seguimos compartiendo algunas ideas. Como le dije, a veces hablábamos de proyectos en la selva con las comunidades indígenas, o para conseguir apoyos que ayudaran a evitar cosas como la contaminación de los ríos por la extracción de hidrocarburos, o la protección de santuarios naturales acosados por la minería ilegal o por la llegada de colonos y campesinos que a su vez venían desplazados de sus territorios por la siembra de coca o el paramilitarismo, en fin, Melinger era el hombre que le paraba bolas a uno con eso, y como todo le interesaba iba tomando nota y decía, dame unos días, averiguo más y te llamo para decirte de qué modo puedo ayudar con esto, y lo hacía, siempre cumplía, era alguien de palabra y tenía tremendos contactos, gente influyente y rica que le daba recursos, información, medios, logística, y lo hacían porque creían en él y pensaban que era necesario que alguien como Melinger existiera e hiciera un poco de limpieza en el patio. Le repito, Julieta, yo le pedía ayuda en cosas puntuales, abiertas y legales. Y él me la daba. Pero sabía que conmigo no podía contar cuando quería usar otros métodos y por eso nunca me hablaba de sus planes o intrigas.

—Pero qué tipo de acciones hacía, aparte de lo de Marlon Jairo —dijo Julieta—. Póngame un ejemplo, así no sea real.

—Bueno, le organizaba encerronas a bandidos para que la policía los pillara con las manos en la masa, y facilitaba todas las pruebas sin dar la cara. Inducía a los investigadores de la policía para que encontraran cosas comprometedoras, les dejaba pistas. En eso era un verdadero genio. Le habría encantado conocerlo. Por lo que veo, usted hace cosas parecidas.

—¿Tiene usted, profesor, al menos un nombre de alguna de esas personas que él llevó hasta la caída?

—No sabría decirle uno en concreto, Julieta. Se lo aseguro. Le parecerá raro, pero no tengo ningún nombre.

—¿Y entonces cómo sabía que él hacía eso?

—Porque a veces él decía cosas o se reía de algún tema comentado por la prensa, dando a entender que él había estado detrás. Sin mucho detalle, y yo en realidad no le paraba bolas, prefería dejarlo pasar. Era un clandestino, Julieta. Y no sé si usted sabe eso, pero los que han sido clandestinos una vez, un solo día, se quedan clandestinos para siempre.

—O sea que su hipótesis podría ser igual a la mía —dijo ella—: que Melinger estaba por hacer caer a alguien importante, lo pillaron y por eso lo mataron. ¿Le suena?

—La diferencia entre usted y yo, Julieta, es que yo no tengo la más mínima hipótesis. Ni estoy investigando ni quiero saber la verdad. Suficiente tengo con el peligro de que alguien, en ese universo negro, encuentre la relación entre Melinger y yo y venga a descuartizarme. Es la única verdad que me interesa.

Dicho esto, se inclinó por la botella y volvió a llenar los vasos hasta el borde.

—No digas esas cosas, amor, que me asustas —dijo Amaranta Luna—. Nos estamos poniendo aburridos, ¿un baretico para relajar la neurona?

—No, gracias —dijo Julieta—. Sé que usted no está investigando, pero no puedo creer que no tuviera ni el más mínimo indicio de a quién Melinger estaba intentando hacer caer.

—Pues me va a tener que creer, porque no sé qué más decirle.

El olor dulce del humo llenó el salón.

—Bueno, pausa, ya, maricas —dijo Amaranta Luna—, hablemos de cosas menos tensionantes, ¿sí?, *hello?* Tengo la cabeza como un cencerro, se me va a estallar. ¿Qué música quieren oír?

Julieta sintió la vibración del celular en su bolsillo. No quiso mirarlo ahí, delante de ellos, así que se excusó para pasar al baño.

Era un mensaje de Marlon Jairo.

«Señorita, no sé dónde esté ahora, pero pilas, está en peligro. Váyase de donde esté. Pero ya».

12

Jutsiñamuy y Laiseca recibieron el primer informe de los agentes hacia las ocho de la noche. Estaban alerta. Al parecer dos de los soldados puestos bajo vigilancia, el de Timiza y el de Normandía, podrían estar a punto de moverse. Luego se confirmó que estaban saliendo de sus casas, pero a través de la vigilancia no lograban oírlos ni ver sus mensajes.

«Detectamos comunicación opaca, se van a mover. No sabemos qué dicen, son recientes. Inicia seguimiento».

El fiscal pensó que tal vez el teniente Patarroyo Tinjacá los hubiera alertado. «Cuidado, no usen los celulares abiertos que tenemos chuzón, hay que volar sin radar», se imaginó que les decía desde su guarida o detención en el batallón de Puente Aranda, pero ¿cómo se comunicará con ellos? Supuso que allá, con su rango, usar un teléfono público o el de alguna oficina en privado no debería ser un problema. De su línea personal de celular (a pesar de ser ilegal tener una en detención) no salió nada. Los sistemas de detección estaban alerta. «¿Qué sería de la justicia sin poder oírle las conversaciones a la gente? Lo que se habla bajo secreto es lo que se piensa», se dijo Jutsiñamuy, filosofando un poco, «y lo que se piensa es lo que cada uno realmente es, y lo que cada uno es, allá en el subsuelo, es lo que todos quieren esconder».

—¿Hacia dónde van? —preguntó Jutsiñamuy a Laiseca, que estaba en comunicación permanente con los agentes.

—Dirección centro, pareciera —dijo el agente—, uno desde Timiza y el otro desde Normandía. Sur y occidente. El de Timiza es Agapito Suárez, el francotirador, ¿se acuerda? Va por la Autopista Sur y está apenas a la altura de Tunjuelito. El de Normandía viene por la Avenida El Dorado y va por Ciudad Salitre. Ambos en carros particulares. El tráfico está lento, así que la cosa va a tomarse su tiempo.

El fiscal decidió que saldría en su camioneta, con Laiseca. Prefería estar ya en la calle y monitorear desde ahí.

—Camine, agente —le dijo a su subordinado—, que aquí la acción está es afuera. Agarre su chaqueta que nos fuimos. Traiga computadores y todo lo que necesite.

Laiseca fue a su escritorio, metió su portátil en el maletín, desconectó los cargadores, los guardó y vino a la puerta.

Ya por el corredor el fiscal sacó el celular y llamó a Yepes.

—Alístese. Estamos bajando.

Salieron de los garajes. Cuando el chofer le preguntó ¿hacia dónde?, el fiscal le dijo:

—Vaya yendo despacio hacia Chapinero y ahí vamos viendo.

Pensó en Julieta y se comunicaron con Cancino.

—Dígame, jefe —dijo Cancino al ver en pantalla el nombre del fiscal.

—Agente Cancino, ¿todo en orden?, ¿siguen ahí? —dijo el fiscal.

—Acá en el apartamento de la señorita Amaranta, la amiga de doña Julieta. No ha habido cambios. Llevamos ya más de dos horas.

—Hay que estar pilas —dijo el fiscal—. Revisar bien quién entra y quién sale. Si ven cualquier cosa extraña me la sacan de allá, ¿ok?

—Listo, jefe. Acá estamos en la jugada.

El tráfico por la Caracas estaba imposible. Jutsiñamuy empezaba a impacientarse.

—Y de los otros dos soldados, ¿nada? —le preguntó a Laiseca.

—Pues no, jefe. No han reportado movimiento. Igual espérese y llamo a ver qué dicen.

Marcó a los agentes encubiertos de Pablo VI, los que seguían al exsoldado Héctor Buitrago.

—¿Novedades del man?

—Más quieto que palmera en centro comercial —dijo uno de los agentes—. Acá tenemos visión panorámica del apartamento. El hombre no ha salido. Están viendo televisión. Todo en orden.

Luego llamó a preguntar por el otro, Yeison Guarnizo Otálora, en la localidad de Suba.

—Sí, don, pues con la novedad de que el hombre salió hace una hora y cuarenta y nueve minutos a la panadería TuliPán, en la esquina de su casa, para comprar cuatro roscones con bocadillo, dos mogollas chicharronas y cuatro mojicones. También una bolsa de rosquillas, de esas que ahora les dicen «palominos».

—Ah, ¿las que se comen con crema? —preguntó Laiseca.

—Exactamente, mi don, esas, con crema dulce.

El agente prosiguió:

—Reportándole también que en cuanto a lo líquido el sujeto se llevó una de litro y medio de Fanta, otra de Uva Postobón y una de Bretaña. Ah, se me olvidaba: y una chocolatina Jumbo Jet.

—Carajo, el hombre le pega duro al dulce, ¿no? —dijo Laiseca.

—Sí, mi don, y fíjese que en el domicilio no tenemos reportada presencia de niños o menores. Eso está como raro. Me imagino que tendrá altísimo el nivel de azúcar. Yo le calcularía, así a ojo, por encima de 160.

—Mil gracias, agente —dijo Laiseca—. Si el hombre llega a salir o a moverse se me va detrás de él y me va avisando, ¿bien?

—Listo mi don.

Siguieron monitoreando a los otros dos soldados. Ahora parecían ir hacia Chapinero. Al saberlo, el fiscal le dijo a su agente.

—Ah, ¿sí ve? Les adiviné la ruta.

—Con todo respeto, jefe —dijo Laiseca—, esa sí estaba muy fácil. Viniendo del sur y del occidente, ¿dónde más podían encontrarse?

—Uuuy, podrían haberse citado en Palermo, en el Federmán, en El Campín. Lo que pasa es que hay que tener intuición, agente. Y eso no se improvisa.

Tras una serie de vueltas, los dos soldados parquearon en garajes públicos y se encontraron en la plaza de Lourdes. Hablaron un rato dando vueltas entre la gente que, a esa hora nocturna, se congregaba allí, después del cierre de la mayoría de almacenes. Agapito Suárez se detuvo en un puesto de dulces y cigarrillos y compró un Imperial suelto.

Lo encendió ahí mismo y siguió el paseo fumando. No parecían tener prisa, aunque Alirio Arregocés miraba constantemente el reloj. De pronto le dio con el codo en el brazo a su compañero. Este tiró la colilla y se encaminaron hacia la iglesia. Los agentes se alarmaron, ¿qué pensaban hacer? La iglesia de Lourdes, por la novena navideña, abría en la noche. Los dos hombres entraron en medio de la multitud y se acercaron al pesebre, persignándose frente a la pila de agua bendita. Luego fueron a una banca y se pusieron de rodillas.

—No joda, agente, no me diga que armaron este mierdero para rezar una novena en Lourdes —dijo Laiseca—. Tiene que haber algo más.

Llamaron a los otros y la respuesta fue la misma. Los soldados de Pablo VI y Suba seguían en sus casas. Jutsiñamuy se rascó la barbilla. ¿Una falsa alarma? ¿Se habían equivocado? Su olfato le decía: busca, busca, hay más. Pero ¿qué? Yepes los dejó sobre la carrera Trece, en la plaza de Lourdes. Laiseca y el fiscal caminaron entre la gente. Algunos los seguían con la vista.

—¿Qué me miran todos? —preguntó el fiscal—. ¿Se nos nota mucho que somos de la Fiscalía?

—Quítese la escarapela, jefe. De pronto es eso.

Fueron directo hasta la puerta y se encontraron con los agentes del seguimiento. ¿Cuáles son los tipos? Esos de allá, dijo uno. Los vieron. Ambos arrodillados, rezando. El más alto (Arregocés) se cubría la cara con las manos y parecía implorar, moviendo la cabeza hacia los lados. Extraña forma de rezar. El otro, con los ojos cerrados y moviendo los labios, parecía ir contando los rezos. Estaban a un costado de la iglesia, sin nadie alrededor.

—¿Cómo la ve, Laiseca? —quiso saber Jutsiñamuy—. ¿Usted cree que vinieron hasta acá sólo para esto? Quién les cree, tan beatos.

—Sí, es muy raro —dijo el agente—, pero también debe ser muy berraco vivir uno con esa vaina que hicieron en la memoria. Soñárselo, tener pesadillas, ver los muertos hasta en la sopa. Yo me pegaría un tiro.

—Estos son gente fuerte y dura. No creo que les quite mucho el sueño. Debieron ver eso y mil vainas peores. El oficio de estos soldados es matar enemigos, o sea que están entrenados para no tener compasión.

—Pero eso sería cuando mataban al enemigo —dijo Laiseca—, no cuando asesinaban muchachos inocentes, ¿sentirían la misma bravura?

La misa nocturna empezó. Todos se pusieron de pie. El fiscal dio orden de no perder de vista a los tipos. Podrían estar ahí para contactar con alguien o para pasar algo. ¿Se fijaron si llevaban paquetes, sobres, cosas así?

—No vimos nada, jefe.

—Llámese a Cancino —le dijo a Laiseca—, a ver cómo está Julieta.

—¿Cancino? Acá Laiseca, que el jefe quiere saber cómo va la amiga Julieta.

—Ok, gracias —dijo el agente y colgó, luego le habló al fiscal—. Están bien, sin novedad, que algunas personas han entrado al edificio pero que todas anunciándose por el citófono con los porteros, o sea que nada raro.

13

Antes de salir del baño, Julieta le contestó a Marlon: «¿Quién es?, ¿quiénes son? ¿Cuál es el peligro?».

Luego pensó, ¿debía irse o advertirles? Si los asesinos sabían que estaba ahí era porque venían por ella. O tal vez sabían que ambos estaban ahí: el profesor Gautama y ella. Dos por el precio de uno. Qué güevona, cómo pudo meterse sola en esta maldita trampa. Sintió que la mandíbula le temblaba. ¿Qué hacer? No podía dejarlos. Los iban a masacrar.

Se decidió y le marcó a Cancino.

—Dígame, señorita, ¿ya va a bajar?

—Me están advirtiendo que hay peligro, ¿ha entrado alguien sospechoso al edificio?

—La verdad es que no, señorita —dijo el agente—. Hace poquito entró un muchacho, antes un señor, pero siempre anunciándose en portería.

—Por favor, venga rápido al 603 —le dijo Julieta, sin alzar la voz—. Hay algo raro, no sé qué es, pero no me siento segura.

Salió y fue muy decidida hacia la sala. Amaranta Luna se estaba acabando de armar unas rayas y el profesor Gautama hablaba por su celular. Al verla colgó.

—Tenemos que irnos de aquí—les dijo Julieta, lo más calmada que pudo—, me acaban de informar que estamos en peligro. Mi escolta está subiendo.

—¿Escolta? —preguntó el profesor Gautama—. No sabía que tenía escoltas.

—Vámonos todos —dijo, casi implorando—. Profesor, por el camino le explico.

Amaranta Luna se metió las dos rayas, una por narina, y lanzó su cabeza hacia atrás, con los ojos cerrados. Pasó la yema del dedo índice por los restos y se lo frotó en las encías.

—¿Y cuál es el agite, nena? —le preguntó a Julieta.

El profesor Gautama se levantó y, nervioso, agarró su celular y se fue al dormitorio.

—Tengo que hacer una llamada urgente —dijo.

En ese momento golpearon a la puerta.

—Ay, jueputa —dijo Amaranta Luna—, ¿y ahora quién será?

—Mi escolta —dijo Julieta—, voy a abrirle.

Se abalanzó hacia la puerta y la abrió, con nervios.

Pero en lugar del agente Cancino, lo que vio fue a un desconocido apuntándole con una pistola.

Quiso gritar pero, instintivamente, se llevó la mano a la cara.

El hombre se puso un dedo en los labios y le dijo:

—Shhh, mamita, no haga ruido, se me queda bien quietica... Y calladita, eso, bien calladita.

Julieta pensó que debía hacer algún ruido que alertara a Amaranta y al profesor, pero sintió el cuerpo paralizado. El hombre dio dos pasos por el corredor, luego un tercero. Si estiraba la mano, podría tocar el cañón con el dedo. Johana habría sabido cómo defenderse.

—¿Qué quiere...? —logró decir, con gran esfuerzo.

—Quiero que se quede bien calladita y con las manos donde yo las vea.

Empujó hacia atrás la puerta y la llevó contra el marco, sin cerrar. Avanzaron así por el corredor hasta la sala y, al llegar, para alivio de Julieta, Amaranta y el profesor ya no estaban. Al hombre esto no pareció sorprenderlo, tal vez no esperaba encontrarlos. No hizo ningún gesto. ¿Se habrán escondido en el cuarto? ¿Habrán salido por alguna ventana hacia el techo? El hombre miró en dirección al baño y le hizo señas con el cañón de que entrara.

—Entre ahí y siéntese en el suelo —le dijo.

Julieta hizo caso y, al ver el cañón dirigido a su cabeza, pensó en sus hijos, en su infancia, en sus padres; llegó a su memoria una escena alegre en una finca de tierra caliente. Empezó a temblar, la respiración se le iba. Lo miró y vio que era un hombre joven.

—Baje la cabeza, señorita, y por favor cierre los ojos.

Percibió una extraña dulzura en su voz. Como si se aprestara a cumplir un acto de amor.

—No, por favor... —imploró ella.

Sonó un disparo.

Julieta se estremeció, pero un segundo después notó que seguía viva. Abrió los ojos y vio el baño cubierto de sangre. El hombre yacía de lado, en la ducha, con la cabeza reventada.

En la puerta, pistola en mano, estaba Cancino.

—Vámonos, doña Julieta.

Salieron del apartamento y fueron corriendo hacia el ascensor. Otro agente estaba en la escalera. Oyeron sirenas llegando por la avenida.

—Mi amiga y su novio deben estar escondidos en algún lado, de pronto en el techo.

—No se preocupe, todo está bajo control. Había otro bandido en las escaleras, pero cayó también. Ya se acabó.

—¿Eran dos? —dijo Julieta, angustiada.

—Sí, por eso el que estaba con usted dejó abierta la puerta del apartamento y yo pude entrar. Menos mal.

Llegaron abajo. Una docena de policías venía desde los garajes y otros ocuparon el ascensor. Llegaron tres ambulancias y, al dirigirse al carro de Cancino, Julieta alcanzó a ver el cuerpo del otro asesino. La cabeza reventada y tiros en el cuerpo.

—Los agentes lo pararon en la escalera y el hombre sacó una mini Uzi. Pero mi compañero ya tenía el arma en la mano y lo arregló con tres plomazos.

—¿Nada que aparecen mis amigos? —preguntó Julieta—. Como es el último piso se debieron volar por el techo, estarán aterrorizados. Yo alcancé a decirles que debíamos irnos. Hay que alertar a la policía para que no vayan a creer que son bandidos.

—Ya se lo expliqué al mayor de la policía que llegó a hacerse cargo, eso está arreglado.

Le abrió la puerta, la ayudó a subir.

—Hay algo que quería preguntarle, Julieta —dijo Cancino—. Cuando me llamó, ¿cómo supo que la iban a atacar?

—Recibí un alerta de una persona que, por ahora, es anónima.

—Pues enciéndale una vela —dijo Cancino—. Esa persona le salvó la vida.

La camioneta arrancó y Julieta se quedó mirando las calles. La 92, luego la carrera Quince. Lloviznaba y el asfalto se llenó de reflejos de faros. En los balcones, luces navideñas pretendían transmitir un cierto entusiasmo, algo que probablemente tenía que ver con el futuro. ¿Existía en realidad la teoría no escrita del *día siguiente*? «Cuánto cambia una ciudad cuando uno sabe que alguien está intentando matarlo», pensó Julieta. Los disparos en su apartamento y ahora esto: un muchacho de unos veinticinco años, con los ojos enrojecidos, apuntándole a la cabeza. Pensó que era el fin.

Cancino llamó al fiscal Jutsiñamuy y le contó todo. Tras escuchar la crónica, Jutsiñamuy preguntó si Julieta estaba en condiciones de hablar, y pidió que se la pasaran.

—Julieta, ya me dijeron que todo está bien. Usted debe estar muy cansada.

—La verdad es que estoy a mil, fiscal. Amaranta Luna y el profesor Gautama desaparecieron cuando el asesino entró al apartamento. Yo le abrí la puerta creyendo que era Cancino. ¿Nos vamos a ver ahora? ¿Puede venir? Necesito contarle.

—Claro que sí, Julieta. La espero en las Residencias Tequendama.

14

Al colgar, el fiscal le dijo a Laiseca:

—Llámese a los agentes de Suba y Pablo VI. No tenemos orden de un juez, pero dígales que timbren en las casas y, de manera respetuosa, se identifiquen y pregunten por los soldados. Y que los traigan a la Fiscalía para «responder unas preguntas» como posibles personas informadas de un hecho.

—Listo, jefe.

El agente hizo las dos llamadas y se quedó a la espera.

Todavía estaban parados al lado de la iglesia de Lourdes.

—¿Y qué hacemos con estos dos? —preguntó Laiseca, señalando con la boca a los que rezaban.

—Dejémoslos por ahora, pero eso sí: con los agentes detrás. Esto no se ha terminado.

Hablaron con el personal del seguimiento. Laiseca les dio orden de no perderlos de vista. Jutsiñamuy llamó a Yepes.

—Recójanos ya donde nos dejó. Nos fuimos.

Otra vez la llovizna se había convertido en lluvia. El fiscal caminó a lo largo de la plaza tapándose las gafas con la mano. Al llegar al andén de la Trece, Yepes los esperaba con la camioneta lista.

Subieron y el celular de Laiseca se encendió. Era el jefe de los agentes de Suba. Al llamar al timbre y preguntar, ¡descubrieron que Yeison Guarnizo Otálora no estaba en la casa! ¿Por dónde salió? Una señora, que dice ser la tía, dijo que no se había dado cuenta de que Yeison no estaba. Los agentes pidieron hacer una revisión y la señora los dejó entrar. Efectivamente se había ido. La hipótesis: pudo haber saltado al patio de la casa vecina, por la parte trasera, y acceder a la calle de atrás.

Ya no los sorprendió cuando los agentes de Pablo VI notificaron lo mismo: el exsoldado Héctor Buitrago no estaba y las personas del apartamento no sabían de su paradero. También les permitieron revisar, después de identificarse. Hipótesis: por ser la 55 una calle cerrada, se debió descolgar por una ventana del corredor, en la parte trasera, acceder a los jardines y llegar a pie hasta la calle 53, saltando la verja. ¿Cómo lo logró sin que las porterías lo detectaran? Bueno, es un soldado de élite. El man sabe moverse.

—O sea, jefe —dijo el fiscal—, que lo más seguro es que los dos muñecos que sacamos del edificio sean esos dos soldados.

—Así es, agente —dijo Jutsiñamuy—. Lo veo muy fino esta noche.

—Es que el hambre aviva el pensamiento. Y no es una indirecta.

—Oiga, sí —reparó el fiscal—, ya es tardísimo. Por el camino comemos algo.

Jutsiñamuy se quedó un momento en silencio, mirando por la ventana. De pronto dijo:

—Ya entiendo cuál era el papel de los dos devotos de la iglesia de Lourdes.

—¿Cuál?

—Distraernos a nosotros. Hay una cabecita inteligente moviendo los hilos detrás de todo esto. ¿Será nuestro teniente? Esa cabeza debe estar diciendo algo falló, me los bajaron a los dos, ¿por qué?

Luego miró al agente y le dijo:

—Pero dígame algo, ¿usted sabe por qué les falló el operativo contra Julieta?

—Pues porque Cancino subió a ver qué estaba pasando.

—¿Y por qué subió? —insistió el fiscal—. Él nos dijo que ella lo llamó y le pidió que fuera. ¿Por qué Julieta llamó a Cancino?

—Eso sólo lo sabe ella —dijo Laiseca.

—Por eso es que estamos yendo ahora a verla —dijo Jutsiñamuy, sin dejar de mirar por la ventana.

—Usted no da puntada sin dedal.

El fiscal lo miró con cierto aire paterno.

—A ver, apréndase esta —le dijo—: lo que pasa es que en el mundo del crimen no hay dedal sin puntada previa. Por eso lo que toca es buscar el dedal.

Hubo un silencio.

—Como máxima está buena, jefe, pero creo que le falta algo —opinó Laiseca—. O le sobra, no sé. Parece más una adivinanza boyacense.

—Bueno, la trabajaremos —dijo Jutsiñamuy—. Pero no sea regionalista. ¿Prefiere sánduche o porción de pizza?

—Pizza, siempre pizza.

Al ver al fiscal Jutsiñamuy sobre la carrera Séptima, esperándola, Julieta pudo respirar profundo. Ese hombre delgado y de buenos modales parecía contener el cimiento de esa otra ciudad salvaje, espejeante y subterránea, en la que estuvo a punto de que le reventaran el cerebro.

—No hemos encontrado a Amaranta —le dijo el fiscal, ya subiendo en uno de los ascensores de las Residencias Tequendama—. Y menos al profesor Gautama, ¿sí pudo hablar con él? ¿Qué tipo de persona es?

—Es un tipo escurridizo, ambiguo. No me gustó nada de lo que dijo ni el modo en que la trata a ella. Amaranta tiene en el coco una película de amor que no coincide con él y está completamente enceguecida. Pero bueno, eso sería lo de menos. Gautama me habló de Melinger y confirmó que fue él quien amputó a Marlon Jairo, pero actuando solo. A raíz de eso se alejó de él. No le gustaban los métodos del argentino.

Entraron al apartahotel. Johana la esperaba en la puerta y se dieron un abrazo.

—Jefa, que casi le dan plomo otra vez —dijo la asistente, conmovida—. Eso le pasa por no llevarme.

—Ay, Johanita, qué susto tan hijueputa, pero bueno, aquí estoy. Me salvó Cancino, ángel de la guarda.

Fue al aparador, sacó la botella de Gordon's y sirvió lo que quedaba en un vaso grande. Miró al fiscal, como ofreciéndole, pero este negó con la cabeza. Laiseca confirmó que tampoco quería. Volvió con el vaso hasta el borde y se sentó con ellos.

—Qué pena, fiscal —dijo Julieta, tomándose un sorbo largo—, pero una vaina así a palo seco es imposible.

Levantó la botella vacía de ginebra y dijo:

—¿Habrá modo de que me consigan otra de estas o parecida? Yo les doy la plata.

El fiscal dijo que sí, y Laiseca le recibió los billetes y la botella. Arrancó la etiqueta y se la dio a un agente.

—Vaya al minimercado de aquí abajo, que cierra tarde —le dijo—. Tráigale una de estas a la señorita.

Volvió al salón.

—¿Y qué pasó con Amaranta y el profesor Gautama? —preguntó Johana.

—No sabemos nada, se supone que estarán bien —dijo Julieta—. Cuando el asesino entró, ellos ya se habían escondido. Se ve que oyeron algo y alcanzaron a escabullirse, pero no sé cómo.

Los demás agentes salieron al corredor.

Julieta contó la conversación previa con Gautama y Amaranta Luna con absoluto detalle.

—¿Y usted llamó a Cancino por una corazonada o cómo fue eso? —dijo Jutsiñamuy.

Julieta pensó que ya no valía la pena conservar los secretos que Marlon le había pedido guardar, pues ahora dependía por completo de los agentes del fiscal. No podría investigar por su cuenta.

—Fue Marlon Jairo, fiscal. Me escribió un mensaje diciéndome que estaba en peligro y que saliera de donde estaba. Al leerlo llamé a Cancino y le pedí que subiera. Luego el asesino entró y, milagrosamente, dejó abierta la puerta para su colega. Si Cancino no llega, me matan.

—Los cuerpos de los dos bandidos ya están en Medicina Legal —dijo Laiseca—. Obviamente tenían documentación, pero no sabemos. Apenas están verificando cédulas, que por supuesto no coinciden con las de los soldados que estábamos vigilando. De mi oficina ya les mandaron las fotos del archivo. Ahora nos confirman.

—Hay otra cosa —dijo Julieta—. Marlon Jairo me pasó un dato hace unos días, aunque sin darme detalles. Dijo que investigara a un senador. Este es el mensaje.

Le pasó el celular al fiscal, este leyó y se lo pasó a Laiseca.

«Jacinto Ciriaco Basel, Partido Carismático Cielos y Patria. Échele un vistazo a ese man y borre esto ya».

—Por eso la otra noche me cité con José María Recabarren, que es asesor del Senado y los conoce a todos —dijo Julieta—. Conoce a este también y dice que es un tipo torcido, pero preciso cuando me estaba contando más, nos agarraron a bala. Alcanzó a decirme que lleva seis investigaciones por parapolítica entre 2004 y 2009, y de todas se salvó con testigos inducidos y vencimiento de términos. También lo investigaron por cohecho y concierto para delinquir entre 2010 y 2018. Y por desfalcar hospitales públicos en Sucre, Córdoba y Montería. Y ahí está en el Senado, con su partido Carismático Cielos y Patria. Según José María, es un aliado incómodo del Gobierno. Lo toleran y lo usan cuando les sirve.

—Habrá que investigarlo, aunque con un problemita —dijo Jutsiñamuy—: para mirar de cerca a un senador de la república se necesita el visto bueno de la Corte. Vamos a ver cómo le hacemos.

El fiscal tomó nota del nombre y miró a Laiseca.

—Habrá que ver también por qué nuestro hombre en La Picota le pasó el dato de ese senador —dijo Laiseca— y, lo más tenaz, por qué sabía que a usted la iban a matar esta noche en la casa de Amaranta.

Se quedaron unos segundos en silencio.

—¿Quién más sabía que usted iba para allá? —dijo el fiscal.

—Pues ella y yo, y los agentes que nos llevaron. Nadie más —dijo Julieta.

—¿Usted se acuerda de la hora exacta a la que llegaron al edificio de Amaranta?

—Como a las seis y pico —dijo ella.

—A las 18h19 —confirmó Laiseca—, a esa hora Cancino me reportó que habían llegado.

Jutsiñamuy se acarició el bigote estirándose algunos pelos, luego se alisó el cuello.

—Coincide más o menos con la hora en que los soldados empezaron a moverse —dijo el fiscal—. Interesante.

Justo en ese momento sonó el celular del fiscal. Miró la pantalla y dijo:

—Es Piedrahíta.

Laiseca les dijo a Julieta y a Johana en voz baja:

—Medicina Legal.

Un minuto después colgó y volvió con gesto enérgico:

—Lo que nos imaginábamos. El uno es Yeison Guarnizo Otálora y el otro Héctor Buitrago. Los ruiseñores de Suba y Pablo VI.

—¿Plenamente identificados? —preguntó Laiseca.

—Plenamente, tenían cédulas falsas pero traían los dedos con sus huellas. Estos son dos de los «cuatro soldados» del escritor, Julieta. Y ya tenemos a los que faltan.

Se levantó del sillón, dio una vuelta alrededor y siguió diciendo:

—Laiseca, que los agentes los vigilen de cerca y a la menor jugada los agarren.

—¿Y por qué no mejor los agarramos de una vez? —dijo Laiseca.

—No, hay que tener los nervios templados. Esperemos un poco a ver si, siguiéndolos, cometen algún error o nos muestran algo. Y que refuercen también el cerco del teniente Patarroyo Tinjacá. Necesitamos saber hasta lo que piensa cuando está en la taza del baño.

—Listo, jefe. Además allá en la brigada tenemos al informante Cayetano, ¿se acuerda de él?

—Ah, sí. Hay que decirle que tiene que estar muy pilas.

Salieron.

Johana empezó a buscar datos con esos nombres y Julieta a agregarlos a sus notas. Ya tenía casi un cuaderno completo, con tres redacciones posibles.

De repente la asaltó una duda: ¿debía llamar a Amaranta Luna? Le daba miedo usar el celular. Era exasperante no saber estas cosas a ciencia cierta. Al final se decidió por un breve mensaje: «Hola, ¿estás bien? A mí casi me matan, pero me salvé de milagro». Lo envió, pero al cabo de unos segundos vio que no lo recibía. Como si tuviera apagado el celular, lo que no tendría nada de raro.

Mirando por la ventana, Julieta volvió a revivir la secuencia. ¿A quién iban a matar los asesinos? Por el mensaje de Marlon, parecía muy claro que venían por ella. Trató de analizarlo con cabeza fría. Es obvio que en ese apartamento había dos presas. El tipo que la encañonó no hizo además de buscar a alguien más, aunque esperaba la llegada de su socio. A lo mejor pensaba encerrarla en el baño y buscar al profesor. Y luego matarlos a los dos. Y a Amaranta Luna, por estar ahí.

Cuando fue a abrir la puerta creyendo que era Cancino, Amaranta estaba en la sala y el profesor se había ido al dormitorio a hacer una llamada. A lo mejor pidió ayuda y fue así como ambos salieron. Estarán protegidos en algún lugar y, cuando las aguas se calmen, el profesor regresará a Estados Unidos. Seguramente llevándose a Amaranta.

La pregunta que retumbaba en su cabeza era otra: ¿cómo llegaron ahí los asesinos y por qué Marlon supo que la iban a atacar? La orden salió de la cárcel, de personas que estaban cerca de él. No sólo le salvó su vida, también la de Amaranta y el profesor. Marlon tenía la clave, pero era impensable ir a La Picota a hablar con él, así que sólo dependía de sus esporádicas comunicaciones. ¿Qué pasaría si el fiscal Jutsiñamuy y Laiseca fueran a verlo a la cárcel? Sería sospechoso y su vida correría un gravísimo peligro. Más. Lo matarían a los cinco minutos.

Y un último elemento: el papel del senador Jacinto Ciriaco Basel. Por los antecedentes era fácil suponer que el tipo tenía necesidad de ocultar algo que probablemente Melinger estaba a punto de revelar. ¿Qué sería? ¿Corrupción, crímenes, paramilitarismo? El menú podía ser amplio.

Sólo tenía la mención de Marlon. Pero si lo mencionó, sería por algo. Si algo sabía es que ese hombre cortado y de pasado horrible era ahora su mejor aliado. Pensó también en marcarle, pero imaginó todo tipo de cosas. Se exponía y lo exponía a él. Por la noche los timbres suenan más y el sonido llega lejos. Y su número quedaría registrado. ¿Por qué Marlon parecía intocable en esa cárcel? Imposible que nadie la hubiera visto ir a hablar con él dos veces. En todo eso había demasiados enigmas. No podría comprenderlo desde afuera. De cualquier modo revisó el mensaje que ella le mandó después de que él la alertara: «¿Quién es?, ¿quiénes son? ¿Cuál es el peligro?».

Era de las 20h47. Hace ya más de tres horas, y nada, claro. Cero respuesta.

15

A pesar de la hora tardía, Jutsiñamuy y Laiseca volvieron a la oficina. Había cosas que debían ajustar con la nueva información. Minutos después fueron informados de la llegada al búnker de los dos detenidos, Agapito Suárez Buendía, el ex-Tirador de Alta Precisión (TAP) del barrio Timiza, y Alirio Arregocés Clavijo, el exsoldado de primera de Normandía. El fiscal fue escribiendo el caso con ayuda de Laiseca. Sospecha de complicidad en intento de homicidio preterintencional con agravantes. Dejaron el informe preliminar en el sistema y se fueron a la oficina de Laiseca. Algunos agentes seguían trabajando. Para su sorpresa, ahí estaba todavía el joven pasante Felipe Castaño Vengoechea.

—Quihubo chino, ¿cómo va todo? —saludó el fiscal.

—Bien, doctor. Acá seguimos cruzando llamadas y vigilando al teniente Patarroyo Tinjacá.

Jutsiñamuy le hizo una seña con el dedo: venga, venga aparte. El muchacho se levantó del escritorio y fue hasta la ventana. Ahí Jutsiñamuy le dijo:

—Vea, chino, le voy a soltar otro datico a ver qué me consigue...

—Hágale, fiscal.

—Pero tiene que ser con absoluto secreto, no le puede contar a los colegas suyos ni a nadie, sólo a Laiseca o a mí.

—De una, dígame qué puedo hacer...

Jutsiñamuy agarró las notas que escribió sobre el senador Basel. Vio que estaban bastante correctas y legibles.

—No sé si sea capaz de basarse en un escrito a mano —le dijo, entregándoselas—, pero ahí le paso esto. Péguele una rastrillada a este tipo y cualquier cosa me cuenta.

—¿Y cosas como de qué o qué? —quiso saber el pasante.

—Todo lo que suene a secreto, por normal que sea, me lo subraya. En ese tipo de gente, lo más sospechoso puede incluso llegar a ser la vida de todos los días.

Dijo esto y volvió hacia el escritorio de Laiseca.

El pasante Castaño Vengoechea se quedó mirando el papel, se encogió de hombros y volvió a su pupitre de trabajo. De lejos, el fiscal lo vio conectar sus audífonos a un iPhone y, al segundo, empezar a seguir un ritmo. Esas generaciones tenían una extraña obsesión por estar divirtiéndose todo el día. No tenían el principio de austeridad que lo había regido a él.

Así les iría en la vida.

Se sentó en el borde de la mesa de Laiseca mientras este leía el hilo de noticias del sistema en busca de algo revelador.

—Si Marlon le avisó a Julieta —dijo el fiscal—, es apenas obvio que la orden de matarla salió de la cárcel.

—Lo complicado es saber quién es la ficha allá en ese patio. Son todos paracos.

—Tiene lógica —dijo Jutsiñamuy—. Es el centro repartidor de órdenes. De allá hicieron matar a Esthéphany Lorena, pero también de allá pidieron que se le avisara a Melinger que estaba en peligro.

—Se ve que hay paracos de un lado y paracos del otro —concluyó Laiseca.

El fiscal agarró un plumón, fue trazando círculos en una pequeña pizarra y dijo:

—Míster X, el que ordena, podría ser el senador Basel. Es sólo un ejemplo. Imaginemos que él le pasa la orden a algún paraco de La Picota y este, desde allá, hace mover el engranaje sicarial del teniente Patarroyo. Así Basel no tiene que untarse las manos con el dueño de los asesinos. Imaginemos que el senador tiene rabo de paja y busca protección, pero, tal y como son las cosas en este país, a lo mejor el teniente le debe algo o teme algo de él. Melinger les tenía echado el ojo y con su organización, incluido el profesor Gautama, estaban por moverle la canoa. A uno o a los dos.

—¿Y cómo supieron quién era Melinger y qué estaba haciendo? —dijo Laiseca—. Ese es el escalón anterior que me falta, jefe. Creo que estamos armando la escalera desde el quinto escalón hacia arriba.

—Bueno, por ahora es sólo un dibujo —dijo el fiscal—. Poco a poco vamos rellenando los huecos.

Se fue a la ventana. ¿Qué hora era? Ya iban a dar las dos de la mañana. Convenía dormir un poco.

—Bueno, los que no estén de turno se me van a dormir ya, porque mañana toca camellar desde temprano.

Llamó a Yepes (lo despertó) y se fue por el corredor camino del ascensor. Cuando se abrieron las puertas, oyó una voz llamándolo.

—¡Fiscal, fiscal! ¡Un segundo!

Volteó a mirar. Era el pasante Castaño Vengoechea. Venía corriendo.

—Venga y le muestro una vaina que encontré de ese man.

—¿Cuál man?

—Pues del senador que me dijo. Venga y véalo usted mismo.

Julieta seguía pegada a la ventana mirando la noche. La ciudad. Eran más de las dos de la mañana. Johana ya se había ido a dormir, pero ella continuaba rumiando cosas y bebiéndose unos tragos cada vez más largos. Aún veía nítida la imagen del asesino en el baño, apuntándole con la pistola y diciendo: «Por favor cierre los ojos». Cuestión de segundos. Se acordó de ese cuaderno de Santiago Gamboa, «Cosas para hacer en la tarde, antes del fin del mundo». Un tiro en la cabeza era el fin del mundo, y la verdad es que no se sabe cuándo va a llegar. El ángel exterminador, el improvisado Armagedón. Ay, Dios, un soldado de la patria, ya condenado por matar civiles. Uno más, una más, poco debía importar, y eso que, en la JEP, había jurado la «no repetición» de sus crímenes a cambio de quedar libre. No cumplió su promesa.

Qué miedo y qué rabia.

De pronto sintió la urgencia de largarse para siempre de ese país perverso, pero luego tomó aire. ¿Y con qué plata? ¿Y adónde? México es la segunda casa de todos los desposeídos de América Latina, pero lo vio muy lejano y se sintió impotente, encerrada en una jaula de víboras. Debía seguir adelante y esperar el fin de esto para recuperar su vida. ¿Por qué se metía en estas vainas? En la primera reunión el fiscal le habló de huesos encontrados en La Calera, y ahora el dueño de esos huesos era su salvador. Qué paradoja. Ni siquiera se atrevía a llamar a sus hijos por temor a exponerlos.

Había algo en su mente que la hacía volver obsesivamente a la escena de su cuasicrimen. La secuencia de los hechos. ¿A ver? Amaranta, nerviosa por la charla, se acababa de meter un pase. El profesor estaba a la defensiva y ella recibió el mensaje de Marlon. Fue al baño a leerlo. Al volver y decirles que estaban en peligro y que había llamado a su guardaespaldas, el profesor se puso nervioso y fue al cuarto. Timbraron. Ella abrió la puerta y se dio de narices con el asesino. El profesor tuvo tiempo de ponerse a salvo con Amaranta, pero ¿por qué no intentó protegerla a ella? Desde el dormitorio pudo ver lo que pasaba en la entrada. Incluso le pareció recordar que una sombra larga se proyectaba hacia adentro por la iluminación del corredor exterior. Al ver eso, el profesor Gautama agarró a Amaranta y escapó. ¿Dejándola a ella a merced de los asesinos? Tal vez pensó que venían por él y que a mí no me harían nada, se dijo.

Las imágenes de terror iban y venían: se vio caída de lado, con la cabeza destrozada por una bala, junto a la taza del baño. Imaginó que la descuartizaban como a Santiago y a Melinger. ¿Pensaban escribir con su sangre en la pared? Habría sido su último texto. Un filme de Tarantino en carne propia. Recordó hace mil años, cuando había empezado a trabajar, recién graduada, en la sección internacional de *El Tiempo*, e imaginó el titular: «Periodista asesinada en trágicas circunstancias». En el periódico *El Espacio* el titular podría ser: «Reportera descuartizada», y un pie de foto: «Usaron como tinta su propia sangre».

Las luces parpadeantes de algunos carros por las carreras Séptima y Trece, una valla publicitaria aún iluminada de Todos por la Paz, los techos del Parque Central Bavaria y, del otro lado, hacia la 26, la torre de Corficolombiana, esa siniestra empresa que, asociada a Odebrecht, le clavó las banderillas (o más bien las agujas extractoras o los colmillos solenoglifos) a este anémico y empobrecido país. Echó el vaho en el vidrio y trazó un corazón con el dedo. ¿Sentía aún algo de amor? El cristal estaba helado y la efigie se borró en segundos. Siguió arrullando la idea de su muerte. La santísima muerte o la pelona de los mexicanos que hoy se tuvo que devolver con el canasto vacío. Por ahí debe estar, sentadita en algún alero.

A la espera.

El que resiste gana y al que le van a dar le guardan.

El profesor Gautama no fue amable con ella, no hubo química. A pesar de servirles tragos y hacer un esfuerzo por parecer normal, la puso en duda en cada frase. Y a Amaranta le saboteó los comentarios. No le gustó que llegáramos sin avisar. Un mal arranque. Desde el inicio le supo a mierda que ella estuviera ahí y la verdad es que parecía ocupadísimo con su teléfono. Tenía otros planes o no quería dejarse ver de nadie. ¿Pensaría que el ataque era sólo para matarlo a él? Miró el celular y vio que el mensaje a Amaranta no había sido entregado. Habrán apagado celulares para que no los rastreen. También ella debía apagar el suyo, pero odiaba estar incomunicada.

El gesto del profesor la tenía alterada. Un intelectual preocupado por defender la naturaleza, las comunidades indígenas, la pureza de los ríos y los árboles nativos. Un luchador por la defensa de lo autóctono. Y no hizo nada por protegerla. ¿Tendría un arma en la casa? A lo mejor una jabalina o dardos amazónicos envenenados. Podría haberlos usado. Ya estaba pensando pendejadas.

Se acordó de Angelina Martínez, la directora del Buen Pastor. Vieja güevona. Estará ahí un par de años, dejará todo igual o peor de lo que lo encontró y seguirá su carrera trepando en la función pública, como esos cohetes que tiran la parte que ya no los propulsa hacia arriba. No tenía idea de lo que pasaba en su cárcel, y al verse descubierta le sacó las garras. ¿Qué objetivo tendrá esa pendeja en su futuro? ¿La Fiscalía? ¿El ministerio de Justicia o del Interior? Todo era predecible en este país de gente arrogante y acomplejada en el que la mayoría, a excepción del pueblo sufridor y pagador de impuestos, tenía como único objetivo enriquecerse y trepar, para luego cobijarse en el lema nacional: «Usted no sabe quién soy yo». ¿Será que en los demás países la gente es igual de cula? ¿Esa obsesión por el triunfo y la riqueza es mundial o sólo de aquí? Estaba cansada y ebria, pero se sentía mejor. Le habría gustado besar a alguien esa noche, meter su lengua en alguna boca agreste: fornicarse a alguien bello y de sexo prensil, oír el canto pero no de las sirenas, sino del vergononón y el dragado de algún poderoso pico. Luego dormir entrepiernada con olor a flujo y a sudor de nalga. Estaba viva y eso se celebra. Sintió que flotaba y el horizonte del mundo era un poderoso oleaje. Le dieron ganas de gritar, de salir de ahí corriendo para siempre.

Fue al baño y se preparó una bomba de aspirinas efervescentes con ibuprofeno. Todo es posible en esta vida si uno tiene analgésicos contra el dolor.

16

El fiscal y Laiseca se inclinaron sobre la mesa del pasante para ver el computador.

—Vea esto, fiscal —dijo el joven.

Una fotografía mostraba en primer plano al senador Basel en una piscina, torsidesnudo y con un whisky en la mano, abrazado con otras tres personas. En la parte de atrás se ve a un hombre vestido de camisa azul que mira hacia otro lado. El pie de foto: «El senador y sus amigos de la gobernación en Coveñas». Fecha de la foto: septiembre de 1996. Pasó a una segunda fotografía: de nuevo el senador, bajándose de un carro frente a la sede de los juzgados en Sincelejo. Febrero de 1998. Le abre la puerta el mismo hombre, de vestido gris y camisa blanca. Tercera foto: el senador Basel en el aeropuerto El Dorado llegando de un viaje de parlamentarios a la República Popular China. Fecha: marzo de 2001. Abre la puerta de su carro el mismo hombre en vestido oscuro, mirando hacia un lado.

—Me dio curiosidad ese man, un guardaespaldas, seguro —dijo el pasante—, así que lo enfoqué en varias fotos y le empecé a buscar reconocimiento facial, hasta que... miren esto.

Cuarta foto: el hombre con barba y bigote, camisa blanca, esposado junto a otros siete. «Detenidos en redada antinarcóticos». Nombre: Ismael Roldanillo, 31 años. Fecha: abril de 1995. Quinta foto: encuentro entre Fidel Castaño y Jorge 40 en zona rural de Apartadó. El mismo hombre aparece de uniforme en una de las filas de atrás. Mira hacia otro lado. Fecha: diciembre de 1999. El pasante les mostró otras fotos del hombre en la zona de Yarumal, entre los años 2002 y 2006, hasta que llegó a una precisa. Se lo veía con traje mimético al lado de tres hombres armados, mirando un mapa. El que lo sostenía estaba de frente. El fiscal y Laiseca lo miraron.

—¿No lo reconocen? —preguntó el pasante.

El fiscal y Laiseca aguzaron el ojo.

—A ver, agrándelo —dijo Jutsiñamuy. Y sí, reconoció esas facciones, ese rostro le era familiar—. Carajo, lo tengo en la punta de la lengua.

Laiseca se agarró la cabeza con las manos y dijo:

—¡No puede ser!

—¿Qué...? ¿Quién es? —dijo el fiscal, dándose por perdido.

—Pues mírelo, jefe —le dijo Laiseca—. ¡Es Marlon Jairo! El cortadito.

—No joda, sí, es él.

—Pero vea, fiscal —volvió a decir el pasante Castaño Vengoechea—. La vaina sigue, venga.

Manipuló el computador, abrió otra página de la concentración de Santa Fe de Ralito, durante el proceso de Justicia y Paz, y ahí estaban de nuevo los dos, Marlon Jairo e Ismael Roldanillo. Roldanillo aparece con el alias de Triciclo.

—No los encontré en las listas de desmovilizados —dijo el pasante—, y no vuelven a aparecer hasta que fueron arrestados. Marlon después del tema de la amputación, que ustedes saben, y el otro, alias Triciclo, en el 2013, como miembro de un grupo residual de autodefensas en la región de Yarumal. Están en el mismo patio de La Picota.

Abrió otro archivo del Tribunal Superior de Sucre, un juicio contra alias Triciclo. En el dosier está el nombre del abogado que lo defendió: Eliécer Gómez Merchán.

—Y vean de quién más es abogado este señor —dijo el pasante.

En el siguiente archivo había dos sentencias absolutorias para el senador Jacinto Ciriaco Basel, defendido por el abogado Eliécer Gómez Merchán.

—Es decir —prosiguió el joven—: el senador le mandó su propio abogado al exescolta, pero no logró absolverlo. O sea: ahí tiene la línea, fiscal: Basel con Triciclo, La Picota, Marlon Jairo. ¿Qué falta por relacionar para nuestra historia?

—Pues ahí sí me corchó —dijo Laiseca.

—Vean esto.

Abrió otro documento. Uno de los treinta y nueve delitos de los que se acusa a Triciclo es el homicidio de un líder indígena y seis guardias y pobladores wayúu en La Guajira. En ese crimen se investigó una complicidad con miembros de la Brigada VII del Ejército.

—¿A que no adivinan quién estaba al mando?

—No jodás —dijo el fiscal Jutsiñamuy—, ¿el teniente Patarroyo Tinjacá?

—¡Bingo! —exclamó el pasante, abriendo el último dosier, donde se reconoce una «negligencia» por parte del comando del ejército.

El fiscal se quedó mirando al joven, luego le hizo un gesto al agente Laiseca.

—Este pelao hoy sí me dejó sin palabras... ¿De qué universidad es que viene?

—El Rosario —respondió Castaño Vengoechea.

—O sea —dijo Jutsiñamuy—, la cuna de la aristocracia y uno de los centros más excluyentes del país...

—Bueno, pero yo ni la fundé ni soy el dueño —se disculpó el pasante—, y soy súper amigo de los becados y de los «ser pilo paga» que llegaron con la ayuda del Gobierno.

—Fresco, chino —siguió diciendo Jutsiñamuy—, que si todos sus compañeros son como usted, este país va a ser otro. Lo felicito. Ya puede irse a su casa o a alcanzar a sus amigos que deben estar de parranda. Andrés Carne de Res está abierto toda la noche. Mañana no es necesario que venga. Se lo ganó.

—No, qué le pasa, fiscal —dijo el pasante metiendo su portátil en el maletín—. Yo mañana vengo temprano, cuál Andrés. Ya tenemos esta vaina de un cacho.

Laiseca miró al fiscal.

—Habrá que revisar ciertos estereotipos. Este pelao es bien pilo y camellador.

El pasante se terció el maletín, que tenía impresa la inscripción *The New Yorker*. Se puso los audífonos y sacó el celular.

—Venga, chino —le dijo el fiscal—, cuénteme una vaina. ¿Su papá también es abogado o qué?

Castaño Vengoechea se quitó los audífonos.

—Era juez, fiscal. Lo mataron cuando yo tenía doce años. Llevaba un proceso por narcotráfico contra una gente del Magdalena Medio y le echaron bala. Llegó vivo al hospital pero murió en la operación.

Jutsiñamuy le rodeó los hombros con el brazo:

—No tenía idea, carajo, lo lamento mucho.

Dejó pasar unos segundos en silencio, lo apretó de nuevo con el brazo y agregó:

—Hoy su papá se habría sentido orgulloso. Venga lo llevo a su casa, chino. ¿Dónde vive?

—Fresco, fiscal. Ya llamé un Uber. Voy aquí no más al Park Way, tengo plan de arrunchis con una nena. Mañana les caigo temprano.

Lo vieron irse silbando.

Se miraron sorprendidos.

—¿Qué es «plan de arrunchis», agente? —preguntó Jutsiñamuy.

—Dormir abrazado con la novia, supongo —dijo Laiseca—. Bueno, mañana va a ser un día largo, ¿no? Con todo eso que el pelao encontró.

—Sí. Antes de salir dígale al que se quede de turno que le pongamos sonajero al senador. Mañana a primera hora quiero datos para empezar a medirle el aceite. Se trata de saber quién está detrás de Julieta y cómo se enteraron de que anoche estaba en la casa de Amaranta Luna. Porque ella fue bajo custodia nuestra, o sea que pilas, ¿quién les pasó el dato a los asesinos?

—Hecho, jefe. Buenas noches.

Parte IX
Lo que el bien le debe al mal

1

Derrotada por el insomnio, Julieta regresó a la ventana al amanecer. Durmió por ratos de a veinte minutos, ¿qué horas eran ya? Las seis y pico. El día estaba nublado y gélido. Las montañas de Monserrate y Guadalupe parecían dos búnkeres de acero disimulados por nubes de lienzo. El pesebre de casas del barrio Egipto yacía en medio. Una acuarela borrosa. La visión hacia el norte estaba interrumpida por el corte transversal de ese enorme edificio de ladrillo, sobre la Séptima, que alguna vez fue del ejército y que en años pasados había albergado una discoteca a la que se subía por un abarrotado ascensor. ¿Se llamaba Cha Cha, o algo así? Todo en Bogotá pasa y no deja huella. El recuerdo de la gente es la única memoria de esta urbe amnésica en la que, incluso, algunos dicen vivir muy felices. Hay formas de la felicidad que le ponen a uno la carne de gallina. Desde abajo la iglesia de Monserrate parecía irreal, lejana e inalcanzable. Como el monte Olimpo o la Montaña Mágica.

Fue al salón y encendió la estufa de la «cocina americana». Johana aún dormía, así que puso a hacer café negro. Si el asesino hubiera disparado, este día lluvioso sería el de su velorio. Imaginó a sus hijos, a su exmarido, al fiscal y a Johana. Su madre habría venido de Puerto Rico. ¿Contratarían a la Funeraria Gaviria? Es probable. Le pareció ver a su exsuegra de oscuro abrazando a los niños. De repente estaba llorando su propia muerte. Qué bobada, se dijo, reponiéndose. Menos mal que nadie la oía pensar estas cosas.

¿Por qué Marlon no le contestaba? Se fue tomando el tinto a sorbos cortos. Dejó de fumar desde su primer embarazo, pero en un momento así le venían ganas. Qué placer el tinto con cigarrillo. El cuerpo se acordaba.

Revisó de nuevo, rutinariamente, su celular. Un mensaje. Una bolita roja con el número 1 al lado del símbolo verde. ¿A ver? Mierda, era de Amaranta Luna: «Te escribo a escondidas de Lobsang, me mata si se entera. Estamos escondidos. ¿Estás bien o te mataron? No entendí qué fue lo que pasó». Leyó el mensaje al menos diez veces, respirando fuerte. Qué descanso saber que estaban bien; se sentía culpable por ellos. Quiso preguntarle mil cosas, pero no podía llamar. Dudó incluso en responderle. Cuando llega un mensaje algunos teléfonos pitan, y ella es tan desastrosa que seguro no lo tiene en silencio.

Mejor esperar un poco.

«¿Te mataron?». Sólo Amaranta preguntaría eso. Se la imaginó en una casa en los alrededores de la Universidad Nacional. Le pareció que los amigos del profesor Gautama debían vivir por esa zona. Se acabó el café. Con el frío no daban ganas de moverse. Ya eran las siete menos diez. Fue al baño y abrió la ducha. Esperó a que el aire se calentara para desnudarse. Uff, un chorro poderoso e hirviendo en esas mañanas frías, qué placer. Cerró los ojos y se sentó debajo. Debía comenzar a restaurar su fuerza pero necesitaba algo de bienestar físico. Se recostó contra el muro y, por fin, se quedó profundamente dormida.

Cuando el fiscal Jutsiñamuy volvió a su oficina, a las siete menos diez de la mañana, su secretaria todavía no había llegado. Vio a algunos colaboradores por ahí, muy pocos. Le gustaba madrugarle a todo el mundo. Fue a la greca del corredor y se preparó un té. En su bolsa traía un ponqué Ramo. Ese iba a ser su desayuno profesional, pues en su casa, antes de salir, se había tomado una changua.

Tenía apetito. Los descubrimientos de la noche anterior le hicieron prever que sería un día de gran intensidad. A las siete en punto fue al sofá para su ritual. Siete minutos con las piernas levantadas, irrigación corporal perfecta. A las siete, siete minutos. Le dio vuelta a su reloj de arena y fijó en él los ojos viendo pasar sus granos diminutos.

Acabó y se sintió mejor. Reconstituido.

Un repaso a las noticias: periódicos nacionales, una emisora radial y el hilo de la propia Fiscalía. El menú cotidiano, el momento de poner el termómetro en la boca del enfermo. Ahí se manifestaba el ADN de su mundo, la zona oscura y tenebrosa del bosque. ¿Y dónde están las orquídeas y las montañas nevadas y el hermoso cañón del Chicamocha y los atardeceres del Llano y los pájaros de los bosques y el oso de anteojos? ¿Por qué debía fijarse obsesivamente en lo truculento y despiadado?

Caminó hasta la ventana y miró la ciudad.

Era muy sencillo: para que el «país bonito» fuera real, alguien tenía que meter las manos en la caca, hundir los brazos hasta el codo en el estiércol, porque es precisamente esa perversidad la que, por contraste, hace brillar lo bueno.

Lo uno no existe sin lo otro.

Es lo que el bien le debe al mal, ese misterioso equilibrio que parece existir en el mundo desde siempre. Él debía estar levantado y en funciones a esa hora para que todo aquello fuera posible y revelara su verdad. Y tal vez, con suerte, pudiera convertirse en conocimiento.

A las siete y media el agente Laiseca se anunció en la puerta. Había pasado a ver a su gente y todo estaba en orden. Cada pajarito en su jaula.

—¿Tenemos idea de dónde pueden estar el profesor Gautama y su amiga? —preguntó el fiscal.

—Por ahora no, jefe —dijo el agente—. Lo que es ese par, estamos fríos. Sólo tenemos la información de Julieta, pero nada más. Ni por dónde se escaparon ni mucho menos para dónde se fueron.

El fiscal dio dos golpecitos con el dedo en la mesa.

—Ahora que lo pienso, a ese señor ni le hemos visto la cara. Sabemos de él por terceros.

—Sí —precisó Laiseca—, y por lo de NNT Investments. Julieta dijo que había vuelto por sorpresa hace unos días, ¿no cierto?

—Sí, eso dijo.

—¿A ver? —dijo el agente, sacando su libreta y pasando páginas hacia atrás—. El nombre normal del tipo es...

—Juan Luis Gómez —dijo Jutsiñamuy.

—Carajo, su memoria es un activo de esta institución, jefe. Así es, Juan Luis Gómez. Llamemos a Inmigración para saber por dónde entró al país y de dónde venía.

—¿No será que tiene pasaporte con el otro nombre estrafalario? —dijo Jutsiñamuy—. ¿Cómo era? ¿Gautama Necoclí?

El agente Laiseca se rio.

—Gautama Neftalí, el nombre de pila de Neruda. Ahí sí le falló la memoria.

—Yo me acuerdo de vainas normales, no de carajadas —dijo el fiscal.

Laiseca llamó a la oficina de Inmigración del aeropuerto El Dorado y se identificó con un pequeño trámite. Dio los dos nombres y explicó que se trataba de una persona que había llegado de Estados Unidos más o menos hacía tres días. Lo dejaron un momento en espera.

—Uy, tengo diecisiete Juan Luis Gómez entrando a Colombia por esas fechas —dijo la persona al teléfono—. ¿De dónde dijo que venía?

—Creemos que de Estados Unidos.

Se oyó el tecleo de la funcionaria.

—Es un nombre bien común, pero espere un segundito...

El fiscal oía la charla con otro auricular e hizo cara de «sí, es un nombre muy común».

—A ver —dijo la funcionaria—, hay nueve de Estados Unidos... ¿Qué edad tiene la persona que buscan?

Se miraron confundidos. Tocaba al cálculo.

—Entre cuarenta y setenta años —dijo Laiseca.

—Okey, entonces este no porque tiene siete años... —la mujer analizó en directo los datos—, este otro tampoco porque es nacido en 1993, este otro tampoco, ni este... Bueno, quedan tres. Uno tiene residencia en Manizales y los otros dos en Bogotá.

—Míreme los de Bogotá —dijo Laiseca.

—¿A qué se dedica el señor que buscan?

—Pues... —Laiseca dudó—. Podría ser profesor, conferencista.

—Tengo uno que ingresó como «médico» y el otro como «comerciante».

Laiseca y el fiscal se miraron.

—Podría ser cualquiera de los dos —dijo Jutsiñamuy—. Pregúntele si alguno es calvo.

—Doctora —dijo Laiseca—, ¿alguno de los dos es calvo?

La funcionaria se rio.

—Pues sí —dijo—, uno es calvo pelado. El otro tiene sus entradas pero todavía aguanta.

—Perfecto —dijo Laiseca—. ¿Y cuál es cuál?

—El discapaci... Mejor dicho, el calvo, es el médico. El que es con pelo es el comerciante.

—¿Me puede decir las rutas y aerolíneas por las que llegaron?

—Deme un correo y le mando todo.

—Muchas gracias —dijo el agente, dictándole las direcciones.

Al colgar, Laiseca se revisó el pelo. Tenía frágil la coronilla, con grandes zonas deforestadas. Desde un islote central salía un largo mechón que cubría el lado más árido.

—En un rato le preguntamos a Julieta si el profesor es calvo —dijo el fiscal.

El agente se siguió auscultando la cabeza en el reflejo del vidrio

—Usted con todo su pelo, jefe. Tan de buenas.

—A los indios no se nos cae —respondió Jutsiñamuy—, será por no haber maltratado a la naturaleza.

Laiseca abrió su portátil y miró los correos.

—Qué va, jefe, el problema es el tamaño de las venas. Las mías son estrechas y lo primero que se queda sin riego es acá arriba. No hay nada que hacer. Es hereditario.

—Echarse caca de gallina recién hecha —dijo el fiscal—, eso hacen en mi tierra. Pero hay que corretearlas. Por cierto, ya no se dice calvo. Se dice «persona en situación de discapacidad capilar». O discapacitado capilar, más corto. Para que lo anote.

—Ah, eso está bien. Me gusta porque revela el sufrimiento. Bueno, yo por ahí tengo unos buenos tratamientos —dijo el agente con un tono melancólico.

—O si no, déjese la barba.

Uno de los hombres de Laiseca llegó hasta la puerta y, al verla abierta, le hizo señas desde afuera.

—Siga, Rodríguez —le dijo—, ¿qué pasa?

—Jefe, es que hay algo con el teniente de Puente Aranda. Un movimiento raro.

—Ah, carajo —dijo Jutsiñamuy—. Vamos.

Se levantó y agarró su chaqueta.

La oficina de Laiseca parecía la redacción de un periódico. Los agentes charlaban entre sí desde sus mesas. En su pupitre, el pasante Castaño Vengoechea, con sus audífonos clavados en las orejas, parecía muy concentrado. Al pasar al lado de él, el fiscal le dio dos golpecitos en el hombro.

—Quihubo, chino, ¿cómo le fue anoche? —le dijo.

—Bien, fiscal. Corto pero rebien.

Rodríguez los puso en contacto con los agentes que estaban vigilando al teniente Patarroyo. Tenían un informante que estaba adentro de la brigada con el nombre de

Cayetano y que dejaba mensajes desde un número seguro. Hacía nueve minutos había escrito lo siguiente: «Acá agente Cayetano. Esta mañana se está preparando el traslado del teniente Patarroyo Tinjacá al Hospital Militar con el justificativo de fuertes dolores renales y un completo chequeo médico con vistas a una operación o intervención urgente por cólico nefrítico. Apenas se firmen los documentos se hará el traslado en dos vehículos blindados hasta el centro hospitalario, lo que está previsto más o menos a las diez de la mañana».

—¿Cólico nefrítico? —repitió el fiscal, más para sí.

—Uy —dijo Laiseca—, esa vaina duele un resto. ¿Y sí será cierto? Cuando lo vimos estaba perfectico.

—Ese cólico no se anuncia, cae y pega el guarapazo sin avisar —dijo el agente Rodríguez—. Por eso mismo lo usan mucho como disculpa cuando se quiere trasladar a alguien o buscar una excusa médica. ¿A sumercé ya le dio?

—No, gracias a Dios, pero sí he tenido cálculos —dijo Laiseca—. Casi me muero. Qué dolor tan berraco.

—Bueno, dejemos la hipocondría para después —dijo el fiscal Jutsiñamuy—. Hay que organizar esa vigilancia. ¿Tenemos a alguien en el Hospital Militar?

Fueron al escritorio de Laiseca. El computador ya estaba encendido.

—¿A ver? Sí —dijo el agente—, dos personas. Agentes Karen y Rodrigo. Ya nos han pasado información en siete ocasiones.

—Bueno, que estén pilas para la llegada del hombre. Por lo que dice Cayetano, debería estar llegando tipo once de la mañana, ¿no?

—Sí, jefe. Yo cuadro eso.

Luego Laiseca se dirigió a su subalterno Rodríguez.

—Comuníquese con el agente Cayetano, dígale que a partir de ahora me llame directo a mi celular para informar cualquier detalle y recibir instrucciones.

—Positivo, jefe. Ya mismo.

Jutsiñamuy empezó a dar vueltas alrededor de su escritorio.

—Tratemos de conseguir el diagnóstico una vez llegue al hospital —dijo—, a ver si de verdad tiene esa vaina o es una jugadita de laboratorio.

—Pues sí —dijo Laiseca—, a lo mejor el hombre está timbrado por lo de anoche.

—¿Qué posibilidades hay de que el teniente sepa lo de los soldados? —dijo Jutsiñamuy, alisándose el bigote—. Le tendrían que haber avisado en la madrugada o esta mañana bien temprano. ¿Recibió llamadas?

—Pues es que no tenemos un número dónde comprobar nada —dijo Laiseca—. Como está preso se supone que no tiene celular, pero debe tener uno con número opaco o desechable. Yo me imagino que sí se enteró.

—¿Salió algo en las noticias? —dijo el fiscal.

—No, eso sí no. Seguro.

—Todavía nos falta saber cómo se enteraron los asesinos de que Julieta estaba en ese apartamento. Yo creo que el profesor Gautama no era su objetivo. Si se lo encuentran puede que le den su plomazo, pero anoche fueron por Julieta.

—Si tienen vigilada la entrada al país desde Estados Unidos podrían haberse enterado de que vino —dijo Laiseca—. Parecido a lo que hicimos nosotros. Eso tampoco se puede eliminar.

—No, no lo eliminamos —dijo el fiscal—. Queda latente, pero la hipótesis central tiene que ver con Julieta, por ahora. ¿Y nuestro senador ya se levantó?

En ese momento, el joven pasante Castaño pidió permiso para acercarse a ellos.

—Venga, chino, cuénteme —le dijo el fiscal.

—Qué pena, fiscal, pero es que sin querer oí que preguntaba por el senador. Esta mañana encontré otro dato. Píllense esto: cuando los cuatro soldados presentaron sus casos a la JEP, los asistió un abogado privado que se llama

Nairol Trujillo Rebolledo y que trabaja en la oficina de Eliécer Gómez Merchán, ¿se acuerdan? El abogado del senador Basel. Otro vínculo más para el grupito.

El fiscal se levantó de su silla.

—Vamos a ver al hombre de las chuzadas, a ver si el senador ya llamó a saludar.

—Caray, jefe —dijo Laiseca—, si dice «chuzadas» parece que fuera una vaina ilegal.

—¿Y entonces cómo tengo que decir?

—Detección telefónica.

—Bueno, entonces vamos donde el duro de la detección telefónica —dijo Jutsiñamuy.

Caminaron hasta un cubículo lateral. Ahí estaban los técnicos. El fiscal le dijo al pasante que viniera con ellos.

—¿Hay algo con ese número? —preguntó Laiseca, señalando en la tablilla el celular del senador.

—Poca cosa —dijo el técnico—. Recibió unos correos que eran casi todos spam, siete mensajes de WhatsApp de una cadena de oración, según pude ver, y vainas publicitarias. Ninguna llamada.

El pasante Castaño miró su iPad con la información del hombre y dijo.

—¿Y los hijos tampoco llamaron a nadie? Tiene dos que están con él. Una de diecinueve y otro de veintiuno. Los dos deben tener celular.

—En el perfilamiento dice que los hijos ya no viven con él —intervino Laiseca—, se separó de la esposa hace dos años.

—Sí, viejo —dijo el pasante—, pero hoy es domingo. Los hijos de separados pasan el fin de semana con los papis, ¿no?

—Claro, busque a ver —le dijo el fiscal al técnico—, ¿cómo se llaman los hijos? ¿Tendrán los teléfonos a nombre propio o del papá? ¿O de la mamá? ¿Quién les paga las facturas? Hágale con eso y me cuenta.

Volvieron al escritorio de Laiseca. Jutsiñamuy llamó a Julieta.

—¿Todo bien por allá? ¿Sí pudo descansar? —le dijo.

—Bien, bien —dijo ella—. Gracias por preguntar, fiscal.

—Una cosita que quería saber, ¿de casualidad el profesor Gautama es calvo?

A Julieta le dio risa la pregunta.

—No, para nada —dijo riéndose todavía—, ¿y esa pregunta?

—Es para una comprobación aquí —dijo Jutsiñamuy—. Ese dato es de gran utilidad, no crea.

—Pues tomo nota yo también —dijo ella—, lo voy a subrayar en mi descripción del profesor.

—Descanse que yo la mantengo informada, y trate de no salir.

Se despidieron.

El fiscal se volvió hacia Laiseca y le dijo:

—El profesor Gautama entró como comerciante, no es calvo.

—¿Qué es eso de *professor* Gautama?, ¿es en inglés? —preguntó Castaño—, a ese man no lo tengo en mi lista.

Le explicaron quién era. El joven abrió el iPad y tomó notas rápidas. Laiseca miró el correo de la funcionaria de Inmigración y dijo:

—Llegó de Houston. Vuelo American. Aterrizó el jueves pasado a las 19h30.

—¿Tienen foto del man? —preguntó el pasante.

—No, esto es apenas una comprobación menor —dijo Laiseca.

Tras un par de minutos, Castaño les mostró una foto en su iPad. Juan Luis Gómez, dueño de almacenes Happy Together, «Confecciones para bodas y estilismo profesional».

—¿Es este? Acá reitera que es comerciante y que sus artículos son importados de Estados Unidos.

—Ni idea, habría que ver el pasaporte.

—Pídale a los de Inmigración que manden copia escaneada —dijo el fiscal.

—Ya mismo, jefe.

—Chino, tómele un pantallazo a la imagen de ese comerciante y me la manda por WhatsApp a este número —le dijo el fiscal al pasante, mostrándole su contacto en la pantalla del celular.

—Listo —dijo el pasante—, conseguido. Oiga, señor fiscal, una pregunta, eso de decirme todo el rato «chino», ¿no es como muy ochentero? Quiero decir, *what the fuck!* Me hace reír, no es una crítica. Pero es súper vintage. Ternurita.

El fiscal batió la mano hacia delante.

—Está bien —dijo—, tomo nota... Pero mientras tanto venga a mi oficina. ¡Agente Laiseca!

Cruzaron el corredor hasta el otro extremo del edificio. Pararon en la greca por dos cafés y un té. Ya en la oficina, Jutsiñamuy le mostró al pasante el tablero con todos los nombres y le fue explicando quién era quién y cómo habían llegado hasta este punto de la investigación. Laiseca le explicó los operativos de seguimiento y detección que habían hecho. Cuando terminaron de hacer el recuento, el fiscal le dijo:

—Este es el cuadro hasta el día de hoy, ¿lo entendió?

—Al pelo, fiscal. Lo tengo claro.

—Pues bien, aparte de todo eso —siguió diciendo Jutsiñamuy—, lo que estamos tratando de entender es cómo los asesinos supieron que Julieta estaba en el apartamento del profesor Gautama.

—Okey, okey...

En ese momento sonó el teléfono. Era el técnico. Tenía los números de los hijos del senador Basel y había hecho una primera revisión. Recibieron una cantidad de mensajes entre anoche y esta mañana. ¿Tenía algún otro criterio que permitiera afinar la búsqueda?

—Mándeme el listado y acá vemos, estoy en mi oficina —le dijo el fiscal, luego se dirigió al agente y a Castaño—. Ya traen la información para que la revisemos.

Volvió a sonar el teléfono. Era para Laiseca. El agente Cayetano desde la brigada de Puente Aranda.

—Dígame, agente, ¿ya salieron con el teniente?

—Están saliendo ahorita, jefe. Por la puerta 7. Dígale a los de afuera que pilas. Van en dos camionetas Suburban negras de tráfico normal. Una con placa acabada en 58. La otra no alcancé a ver porque preciso pisó un charco y me echó toda el agua encima. Me tocó que venir al baño a secarme.

Laiseca alertó a los del seguimiento en la avenida. También a los agentes del hospital, Karen y Rodrigo. Estaban todos listos. ¿Qué hora era? Las diez pasadas.

—¿Cuál será el plan del hombre? —se preguntó en voz alta el fiscal.

—Yo creo que volarse, jefe —dijo Laiseca—. En la línea de análisis, el hombre sabe que vamos a llegar a él.

—¿Y para qué ir al hospital? ¿Por qué no se vuela directamente de la brigada? —siguió el fiscal.

—Pues porque le queda muy berraco hacerle eso al director del reclusorio —dijo Laiseca—. Desde el hospital es más fácil y a nadie le parecería tan raro. Yo sí creo que el tipo se piensa volar.

El fiscal dio una vuelta por su oficina, rascándose el mentón.

—Chino, ¿y usted cómo la ve? —le dijo al pasante.

—Pues sí, desde el hospital es más fácil volarse sin comprometer a nadie, eso seguro —dijo—. Pero es demasiado clásico, obvio. Como muy predecible, ¿no? Y esos manes son unos duros y tienen recursos. Obviamente es una jugada de respuesta a lo de anoche con esta vieja, ¿cómo es que se llama?

—Julieta —dijo Laiseca.

—Eso, una respuesta. Juas. Alfil a G8. Como en el ajedrez.

Jutsiñamuy lo miró con curiosidad y le dijo:

—Pero a ver, chino, si esto fuera una novela y usted tuviera que escribir lo que el hombre va a hacer, ¿qué escribiría?

—Uy, qué putería una novela —dijo el pasante—. A ver, ¿qué escribiría? Pues que en lugar de volarse el hombre se piensa morir en el hospital.

Laiseca se rio. El fiscal abrió los ojos.

—Nooo, y entonces, ¿cuál sería la gracia? —dijo Laiseca.

—Pues que el hombre se muere pero no se muere —remató el pasante—. Sacan el cadáver y se lo llevan a la morgue y ahí lo declaran muerto, pero el man no está muerto porque cambian el cuerpo. Luego incineran al que sí está muerto y listo, el tipo queda libre.

Jutsiñamuy se quedó pensando.

—¿Y de dónde sacan el cuerpo muerto? —preguntó Laiseca.

—Pues de cualquier esquina, ¿no dijeron que era una novela? Acá es más fácil conseguir un cadáver que señal de wifi.

—Tomo nota —dijo Jutsiñamuy—. Retorcido e improbable, pero no imposible. Y además me suena de algo, no sé. Me suena esa historia.

El técnico dio dos golpecitos en la puerta y entró.

—Acá está la lista de números con los que hubo intercambio de mensajes y llamadas, y los nombres de las personas que los registraron —dijo—. De los celulares de los hijos del senador.

Se abalanzaron sobre el documento. El pasante, tímido, se quedó atrás. Empezaron a revisar, pero los nombres no les decían nada. Nada más plano que un nombre escrito en un papel.

Laiseca marcó las entradas a un mismo número y estableció que se comunicaron con doce personas diferentes. La hija, Lady Selena, tuvo un tráfico de treinta y nueve mensajes con archivos pesados y mensajes de voz hasta las 5h37, a un número registrado por alguien de nombre Juan Mauricio Castillo.

—Un segundo, un segundo —dijo el pasante Castaño, escribiendo los nombres en su tableta.

Un instante después dijo:

—Véalos aquí en Facebook. Son novios. Está hasta buena la hembrita, Lady Selena. Nombre de ñera. Debieron darse garra con el sexting hasta dormirse. Seguro que los archivos pesados son fotos y videos triple X.

El fiscal hizo cara de no entender, pero no dijo nada.

—Sexo por WhatsApp, fiscal —dijo el pasante.

Siguieron con los otros números. El Facebook los sacó de dudas con todos excepto dos, de los que no hubo rastro en ninguna red social. De uno, el número A, se hicieron siete llamadas hacia el celular del hijo, Wilmer Ricardo, y se enviaron nueve mensajes. Todo a partir de las 21h30 de la noche anterior. El otro número, el B, no hizo llamadas al celular de Wilmer sino que las recibió. Dos llamadas y tres mensajes.

—¿A ver? —dijo Laiseca—. ¿Las horas exactas?

Podían estar relacionados. Las comunicaciones hacia el número B se hicieron pocos segundos después de las llamadas recibidas desde A. La línea A estaba registrada apenas dos días antes con el nombre Daniel Danielón y la B hacía cuatro días con el de Gúmer Gumersindo. Y esas eran las únicas llamadas desde los días de registro. Había algo ahí. La voluntad de esconderse es una confesión.

—¿Y no se pueden rastrear esos números? —preguntó el fiscal al técnico.

—No, doctor. Están invisibles. Son de gente que sabe lo que hace.

—Tengo una idea —dijo Jutsiñamuy—. A ver, chino, coja su celular y marque al primero, a ver qué pasa. Y grabe.

El pasante sonrió con malicia. Esa sí que era una buena idea. Marcó el número A y lo puso en altavoz y grabación. Pero nada, enseguida entró a buzón. Luego marcó el número B. Timbró cuatro veces y al quinto, en lugar de entrar a buzón, se oyó una voz.

—¿Aló? —era una niña pequeña.

—Aló, aló —dijo el pasante—. ¿Está tu papi?

—Un momento... —oyeron ruidos de exterior, como si estuvieran en un parque. La voz de la niña llamaba al papá, «¡papi!». Pasaron unos segundos. Luego una voz dijo:

—¿Sí?

El pasante se quedó mirando al fiscal, y este le hizo con la mano señal de continuar.

—¿Abogado? —dijo el pasante.

—Sí, dígame.

—Es por lo de los...

El hombre colgó abruptamente.

—Debió mirar la pantalla y ver que la llamada no provenía de A —dijo Castaño—. Ahí colgó.

—O sea que sí es un abogado —dijo Jutsiñamuy—. ¿Cuál será?

En el tablero había dos nombres: Eliécer Gómez Merchán y su colaborador Nairol Trujillo Rebolledo. Los abogados del senador, el teniente y los soldados.

—Pues ya los tenemos casi listos —dijo Laiseca.

2

Cuando Johana se despertó pidieron el desayuno a la cafetería de las residencias.

—¿Cómo se siente hoy, jefa? —preguntó Johana.

—Casi no duermo anoche. Esta mañana, tempranísimo, me quedé profunda en la ducha. La cara de ese tipo con la pistola se me aparece apenas cierro los ojos. Y el disparo y la sangre.

—La entiendo, no se imagina cuánto —dijo Johana—. ¿Le puedo contar una historia de algo que me pasó?

—Claro.

El desayuno llegó en una enorme bandeja: cafetera, leche, canasta de pan, tostadas y croissants, dos huevos pericos con cebolla y tomate, plato de fruta. Johana comió con apetito. Julieta agarraba las cosas, pero rara vez se las llevaba a la boca o las mordía.

—Estábamos por la zona de Toribío, en el Cauca —dijo Johana—, un pueblo que nos intentamos tomar no sé cuántas veces y nunca se pudo porque ahí la policía tenía un verdadero búnker. Yo estaba haciendo una estafeta con tres compañeros indígenas y nos tocaba ir hasta Las Hermosas, que es más al norte. Allá por donde mataron a Alfonso Cano, ¿se acuerda? Nos replegamos primero a un pico que se llama el Tablazo y ahí esperamos a que estuviera libre el camino. Es una montaña bien linda y nos dio la romántica. Los compañeros indígenas echando cuentos de sus familias, un cielo despejado, full estrellas. Estábamos protegidos por unos matorrales y yo me sentí feliz, orgullosa de lo que estaba haciendo con mi vida. Avanzamos hacia una arboleda tupida para hacer cambuche y ahí dormimos unas tres horas. Luego, como a medianoche, seguimos por las montañas para arriba y cuando amaneció estábamos ya bien lejos. Esa zona era peligrosa porque por ahí pasaba una ruta de narcotráfico, o sea que tocaba caminar despacio y estar pilas. En esas me dieron ganas de orinar y me desvié a un lado, haciéndoles señas. Busqué un matorral y oriné, pero al volver a la ruta los compañeros se habían adelantado y como no los oía me fui torciendo hasta que los perdí. Y preciso: me cayeron tres manes armados y no alcancé ni a levantar el fusil. Me hicieron recostar la espalda contra un árbol y me pusieron un cable en las muñecas. Los tipos eran paracos sin uniforme, vestidos de campesinos. Tenían radios y se comunicaban con una central. Entendí que venían con una carga que estaba un poco más atrás y estaban despejando el camino. Una avanzada. Me esperé a que me ejecutaran ahí. Uno de los manes se me acercó y me puso un cuchillo en el cuello. Era un paisa. Ya me iba a chuzar cuando otro le dijo esperate, esperate, ¿vos no querés verle la cuca a una guerrillera?, esta hembrita está joven, esperá un rato, después la chuzamos, pero yo primero quiero verle la cuca, ¿cómo será la cuca de una guerrilla?, ¿la cuca de las Farc? Se acercó y me puso las manos en la cintura. Yo forcejeé y hasta le pegué una patada en las güevas y el man dijo así me gustan a mí, pelionas, mandemos a esta hembrita bien comida para el infierno, y entonces sacó el cuchillo y me puso la punta en el cuello, si te volvés a mover te ensarto, malparida, quedate quieta, y me empezó a bajar los pantalones. Los demás, porque luego llegó otro y ahora eran cuatro, se reían y repetían la cuca de las Farc, la vamos a ensartar, y cuando me bajaron el pantalón y vieron esos calzoncillos de hombre que usábamos se rieron, y el mismo man agarró y lo jaló para abajo, quedé en pelota hasta la rodilla y pensé, ahora que se acerque le muerdo la mejilla para que me mate, prefiero el cuchillazo a que me violen estos hijueputas, y calculé la cosa. Dos me estaban ya abriendo las piernas a la fuerza y el man se estaba bajando el pantalón cuando sentí el chisguete de sangre, mis compañeros volvieron y los levantaron a plomo. El del cuchillo quedó en el suelo, otro salió corriendo pero muy herido y no llegó lejos. Los demás sí se volaron. Me soltaron, agarramos las armas del muerto y nos abrimos para el monte porque los otros habrían ido a avisar y pronto llegarían refuerzos. Al final logramos llegar a la base en Las Hermosas y me pasó lo mismo que usted dice: apenas cerraba los ojos veía la cara de ese man con el cuchillo y volvía a sentir que me bajaba el pantalón, y así varias noches hasta que una compañera me contó que a ella en cambio sí la habían abusado cinco manes, horrible, por delante y por detrás, y que por eso el sueño de ella era agarrar a todos los paracos de Colombia, cortarles las güevas con un cuchillo de cocina poco afilado, meterlas en una urna de vidrio y mandárselas con un moño a Uribe, que era el presidente de todos los paracos, y el presidente de los colombianos a los que les gustaban los paracos, y el presidente de los colombianos que ganaban plata con los paracos, y el presidente de los colombianos que cerraron los ojos ante los paracos, y el presidente de los colombianos a los que no les importaban los paracos, y el presidente de los colombianos que decían «los paracos son un mal menor». Mejor dicho, el presidente de todos esos hijueputas.

Johana se conmovió al contar su historia. Las mejillas le ardieron.

—Qué cosa tan tenaz, nunca me habías hablado de eso —dijo Julieta, sirviendo más café.

—No, porque gracias a Dios se me ha ido olvidando. Me acordé por la historia suya, jefa. Y le aseguro que a usted también se le va a olvidar.

Julieta abrazó a Johana, se levantó y se dirigió a su computador. Lo abrió y empezó a escribir lo que sentía, las impresiones de la noche anterior. Pensó en su escritor. Los mismos asesinos la habían buscado a ella para matarla. Una macabra unión al filo de la muerte. Imaginó ese rostro juvenil que le habló en el baño hiriéndolo a él, martirizándolo, cortando sin piedad sus extremidades. Un joven soldado convertido en asesino por la vida y por el país en el que le tocó nacer, y un escritor maduro que intentó (¿quiso?) entender de otro modo la vida y probablemente también este oscuro país. Ahora ambos están muertos, de modo trágico. Qué poca cosa es un cuerpo, y qué frágil.

3

El agente Cayetano volvió a llamar. Laiseca lo atendió al instante. Tenía la voz agitada.

—Jefe, acá pasó algo muy raro y ya no sé qué hacer —dijo—. Los he estado siguiendo de cerca, sin perderlos de vista ni medio segundo mientras iban dirección norte por la carrera 50. Luego subieron hacia el oriente por la 53, pero en el semáforo de la Caracas disminuyeron hasta que se puso en rojo. En un segundo, la puerta trasera de la segunda camioneta se abrió y, como un rayo, bajó una persona en sudadera y con la capucha puesta. Lo seguí con la vista entre los carros y vi que se metió al Aretama Pollos de la esquina. Me hace el favor y me indica si tengo que seguir al encapuchado o a las camionetas.

Laiseca miró al fiscal, no había tiempo para explicaciones.

—Al encapuchado. Bájese y sígalo a pie —le dijo—. Que su compañero siga detrás de las camionetas hasta el hospital y se reporte. Si el hombre de la capucha se mueve me avisa. Ya voy para allá.

Laiseca agarró su maletín y le dijo a Jutsiñamuy:

—Alguien se bajó de una de las camionetas de Patarroyo y está en la Caracas con 53. Toca ir.

El fiscal agarró su chaqueta, corrieron al ascensor.

—Maldito tráfico —dijo el fiscal.

La carrera 50 ya estaba bloqueada. No hubo más remedio que sacar una sirena, pegársela al techo y avanzar a la fuerza en contravía y mordiendo andenes. Menos mal que para eso Yepes era un perfecto atarbán y, cuando el jefe le daba carta blanca, metía la chancla sin agüero y por donde fuera. De milagro no se metía a los almacenes para salir del otro lado.

Otra vez Cayetano al teléfono de Laiseca.

—Vinieron por él, jefe, se acaba de subir a un carrito Toyota, sedán cuatro puertas. Azul cielo. No le he podido ver las placas. Agarraron la Caracas hacia el sur. Voy detrás en un taxi.

—Mierda, ¿por qué calle van?

—Iban por la Caracas dirección sur y acaban de doblar por la 51 al occidente.

—Listo, estamos cerquita —dijo Laiseca—. ¿Cómo es su taxi?

—Un zapatico Kia, jefe.

—No, hombre, las placas, ¿qué placas tiene?

—Ah, espere... AGG839.

—¿En qué carrera van exactamente?

—Acabamos de cruzar la 17, pero jefe, venga, mejor le mando mi ubicación por WhatsApp en cada cuadra, ¿bueno? Así me localiza fácil.

—Buena idea, hágale.

Le explicó a Jutsiñamuy. Ellos iban por la carrera 24 con 53, así que se devolvieron hacia el sur para esperarlos en la 24 con 51. Llegaron en un segundo a la esquina y se parquearon sobre la carrera. Revisaron los carros, ¿un carrito Toyota?

—Carajo, ¿no le dio más detalles? —dijo Jutsiñamuy, nervioso.

—No, cuatro puertas. Ya vienen, jefe. En esta última ubicación ya cruzaron la 22.

Un segundo después vieron el Toyota en el semáforo. Al ponerse en verde el carro dobló por la carrera hacia el sur. Dos carros por detrás apareció el taxi de Cayetano. Ya estaban todos. Yepes se pasó el semáforo y quitó la sirena. Los alcanzó y siguió detrás hasta el semáforo de la 45.

Laiseca le marcó a Cayetano.

—Ya, agente, estamos detrás suyo. Bájese del taxi y venga con nosotros.

—Listo, jefe, pero hay un problemita.

—¿Qué pasa?

—Es que no tengo suelto para pagar la carrera.

—No importa, que le cambien. Luego arreglamos.

—Jefe, la verdad es que no tengo ni suelto ni billete grande. Este fin de quincena ando es limpio.

—Dígale al taxista que desacelere y le paso la plata por la ventana. Pero pilas, que los del Toyota no se den cuenta.

—No, jefe, hacemos la vuelta rapidito.

Avanzaron hasta el taxi y Laiseca le alcanzó un billetico de veinte mil. Al frenar en el siguiente semáforo Cayetano se bajó corriendo y subió a la camioneta.

—Buenas, jefes, ¿cómo me les va? —dijo Cayetano.

—Bien, agente —dijo Jutsiñamuy—. Buena cobertura, vamos a ver quién es este fugado, ¿le puede calcular la estatura y el físico?

—Un metro setenta y pico, robusto. Lo vi muy rápido. El hombre salió de la camioneta y se agachó entre los carros. Fue un segundo nada más. Si hubiera mirado para otro lado ni me habría dado cuenta.

El Toyota tenía placas normales y vidrios polarizados, no se veía hacia adentro. Al llegar a la calle 45 dobló hacia el occidente. ¿Para dónde iban? El celular de Laiseca volvió a sonar. Eran los agentes que iban detrás de las camionetas. Acababan de llegar al Hospital Militar. Perfecto. Luego le marcó a la agente Karen:

—¿Ya recibieron al teniente Patarroyo?

—Sí, pero hay algo raro. Llegó sin signos vitales. Lo llevaron rápido a reanimación. Pregunté a los colegas y oí que había tenido un paro cardiaco —la agente tenía la voz muy agitada.

—Ah, carajo.

Jutsiñamuy lo miró interrogándolo. Laiseca dejó un momento el teléfono.

—Dice que el hombre tuvo un paro cardiaco y llegó al hospital sin signos vitales. Lo tienen en reanimación.

Jutsiñamuy se rascó el bigote, dubitativo.

—¿De cólico nefrítico a paro cardiaco? —dijo—. Que me lo envuelvan. Para mí que va a tener razón otra vez el pelao de la pasantía.

Laiseca miró al fiscal y repitió las palabras del joven Castaño.

—Que el hombre se muere pero no se muere.

—Exacto. Que estén pilas allá en el hospital y no se pierdan detalle. Por ahora agarremos a este del Toyota a ver si de verdad es el teniente y le quiere mamar gallo a la muerte. Llámese al CTI y pida refuerzo para captura móvil, pero ya. Siquiera dos carros. Que salgan hacia la Avenida El Dorado. Hágale, Yepes.

Aceleraron. El Toyota se movía rápido.

—¿Avenida El Dorado? —dijo Laiseca.

—Tengo el presentimiento de que van a tomar esa vía. Que se paren por ahí y estén listos. Igual no quiero pararlos antes por si hay disparos. Mejor en esa avenida que hay menos circulación y gente.

—Listo, jefe.

Laiseca hizo las llamadas. Luego sacó de la parte trasera los chalecos antibalas.

—Póngase esto, jefe, por si la chumbimba arrecia. Esa gente es de gatillo flojo.

Todos, incluido Yepes, se los pusieron encima de las chaquetas. Luego Laiseca y Cayetano comprobaron armas. Tres pistolas Beretta, un subfusil Calico. Yepes llevaba debajo de la silla una vieja pistola Llama, que era su consentida. La sacó y la miró con cariño.

—Este pajarito hace rato que no canta —dijo—. Ya tiene ganas de hacer el pío pío.

La intuición del fiscal tomaba forma. El Toyota avanzó hasta la 26 y enfiló por la Avenida El Dorado en dirección al aeropuerto. Tomaron el carril central.

Laiseca le reportó posición a los agentes de refuerzo que ya debían estar en la avenida. Aceleraron. El Toyota subió la velocidad casi a cien kilómetros.

—Parece que ya se la pillaron —dijo Yepes—. El hombre acelera y después le baja.

Cruzaron la 68, luego la 80. Ahí se pasaron al carril derecho y más adelante tomaron el lateral para entrar a Engativá. En ese momento uno de los camperos del CTI los alcanzó. Laiseca les hizo señas para que se pusieran delante. El Toyota aceleró otra vez hasta la 63. Luego bordeó los hangares y las pistas del Puente Aéreo y las del aeropuerto internacional. ¿Para dónde iban? El campero, delante de ellos, intentaba pasarlo para hacerlo frenar, pero el Toyota era hábil y siempre lograba adelantarse.

—Es un berraco chofer —dijo Yepes.

—Ya me imagino para dónde van —dijo otra vez el fiscal—. Querrán cruzar el humedal hasta la calle 80 y salir de Bogotá por La Vega. Hay que pararlos antes de que se salgan del distrito.

Laiseca llamó al campero y les dio la orden: deténganlo apenas salgamos del barrio, por la zona del parque La Florida. Engativá era demasiado arremolinado para hacer el operativo: sector de clase media baja lleno de tiendas, mercaditos pequeños, puestos en los andenes, fritanguerías y gente callejeando en el rebusque. Una balacera ahí podía ser fatal.

El fiscal estaba muy concentrado en el seguimiento cuando sintió vibrar su teléfono. Miró la pantalla y se estremeció: «Ivonne Panamá». Era inoportuno pero debía responder.

—A ver, la reina del Istmo y del Canal, ¿qué es esta sorpresa tan buena?

—Mi James Bond preferido, ¿cómo va todo por allá?

—Bueno, acá sigo de cabeza con el mismo caso, que se ha vuelto una especie de bosque.

—Te llamo urgente, Edilson, tengo que contarte algo así no sea muy legal hacerlo.

—A ver, querida, ¿y qué será?

—Hace un rato vino a la oficina uno de los socios de la compañía por la que estabas averiguando, la NNT Investments. Pidió que transfiriéramos el 90% de los fondos a una cuenta de otra sociedad.

—Ah, carajo, ¿y qué socio?

—Juan Luis Gómez. Transfirió 450.000 dólares. En NNT dejó apenas el mínimo, que son 15.000 dólares. Estuve tentada de demorarle la transacción y llamarte, por si acaso, pero fue imposible porque estaba con otros dos socios y no pude desde la oficina. Ahora me salí al párking a llamarte.

—¡El profesor Gautama! Y una preguntica al aire: ¿sabemos el nombre de la sociedad a la que hizo la transferencia?

—Sí, MasAmazonía Investments. ¿Quieres que te consiga la información de titulares? No debería hacerlo, pero sé que es importante para ti.

—Muy importante, Ivonne. Usted es un verdadero ángel. Si me consigue los titulares de la otra sociedad y cualquier informe financiero me salva esta investigación.

—Cuenta con eso, mi querido agente 007 con licencia para dejarla a una matada. Me gusta colaborar clandestinamente con la justicia. Lo averiguo y te vuelvo a llamar.

Pasaron barrios que el fiscal conocía poco: Marandú, Mirador, Villa Teresita, San Lorenzo. Ahora iban por la calle 64, directo al humedal de Jaboque y el parque La Florida. El campero del CTI iba delante de ellos. El Toyota brincaba y salvaba obstáculos de un modo increíble. Jutsiñamuy no acabó de decidirse a pedir más cobertura de la policía. No se sabía cuántas personas iban en el Toyota, pero determinó que podrían neutralizarlos con lo que tenían.

Cuando se acabó el conglomerado urbano, pasado San Lorenzo, el Toyota dio un fuertísimo acelerón y el campero lo siguió a poquísimos metros. La camioneta del fiscal iba un poco más atrás. Al segundo intento de adelantarlo se abrió una de las ventanas traseras del Toyota. Un brazo sacó una mini Uzi y les hizo dos ráfagas a las ruedas. Sabían que el campero era blindado. Los del CTI abrieron fuego en marcha y, al llegar a uno de los puentes, las dos ruedas traseras del Toyota explotaron y el vehículo se precipitó hacia la cuneta derecha, chocando violentamente contra un poste de madera. A pesar del brutal impacto alguien ahí adentro seguía creyendo en algo, pues cuando el campero del CTI se acercó lo recibieron a bala. El carro del fiscal también se detuvo a unos metros. Laiseca y Cayetano se bajaron con sus armas listas y, agachados, se parapetaron detrás del blindado. Los del CTI redoblaron la balacera contra los restos del Toyota hasta que del baúl salió una llamarada. Era el final. Dos personas salieron con las manos en alto. Los agentes del CTI, por los altavoces, preguntaron si había alguien más en el Toyota. Dijeron que sí, alguien malherido.

—Sáquenlo —fue la orden de los agentes.

Los dos hombres se miraron y miraron el carro, quemándose por detrás. Dudaron: si esa vaina explotaba podría llevárselos por delante.

—¡Sáquenlo! —volvió a sonar el megáfono.

Se acercaron despacio, por delante. Uno de los hombres metió medio cuerpo dentro del carro y, del puesto del copiloto, sacó un cuerpo inerte, con la cabeza muy golpeada y sangrante. Luego ambos lo arrastraron hasta la carretera.

—¡Acuéstense en el suelo bocabajo con las manos en la espalda!

Los agentes se acercaron armas en mano y los esposaron. Laiseca, Cayetano y el fiscal también vinieron. El cuerpo tendido estaba ya sin signos vitales, con una enorme grieta en la frente repleta de cristales, masa encefálica y restos óseos. Al verlo de cerca reconocieron al teniente Patarroyo Tinjacá. Lo requisaron. Tenía una billetera con documentos falsos. Todo recién hecho. ¿Para dónde iba?

Los dos detenidos eran muchachos jóvenes. Mientras llegaban los apoyos legales para concretar el arresto y traslado al centro de detención, Jutsiñamuy se les acercó.

—¿Para dónde iban? —preguntó.

Los dos se miraron, confundidos. Asustados.

—Nos dijeron que lo lleváramos a Villeta, a la plaza central. Nada más. No sabemos nada más.

—¿Y quién los contrató?, ¿debían contactar a alguien en Villeta?, ¿sabían quién era esta persona?, ¿cuánto les pagaron? —dijo Laiseca.

Los tipos se quedaron en silencio, sin saber qué decir.

El fiscal les dijo, muy a su pesar, que tenían derecho a guardar silencio. Al final el Toyota no se incendió. El fuego bajó de intensidad y se apagó, no debía tener mucha gasolina. ¿Hasta dónde pensaban llegar así, pendejos? «Íbamos a tanquear en El Rosal», dijo el chofer. Cayetano fue a mirar dentro del carro y vio un celular tirado en la parte de atrás. Lo trajo y se lo entregó a Laiseca. Los detenidos lo vieron, con preocupación.

—Acá debe haber mucha cosa interesante —dijo Laiseca—. ¿De quién es?

—Es el mío —dijo uno de los dos.

—¿Y el suyo? —le preguntó al otro.

—No tengo.

Laiseca miró las llamadas hechas y recibidas desde el día anterior. Había nueve a un tal Jimy. Marcó el número y al segundo oyeron sonar un timbre. Era la música de *El Chavo del Ocho*, provenía del pastizal, del otro lado de la cuneta. Cayetano pegó el salto y lo trajo.

—Se ve que tienen poca experiencia —dijo Cayetano—. Los celulares hay que tirarlos al agua para que no timbren y además se borren o se fundan. Ahí sí no los encuentra nadie.

Se los llevaron. Luego revisaron centímetro a centímetro el Toyota, pero aparte de una botella de Energy por la mitad y otra de Pony Malta vacía, no encontraron nada. El carro estaba a nombre del chofer detenido.

Una camioneta de Medicina Legal hizo el levantamiento del cuerpo del teniente.

—Hoy sí fue un día malo para este hombre —dijo el fiscal, mirándolo—. Por querer mamarle gallo a la muerte se acabó muriendo dos veces.

—Habrá que ver quién es el dueño del otro cuerpo y cómo fue eso del paro cardiaco—dijo Laiseca—. ¿Lo buscaron con rasgos parecidos y lo mataron? Ahí tenemos otro temita, jefe.

Subieron a la camioneta y emprendieron el regreso a la Fiscalía. Laiseca llamó a la agente Karen, del Hospital Militar.

—Sí, murió de un paro cardiaco —confirmó Karen—. Ya está el cuerpo en la morgue.

—¿Y le tomaron las huellas?

—Hay un registro de huellas, jefe. Sí.

Bajó el teléfono y le contó todo al fiscal.

—No pueden ser las mismas huellas —dijo Jutsiñamuy—, hágase el trámite para que le lleven ese cuerpo a Piedrahíta en Medicina Legal. Como es un militar hay que pasar por la brigada donde estaba. Si les ponen impedimentos, que me llamen.

—Listo, jefe. Así Piedrahíta puede compararlos.

Laiseca llamó a su oficina y dio todos los datos.

Al llegar, el fiscal Jutsiñamuy se preparó una tisana. Estaba agitado y no era para menos. Cerró la puerta con llave, se quitó los zapatos y fue a recostarse al sofá. Puso los pies contra la pared, arriba. Siete minutos. Los granitos de arena, sus mejores amigos, fueron pasando de un recipiente a otro. Mente en blanco. Ojos navegando entrecerrados. Hacia el minuto tres estuvo a punto de quedarse dormido, tal era la placidez. Las balaceras y los cadáveres lo intranquilizaban, le dejaban un mal sabor de boca, un dolorcito en el estómago. Y era normal. Nadie debía acostumbrarse a esas vainas. El reloj de arena le marcó el tiempo. Listos. Bajó los pies y se puso horizontal. ¿Cinco minutos de siesta laboral autorizada? Cerró los ojos. Una deliciosa sensación se lo fue llevando. Temperaturas, formas, rombos de colores, neblinas grisáceas. Estiramiento, liviandad, caída...

Una vibración lo devolvió de un salto a la vigilia.

El celular. «Ivonne Panamá».

—¿Aló, querida amiga?

—Mi súper 007, te tengo varias cosas que te van a servir. Atorníllate al sillón. La sociedad MasAmazonía Investment está a nombre de él mismo, Juan Luis Gómez, y de una tal Samantha Arrington, de nacionalidad norteamericana. Pero esa sociedad se creó hace apenas dos meses, y te tengo más. Estuve mirando sus estados de cuenta y sólo ha hecho dos transacciones. El traslado de fondos de hoy, de 450.000 dólares, y otro de hace un mes y medio, de un millón de dólares, que le hace una sociedad llamada ChicamochaHH.

—Y para hacer un traslado, ¿tiene que ir hasta allá? —preguntó el fiscal—. ¿No podía hacerlo on line?

—No, corazón, los estatutos de la sociedad lo obligan a firmar presencialmente. Él y el otro socio, Melinger, eran los únicos que podían hacer transferencias de fondos.

Jutsiñamuy agarró su libreta y comenzó a tomar notas. La abogada siguió diciendo:

—Pero como yo me conozco a mi súper 007, no me quedé ahí y fui a ver qué era eso de ChicamochaHH, y bueno, ahí empezó un baile de máscaras y fachadas.

—¿Fachadas? ¿Máscaras? —dijo Jutsiñamuy—, ¿y cómo se puede saber eso?

—Yo trabajo aquí hace como veinte años, Edilson. Sé reconocer estas cosas porque a veces nosotros mismos las hacemos. A estas operaciones financieras yo les digo burkas, porque son velos para que nunca se les vea la cara a los que están detrás. Mira, en la conformación societaria de ChicamochaHH hay tres sociedades menores, colombianas, que se registran como gestoras de fideicomisos de fundaciones de carácter humanitario y que trabajan con «niñez desamparada», «víctimas de violación y delitos sexuales» y «asistencia espiritual a parientes de desaparecidos». Eso les permite recibir donaciones anónimas y hacer ingresos en efectivo, así que imagínate. Si yo fuera Alí Babá y tuviera que legalizarles las cuentas a los cuarenta ladrones, haría algo parecido.

El fiscal se quedó mirando sus propias notas.

—¿Y no hay nada fuera de lo común, algo que nos permita trazar un camino?

—Hay algo que me llamó la atención, y es que justo cinco días antes de que ChicamochaHH girara el millón de dólares a MasAmazonía, recibió tres aportes «humanitarios», dos de 400.000 dólares y uno de 200.000, que entraron a lo largo de 48 horas. Mismo origen. Qué casualidad que coincida, ¿no? Vienen de una iglesia cristiana de Montería registrada como Iglesia Rey de los Cielos. En la transacción se informa que es un aporte «para la niñez desamparada».

¿Rey de los Cielos?

—Amiga, con estos datos ya me puso a trabajar, pero qué interesante y qué maravilla que colaboremos —dijo el fiscal.

—Es lo poco que he podido saber, nada más —dijo la doctora Kardonski—. Eso sí: ojalá esto sea tan grave que te toque salir volado al aeropuerto y venirte a Panamá esta misma noche. Voy a preparar langostinos en vino blanco.

—Ay, amiga querida, los langostinos serían motivo suficiente. Apenas concluya este caso y caigan los malos, salgo en el primer avión.

Colgó pensando si debía llamar a su colega panameño Aborigen Cooper para pedirle que no dejara salir del país al profesor Gautama. El problema es que no había cometido ningún delito específico. Podrían considerarlo «persona informada» y retenerlo por eso. ¿A cambio de qué recibió un millón de dólares? La plata no la andan regalando por ahí. Podría ser casualidad, claro. Alguien que piense que Latinoamérica debería volver al chamanismo y a las tradiciones ancestrales. Él, de la etnia huitoto, con la sangre selvática en sus venas, lo dudaría mucho. Hay que hacer una síntesis y aprender del saber ancestral, sí. Pero volver a esa forma de vida, existiendo esta otra, no es viable. El 90% de la gente que vive acá y nació acá ni siquiera conoce esas tradiciones.

Un millón de melones. ¿Qué habrá hecho? Si la transacción fue a través de una iglesia cristiana difícilmente sea un admirador del saber ancestral.

Marcó el número de Aborigen Cooper.

—Mi estimado colega Jussiñamú —dijo el fiscal panameño con tal vozarrón que Jutsiñamuy tuvo que alejar el teléfono—, justo hace un rato me estaba preguntando acá en la oficina qué sería de usted y de su investigación.

—Aquí voy, muy bien encaminado —dijo Jutsiñamuy—, lo llamo para comentarle algo.

—Dígame para qué soy bueno.

—Tengo a una persona allá en Panamá que no ha cometido ningún delito, según creo, pero que está haciendo unas transacciones un poco raras, pasando platas de una cuenta a otra y vainas así. Mi equipo lo está investigando en relación con el caso que ya sabemos, pero nos gustaría tenerlo ubicado para hacerle unas cuantas preguntas. Ese hombre debió llegar hace un par de días, máximo, y seguramente saldrá pronto. El favor, colega querido, es que cuando el hombre se presente en el aeropuerto me avise y me lo tenga un momentico en observación. No es por ahora nada grave, como le digo. Sólo un control.

—Pero claro, mi estimado. Faltaría más —dijo Cooper—. Mándeme ya mismo los datos y una cartica con su firma solicitando la revisión de esa persona y listo. Pero incluso si sabe dónde está ahora, mando a alguien a que le eche un vistazo.

—Muchas gracias, colega —dijo Jutsiñamuy—. Por ahora no vale la pena molestar y no tengo idea de dónde esté alojado. Seguramente algún hotel.

—Si está en un hotel, apenas me mande el dato se lo rastreo en dos patadas.

—Sólo observación, querido Cooper. Ya mismo le mando todo.

Llamó a su secretaria e hicieron la carta.

4

Al fin, tras varios días, Amaranta Luna contestó a su mensaje. «Estoy vuelta mierda y confundida, no puedo ni respirar, nena. Todo es terrible. Estoy down. ¿Hablamos o qué?».

Julieta decidió tomar el riesgo de llamarla. Tenía que saber qué le había pasado. Marcó el número y le contestó al segundo timbre. Tenía la voz cavernosa, como si estuviera en un hospital psiquiátrico.

—Cuéntame todo, ¿dónde diablos estás?

—Acá, en Bogotá, hecha una puta mierda, nena.

Amaranta Luna le fue contando, entre sollozos, lo que había vivido en esos días.

La noche del intento de asesinato ella y el profesor se escaparon por la claraboya del patio de ropas, desde donde se podía subir al techo y pasarse a la terraza comunal del edificio vecino.

Salieron por ahí y se volaron.

Fueron a un hotel en la Avenida Suba y se quedaron dos noches. Luego a otro en Chapinero y uno en La Candelaria, prácticamente sin salir de los cuartos. Ella ni se pudo cambiar. A veces él salía, decía que tenía que hacer cosas, y al volver le traía ropa nueva. Cosas baratas, de almacenes Only. No podían llamar la atención. Se sintió como secuestrada, todo era muy raro, ¿por qué no podían ir a la policía, como todo el mundo, y denunciar que habían intentado matarlos? El profesor le decía que aún no era el momento, que era peligroso.

Al final fueron a esconderse a un motel cerca del aeropuerto, los Amoblados El Dorado. Gautama Neftalí dijo que al otro día se irían de viaje, pero ella dijo que debía volver a su casa para sacar algunas cosas. ¡No podía dejar todo tirado! Él en cambio, al salir, agarró un morral y se lo puso en la espalda. Tenía todo listo.

Pasaron la noche en ese motel.

Luego Amaranta se lanzó en una larga diatriba.

«Pichamos bastísimo, por delante y por Detroit, a lo mejor fue el peligro que habíamos pasado, no sé, ese man parecía que tuviera una central nuclear rusa en las pelotas, mezcla de Kunta Kinte con burro emparolado, me dio tranca hasta que me hizo doler y casi me raja por la mitad, nena. Pedimos aguardiente y perico para calmar los nervios. Dijo que al otro día nos iríamos. Le dije que teníamos que ver qué te había pasado a ti, pero se opuso, era peligroso, había que irse de una. Averiguaríamos después. Así acabamos la noche, pero al otro día, al abrir el ojo, no lo vi en la cama. ¿Qué horas serían? Mierda, las nueve ya. Fui al baño y nada. Abrí la puerta y revisé el corredor, pero en esos chochales no se ve nunca a nadie. Llamé a la recepción y pregunté. La persona que estaba aquí conmigo, ¿habrá salido? Ya se fue, señorita, hace como dos horas. Dijo que usted iba a seguir durmiendo un rato, ¿va a pagar ya?, ¿le mando la cuenta? El man me dejó tirada y ni siquiera pagó. No podía ser. Algo le pasó. Encima no tenía efectivo, de milagro encontré mi tarjeta débito y tenían datáfono. Me pidieron un taxi. Bajé a la recepción y esperé ahí. En esas vino una señorita a decir que se nos había quedado algo en la pieza y me entregó un teléfono. Estaba encendido, pero no era el de Lobsang. Nunca había visto ese celular y le dije que no, que no era nuestro, pero la mujer de la limpieza insistió en que sí, estaba caído en el baño al pie del sanitario, eso pasaba mucho, la gente iba a hacer del cuerpo y el celular se les escurría del bolsillo, cada ratico encontraban, así que lo agarré y como estaba encendido miré qué era, no estaba bloqueado, y nena, se me cayeron los ovarios al suelo cual huevos de vidrio, casi me les desmayo, vida hijueputa, resultó ser un segundo celular de Lobsang con otro número y otro WhatsApp, no el que yo tenía, y con el nombre de antes, Juan Luis, ¿cómo te parece?, entonces me subí al taxi y le di la dirección de la casa de mi mamá, porque me sentí hecha una mierda, y por el camino me fui mirando los mensajes y las fotos y, mejor dicho, me morí, el mundo explotó y se hizo trizas, sentí un ojivazo nuclear ni el hijueputa golpeándome en la cabeza y me quedé turulata, vida malparida, era él pero no era él, el hombre con el que quería tener un hijo, una vaina que... Ni sé cómo explicarlo. El Lobsang que yo conocía era otro, no este que estaba descubriendo en ese miserable taxi en mitad de un puto trancón por la Avenida El Dorado, ese man era un desconocido, un monstruo metido en el cuerpo de mi Lobsang, pero eran el mismo. Ese teléfono estaba lleno de fotos de unas hijas, ¡hijas!, y de paseos y mensajes de ellas mandándole las notas del colegio, y bueno, más vainas, una porquería, fotos con otras viejas mamándoselo y cosas horribles. Resultó que ese man tenía esposa y dos hijas todavía chiquitas en Estados Unidos, ¿ah?, y lo peor, esa misma mañana había estado chateando con ellas, les dijo que llegaba a la casa pasado mañana y que qué querían de regalitos, y a la mujer le escribió que le hacía falta su casa y dormir con ella y que ya tenía ganas de besarle el "huequito caliente", así le escribió el muy malparido después de pasarse la noche pichando conmigo, ¿entiendes eso?

»O sea, mal.

»Estoy putamente mal.

»Ese man era mi referencia, y ahora, ¿qué voy a hacer con mi vida? ¿Para dónde cojo? Todavía tengo ese celular y hasta le conseguí un cargador para que no se apague y lloro mirándolo, dentro de ese maldito aparato está la bomba que me partió la vida en dos; lo levanto y lo miro a contra-luz y lo odio, he estado a punto de tirarlo por la ventana, todo lo que tiene adentro me enloquece y al mismo tiempo no puedo dejar de buscar; hay tres cuentas con correos electrónicos paralelos que no le conocía llenos de cosas ra-ras y grabaciones de llamadas con manes ahí, no entiendo de qué putas hablan, y esas fotos con viejas, no, nena, es que si ves eso te vomitas, viejas que no somos ni la esposa ni yo, la güevona de la esposa es una gringa desabrida, quién sabe desde cuándo estará casado con ella, es como de cuarenta y pico, a las hijas les calculo unos trece y quince años... pienso que estoy por despertarme de esta pesadilla y me pellizco, pero nada, estoy mamada de beber guaro y de meter drogas, pero si las dejo el dolor es muy basto, una cuchillada, me volví loca, ya no sé si estoy rematadamente loca o qué, ¿me entiendes?, te voy a contar una maldad, pero es que no pude evitarlo, y fue que me tomé una foto íntima, mi *panosha* linda que era sólo de él y para él, y se la mandé a la esposa con el siguiente texto: "Mientras te llego al 'huequito húmedo' mira lo que me estuve comiendo en Bogotá, muy sabrosita también", y vi que se pusieron azu-les los dos chulitos, o sea que la pendeja lo alcanzó a ver y, claro, no contestó nada, mucha hijueputa yo, ella qué cul-pa tiene, el malparido ya le habrá dicho que le robaron el celular o que se le perdió, porque lo que más me duele es saber que una mentira sola, en la vida, no se puede soste-ner, no, debajo de cada malparida mentira devastadora hay una montaña de otras mentiras más chiquitas que la sostie-nen, la acunan, le abren el camino, y entonces me he pues-to a comparar los mensajes que Lobsang me mandaba de sus viajes, con fecha, y veo la coincidencia y me pillo que el man nunca estaba donde me decía, sino que volvía allá a su casa, con su esposita y sus hijas, un man de familia banal, como cualquier otro güevón, que le decía a su mujer que venía a Colombia por trabajo un par de semanas cada mes, y entonces el rollo del poliamor era una farsa, y yo, en lugar de su compañera, era más bien una moza, una zorrita para culear mientras él estaba "de viaje de trabajo", ay, nena, me voy a morir, la verdad es que esta vida es una malparida desgracia, no sé qué hacer, mi mamá me está cuidando con caldos y comida sana, pero yo quisiera morirme, y ni eso, porque creo que hasta después de muerta me va a seguir doliendo esta tusa tan berraca».

Amaranta, en su diatriba, parecía despertándose de una anestesia: repetía cosas, desvariaba. Julieta le contó su suerte de esa noche. El guardaespaldas había detenido al asesino y luego la llevaron a un sitio protegido. Prefirió no darle detalles.

—Y entonces, desde esa noche, ¿no volvió a comunicarse contigo? —dijo Julieta.

—No, y le he escrito mensajes y lo he llamado, pero nada. No responde. No tengo idea de dónde puede estar.

—Y cuando te dijo que se tenían que ir, ¿no te dijo a dónde?

—No, sólo decía «tenemos que irnos de aquí». Pero él sí estaba preparado, tenía un morral con sus documentos, su computador y algo mínimo de ropa. Yo en cambio no tenía ni mierda.

—¿Vas a quedarte en la casa de tu mamá un tiempo?

—Sí, nena, me siento incapaz de estar sola.

—Pues haces bien. Si la cosa se tranquiliza, paso a visitarte y nos tomamos un café.

Tras la charla se sentó frente a su cuaderno y escribió algunas notas. Algo la inquietaba. De acuerdo a la narración de Amaranta, el profesor Gautama tenía el morral preparado para irse. ¿Quiere decir que pensaba salir esa misma noche? Ellas llegaron por sorpresa, o sea que no pudo haberlo previsto. Sin embargo, recuerda que fue varias veces al cuarto. Podría haber sido ahí. Extraño.

Llamó al fiscal a contarle lo de Amaranta Luna.

—Julieta, ¿cómo se siente hoy? —la saludó con su acostumbrada amabilidad.

—Ya estoy muy bien, fiscal, con ganas de volver a meterle el diente a esta historia. Amaranta Luna me mandó un mensaje y hablé con ella. Está de muerte porque el profesor la dejó, imagínese, y entre medias vino a saber que el tipo tiene esposa y dos hijas en Estados Unidos.

—¿En serio? O sea que mucha filosofía ancestral y mucha sabiduría indígena, pero a la hora del té el tipo resultó un colombiano promedio. Bueno, yo también le tengo varios cuentos buenos, del profesor y sobre todo del teniente, el jefe de los soldados.

—No me diga que lo agarraron.

—Más que eso: el que lo agarró fue su propio destino, por decirlo así. En este momento el hombre está extendido en una cubeta de Medicina Legal.

—¿En serio? A ver, cuénteme el detalle.

Jutsiñamuy le contó la aventura del traslado médico del teniente, de cómo una sombra encapuchada saltó de ese transporte en la 53 con Caracas, donde fue recogido por un cómplice en un vehículo Toyota para dirigirse hacia el occidente de la capital, por la vía al aeropuerto, al tiempo que el otro traslado, ya sin él, llegaba al Hospital Militar con la noticia de que el teniente había fallecido en el camino por paro cardiaco, ¡y tenían ahí un cuerpo!, una verdadera sorpresa por parte de alguien que había salido esa mañana con crisis de cólico nefrítico, aunque no es improbable, valga la aclaración, que el altísimo pico de dolor pueda llevar a una falla del corazón, pero en fin, le contó cómo el seguimiento del Toyota se extendió por

Engativá y el humedal del parque La Florida, la persecución y el choque, los tiros y la detención del chofer y el copiloto, que resultaron tipos con poca experiencia, menos mal que no eran del ejército, así que ahora estaban investigándolos a ellos también para saber a dónde iban y quién los contrató.

—Pero la noticia más grande, Julieta, tiene que ver con el profesor Gautama —dijo el fiscal.

—Cuénteme.

Le habló de las transacciones en Panamá y de cómo su «informante» le había dado el detalle de las platas, el origen y las cantidades recibidas y giradas por la otra sociedad.

—Según me dicen, ese primer millón de dólares que le giraron podría venir de una iglesia cristiana de Montería, la Rey de los Cielos.

—Ah, carajo, esas iglesias nos persiguen, fiscal.

—Parece que sí.

—Me voy a poner a mirar por mi lado a ver qué hay con esa iglesia —dijo Julieta.

—Sí.

El fiscal marcó un silencio y al final le dijo:

—Esta historia está más enredada que bejuco de Tarzán, pero creo que el centro de todo es el profesor Gautama. Lo tengo entre ojos. Y más si usted me cuenta de su doble vida, con familia gringa a bordo. ¿Qué fue lo que hizo para que le pagaran tan bien? ¿A qué volvió a Colombia?

—Yo podría saber más cosas de él —dijo Julieta—, pero para eso necesito ir a hablar con Amaranta Luna. ¿Me deja salir con Cancino?

—Pero claro, Julieta —dijo el fiscal—. Con el teniente y los soldados encubetados o detenidos, creo que el peligro es mucho menor. Igual le meto el doble de escoltas.

—Bueno, voy a llamar a Amaranta Luna a decirle que iré a verla. La pobre está que se pega un tiro.

—Entonces córrale —dijo el fiscal.

Julieta se vistió para salir. Antes le pasó a Johana el dato: Iglesia Rey de los Cielos, de Montería. Debían saber todo de ese sitio: quién es el pastor y qué negocios tiene y con quién.

5

Laiseca y Jutsiñamuy entregaron a los equipos técnicos los dos celulares de los detenidos para que abrieran en un archivo la información de los registros de llamadas y mensajes.

—Es increíble las vueltas que da esta profesión —dijo Jutsiñamuy—, hoy por hoy ser detective consiste en lograr sacarle al bandido el celular del bolsillo. Y leer. Ahí está todo.

—Ni se imagina para los casos de divorcio —dijo Laiseca.

—Uff, menos mal que yo ya dejé eso atrás.

—Tampoco cante victoria —dijo Laiseca, mirándolo con sorna—. La colaboración colombo-panameña es cada vez más estrecha, ¿sí o no?

—Pues hoy realmente nos dio información clave, o sea que menos chascarrillo y más análisis.

Laiseca se cuadró e hizo el saludo militar.

—A sus órdenes, jefe.

Un rato después el pasante Castaño se les acercó.

—Fiscal, ya tengo los cruces de llamadas y mensajes de esos manes. Los estoy leyendo y hay cosas.

Se sentó y abrió su iPad. Había señalado dos llamadas en la lista. Se las mostró.

—Vea, esta es de hoy a las 7h41. Duró veintiséis minutos. Después hay otra a las 9h48, de tres minutos. Mi hipótesis es que la primera fue para explicar la vaina y contratar el trabajo, y la segunda para darle el dato exacto de dónde tenía que recoger el paquete.

—Bien, chino. Bien —dijo Jutsiñamuy—. Pero ahí lo berraco es saber quién los llamó.

El pasante abrió otra ventana.

—¿Se acuerdan de Wilmer Ricardo Basel, el hijo del senador? ¿Y del número de teléfono que habíamos bautizado como B?

Laiseca y el fiscal movieron la cabeza diciendo sí, afirmativo.

—Véalo. Es el mismo número. Es decir: el abogado del senador, Eliécer Gómez Merchán, o su empleado Nairol Trujillo Rebolledo.

El muchacho se recostó en el respaldar del sillón.

—O sea: a estos chichipatos los contrató el abogado esta misma mañana, por orden del senador, para llevarse al teniente lejos de Bogotá. El apestado, en este punto, era el teniente. ¿Sí pillan? Quién sabe qué pensaban hacer después con él. Yo creo, pero es mi opinión, que ese man no pasaba de esta tarde. A los testigos incómodos los agradece la tierra, por eso este país tiene helechos tan lindos. Adonde fueran a dejarlo le tenían ya montado el funeral, pero el hombre no llegó. Mejor dicho, ese teniente tenía hoy tres citas con la Pelona y no le cumplió sino una. Faltoncito el man, ¿no?

—¿Y las llamadas del senador? —dijo Jutsiñamuy.

—En la línea no hay nada, el hombre estuvo quieto —siguió diciendo el pasante—. No sé todavía cómo hace para contactar de urgencia a los abogados, pero a la larga eso ya es lo de menos. El vínculo ya lo tenemos.

—Lo que toca es saber por qué el senador está haciendo todo esto, de Melinger en adelante —dijo Laiseca.

—Y podérselo demostrar a un juez o a la Corte Suprema —dijo Jutsiñamuy—. El tipo tiene fuero.

El fiscal cerró los ojos un par de segundos. Dio dos golpecitos con el dedo sobre la mesa y dijo:

—A lo mejor ya es hora de hablar con él, de frente.

—¿Interrogarlo? —dijo Laiseca.

—Moverle un poco la canoa, a ver qué hace —dijo Jutsiñamuy.

—Acuérdese, jefe, que necesitamos autorización de algún fiscal delegado ante la Corte Suprema —dijo Laiseca—. Podemos llamar a Wilches Rodríguez. Es rápido.

—No sé si valga la pena hacer desde ahora algo tan explícito —dijo Jutsiñamuy—. Yo estaba pensando más bien en una charlita informal. Que el hombre sepa que está en la lista.

—Ah, bueno. ¿Que lo llamen? —dijo Laiseca.

El fiscal dijo que sí con la cabeza.

Diez minutos más tarde llegó la comunicación.

—Listo, jefe —dijo Laiseca—, por la línea 3.

Lo dejó esperar cinco segundos y descolgó.

—Senador, buenas tardes, casi noches. Me llamo Edilson Jutsiñamuy, fiscal, director de Investigaciones Especiales.

—Dígame, fiscal. ¿Cómo puedo ayudarlo?

—Es que estoy siguiendo un caso y tengo unas dudas que me gustaría comentarle.

—¿Estoy implicado en algo? —respondió el senador, alarmado.

—No, esta es una llamada informal —dijo el fiscal—. Eso sí, me gustaría hacerle unas preguntitas, si le parece bien, pero sin pasar por la parafernalia judicial.

—Pues depende de las preguntas, fiscal. ¿Tengo que ir con mi abogado?

—No, hombre. No va a ser necesario, entre otras cosas porque una de las curiosidades que me asalta tiene que ver precisamente con sus abogados: Eliécer Gómez Merchán y Nairol Trujillo Rebolledo.

Hubo un silencio en la línea.

—Dígame dónde y a qué horas —dijo el senador.

—Si le queda bien, acá en el Crepes & Waffles, frente a la Fiscalía.

—Ahí nos vemos —dijo Basel—, ¿en media hora?

Colgaron.

El fiscal miró a Laiseca y al pasante.

—Bueno, ya está listo. Vamos a ver qué tan grande resulta ser. Mientras tanto, Laiseca, y por las dudas, váyase llamando a Wilches Rodríguez y le cuenta lo que estamos haciendo. Para interrogarlo y para oírlo.

6

La dirección que le dio Amaranta Luna resultó ser de una casa en el barrio Santa Bárbara, encajonada entre el cerro y Usaquén. Esas mansiones solariegas de antejardines inmensos y jardines privados diseñadas para las familias ricas de antes, con muchos hijos y necesidad de espacio vital. Timbró algo cohibida —a pesar de ser ella misma de un origen situado en la clase media alta bogotana, esos espacios tan exclusivos siempre la hicieron sentir como mosco en leche— y esperó afuera, con dos guardias al lado. Cancino y otros tres guardaespaldas parquearon las camionetas al frente.

Al fin una empleada de uniforme abrió la puerta y la hizo seguir a un salón intermedio.

—¿Viene a ver a la niña Elvirita? Ya la anuncio.

¿Elvirita? En ese momento Julieta recordó que Amaranta Luna era el nombre al que había cambiado. Así que se llamaba Elvira... Otra mujer mayor, muy elegante, llegó a saludarla al vestíbulo.

—Mil gracias por venir a ver a Elvira, soy la mamá.

Se saludaron. La mujer tenía un gesto preocupado.

—Yo sé que ella la aprecia y que usted es una periodista profesional, una valiente. Ella me contó todo. Le agradezco que sea amiga de mi hija. Elvirita tiene la mente poseída por esos tipejos raros con los que anda, ay, y ahora la pobre está que se muere porque uno de esos la dejó. Yo sí le confieso que estoy feliz de que ese pisco se haya largado, a ver si vuelve a ser la que era y se pone a hacer algo provechoso. Usted es la primera amiga que le conozco que me parece una persona normal y decente, no se imagina lo que esa muchachita ha traído a esta casa...

Avanzaron por un corredor en L que bordeaba un jardín interior, con árboles y un minilago. Al llegar a la puerta del cuarto la mamá le habló al oído a Julieta:

—No le vaya a decir nada de lo que le dije, por favor.

Luego golpeó con los nudillos y dijo, «Elvirita, llegó tu amiga».

La habitación de Amaranta Luna era el prototipo de esos cuartos de niñas ricas que había conocido hacía mil años: un ventanal hasta el techo que da a un apacible jardín, una cama empotrada en el rincón hecha en madera de cerezo, un clóset de pared a pared repleto a reventar, una mesa y un televisor, estanterías para libros y portarretratos.

Estaba sentada en el tapete, en piyama. Tenía el pelo revuelto y grasoso, y unas tremendas ojeras. Se ve que no pasaba por la ducha hacía días.

—Qué chévere que hayas venido, nena. Ya estoy mamada del sirirí de mi mamá y de la carita de tragedia de la muchacha. Ayer vinieron mis hermanos y me encerré con llave. Qué partida de güevones. En fin, no me he muerto y aquí estoy.

Se levantó y le dio un abrazo a Julieta. Al hacerlo la apretó y se echó a llorar como una adolescente.

—¿Sigues sin tener noticias? —dijo Julieta.

—Nada.

Julieta sabía que estaba en Panamá, pero no le pareció sano contárselo. La empleada abrió la puerta y les dejó una bandeja con café, vasos de agua y pedazos de torta. Julieta se sentó al lado de Amaranta y esta empezó de nuevo con su diatriba:

—¿Te parece normal ser uno tan hijueputa? Es que no sé, a lo mejor soy yo la que está equivocada, marica, un man así, tan chévere, tan progre, que representa vainas importantes y delicadas, que hay que defender, ¿me explico? Un tipo así, ¿cómo puede comportarse igual que un ñero malparido o que un gomelo? No se puede entender, ¡íbamos a tener un hijo y resulta que ya tiene señora y dos hijas! Malparido. El «huequito caliente» de la esposa... Cuando leí eso casi me muero, una cucha de cuarenta y pico, una *milf* cuchibarbie bastante reventada, claro, y como él sabía que se iba a largar, no hizo sino comerme toda la noche, y luego los chats de por la mañana con sus hijas, a lo mejor por eso fue que el celular se le quedó en el baño, se escondió ahí para chatear y se le cayó del bolsillo, malparido, es que mira, mira esto...

Sacó el celular y empezó a hacer rodar fotos, mensajes.

—Mira, el muy hijueputa tiene dos cuentas de WhatsApp en el mismo teléfono, ¿tú sabías que eso se podía? Mira, mira.

Más mensajes, pero lo que Julieta vio fue el nombre. *JLG 1* y *JLG 2*. Amaranta lloraba y se iba apagando, luego volvía a subir el nivel, manoteaba con el teléfono en la mano.

—Déjamelo ver —le dijo Julieta.

Ella se lo entregó y se puso a llorar.

—Mira este asco, ahí hay de todo.

Julieta miró la pantalla, pero más que la galería de fotos se interesó por los WhatsApp de los días anteriores. No estaban borrados. Ahí estaban los de las hijas, pero fue más atrás. Un corresponsal se repetía: *Patriot*, con una foto de la bandera de Colombia. El último chat correspondía al día que se fue:

Patriot: «Ya listo mañana temprano, lo pilla en el aeropuerto. Copa, 7:15 a.m.».

JLG 2: «Ok».

537

En las horas anteriores había muchos mensajes llenos de signos de interrogación y pocas palabras. *Patriot* le escribe constantemente: «¿Dónde?», y *JLG 2* le manda ubicación.

—¿Sí vio esa porquería de fotos, nena? No hay derecho a ser tan hijueputa —le dijo Amaranta Luna, incorporándose.

Julieta debió dejar la búsqueda, pero de pronto tuvo una idea y más bien se lo mostró en la pantalla.

—Mira este WhatsApp tan raro, *JLG 2*, ¿tú le conociste eso?

Amaranta Luna trató de concentrarse.

—No, es que todo lo que está saliendo de este teléfono es nuevo para mí. Como si fuera un monstruo que se devoró al Lobsang que yo amaba. Como en esas películas de los extraterrestres malos que se meten en el cuerpo de la gente, ¿sabes?

—Mira, ven —dijo Julieta—, miremos si la noche en que estuvimos en tu casa él mandó algún mensaje, porque tú dices que él estaba como preparado para irse, ¿no?

Amaranta se incorporó como un resorte y agarró el celular.

—Uy, sí, ven y buscamos.

Pasó hacia atrás hasta que encontró el día y la hora. Julieta vio que había un chat con *Patriot*. A Amaranta no le llamó la atención y lo pasó, pero ella le dijo:

—Espera, déjame ver este un momento. Es preciso la hora en que pasó todo.

Amaranta lo revisó, había siete intervenciones de diálogo. Una era un mensaje de voz de *JLG 2*. Sin pensarlo ni un segundo le dio play y tembló al reconocer la voz del profesor. Julieta también tembló al oír lo que decía: «La periodista está aquí, güevón, acaba de llegar con Amaranta. Manden a alguien rápido. Yo la retengo. Me confirma».

Julieta y Amaranta se miraron, incrédulas.

¿El profesor Gautama Neftalí, el amado Lobsang de Amaranta, había hecho venir a los sicarios hasta su casa?

Eso quería decir que...

—No puedo creerlo —dijo Amaranta Luna—, espera, debe haber algo más que no entendemos.

Agarró el teléfono con furia. Empezó a hacer rodar los mensajes de nuevo, arriba y abajo. Julieta comprendió que así no llegarían a ningún lado.

—Espera, déjame a mí —le dijo, con afecto—. Tú estás demasiado vuelta mierda y es normal. Espera un segundo y miramos con calma. Seguro que vamos a encontrar una explicación, porque esto es gravísimo.

Amaranta Luna le entregó el teléfono a Julieta, agarró un bolso y sacó un sobre. Se armó un par de rayas encima de la pantalla del celular y se las metió estruendosamente. Luego se sirvió medio vaso de aguardiente Néctar sin azúcar y se lo tomó fondo blanco.

—Sé que tengo que dejar esta mierda —dijo—, pero hoy no es el día.

—Has pasado por cosas horribles. Trata de relajarte.

—Es que... No, nena, pensar que Lobsang llamó a los asesinos, me supera...

—Por eso tenemos que saber quién es *Patriot* y qué relación tuvo el profesor con él.

Amaranta se echó a llorar, recostándose hacia un lado. Julieta agarró el teléfono. Todo parecía muy claro, pero debía haber más. Miró otras comunicaciones con *Patriot*. Había muchas, pero habría que analizarlas con calma. La mayoría, así a rápida vista, eran confirmaciones de cosas, pulgares levantados, frases breves: «Listo, ya salió, ¿recibido?, mañana por tarde, no, sí, de pronto sí...». Era difícil entender sin remontarse a las primeras comunicaciones. Pensó en un modo de llevarse ese teléfono, pero Amaranta no se lo permitiría. Ahí estaba todo su dolor y, absurdamente, su esperanza. La esperanza de que las cosas no fueran como claramente eran. Podía entenderla. Semejante sumisión psicológica hacia alguien mayor, a quien se admiraba y amaba, era frecuente en jovencitas que lo tenían todo. Ella misma vivió eso alguna vez y pagó su diezmo. ¿Cómo podía juzgar a Amaranta? Recordó su terrible vasallaje ante C., un amigo de su padre con el que se enrolló clandestinamente (pues era casado) sólo para rebelarse a la autoridad paterna. Hizo cosas ridículas respondiendo a esa sujeción. Le daba vergüenza recordar *ese* episodio, el más estrambótico de su vida: el día de su matrimonio con Joaquín, vestida de novia y durante la fiesta después de la iglesia, encontró el modo de encerrarse en un baño con C. y hacerle una mamada rápida, una especie de tributo autoimpuesto para obtener la libertad. Salió justo cuando Joaquín la buscaba para un brindis familiar que le permitió, con un sorbo de champaña, quitarse el sabor de la boca.

Debía pensar algo para llevarse ese teléfono. Además de la información de los WhatsApp, había tres cuentas de correo electrónico gmail. Debía moverse rápido. Amaranta Luna seguía llorando, de vez en cuando daba un puño al aire y decía «no puede ser, no puede ser». Julieta siguió leyendo, procurando concentrarse para recordar, anotando mentalmente fechas y buscando coincidencias. Fue tal su abstracción durante unos minutos que no se dio cuenta de que Amaranta Luna se había recostado hacia un lado, sobre una de las almohadas de la cama, y se quedó profundamente dormida. Un suave ronquido y una baba espesa salían de su boca. Le puso la mano en el pecho y vio que respiraba con placidez. ¿Cuánto llevaría sin descansar, a punta de aguardiente y perico? Seguramente muchas horas. Ahora, con ella, se sintió acompañada y dejó de luchar contra el sueño y el cansancio. La acomodó lo mejor que pudo. Agarró cobijas y el cubrelecho y la acunó sobre la alfombra, usando otras almohadas y cojines. Apagó la luz y salió al corredor. La madre y la empleada estaban en el comedor.

—Se quedó profunda —dijo Julieta—, yo creo que vale la pena que descanse lo más posible. Estaba muy nerviosa pero ya se calmó un poco. Si pregunta por mí, díganle que vendré mañana a verla, o que me escriba, pero yo creo que va a dormir seguido muchas horas. El sueño es la mejor terapia.

La mamá se levantó y le dio un abrazo.

—Muchas gracias, de verdad. Usted es una persona buena y una verdadera amiga. No se preocupe que yo le digo apenas abra el ojo, pero conociéndola, eso no va a ser hasta mañana. Ojalá.

Julieta salió a la calle. Cancino y los demás agentes se pusieron en acción. Se acomodó en el asiento trasero de la camioneta y soltó una exhalación.

—¿Al Tequendama, Julieta? —dijo Cancino.

—Sí, de una.

7

Le gustaba llegar antes a las citas difíciles. Eso le permitía elegir mesa y el puesto más cómodo. Ordenó un té y esperó. Prefirió bajar solo, pues, para él, quedó entendido que la charla era solamente entre los dos. ¿Vendría con alguien más? Sacó su celular y lo buscó en Google, sólo para ver su foto y reconocerlo fácilmente. Era un hombre de unos ¿sesenta cortos? Pelo cano, aspecto corpulento, grueso, cara expansiva y cuello ancho. A la hora en punto no llegó, lo que empezó a marcar en la consideración negativa de Jutsiñamuy. Impuntual. Tomó nota. Pasaron cinco minutos. Iba llegando a los diez cuando lo vio entrar, solo, mirando a un lado y otro. Le hizo señas y vino. Tenía un maletín en la mano.

—Mi restaurante favorito, fiscal, mucho gusto —dijo el senador Basel—. Todo el mundo encuentra en la carta algo que le gusta.

—Ese es el concepto, y en esta sucursal todavía más: para darle gusto a tanto empleado de la Fiscalía tiene que ser muy variado.

Vino un mesero. El senador pidió una cerveza Águila.

—Me tiene preocupado, fiscal, cuénteme qué es lo que pasa con mis abogados.

—Esta conversación no tiene ninguna trascendencia legal, señor senador, eso quiero que lo sepa. Si necesitara interrogarlo formalmente esto habría sido muy distinto.

—Lo sé, fiscal. Y le agradezco esta opción, que ahorra tiempo y funciones. Pero dígame, me tiene en ascuas.

—Voy a empezar por el principio: esta mañana, hacia las diez, se transfirió de la brigada de Puente Aranda hacia el Hospital Militar al teniente Hamilton Patarroyo Tinjacá. Sufría de cólico nefrítico y necesitaba atención urgente. Pero durante el traslado pasó algo muy extraño. Exactamente en la calle 53 con Caracas un hombre encapuchado se bajó de ese transporte oficial y se perdió entre los carros. El transporte especial siguió y, al llegar al Hospital Militar, se determinó que el teniente había llegado sin signos vitales, pues había sufrido un paro cardiaco.

—No joda, ¿durante el traslado?

—Exacto.

—¿Y entonces? —preguntó el senador, apretándose con dos dedos el labio inferior.

—Lo llevaron a reanimación un rato, pero nada. El hombre devolvió cédula.

—Ah, carajo.

—El problema, senador, es que el encapuchado que se bajó en la 53 con Caracas, y que esperó un rato en una panadería, resultó ser también el teniente Patarroyo. Pasados unos minutos apareció un carrito Toyota de vidrios polarizados y lo recogió. Se lo llevaron por la vía de El Dorado y luego hacia Engativá. Unos agentes le hicieron el pare, pero no hizo caso. Cuando se le hizo el seguimiento para ser detenido el carrito chocó contra un poste. Un golpe ni el berraco. Y zuas. ¿Quién murió del chichazo? El teniente Hamilton Patarroyo Tinjacá. O sea que, para hacérsela corta: el hombre murió dos veces hoy. ¿Sí ve el problema?

El senador siguió con su labio y rascándose la barbilla. No era tal vez muy consciente, pero percibía un extraño juego en torno a él.

—¿Y yo qué tengo que ver con todo eso, fiscal?

—Sus abogados contrataron a los choferes que recogieron al teniente en la calle 53 con Caracas.

Se lo soltó en seco y lo miró a los ojos.

—¿Sí ve el problemita?

El senador adoptó un gesto de dureza y dijo:

—No me ha contestado a mi pregunta, fiscal. ¿Yo qué tengo que ver con todo eso?

Jutsiñamuy le sostuvo la mirada sin parpadear.

—Le propongo algo, senador, ya que es tarde y ambos estamos cansados. Saltémonos esa parte en la que usted me dice «no conozco a ese teniente, nunca he oído ese nombre en mi vida». Si lo busqué y estamos aquí es porque sé que sí. Allá en la Fiscalía, en una de esas ventanas, hay un equipo de profesionales trabajando para entender esta historia. Lo que creo, senador, es que usted le dio orden a sus abogados de que sacaran al teniente de Bogotá. Lo que no sé es dónde pensaba ocultarlo ni qué iba a hacer con él.

El senador siguió apretándose el labio, pero no dijo nada. Unas gotas de sudor le brotaron en la frente.

—¿Qué quiere? —dijo.

—La verdad, entender por qué las cosas llegaron a este punto.

—¿Me va a imputar cargos?, ¿y de qué?, si puede saberse.

—No se adelante tanto, senador. Estoy aquí en misión de diplomacia, no de guerra.

—Por eso mismo le estoy preguntando, fiscal, ¿qué quiere de mí?, ¿hay algo que yo pueda darle?

El fiscal volvió a clavar sus metafóricas garras felinas en el lomo del senador.

—Sí, cuénteme una cosa: ¿en qué circunstancias conoció a Juan Luis Gómez, alias profesor Gautama Neftalí?

El senador Ciriaco Basel empezó a mirar con nerviosismo hacia los lados. Incluso se agachó en un segundo con la idea de mirar debajo de la mesa, algo que no logró hacer impedido por su barriga. ¿Pensó que lo escuchaban con un micrófono? Era posible.

—Usted está jugando conmigo, fiscal, pero yo ya he tratado a muchos como usted, los conozco, son trompos que hago bailar en la mano. No joda...

El fiscal, frío e impasible, siguió mirándolo a los ojos, como si no lo hubiera oído.

—¿Llamó esta mañana a sus abogados desde el teléfono de su hijo? ¿Qué pensaba hacer con el teniente Patarroyo?

El senador se levantó de la mesa, ofuscado.

—Usted está sobrepasando el límite de la ley al mencionar a mi hijo y decir esas cosas. Doy por terminada esta charla y le pido que se mantenga lejos de mi familia, ¿ajá? Sólo le pido que respete mis derechos y mis fueros, y también mi presunción de inocencia.

El fiscal también se levantó.

—Lo importante, senador, es el punto de vista —dijo Jutsiñamuy—. ¿Tuvo usted en cuenta los derechos de Carlos Melinger? ¿Creyó en la presunción de inocencia del escritor Santiago Gamboa? No le digo adiós, senador, porque nos veremos muy pronto.

—Claro que sí, pero le recuerdo que, le guste o no, soy un senador de la república. No le queda bien a un fiscal amenazar de esa manera a un aforado.

—No es una amenaza, senador —dijo Jutsiñamuy—. Es más bien una promesa.

—Esta es sólo la primer movida —dijo Basel, amenazante—. No veo la hora de continuar la partida.

Ciriaco Basel se dio vuelta y caminó con rapidez entre las mesas hacia la puerta.

Cuando Jutsiñamuy volvió a su camioneta, le preguntó a Yepes:

—¿Qué hizo el tipo al salir?

—Caminó de carrerita y después de subirse a la camioneta cerró de un portazo. Ese man salió muy bravo, ¿qué le dijo, jefe?

—Secretos profesionales —dijo Jutsiñamuy—. Lléveme donde Piedrahíta.

Su amigo forense lo recibió directamente en la sala de las autopsias. En mesas paralelas estaban tendidos los dos cuerpos del teniente Hamilton Patarroyo Tinjacá.

—Cómo le parece este bollo, ¿ah? —le dijo Jutsiñamuy, casi a modo de saludo.

—Bueno, tener doble personalidad y trastornos psicóticos es una cosa, ¿pero tener doble cuerpo...? —dijo Piedrahíta.

Jutsiñamuy los miró de cerca. A pesar de la violenta magulladura con orificio en la frente, era obvio que el teniente Patarroyo era ese. El otro se parecía en tamaño del cuerpo y aspecto general, pero no era el mismo.

—Matar al doble para quedar libre y empezar una nueva vida —siguió diciendo el fiscal—, ¿no era eso lo que hacían algunos bandidos famosos? Todavía se dice que Hitler no murió en el búnker y que Carlos Castaño está vivo.

El forense hizo una sonrisa macabra.

—Nada como una buena muerte para salir de problemas —dijo—, pero veamos: el teniente tenía cuarenta y ocho años, y este otro cuerpo parece un poco más joven. En la primera inspección no le encontramos problemas de historial médico. Claro que cuando lo trajeron ya la sangre no le circulaba, pero no tenía señales de hipertensión ni cosa parecida. No es obeso, no tiene diabetes. Es más bien atlético.

—¿Y entonces? ¿Cómo le puede dar un paro cardiaco a alguien así?

—Estamos analizando en laboratorio algunos tejidos del estómago. La hipótesis es cianuro, fiscal. Eso le bloquea el oxígeno a las células, el man se pone rojo porque las arterias se secan, la cadena golpea el corazón y bum, adiós dolores.

—Ah, pero claro. Acuérdese de ese otro caso. Cianuro disuelto en agua.

—Exactamente.

—¿Y el reconocimiento por huella dactilar?

—Ya mandé a que lo buscaran, a ver si el hombre aparece. Tengo a Ramiro «el sabueso» Zipacón encima de esa vaina. Ese nos lo descubre en par patadas, fue el que encontró la identidad de los huesos de La Calera.

El fiscal rodeó una vez más los cadáveres.

—La mente del bandido siempre será para mí un misterio: ¿cómo pudieron pensar que podrían hacer pasar este cuerpo por el del teniente sin más? —dijo—, ¿creyeron que nadie iba a comprobar la identidad?

—Cuando la muerte es tan obvia —dijo Piedrahíta— y no hay rastros de delito, nadie hace mayores controles. Se firma el certificado de defunción y chaolín. Acuérdese que acá los muertos hacen cola.

—Bueno, eso es cierto —dijo Jutsiñamuy—. Qué mandadera de gente al berraco infierno la de este país.

—O al cielo, aunque más poquitos. No sé cómo será eso allá arriba, ¿será que después de muerto uno sigue siendo colombiano o ya se acabará esta vaina?

—Pues puede que se acabe, habría que investigarlo —dijo Jutsiñamuy—. El problema es que no hay a quién interrogar.

—Sí, eso es verdad —dijo Piedrahíta—. Estos muertos son gente muy callada y prudente. Pregúnteme a mí que me la paso con ellos. Acá toca darle a la vida interior porque si no uno se enloquece.

8

Julieta llegó al apartahotel al atardecer, eufórica y nerviosa por lo que había hecho. En su bolso un pequeño objeto irradiaba calor, casi la quemaba: el teléfono del profesor Gautama. Había decidido llevárselo sin más. Amaranta Luna difícilmente podría razonar y la información contenida ahí era demasiado importante. No hubo nada que hacer, y se lo echó al bolsillo.

Johana, sentada en su computador y con una hoja al lado llena de anotaciones, la esperaba con noticias.

—Hay algo importante, jefa —dijo—, venga le cuento: la Iglesia Pentecostal Rey de los Cielos es la principal aportante y aliada del Partido Carismático Cielos y Patria, del senador Jacinto Ciriaco Basel.

Johana hizo una pausa y miró a Julieta.

—Y ahora píllese esto: el líder de esa iglesia es el pastor Nelson Ferdinando Durán, aquí tengo la ficha: cuarenta y seis años, nacido en Sincelejo, estudios de Derecho en la Universidad de Antioquia, siete semestres; luego estudios de Historia en Uniantioquia, tres semestres; luego comerciante en Sincelejo (tiendas y abarrotes); candidato al Concejo de Sincelejo en tres ocasiones, por fin elegido en el periodo 2008-2012, pero destituido en el 2009 por compra de votos y favorecimiento de grupos paramilitares, concretamente de Jorge 40, y finalmente sobreseído por vencimiento de términos. En 2012 funda la Iglesia Pentecostal Rey de los Cielos. Es socio comercial del senador Ciriaco Basel en muchos negocios: la cadena de restaurantes Plato Rico, en Córdoba y Sucre, con catorce paradores de carretera. Los moteles El Broche de Oro, con nueve sedes entre Montería, Planeta Rica y Sincelejo. Tres concesionarios de motocicletas Yamaha y Honda en Montería y cuatro bombas de gasolina sobre la Ruta del Sol.

—¿Socio de Ciriaco Basel? —exclamó Julieta—. Con eso es suficiente. Qué bien, Johanita. Ahí está el nexo entre el senador Basel y el millón de dólares que le pagaron al profesor Gautama. Ahora tenemos que averiguar qué fue lo que le vendió el profesor por ese billete, y mire, aquí tengo esto.

Agitó en su mano el celular del profesor.

Abrió la mensajería y le mostró lo más comprometedor: el mensaje de voz de Gautama a *Patriot* en el que le decía: «La periodista está aquí, güevón, acaba de llegar con Amaranta a esta casa. Manden a alguien rápido. Yo la retengo. Me confirma».

Johana conectó el celular a su computador usando un cable USB y, desde ahí, comenzó a importar los contenidos. Las cuentas de correo electrónico y de WhatsApp quedaron duplicadas. Podrían extraer de ellas todo el material.

Julieta estaba eufórica.

Se merecía un vaso de algo que atrapara su espíritu y lo subiera a alguna pequeña nube, no muy lejana. Una nubecilla de por aquí, nada más. Había hecho algo excepcional y se merecía una retribución. También darse coraje. Fue al aparador. Ahí estaba la botella de ginebra Gordon's, por la mitad, y un cuarto de vodka Absolut. ¿Cuál podría tomarse? Tin marín de do pingüé... La de Absolut. Un vaso con mucho hielo, ¿quedaba jugo de naranja? Sí, un envase de Tropicana completo. Listo el trago. ¿A ver? Miró a Johana moverse con agilidad en medio de esos mensajes, tomar notas en un cuaderno aparte. Se sentó en la mesa del comedor y empezó, a su vez, a organizar por escrito sus ideas.

El profesor Gautama le dijo a *Patriot* que enviara a un asesino para matarla, y que la retendría. «La periodista está aquí, güevón». Ese tono y esas palabras revelaban cosas: han hablado ya de ella, probablemente comentaron que se les escapó al dispararle de lejos, sabían que estaba investigando y que podría ser un palo en la rueda, y estaban de acuerdo, obviamente ambos, en que debían suprimirla.

De hecho, el mensaje convierte al profesor en cómplice del «determinador».

Miró los tiempos. El calendario de todo eso.

Hay dos partes, y ella se incorporó a la historia de Melinger después de que lo mataran. Gautama era socio de Melinger y cómplice de Basel. ¿Su hipótesis? Es obvio que el profesor *entregó* a Melinger, que estaba por denunciar y probablemente hacer caer a Basel. La traición a su compañero y correligionario fue premiada en dólares. Por lo que le contó el fiscal, lo más seguro es que Gautama Neftalí estuviera buscando una oportunidad para salir de Colombia con un capital e instalarse definitivamente en Estados Unidos, con su esposa y sus dos hijas, a disfrutar de su patrimonio, el cual provendría de dos fuentes: el pago por entregar a Melinger y la plata que él y Melinger atesoraban en Panamá, en NNT Investments, para las misiones de «limpieza ética» del territorio. La suma de las dos daba ese millón y medio de dólares en la cuenta secreta de él y su esposa gringa. Una cuenta que, al menos por un tiempo, sería bastante opaca para el fisco de Estados Unidos.

Un plan muy pobre de espíritu, pero coherente.

El ciudadano colombiano Juan Luis Gómez acabó por derrocar al profesor Lobsang Gautama Neftalí. El profesor indigenista, el maestro Amazónico, el héroe de la causa ancestral y chamánica latinoamericana, desapareció para dar paso a un *latin gringo* de clase media alta, macho depredador de estudiantes colombianas. Qué poca cosa, qué mediocridad. Había gente asesina y corrupta y traidora con ideales o aspiraciones mucho más respetables. ¿Tan atractiva era la idea de ser un feliz ciudadano *americano*, dócil consumidor y televidente, entregado al yoga por internet y a los clubes de golf, en uno de los países con mayor desnutrición intelectual per cápita del mundo?

Qué lección y qué país.

Lobsang, con su ridículo nombre —ahora podía decirlo—, con sus camisas de Cocodrilo Dundee, perdido en el Amazonas, adorado por jovencitas estudiantes que lo veían como a un Mandela mestizo. Un Mandala. Era evidente su falsedad. Si no fuera tan grave, sería para echarse a reír. ¿Todos esos muertos para cumplir el sueño más banal y superficial de la clase media colombiana? Y Amaranta Luna, la pobre, jugando a la grandeza ajena. Abrazada a un espejo. Espejo, espejito. Actuando en el complicado juego de roles de la reivindicación y la identidad con el disfraz de rebelde, de chica desobediente. Los juegos de la edad adulta extravían y hacen que lleguemos tarde a los duros plazos de la vida.

¿A qué hora sale el tren?

Ah, señorita. El tren se fue hace rato.

Los cuerpos que quedaron tendidos en el camino fueron también —y sobre todo— víctimas de Basel, de otra peligrosa utopía: estar por encima de los demás, en la cúspide, volar más alto. ¿Por qué este país tendrá esa sangrienta y costosa obsesión? Su idea: porque es un país de huérfanos que esperan ser retribuidos. Porque prolifera el resentimiento. Lo que mejor define a esta república violenta y desamparada es la orfandad.

—Jefa, venga a ver esto —dijo Johana.

Fue hasta su mesita, al lado de la ventana del mismo salón.

—Creo que aquí está lo que buscamos.

Le mostró un hilo de mensajes que empezaba siete meses atrás, con un correo de Lobsang a Carlos Melinger.

«Hola, socio. ¿Alguna novedad especial en el caso del senador B.? Estoy llegando a Bogotá, veámonos».

Respuesta de Melinger:

«Dale, hay cosas, sobre todo una bien *grossa*, ya sabés cómo y dónde encontrarme».

Luego Johana le mostró correspondencias con mensajes breves de WhatsApp de cuatro días después:

«Mejor vení a mi casa, tipo 21h», le dice Melinger.

«Ok», responde Lobsang.

No hay nada más hasta diez días después.

«Lo tengo ya, es el que te dije. Lo bajaron hace cuatro meses en Sincelejo, y hay otro nuevo en Montería que no teníamos, del año pasado», dice Melinger.

«Con eso ya serían tres», dice Lobsang.

«Sí, suficiente para cagarlo de por vida», dice Melinger.

«A él y al teniente», dice Lobsang.

«Positivo».

—Hablan de personas asesinadas —dice Johana—, y de un *teniente* que debe ser el que organiza los asesinatos.

Julieta acercó una silla y se sentó al lado.

—¿Y sabemos quiénes son los muertos?

—No —dijo Johana—. En lo que llevo no.

—O sea —resumió Julieta—: lo que sí se entiende es que un teniente mató a tres personas en Sincelejo y Montería por orden de Basel.

—Eso es lo que creo, estoy buscando comprobarlo bien —dijo Johana—, pero hay otra cosa. Mire acá.

Dos meses después de lo anterior aparece un correo electrónico del profesor Lobsang al senador Ciriaco Basel.

«Senador, usted no me conoce. Tengo algo que le puede interesar y que le puede salvar el caminado. Comuníquese con el 3119876345».

Julieta y Johana revisaron todo lo que seguía con gran detalle, pero no hubo más mensajes vía correo electrónico (tal vez borró los más comprometedores), lo que las llevó a concluir que se debieron ver personalmente o hablaron por teléfono. Dos semanas después aparece por primera vez el contacto *Patriot* en el WhatsApp del profesor y comienzan los mensajes breves. *Patriot*, ¿es el sobrenombre del senador y, ocasionalmente, de alguno de sus abogados factótums? Puede ser.

«Recibido material. Diga a ver», escribe *Patriot*.

«Lo que le escribí en el papelito, eso es», contesta Lobsang.

«¿Y los datos del X?», escribe *Patriot*.

«Cuando lleguen las fotos al álbum».

«Deben estar entrando el viernes, por tarde».

«Ahí cuadramos. Bien», dijo Lobsang.

Julieta anotó la fecha del mensaje y la del viernes de esa semana. Habría que comprobar si la transferencia a su cuenta correspondía al mismo día.

Más adelante decía:

«Todo Ok, fotos Ok, tengo listo el dato y la información», le dijo Lobsang.

«Caiga allá», le dice *Patriot*.

Esto es ya muy cerca de la fecha del asesinato de Melinger. Aproximadamente diez días antes. Su hipótesis inicial —que el profesor Lobsang vendió a Melinger— se iba materializando en estos mensajes. Después de la fecha del asesinato había un nuevo intercambio:

«Esos están aquí, en rama, pero le toca aparecer», dice *Patriot*.

«Caigo allá, aviso, Ok, además me cuadra para arreglar allá últimas cosas», dice Lobsang.

Le anuncia a *Patriot* que vendrá a Colombia, probablemente a recibir una plata en efectivo. El viaje sorpresa que tanto ilusionó a Amaranta Luna y que ella interpretó, la pobre, como un deseo del profesor de iniciar una nueva vida con ella, no fue más que el último paso para su plan de desaparecer.

Luego había unos mensajes inquietantes:

«Marqué al otro número y entra a buzón, mándeme otra lista de números», escribe Lobsang. ¿Rotaban los números seguros de celular? Johana le dijo que sí, era muy posible, había líneas que se usaban sólo para una llamada.

«Hay una periodista, le cayó a mi novia, hay que hablar», escribe Lobsang.

«¿Algún peligro?», responde *Patriot*.

«Ella trae detrás a la Fiscalía, ¡pilas! Vigílenla», dice Lobsang.

«Venga donde siempre, a las 4. ¿Es enemiga? Nos vamos a ocupar de ella», remata *Patriot*.

Cuatro días después hay otro intercambio.

«La periodista sigue investigando, ¿qué pasó?», pregunta Lobsang.

«Ya eso se resuelve hoy, fresco».

Julieta y Johana se miraron, nerviosas. ¡Ahí estaba todo! El profesor Gautama era el cómplice. No había duda. ¿Qué horas eran? Casi las diez de la noche. Miró por la ventana. Ahí estaba la ciudad, indolente; su respiración artificial de urbe presuntuosa y salvaje. Pero ya no le temía. Comprender lo que había pasado le daba una extraña fuerza.

Llamó a Jutsiñamuy.

—Amiga, estaba por llamarla, ¿todo bien con Amaranta?

—Conseguí todo, fiscal. Amaranta tenía un segundo celular del profesor Gautama con correos electrónicos y mensajes. Aquí lo traje.

—Vénganse a mi oficina —dijo Jutsiñamuy—, ya le digo a Cancino que las recoja.

Media hora después las dos mujeres subían con el fiscal por el ascensor. Pararon en el tercer piso y fueron directamente a la oficina del agente Laiseca. Julieta les entregó el celular de Lobsang Gautama y la transcripción de los mensajes, ordenados, hecha por Johana. También el informe sobre la Iglesia Rey de los Cielos.

El fiscal le había pedido al pasante Castaño investigar a la iglesia, así que lo llamó. Antes de que llegara las previno:

—Este que viene es un tipo un poco raro, pero es un genio para investigar. No le paren bolas a la pinta.

El muchacho, con el cable del audífono colgando de la oreja y su iPad debajo del brazo, las saludó estrechándoles la mano.

—Felipe Castaño, mucho gusto —dijo.

Se presentaron.

—¿Encontró algo en la iglesia? —dijo Jutsiñamuy—. Acá la amiga Johana también estuvo investigando.

Johana abrió una libreta y leyó lo que tenía. Lo más importante, en primer lugar, era la comprobación de que el senador Basel y el pastor Nelson Ferdinando Durán eran socios en varias empresas.

—Uy, sí vi lo del motel El Broche de Oro, ¡qué ñerada de nombre! —dijo Castaño, riéndose.

—Los moteles son negocios perfectos para lavar plata —dijo Laiseca—. La gente prefiere pagar en efectivo para no dejar huella.

El joven pasante encendió su iPad y dijo:

—Estuve mirando acá en los archivos el expediente del man ese, el pastor Durán, y la verdad es que el hombre es bien poderoso. Tres veces ha logrado parar las investigaciones. La última fue de hace apenas dos años por lavandería del narcotráfico y otra por compra de votos en la región y soborno a testigos falsos. La Fiscalía de Montería llevó todo a un juez y hasta ahí llegó la vaina. El senador protege bien a su socio y benefactor.

Un agente técnico entró al cubículo en el que hablaban. Le devolvió al fiscal el celular del profesor Gautama.

—Ya copiamos todo, jefe. Estamos buscando con el operador la planilla de las llamadas, porque ahí las borró.

—Listo —dijo Jutsiñamuy—. ¿Y Basel está en su casa?

Laiseca, encargado de tener la lupa sobre el senador, le dijo:

—Sí, llegó directo después de hablar con usted y no se ha movido de allá. Tengo vigilancia completa.

—Creo que vamos a tener que ir por él —dijo el fiscal—. Con todo esto, ya la cosa está preparada. Laiseca, ¿qué dijo mi colega Wilches? ¿Lo llamó?

—Yo le pasé esta tarde la información que teníamos y dijo que estaba buena.

Jutsiñamuy le marcó al celular.

—Perdone que lo moleste a esta hora, colega —le dijo Jutsiñamuy—, pero es que las cosas se precipitaron. El agente Laiseca ya le mostró lo que tenemos con el senador Jacinto Ciriaco Basel, ¿verdad?

—Sí, Edilson. Ese vergajo es más sucio que orinal de taller mecánico. Pero nunca le hemos podido echar el guante, siempre se nos vuela.

—Ahora tenemos algo bien sólido: tres homicidios en primer grado —dijo Jutsiñamuy—. Datos directos, llamadas y mensajes. Cómplices, todo. Si no nos movemos rápido, el hombre podrá borrar el camino y volarse.

—Hágale, Edilson. Ya voy llamando a mis agentes para que se pongan bajo su mando. En diez minutos están en su oficina. Y voy para allá.

Antes de salir, el fiscal llamó a su colega de Panamá.

—¿Aborigen? Perdone que lo moleste a esta hora.

—No se preocupe, mi colega extraterritorial preferido —dijo Aborigen Cooper—. Le cuento que ya le tengo al pajarito en la jaula. Está en un hotel tres estrellas en la zona de El Cangrejo. De ahí no se ha movido. Le puse dos agentes. Tiene un vuelo mañana a las nueve de la mañana para Fort Lauderdale con Copa, clase económica. Usted dirá, mi estimado. Se lo agarro ahora o esperamos a mañana.

—Pues es que acá en Bogotá las cosas se precipitaron, colega —le dijo Jutsiñamuy—. Así que lo mejor va a ser asegurarlo de una, no vaya a ser que al hombre se le ocurra alguna jugarreta. Nos interesa saber qué comunicaciones tuvo en las últimas horas. Eso es clave. Ya mismo le mandamos de mi oficina los documentos para pedir la acción judicial allá.

—No se diga más, colega. Apenas lo tenga de la patica le pego una llamada. Siempre suyo...

Salieron en cinco camionetas.

La residencia del senador Basel ocupaba todo el piso octavo de un edificio en la Circunvalar con calle 74. Los de la vigilancia también estaban allá. El fiscal Wilches y Jutsiñamuy, con dieciséis agentes, se identificaron en la portería. «¿Está el senador?». El portero, asustado, hizo un sí con la cabeza, pero sin abrir la boca. Era la una de la mañana, ¿qué estaba pasando? Dos de ellos subieron por la escalera, el resto subió en el ascensor. Pero todas las precauciones fueron vanas al ver, en la puerta, al propio senador Basel, acompañado de dos de sus empleados. Tenía puesta una sudadera y chanclas de caucho con medias. ¿A la orden? Fue el fiscal Wilches el que se puso delante, pero Basel no le quitó los ojos de encima a Jutsiñamuy.

Al comunicarle que estaba detenido, el senador puso una mano adelante.

—Un momento, socio, no hay que apresurarse, ya estamos llamando a mis abogados —le dijo Basel al fiscal Wilches—. Ahora van a llegar.

—Dígales que vayan a la Fiscalía —dijo Wilches—. Para allá vamos todos.

Hubo gran revuelo en el apartamento. En la sala, sobre la mesa de centro, encontraron una botella de Old Parr y tres vasos recién servidos. En la cocina había dos bolsas abiertas de alitas picantes BBQ, ahora rellenas con los restos. Vasos sucios, botellas vacías de cerveza Águila. En otra habitación, al fondo, encontraron una camilla recubierta con varias toallas, ducha y un sauna encendido. Los agentes llegaron hasta el último rincón e hicieron salir a todas las personas. La familia del senador estaba en Montería, según dijo, pero había tres mujeres. Dos de ellas en paños menores, que dijeron ser una acupunturista y la otra experta en manicure. Era su trabajo y tenían cita ese día. ¿Y por qué a esa hora? Fue la hora a la que nos contrataron. La tercera dijo que estaba ahí por casualidad, que había venido a ver al senador un momento. Los agentes esperaron a que dos de ellas se pusieran sus delantales y las trajeron a todas al salón.

Al verlas, Laiseca le dio con el codo al brazo del fiscal.

—Vea quién está aquí, jefe... —le señaló a una de ellas con la boca.

A pesar de tener los pómulos hundidos y estar muy desarreglada, el fiscal la reconoció de inmediato.

Era Amaranta Luna.

¿Qué diablos estaba haciendo en la casa del senador? La vieron moverse con incomodidad. Por su andar perdido y errático se dieron cuenta de que no conocía el lugar. El fiscal se le acercó. Amaranta Luna pasó los ojos sobre él, pero sin reconocerlo. Estaba muy ebria y probablemente drogada. Sus gestos no correspondían a la situación.

—¡Qué sorpresa encontrarla en esta casa, señorita! —le dijo el fiscal.

Amaranta Luna hizo un par de sobrevuelos con los ojos hasta embocarle la mirada. Luego se le fue acercando hasta casi tocarlo, nariz con nariz.

—Hola, claro, ¿usted es el agente de la...? Ya me acuerdo, vino al almacén. ¿Le sorprende verme? Es una pura casualidad que yo esté aquí. Ya me iba.

Su aliento estaba sobrecargado de alcohol. Las palabras parecían provenir de muy lejos y, sobre todo, atravesar muchas capas de realidad antes de salir por su boca.

—Ya me iba, chao a todos.

Caminó hacia la puerta de entrada, pero uno de los agentes le cerró el paso.

—Señorita, usted debe venir con nosotros. No se puede ir.

Amaranta Luna seguía sin comprender.

—¿Con ustedes? ¿Y a dónde?

—A la Fiscalía. Por favor deme sus documentos.

—Pero es que... —dijo ella—, tengo el carro abajo, no lo puedo dejar. Es el carro de mi mamá.

—De todas formas en ese estado no puede manejar, señorita. Por favor, sus documentos.

—Yo manejo bien despacito, no se preocupe. Me voy por toda la Séptima y ya.

—Señorita, se lo ruego. Los documentos.

El agente habría preferido pegarle dos gritos, pero la mirada vigilante del fiscal Jutsiñamuy lo contuvo. Mejor el tono amable aunque firme.

Por fin, como iniciando un lento despertar, Amaranta Luna le entregó su billetera al agente.

—Pero me la devuelve, ¿cierto?

—Claro que sí, venga, hágase allá con las otras dos señoritas.

Las llevaron al lado de la chimenea.

En ese momento, el fiscal sintió vibrar su teléfono. Salió al vestíbulo del apartamento y vio la pantalla: Aborigen Cooper.

—Listo, colega, ya lo tenemos asegurado. El hombre estaba tranquilito en su cuarto, eso sí, con tremendo par de connacionales de sexo femenino, en paños menores, o mejor dicho, sin paños de ningún tipo, dedicadas a ennoblecer el buen nombre de los servicios de escort y la hermandad latinoamericana.

—Mil gracias, Aborigen. Acá también estamos, en este preciso momento, en la detención de un personaje importante.

—Le tengo las comunicaciones del hombre casi listas, en un ratico se las mando. Estamos confirmando la línea del hotel.

Jutsiñamuy agradeció y volvió al apartamento. Al lado de la mesa de entrada, a la altura de sus ojos, había un misal católico. Lo abrió al azar, manteniendo su interés en lo que pasaba al final del corredor. El misal tenía una fea ornamentación. Las letras de inicio de cada párrafo eran mayúsculas doradas, al estilo de los viejos libros iluminados, pero con ilustraciones demasiado ostentosas. Leyó al azar: «Que la palabra de Dios prevalezca sobre la del hombre». No era creyente, y tal vez por eso jamás lograba encontrar una relación entre esas sentencias y la vida que todos vivían. Vio un espejo de marco dorado, un jarrón con flores de colores, un reloj que, extrañamente, marcaba las diez menos cinco. La casa estaba llena de porcelanas y eso lo llevó a pensar, sin motivo, que la esposa del senador debía de ser una mujer dominante. Qué extrañas son las vidas de los demás.

Desde el corredor vio a Amaranta Luna y sintió un escalofrío. Movía la cabeza hacia los lados, como si estuviera siguiendo una melodía. Pero no tenía audífonos ni había música en el apartamento. Esa joven lo asustaba. Ciertos abandonos en la vida le producían vértigo. Los que caminan por el alféizar de una ventana sin mirar hacia abajo ni pensar que pueden caer estrepitosamente a la calle. Supuso que el profesor la había enviado a esa casa a... ¿A qué?, ¿a recoger algo?, ¿a dejar algo? Intentó poner su mente en eso, concentrarse. Entonces le envió un mensaje a Julieta. «Gran sorpresa. ¿Sabe a quién encontramos aquí en la casa del senador? A su amiga Amaranta L. Aún no sabemos por qué. Viene con nosotros a la F. Hablamos mañana».

Volvió al salón.

El senador, aunque ofuscado, dejó a los agentes cumplir con su trabajo sin interponerse. Todos notaron que ya tenía experiencia en esto: sabía que intentar amedrentarlos o dificultar las cosas no le ayudaba en nada, así que, a regañadientes, colaboró con la detención sin oponer resistencia, lo mismo que sus dos empleados. Entregaron sus documentos y sus aparatos telefónicos al agente ejecutor de la detención.

Jutsiñamuy se le acercó y le dijo:

—Ya ve, nos volvimos a ver más rápido de lo previsto.

—No entiendo el sentido de la reunión de hace un rato —dijo el senador—, ¿para qué quiso verme si me iban a detener un poco más tarde?

—Eso ya lo entenderá, pero digamos que era importante que usted tuviera un tiempito de tranquilidad para alertar a sus amigos.

El fiscal lo miró con expresión amable.

—Ahora vamos a estudiar bien todo eso. Pero tranquilícese, a usted no le va a cambiar nada.

El senador miró a Jutsiñamuy e intentó recargar su expresión de seguridad.

—Usted sabe que estos procesos son largos —dijo el senador— y por el camino van apareciendo cositas. Lo que sí tuve tiempo de hacer fue alertar a mi equipo de abogados. Ellos también lo están estudiando a usted, y le digo una cosa: si alguna vez se robó una chocolatina Jet de niño o pagó un vaso de leche no autorizado con fondos de investigaciones de la Fiscalía, lo vamos a encontrar. Esto no va a ser fácil para nadie. Tengo apoyos muy firmes en el Congreso y el Gobierno.

—Pues espero que le sirvan —dijo Jutsiñamuy—, y que alcance para cubrir al profesor Lobsang Gautama, a quien, por cierto, ya tenemos neutralizado en Panamá. Me queda una curiosidad: ¿para qué hicieron venir a esa pobre muchacha aquí a su casa? Está más perdida que un cachaco en un salsódromo.

—No sé, pregúntele a ella —dijo el senador—. Yo a esa mujer no la he visto en mi vida.

—Pero le abrió las puertas de su casa.

—¿Quién no le abriría a una chica así, tan bonita y tan jodida?

—Seguro que el profesor Gautama la mandó venir aquí para algo.

—No sé quién es ese profesor que usted menciona, fiscal, y, si no le importa, ahora sí le pido que nos atengamos a las reglas. Yo tengo derecho a guardar silencio, ¿no es verdad?

—Usted ha vivido varias veces esta escena —le dijo Jutsiñamuy—, pero ahora la cosa es a otro precio. Se lo aseguro.

Basel se lo quedó mirando. No paraba de limpiarse las uñas.

—Cada vez que un pajarito caga cree que está haciendo nacer a un pichón —dijo el senador—. Ojalá que no le esté pasando lo mismo a usted, fiscal.

Basel dio dos pasos hacia la puerta. Los agentes le leyeron sus derechos, lo mismo que a sus empleados, a quienes esposaron. Luego el fiscal Wilches dio orden de requisar el lugar y llevarse todos los computadores, tabletas y teléfonos inteligentes que hubiera en la casa. Era material probatorio. Registraron en detalle cada centímetro en busca de otras fuentes de información.

9

Desde muy temprano se difundió la noticia: «El senador Jacinto Ciriaco Basel, del Partido Carismático Cielos y Patria, fue detenido esta madrugada en su apartamento de Bogotá». La hipótesis inicial habló de problemas con la financiación de su campaña en relación con la Iglesia Pentecostal Rey de los Cielos, que también había sido intervenida por agentes de la Fiscalía. Se allanaron sus oficinas y confiscaron siete computadores, varias tabletas y celulares inteligentes. Los abogados del senador Basel dijeron a los medios de comunicación que su representado era inocente y que muy pronto todo se aclararía. Se mantuvieron en esa versión: una imputación más de financiamiento ilegal en un país en el que esas reglas no son muy claras, se difuminan y son poco respetadas. Nada nuevo ni nada muy grave. Pronto todo quedaría olvidado.

Julieta estuvo pegada al radio. El mensaje de Jutsiñamuy, a las dos de la mañana, la había dejado como un bombillo. «Gran sorpresa. ¿Sabe a quién encontramos aquí en la casa del senador? A su amiga Amaranta L. Aún no sabemos por qué. Viene con nosotros a la F. Hablamos mañana».

Escribió varias veces en su cuaderno. «¿Qué hacía en la casa del senador Basel?». Trazó una flecha hasta un globito donde decía: «El profesor Gautama le dijo que fuera...». ¿Y luego? Página en blanco. No tenía respuesta. Ninguna idea le vino a la cabeza. Intentó imaginar las voces de ellos dos, hablando por teléfono, en voz baja: «Por favor, amor mío, ve a recoger algo donde el senador Basel, un amigo, esta es la dirección». Podía ser...

Al día siguiente el fiscal Jutsiñamuy y su colega Wilches, delegado ante la Corte, se reunieron en la oficina para estudiar el material más relevante que, durante la noche y parte de la mañana, el equipo de Laiseca y el pasante Castaño habían laboriosamente preparado. Una primera lectura de los hechos para justificar la gravísima acusación sobre el senador. Y ahí estaba el grupo, delante de un video beam, mirando la proyección de cada uno de esos documentos. Laiseca había traído una bandeja con cafés, capuchinos, croissants, panes de chocolate para los suyos, que estaban extenuados. Llevaban horas sin dormir, metidos en discos duros, memorias, llaveros USB, mensajerías y cuentas de correos electrónicos. Tenían los ojos cuadrados, las pupilas divididas en celdas de Excel, los pómulos inflamados: cómo adentrarse en el alma o en lo más intangible de cualquier empresa, allí donde está la posible verdad.

Imagen tras imagen fueron comprobando la huella directa de los crímenes más sangrientos: el de Carlos Melinger y el de Santiago Gamboa, cometidos por los cuatro soldados bajo órdenes del teniente Hamilton Patarroyo Tinjacá, ya decesado. El hallazgo principal fue que el senador les enviaba las órdenes a través de un paramilitar detenido en la cárcel de La Picota, Ismael Roldanillo, alias Triciclo, cuyos abogados eran Eliécer Gómez Merchán y Nairol Trujillo Rebolledo. Todos aparecían en la contabilidad y en las comunicaciones de uno de los secretarios del senador Basel, detenido junto con él. Esos crímenes se hicieron para detener la investigación de Melinger y la inminente denuncia sobre tres homicidios en Sincelejo y Montería ordenados por el senador contra unos líderes sociales que les estaban poniendo trabas a sus negocios. La información completa sobre las actividades de Melinger, el detalle de lo que sabía, su nombre y dirección, fue lo que costó un millón de dólares. Lo pagaron desde la cuenta de la Iglesia Pentecostal Rey de los Cielos en Panamá. ¿Por qué fue tan atroz ese crimen, parecido incluso a lo que le había hecho el argentino a Marlon Jairo? Melinger podía tener compañeros que el profesor Gautama no conocía y que tendrían la misma información. Había que mandarles una advertencia.

—El profesor Lobsang Gautama les salió un poquito más caro —dijo el fiscal Jutsiñamuy—, pero lo que tenía era complicado. Había que pagarle.

Miraron de nuevo los documentos, se fijaron en los subrayados hechos por los agentes en la línea de mensajes. Todo se evidenciaba y cumplía una lógica. Era el mismo trabajo que Johana había hecho para Julieta.

—¿Sí ve, mi estimado colega? —dijo Jutsiñamuy—. Con estos tipos, así sean senadores de la república, es igual que con los jefes del narcotráfico: para agarrarlos hay que echarle el guante es al contador. A todo el mundo hay que pagarle, y alguien tiene que llevar un registro.

—Sí, yo pienso lo mismo —repuso el fiscal Wilches—. Ser bandido podrá ser buen negocio, pero desde el punto de vista contable es una vaina complicadísima. Casi más difícil que ser honesto.

Por el crimen de Esthéphany Lorena, en la cárcel del Buen Pastor, pagaron diez millones de pesos. El de

Melinger costó cien millones y el de Gamboa treinta, pues se consideró una especie de «operación de garantía» del crimen anterior. La «vuelta» al abogado Octavio Garzón se iba a hacer por cuarenta, pero no hubo *egreso* porque no llegó a hacerse. Los intentos a Julieta fueron cada uno de treinta millones.

—¿Qué tal el machismo tan berraco de este país? —dijo el fiscal Wilches—, sicariar a una mujer cuesta menos.

—Hay algo que todavía no he podido entender, agente —le dijo Jutsiñamuy a Laiseca—, y es qué estaba haciendo Amaranta Luna en la casa del senador. Uno supondría que el profesor la mandó allá por algo, pero ahí surge otra pregunta, y es ¿cómo hizo Gautama para hablar con él?

—No se comunicó, jefe. Le dimos vuelta a todos los sistemas de comunicación de Basel y no encontramos nada. El hombre estuvo en silencio.

—Caray, pues Gautama tampoco hizo llamadas a Colombia, por ninguna vía, ni mandó mensajes. Mi colega Aborigen Cooper no encontró nada. El profesor chateó a través de un iPad con sus hijas y luego llamó a unas escorts, eso fue todo.

Laiseca mordió un croissant y dijo:

—Lo de la muchacha sigue siendo un misterio. De todos modos ya la mandamos a la casa hace un rato, no teníamos nada en su contra y no tiene relación con el delito.

—¿Y ustedes no le preguntaron por qué estaba con el senador? —quiso saber el fiscal.

—Varias veces, pero no dijo nada concreto. Sólo cosas vagas. Que estaba ahí por casualidad. La pobre estaba en un guayabo terciario. Cuando se despierte es probable que no se acuerde de nada.

—Uy, sí, qué pasada la de esa nena, qué golpe a la neurona —dijo el pasante Castaño, que hasta ahora había estado callado—. Para quedar así yo le calculo, por lo bajo, un popper de arranque y luego un tsunami de perico, tusi y guaro. Un ojivazo nuclear en pleno córtex. El Big Bang de las fosas nasales.

—¿Y usted por qué sabe tanto de eso, chino? —le preguntó el fiscal.

El semblante del muchacho se oscureció.

—Porque mi mamá es alcohólica y mete drogas.

Se quedaron mudos. El joven dio un golpe sobre la mesa y dijo:

—Bueno, tampoco me tengan lástima. O sea: mete sólo perico y éxtasis, nada de agujas. Pero tuve que llevarla una vez a la clínica Monserrat y por eso conozco esas vainas. Yo no meto ni aspirina efervescente. Nací curado.

El fiscal Wilches, con dos colaboradores que tomaban nota, agarró un pan de chocolate y dijo.

—Y al profesor Gautama ¿cuándo lo podremos interrogar?

—Debe estar por llegar —dijo Laiseca—. Venía en un vuelo de Panamá a las tres de la tarde. Tenemos también a los dos soldados sobrevivientes, ejecutores de los crímenes: Alirio Arregocés Clavijo y Agapito Suárez Buendía, el francotirador del ejército. Al saber que el teniente y los compañeros estaban muertos dijeron que iban a cooperar.

Parte X
Epílogo

1

Amaranta Luna estaba en el mismo cuarto en el que la había dejado unos días antes. Su semblante era distinto.

—Amiga, qué chévere que hayas venido a verme.

—¿Cómo te sientes? —preguntó Julieta.

—Sólo me duele cuando respiro —dijo Amaranta Luna.

Se rieron.

—Eso es de una película —dijo Julieta—, pero no me acuerdo cuál. Creo que con Jack Nicholson.

La empleada llegó con una bandeja y les dejó café y galletas. Al verla entrar, Amaranta Luna se hundió hasta la nariz debajo de las cobijas.

—Una de las vainas que detesto de esta puta casa es la amabilidad invasora —dijo, volviendo a asomarse apenas la empleada salió del cuarto—. Por traerme cosas se sienten con el derecho de abrir la puerta y entrar como si nada. Yo intento construir tranquilidad, nena, pero es que a veces es demasiado jodido...

—No les pares bolas —le dijo Julieta—. ¿Qué mal puede hacerte esa mujer, que te conoce desde niña?

—Mucho, y con sólo mirarme. Precisamente porque me conoce desde niña es que puede hacerme ese daño tan tenaz, quitarme ideas, lobotomizarme. La única gente que no me da miedo es la que no me conoce.

Julieta le agarró la mano, la apretó con afecto.

—¿Por qué estabas en la casa del senador cuando vinieron a arrestarlo?, ¿lo conocías? —le preguntó sin mediar ningún cálculo.

Amaranta Luna sonrió y se quedó mirándola.

—Yo iba a matarlo esa noche —dijo—. Lo iba a matar pero no pude. No alcancé.

Julieta sonrió sorprendida, sin entender.

—Te voy a contar todo —dijo Amaranta—, pero no ahora. Voy a grabar la historia completa para que la entiendas y luego te la mando en audio. Sólo te digo eso: iba a matarlo. Yo conocía al senador desde que era una adolescente, fue amigo y socio de mi papá en varias vainas. Luego lo vi también con Lobsang, hace unos meses.

—¿Y por qué querías matarlo? —dijo Julieta.

—Porque acabó con mi futuro, por ser un malparido asesino de vidas ajenas y por haberme quitado para siempre a Lobsang. Lo corrompió y lo llevó hacia el mal. Y también por haber matado al hijo que quería tener.

—¿Y cómo lo pensabas matar?

—Pues como matan los animales, a mordiscos. La idea era liberar mi lado salvaje.

Julieta volvió a reírse.

—De todos modos no pude ni siquiera intentarlo —dijo Amaranta—. Llegaron esos policías y me dañaron mi plan. Vida hijueputa.

—Y el plan era matarlo y después... ¿qué? —dijo Julieta.

—Después nada, fin.

—Pero ¿pensabas escaparte, irte del país, algo así?

—No, pensaba improvisar.

—Y a Lobsang, ¿vas a ir a visitarlo a la cárcel?

—Ese que tienen allá no es el mío. El mío ya no existe.

—Puede que vuelva con el tiempo.

—No creo, para mí murió y lo que está muerto está muerto —dijo Amaranta, y de repente miró a Julieta a los ojos, intensamente—. ¿Y tú? ¿Ya sabes cómo te gustaría morir?

Julieta se quedó sorprendida.

—No, no sé. Sólo espero que no sea por decisión de otro.

—Casi te matan en mi casa por culpa de... No, pero ya no era él. Ni siquiera pienso volver a decir su nombre.

—Vete a París a estudiar algo, o a Madrid —le dijo Julieta—. Aléjate de Colombia y luego ves qué quieres hacer.

—Irse es cobarde, pero es lo que siempre he sido: una cobarde y una güevona. A lo mejor tienes razón.

Amaranta volvió a decir que le mandaría ese audio explicándole cómo se había precipitado todo.

Luego se despidieron.

Esa noche Julieta recibió el mensaje de audio, pero estaba cansada y decidió dejarlo para el otro día. Lo grabó en su archivo con el título «Monólogo de Amaranta Luna».

2

Monólogo de Amaranta Luna
Desgrabación audio 1

«No sé ni por dónde empezar, nena, pero se lo tengo que contar a alguien. Estoy perdida. A mí la justicia me vale güevo. Si hubiera que hacerle un juicio al Gran Dios de la Verdad, yo sería la primera testigo. La verdad fue mi enemiga, y para sobrevivir tuve que construir algo distinto. Una chocita de guadua, un tugurio de lata, una cueva, así esté llena de armadillos y culebras. Prefiero estar enterrada. Lejos de la luz, que es donde pasan las cosas reales y se sabe quién es quién. Uy, nena, a mí eso me da pánico.

En el primer psicoanálisis que hice no fui capaz de contar nada.

»Mi padre, decía la doctora. Háblame de él. ¿Alguna vez se sobrepasó contigo? ¿Alguna vez te tocó o hizo algo raro? La primera vez que salí a una fiesta, con quince años, me dieron permiso hasta la medianoche, pero llegué como a la una y pico. Papá me estaba esperando en la sala, tomándose un whisky. Sin prender luces se quitó el cinturón y me agarró del pelo. ¿Dónde estabas y con quién?, preguntó enfurecido, borracho. Le dije que la mamá de Cecilia, la amiga que me llevó a la casa, se había demorado. ¿Con quién estabas y haciendo qué? Me puso bocabajo en el sofá. Me levantó la falda, me bajó a la fuerza el calzón hasta las rodillas y me dio varios rejazos en las nalgas. Lloré sin hacer ruido. De pronto dejó de pegarme y se sirvió otro whisky. Los golpes fueron cada vez menos fuertes hasta que dijo, levántate y arréglate la ropa, y así hice, avergonzada. Le pedí disculpas. Traté de abrazarlo pero él me rechazó, y cuando lo abracé sentí algo, ¿qué tenía? Una enorme erección, eso tenía. Estaba emparolado.

»Me quedó la culpa agazapada. Todo el mundo iba a saberlo y me señalarían con el dedo, ¡arrodíllate! Tuve un par de noviecitos con los que bebía y me metía las primeras rayas de perico, y obvio que al final acabé tirando, pero muy ebria. El sexo sucio me liberó. En cualquier baño público o en una piojosa cama de motel o en un carro, donde fuera; fui promiscua desde joven y supe que toda mi vida sería así. Sólo quería emborracharme y tirar, ¿por qué las noches se acaban? La luz del sol me rajaba la piel. Los ruidos de la ciudad que se despierta me herían. Ahí afuera estaba el enemigo. Por la noche, en cambio, sí lograba respirar. Veía las calles, los postes de luz, los columpios del parque, y me decía: lo peor está ocurriendo ahora mismo. Me parecía que la gente decía cosas de mí, que todos lo sabían: "Ahí va a la que tanto le gusta beber y que alguien la viole". "Ahí va la drogadicta que excitó al papá".

El asco del mundo hacia mí no tenía límites. Los cerros de Bogotá, al verme, gritaban: "¡Puta!". Los nubarrones y los aguaceros me preguntaban: "¿A quién te vas a engullir hoy, marrana viciosa?". La gente me veía y sentía náuseas, pero todos me besaban, a todos se les paraba en la oscuridad. Yo podía besarlo todo y sonreírle a casi todo y mi pobre *panosha* herida y confundida podía recibirlo todo: manes asquerosos y jovencitos lindos, mujeres y hombres, lenguas y pipís largos, dedos de uñas pintadas o de uñas mordidas, con manicure o untados de grasa, ¿cuántas clases de pipí habrá en este puto país? Bienvenidos todos. Santos culeadores vengan a mí, sálvenme. Reverendos pichadores, regálenme su aire. Mi palabra no tenía valor. ¿Qué más podía ofrecer?

»Quise tener un hijo con Lobsang para fundirme en un cuerpito sano y extraer pureza de mí, algo incontaminado. Un pequeño corazón latiendo en libertad a pesar de provenir de una cárcel, de un reformatorio con las torturas más malparidas. Ahí aparecería la luz, un alma inocente, una personita buena y limpia, sobre todo eso, limpia. Ese iba a ser el hijo de Lobsang y mío, pero me lo robaron. Me quedé sola y engañada.

»Me robaron el espejo que habría sido mirarme en él.

»Conocí al senador Basel desde joven porque era socio de papá. Tenían fincas y él se la pasaba yendo a Sucre y a Montería, y una vez, me acuerdo, pasamos un año nuevo con su familia en un sitio lobísimo: con una piscina que acababa en bar, sombrillas y butacas dentro del agua.

»Cuando estaba en la universidad, Jacinto Ciriaco el senador dijo que quería hablar conmigo y me puso una cita. Nos encontramos en el Pan Fino de la 54 con Séptima, ¿conoces? Ahí dijo que mi papá tenía problemas con unos negocios y que él podía salvarlo, pero necesitaba mi ayuda, ¿mi ayuda?, ¿y qué puedo hacer yo? Muy fácil, querida, venirte a un motel conmigo, ya lo debes haber hecho un montón de veces, y entonces le dije ¿usted quiere acostarse conmigo? Lo miré, más extrañada que ofendida, y él dijo sí, mamita, hazlo por tu papá que tiene problemas y sólo yo puedo ayudarlo, él te lo va a agradecer aunque nunca lo sepa, será nuestro secreto, vamos a ser novios, princesita, y tu papi se salva de la quiebra y seguramente de la cárcel, es poco lo que te pido, ahí te dejo la propuesta, no me contestes ahora, piénsalo, esta es mi tarjeta, te doy hasta el sábado, podríamos empezar con unos traguitos por la tarde y luego a la cama, ¿me entiendes?, pero si dices que no, el lunes tu papá va a estar embargado y acusado, tú decides, bonita, eso me dijo el muy malparido, y se levantó y se fue. Llegó el sábado y ni siquiera lo llamé. Me desaparecí de Bogotá, fui a una finca de unos compañeros en el Neusa. Él me estuvo buscando y a la semana siguiente volvió a verme a la universidad, y dijo ¿te perdiste, palomita?, ¿cuál es tu decisión final?, y yo le dije no quiero nada, señor Basel, usted es amigo de la familia y de papá y ya verá lo que hace, pero no voy a acostarme con usted, gracias por su propuesta, me di vuelta y me fui, y él me dijo oye, jovencita, ¿te das cuenta de lo que estás haciendo?, ¿vas a poner en riesgo a tu familia por no hacer algo que todos hacen?, y entonces yo le dije, no señor, no todo el mundo le hace eso a las hijas de los amigos...».

3

Laiseca llegó con una bolsa de panes con chocolate a la oficina de Jutsiñamuy. Se sentó en una silla giratoria que estaba al frente del escritorio del fiscal.

—Bueno, jefe, ya se le entregó el informe de la instrucción y las acusaciones al juez de garantías en el caso del profesor Gautama y en el de los soldados, y a la sala de instrucción de la Corte Suprema para lo del senador, que tiene fuero. Wilches me pasó una copia. Ahora todo queda en manos de ellos para la etapa del juzgamiento. A ver si les clavan unos buenos años.

—Sí, aunque le confieso que al ver la lentitud y las trampas que se hacen en los juicios, casi prefiero no enterarme del resultado.

—Ah, claro —dijo Laiseca—. Ya el senador está diciendo en medios que es una persecución política por su apoyo al Gobierno, y denuncia que hay «politización» de la justicia. ¿Hágame el favor el sinvergüenza? Con lo que nos costó llegar a la verdad.

—Tampoco seamos tan ilusos, agente, ¿la verdad verdadera? —dijo Jutsiñamuy, agitando ante su nariz la mano en la que tenía el documento —, esa vaina no está al alcance ni de nosotros ni de nadie.

El agente fue hasta la ventana y miró el cielo espejeante, como si la capa de nubes hubiera sido aplanada.

—¿Qué tal que detrás de cada hueso desenterrado hubiera una historia así de complicada? —reflexionó Laiseca.

—Son las vidas de las personas las que son complicadas —dijo el fiscal desde su escritorio, concentrado en el hilo de noticias—. Las vidas y los que las vivimos.

—Y eso que no sabe la última, jefe —dijo Laiseca—, ¿ya vio las noticias internacionales?

—No, agente, ¿qué pasó?

—Andan diciendo que el mundo se va a acabar por una gripa que acaba de descubrirse en China, una vaina que está matando gente a la lata.

—Ay, no joda, ¿y cómo es?

—Todavía no se sabe si proviene de un murciélago o si fue un accidente de laboratorio —dijo Laiseca—, pero parece que la gente estornuda hoy y se muere al otro día.

—Pues si llega acá, con el frío que hace y los aguaceros, ahora sí nos jodimos. ¿Y cómo se llama esa vaina?

—Tiene un nombre rarísimo, jefe. Coronavirus.

—Ah, carajo. Pues esperemos que se muerda la cola bien lejos —sentenció Jutsiñamuy—, porque este país ya no aguanta más chistecitos pendejos.

4

Monólogo de Amaranta Luna
Desgrabación audio 2

«Me fui a hacer mi vida y conocí a Lobsang, y cuando supe que él y Melinger estaban investigando al senador Jacinto Basel sentí tremendo descenso por el túnel del tiempo, caída por el remolino, *what the fuck!*, ¡Jacinto Basel! Al principio no le dije nada a Lobsang, pero una noche, después de una severa *pichardoise* con champaña y productos típicos locales, se lo confesé todo y le dije que ese man era un excremento humano, trató de acabar conmigo y con mi familia. Pero Lobsang reviró: razón de más para hundirlo y que se pudra en la cárcel. Me hizo jurar silencio, pues la investigación era peligrosa, de unos asesinatos por allá en la Costa. Hasta que un día, y esto que te voy a contar es secreto, un verdadero secreto, un día, sin darme mayores explicaciones, me pidió que lo acompañara a hablar con el senador. Yo me levanté del sofá y corrí a la puerta, pero Lobsang dijo, amor mío, espera, no quiero explicarte mucho para que no te pongas nerviosa, pero es importante que él me tenga confianza, forma parte del plan, haz de cuenta que estamos en una película de *Misión imposible*, ¿ah?, Tom Cruise y tal, la musiquita esa que te gusta, tenemos que ir a verlo y hacerle creer que estamos con él, que puede confiar en nosotros, y yo dije ni por el putas, prefiero chupárselo a un costeño pichaburras antes que volver a ver a ese man, pero él insistió, ¿Tom Cruise?, ¿*Misión imposible?*, vamos a construir un mundo sin gente así, pero hay que hacer sacrificios, somos agentes del futuro, guardianes del bien, nena, tú eres la partera de la nueva historia, Bachué cruzada con Mata Hari, esa es la misión, si el tipo te ve conmigo va a tener confianza, y le dije más o menos, ya una vez lo mandé a la mierda, pero él replicó, eso es una ventaja, te va a dar más valor, en fin, me dio tanta lora que acepté, y una noche fuimos al mismo apartamento donde lo arrestaron, el hombre pidió comida árabe y nos tomamos unos tragos, ese Old Parr que beben en la Costa, y bueno, lo vi envejecido y gordo, pero en esencia seguía siendo la misma bolsa de mierda que ya conocía, con una risita de labios torcidos que, para mí, era el reflejo de su alma negra. Me saludó con un abrazo, como si volviera a ver a una persona querida, y dijo, esto sí que no me lo esperaba, no joda, motivo de celebración, Elvirita. Ni me molesté en decirle que ya no era mi nombre, le sonreí de lo más hipócrita y pasamos al salón, y ahí habló con Lobsang de un proyecto, un hotel dizque ecológico en el Llano, cerca de Puerto López, ni idea, yo lo que hice fue beber y pasar al baño a meter perico hasta la hora de irnos, y me acuerdo que en una de esas vi una porcelana lo más de loba. La agarré y me la metí al bolsillo. Me divirtió la idea de robarle algo a ese malparido y luego tirarlo al caño o dárselo a un pordiosero. A la segunda o tercera vez, cuando Lobsang estaba consolidando lo que llamó "periodo de confianza", el tipo estaba solo, y cuando fui al baño me metí a su estudio a ver qué podía robarme. Y pasó algo, nena, que me dejó fría: abrí el cajón de un clóset y, oh sorpresa, había un montón de bolsas de billetes de cincuenta mil pesos. Parecían empacados al vacío. Me dio miedo, no fui capaz de sacar nada. Al volver los vi hablar entusiasmados, eso que detesto de los colombianos que después de dos borracheras dicen que son amigos íntimos. Empecé a sentir que estábamos en peligro. Se lo dije a Lobsang: ese man tiene los cajones repletos de billetes, y él me dijo ya lo tenemos ensartado, por ahora no habrá que verlo más.

»Después Lobsang se fue, dijo que era mejor desaparecer por un tiempo, pero lo que vi, nena, fue que ese malparido senador lo transformó. La maldad acabó pegándosele. Se dejó seducir como cualquier forúnculo humano, así que me decidí. Voy a matar a Basel, él tiene la culpa de todo. Y lo voy a matar de un modo despiadado, sin armas ni güevonadas que no sé usar. Pensé presentarme en su casa y, con la disculpa de la desaparición de Lobsang, fingir que venía a pedir ayuda, y darle a entender que estaba dispuesta a meterme en la cama con él. Mi plan no era muy sofisticado, nena, más bien súper básico: consistía en encenderlo y hacerle un oral, eso es fácil con cualquier macho, sólo que el final era inesperado: mi idea era pura y simplemente arrancarle el aparato completo de un mordisco, una tarascada fuerte y al mismo tiempo jalar hacia atrás, como si estuviera partiendo un churrasco con los dientes. Tengo colmillos afilados, ese era mi único plan, sólo eso, no tenía idea de cómo salir ni mucho menos qué hacer si el tipo, por ejemplo, tenía una pistola. Así me fui, con unos tragos en la cabeza y un par de anfetaminas. Me anuncié en la portería, y al llegar arriba el tipo me estaba esperando en el ascensor. Ajá, niña, ¿qué pasó?, el hombre se estaba tomando un trago, le dije que quería verlo, que estaba preocupada por Lobsang, que estaba dispuesta a cualquier cosa con tal de encontrarlo, y él dijo ven, entra, estoy despachando unos asuntos. Estaba con un abogado y su lavaperros. Me hizo seguir al fondo, a un salón donde había un televisor encendido. Me ofreció un trago y dijo, ya te lo traen, palomita, espérame aquí. Pasó un rato y trajeron un segundo trago, no me acuerdo de qué. De pronto se abrió una puerta y emergió una nube de vapor. Vi salir a una mujer en toalla, como si acabara de darse una larga ducha. Me saludó con una sonrisa y se la correspondí, y al rato volvió a pasar, sin vestirse, y entró otra vez a ese cuarto y cerró la puerta, entonces pensé: con esta casa tan llena de gente va a ser difícil, pero supuse que en algún momento me quedaría sola con él, hay que saber esperar, mantener los nervios templados. Volví a pensar en mi vida y en lo que había perdido y se me ocurrió que, de pronto, no sería tan mala idea, después de matar al senador, matarme yo también, ¿por qué no?, ya no me quedaba nada por hacer en el mundo, mi vida era absolutamente inútil, insignificante, una ranita en un caño, y es que no tenía fuerzas para empezar de cero, ni ganas, así que dije pues sí, no es mala idea, después de matarlo veo a ver cómo hago para acabar con esta güevonada yo también, ¿tendrá una pistola? Saltar por la ventana me daba miedo, pero era una opción, estábamos en el octavo piso, podía ser, y de pronto lo decidí, listo, mato al tipo y me tiro después, no se diga más. Con el subidón me entró el ansia y cuando iba por el corredor hacia la sala a ver por qué se demoraba tanto vi a los policías y pensé, carajo, se jodió mi plan, se jodió...

»El resto ya lo sabes, nena. Me detuvieron por un rato. Preguntaron qué hacía en esa casa y les dije que el senador era un amigo. Les conté de mi relación con Lobsang y les dije que yo era la moza, pero que la mujer y las hijas vivían en Estados Unidos, que les preguntaran a ellas, a mí ya no me importaba, y de todos modos no quería volver a verlo nunca más, ni a él ni a nadie que tuviera que ver con él. Qué cosa tan difícil comenzar una vida, pero bueno, es lo que voy a intentar a partir de hoy.

»Por cierto, no sé qué día es hoy...

»Eso es todo, nena, qué pena haber hablado tanto.

»Nos vemos.

»Te me cuidas».

5

Johana subió por la calle 45 apretando bien su mochila, como una estudiante cualquiera. En una droguería dos hombres discutían de fútbol parados en la puerta. Uno de ellos, de bata blanca, decía que el árbitro del clásico estaba recargado, que le había regalado un penalti a Millonarios. «Eso no es penalti ni aquí ni en Bolombolo, Antioquia», y agregó, filosófico: «No me crean tan marica». Johana los miró al pasar. De pronto la lluvia tomó más fuerza y una señora, delante suyo, sacó el paraguas de la cartera. Hizo lo mismo, aunque el suyo tenía una varilla suelta. En el semáforo, dos venezolanos de Rappi subidos en sus bicicletas se pusieron bolsas plásticas negras de basura a modo de chaqueta impermeable. «Qué llovedera esta», dijo uno. Johana miró hacia el fondo de la calle y vio que la niebla tapaba por completo los cerros. El aguacero iba a ser fuerte, se le veía la sombra negra al agua. Miró la hora y aceleró el paso. Al llegar a la Caracas entró a la estación de TransMilenio. No bien llegó a la plataforma, un chaparrón azotó los vidrios y el rugido de un par de truenos tapó el bullicio de la avenida. «¿Cómo puede llover así?», pensó, «no hay tierra que aguante tanta agua». Las alcantarillas del frente ya echaban borbotones hacia afuera. Llegó el bus articulado y, al abrirse la puerta, debió empujar para abrirse paso. La gente tenía poca cultura y nadie dejaba sitio a los que entraban. Revisó angustiada su bolso, ¿se mojaría el cuaderno con sus apuntes? No, ahí estaba bien protegido. Estaba copiando la grabación de audio de Amaranta Luna.

Avanzó una eternidad, se quedó dormida y se despertó sobresaltada al menos unas cinco veces. Se acordó de Yesid: «Ya hice el curso de murciélago para dormir en TransMilenio». Colgado de la manija. Al fin se liberó un puesto y pudo sentarse, con la espalda engarrotada.

Entraron seis familias de venezolanos, cuatro músicos, vendedores de dulces. Igual logró dormir. Al llegar a la Troncal de la Caracas, en la 51 sur, se bajó y fue a esperar a su jefa. Eran exactamente las once de la mañana menos tres minutos. Julieta ya debía estar llegando.

Entrar a la cárcel de La Picota la rajaba por dentro, pero su jefa había insistido. Debían hablar una última vez con Marlon Jairo.

Y ahí estaba, sentado contra la puerta de la celda todavía con decoración navideña. Josefina le daba un vaso de jugo con galletas Tosh.

—Vengo a darle las gracias, Marlon —dijo Julieta—. Usted me salvó la vida.

—No hay de qué...

—Pues sí hay, amigo. Es lo más importante.

—La vida no es tan valiosa, señorita, todo el mundo tiene una. Lo valioso es lo que nadie tiene.

Julieta lo miró sorprendida.

—Usted eligió hacer el bien, y gracias a eso estoy todavía aquí.

—Yo ya ni sé qué es lo bueno y qué es lo malo de tanta vaina rara que he tenido que vivir —dijo Marlon—. Pero una cosa sí sé: me siento mejor ahora de víctima que cuando era bandido. Se lo aseguro. Entendí que, del cuchillo, el lado bueno es el del filo, no el mango. Es mejor tenerlo en la barriga de uno que clavárselo a otro, ¿me hago entender? Ahí el que habla a través mío es mi Grandísimo Señor Jesús, el Supremo Bacán, mi Parcero Mayor, el Viejo Yisuscrais.

—Tengo una curiosidad —dijo Julieta—, ¿qué dijo Triciclo cuando se lo llevaron?

—Que lo habían denunciado y ya, ese man es de pocas palabras.

—¿Y no me va a contar cómo era que usted se enteraba de las jugadas que él hacía?

—Pues ya no importa, pero tengo mi lealtad. Lo único que puedo decirle es que el hombre me pedía prestado a Josefina para que lo sirviera cuando tenía invitados, y yo lo mandaba, ¿no cierto, pelao? Lo de usté lo supe por Josefina, que estaba allá cuando le dieron la orden de llamar a los soldados. «Vayan a quebrarla ahorita mismo». Si mi pelao no viene rapidito y me lo cuenta, no le alcanzo a avisar y ahora estaríamos teniendo esta conversación en el tablero de la güija.

Julieta miró al muchacho. Le dieron ganas de abrazarlo.

—Gracias.

Hubo un largo intercambio de miradas. Ninguno supo qué más decir, así que decidieron irse.

Se despidieron.

El conductor las esperaba en uno de los parqueaderos del frente. Ahora tenían que atravesar Bogotá de sur a norte. Eso les llevaría un par de horas. Cada una se acomodó a un costado del carro. El teléfono de Johana vibró a la altura de la calle 26.

En la pantalla apareció el nombre de Verónica Blas Quintero.

—¿Sí?

—Niña, soy Verónica Blas, la médium, ¿está sentadita?

—Dígame —dijo Johana, temerosa.

—Es que la llamo para decirle que su hermano Duván no está muerto. Lo sentí perfectico. Puede que lo tengan preso o secuestrado en alguna parte. Tenemos que hablar.

Johana sintió una explosión en el estómago. Se quedó muda, sintió vértigo.

—¿Algún problema? —preguntó Julieta.

—Es la médium, dice que Duván está vivo.

Julieta le dio un abrazo. Al ver que su asistente no reaccionaba, le quitó el teléfono y habló.

—¿Doña Verónica? Soy Julieta.

—Buenas tardes, señorita.

—¿Está segura de lo que está diciendo?

—Lo oí muy claro: estaba rezando en un lugar oscuro y tenía mucho frío.

Julieta dio un respiro largo y le dijo:

—¿Está en su casa?

—Sí.

—Ya vamos para allá.

(Julio, 2021)

Índice

Parte I. Inquietantes hallazgos   11

Parte II. Oscuro como la tumba
         donde yace el recluso   63

Parte III. Teoría de los cuerpos devastados   85

Parte IV. El escritor y sus fantasmas   115

Parte V. El infierno tan temido   179

Parte VI. Viaje al fin de la noche   245

Parte VII. La muerte una vez más   305

Parte VIII. Memorias de ultratumba   393

Parte IX. Lo que el bien le debe al mal   493

Parte X. Epílogo   567

Este libro se terminó
de imprimir en
Móstoles, Madrid,
en el mes de
junio de 2022

«Para viajar lejos no hay mejor nave que un libro».

EMILY DICKINSON

Gracias por tu lectura de este libro.

En **penguinlibros.club** encontrarás las mejores
recomendaciones de lectura.

Únete a nuestra comunidad y viaja con nosotros.

penguinlibros.club